Lamnek

Qualitative Sozialforschung

Band 2
Methoden und Techniken

Siegfried Lamnek

Qualitative Sozialforschung

Band 2
Methoden und Techniken

3., korrigierte Auflage

BELTZ

PsychologieVerlagsUnion

Anschrift des Autors:

Prof. Dr. Siegfried Lamnek
Lehrstuhl für Soziologie II
Katholische Universität Eichstätt
Ostenstraße 26–28
D-85071 Eichstätt

Lektorat: Gerhard Tinger

Die Deutsche Bibliothek – CIP-Einheitsaufnahme

Lamnek, Siegfried:
Qualitative Sozialforschung / Siegfried Lamnek. – Weinheim :
Beltz, PsychologieVerlagsUnion.
Bd. 2. Methoden und Techniken – 3., korrigierte Aufl. – 1995
ISBN 3-621-27177-5

1. Auflage 1988, Psychologie Verlags Union, München – Weinheim
2. überarb. Auflage 1993, Psychologie Verlags Union, Weinheim
3. korrigierte Auflage 1995, Psychologie Verlags Union, Weinheim

Umschlagentwurf: Dieter Vollendorf, München
Druck und Bindung: Druckhaus „Thomas Müntzer", Bad Langensalza
Printed in Germany
Gedruckt auf säurefreiem Papier
ISBN 3-621-27177-5

Vorwort zur 2. korrigierten und erweiterten Auflage

Da die Methoden und Techniken qualitativer Sozialforschung ihrer Methodologie nachgeordnet sind, müssen sie sich an deren Prinzipien orientieren. Deshalb gilt für ein Lehrbuch zu den Methoden und Techniken der qualitativen Sozialforschung:

- Qualitative Sozialforschung ist auf allen (meta-)theoretischen Ebenen und in allen Phasen kein monolithisches, homogenes und eindeutig identifizierbares Konzept; sie kann vielmehr wissenschaftstheoretisch, methodologisch, methodisch und soziologisch-theoretisch unterschiedlich gefaßt werden, weshalb eine vereinheitlichende Darstellung den jeweils differenzierenden und nuancierenden Positionen kaum gerecht werden kann.
- Qualitative Sozialforschung hat kein feststehendes Repertoire an Datenerhebungs- und insbesondere Auswertungstechniken, und ihre Apologeten können sich kaum auf einen gemeinsamen Kanon verständigen. Wegen der Heterogenität der Gegenstände und Fragestellungen sowie der an sie angepaßten und nach ihnen gewählten Methoden sind Generalisierungen praktisch kaum zu leisten.
- Ein Lehrbuch sollte einen gewissen allgemeinen – eben für alle Fälle anwendbaren – Inhalt haben. Qualitative Sozialforschung in solcher Weise darstellen zu wollen, widerspricht der in dieser Position vertretenen Forderung, die Methode dem jeweils individuellen Gegenstand angemessen zu wählen und an ihm zu entwickeln. Qualitative Sozialforschung ist daher immer objektspezifisch und nicht generalistisch. Methoden qualitativer Sozialforschung sind eben nicht „standardisierbar".
- Ein Lehrbuch wendet sich an den „Anfänger" und wird daher aus didaktischen Gründen eine eher „oberflächliche", breite Perspektive wählen und damit manche Argumentation verkürzt darstellen müssen. Gerade die qualitative Sozialforschung erfordert aber gemäß ihrem Anspruch eine profunde und intensive Auseinandersetzung.
- Aus den genannten Gründen sind in Theorie und Praxis qualitativer Sozialforschung eine Vielzahl von Problemen und Schwierigkeiten enthalten, die noch einer Klärung harren. Sie können im Rahmen einer Einführung bestenfalls benannt, aber nicht gelöst werden.

Diese Widersprüchlichkeiten und Inkonsistenzen – weitere könnten genannt werden und ergeben sich notwendigerweise bei der Lektüre – haben mich gleichwohl nicht daran gehindert, diese Einführung zu verfassen. Die Begründung und Legitimation hierfür ist primär pragmatisch:

- Wer Studenten in empirischer Sozialforschung ausbildet und den tradierten Standard quantitativer Methoden zeitweise verlassen und durch die qualitative Perspektive erweitern möchte, stellt ein deutlich ausgeprägtes studentisches Verlangen nach einem Lehrbuch fest, das die qualitative Sozialforschung „kodifiziert".
- Die studentischen Erwartungen richten sich – nach meiner Erfahrung – sehr bestimmt auf eine vergleichbare Darstellung von quantitativer und qualitativer

Sozialforschung. Gerade die bestechende Systematik der quantitativen Position wird bei der qualitativen vermißt und soll durch den Vergleich eingebracht werden.

Wenn nun gegen ein Lehrbuch zu Methoden und Techniken der qualitativen Sozialforschung (ein „Kochbuch" wird es niemals werden können) vornehmlich wissenschaftliche und theoretische Argumente und für ein solches pragmatische Gründe sprechen, so werden die grundsätzlichen Probleme nicht aufgehoben; vielmehr sind Oberflächlichkeiten, Verkürzungen, Widersprüchlichkeiten strukturell angelegt. Die oft implizit-komparative Darstellung läuft Gefahr, die qualitative Sozialforschung mindestens teilweise an paradigmafremden Kriterien zu messen und sie damit tendenziell unangemessen zu beurteilen. Ich bemühe mich jedoch, eine sachgerechte Einschätzung der Leistungen und Schwächen qualitativer Sozialforschung zu eröffnen.

Ob es letztlich gelungen ist, den Bedürfnissen der Studenten Rechnung zu tragen und zugleich die qualitative Sozialforschung so darzustellen, daß deren Anhänger sich (mindestens) annähernd theoretisch repräsentiert finden können, müssen die Betroffenen und die Leser beurteilen. Für konstruktive Zuschriften wäre ich herzlich dankbar.

Schließlich möchte ich mich bei Frauke Wilkens und Marek Fuchs bedanken, ohne deren Geduld mit meiner Ungeduld und ohne deren kritische Unterstützung dieses Büchlein so nicht entstanden wäre. Selbstverständlich trage ich für alle Mängel die alleinige Verantwortung.

Obgleich die Vielzahl der Rezensionen im Tenor positiv waren, habe ich manche Detailkritik – soweit sie mir begründet erschien – zum Anlaß genommen, in der 2. Auflage Ergänzungen oder Modifikationen vorzunehmen. Für wichtige Anregungen in diesem Kontext bin ich besonders Herrn Jesko Arlt zu Dank verpflichtet.

München, im Januar 1993 *S. Lamnek*

Vorwort zur 3. und korrigierten Auflage

Unerwartet schnell wurde eine 3. Auflage der beiden Bände zur Qualitativen Sozialforschung erforderlich, weshalb auch schon aus zeitlichen Gründen weiterreichende Veränderungen nicht realisierbar waren. Die nochmalige Durchsicht der 2. Auflage hat allerdings ergeben, daß einige technische Mängel sich eingeschlichen hatten (insbesondere Personen- und Sachregister), die unbedingt eliminiert werden mußten. Auch einige Tippfehler konnten noch korrigiert werden. Für die Durchsicht der 2. Auflage bin ich Frau Gabriele Seifert und Herrn Viktor Tamme zu Dank verpflichtet. Ich hoffe, daß die 3. und erneut korrigierte Auflage noch einmal besser geworden ist und den Bedürfnissen der Leser noch weiter entgegenkommt.

Eichstätt, im März 1995 *S. Lamnek*

Inhalt

Band 2: Methoden und Techniken

1. Einführung

Wurden im Band 1 der Qualitativen Sozialforschung (*Lamnek* 1988) die Charakteristika und Probleme qualitativer Sozialforschung überwiegend auf wissenschafts- und grundlagentheoretischer Ebene eher abstrakt und allgemein behandelt und der Versuch unternommen, die methodologischen Prinzipien des „neuen" Forschungsparadigmas auszuzeichnen, so geht es im Band 2 darum, einige Einzelmethoden und -techniken darzustellen, um dem Interessierten Einsichten in das praktisch-methodische Vorgehen dieser Forschungsrichtung zu ermöglichen.

Wie im Band 1 dargestellt, haben die Vertreter qualitativer Methodologie Vorbehalte gegenüber einer zu weitgehenden Kodifizierung und Instrumentalisierung ihrer Erhebungs- und Auswertungstechniken, so daß es einigermaßen schwer fällt, verbindliche Anwendungsregeln für die verschiedenen empirischen Verfahren zu finden. Diese Weigerung gegenüber einer methodologischen Kanonisierung hängt sehr eng mit dem Anspruch auf Anpassungsnotwendigkeit und -fähigkeit des methodischen Instrumentariums an die Eigenheiten des Forschungsgegenstandes und mit der Betonung der individualistischen Komponente bei der konkreten Forschungsarbeit (erst individuelle Intelligibilität und Kreativität bei der Anwendung sichern die Fruchtbarkeit der Methoden!) zusammen.

Gleichwohl wurde aus methodentheoretischen und vornehmlich pragmatischen Überlegungen heraus immer wieder der Versuch unternommen, das z.T. intuitiv angewandte Methodenarsenal zu explizieren und theoretisch zu begründen, um eine weitere Entwicklung der empirischen Einzeltechniken zu gewährleisten, vor allem aber auch, um den „Neueinsteigern" in die qualitative Sozialforschung ein praktisches Anwendungsverständnis der verbreiteten Datengewinnungs- und Auswertungstechniken zu vermitteln. Auf solche Vermittlungsversuche kann die hier entwickelte Darstellung einiger Einzelmethoden zurückgreifen.

Aus der Vielzahl differenzierbarer und wichtiger Methoden qualitativer Sozialforschung werden behandelt: die Einzelfallstudie, das qualitative Interview, das Gruppendiskussionsverfahren, die Inhaltsanalyse, die teilnehmende Beobachtung, das qualitative Experiment und die Biographieforschung. Die analytische Trennung der Einzelmethoden verschweigt, daß in der qualitativen Forschungsmethodologie die Methoden aufeinander bezogen sind; sie sind oft nicht isolier- und nicht nur einer Einzelmethode zuordenbar. Vielmehr besteht – wie das Beispiel der Gewinnung von Beobachtungsdaten zeigen kann – eine Methode aus einer ganzen Anzahl von Einzeltechniken der Erhebung (Beobachtung wird etwa auch beim qualitativen Interview begleitend eingesetzt und ist gleichermaßen grundlegend für ethnographische oder biographieanalytische Ansätze). Die Methode der teilnehmenden Beobachtung als Einzeltechnik konzentriert sich lediglich auf eine bestimmte Form der Datengewinnung, ist aber andererseits auch wieder mit Elementen der Befragung und des offenen Interviews verschränkt.

Deshalb fällt es schwer, die Einzelmethoden als isolierte Techniken zu charakterisieren. Dies würde auch dem Selbstverständnis qualitativer Sozialforschung widersprechen, die oft einen Methodenverbund, also eine Kombination verschiedener Einzeltechniken der Datengewinnung – denen aber allen die qualitative Methodologie gemeinsam ist –, bevorzugt. Läßt sich mit einem solchen „Methodenmix" in der Erhebungsphase meist recht unproblematisch arbeiten, so kommt es in qualitativ orientierten Forschungsprojekten bei der Auswertung des Materials nicht selten zu beträchtlichen Schwierigkeiten, da die divergenten Datenbestände in irgendeiner Weise miteinander vermittelt werden müssen, was ihre Vergleichbarkeit und Übersetzbarkeit ineinander voraussetzt.

Diese Voraussetzung ist aber normalerweise nicht gegeben, da etwa Interviewaussagen als unmittelbare Datenbasis und mittelbar vom Sozialforscher protokollierte Beobachtungsdaten nicht unbedingt auf der gleichen methodologischen Ebene liegen müssen. Dem notwendigen Inbeziehungsetzen von Daten aus unterschiedlichen methodischen Zugängen wird mit dem Triangulationskonzept beizukommen versucht (vgl. *Denzin* 1970, S. 291ff; siehe auch das Schlußkapitel in Band 1 (*Lamnek* 1988, S. 229), doch sind Versuche vergleichender Interpretation in dieser Richtung meist noch recht unausgewogen und methodisch unreflektiert. Hier eröffnet sich ein breites Aufgabenfeld für die zukünftige Weiterentwicklung qualitativer Sozialforschung. In unserer Darstellung werden wir uns allerdings mit der isolierten Betrachtung einiger Einzelmethoden begnügen und auf eine dezidierte Behandlung der Probleme eines Methodenverbundes verzichten müssen.

Eine weitere Problematik stellt sich dadurch, daß bei dem Versuch umfassender Bearbeitung der einzelnen Methoden Redundanzen und lästige Wiederholungen auftreten, die die Lektüre langweilig machen oder erschweren. So müßte etwa die Zugangsproblematik zur zu untersuchenden Population für jede Methode spezifisch behandelt werden, wobei sich allerdings nur Nuancierungen ergeben würden. Deshalb wird dieser Gegenstand nur einmal und stellvertretend für alle Methoden bei der teilnehmenden Beobachtung dargestellt; bei ihr ist die Frage des Zugangs besonders heikel und verlangt daher die weitestgehende Berücksichtigung methodischer „Regeln". Ganz analog ergibt sich die Schwierigkeit, Wiederholungen bei der Auswertung zu vermeiden, schließlich beziehen sich alle qualitativen Methoden mehr oder weniger auf Kommunikationsinhalte, die einer ähnlichen Analyse zugeführt werden. Hier haben wir die unterschiedlichen Analyseverfahren bei verschiedenen Methoden behandelt; sie erscheinen z. B. im Interview und bei der Inhaltsanalyse.

Wir beginnen die Darstellung der Methoden qualitativer Sozialforschung mit der Einzelfallstudie als einem prototypischen Ansatz dieses Paradigmas, in der alle noch zu behandelnden qualitativen Erhebungsmethoden prinzipiell eingesetzt werden können. Die Einzelfallstudie – die bei Erhöhung der Fallzahlen und bei fortschreitender Vernachlässigung des ganzheitlichen Anspruches zu einem quantitativen Design erweitert werden kann – wird dabei als idealtypisches Forschungsmuster qualitativen Zuschnitts begriffen.

Es folgen die Methoden des Interviews, der Gruppendiskussion, der Inhaltsanalyse, der teilnehmenden Beobachtung und des qualitativen Experiments, um dann die Biographische Methode als einen Anwendungsfall eines fallspezifischen, qualitativen Forschungsansatzes zu beschreiben, in dem auch die diversen qualitativen Erhebungsmethoden eingesetzt werden können.

Es versteht sich von selbst, daß die methodologischen Grundlagen dieser Methoden nicht in extenso beschrieben werden können. Hierzu muß auf den Band 1 der Qualitativen Sozialforschung (*Lamnek* 1988) verwiesen werden, der diese zum Gegenstand hat. Gleichwohl werden bei der Darstellung der einzelnen Methoden immer wieder die zentralen Prinzipien des qualitativen Paradigmas angesprochen, so daß der Band 2 auch eigenständig les- und verstehbar sein sollte.

Der Versuch, die Methoden qualitativer Sozialforschung ohne Gegenstandsbezug, abstrakt und generalistisch darzustellen, führt natürlich zu einer ideal- oder extremtypischen Zeichnung, was der Leser bedenken sollte. Modifikationen in Anpassung an den Gegenstand und die Erkenntnisziele sind jederzeit möglich und notwendig.

2. Die Einzelfallstudie

Obgleich die Einzelfallstudie eine sehr lange Tradition hat – schließlich sind manche philosophischen Analysen als Einzelfallstudien erfolgt –, ist sie durch den Bedeutungsgewinn des Empirismus und die große Verbreitung der quantitativen Sozialforschung etwas in den Hintergrund gedrängt worden. Zwar erlebt sie derzeit eine gewisse Renaissance, doch hat sie – methodisch gesehen – noch nicht den Stellenwert erreicht, der ihr zukommen könnte. Dies liegt nicht zuletzt daran, daß mit dem Aufkommen empirischer und elaborierter Gestaltung der Forschung und deren methodischer Weiterentwicklung eine deutliche Methodenorientierung bei einer tendenziellen Vernachlässigung der Gegenstandsorientierung (vgl. *Westmeyer* 1979) einsetzte. Die Dominanz der Methode vor dem Gegenstand (vgl. *Lamnek* 1988, S.11f.) und die einhergehende Favorisierung und zum Teil Fetischisierung quantitativer Forschung in Daten und Befunden hat die Einzelfallstudie über Jahrzehnte hinweg zu einem Mauerblümchen-Dasein degradiert.

Eine Durchsicht der gängigen Methodenlehrbücher oder Reader – sowohl zur qualitativen als auch zur quantitativen Sozialforschung – ergibt, daß die Einzelfallstudie zwar häufig erwähnt, aber meist nur beiläufig und am Rande dargestellt wird. Diese marginale Position der Fallstudie ist mit darin begründet, daß sie weder eine konkrete Erhebungstechnik ist – weshalb sie in den Methodenbüchern bei der Behandlung der Techniken (Interview, Beobachtung etc.) nur einen inferioren Platz findet –, noch ist sie ein eigenständiges methodologisches Paradigma – weshalb die Fallstudie in den Arbeiten, die die methodologischen Prinzipien behandeln, nicht zureichend berücksichtigt wird.

Tatsächlich ist die Einzelfallstudie zwischen konkreter Erhebungstechnik und methodologischem Paradigma angesiedelt: *bei der Einzelfallstudie handelt es sich um einen approach, einen Forschungsansatz*.

Dieser Status der Einzelfallstudie soll im weiteren etwas näher beleuchtet werden. Dabei wird im folgenden Abschnitt (2.1.) eine erste inhaltliche Bestimmung vorgenommen. Im zweiten Teil (2.2.) wird die Einzelfallstudie in der quantitativen Forschungslogik verortet und im dritten Abschnitt (2.3.) ihre Rolle im qualitativen Paradigma dargestellt.

2.1. Definitorische Überlegungen

Unter der Einzelfallstudie hat man sich keine spezifische und isolierte Technik der empirischen Sozialforschung vorzustellen. Vielmehr „wird unter dem Ansatz der Fallanalyse prinzipiell das gesamte Spektrum der sozialwissenschaftlichen Erhebungsmethoden subsumiert, weshalb man sie auch als einen approach betrachtet“

(*Witzel* 1982, S.78). Bei dem Begriff approach handelt es sich um eine „Bezeichnung für eine vielschichtige methodische Vorgehensweise" (*Hartfiel* 1982, S.160) oder um eine „Untersuchungsform" (*Fuchs* et al. 1978, S.181). Im Hintergrund eines approachs steht jeweils ein theoretisches Paradigma oder eine spezielle Methodologie.

Daher kann man einen approach als einen Forschungsansatz verstehen, der die theoretischen Vorgaben der Methodologie in praktische Handlungsanweisungen umsetzt, ohne selbst Erhebungstechnik zu sein. In den weiteren Ausführungen wird die Fallstudie als approach des interpretativen Paradigmas und der qualitativen Sozialforschung betrachtet werden.

„Bei (Einzel-) Fallstudien werden besonders interessante Fälle hinsichtlich möglichst vieler Dimensionen und zumeist über einen längeren Zeitraum hinweg beobachtet (bzw. befragt, inhaltsanalytisch ausgewertet), beschrieben und analysiert" (*Kromrey* 1986, S.320). Zentrale Bedeutung bei der Fallstudie hat aber nicht die Tatsache möglichst vieler „Dimensionen" oder Variablen, sondern entscheidend ist vielmehr, daß die Untersuchungsobjekte nicht auf einige, wenige Variablen reduziert werden. Dies würde dem Untersuchungs„subjekt" nicht gerecht werden können, weil das Herausgreifen einzelner Merkmale einigermaßen willkürlich erscheint, die Komplexität des Gegenstandes verkürzt und die Individualität und Identität der zu Untersuchenden verletzen könnte. Tatsächlich geht es der qualitativen Fallstudie besonders darum, ein *ganzheitliches* und nur damit *realistisches* Bild der sozialen Welt zu zeichnen. Mithin *sind möglichst alle für das Untersuchungsobjekt relevanten Dimensionen in die Analyse einzubeziehen.*

Gerade der Versuch, weitestgehend alle bedeutsamen Aspekte, Dimensionen, Facetten etc. eines Untersuchungsobjektes im Blick auf das Untersuchungsziel durch empirische Forschung zu erfassen, verbietet eigentlich den Einsatz nur einer einzigen Erhebungsmethode. *Daher ist die Fallstudie* – schon von ihrem Anspruch her – *zumeist multimethodisch anzulegen.* Eine solche *Methodentriangulation* erlaubt nicht nur, diese Intention der Fallstudie zu realisieren, sondern sie bietet obendrein die relative Gewähr, *Methodenfehler vergleichend* – insbesondere Artefakte – *zu erkennen und zu vermeiden.*

In der Regel handelt es sich bei den Untersuchungsobjekten von Fallstudien um Personen, doch können auch andere soziale Einheiten als Forschungsgegenstände betrachtet werden. „Unter sozialer Einheit werden nicht nur Einzelpersonen gefaßt, sondern auch eine soziale Gruppe, Familie, Kultur" (*Witzel* 1982, S.79), Betriebe, Organisationsstrukturen im Rahmen von Evaluationen, aber auch „Treatments, Realisierungen von Interventionen" (*Reinecker* 1987, S.277; vgl. auch *Alemann/Ortlieb* 1975 und *Petermann/Hehl* 1979) usw. Die Untersuchungsobjekte sind so gewählt, daß sie „hinsichtlich einer gleich oder ähnlich strukturierten größeren Menge von Phänomenen als typische Fälle oder besonders prägnante oder aussagefähige Beispiele gelten" (*Hartfiel* 1982, S.160), wobei in der Praxis der empirischen Sozialforschung tatsächlich zumeist Personen oder Aggregate von Personen untersucht werden.

Die (Einzel)Fallstudie ist also dadurch charakterisiert, daß sie *ein einzelnes soziales Element als Untersuchungsobjekt und -einheit wählt.* Es geht ihr also nicht um aggregierte Individualmerkmale, sondern vielmehr um die spezifischen und individuellen Einheiten, wobei diese bestehen können aus

- Personen
- Gruppen
- Kulturen
- Organisationen
- Verhaltensmustern.

Selbstverständlich kann auch eine jeweils singuläre Einheit eine Fallstudie konstituieren.

Beispiel:
Ein qualitativ orientierter Sozialforscher interessiert sich für Jugendliche im Strafvollzug. Er besucht – nach Genehmigung – eine Justizvollzugsanstalt, wählt sich *einen für typisch gehaltenen Jugendlichen* aus und führt mehrere narrative Interviews durch. Dabei stellt er fest, daß der Jugendliche nicht etwa resozialisiert wird, sondern eher in die Subkultur der Abweichung abdriftet. *Untersuchungseinheit ist also die Person.*

Ein anderer Forscher möchte die formellen und informellen Gruppenstrukturen in der Jugendstrafanstalt untersuchen. Er sucht sich *eine Anstalt* aus und beobachtet die alltäglichen Interaktionen der Inhaftierten bei deren beruflicher Ausbildung. Er registriert etwa alters- und kriminalisierungsspezifische Autoritätsstrukturen. *Untersuchungseinheit ist also die Gruppe.*

Man kann sich in der totalen Institution des Gefängnisses aber auch für die *Organisationsformen* (informeller und formeller Art) interessieren und dabei Organisationspläne mit der realen Organisationsform konfrontieren. So könnte evtl. ein Befund darin bestehen, daß die praktizierten Maßnahmen sich verselbständigt haben und dem eigentlichen Organisationsziel zuwiderlaufen. *Untersuchungseinheit sind also die Organisationsstrukturen.*

Eine gewichtige Besonderheit des approachs Einzelfallstudie liegt darin, diese Fälle jeweils einzeln in ihrer *Totalität* zum Gegenstand einer Untersuchung zu machen. „Den zentralen Vorteil der Fallanalyse ... erblickt man im allgemeinen darin, sich durch die Beschränkung auf ein Untersuchungsobjekt oder relativ wenige Personen intensiver mit mehr Untersuchungsmaterial beschäftigen zu können, und dadurch umfangreichere und komplexere Ergebnisse zu bekommen" (*Witzel* 1982, S.78). Man begreift den Einzelnen nicht als ein eher unbedeutendes, und prinzipiell austauschbares Mitglied einer Population oder Stichprobe, das nur Träger von durch den Forscher als wichtig definierten Merkmalen ist – wie dies in der quantitativen Sozialforschung strukturnotwendig der Fall sein muß –, sondern man betrachtet den *Einzelnen als Fachmann für die Deutungen und Interpretationen des Alltags.*

Insbesondere in der qualitativen Methodologie wird der offene und intensiv-kommunikative Zugang zur sozialen Wirklichkeit im Wege der Analyse einzelner Fälle zum zentralen Moment. Durch die Beschäftigung mit einer einzelnen Person als Einheit sollen *die alltagsweltlichen Deutungen und Interpretationen wissenschaftlich kontrolliert fremdverstanden werden.* „Es besteht also das Bestreben, aus jedem

Einzelfall eine Untersuchung für sich zu machen" (*Goode/Hatt* 1956, S.312). „Das Ziel der Einzelfallstudie ist, genaueren Einblick in das Zusammenwirken einer Vielzahl von Faktoren ... zu erhalten, wobei sie meist auf das Auffinden und Herausarbeiten typischer Vorgänge gerichtet ist" (*Fuchs* et al. 1978, S.181).

Der approach der Einzelfallstudie gibt an sich noch keine Auskunft darüber, mit welchen Techniken die Einzelfälle untersucht werden sollen. Das Analysematerial kann durch teilnehmende Beobachtung, Interviews, Gruppendiskussionsverfahren oder durch Inhaltsanalyse von Autobiographien, Dokumenten, Berichten und Briefen erlangt werden. *Die Einzelfallstudie ist also prinzipiell offen für alle Methoden und Techniken der empirischen Sozialforschung*. Begreift man sie aber enger als dem interpretativen Paradigma und der qualitativen Sozialforschung zugehörig, so verbieten sich die quantitativen Methoden.

Wenn auch bei der Erhebung in der Einzelfallstudie prinzipiell mit allen Techniken der empirischen Sozialforschung gearbeitet werden kann, so gibt es doch sowohl im quantitativen als auch im qualitativen Paradigma Vorlieben für bestimmte Erhebungsverfahren. In der quantitativen Forschungslogik werden die eher zu kontrollierenden Techniken (standardisierte Interviews oder Beobachtungen etc.) bevorzugt, während im qualitativen Paradigma besonderer Wert auf offene und naturalistisch-kommunikative Verfahren (Gruppendiskussion, narratives Interview, teilnehmende Beobachtung etc.) gelegt wird. Beides findet seine Begründung in den methodologischen Implikationen der jeweiligen Paradigmen.

In der quantitativen Methodologie werden auch in der explorativen Phase die strengen Gütekriterien der Validität und Reliabilität, sowie ein eher experimentelles Design angestrebt. In der qualitativen Sozialforschung wird dagegen vor allem auf *Kommunikativität* und *Natürlichkeit* der Erhebungssituation und damit auf die *Authentizität* des erhobenen Materials geachtet, weshalb standardisierte Verfahren seltener verwandt bzw. als ausgeschlossen betrachtet werden.

Als wichtige Definitionselemente der Fallstudie können festgehalten werden:

- Bei der Einzelfallstudie handelt es sich nicht um eine spezifische Erhebungstechnik, sondern um einen approach, einen Forschungsansatz.
- Unter einem Fall werden verschiedene soziale Einheiten gefaßt: Personen, Gruppen, Institutionen, Kulturen, Organisationen, Verhaltensmuster etc., wobei diese Einheiten im Extremfall als *individualistischer Einzelfall* untersucht werden können.
- „Es besteht also das Bestreben, aus jedem Einzelfall eine Untersuchung für sich zu machen" (*Goode/Hatt* 1956, S.312).
- „Das Ziel der Einzelfallstudie ist, genaueren Einblick in das Zusammenwirken einer Vielzahl von Faktoren ... zu erhalten, wobei sie meist auf das *Auffinden und Herausarbeiten typischer Vorgänge* gerichtet ist" (*Fuchs* et al. 1978, S.181).

- Es wird angestrebt, die untersuchten Einzelfälle in ihrer Ganzheitlichkeit realitätsgerecht zu erfassen.
- Das Material für die Einzelfallstudie kann *prinzipiell durch alle Techniken der empirischen Sozialforschung* erhoben werden. Beruft sich die Einzelfallstudie jedoch auf das qualitative Paradigma, reduzieren sich die Methoden aber auf die dort akzeptierten.
- Oft werden mehrere Methoden eingesetzt, um *Methodenartefakte erkennen und eliminieren zu können.*
- Die Methoden der Fallstudie ergeben sich aus den methodologischen Prinzipien der qualitativen Sozialforschung und sind daher *kommunikativ, naturalistisch, authentisch* und *offen.*
- In einem tabellarischen Vergleich zwischen der qualitativen Fallstudie und dem Regeldesign einer quantitativen Erhebung werden die grundsätzlichen Unterschiede deutlich:

Tabelle 1: Vergleich zwischen qualitativer Fallstudie und quantitativem Forschungsdesign

qualitative Fallstudie	quantitatives Forschungsdesign
wenige Fälle	viele Fälle
viele Informationen	viele Informationen
tiefe Informationen	breite Informationen
mehrere Methoden	eine Methode
ganzheitliche Sicht	partikularistische Sicht

2.2. Die Fallstudie in der quantitativen Forschungslogik

Im folgenden wird die Einzelfallstudie in ihrer praktischen Verwendung in der Sozialforschung beschrieben. Dabei kann man den approach der qualitativen Sozialforschung – die Einzelfallstudie – dem approach der quantitativen Sozialforschung – im Amerikanischen „*survey*" – gegenüberstellen. Einschränken muß man diese extremtypische Gegenüberstellung allerdings dadurch, daß die Fallstudie auch in der quantitativen Sozialforschung ihren Platz hat. Monopolansprüche sind also ausgeschlossen.

Der Einzelfallstudie kommt bei der Gewinnung empirisch fundierter Ergebnisse im quantitativen Forschungsprozeß kaum Bedeutung zu. Man hält die Einzelfallstudie in der quantitativen Forschungslogik zumeist „für eine Art intuitiven Vorgehens, bei dem viel teilnehmende Beobachtung gemacht und alle möglichen persönlichen Dokumente ... benutzt werden, ohne daß ein richtiges Sample aufgestellt würde, und ohne daß die vorgefaßten Meinungen und Verzerrungen, die sich aus persönlichen Ansichten über die soziale Wirklichkeit ergeben, überprüft würden" (*Goode/Hatt* 1956, S.299). Die Einzelfallstudie gilt den Vertretern des quantitativen Ansatzes als unstandardisiertes und unkontrollierbares Verfahren, das für verzerrende Einflüsse aller Art (biases) offen ist.

Der quantitative Forschungsprozeß zielt auf die *Generalisierung* der aufgrund von hoch-aggregierten Daten gewonnenen Aussagen ab. Die Bestätigung einer Aussage (Hypothese) erfolgt indirekt durch den Versuch ihrer *Falsifikation*. Kann die Hypothese durch die vorhandenen Daten nicht falsifiziert werden, wird sie vorläufig als bestätigt angesehen. Die statistischen Verfahren, mit deren Hilfe der Falsifikationsversuch vorgenommen wird, können aber nicht auf den Daten eines einzigen Falles basieren. (Außer man hätte die Hypothesen deterministisch formuliert; dann würde in der Tat ein einziger widersprechender Fall zur Falsifikation der Hypothese genügen.) Da die statistischen Prüfungen in der Regel aber auf probabilistischen Hypothesen basieren, wird die Einzelfallstudie vom quantitativ ausgerichteten Forscher bei Falsifikationsversuchen und Generalisierungen abgelehnt. „In der Regel kann er auf Grund weniger Fälle (im Extrem nur ein Fall; S.L.) keine sichere Verallgemeinerung treffen, jedoch ergeben sich aus der Tiefe der Einsicht, welche die Einzelfallstudie ermöglicht, oft fruchtbare Hypothesen für spätere, breit angelegte Untersuchungen" (*Goode/Hatt* 1956, S.310).

Die relative Abwertung der Fallstudie aus quantitativer Sicht kann auf die methodologische Polarität von *nomothetischer* und *idiographischer* Forschungsabsicht zurückgeführt werden. Während die nomothetische Position nach allgemeinen Gesetzmäßigkeiten sucht, die eben nur durch große Fallzahlen statistisch zu prüfen sind, geht es der idiographischen Auffassung um die Erforschung individueller Eigenheiten – zunächst durch deren Beschreibung. Mag diese Dichotomie dem ein oder anderen zu weit gehen und überzeichnet erscheinen (vgl. *Reinecker* 1987, S.277), so ist die Einzelfallstudie in qualitativer Forschung doch klar der idiographischen Seite zuzuordnen.

Die Einzelfallstudie hat aber gleichwohl ihren Platz im quantitativen Forschungsprozeß. „In der traditionellen empirischen Sozialforschung werden die ausformulierten Theorien empirischen Überprüfungen durch Tests unterworfen. Dabei werden vorher aufgestellte Hypothesen entweder bestätigt oder verworfen, ohne daß die Tests in der Lage wären, eine bessere oder angemessenere Erklärung hervorzubringen" (*Hermanns* et al. 1984, S.148). Um dieses Manko abzuschwächen, werden Einzelfallstudien an zwei Stellen in den quantitativen Forschungsprozeß eingebaut: Die Einzelfallstudie kann zum einen in der explorativen Phase und zum anderen zur Illustration der Befunde einer quantitativen Studie im Abschlußbericht eingesetzt werden. Sie haben in diesem Sinne gegenüber ihrem Stellenwert in der qualitativen Sozialforschung im quantitativen Ansatz also einen inferioren Status.

2.2.1. *Fallstudien als Exploration*

Die explorative Funktion von Fallstudien im quantitativen Paradigma läßt sich wie folgt beschreiben: Aufgrund theoretischer und/oder praktischer Erwägungen werden ein oder mehrere typische oder extreme Fälle (= Untersuchungseinheiten einer nachfolgenden, standardisierten Untersuchung) ausgewählt. Diese wenigen Fälle werden in einem offenen und noch wenig standardisierten Verfahren eingehender analysiert. Zweck einer solchen Exploration ist für den – den standardisierten Methoden verpflichteten – Sozialforscher, *zu einem klareren Verständnis des noch weiter zu untersuchenden Problems zu kommen.*

Beispiel:
Der Forscher möchte eine standardisierte quantitative Studie über arbeitslose Sozialwissenschaftler machen. Er geht davon aus, beim Arbeitsamt als arbeitslos Gemeldete befragen zu wollen. Durch einige explorative Fälle stellt er aber fest, daß offenbar nur die wenigsten Sozialwissenschaftler als arbeitslos gemeldet sind. Er hätte ein zentrales Problem der Arbeitslosigkeit von Sozialwissenschaftlern ohne diese Exploration nie entdecken können und wäre zu falschen Schlußfolgerungen gelangt.

Die Fallstudie als Exploration dient weiter auch dazu, *die relevanten Dimensionen des Objektbereichs zu ermitteln.* Da nämlich der Sozialforscher nur in den seltensten Fällen dem „Milieu" entstammt, das er auch analysieren möchte, ist sein Informationshorizont begrenzt: über einige wenige Primärerfahrungen und theoretische Vorüberlegungen wird sein Wissensstand kaum hinausgehen. Es bestünde also ohne explorative Fallstudie die Gefahr, dem Untersuchungsgegenstand und dem Erkenntnisziel mit der quantitativen Studie nicht gerecht zu werden.

Beispiel:
Der Forscher interessiert sich für das Verhältnis zwischen Zuhälter und Prostituierten und hat die Hypothese, daß dieses zwanghaft durch Gewalt konstituiert ist. Eine explorative Fallstudie zeigt ihm nun, daß die Dimension der Gewalt völlig untergeordnet ist und in den Fällen, die er explorativ erfaßt hat, eine deutliche Dominanz der emotionalen und ökonomischen Komponenten vorliegt. Ohne die explorative Vorstudie wäre der Forscher wohl kaum auf die Relevanz der emotionalen Dimension gestoßen.

Explorative Fallstudien helfen aber nicht nur, die inhaltlich wichtigen Aspekte und Dimensionen des Gegenstandes zu ermitteln, sondern sie sind auch dazu geeignet, sich ein Bild von den zu untersuchenden Subjekten zu machen, das es – in Kombination mit der Forschungsfrage – gestattet, eine *begründete Entscheidung über die einzusetzenden und realisierbaren Erhebungsmethoden zu treffen.*

Beispiel:
Ein Sozialwissenschaftler entwirft ein Exposé für seine empirisch-quantitativ angelegte Dissertation, in der er die Generalthese prüfen möchte, daß die Hilfsbereitschaft von Menschen situationsabhängig erfolgt. In seinem Forschungsdesign geht er davon aus, Interviews durchzuführen und dabei Situationen zu schildern, auf die die Befragten dann verbal ihre Verhaltensweisen angeben sollen. Durch einige Intensivinterviews im Vorfeld der Datenerhebung stellt er nun fest, daß offenbar das berichtete Verhalten im Interview nicht mit dem tatsächlichen Verhalten übereinstimmen muß, weshalb er sich von der Methode der Befragung trennt, ein experimentelles Design entwickelt und die entsprechenden Situationen beobachtet.

Bei diesen explorativen Funktionen von Fallstudien in der quantitativen Forschungslogik hat die Fallstudie keinen genuin selbständigen Status; sie wird im *Vorfeld der eigentlichen Untersuchung* eingesetzt und dient zu deren Vorbereitung. Während die Fallstudie hier nur Handlangerdienste leistet, erhält sie in der qualitativen Methodologie – durchaus im Sinne der Exploration – Selbständigkeit und Gewicht: sie ist nicht nur „Vorstadium“ sondern Hauptuntersuchung (vgl. *Lamnek* 1988, S.95 ff.).

2.2.2. *Fallstudien zur Hypothesenentwicklung*

Neben der explorativen Funktion der Feld- und Methodenerkundung sollen Fallstudien im quantitativen Paradigma „möglichst umfangreich deskriptiv aufgearbeitet werden, um a) im Anschluß daran empirisch begründbare theoretische Konzepte, Theorien, Hypothesen entwickeln zu können“ (*Kromrey* 1986, S.320) und um b) zu einer angemessenen Operationalisierung zu gelangen.

„Zum einen wird das Studium einzelner Fälle als Vorbereitung zu einem Forschungsvorhaben empfohlen“ (*Alemann/Ortlieb* 1975, S.163). Es soll die empirische Relevanz der später zu prüfenden Hypothesen, Theorien und Konzepte sichergestellt werden. (Der quantitative Forschungsprozeß selbst bietet ja keine Chance, nach der Falsifikation einer Hypothese eine inhaltlich angemessenere zu generieren. Eine solche ergäbe sich erst wieder durch neue theoretische Überlegungen, die im günstigsten Fall durch die Falsifikation angeregt werden.) Daher wird der Forscher vor einer quantitativen Untersuchung eines oder mehrere Objekte untersuchen. „Bevor ein endgültiger Fragebogen aufgestellt wird, analysiert der gründliche Forscher wahrscheinlich eine Reihe von Einzelfällen, die mit seinem Hauptproblem zu tun haben. ... Er wird ... mit einer Reihe von Befragten sehr ausführlich sprechen wollen, um genau herauszufinden, wie deren Lebensweise durch den zu untersuchenden Faktor beeinflußt wird“ (*Goode/Hatt* 1956, S.309).

Beispiel:
In einer großen Umfrage unter Jugendlichen (*Fischer* et al. 1981) sollen etwa tausend davon zu ihren Lebensentwürfen, Alltagskulturen und Zukunftsbildern befragt werden. Eine Forschungsfrage lautet: Welchen Einfluß haben eher pessimistische Zukunftsbilder der Jugendlichen auf die Gestaltung der Lebensentwürfe? Diese Frage beruht auf der Annahme, daß eher düstere Zukunftsbilder bei den Jugendlichen weit verbreitet sind. Dazu einer der Forscher: „In den ersten Monaten der Arbeiten an der Studie sprechen wir oft darüber, wie die Distanz und das Mißtrauen der Jugendlichen in die Zukunft der gesellschaftlichen Entwicklung einzuschätzen sind. Sind sie verbreitet, zu Lebensstilen universalisiert, lebenspraktisch verankert?“ (*Fuchs* 1981a, S.282).

Zwar hatte jeder der Forscher Alltagserfahrungen mit Jugendlichen, und konnte von deren zukunftskritischen Einstellungen und Verhaltensweisen berichten, aber es blieb die Frage: „Ist der Vorbehalt gegen den kulturell dominierenden Lebensstil unserer Gesellschaft Randphänomen, Mode oder breite Bewegung?“ (*Fuchs* 1981a, S.282). Um dies zu klären, wurden in einer qualitativen Vorstudie Einzelfälle in offenen Leitfadeninterviews untersucht. „Erst die qualitative Vorstudie bringt Plausibilität dafür, daß die düsteren Bilder von der Zukunft der Gesellschaft und des Lebens, daß die zivilisationskritischen Orientierungen (und Lebenspraktiken) weit verbreitet sind“ (*Fuchs* 1981a, S.282).

Nicht mehr der Hypothesentest an einer repräsentativen Stichprobe steht im Vordergrund solcher Fallstudien im quantitativen Paradigma, sondern die Untersuchung einzelner Personen, um herauszufinden, welche Formen eines vom Forscher unterstellten sozialen Phänomens (hier der Zukunftspessimismus) tatsächlich aufzufinden sind. Dabei wird die Person nicht a priori auf ein Set operationalisierter Variablen reduziert, sondern als „Experte" begriffen, der dem Forscher (der sozusagen Laie in dessen Alltag ist) Auskunft über das soziale Phänomen gibt. So werden Hypothesen entwickelt, die anschließend standardisiert-quantitativ getestet werden können. *Fallstudien zur Hypothesengenerierung dienen insbesondere auch der Feststellung der Relevanz der später zu prüfenden Hypothesen.*

2.2.3. Fallstudien zur Operationalisierung

Fallstudien können neben der Vorbereitung von Hypothesen auch eingesetzt werden, um die standardisiert zu erhebenden Variablen der Hauptuntersuchung optimal zu operationalisieren. Da die „Begrifflichkeiten", also die Vorstellungsinhalte gleicher Begriffe bei Forscher und Untersuchungsobjekten unterschiedlich sein können, „scheinen ... eher qualitativ orientierte Fallanalysen notwendig zu sein, um Informationen über die Verwendung von Alltagsbegriffen" (*Witzel* 1982, S.78) zu erlangen. Dies ist vor allem bei der Untersuchung von homogenen und stark abgeschlossenen Subkulturen und Milieus notwendig.

Beispiel:
Ein Forscher plant eine quantitative Untersuchung zur Ausländerfeindlichkeit und zum Antisemitismus bundesdeutscher Fußballfans. Dazu befragt er mehrere Fußballfans in einem offenen Interview und unternimmt eine verdeckte, teilnehmende Beobachtung im Umfeld eines Fanklubs. Auf diese Weise macht er sich mit den Sprachgewohnheiten der Fans vertraut. Aufgrund der gewonnenen Erfahrungen über die Sprachgewohnheiten der Hooligans kann er die Items einer Einstellungsskala zum Antisemitismus so formulieren, daß sie der in der Untersuchungspopulation verwendeten Sprache angemessen sind.

In diesem Beispiel dienen also die Fallstudien in der Vorphase quantitativer Sozialforschung nicht der Überprüfung der empirischen Relevanz eines vom Forscher vermuteten sozialen Phänomens, sondern der Sicherstellung einer angemessenen und wirklichkeitsnahen Operationalisierung.

Gerade die quantitative Sozialforschung hat es immer mit dem Phänomen der *Bedeutungsäquivalenz* der Operationalisierungen zu tun: Verstehen Forscher und *alle* Befragte das gleiche unter einem Begriff? Da standardisiert vorgegangen wird, also gleiche Frageformulierungen für alle verwendet werden, muß im Sinne einer optimalen Vergleichbarkeit der Antworten die Bedeutungsäquivalenz der Fragen geprüft werden. Die Unterschiede in der Begrifflichkeit werden besonders deutlich, wenn man die Begriffe „Prostituierte", „Nutte", „Hure" betrachtet, die in unterschiedlichen Populationen tendenziell andere Bedeutungsgehalte haben (vgl. *Girtler* 1985). Insoweit sind explorative Fallstudien hilfreich und wichtig.

Die Ergebnisse der explorativen Fallstudie werden nach der quantitativen Forschungslogik nicht als Befunde einer eigenständigen Studie behandelt, sondern sie haben nur heuristischen Wert. Die Erkenntnisse dienen der Entwicklung von empirisch relevanten Hypothesen und der sprachlich angemessenen Umsetzung theoretischer Begriffe. Die aufgestellten Hypothesen müssen danach im Wege einer quantitativen, standardisierten Untersuchung überprüft werden. Zusammenfassend läßt sich formulieren, daß „die Entwicklung von Konzepten oder Hypothesen ... unumstritten als wesentliche (oft einzige) Aufgabe der (Einzel-) Fallstudie angesehen" (*Alemann/Ortlieb* 1975, S.163) wird.

2.2.4. Fallstudien zur Plausibilisierung und Illustration quantitativer Ergebnisse

Eine weitere Möglichkeit des Einsatzes von Einzelfallstudien im Rahmen quantitativer Sozialforschung ergibt sich bei der Darstellung von Ergebnissen einer quantitativen Studie im Forschungsbericht: Um die Befunde einer standardisierten Untersuchung zu illustrieren, werden vom Forscher einzelne Forschungsobjekte (z. B. Personen) mit qualitativen Techniken untersucht. Dabei sollen die statistisch gesicherten Befunde der quantitativen Studie z. B. durch Äußerungen von Befragten in offenen Interviews verdeutlicht werden.

Beispiel:
In einer museumspädagogischen Untersuchung werden 300 Besucher einer historischen Ausstellung zum pädagogischen Wert der ausgestellten Stücke und einzelner Ausstellungsabteilungen befragt. Dabei interessiert besonders, ob ganzheitlich angelegte Ausstellungsensembles – etwa eine Arbeiterwohnung aus dem 17.Jh. – eine nachhaltigere Wirkung auf die Besucher der Ausstellung hatten als singuläre, wertvolle Exponate – etwa eine goldene Krone o. ä. Gleichzeitig mit bzw. nach der quantitativen Erhebung werden einzelne, besonders interessierte oder mitteilsame Befragte in offenen Interviews eingehend zu ihren Eindrücken von der Ausstellung befragt. Die transkribierten Interviewprotokolle werden im Abschlußbericht der Studie auszugsweise zur Illustration und Verdeutlichung der statistisch gefundenen Erkenntnisse wörtlich zitiert.

Die Befunde, die durch das intensive Studium von Einzelfällen zu erzielen sind, werden also mit den quantitativ-statistisch gewonnenen Erkenntnissen in Verbindung gebracht. Die Einzelfälle werden mit ihren Aussagen als typische Vertreter der Stichprobe oder einer Teilpopulation hinsichtlich einer bestimmten Meinung oder Einstellung betrachtet. Dies wird zum einen als Beleg dafür genommen, daß die operationalisierte Hypothese empirische Relevanz aufweist, zum anderen werden die theoretischen Aussagen in gewisser Weise vom Alltagsmenschen bestätigt. Die Befunde dieser auf Plausibilität angelegten Einzelfallstudien werden unter wissenschaftstheoretischen Kriterien nicht als beweiskräftig angesehen; sie werden lediglich dazu verwandt, die oft spröden und trockenen statistischen Ergebnisse exemplarisch mit Leben zu füllen, aufzulockern, zu illustrieren.

Bei solchen quantitativ orientierten Sozialforschern, die gegenüber dem qualitativen Paradigma offen sind und die (tendenziell) multimethodisch gearbeitet haben, werden die Fallstudien auch mit einer über Plausibilisierung und Illustration hinausgehenden Wertigkeit versehen: Sie benützen die qualitativen Fallstudien dazu, die statistischen „Durchschnittsdaten" der quantitativen Erhebung durch die Einzelfallanalysen zu *vertiefen* und zu *erweitern*.

2.2.5. *Fallstudien zur Ermittlung der Praktikabilität*

Mancher Sozialforscher, der quantitative Daten erheben möchte, lebt in der Vorstellung, es wäre einerseits sehr leicht, eine Stichprobe der Untersuchungspersonen zu ziehen, und andererseits dann nicht mehr schwer, die Erhebung durchzuführen. Alle Erfahrungen der letzten Jahre zeigen jedoch, daß aus den verschiedensten Gründen es immer schwieriger wird, den Zugang zu den zu untersuchenden Populationen zu finden (vgl. *Lamnek* 1978). Deshalb muß jeder Sozialforscher bemüht sein, die Realisierungschancen einer empirischen Studie zu testen, wozu eine Fallstudie geeignet sein kann.

Beispiel:
Man möchte die Eltern von Kleinkindern danach befragen, ob die Spielplatzsituation in den jeweiligen Gemeinden als zureichend empfunden wird. Um repräsentative Aussagen machen zu können, benötigt man eine Zufallsstichprobe der Eltern. Man besorgt sich die entsprechenden Genehmigungen und Unbedenklichkeitsbescheinigungen (Datenschutz) und möchte exemplarisch für eine kleine Gemeinde eine Fallstudie vorbereitend durchführen. Diese Gemeinde verweigert aber die Herausgabe von Adressen unter dem vorgeschützten Hinweis auf den Datenschutz, weil sie ein negatives Urteil besorgt.

Das Beispiel macht deutlich, daß Fallstudien geeignet sein können, die Problematik der Adressengewinnung abzuschätzen. Hat man seine Stichprobenadressen erhalten, so muß ja eine möglichst weitgehende Ausschöpfung erfolgen, um die Repräsentativität zu realisieren. Um herauszufinden, welche Widerstände bei der Durchführung der Erhebung zu erwarten sind, bieten sich wieder einige wenige Fallstudien an.

Beispiel:
Bei einigen qualitativen Fallstudien zu den Einstellungen und Verhaltensweisen gegenüber psychisch Kranken stellt man fest, daß dieser Gegenstand so prekär, tabuisiert und kompliziert ist, daß die beabsichtigte quantitative Erhebung, für die schon die Stichprobenziehung vorliegt, aufgegeben wird, weil zu hohe Verweigerungsquoten zu erwarten sind.

Wenn Fallstudien zur Feststellung der Praktikabilität von quantitativen Studien eingesetzt werden, so könnte man dem entgegenhalten, diese Fallstudien wären ja nur *Pretests*. Solche Fallstudien sind aber mehr und zugleich weniger als Pretests. Sie sind es weniger, weil Pretests bei einem bereits entwickelten und standardisierten Erhebungsinstrument durchgeführt werden, um Instrument, Population und Interviewer zu testen. Sie sind es mehr, weil sie über diese Funktionen der Praktikabilität durch die offene und qualitative Vorgehensweise hinaus auch jene Funktionen wahrnehmen, die der Pretest nicht hat, nämlich Hypothesengenerierung, Exploration etc.

Zusammenfassung zum Status der Fallstudie in der quantitativen Sozialforschung:

- Die Einzelfallstudie gilt den Vertretern des quantitativen Paradigmas als unstandardisiertes und *unkontrollierbares Verfahren*, das für *verzerrende Einflüsse* aller Art (z. B. biases) offen ist.
- Die Einzelfallstudie hat nach Auffassung der quantitativen Forschungslogik *keine entscheidende wissenschaftliche Beweiskraft*. Bestenfalls (oder schlimmstenfalls) kann sie generalistische Hypothesen falsifizieren.
- „Die Hauptfunktion der Einzelfallstudie, deren Beweiskraft oft zweifelhaft ist, sieht man in der *Generierung von Hypothesen*" (*Scheuch* 1970, S.218).
- Zudem werden Fallstudien auch gemacht, um sich *Informationen* über das *soziale Feld* abgesicherter zu verschaffen, als dies nur bei Primärerfahrung oder theoretischer Überlegung möglich wäre.
- Damit gelingt es auch, die *relevanten Dimensionen und Aspekte* des zu untersuchenden Phänomens zu ermitteln.
- Fallstudien sind auch hilfreich, um abschätzen zu können, mit welchen *Erhebungsmethoden* man dem Gegenstand und dem Erkenntnisziel am ehesten gerecht wird.
- Fallstudien können auch für die Feststellung der *Praktikabilität* von quantitativ-empirischen Erhebungen geeignet sein. Dabei sind zwei Funktionen zu differenzieren: die *Zugangsproblematik zu Stichprobenmaterial* und die *Akzeptanz, die sich als Verweigerungsquote negativ auf die Repräsentativität auswirkt*.
- Einzelfallstudien im quantitativen Paradigma dienen auch der Sicherung einer gegenstands- und realitätsgerechten *Operationalisierung*.
- Daneben kommt der Fallstudie in der quantitativen Sozialforschung auch eine *illustrative Aufgabe* zu: sie soll statistische Befunde *durch authentisches Material verdeutlichen, plausibilisieren, evtl. erweitern und vertiefen*.
- Grundsätzlich muß festgestellt werden, daß die Einzelfallstudie im quantitativen Paradigma gegenüber deren Position im qualitativen Forschungskonzept einen nur *inferioren Status* genießt. Ist sie im qualitativen Paradigma ein echter approach, ein Forschungsansatz, ist sie in der quantitativen Sozialforschung eher eine *nachgeordnete Ergänzung mit Hilfsfunktionen*.

2.3. Die Einzelfallstudie im qualitativen Paradigma

Bevor auf die Einzelfallstudie detaillierter eingegangen werden kann, sind zwei grundsätzliche Bemerkungen voranzustellen. Die erste definiert die Einzelfallstudie als *wissenschaftliche Methode* und grenzt sie vom *alltagsweltlichen Vorgehen* ab; die zweite Überlegung betrifft noch einmal rekapitulierend den Unterschied des *Forschungsansatzes Einzelfallstudie* zu den übrigen Techniken der qualitativen Sozialforschung.

„Statt uns auf immer abstraktere Generalisierungen zu konzentrieren, die wir mit immer größeren Datenerhebungen zu finden hoffen, sollten wir versuchen, in intensiven Fallstudien Material zu sammeln, das Aussagen über konkrete Wirklichkeit und Wahrnehmungen dieser Wirklichkeit durch konkrete Personen zuläßt" (*Abels* 1975, S.330). Der approach der Einzelfallstudie setzt also gegen die Erhebung und Auswertung hoch-aggregierter Daten die Beschreibung und Analyse eines einzelnen Falls, einer einzelnen Untersuchungseinheit.

Die Einzigartigkeit, das Individuelle, das Isolierte – auch das Ganzheitliche – erinnert sehr stark an unseren Alltag, in dem wir ja nie ‚aggregierten Daten' oder einzelnen Variablen, sondern handelnden Individuen begegnen, diese in spezifischer Weise wahrnehmen und interpretieren. ‚*Wahrnehmen und Interpretieren*' sind die alltäglichen Entsprechungen der wissenschaftlichen Intention des *Beschreibens und Analysierens*. Doch darf man beim Verfolgen dieses Zieles nicht aus den Augen verlieren: Im interpretativen Paradigma hat wissenschaftliches Vorgehen – d.h. die rationale Rekonstruktion der Wirklichkeit durch kontrolliertes Fremdverstehen – nichts mit dem alltagsweltlichen Vorgehen zu tun.

Wenn nun in Abgrenzung zu irgendwelchen aggregierten und kumulierten Daten die Einzelfallstudie als auf das Einzigartige und Individuelle abzielende Methode charakterisiert wurde, so bedarf diese Festlegung einer Relativierung, da sie nur auf die Dimension der Aggregatdaten bezogen ist: Den Sozialforscher als Wissenschaftler hat – anders als etwa den Arzt oder Psychologen – nicht so sehr der individualistische Einzelfall zu interessieren, denn man darf „weder die Einzelfallstudie noch irgendein anderes Verfahren als eine Analyse des Individuums in seiner Einzigartigkeit kennzeichnen" (*Goode/Hatt* 1956, S.303). Wissenschaftliches Vorgehen – auch im interpretativen Paradigma – hat das Ziel, in irgendeiner Weise *typische, als extrem-, ideal- oder durchschnittstypische Handlungsmuster* zu identifizieren. Handlungsmuster, die zwar individuell festzumachen sind, aber keineswegs nur einmalig und individuenspezifisch wären. Vielmehr manifestieren sich in diesen Handlungen *generellere Strukturen*.

Bei diesen Mustern handelt es sich um Einzelhandlungen, die sinnhaft aufeinander bezogen (also in Kombination) auftreten. In der sozialen Realität (dem Alltag) gibt es diese Typen in den seltensten Fällen in reiner Form. Vielmehr existieren eine Unzahl von ähnlichen, aber dennoch variierten Handlungsfiguren, aus denen der Soziologe ein Handlungsmuster rekonstruiert. „Man kann daher die Einzelfallstudie auch nicht als eine Methode betrachten, die das Einmalige erfaßt; sie versucht nur, die für das zu untersuchende wissenschaftliche Problem bedeutsamen Kennzeichen als Einheit aufzufassen und zusammenzuhalten" (*Goode/Hatt* 1956, S. 302).

Die Einzelfallstudie im qualitativen Paradigma strebt eine *wissenschaftliche Rekonstruktion von Handlungsmustern auf der Grundlage von alltagsweltlichen, realen Handlungsfiguren* an. Dabei versucht der Forscher nicht nur als alltagsweltlicher Handlungspartner, die Figuren nachzuvollziehen, sondern diese in den wissenschaftlichen Diskurs zu überführen und Handlungsmuster zu identifizieren, indem er allgemeinere Regelmäßigkeiten vermutet. Es zeigt sich an dieser Stelle, „daß wissenschaftliche und alltägliche Denkleistungen nicht nur gut unterschieden werden können, sondern im Interesse beider deutlich unterschieden werden müssen" (*Soeffner* 1983, S.14).

Wenn also im folgenden die Rede davon ist, die Einzelfallstudie entspräche als approach in besonderer Weise den methodologischen Implikationen der interpretativen Soziologie – *Offenheit*, *Kommunikativität*, *Naturalistizität* und *Interpretativität* – und könne daher besonders gut zur Analyse von Situationen eingesetzt werden, in denen sich solche Handlungsmuster manifestieren, so muß mitgedacht werden, daß das Ziel der Analyse nicht die Rekonstruktion individueller Handlungsfiguren, sondern das Herausarbeiten *typischer Handlungsmuster* ist.

In den einleitenden begrifflichen Erörterungen wurde darauf hingewiesen, daß es sich bei der Einzelfallstudie um einen approach, einen Forschungsansatz handelt. Ein solcher Forschungsansatz beinhaltet ein Design, forschungspraktische Anweisungen, die dem Gegenstand und dem Untersuchungsziel angemessen sein und den methodologischen Implikationen entsprechen müssen. Die Einzelfallstudie ist nicht mit einer konkreten Forschungsmethode oder Erhebungstechnik zu verwechseln, wie es das offene oder narrative Interview, die Beobachtung oder die Gruppendiskussion für die qualitative Sozialforschung sind. *Vielmehr ist die Einzelfallstudie als elementarer Baustein einer jeden qualitativen Studie anzusehen.* Eine qualitative Befragung von dreißig Personen etwa besteht aus dreißig Einzelfallstudien, die sich der gleichen Erhebungstechnik bedienen und miteinander verbunden sind.

2.3.1. Merkmale qualitativer Methodologie in Einzelfallstudien

Im folgenden sollen wesentliche Charakteristika der qualitativen Methodologie knapp dargestellt werden. Im Lichte dieser Kennzeichen wird die Einzelfallstudie als grundlegender Forschungsansatz, eben als approach, erscheinen, der diesen methodologischen Prinzipien in besonderer Weise gerecht wird. Im ersten Band (vgl. *Lamnek* 1988) wurden einige Merkmale qualitativer Sozialforschung genannt, die sie von der herkömmlichen quantitativen Forschungslogik abheben: (a) Offenheit, (b) Kommunikativität, (c) Naturalistizität und (d) Interpretativität.

2.3.1.1. Offenheit

In der qualitativen Methodologie wird das Vorgehen, wie es quantitative Forscher ausschließlich in der explorativen Phase praktizieren, zum zentralen Prinzip erhoben: Offenheit. Offenheit bezüglich des theoretischen Konzepts, Offenheit gegenüber den untersuchten Personen (der Forscher erklärt ihnen den Sinn und Zweck der Untersuchung) und Offenheit in der Erhebungssituation (Flexibilität in der Wahl der Erhebungstechniken und in der Gestaltung der Erhebungssituation) sind zentrale Merkmale qualitativer Sozialforschung. Ein wichtiger Aspekt der Offenheit bezieht sich auf die Entwicklung hypothetischer Aussagen: Die Generierung theoretischer Konzepte ist offen für die Interpretationen und Deutungen der Alltagswelt.

Theoretische Konzepte und Hypothesen werden nicht aufgrund von wissenschaftlichem und alltagsweltlichem Vorwissen formuliert, sondern durch kontrolliertes Fremdverstehen der von den Untersuchten verwendeten Alltagskonzepte entwickelt. Dadurch soll einerseits der Blick auf den zu untersuchenden sozialen Sachverhalt vorurteilsfrei ermöglicht und andererseits sollen die theoretischen Überlegungen nicht vorschnell in eine bestimmte Richtung gelenkt werden. Diese Offenheit entspricht der Verwirklichung der ersten Reduktionsstufe der angewandten Phänomenologie (vgl. *Lamnek* 1988, S.59).

Beispiel:
„Man beobachtet, daß ein Jugendlicher Ladendiebstähle begeht und versucht, dies damit zu erklären, daß er aufgrund des geringen Taschengelds einerseits und des Konsumdrucks andererseits nicht in der Lage ist, die Ziel-Mittel-Diskrepanz auf legale Weise zu bewältigen. Eingehendere Gespräche könnten jedoch erbringen, daß er sich von seinen Eltern vernachlässigt fühlt und durch die Ladendiebstähle Aufmerksamkeit erregen möchte. (Ebenso ist der umgekehrte Fall denkbar, daß unbewußter Protest unterstellt wird, während tatsächlich ein Ziel-Mittel-Konflikt vorliegt.)" (*Lamnek* 1988, S.59f).

In der qualitativen Sozialforschung werden solche Fragen erst auf der gesicherten Grundlage des empirisch erhobenen Materials entschieden. Vorabvermutungen als Hypothesen dürfen bestenfalls nur eine untergeordnete Rolle spielen. Erst eine intensive Beschäftigung mit dem einzelnen Fall kann darüber Auskunft geben, ob die eine oder die andere oder vielleicht gar eine dritte Erklärung zutrifft. Der approach der Einzelfallstudie „verhindert die Stereotypisierung und vorschnelle Strukturierung der Daten" (*Witzel* 1982, S.79), weil sehr konkret auf den individuellen Fall eingegangen werden kann und dessen Deutungen – ohne Prädetermination durch das hypothetische Raster des Forschers – erst zu interpretierenden Vermutungen führen. Dazu muß dem Fall (hier der Person) – je nach theoretischer Ausrichtung des Forschers – die Gelegenheit gegeben werden, die für sie zutreffende Erklärung oder die latent vorhandenen, unbewußten Verhaltensmuster einzubringen.

Um die Offenheit in der Entwicklung theoretischer Konzepte und Hypothesen zu verwirklichen, muß der Forscher der untersuchten sozialen Einheit (Person oder Aggregat) die Chance eröffnen, sich authentisch, d.h. unbeeinflußt und natürlich zu äußern. Der Forscher steht der Untersuchungsperson unvoreingenommen gegenüber. „Die Unvoreingenommenheit ist aber nicht zu verwechseln mit der naiven Haltung, die der Forscher im Feld einnehmen soll, wie sie Ethnomethodologen idealtypisch fordern" (*Witzel* 1982, S.79). Denn natürlich besitzt der Forscher Vermutungen über die soziale Wirklichkeit. Doch dürfen ihn diese Vermutungen nicht blind machen für die – möglicherweise davon abweichenden – Verhältnisse in der sozialen Realität. Ob dieser authentische Zusammenhang je nach soziologisch-theoretischer Orientierung als *unbewußte Handlungsmotivation*, als *manifeste Handlungsorientierung* oder als *latente Struktur* betrachtet wird, ist dabei nicht ausschlaggebend. Wichtig ist allein, daß die Handlungen und Äußerungen der Untersuchungseinheit in der Erhebungssituation nicht durch prädeterminierte Konzepte des Forschers beeinflußt werden.

Beispiel:
In fast jedem standardisierten Fragebogen finden sich geschlossene Fragen, bei denen eine Reihe von möglichen Antworten vorgegeben sind und in einer Residualkategorie darüberhinausgehende Antworten gegeben werden können. Die Erfahrung aus der Praxis lehrt einmal, daß von dieser Antwortmöglichkeit selten Gebrauch gemacht wird. Zum zweiten wird in der Regel der Forscher die unter dieser Kategorie stehenden Antworten als „sonstige Antworten" behandeln und nur mit den von ihm vorgegebenen Kategorien operieren. Den Befragten bleibt kaum eine Chance, aus diesem, durch theoretische Prädeterminationen gebildeten, Kategoriensystem auszubrechen. Solche Antworten finden daher kaum Eingang in die Forschungsergebnisse.

Um solche und ähnliche Verzerrungen und Fehler zu vermeiden, sind in der Einzelfallstudie als approach der qualitativen Sozialforschung die beiden im folgenden beschriebenen Merkmale verwirklicht: Kommunikativität und Naturalistizität.

2.3.1.2. Kommunikativität

Im qualitativen Paradigma wird davon ausgegangen, daß soziale Wirklichkeit durch situative Interaktionen oder Kommunikation konstituiert wird. Man nimmt an, daß die Alltagshandelnden „von der Struktur und dem Handlungspotential ... (der) Alltags- und Handlungswelt ein manifestes und ein latentes Wissen" (*Soeffner* 1983, S.13) haben und je nach soziologisch theoretischer Ausrichtung wird das eine oder das andere untersucht. Innerhalb einer Handlungssituation wird dieses gemeinsame Wissen thematisiert, um sich der *gemeinsamen Deutung der Situation* zu vergewissern. Diese *kommunikative Verständigung* über das geteilte Wissen ist der Zugang der Wissenschaft zur Handlungssituation.

Um die in den jeweiligen Situationen entstehende Wirklichkeit zu erfassen, muß auch die empirische Sozialforschung einen kommunikativen Akt initiieren, der der Alltagskommunikation ähnelt, denn „die methodologischen Regeln können nicht losgelöst von den vorgängigen Regeln des alltäglichen Kommunikationsprozesses festgelegt werden" (*Lamnek* 1988, S.41). Dieser kommunikative Akt kann sich zwischen Forscher und Untersuchungseinheit oder aber auch ohne Beteiligung des Forschers – sozusagen unter seinen Augen – vollziehen. In und mit der Kommunikation wird Wirklichkeit generiert, die der Forscher einfangen, konservieren kann. Wird das empirische Material nicht durch Kommunikation gewonnen, werden auch keine Interpretationen und Deutungen der Alltagsmenschen freigesetzt, die die Wirklichkeit konstituieren. Die Erhebungstechniken der Einzelfallstudie müssen kommunikativ sein, damit die soziale Wirklichkeit in der Erhebungssituation präsent wird.

Während von Vertretern des quantitativen Paradigmas „die sehr engen Interaktionen zwischen Forscher und Untersuchungsperson und der unwiederholbare Charakter der Situation" (*Scheuch* 1970, S.218) kritisiert wird, legen qualitative Forscher gerade auf diese enge und intensive Relation besonderen Wert. Zwei Merkmale qualitativer Methodologie fordern im qualitativen Forschungsprozeß geradezu eine enge Beziehung zwischen Forscher und Untersuchungspersonen: Kommunikativität ist das eine, Naturalistizität das andere.

2.3.1.3. Naturalistizität

Das Untersuchungsfeld der qualitativen Sozialforschung „ist die natürliche Welt, die mit naturalistischen Methoden erfaßt und beschrieben werden soll“ (*Lamnek* 1988, S.41). Die Kommunikation, die wissenschaftlich betrachtet wird, sollte möglichst naturalistisch sein. Verfremdende Einflüsse durch eine ungewöhnliche, unnatürliche Kommunikationssituation während der Erhebung führen auch zu verfremdeten und unnatürlichen Interpretationen und Deutungen der untersuchten Personen. Die Untersuchungssituation soll daher dem Lebensalltag des zu Untersuchenden nicht fremd sein. Daher müssen kommunikative Akte eingegangen werden, die Alltagssituationen möglichst ähnlich sind. Ein zu beachtender Gesichtspunkt ist z. B. die Asymmetrie der Erhebungssituation im Interview. (Diese wird noch ausführlicher beim qualitativen Interview bearbeitet.)

Beispiel:
In einer standardisierten Befragung werden von Fußballfans Informationen und Angaben über persönliche Einstellungen zu Ausländerfeindlichkeit und Antisemitismus erfragt. Der Interviewer wird gerade von Personen mit einer geringen kommunikativen Kompetenz als Autorität wahrgenommen. Diese Befragten könnten geneigt sein, eher die Angaben zu machen, von denen sie annehmen, daß sie der Forscher erwartet, als die, die tatsächlich zutreffen.

Aus der qualitativen Sozialforschung ist dieses Problem nicht verbannt, aber in weitaus geringerem Maße relevant. Die Interviewsituation im qualitativen Interview ist z. B. ebenfalls asymmetrisch. Doch entspricht die Erhebungssituation im narrativen Interview trotz der Asymmetrie viel eher den im Alltag vorkommenden Situationen. Der Befragte muß seine Antworten nicht in vorgefaßte Schemata von Indikatoren zwängen, sondern kann sie frei und in ihrer ganzen Komplexität vortragen.

Beispiel:
Fragen nach der Lebensgeschichte sind im Alltag eigentlich nur Kindern und Enkeln gestattet, die aus dem Intergenerationendialog etwas lernen wollen, oder Polizisten und Staatsanwälten, die zur Klärung eines Rechtsstreites Fragen über biographische Ereignisse stellen. Insoweit ist die Natürlichkeit der Erhebungssituation auch bei qualitativ-vorsichtigem Vorgehen oft tangiert, kann jedoch durch Kommunikation meist aufgefangen werden, was bei standardisierten Verfahren ausgeschlossen ist.

Die Einzelfallstudie ermöglicht es dem Forscher in der Erhebungssituation, in individueller Weise auf die untersuchte Person einzugehen. Er kann erzählgenerierende Gesprächstechniken einsetzen oder bei Mißverständnissen Nach- und Gegenfragen stellen. Je geringer der Grad der Standardisierung ist, desto größer ist die Chance auf eine natürliche und realitätsnahe Kommunikation. Die Offenheit in der Erhebungssituation ermöglicht zudem eine *Flexibilität* ihrer Gestaltung.

2.3.1.4. Interpretativität

„Die soziale Realität wird als gesellschaftlich, ihr Sinn also durch Interpretation und Bedeutungszuweisung, konstruiert und nicht objektiv vorgegeben aufgefaßt“ (*Lamnek* 1988, S.41). Zum Zwecke der Untersuchung dieser Interpretationen und

Bedeutungszuweisungen wird eine offene und naturalistisch-kommunikative Situation hergestellt. Der Forscher wendet nun seinerseits eine wissenschaftlich modifizierte Form des alltagsweltlichen Fremdverstehens an, um aus der naturalistischen, quasi-alltagsweltlichen Untersuchungssituation Handlungsmuster herauszufiltern. Dieser Vorgang besteht aus zwei Phasen: Interpretation der alltagsweltlichen Deutungen und Bedeutungszuweisungen sowie Typisierung (vgl. 2.3.2.3. und 2.4.).

Das Problem der quantitativen „empirischen Sozialforschung liegt darin, Ergebnisse, die in Form von statistischen Ähnlichkeitsmaßen oder Kreuztabellen vorliegen, vom Alltagswissen des Forschers her ... und ohne ausreichende Berücksichtigung von spezifischen Sinnstrukturen und situativen Bezügen der Untersuchten zu interpretieren" (*Witzel* 1982, S.78). Genau dieses Manko versucht die qualitative Sozialforschung durch den approach der Einzelfallstudie zu überwinden. Erst die Einzelfallstudie macht Interpretation – also Nachvollzug individueller Bedeutungszuweisungen – im Einzelfall möglich. Die ausführliche und intensive Kommunikation mit der untersuchten Person bzw. Betrachtung von Kommunikation dieser Personen macht wissenschaftliche Interpretation möglich. „Wenn es der Soziologie wirklich um die Erforschung der Wirklichkeit des handelnden Menschen geht, dann muß sie sich der aufreibenden Arbeit der Fallstudie unterziehen" (*Abels* 1975, S.245).

2.3.2. *Die Einzelfallstudie im qualitativen Forschungsprozeß*

„Die ‚Person', die auf einem Erhebungsbogen festgehalten wird, löst sich nicht nur in eine Reihe einzeln tabulierter Merkmale auf, sondern sie ist schon von Anfang an beinahe nicht existent, da die Angaben über sie nur sehr begrenzt sind" (*Goode/Hatt* 1956, S.303) und zum Teil aus sehr „künstlichen" Indikatoren gewonnen werden. Diese fundamentale Kritik an dem quantifizierenden Vorgehen ist auf die Fallstudie nach qualitativer Methodologie nicht anzuwenden:

Bei der Einzelfallstudie handelt es sich um den elementaren empirischen Zugang des interpretativen Paradigmas zur sozialen Wirklichkeit, der die Einzelperson in ihrer *Totalität* ins Zentrum der Untersuchung zu stellen trachtet. Dieser Versuch gründlicher, profunder, ganzheitlicher Erhebung und Analyse wird am ehesten in der Einzelfallstudie realisiert; sie respektiert das Individuum als Untersuchungs*subjekt* und erkennt und anerkennt seine Individualität in der Ganzheitlichkeit. Genau dieses Prinzip schlägt sich auf den Forschungsprozeß in der Einzelfallstudie nieder.

Dieser approach der (Einzel)Fallstudie wird nun in den drei Phasen 1. *Populationswahl*, 2. *Datenerhebung* und 3. *Auswertung des Materials* etwas näher betrachtet.

2.3.2.1. Die Populationswahl

In der quantitativen Forschungslogik wird die *Repräsentativität der Stichprobe* angestrebt. Eigentlich ist der Forscher an der Gesamtheit aller in Frage kommenden Untersuchungseinheiten interessiert. Er kann aber aufgrund von Ressourcenbeschränkungen, aus Unkenntnis des Umfangs der Grundgesamtheit oder aus anderen Gründen nicht alle untersuchen. Deshalb wählt er eine Stellvertretergruppe aus: die *Stichprobe*. Bestimmte, als wesentlich angesehene, Merkmale sollen in der Stichprobe genauso verteilt sein, wie in der Grundgesamtheit. Dies versucht man in der Regel durch eine *Zufallsauswahl, durch statistical sampling*, zu gewährleisten.

In der qualitativen Sozialforschung geht man „von einem anderen Sampling-Begriff aus, dem *theoretical sampling*. Ihm liegt die Überlegung zugrunde, daß es zur Entwicklung einer Theorie ausreicht, wenn jeweils ein Fall bekannt wird, der von der bisherigen vorläufigen Theorie abweicht“ (*Hermanns* et al. 1984, S.150). Die Auswahl der Untersuchungseinheiten geschieht also systematisch daraufhin, einen Fall, eine Untersuchungseinheit zu finden, die die theoretischen Konzepte des Forschers komplexer, differenzierter und profunder gestalten kann. Dabei geht man folgendermaßen vor: Die Untersuchungseinheit für die erste Einzelfallstudie wird aufgrund ihrer Eignung als *extremer oder idealer Typ* ausgewählt. Dabei ist der Forscher auf Vermutungen oder äußerliche Merkmale angewiesen.

Beispiel:
Ein Forscher untersucht Stadtstreicher in einer Großstadt. Er wird seine Untersuchungseinheiten nun danach auswählen müssen, wer zu diesem Kreis zählt und außerdem bereit ist, einen Forscher in sein Leben treten zu lassen, der also seinerseits kontaktfreudig ist. Darüberhinaus wird der Forscher vielleicht Nichtseßhafte auswählen, die in einem Asyl untergebracht sind und solche, die ganz auf der Straße leben (Obdachlose).

Das Material einer ersten Untersuchungseinheit (eines Einzelfalls) liefert eine im Sinne der Forschungsfrage interessante Handlungsfigur. Mit dieser Handlungsfigur als Ausgangspunkt werden nun die übrigen Untersuchungseinheiten ausgewählt. Je nachdem, ob der Forscher die ganze Bandbreite aller – in den durch die Forschungsfrage als relevant definierten Situationen – vorkommenden Handlungsfiguren untersuchen will, oder ob er nur eine singuläre, besonders detaillierte oder facettenreiche Figur zu einem Handlungsmuster synthetisieren will, werden die Untersuchungseinheiten der übrigen Einzelfallstudien nach unterschiedlichen Kriterien ausgesucht. In beiden Fällen bildet die erste ausgewählte Untersuchungseinheit den Ausgangspunkt.

Sollen möglichst *alle Handlungsfiguren* in einer sozialen Situation erfaßt werden, so werden die Erhebungs- und Analyseeinheiten nach ihrer *spezifischen Andersartigkeit* – bezogen auf die erste untersuchte Figur – ausgewählt.

Beispiel:
Ein Stammtisch wird auf gruppendynamische Prozesse hin untersucht. Dem Forscher fällt bei der Beobachtung einer solchen Runde zunächst ein Hauptakteur auf, der die meisten Gesprächsanteile hat. Der Forscher beobachtet diesen Wortführer genauer (= Auswahl der ersten Untersuchungseinheit) und stellt fest, wen diese Person beachtet, wen sie anspricht, wen sie unterbricht, mit wem sie Blickkontakt aufnimmt und wem sie zuhört. Unser Forscher ist nun nicht nur daran interessiert, diesen Typ des lauten Alleinunterhalters zu untersuchen. Für seine folgenden Beobachtungen wählt er nun die Untersuchungseinheiten aufgrund ihrer spezifischen Andersartigkeit aus.

Der Forscher beobachtet daher einen eher stillen und zurückhaltenden Stammtischbruder, um zu untersuchen, mit wem er redet, wem er zuhört, wer ihm zuhört und mit wem er Blickkontakt aufnimmt.

Als drittes wählt der Forscher eine Person aus, die einen stillen Eindruck macht und nur selten etwas sagt. Er stellt aber zudem fest, daß ihre Wortbeiträge nicht unterbrochen werden. Die weitere Beobachtung ergibt, daß es sich bei der Person um so etwas wie die „graue Eminenz" handelt, die sich zwar selten an den Gesprächen beteiligt, aber gerne als Zuhörer angenommen wird und mit ihren Wortbeiträgen die Gesprächsinhalte bestimmt.

Ist hingegen das Hauptaugenmerk des Forschers auf die detaillierte und umfassende Beschreibung *eines einzelnen Handlungsmusters* gerichtet, wird er die folgenden Untersuchungseinheiten aufgrund ihrer *Ähnlichkeit* mit dem ersten Untersuchungselement auswählen. Aus vielen ähnlichen Handlungsfiguren macht der Forscher dann ein generelles Muster.

Beispiel:
Der Forscher interessiert sich wieder für eine Stammtischrunde. Diesmal ist sein Augenmerk aber nicht auf die Untersuchung aller möglichen Handlungsfiguren, sondern auf die eingehende Analyse der sog. grauen Eminenz gerichtet. Um eine detaillierteres Bild dieses Typs zu gewinnen, beobachtet der Forscher nun an verschiedenen Stammtischgesellschaften jeweils die graue Eminenz (soweit sie vorhanden ist).

Dieses Vorgehen ermöglicht dem Forscher ein *genaueres, differenzierteres, aber auch allgemeineres Handlungsmuster zu bilden*. Gleichgültig, ob dic Untersuchungseinheiten aufgrund ihrer spezifischen Andersartigkeit oder wegen ihrer Ähnlichkeit ausgesucht wurden, sie sind nicht nach dem Zufallsprinzip ausgewählt worden. In beiden Fällen bilden theoretische Erwägungen auf der Suche nach Handlungsmustern das Auswahlkriterium. Dieses theoretical sampling kann vollständig und endgültig zu einem bestimmten Zeitpunkt erfolgen, was aber eher unwahrscheinlich ist, oder es wird *sukzessive* durch jeweils neue Entscheidungen auf der Basis gemachter Erfahrungen und gesammelter Erkenntnisse prozessual konstituiert.

2.3.2.2. Die Datenerhebung

In der Phase der Datenerhebung finden sich die Merkmale Naturalistizität und Kommunikativität wieder. Die Erhebung der Daten geschieht dadurch, „daß der Forscher sich in ein Feld begibt und sich mit seinen bisherigen Kenntnissen dort zu informieren sucht, vertraut macht mit Praktiken, Handlungs- und Sprechweisen der dort ansässigen Menschen, an deren Wissen partizipiert und Kenntnisse von den Gegenständen und Prozessen bekommt, mit denen er im Feld zu tun hat" (*Hermanns* et al. 1984, S.147). Einzelfallstudien „basieren auf Forschung in einem Feld, daß heißt, einem natürlichen Bereich der Gesellschaft, der nicht zum Zwecke der Untersuchung erst erzeugt worden ist" (*Hermanns* et al. 1984, S.146f). Vor allem dem Labor-Experiment wird ja „vorgeworfen, die Versuchspersonen würden manipuliert und die Ergebnisse könnten nicht verallgemeinert werden, da sie in völlig unnatürlichen, wirklichkeitsfremden Situationen" (*Mayring* 1988, S.7) erhoben werden (Beeinträchtigung der externen Validität). Einige Beispiele für hochgradig unnatürliche Untersuchungssituationen finden sich in (amerikanischen) empirischen Studien der Psychologie und der Sozialpsychologie.

Beispiel:
Milgram (1982) führte ein Experiment zum Gehorsam gegenüber Autoritätspersonen durch. Mit Anzeigen in der Tagespresse lud er die Bevölkerung ein, gegen Entgelt an einem Experiment – das als Experiment über pädagogische Methoden bezeichnet wurde – teilzunehmen. *Milgram* baute ganz bewußt eine Laborsituation auf, die einem Experiment über Bestrafung als pädagogisches Mittel durchaus gerecht wird. Als Alltagsmensch stellt man sich ein Experiment wohl so vor.

Den Teilnehmern an diesem Experiment wurde vorgespielt, man würde die Auswirkungen von Züchtigungen auf den Lernerfolg testen; in Wahrheit wurde aber untersucht, ob die Versuchspersonen dazu bereit waren, auf Anweisung andere, ihnen völlig unbekannte Menschen, zu quälen oder zu töten. Der Befund ist erschütternd: ein Großteil der Normalbevölkerung ist dazu in der Lage.

Bei der Bewertung dieses Befundes ist aber zu berücksichtigen, daß es sich keinesfalls um eine normale Alltagssituation handelt. Verallgemeinerungen von der Laborsituation auf den Alltag sind sicher kaum zulässig oder zumindest mit Vorsicht anzustellen. (Die *externe Validität* des Experiments im Sinne der quantitativen Methodologie ist mindestens gefährdet.)

Solche oder ähnliche Untersuchungsverhältnisse kennt man auch von den vielen (sozial-)psychologischen Untersuchungen, die von Diplomanden oder Doktoranden mit studentischen Versuchspersonen durchgeführt wurden.

Die qualitative Sozialforschung setzt dagegen auf kommunikative Erhebungstechniken und naturalistische Untersuchungssituationen. Im qualitativen Paradigma werden daher vorwiegend folgende Techniken verwandt: offene und narrative Interviews, teilnehmende (verdeckte, unentdeckte) Beobachtung, Gruppendiskussionsverfahren und die Quellenanalyse (Aktenanalyse usw.). Die Wahl der Technik richtet sich nach theoretischen Prämissen, nach den Eigenheiten der Untersuchungsobjekte und nach den spezifischen Erkenntniszielen. Je nachdem, ob die Untersuchungseinheit eine Einzelperson oder ein soziales Aggregat ist, werden Interviews und Quellenanalyse (Einzelpersonen) oder Gruppendiskussionsverfahren und Beobachtung (soziales Aggregat) bevorzugt.

Die Einzelfallstudie als elementares Forschungsdesign bietet die Chance, eine einzelne Untersuchungseinheit mit verschiedenen Techniken zu „behandeln", denn die Befunde der einzelnen Verfahren können direkt aufeinander bezogen werden, weil das Material von derselben Untersuchungseinheit stammt. Dieses Verfahren bietet zwei Vorteile:

Zum einen wird die Forderung nach Methodentriangulation (Verwendung mehrerer Techniken) eingelöst, um ein möglichst geschlossenes Bild der Untersuchungseinheit zu erhalten. Informationen, die der Forscher mit der einen Methode nicht erhalten hat, könnten mit einer anderen Technik verfügbar werden. Dabei kann der Forscher entweder eine Vermutung durch die Befunde der zweiten Methode absichern oder aber er spekuliert darauf, daß ihm bei der Anwendung der zweiten Technik überraschende Erkenntnisse in die Hände fallen.

Beispiel:
Bain (1956) untersucht eine Großwäscherei im amerikanischen Süden. Er ist auf der Suche nach sozialen Qualifikationen, die die einzelnen Berufsgruppen innerhalb des Betriebs aufweisen müssen. Zu diesem Zweck betrachtet er den Betrieb aus verschiedenen Blickwinkeln mit verschiedenen Techniken. Er *befragt* die Arbeiter, er *beobachtet* ihre Interaktion und er *informiert sich* mittels vorliegenden Materials über die Organisationsstruktur des Betriebs.

Zum anderen wird die Methodentriangulation (die hier eigentlich Techniktriangulation heißen müßte) gefordert, um wissenschaftliche *Artefakte* zu vermeiden. Fehler, die etwa durch den Einfluß des Interviewers entstanden sein könnten (*biases*), sollen z.B. durch eine teilnehmende Beobachtung entdeckt und korrigiert werden. (Man beachte hierzu auch den grundlegenden Unterschied zwischen Einstellung und Verhalten, der in diesem Kontext besonders relevant wird!)

Beispiel:
In einer Behörde wird eine Untersuchung zum sogenannten kleinen Dienstweg durchgeführt. Unter dem kleinen Dienstweg versteht man inoffizielle Kooperation und Absprachen von Mitarbeitern, die sachlich und formal-organisatorisch nur über mehrere übergeordnete Instanzen verknüpft sind. In offenen Befragungen zu diesem Thema hat der Interviewer nachlässigerweise folgende Suggestivfrage gestellt: „Und dann leiten sie den Vorgang an ihren Abteilungsleiter, nicht wahr?" Die Antwortbereitschaft des Befragten zu diesem etwas heiklen Thema ist zerstört, denn er vermutet hinter dem Interviewer einen Agenten der Vorgesetzten.

Nun muß der Forscher andere Techniken wählen, um doch noch die gewünschten Informationen über Art und Umfang des kleinen Dienstweges zu erhalten. Dazu könnte er die Gespräche der Mitarbeiter der Behörde beim Mittagstisch „belauschen"; aber dies erweist sich als undurchführbar. Daher entschließt sich der Forscher, die Hauspostmappen der Behörde auszutauschen. An einem Stichtag werden alle im Haus befindlichen Mappen gegen neue gewechselt. Auf den Mappen ist jeweils ihr gesamter Weg durch die Behörde verzeichnet. Jeder Empfänger streicht seinen eigenen Namen sowie die Bürobezeichnung durch, und schreibt die des neuen Adressaten darauf. Man kann nun feststellen, welche Büros besonders häufig Mappen austauschen, ohne daß sie organisatorisch etwas miteinander zu tun hätten.

Die Methodentriangulation ermöglicht die Ausmerzung erkannter Fehler und stellt eine Prophylaxe gegen unerkannte Fehler dar. Durch die Methodentriangulation sollen in den einzelnen Methoden steckende Fehler bei der Datenerhebung entdeckt werden. Dabei wird davon ausgegangen, daß es äußerst unwahrscheinlich ist, eine fehlerhafte Information in beiden Techniken gleichermaßen oder sich gegenseitig kompensierend zu erhalten; ausgeschlossen ist dies jedoch nicht. Im übrigen wäre aus der Sicht der Logik darauf hinzuweisen, daß übereinstimmende Befunde keinesfalls einen Wahrheits- oder Richtigkeitsbeweis darstellen.

2.3.2.3. Die Auswertung des Materials

„Interessanter als das bloße Testen von Ideen ist ... die Generierung neuer Ideen, die zu angemesseneren Theorien führen" (*Hermanns* et al. 1984, S.149). Dieser Satz kann als Leitlinie für die Auswertungsphase in der Einzelfallstudie gelten. Theoretische Konzepte werden nicht durch alltagsweltliches oder wissenschaftliches Vorwissen des Forschers stimuliert und dann an einem Datensatz getestet (dieses Testen von Hypothesen entspricht der Auswertungsphase in der quantitativen Forschungslogik), sondern sie werden aufgrund des erhobenen Materials erst entwickelt und formuliert!

Diese Entwicklung von theoretischen Konzepten geschieht in zwei Phasen, die ihrerseits – je nach soziologisch-theoretischer Ausrichtung des Forschers (z. B. *objektive Hermeneutik* bei *Oevermann*, *problemzentrierte Methode* bei *Witzel*, *strukturelle Beschreibung* bei *Hermanns*) – in eine Fülle von Arbeitsschritten zerlegt werden.

In der ersten Phase werden die Bedeutungszuweisungen und die Interpretationen, die sich in der kommunikativ erhobenen Handlungsfigur widerspiegeln, methodisch kontrolliert fremdverstanden. Der Forscher ist bemüht, die erfaßte Handlungs*figur* sinnhaft nachzuvollziehen. In der zweiten Phase wird versucht, aus dieser Handlungsfigur allein oder im Vergleich zu anderen ein typisches Handlungs*muster* zu systematisieren. Dazu stehen eine Reihe von Techniken zur Verfügung, die jeweils soziologisch-theoretisch begründet sind und in den folgenden Kapiteln noch angesprochen werden.

Eine dieser Techniken soll schon an dieser Stelle geschildert werden: das Verfahren der *komparativen Kasuistik* (*Jüttemann* 1981). Die komparative Kasuistik ist ein in der Entwicklungspsychologie angesiedeltes Verfahren, das zur Erfassung und Begründung psychologischer Fehlentwicklungen ausgearbeitet wurde. Die komparative Kasuistik versteht sich als „eine iterative Such- und Prüfstrategie zur Generierung funktional relevanter Hypothesen" (*Jüttemann* 1981, S.103), zur ursächlichen Erklärung psychologisch beschreibbarer Phänomene. Es wird bei der Erklärung und theoretischen Klassifikation davon ausgegangen, daß diese Phänomene einen überindividuellen Charakter haben, jeder Einzelfall also Prototyp eines strukturellen Phänomens ist.

Dieses Verfahren stützt sich auf retrospektiv, in offenen Interviews gewonnenes Material über biographische Ereignisse, das meist als Interviewprotokoll vorliegt. „Die Gesamtprozedur der Datenaufbereitung gliedert sich in die Abschnitte: (1) Einzelfallauswertung und (2) interindividuelle Komparation" (*Jüttemann* 1981, S. 115).

(1) *Einzelfallauswertung:*
Da es sich bei der komparativen Kasuistik um ein in der Entwicklungspsychologie angesiedeltes Verfahren handelt, kann man im Zusammenhang mit der Auswertung des gewonnenen Materials natürlich nicht vom wissenschaftlich kontrollierten Fremdverstehen einer kommunikativ vermittelten Handlungsfigur sprechen. Dennoch entspricht die Einzelfallauswertung genau diesem Interpretationsschritt der qualitativen Sozialforschung. *Ziel dieses Auswertungsschrittes ist die kurze Charakterisierung des Einzelfalls unter den für das untersuchte Phänomen interessanten psychologischen Gesichtspunkten.* Hier wird die *individuelle Ausformung eines vermuteten überindividuellen psychologischen Phänomens* eruiert.
Die Erfassung dieser individuellen Ausformung des überindividuellen Phänomens geschieht mit einem *Kategorienschema*. Für jede Kategorie des Schemas werden die

im Text als Interviewprotokoll *vorhandenen Ausprägungen aufgenommen* und *in eine Datentabelle eingetragen*. Um die Reliabilität dieses Auswertungsschritts zu erhöhen, wird *jede Einzelfallauswertung von einem Forscherteam* durchgeführt.

(2) *Interindividuelle Komparation:*
Die in der Einzelfallauswertung erstellten Datentabellen werden nun zusammengestellt und „von jedem Auswerter vergleichend durchgearbeitet" (*Jüttemann* 1981, S. 115). Als Ergebnis stellt jeder Auswerter folgende Unterlagen zusammen:

a) *Die überindividuelle Komparationstabelle*. Diese Tabelle enthält Angaben über gleiche oder ähnliche Ausprägungen einer Variablen bei mindestens zwei der angefertigten Einzelfallauswertungen.
b) *Vorschlag zur Typisierung*. Hier werden Merkmalskombinationen aufgezeigt, die bei allen Einzelfallauswertungen oder Teilgruppen der Population auftreten.
c) *Überindividuelle Personencharakteristik*. Für Teilgruppen der Untersuchungspopulation werden typische Personencharakterisierungen angefertigt.
d) *Hinweise auf Hypothesen und Relevanzbereiche*. Diese Unterlage enthält Anregungen und Hinweise auf Hypothesen und Relevanzsysteme, die bei der bisherigen Auswertung – besonders im Kategorienschema – nicht berücksichtigt sind.

Die auf diesem Weg erstellten Unterlagen werden in einem Auswertungsplenum von allen Auswertern diskutiert und durch Anmerkungen zum Verursachungszusammenhang, Entstehungszusammenhang, zur weiteren Typisierung usw. ergänzt. Auf der Grundlage des so vervollständigten Materials wird ein Abschlußbericht erstellt, in dem die gewonnenen Typen präsentiert werden. Die Methode der komparativen Kasuistik erscheint durch ihren inhaltlichen Bezug auf lebensgeschichtliche Ereignisse besonders für die Biographieforschung (vgl. 7.) geeignet.

Die einzelnen Schritte des Einzelfall-approachs sollen noch einmal zusammenfassend dargestellt werden:

- Der Forscher entwickelt eine Forschungsfrage, ist aber *offen für deren Modifikation*.
- Es werden aufgrund eines *theoretischen Samplings* eine oder mehrere Untersuchungseinheiten möglicherweise auch *sukzessive* für Fallstudien ausgewählt. Dabei kann es darum gehen, jeweils *gleichartige* oder *kontrastierende* Handlungsmuster zur Grundlage der Wahl der Untersuchungseinheiten zu machen.
- Die einzelnen Untersuchungseinheiten werden mit einer oder mehreren Erhebungstechniken behandelt, d. h. *multimethodisches Vorgehen*.
- Bei der Wahl der Methoden ist auf die *kommunikative Verständigungsmöglichkeit* besonders zu achten.
- Brauchbare Erkenntnisse sind nur zu erreichen, wenn die *Kommunikationssituation* im Rahmen der Datenerhebung dem Kriterium der *Natürlichkeit der sozialen Realität* genügt.

- Die soziale Realität ist immer eine interpretierte, d.h. auch die Kommunikationsinhalte als Ergebnis der Erhebung bedürfen der *Interpretation*, der Bedeutungszuweisung.
- Der Forscher versucht, die für ihn interessante *Handlungsfigur* bei jeder Untersuchungseinheit zu *identifizieren*.
- Wenn mehrere Untersuchungseinheiten vorhanden sind, werden *durch die jeweils soziologisch-theoretisch begründeten Analysetechniken Handlungsmuster systematisiert* (Typisierung).
- Der Forscher *dokumentiert Forschungsprozeß und Ergebnisse* in einem Abschlußbericht.

2.4. Eine Typologie von Einzelfallstudien

In der deutschen Soziologie werden Studien meist nach der verwendeten Erhebungstechnik benannt: „Es wurde eine Umfrage gemacht ...“; „Der Forscher unternahm eine teilnehmende Beobachtung ...“; „In biographischen Interviews erwies sich ...“, usw. Bei der Einzelfallstudie handelt es sich aber nicht um eine Erhebungstechnik, sondern um einen Forschungsansatz, der sich verschiedener Techniken bedienen kann. Daher finden sich nur wenige Untersuchungen, die explizit als Einzelfallstudien bezeichnet werden. Im Gegensatz zu dieser Praxis bezieht sich die folgende Typisierung nicht auf die verwendete Forschungstechnik, sondern auf das *Forschungsdesign* von Fallstudien.

In den einleitenden, definitorischen Erörterungen wurde schon ausgeführt, daß die Einheit, die in einer Fallstudie untersucht wird, in der Regel Personen sind. Dies ist ein spezieller Zugang der Soziologie zur Wirklichkeit. Sie betrachtet die Welt jeweils unter dem Aspekt menschlichen Handelns. Selbst wenn sie also einen Supermarkt, ein Ingenieurbüro, ein Slum oder eine Polizeidienststelle untersucht, wird dies immer unter dem Gesichtspunkt von Handlungen und Interaktionen getan. Aus einer Polizeidienststelle wird das Verhältnis von Vorgesetzten und Untergebenen, von Kriminellen zu Beamten, von Kriminalpolizisten zu Streifenpolizisten untersucht. Die Polizeidienststelle wird als soziales Aggregat betrachtet, nicht als Gebäude oder als Kostenstelle im Landeshaushalt.

Manchmal beschäftigt sich die Soziologie aber auch mit Gruppen von Einzelpersonen, die unter irgendeinem Gesichtspunkt als homogen angesehen werden: etwa Sandler (= Stadtstreicher), psychisch Kranke oder Museumsbesucher. Daher kann man zwischen Einzelpersonen und Aggregaten von Personen differenzieren. Durch dieses erste Differenzierungskriterium entsteht die Einteilung der Fallstudien in solche, die eine Einzelperson untersuchen, und solche, die ein soziales Aggregat zum Gegenstand haben. Im Extremfall bestehen solche Aggregate aus Dyaden. Das erste Klassifikationskriterium für Fallstudien ergibt sich also aus der Art des untersuchten Falls: *Einzelperson versus soziales Aggregat.*

Ein weiteres Unterscheidungskriterium wird durch die spezifische Forschungsfrage gebildet: „The same case study may involve more than one unit of analysis. This occures when, within a single case, attention is also given to a subunit or subunits" (*Yin* 1984, S.44). *Yin* unterscheidet *holistic case studies* von *embedded case studies*. Überträgt man diese Begriffe ins Deutsche, so kann man von ganzheitlichen Einzelfallstudien sprechen, die sich bei der Untersuchung des Falls auf die Außenkontakte eines einzelnen, als Ganzes gesehenen Falls konzentrieren, und von eingebetteten Einzelfallstudien, die sich mit ihrer Forschungsfrage auf die Binnenstruktur der Komponenten des analysierten Falls untereinander beziehen. Das zweite Differenzierungskriterium ergibt sich aus der Art der Forschungsfrage: *Binnenstruktur versus Außenkontakte*.

Aus diesen beiden Differenzierungskriterien läßt sich eine Matrix möglicher Typen von Fallstudien aufbauen:

Tabelle 2: Typen von Fallstudien nach zwei ausgewählten Dimensionen

	Untersuchungseinheit der Studie	
Forschungsfrage	Einzelperson	soziales Aggregat
Binnenstruktur	TYP 1	TYP 3
Außenkontakte	TYP 2	TYP 4

Die in der Matrix enthaltenen Typen sollen nun nacheinander behandelt werden.

2.4.1. Einzelpersonen und Binnenstruktur

Bei Einzelpersonen kann man schlecht von der Binnenstruktur der Komponenten einer Person sprechen. Dennoch gibt es Einzelfallstudien, die sich sinnvoll an dieser Stelle in das Schema einbauen lassen. Unter Typ 1 kann man die Studien der biographischen Forschung (vgl. 7.) subsumieren: „Lebensgeschichten bestehen aus der Souveränität, mindestens aber aus der zentralen Wichtigkeit des Ich als Leidenszentrum des Geschehens ... Sie weigern sich, die Lebensführung als bloße Episode im großen Strukturzusammenhang von Gesellschaft und Geschichte zu fassen" (*Fuchs* 1984, S.92). Soziale Faktoren werden sowohl von den Biographen als auch von den biographisch Forschenden als Determinanten des sozialen Lebens – und damit der Biographie – nur peripher wahrgenommen. Die biographische Forschung betrachtet ihren Untersuchungsgegenstand, die Lebensgeschichte einer Person, relativ losgelöst von den sozioökonomischen und historischen Determinanten.

Wichtig erscheint allein die Rekonstruktion von Entscheidungen, Handlungen und Entwicklungen im Laufe des Lebens in einer – retrospektiv gesehen – schlüssigen Form. Deshalb kann man hier doch von der Binnenstrukur des Falls (der Biographie eines Menschen) sprechen.

Beispiel:
In einem Forschungsprojekt zur sozialen Handlungskompetenz von Ingenieuren (*Hermanns* et al. 1984) werden drei Ingenieure in narrativen Interviews zum Berufsverlauf befragt. „Die Untersuchung soll Ingenieuren Orientierungshilfen geben, indem sie auf Chancen und Gefahren im Berufsverlauf aufmerksam macht und die Handlungsparameter und sozialen Kompetenzen benennt, die für die Steuerung des Berufsverlaufs von Bedeutung sind" (*Hermanns* et al. 1984, S.11).

Jeder Einzelfall wird mit dem Verfahren der strukturellen Beschreibung auf typische Berufsverlaufsmuster hin untersucht. Nicht die Interaktionsmuster von Ingenieuren mit ihren technischen Assistenten in den Labors ist Gegenstand der Studie, sondern typische biographische Verlaufsmuster.

Biographische Studien untersuchen die Binnenstruktur einer einzelnen Lebensgeschichte; sie erfüllen damit beide Differenzierungskriterien dieses Typs 1 von Einzelfallstudien.

Die biographische Forschung mit ihren binnenstrukturell angelegten Fallstudien von einzelnen Personen (Biographien) hat sich den Vorwurf des quasi-literarischen Charakters gefallen lassen müssen. Gerade wenn eine Fallstudie nach Typ 1 als Ergebnis nur eine, zwar nach inhaltlichen oder zeitlichen Gesichtspunkten geordnete, aber dennoch kommentarlose Aneinanderreihung von Zitaten aus dem vorliegenden Material (meist transkribierte Interviewtexte) hervorbringt, ist dieser Vorwurf sicher nicht unangemessen.

Beispiel:
Parallel zu einer größeren quantitativen Jugendstudie (*Fischer* et al. 1981) wurden einige biographische Portraits von Jugendlichen angefertigt. Ziel der Fallstudien war die „Herstellung eines Textes, der das individuelle Selbstverständnis des Jugendlichen von seiner jetzigen Lebenssituation, seine bisherige Lebensführung und seine biographischen Lösungsansätze für die Zukunft ausführlich erzählend abbildet" (*Fuchs* 1981c, S.9).

Als Ergebnis dieser Einzelfallstudien wurden lediglich zeitlich geordnete Protokollauszüge angeführt, ohne daß der Forscher *interpretierend*, geschweige denn *typisierend* vorgegangen wäre. Gleichzeitig stellt sich die Frage, ob „biographische Erzählungen und Berichte – weil ich-zentrierte und damit anti-gesellschaftliche Texte – in sozialwissenschaftliche Forschung Eingang finden können?" (*Fuchs* 1984, S.93).

2.4.2. Außenkontakte einer Einzelperson

Bei diesem Typ der Einzelfallstudie stehen die Interaktionen eines Individuums zu anderen Individuen oder Aggregaten von Personen im Zentrum der Forschungsfrage. Für diesen Typ finden sich viele Beispiele in der amerikanischen Soziologie:

dort wurden sozial Schwache in ihrem Verhältnis zu den Behörden dargestellt. Gerade solche Untersuchungen wurden früher unter dem amerikanischen Begriff *case study* verstanden. „So wie sich die amerikanische Soziologie allgemein zu einem wesentlichen Teil aus Problemstellungen der Sozialarbeit entwickelt hat, so stellt die case study auf methodologischem Gebiet die adäquate Widerspiegelung dieser Orientierung dar in der Beschreibung und Analyse von Fällen, die als Sozialfälle verstanden werden" (*Alemann/Ortlieb* 1975, S.157). Unter diesen Typ von Fallstudien fallen vor allem solche, die das Verhältnis des (sozial schwachen) Bürgers zu den Behörden und Ordnungskräften des Staates untersuchen.

Beispiel:
Cicourel (1978) beschreibt mit seiner Fallgeschichte über einen Jungen namens Mark die verschiedenen Formen der prädeterminierten Erwartungshaltungen bei den mit Jugendkriminalität befaßten Stellen und die Auswirkungen dieser Erwartungshaltungen: dem Jugendlichen wird von offizieller Seite eine kriminelle Karriere aufoktroyiert.

„Cicourel beginnt die Geschichte mit der Schilderung einer Vernehmung von Mark durch einen Polizeibeamten anläßlich eines Einbruchs, bei der der Autor mit anwesend war. Dabei wird deutlich, wie der Beamte verfährt, um aufgrund der Vernehmung einen Polizeibericht und eine Akteneintragung produzieren zu können, und wie die bereits vorliegenden Eintragungen für die weitere Behandlung des Falls, d.h. für die Konstruktion einer administrativen Biographie, herangezogen werden" (Einleitende Bemerkung von *Kohli* zu *Cicourel* 1978, S.291).

Im folgenden zeigt *Cicourel* dann durch die systematische Aufarbeitung aller vorliegenden Berichte von Sozialarbeitern und Polizisten, daß der kriminelle Grundton der administrativen Biographie, die stichwortartig auf einer Karteikarte festgehalten ist und dem Beamten als einzige Informationsquelle für die weitere Behandlung des Falles dient, vor allem durch Erwartungshaltungen, vorschnelle Schlüsse und verkürzende und verfälschende Interpretationen der tatsächlich vorliegenden Berichte entstanden ist.

Der behandelte Fall einer Studie muß nicht unbedingt Hauptperson des Geschehens in der Fallstudie sein. Im obigen Beispiel wird vor allem die Vorgehensweise der Polizisten und Sozialarbeiter bei der Anfertigung von Berichten und Akteneintragungen geschildert. Der Autor stellt diese Vorgehensweise *am Beispiel* des Jungen Mark dar. Die gewählte Untersuchungseinheit kann als Aufhänger für die Beschreibung eines Phänomens dienen, das als Untersuchungseinheit schwer faßbar ist.

Im obigen, exemplarisch verstandenen Fall wurde das Verhältnis einer Einzelperson zu Behörden und Ordnungskräften geschildert. Im nun folgenden Beispiel wird das Verhältnis einer Einzelperson zu den übrigen Mitgliedern ihrer Primärgruppe untersucht.

Beispiel:
Hildenbrand (1979) untersucht in einer Familienstudie die alltäglichen, sozialen Routineprozesse, mit denen eine bestimmte biographische Organisation zur Definition einer Person als psychisch krank führt. Die Person ist Alfred. Alfred ist 25 Jahre alt und seit seinem 15. Lebensjahr selbstmordgefährdet. Mehrmals mußte er wegen Suizidgefahr und depressiven Versagenszustands in eine psychiatrische Anstalt eingewiesen werden.

Nachdem Alfred wieder einmal nach Hause entlassen wird, setzt die Untersuchung ein. Der Forscher führt eine Reihe von Interviews mit den Familienangehörigen und dem behandelnden Arzt durch und ist über einen längeren Zeitraum hinweg als teilnehmender Beobachter in die Familie integriert. Für den Forscher ist nicht so sehr die genaue medizinische oder psychologische Diagnose von Belang, als vielmehr eine Untersuchung der Interaktionsprozesse innerhalb der Familie, die zur Manifestation des bisherigen Zustands von Alfred geführt haben können.

Bei diesem Beispiel wird besonders deutlich, daß es sich bei der Typologie der Fallstudien nur um eine analytische Klassifikation handelt: ein Raster, mit dem man die empirisch auffindbaren Fallstudien systematisieren kann. Denn genauso wie man diese Untersuchung als ganzheitliche Studie einer auf Außenkontakte gerichteten Forschungsfrage einordnen kann, könnte man die Familie als eingebetteten Fall betrachten, bei dem Alfred und die Familienangehörigen die Komponenten bilden.

2.4.3. Die Binnenstruktur von sozialen Aggregaten

Bei diesem Typ von Einzelfallstudien ist der Fall ein soziales Aggregat von Personen: eine Gruppe, eine Familie oder ein Betrieb. Bei der Untersuchung steht die Struktur der Interaktion zwischen den Mitgliedern oder den Mitgliedsgruppen der sozialen Einheit im Zentrum der Forschungsfragen. Ziel solcher Untersuchungen ist die Auffindung von Interaktionsmustern der Komponenten eines sozialen Aggregats bzw. von Organisations- und Herrschaftsmustern. Einzelfallstudien dieses Typs bestehen aus der intensiven, detaillierten Untersuchung der einzelnen Komponenten und ihrer Interaktionen, die das analytisch als geschlossen betrachtete Aggregat konstituieren.

Beispiel:
Bain (1956) untersuchte eine Großwäscherei in einer Stadt des amerikanischen Südens. Dabei sollten die sozialen Fähigkeiten, die in den verschiedenen dort ausgeübten Berufen notwendig sind, analysiert werden. Die Großwäscherei wurde zu diesem Zweck aus vier verschiedenen Blickwinkeln betrachtet: „1. eine allgemeine beschreibende Untersuchung der sozialen Organisation des Betriebes; 2. eine ... Bewertung der auf den verschiedenen Arbeitsstellen des Betriebs benötigten sozialen Fähigkeiten; 3. eine soziometrische Untersuchung der Beziehungen zwischen den Arbeitern und 4. die Aufzeichnung von Beobachtungen über bestimmte Zeitaspekte der Interaktionen zwischen den Arbeitnehmern“ (*Bain* 1956, S.115).

In diesem Beispiel bildet die Großwäscherei die Untersuchungseinheit. Die Komponenten, die hier untersucht werden, sind die Arbeiter- und Angestelltengruppen, die jeweils gleiche oder ähnliche Tätigkeiten ausüben.

Diesem Typ 3 der Fallstudien kann auch eine der wohl berühmtesten case studies in der Soziologie, die „Street Corner Society“, zugeordnet werden.

Beispiel:
Whyte (zuletzt 1986) untersuchte in einer mehrere Jahre dauernden teilnehmenden Beobachtung eine Slum-Gegend italienischer Einwanderer in Amerika mit dem Namen „Cornerville". Sein Hauptaugenmerk richtet sich auf die Frage, ob und in welchem Maße Low-Income-Gegenden (Slums) sozial organisiert sind. Nach zu *Whyte*'s Zeit gängiger Ansicht gleichen sie einem, durch Polizei und Sozialarbeiter nicht zu bändigenden, Chaos. *Whyte* hingegen findet bei seiner Untersuchung eine Reihe von hierarchisch straff geordneten Gruppen und Banden, die über institutionalisierte Interaktionskanäle (Treffs und Clubs) verfügen. Er kommt zu dem Schluß, daß es sich bei „Cornerville" um eine organisierte Gesellschaft handelt.

In diesem Beispiel sind die Gruppen und Banden die Komponenten des Aggregats „Cornerville".

2.4.4. Außenkontakte eines sozialen Aggregats

Bei diesem Typ von Fallstudie ist die Untersuchungseinheit ein soziales Aggregat, das als Ganzes gesehen wird. Im Zentrum der Forschungsfrage stehen die Außenkontakte der Untersuchungseinheit. Ein Beispiel für eine Fallstudie dieses Typs findet sich ebenfalls in der amerikanischen Soziologie:

Beispiel:
Allison (1971) untersucht die sog. Kubakrise, die Auseinandersetzung um die Stationierung sowjetischer Raketen auf Kuba. Er beschreibt die Interaktionen der offiziellen Stellen der USA in der Krisensituation, und versucht zu erklären, warum es zur Krise kam. *Allison* hofft, aus dieser Analyse auch Hinweise für die Erklärung der Entstehung anderer Krisen zu finden.

Soziale Aggregate an sich können eigentlich keine Handlungen ausführen. Dennoch kann man die Außenkontakte eines Aggregats untersuchen, da es in jedem Aggregat Personen gibt, deren Handlungen quasi als offizielle Politik gelten. In dem oben beschriebenen Beispiel sind das die Militärs, der Präsident und die Diplomaten.

Folgende Aspekte sind zur Typologie von Fallstudien von Bedeutung:
- Das erste Differenzierungskriterium für Fallstudien ergibt sich aus der Art des untersuchten Falls: *Einzelperson versus soziales Aggregat*.
- Das zweite Klassifikationskriterium wird aus der Art der Forschungsfrage konstituiert: *Binnenstruktur versus Außenkontakte*.
- Manche Fallstudien untersuchen die Binnenstruktur einer einzelnen Lebensgeschichte. Solche biographischen Studien erfüllen damit beide Differenzierungskriterien diesen Typs von Einzelfallstudien.
- Einige Fallstudien der biographischen Forschung müssen sich den Vorwurf eines quasi-literarischen Charakters gefallen lassen, weil nicht interpretierend oder typisierend vorgegangen wird.

- Die gewählte Untersuchungseinheit kann als Aufhänger für die Beschreibung eine Phänomens dienen, das als Untersuchungseinheit schwer faßbar ist.
- Häufiger Gegenstand von Fallstudien ist das Verhältnis des (sozial schwachen) Bürgers zu den Behörden und Ordnungskräften des Staates.
- Manche Einzelfallstudien bestehen aus der intensiven, detaillierten Untersuchung einzelner Komponenten und ihrer Interaktion, die ein analytisch als geschlossen betrachtetes Aggregat konstituieren.

2.5. Zusammenfassung der Fallstudie in Schlagworten

- Bei der Einzelfallstudie handelt es sich nicht um eine spezifische Erhebungstechnik, sondern um einen *Forschungsansatz*.
- Die Einzelfallstudie versucht eine wissenschaftliche Rekonstruktion von *Handlungsmustern* auf der Grundlage von alltagsweltlichen, realen *Handlungsfiguren*.
- Die Generierung theoretischer Konzepte ist *offen für die Interpretationen und Deutungen der Alltagswelt*.
- Der approach der Einzelfallstudie „verhindert die Stereotypisierung und vorschnelle Strukturierung der Daten" (*Witzel* 1982, S.79), weil sehr konkret auf den individuellen Fall eingegangen werden kann und dessen Deutungen – *ohne Prädetermination durch das hypothetische Raster des Forschers* – erst zu interpretierenden Vermutungen führen.
- *Die Erhebungstechniken der Einzelfallstudie müssen kommunikativ sein*, damit die soziale Wirklichkeit in der Erhebungssituation präsent wird.
- *Die Untersuchungssituation soll der Alltagssituation möglichst nahe kommen.*
- *Die Verwendung verschiedener Techniken* soll dem Forscher ein klareres und umfassenderes Bild von der Untersuchungseinheit verschaffen.
- *Durch die Methodentriangulation sollen in den einzelnen Methoden steckende Fehler bei der Datenerhebung entdeckt werden.* Dabei wird davon ausgegangen, daß es unwahrscheinlich ist, eine fehlerhafte Information in verschiedenen Techniken gleichermaßen zu erhalten.
- Einzelfallstudien dürfen nicht bei der reinen Reproduktion der Kommunikationsinhalte stehen bleiben; sie sollen *interpretierend* und *typisierend* sein.

3. Das qualitative Interview

Nachdem die Fallstudie als ein prototypischer approach qualitativer Sozialforschung vorgestellt und aufgezeigt wurde, daß mehrere und verschiedene Methoden eingesetzt werden können, um die Erkenntnisziele einer Fallstudie zu realisieren, geht es nun darum, die Methoden zu behandeln, die genuin qualitativ oder so modifiziert eingesetzt sind, daß sie den methodologischen Kriterien des qualitativen Paradigmas genügen können: Eine alte und zugleich moderne Methode, die sich heute größter Beliebtheit und Verbreitung erfreut, ist das Interview in seinen diversen qualitativen Formen.

Gilt im quantitativen Paradigma das Interview als der „Königsweg", so ist es im qualitativen auf dem besten Wege, dazu zu werden, wenn es nicht gar schon der Königsweg ist. Obgleich die teilnehmende Beobachtung (vgl. 6.) die qualitative Methode „par excellence" ist, gewinnt das qualitative Interview zunehmend an Bedeutung, da der Zugang in das soziale Feld, mit der Absicht zu beobachten, immer schwieriger wird, während es demgegenüber leichter fällt, einzelne Personen zu einem Interview zu bewegen.

Ein weiterer Grund für den häufigen Einsatz von qualitativen Interviews ist die Tatsache, daß man sich in der qualitativen Forschung sehr gründlich mit Auswertungsverfahren als Interpretationen von Texten befaßt hat und hier sehr weitgehende Entwicklungen verzeichnet, weshalb man sich gerne dieser Methoden bedient und sich deshalb auf durch Interviews produzierte Texte bezieht. Für die Beliebtheit des Interviews spielt auch eine wichtige Rolle, daß die Informationen in statu nascendi aufgezeichnet werden können, unverzerrt authentisch sind, intersubjektiv nachvollzogen und beliebig reproduziert werden können; dies sind Vorteile, die die teilnehmende Beobachtung eben nicht aufzuweisen hat. Gerade durch den Vergleich von Text und seiner Interpretation ergeben sich Kontrollmöglichkeiten, die dem qualitativen Interview einen methodisch und methodologisch hohen Status zuweisen.

Das Wort Interview kommt aus dem Anglo-Amerikanischen und konnte sich im 20. Jahrhundert auch im deutschen Sprachraum durchsetzen. Es stammt eigentlich vom französischen „entrevue" ab und bedeutet „verabredete Zusammenkunft" bzw. „einander kurz sehen", „sich begegnen", wenn man das zugehörige Verb „entrevoir" heranzieht. Alltagssprachlich ist der Begriff Interview insbesondere im Journalismus geläufig. Dort ist ein Interview ein „Gespräch eines Journalisten mit einer Persönlichkeit des öffentlichen Lebens (Politik, Wirtschaft, Wissenschaft, Künstlerprominenz) zum Zwecke der publizistischen Verwertung" (*Wörterbuch* 1969, S.167). Obgleich diese Definition noch nicht einer soziologisch-wissenschaftlichen genügt, sind die ihr immanenten Vorstellungsinhalte auch in einer soziologischen Begriffsbestimmung enthalten: das Interview ist nämlich eine Gesprächssituation, die bewußt und gezielt von den Beteiligten hergestellt wird, damit der eine

Fragen stellt, die vom anderen beantwortet werden. Diese *Asymmetrie* in der Frage-Antwort-Zuweisung in der Situation des Interviews gibt noch an anderer Stelle zu weitergehenden methodologischen Überlegungen Anlaß.

Eine sehr nah am quantitativen Paradigma orientierte Definition des Interviews soll vorab zur Kontrastierung zu den methodologischen Kriterien qualitativer Sozialforschung angegeben werden. Unter Interview versteht man dort „ein planmäßiges Vorgehen mit wissenschaftlicher Zielsetzung, bei dem die Versuchsperson durch eine Reihe gezielter Fragen oder mitgeteilter Stimuli zu verbalen Informationen veranlaßt werden soll" (*Scheuch* 1967, S.70). Diese Definition kann als erster Einstieg genügen, denn Differenzierungen in der qualitativen Sozialforschung und eine Systematisierung werden später erfolgen.

Obgleich dies eigentlich selbstverständlich ist, soll schon an dieser Stelle darauf hingewiesen werden, daß das Definitionselement der „wissenschaftlichen Zielsetzung" auch für die qualitativen Varianten des Interviews gilt. Dies wird auch von „quantitativer Seite" nicht bestritten; ob allerdings qualitative Interviews tatsächlich den Kriterien der Wissenschaftlichkeit genügen, das wird von dieser Position gelegentlich schon bezweifelt.

Unstrittig ist natürlich auch, daß die zu Befragenden – gerade auch in qualitativen Interviews – zu „verbalen Informationen" bewegt werden sollen, denn das ist die Absicht des Forschers und von solchen Informationen „lebt" er. Weiter wird auch nicht unterstellt, daß die Forscher bei qualitativen Interviews nicht „planmäßig" vorgehen würden. Es sind also eine Vielzahl von Gemeinsamkeiten zwischen quantitativen und qualitativen Interviews zu konstatieren. Gravierende Unterschiede gibt es allerdings bei der Art und Weise, wie vorgegangen wird und welches die „gezielten Fragen oder mitgeteilten Stimuli" sind.

3.1. Arten von quantitativen und qualitativen Interviews im Vergleich

Die Variationen der einzelnen Interviewformen sind auch innerhalb der jeweiligen Paradigmen (neuerdings auch im qualitativen Bereich) so vielfältig und differenziert geworden, daß deren vollständige Auflistung nach noch zu entwickelnden Kriterien den Rahmen dieser Einführung sprengen würde. Nun sind nicht nur die einzelnen Formen sehr unterschiedlich, sondern manchmal herrscht unter Bezugnahme auf diese ein geradezu babylonisches Sprachengewirr, weil die Terminologie nicht einheitlich und übereinstimmend gefaßt ist. Die oben vorgenommene Definition der Befragung bzw. des Interviews täuscht einen Grad der Einheitlichkeit vor, der für diese Methode geradezu untypisch ist: Die Befragung erscheint tatsächlich in so vielen Formen und Modifikationen, daß es fast unmöglich ist, die einzelnen Befragungstypen unter die generelle Definition zu subsumieren. Daher kann man eine Vielzahl von Einteilungsgesichtspunkten entwickeln, die – untereinander kombiniert – eine Fülle von spezifischen Befragungsformen ergeben.

Einige dieser Einteilungsaspekte sollen als Dimensionen der Differenzierung von Befragungen in Tabelle 3 vorgestellt werden. Dabei sollte immer bedacht werden, daß die einzelnen, analytisch herausgegriffenen, Dimensionen kombinatorisch auftreten können und realiter natürlich auch oft gemischt sind. Aus didaktischen und aus Gründen der Übersichtlichkeit verzichten wir aber auf die kombinatorische Darstellung. Die Tabelle macht auch ohne Kombinatorik die Vielfalt der Befragungsformen in quantitativer und qualitativer Sozialforschung deutlich. Der Rekurs auf Befragungen in quantitativer Forschung erscheint didaktisch hilfreich, um die differentia spezifica qualitativer Verfahren leichter erkennen zu können.

Tabelle 3: Arten von Befragungen

Dimensionen der Differenzierung	Formen und Bezeichnungen	praktiziert im Paradigma	
		qualitativ	quantitativ
1. Intention des Interviews	ermittelnde	(+)*	+
	vermittelnde (evtl. Aktionsforschung)	+	–
2. Standardisierung	standardisiert	–	+
	halb-standardisiert	(+)	+
	nicht-standardisiert	+	(+)
3. Struktur der zu Befragenden	Einzelinterview	+	+
	Gruppen (evtl. Gruppendiskussion)	+	+
	paper & pencil	–	+
4. Form der Kommunikation	mündlich	+	+
	schriftlich	–	+
5. Stil der Kommunikation (Interviewerverhalten)	hart	–	(+)
	weich	+	(+)
	neutral	(+)	+
6. Art der Fragen	geschlossen	–	+
	offen	+	(+)
7. Kommunikationsmedium bei mündlichen Interviews	face-to-face (persönlich)	+	+
	telefonisch	(–)	+
8. Versandmedien bei schriftl. Befragung**	postalisch (persönl. Adresse)	–	+
	Postwurfbefragung	–	+
	Beilagenbefragung (Zeitung etc.)	–	+

* Die Klammer soll eine gewisse Aufweichung der eher apodiktischen Zuordnung von + und – bedeuten, also die Eindeutigkeit relativieren.

** Da die Versandmedien bei qualitativen Befragungen nicht relevant sind, werden sie auch bei den Verbalisierungen des Tabelleninhalts im weiteren nicht mehr berücksichtigt; sie sind quasi nur der Vollständigkeit halber hier aufgenommen.

3.1.1. Die Intention von Befragungen

Ein für *Koolwijk* (1974, S.14) sehr wichtiges Unterscheidungskriterium für Interviews ist die vom Forscher oder Interviewer beabsichtigte Richtung des Informationsflusses.

Er differenziert im Hinblick auf die *Intention der Befragung ermittelnde Interviews*, bei denen der Befragte als Träger abrufbarer Informationen, die den Interviewer interessieren, verstanden wird, und andererseits *vermittelnde Interviews*, bei denen die Befragungsperson als Ziel einer informatorischen (= zu informierenden) oder beeinflussenden Kommunikation begriffen wird. Im letzten Fall ist nicht der Informationsfluß vom zu Befragenden zum Interviewer Gegenstand des Interviews, sondern Absicht ist, eine Erkenntnis- oder eine Bewußtseinsveränderung auf Seiten des Befragten zu provozieren. Durch das Interview wird der Interviewte zur Beschäftigung mit der behandelten Materie angeregt und diese führt wegen des angesprochenen Sachverhalts, den der Befragte bisher vielleicht noch nicht entdeckt hatte, zu neuen Erkenntnissen. (Hier gibt es gewisse Parallelen zur Aktionsforschung (vgl. *Moser* 1975).)

Beispiel:
Das psychologisch-therapeutische Gespräch als vermittelndes Interview ist zwar so angelegt, daß Interesse an den Beschreibungen des Befragten gezeigt wird, doch der Sinn des Gesprächs liegt nicht in der Informationsermittlung. Vielmehr durchlebt der Proband während der Erzählung seiner Erlebnisse und Erfahrungen diese erneut und kann dabei die früheren Erlebnisse verarbeiten. Dadurch kann er zur Überwindung der belastenden, psychischen Folgen dieser Erlebnisse gelangen.

Es ist unmittelbar erkennbar, daß solche vermittelnden Interviews der Methodologie quantitativer Sozialforschung zuwiderlaufen, da diese auf eine objektive Erfassung sozialer Sachverhalte abstellt. Nur in sehr peripheren Bereichen (wenn etwa die Hypothese sich auf die Vermittlung selbst bezieht) erscheinen vermittelnde Interviews als denkbare Methoden.

Bei den ermittelnden Interviews ist der Informationsfluß zwischen Interviewer und Befragtem einseitig vom Befragten auf den Interviewer gerichtet, der bestimmte Informationen erheben möchte. Die ermittelnden Interviews lassen sich in drei Untergruppen einteilen, wobei *Koolwijk* (1974, S.16) das informatorische, das analytische und das diagnostische Interview unterscheidet.

- *Das informatorische Interview* dient der deskriptiven Erfassung von Tatsachen aus den Wissensbeständen der Befragten. In dieser Form des Interviews wird der Befragte als Experte verstanden, dessen Fachwissen verhandelt wird. Der Befragte ist Informationslieferant für Sachverhalte, die den Forscher interessieren.

  Beispiel:
  Als Beispiele für das informatorische Interview können das journalistische Interview, das politische Hearing, die juristische Zeugenbefragung, das Experteninterview etc. dienen.

- *Das analytische Interview* versucht vor allem, soziale Sachverhalte zu erfassen. Der Forscher oder der Interviewer analysiert und beschreibt die Äußerungen des Befragten aufgrund theoretischer Überlegungen und Konzepte. Hier erfolgt, wie der Name schon sagt, die Analyse der Äußerungen im Interview auf der Basis theoretisch-hypothetischer Gedanken im Sinne von Hypothesenprüfung. Die in den Sozialwissenschaften am häufigsten verwendete Form des Interviews ist sicher das analytische Interview.

  Beispiel:
  Die Befragung jugendlicher Delinquenter, die dem Ziel dient, soziale Bedingungen herauszufinden, die zur Delinquenz geführt haben, wäre unter die analytischen Interviews subsumierbar. Ebenso die Befragung von Soziologen und Psychologen, die im Beruf stehen, um zu ermitteln, unter welchen Voraussetzungen es eher gelingt, einen Arbeitsplatz zu erhalten.

- *Das diagnostische Interview* dient vor allem der Ermittlung eines fest definierten Merkmalprofils einer Person. Die Erkenntnisse aus solchen Interviews werden vom Interviewer bzw. Forscher als Grundlage für den Einsatz von vermittelnden Interviews in der Psychologie und der Sozialtherapie verwendet. Diese Form des Interviews dient dazu, Individualdiagnosen zu erstellen und diese als Basis für konkrete Entscheidungen zu nutzen.

  Beispiel:
  Als diagnostische Interviews können alle Gespräche des Arztes mit dem Patienten gelten, die Anamnese und Diagnose zum Ziel haben. Manche Ärzte sind schon dazu übergegangen, die wichtigsten Daten zur Krankengeschichte in schriftlicher Befragung zu erheben. Auch die psychologischen Tests, z. B. Intelligenztests, Persönlichkeitstests, Rorschach-Test, Satzergänzungstests, Wortassoziationstests etc., können als diagnostische Interviews begriffen werden.

Während die vermittelnden Interviews kaum in der quantitativen Sozialforschung Berücksichtigung finden, in der qualitativen jedoch sehr wohl angesiedelt sein können, sind die ermittelnden Interviews zwar einerseits eher quantitativ ausgerichtet, doch ist *keineswegs ausgeschlossen, auch im Rahmen des qualitativen Paradigmas etwa informatorische oder auch analytische und diagnostische Interviews durchzuführen*.

3.1.2. Die Standardisierung von Befragungen

Als zweite Dimension der Klassifikation von Befragungen wird nun analytisch die *Standardisierung des Interviews* herausgegriffen. Da diese Dimension für die Differenzierung zwischen quantitativem und qualitativem Paradigma geradezu konstitutiv ist, soll sie etwas ausführlicher und auch durch ein vergleichendes Beispiel eines standardisierten, eines offenen, narrativen und eines Leitfadeninterviews behandelt werden, aus dem die zentralen methodologischen Unterschiede unschwer erkennbar sind.

Eine wissenschaftliche Befragung kann durchaus in Form von *Alltagskommunikation* durchgeführt werden, wobei Fragen und Antworten sich gegenseitig bedingen und ein mehr oder weniger symmetrischer, bilateraler und gleichgewichtiger Gesprächsablauf zu verzeichnen ist. Allerdings ist davor zu warnen, offene qualitative Interviews als im wesentlichen symmetrisch aufgebaut zu begreifen. Vielmehr wird auch bei qualitativen Befragungen der zu befragende Gesprächspartner dominant in der Rolle des Antwortenden sein, während der Interviewer vornehmlich die Rolle des Fragenden übernehmen wird. Jedoch werden diese Rollenaufteilungen nicht so starr gesehen, wie das das quantitative Paradigma in den Regeln und Vorschriften für den Interviewer vorsieht.

Bei der standardisierten Befragung wird die asymmetrische Kommunikationssituation dadurch verschärft, daß – geradezu gleichgültig, welche Antwort der Befragte gegeben hat – der Interviewer mit der nächsten Frage des Fragebogens fortfährt. Eine Potenzierung dieses Problems der Asymmetrie tritt weiter dadurch ein, daß der Befragte mit seinen Antworten in das Korsett der vorgegebenen Antwortkategorien gepreßt wird. Und fragt der Befragte – aus welchen Gründen auch immer – einmal nach, so hat der Interviewer in vielen Fällen die Anweisung, die Frage in der gleichen Formulierung zu wiederholen (Paraphrasierungen sind verboten) oder die Antwort (etwa auf die Frage nach seiner eigenen Meinung) zu verweigern, um nicht suggestiv zu beeinflussen. Daß diese Strategien alle an der Situation eines Alltagsgesprächs vorbeigehen und keineswegs einer Kommunikation förderlich sind, braucht nicht besonders herausgestellt zu werden.

Im qualitativen Interview zeigt der Interviewer hingegen Empathie; er geht auf das Gesagte ein, formuliert danach seine weiteren Fragen; der Befragte formuliert seine eigenen Gedanken mit seinen eigenen Worten. Der Interviewer hat auch die Möglichkeit eines ausführlichen Gesprächs und kann ihm gestellte Antworten durchaus akzeptabel beantworten. Die viel offenere und freiere Gestaltung der Situation mildert die auch beim qualitativen Interview vorhandene Asymmetrie durch Fragende und Antwortende. Diese Rollenstruktur ist aber keineswegs so extrem ausgeprägt wie beim standardisierten Interview; *die Asymmetrie ist eine, wie sie auch für Alltagsgespräche nicht untypisch ist.*

Während also die Asymmetrie und das Ungleichgewicht durch das Frage-Antwort-Spiel in der quantitativen Sozialforschung geradezu strukturell angelegt sind, wird im qualitativen Paradigma angestrebt, diese unglückliche Struktur tendenziell aufzubrechen. Somit kann die Standardisierung zu einem wesentlichen Differenzierungskriterium im Hinblick auf qualitative und quantitative Sozialforschung gemacht werden.

„Bei der standardisierten Befragung wird ein detailliert ausgearbeiteter Fragebogen verwendet, in dem sowohl die Formulierung der einzelnen Fragen wie auch die Reihenfolge der Fragen fixiert ist. Jedes Abweichen davon ist unzulässig und würde die Reizstandardisierung und damit die *Akkumulierung der Daten* und die *Generalisierung der Dateninterpretation* problematisch machen. Solche standardisierten Befragungen werden auch als *strukturierte oder gelenkte Befragungen* bezeichnet" (*Lamnek* 1980, S.134). (Den Begriff der strukturierten Befragung gebrauche ich relativ ungern, weil jede Befragung in irgendeiner Weise und immer eine ganz bestimmte Struktur aufweist.)

Das nachfolgende Beispiel ist das Transkript eines standardisierten Interviews, das zugleich auf Video aufgezeichnet wurde, um die Problematik dieser Befragungsform noch besser erkennen zu können. Deshalb wird auch nicht der standardisierte Fragebogen hier abgedruckt, sondern der Versuch unternommen (leider ohne Bild), sich mit dem Transkript in die Situation einzufühlen.

Beispiel für eine standardisierte Befragung:

Interviewer:	Befragter:
Wir sind ein privates Institut, das Befragungen mit Patienten durchführt. Diese Studie beschäftigt sich mit Problemen von Rheumakranken. Wir bitten Sie, uns einige Fragen zu beantworten. Ihre Antworten bleiben anonym, wir werten nur aus, wie häufig die verschiedenen Antworten gegeben wurden. Die erste Frage: Wie würden Sie im großen und ganzen Ihren Gesundheitszustand beschreiben? Bitte sagen Sie das anhand dieser Liste. (Liste enthält die Kategorien „sehr gut“, „gut“, „zufriedenstellend“, „schlecht“ und „sehr schlecht“.)	
	Ja, im Moment ist er sehr gut.
Sie haben Ihren Arzt aufgesucht, weil Sie Rheumabeschwerden haben. Wie hat der Arzt Ihre rheumatische Erkrankung genannt?	
	PCP.
Wie lange haben Sie schon Ihre rheumatischen Beschwerden?	
	Ja.
Darf ich Sie bitten, das wieder anhand dieser Liste zu beantworten.	
	Ja 5 Jahre mit Unterbrechungen.
5 bis unter 10 Jahre. Sind Ihre Beschwerden ständig vorhanden, oder treten sie in bestimmten Situationen auf?	
	Ja, in bestimmten Zeitabständen, ah, ja in bestimmten Situationen, vielleicht hm. Ja es ist schwierig zu sagen.
Ja sehen Sie, mit dem Fragebogen natürlich. Ja, also ich schreib mal „in bestimmten Situationen“.	
	Zeitweise.
Zeitweise ist nicht vorgesehen!	
	Ja, situationsbedingt, manchmal schon.
Also nicht ständig vorhanden?	
	Nein, nein.

Beispiel für eine standardisierte Befragung: Fortsetzung

Ja. Zu welchen Zeiten oder in welchen Situationen treten die Beschwerden auf?

Hin und wieder bei verstärkter Bewegung, also wenn i jetzt sehr viel spazieren geh, bei sehr viel Anstrengung.

Ja, ich lese Ihnen jetzt eine Reihe von Eigenschaften vor, bitte könnten Sie zu jeder Eigenschaft sagen, ob die für Sie sehr wichtig, wichtig, einigermaßen wichtig, eher unwichtig oder völlig unwichtig ist und zwar, es geht um Eigenschaften von Präparaten gegen Rheuma:
Schmerzlindernd?

Das ist sehr wichtig.

Man kann gut schlafen?

Eher unwichtig.

Beseitigt die Morgensteifigkeit?

Sehr wichtig.

Abstellen?

Sehr wichtig.

Gut verträglich?

Sehr wichtig.

Keine Magenbeschwerden?

Sehr wichtig.

Lange wirksam?

Sehr wichtig.

Schluckschwierigkeiten?

unwichtig, völlig unwichtig.

Vielen Dank. Darf ich Sie zum Abschluß bitten, diese Liste auszufüllen. Hier können Sie eine Reihe von Eigenschaften lesen, mit denen man Rheumaschmerz beschreiben kann, und bitte kreuzen Sie für jede Eigenschaft an, ob sie gar nicht zutrifft, kaum, etwas, einigermaßen, ziemlich, überwiegend oder völlig zutrifft.

Ahm.

Also Sie brauchen nicht genau nachzudenken, wenn Sie das schnell durchgehen, so nach Ihrem Gefühl, das is' ganz gut.

Is schwierig mit den Dingen!

In den Zeilen verrutscht man?

Ja

Ja

Hm

Vielen Dank für das Interview!

Der standardisierten Befragung steht auf der anderen Seite die nicht-standardisierte, *offene* oder qualitative Befragung gegenüber. Sie ist dadurch zu charakterisieren, daß sie ohne Fragebogen oder festes Frageschema durchgeführt wird. Weder die Formulierung der einzelnen Fragen noch der Ablauf der Befragung ist vorab festgelegt. In der Regel gibt es nur ein bestimmtes *Rahmenthema*, über das man sich frei unterhält, wobei der Interviewer lediglich durch Zwischenfragen weiterhilft, zur Präzisierung auffordert, durch Paraphrasierung Klarheit schafft usw.

Beispiel für eine nicht-standardisierte Befragung:

Interviewer:	Befragter:
Vielleicht einige Vorbemerkungen: Wir sind ein privates Institut und haben uns darauf spezialisiert, Befragungen zu medizinischen Themen zu machen, mit Ärzten. Sie sind Patientin, also auch mit Patienten. Und das heutige Thema ist Rheuma und ich möcht' also zur Technik sagen, wir bitten Sie zu gestatten, daß wir das auf Video aufzeichnen. Sie können sich verlassen, daß die Ergebnisse vertraulich behandelt werden, also in keinen Zusammenhang mit Ihrem Namen gebracht werden. Wir möchten das zu Lehrzwecken verwenden für Studenten, für die Pharmaindustrie, für Marktforscher, aber also Sie können sich verlassen, daß das nicht im Zusammenhang mit Ihrem Namen weder gespeichert noch weiter verwertet wird. Ja es geht eigentlich wie gesagt um Rheuma, und ich würde einfach Sie bitten, wenn Sie einfach erzählen, was ist das für eine Krankheit?	
	Ja, also, es is, wenn i ganz allgemein sagen derf, es is sehr beeinträchtigend, es is schmerzhaft und, was sehr schlimm is, is die Zukunftsangst. Ja, man weiß net wie geht's weiter, hört's auf, oder verschlimmert sich des. Ich muß dazu sagen, mir geht's im Moment sehr gut, ich hab also im Moment keine Beschwerden, aber des is schon immer so im Hinterkopf, wie wird's werden, dann is man beeinträchtigt, bestimmte Dinge nicht zu tun; für mich kommen gewisse Sportarten nimmer in Frage, Tennisspielen, oder solche Sachen, die fallen weg, oder's Skifahren ja. Ja von daher
Ja.	
	Es is a große Beeinträchtigung.
Ja, also Sie sagen große Beeinträchtigung, kann man das noch ein bisserl weiterschildern, auch so	

Ja, vielleicht bezüglich der Beschwerden, ich hab' also schon sehr lange Rheuma, bei mir geht des seit 74 und das hat in einem Gelenk angfangen, was ja eigentlich net typisch is für's Rheuma und man hat des zwei Jahre garnet gwußt, man dachte, des is a Meniskussache, bis des dann hm ganz regelmäßig im Frühjahr immer wieder gekommen is, und erst dann is man draufgekommen, daß des rheumatisch sein könnte und auf Gabe von Voltaren ist der Erguß, der Erguß im Knie

Ja?

der sehr groß war, innerhalb zwei, drei Tagen zurückgegangen. Rheumafaktoren sind im Blut keine gfunden worden, also, des eine, des weiß ich jetzt nimmer

Is' auch egal.

Es is' egal. Aber die Rheumafaktoren an sich waren negativ ja.

Hm.

Und mit dem Voltaren hat man des dann sehr gut in' Griff gekriegt, aber es is immer wieder gekommen, in den ganzen Jahren.

Dieses, ja, Immer-wieder-kommen? Wie reagiert man da so gefühlsmäßig?

Schrecklich, weil man einfach so, ja des Knie is so, man kann nimmer laufen, bei mir hat sich's also die ersten Jahre nur auf die Knie konzentriert ja,

Ja?

und da ich ein sehr bewegungsorientierter Mensch bin, viel Bewegung brauch, hat mich des also arg beeinträchtigt. Außerdem is' a sehr schmerzhaft, es zieht, es drückt und immer dann die Angst, was kommt jetzt, was was tun die mit dir? Ich wußte dann auch was es für Therapiemöglichkeiten gibt, die ja alle net ungefährlich sind, risikoreich sind, und von daher is' halt a immer a Angst da.

Diese Angst, das ist ja interessant, daß Sie ein paarmal schon darauf hingewiesen haben, kann man die Angst etwas näher beschreiben?

Ja, die Angst eben vor der Invalidität, i mein, ma weiß, des weiß ja jeder heut, zu welchen Deformationen, zu welchen Schäden des Rheuma führen kann, und des, des is halt immer dann da, na wenn wieder so'n Schub kommt, also später sind dann auch die Zehengelenke hat's dann angfangen, dann hab'

Beispiel für eine nicht-standardisierte Befragung: Fortsetzung

i lange Zeit ganz klamme Finger g'habt in der Früh, des is halt immer so der Schreck, aha jetzt geht's wieder los. Einmal beeinträchtigt's einen ja im Moment, daß man einfach Schmerzen hat, vieles net tun kann und zum andern eben, hört's wieder auf, muß man jetzt was Neues, G'fährlicheres nehmen, des is

Ja?

Und wie geht's weiter, es is schon – ah

Dieses Weitergehen?

Ja die Angst einfach wird's schlimmer, ich mein

Ja sagen Sie, es gibt ja verschiedene Krankheiten, die man kennt, auch wenn man sie noch nicht selbst hatte. Was ist denn beim Rheuma so im Vergleich zu anderen Krankheiten auf der einen Seite das Belastende und auf der anderen Seite das noch relativ Erträglichste? Also wenn Sie Rheuma mit anderen Krankheiten vergleichen, was ist belastend und was auf der anderen Seite zu ertragen?

Ja, das ist schwierig zu beantworten, i mein, kann man wenn man's mit Krebs vergleicht, dann is es vielleicht, ja, daß man mehr Überlebenschancen hat. Aber i mein kann ja auch sehr bösartig verlaufen ja ...

Also Sie würden sagen, es ist vergleichbar mit Krebs in bezug auf die Bösartigkeit?

Ja für mich jetzt vielleicht net, im Moment net, insgesamt, i glaub wenn ma mal so Fernsehberichte oder so sieht, oder i hab scho Aufnahmen g'sehen von Rheumapatienten

Ja

die ja solche Hände haben, die gar nimmer gehn können, die im Rollstuhl sind. Es is sicher

Ja?

– na weiß net, ob ma's wirklich mit Krebs vergleichen kann, aber es is schon

etwas Bedrohliches

es is bedrohlich, bedrohlich ist gut, ja es is bedrohlich, das is richtig.

Und wenn Sie eine optimistische Sicht versuchen, was könnte, am Rheuma jetzt wenn wir beim Vergleich Krebs bleiben, doch angenehmer als Krebs sein?

Ja daß halt doch die Überlebenschance sehr viel besser is, net, i mein, gut, ma is vielleicht an Rollstuhl gfesselt, aber man muß net so schnell sterben dran, net.

Beispiel für eine nicht-standardisierte Befragung: Fortsetzung

Ja, ja.

Die Letalität ist geringer, außer bei gewissen Rheumaformen wieder, aber jetzt so bei dem chronischen Gelenkrheumatismus

hm .. und es gibt ja Krankheiten, die man verheimlicht, und Krankheiten, über die man auch redet, es gibt sogar Krankheiten, über die man gern redet, auf die man stolz ist sozusagen. Wie ist das bei Rheuma?

Ja, also, ich kann nur sagen, wie's jetzt bei mir is.

Ja is klar.

Ich bin zwar net stolz drauf, aber i red' drüber ja, weil des, i muß des a los werden, i mein, wenn ich jetzt zu Bekannten geh, eingladen bin und die wolln an langen Spaziergang machen, dann muß i sagn, da kann i net mitgehn, also muß i sagn, warum i des net mitmachen kann. I muß also zwangsläufig oft drüber redn und mir macht's auch nichts aus.

Wie reagieren denn die anderen?

Hm, eigentlich, wie reagieren die? Weiß ich garnet so recht.

Gehen die dann oder bleiben die dann auch da?

Na, des sag ich schon, daß die sich dadurch net beeinträchtigt fühln solln, es is aber scho eher so, ja, daß es Ihnen halt leid tut net, aber jetzt kei Bemitleidung oder so. I mein i bin ja a net so schwer krank, daß man des sieht oder so, ja.

Na ja, glaubt man Ihnen das? I mein, es könnt ja sein, daß die sagn: Also, des gibt's ja net, da sieht man nichts, das is a junge Frau, die war ja sonst immer sportlich

Na, i mein, wenn man des erzählt, dann is des a glaubwürdig.

Hm, Hm, und

Warum sollten sie's mir net glauben?

Stellen Sie sich die Frage manchmal, warum glauben die mir nichts ... oder?

Na, i' kann, i' hab des Problem eigentlich net, weil i mein, wenn, dann geht's ja nur um Bekannte und Bekannte ham mich also schon mit Gips gsehn und humpelnd und ham meine dicken Knie schon gsehen und ham meine dicken Handgelenke schon gsehen und Fremde, i mein da is es mir egal, ob der des glaubt oder net.

Beispiel für eine nicht-standardisierte Befragung: Fortsetzung

Hm hm, was is das für Sie selber für ein Gefühl, die anderen machn an Spaziergang und Sie sitzn daheim?

Des is schlimm, sehr schlimm is des. Also beim Spaziergang is no' net so schlimm, aber wenn andre zum Skifahrn gehn, dann is des ganz bsonders schlimm.

Hm

Aber i mein des is, des lernt man mit der Zeit, daß man damit umgeht, aber es bleibt immer schlimm ja. I kann damit umgehn, aber s'is schlimm für mich.

Was heißt das, damit umgehn?

Ja i mein, daß ich's halt akzeptier, ich denk mir, du hast jetz' so Glück, im Vergleich zu anderen Rheumapatienten, die sind verkrüppelt und bei dir geht's jetzt ja scho bald 10 Jahre und du hast eigentlich keine Deformationen und, sei froh, wenn des so verläuft, dann mach ich halt Abstriche und verzichte aufs Skifahren, verzichte aufs Tennisspielen oder eben solche stark bewegungsorientierten Sportarten.

Ja, ich glaub, ich darf mich bei Ihnen herzlich bedanken.

Bitte.

Zwischen diesen beiden Extremtypen läßt sich die *halb-standardisierte* Befragung ansiedeln, bei der dem Forscher ein *Interviewerleitfaden* vorgegeben ist, es dem Interviewer jedoch überlassen bleibt, Reihenfolge und Formulierung der Fragen im wesentlichen selbst zu bestimmen.

Beispiel für eine halb-standardisierte Befragung:

Interviewer:

Befragter:

Vielen Dank, daß Sie uns ein Interview geben wollen. Wir sind ein privates Institut und wir führen Befragungen mit Ärzten und Patienten zu verschiedenen Krankheiten durch. Diese Studie beschäftigt sich mit Problemen von Rheumakranken und wir bitten Sie, uns einige Fragen zu beantworten. Ihre Antworten bleiben anonym. Wir werten nur aus, wie häufig die verschiedenen Antworten gegeben werden. Zunächst einmal werden wir uns jetzt nur auf die therapeutischen Maßnahmen konzentrieren: Welche therapeutischen Maßnahmen sind bei Ihrer Rheumaerkrankung schon angewendet worden?

Also bei mir is eigentlich nur „medikamentös" mit Antirheumatika behandelt worden, außer Gelenkspunktionen ja, aber das ist eigentlich keine Therapie.

Ja, könnten Sie das medikamentös etwas ausführen?

Ja, ich hab' also ein Antirheumatikum und zwar Voltaren, wenn das von Interesse is, genommen, und zwar immer, wenn akut in meinem Kniegelenk Beschwerden aufgetreten sind, wenn Ergüsse da waren, dann hab' ichs anfangs höher dosiert genommen, i glaub 3 mal 2, und dann reduziert, und dann hab' ich wieder Monate gar nichts genommen, bis wieder Beschwerden aufgetreten sind, dann wieder hochdosiert angfangen, weniger und wieder aufgehört.

Gut. Wie oft gehen Sie wegen Ihrer Rheumabeschwerden zum Arzt?

Also ich bin halt, im Moment geh ich gar net. Aber ich bin halt dann immer gegangen, wenn akut die Beschwerden aufgetreten sind.

Und seit wann sind Sie schon bei dem Arzt, den sie zuletzt wegen Ihrer Rheumabeschwerden besucht haben, in Behandlung?

Hm, also

Es kommt jetzt nicht so...

Seit 81

Ah ja, gar nicht so lang'

Ja, den Arzt, der mich jetzt zuletzt behandelt, vorher war i bei anderen Ärzten.

Warum haben Sie die Ärzte gewechselt? Oder, weil Sie sagen ...

Ja, ich war zuerst, im – also bei am Internisten in Behandlung, und seit 81 bin i beim Homöopathen in Behandlung.

Aha. Gut, jetzt gehen wir auf die Medikamente ein. Sie haben Voltaren schon genommen. In welcher Form ham Sie das Voltaren eingenommen.

Dragee.

Dragee. Und wie lange haben Sie das Voltaren genommen?

Über Jahre.

Jahre?

Ja. I glaub, so 75, glaub ich hab ich angfangen bis eben, ja bis 81.

Und haben Sie das regelmäßig genommen oder schubweise?

Schubweise, wie i vorhin scho gsagt hab, immer wenn i Beschwerden ghabt hab, hab i's gnommen, und dann hatt' ich ja wieder Monate keine Beschwerden, dann hab ich dann auch nichts eingenommen.

Und äh, das liegt ja schon ein bisserl zurück, aber wieviel haben Sie ungefähr genommen, wenn Sie's genommen haben?

Ja, also bei den akuten Beschwerden, 3 mal 2 und dann reduziert, wenn der Erguß zurückgegangen ist, dann reduziert auf, i weiß nimmer so genau, bis auf 3 mal eine, und dann wieder ganz abgsetzt.

Und wie lange war ungefähr die Zeitspanne, vom Akuten bis zum Absetzen, ungefähr?

Ja, das war unterschiedlich. Am Anfang ist des relativ schnell gegangen, da hab i sehr schnell auf's Voltaren angsprochen, i' glaub da hab ich das vielleicht 4 Wochen genommen oder 5, und später hab i offensichtlich nimmer so gut angesprochen, da hab ich's länger gnommen, also auch, ich hab des bestimmt auch mal 2, 3 Monate in einem genommen. So genau kann ich's nimmer sagen.

Können Sie sich noch erinnern, wie Sie die Wirkung erlebt haben von dem Voltaren und was Sie da gespürt haben?

Also des, Sie meinen jetzt Nebenwirkungen, Beschwerden oder?

Nein, das ist überhaupt alles, was Sie gespürt haben sowohl Wirkung als auch Nebenwirkung.

Ahm. Ich hab am Anfang die Sofortwirkung, da war innerhalb 2 bis 3 Tagen war ein sehr großer Kniegelenkserguß weg. Das war natürlich für mich ein Wahnsinnserlebnis, nachdem vorher immer punktiert worden ist und diesmal ohne Punktion der Erguß wegging. Beschwerden hab' ich, also jetzt von Nebenwirkungen her, eigentlich nie welche ghabt, obwohl ich's sehr lange sehr hoch dosiert hab, und manchmal sogar mehr als 3x2 gnommen hab, wenn's also sehr schlimm war.

Also die Hauptwirkung bestand darin, daß der Erguß zurückgegangen ist?

Ja, ja.

Haben Sie auch Schmerzen gehabt?

Ja, also die, die Schmerzen damals, die waren hauptsächlich dann bedingt eben durch den Erguß, das Drücken im Gelenk, aber scho a so ziehende Schmerzen.

Und hat's darauf irgendwie gewirkt?

Ja, des war scho besser.

Oder haben Sie extra für die Schmerzen etwas genommen?

Nein, nein, nein, nur Voltaren.

Aha, und nachher, wie Sie dann weggegangen sind von Voltaren war die Wirkung nicht mehr so stark oder wie kann man des beschreiben diesen Verlauf?

Ich weiß net, entweder hab ich nimmer angsprochen, denn irgendwann sind eben die Ergüsse im Knie, die ja immer wieder aufgetreten sind, nimmer weggegangen auf des Voltaren, dann hat man's dann mit Felden probiert.

Ja das ist interessant, haben Sie einen Unterschied zwischen Voltaren und Felden beobachtet?

Na, es hat sich auf's Felden genausowenig getan wie auf's Voltaren.

Heißt das, daß Sie bei Felden am Anfang Wirkung gespürt haben, die zurückgegangen ist, oder haben Sie bei Felden von Anfang keine Wirkungen gespürt?

Na, des hat, des war scho a Versuch net, mit Felden a Wirkung zu erreichen, aber da is a nichts mehr erreicht worden.

Ja, eine letzte Frage. Was würden Sie denn davon halten, wenn eine Rheumatablette als Brausetablette angeboten würde. Würden Sie sowas nehmen wollen? Wenn Sie das so hören, es gibt eine Brausetablette gegen Rheuma, was geht einem da so durch den Kopf?

Des denk' ich mir is unwesentlich, weil Dragees lassen sich nehmen, aber vielleicht für ältere Leute, ist leicht, i weiß net für mich würd's kei Rolle spielen, außer es wär a neue Zusammensetzung, die dann besser wirkt oder weniger Nebenwirkungen hat. Aber prinzipiell is des unwesentlich.

Ja, gut. Vielen Dank.

Nachdem die halbstandardisierte Befragung durch die Vermittlung zwischen standardisierter und nicht-standardisierter Vor- und Nachteile der jeweiligen Extrempositionen zu optimieren sucht, genügt es, die differentia spezifica von standardisierter und nicht-standardisierter Befragung herauszuarbeiten.

Versucht man diese Transkripte einer methodischen Bewertung und Interpretation zu unterziehen, so stößt man sehr schnell auf einige – gerade im Vergleich zum qualitativen Interview – typische Eigenheiten der Standardisierung, die auch sehr leicht zu Fallstricken werden können: Aus den vorstehenden drei Interviews lassen sich in der Tat eine Reihe von Nachteilen des standardisierten Vorgehens gegenüber dem qualitativen, narrativen Interview aufzeigen.

Bei dem ersten Beispiel handelt es sich um ein vollständig standardisiertes Interview: sowohl die Reihenfolge als auch die Formulierungen der einzelnen Fragen sind vorab festgelegt. Außerdem ist für die weitere Betrachtung von Bedeutung, daß die Fragen geschlossen, also mit vorgegebenen Antwortmöglichkeiten gestellt wurden.

Zunächst fällt auf, daß die Dauer des Interviews sehr kurz ist; sie beträgt ca. 5 Minuten, während die Interviewzeit über das Leitfadeninterview (8 Minuten) bis zum völlig offenen (22 Minuten) ansteigt. In der Tat kann *als Vorteil der Standardisierung die schnellere Erhebung* gelten.

Durch die Zeitersparnis wird allerdings ein schwerwiegender Nachteil in Kauf genommen: *Breite und Tiefe der durch die Antworten gegebenen Informationen sind beschränkt.* Kann man im Hinblick auf die Breite noch davon ausgehen, daß sie tendenziell und zielorientiert im Sinne des Forschers abgedeckt werden kann, so ist die Tiefe der Informationen keineswegs auslotbar. Nachfragen durch den Interviewer sind wegen der durch die Standardisierung angestrebten Vergleichbarkeit aller Interviews geradezu ausgeschlossen.

Weiter wird dieser Nachteil der breiten Oberflächlichkeit und des fehlenden Tiefgangs noch dadurch potenziert, daß zwar die Erkenntnisinteressen des Forschers (vielleicht) befriedigt werden, doch sind dies seine Bedürfnisse und nicht die der Befragten. Die *Relevanzsysteme der Betroffenen kommen nicht zu Wort*, was diese einerseits frustrieren mag, aber andererseits – und viel wichtiger – den erhobenen Daten mangels Kenntnis einen Stellenwert verleiht, den sie realiter nicht haben. Dies wird im Vergleich zum qualitativen Interview besonders deutlich, wenn dort der Befragte permanent seine Zukunftsangst thematisiert, die im standardisierten Interview mit keinem Wort Erwähnung findet.

Dieses Korsett, in das der Befragte sich durch den vorab konzipierten und formulierten Fragebogen gezwängt sieht, wird verstärkt durch die geschlossenen Fragen, wie einige Detailanalysen nahelegen:

Daß die geschlossene Frageformulierung nicht unproblematisch ist, zeigt die Frage nach der Dauer der rheumatischen Beschwerden. Der Interviewer fragt: „Wie lange haben Sie schon Ihre rheumatischen Beschwerden?“ Darauf will der Befragte offensichtlich zu einer längeren, ausführlicheren, und wie wir gesehen haben, differenzierenden Antwort ausholen („Ja ...“). Der Antwortversuch wird vom Interviewer aber mit der nachgeschobenen Bitte, die Antwort an einer Reihe vorgegebener Möglichkeiten zu orientieren, abgebrochen: „Darf ich Sie bitten, das wieder anhand dieser Liste zu beantworten?“. Der Befragte scheint mit den vorgegebenen Antwortmöglichkeiten nicht zufrieden zu sein, er kann seine Antwort nicht mit einer der nur zeitlich gefaßten Vorgaben in Deckung bringen: „Ja 5 Jahre mit Unterbrechungen“. Die Zuordnung der Antwort wird dann vom Interviewer unter *Billigung einer Verkürzung der inhaltlichen Breite der Antwort* – die Unterbrechungen werden nicht notiert – geleistet: „5 bis unter 10 Jahre“. Die zusätzliche Information, daß es in diesen fünf Jahren Unterbrechungen gab, geht für diese Frage verloren.

Scheinbar hat der Forscher bei der nächsten Frage an diesen Sachverhalt gedacht, wenn die Frage gestellt wird: „Sind die Beschwerden ständig vorhanden, oder treten sie nur in bestimmten Situationen auf?“. Diese Frage deckt aber nicht die Unterbrechungen ab, denn diese liegen auf einer anderen Ebene als die „bestimmten Situationen“ oder das „Ständige“. Daß dies so ist, wird durch die gegebene Antwort deutlich: „Ja, in bestimmten Zeitabständen, ah, ja in bestimmten Situationen vielleicht, hm. Ja es ist schwierig zu sagen“. Der Befragte stellt noch einmal die zeitlichen Unterbrechungen in den Vordergrund, von Situationsbedingtheit will er eigentlich nichts wissen. Im folgenden drängt der Interviewer den Befragten geradezu zu einer Revidierung seiner Antwort: „Ja sehen Sie, mit dem Fragebogen natürlich. Ja, also ich schreib mal ‚in bestimmten Situationen'.“ Der Befragte interveniert, er besteht auf einer Betonung des temporären Charakters der Unterbrechungen, nicht auf ihrer Situationsbedingtheit: „zeitweise“. Der Interviewer wird ernergischer und hält dem Befragten unterschwellig Dickköpfigkeit vor „Zeitweise ist nicht vorgesehen!“ oder entschuldigt sich mit dieser Äußerung für den Fragebogen, der dem Befragten nicht gerecht wird. Der Befragte gibt nach und überdenkt seine Antwort noch einmal: „Ja, situationsbedingt, manchmal schon“. Der Interviewer fordert nun eine endgültige Entscheidung vom Befragten: „Also nicht ständig vorhanden?“, und dieser lenkt ein: „Nein, nein“.

Wir haben es hier mit einem prototypischen (und nicht gestellten) Beispiel für die Tatsache zu tun, daß die *vorgegebenen Antwortmöglichkeiten häufig gar nicht den Antworten der Befragten entsprechen*. Die theoretischen Vorarbeiten der Forscher hatten diese Antwortmöglichkeit nicht vorhergesehen, weshalb sie bei der Konzeption des Fragebogens nicht berücksichtigt werden konnte. Die Antwort des Interviewpartners auf diese Frage ist nach diesem Vorgehen in ihrer Gültigkeit eingeschränkt, weil sie in starkem Maße durch die *Beeinflussung des Interviewers* hervorgerufen wurde.

An einer anderen Stelle im selben Interview tritt erneut der lenkende und beeinflussende Stil des Interviewers in Erscheinung. Hier allerdings mit anderen Konsequenzen. Gegen Ende der Befragung wird der Interviewpartner aufgefordert, einen Teil des Erhebungsbogens selbständig schriftlich zu bearbeiten. Der Interviewer übergibt ihm einen Bogen mit der Bitte um Bearbeitung der Skalierungsfragen. Die ersten Items werden von diesem auch problemlos beantwortet, dann jedoch hat er offensichtlich Schwierigkeiten mit der Beantwortung („Ahm."). Der Interviewer registriert das unmittelbar und versucht, die Zweifel des Befragten um die Bedeutung des Items zu zerstreuen: „Also Sie brauchen nicht genau nachzudenken, wenn Sie das schnell durchgehen, so nach ihrem Gefühl, das is' ganz gut!". Dieser Hinweis ist methodologisch richtig, weil es auf die Spontaneität der Antworten ankommt, um gezielte manipulative Strategien des Befragten – etwa im Sinne der social desirability – zu unterbinden. Deutlicher kann man aber einem Interviewpartner nicht zeigen, daß seine Antworten im Grunde gar nicht so wichtig sind (er soll nicht so genau über seine Antworten nachdenken).

Der Befragte läßt sich aber nicht belehren und bemerkt noch einmal, daß er mit der Beantwortung einer Frage Schwierigkeiten hat: „Is schwierig mit den Dingen!". Der Interviewer, nun fast entnervt, versucht einen weiteren Disput um das Erhebungsinstrument bzw. die vorgegebenen Antwortmöglichkeiten zu vermeiden, und schiebt die Ursache für die Schwierigkeiten dem Befragten zu: „In den Zeilen verrutscht man?". Nicht das für den Befragten unverständliche Item führt zu Problemen bei der Bearbeitung des Erhebungsbogens, sondern die vorgeblich geringen Fähigkeiten des Interviewpartners, sich auch in dem Bogen zurechtzufinden. Der Befragte hat längst resigniert und stimmt zu: „Ja". Offensichtlich beruhigt, daß dieser Konflikt beigelegt werden konnte und daß seine Interpretation der Ursache des Problems zutrifft, stimmt auch der Interviewer zu („Ja").

Eine zweite Interpretation dieser Passage ist aber auch denkbar: Der Interviewer entschuldigt den Befragten mit dem erneuten Hinweis auf den Fragebogen, der eben so konstruiert ist, daß man gerade bei einer Fragebatterie mit Skalierungsfragen leicht in den Zeilen verrutscht. Der Vorteil der Standardisierung verkehrt sich hier unversehens in einen gravierenden Nachteil: Das Verrutschen ist für den Befragten sehr ärgerlich und hat unzuverlässige und damit ungültige Daten zur Folge.

Hier zeigt sich auch die Problematik der durch die Standardisierung angestrebten Hypothesenprüfung in aller Massivität. Lieber durch ein qualitatives Interview Hypothesen generieren, die näher an der sozialen Realität liegen, als Hypothesen zu „verifizieren" oder zu falsifizieren, wenn die Datenbasis unzuverlässig und die Entscheidung über Beibehaltung oder Verwerfung der Hypothese fragwürdig ist.

Letztlich gilt festzuhalten: Hätte man das standardisierte Interview nicht auf Video aufgezeichnet und nur die Antworten auf dem Fragebogen für die Auswertung zu Verfügung, so würde man trotz der scheinbaren Exaktheit der Daten zu tendenziell falschen Interpretationen gelangen. Der Forscher wäre beruhigt, dem Interviewten und der sozialen Realität aber Gewalt angetan.

An dem Beispiel der nicht-standardisierten Befragung lassen sich einige Merkmale dieses Vorgehens verdeutlichen. Formal auffällig ist zunächst schon die Länge des Interviews: es dauert mit 22 Minuten *mehr als viermal so lange, ohne daß es langatmig, langweilig oder gar belastend würde*. Dies ist ein Charakteristikum der offenen Interviews, die im Extremfall durchaus einen ganzen Tag dauern oder sich sogar über mehrere Tage erstrecken können. *Die große Chance einer langen Interviewdauer ist allerdings insoweit als Nachteil* anzuführen, als damit *die Kosten insgesamt* (möglicherweise auch wegen eines erzählend ausschweifenden Charakters des Interviews) oder *die Kosten pro Information* in die Höhe gehen.

Wir sehen weiter, daß ein nicht-standardisiertes Interview nicht mit einer konkreten Frage beginnt, die eine prägnante, kurze Antwort erfordert, sondern es leitet ein mit einer Aufforderung, zu dem behandelten Thema möglichst ausführlich, erzählend, also von sich aus frei gestaltend, Stellung zu nehmen: „Ja, es geht eigentlich wie gesagt um Rheuma, und ich würde Sie einfach bitten, wenn Sie einfach erzählen, was ist das für eine Krankheit?"

Der Befragte hat die Erzählaufforderung offensichtlich verstanden: „Ja, also, des is, wenn i ganz allgemein sagen derf,...". Dies ist eine wesentliche Voraussetzung für eine ergiebige narrative Befragung. Der Befragte gibt dann auch erst einmal ein längeres, frei formuliertes Statement ab. Dann aber gehen ihm die passenden Worte aus, um die Beschreibung fortzusetzen: „Ja von daher...". Ohne inhaltlich zu lenken, aber um seine Aufmerksamkeit zu demonstrieren, und dem Befragten die Richtigkeit seines erzählenden Vorgehens zu verdeutlichen, sagt der Interviewer nur kurz: „Ja". Nun sind dem Befragten auch die passenden Worte eingefallen: „Es is a große Beeinträchtigung".

Die nun anschließende Frage des Interviewers ist vor allem als weitere Erzählaufforderung zu verstehen. Er verwendet das Vokabular des Befragten und formuliert einen erneuten Erzählstimulus, der wieder in das Geschehen hineinführt: „Ja, also Sie sagen große Beeinträchtigung, kann man das noch ein bisserl weiterschildern, auch so...". Der Befragte greift diesen Stimulus gerne auf, und berichtet von sich aus über den Bereich der Beeinträchtigung: „Ja, vielleicht bezüglich der Beschwerden...". Eine *Prädetermination durch den Interviewer wird so vermieden*. Es bleibt dem Befragten vorbehalten zu sagen, um welche Art von Beeinträchtigung es sich hier handelt. Der Befragte kommt dann auch von sich aus sehr schnell auf alle Dinge zu sprechen, die ihm wichtig sind: die Medikation, die Wirkung der Medikamente, die nicht physiologischen Beschwerden und die Angst vor der Zukunft: „und von daher is halt a immer a Angst da". Die Fragen und Bemerkungen des Interviewers sind immer so gehalten, daß sie mit den Worten des Befragten in das geschilderte Geschehen zurückführen: *Paraphrasieren als Aufgreifen des Gesagten in leicht modifizierter Form*.

Gegen Ende des Interviews durchbricht der Interviewer den narrativen Charakter des nicht-standardisierten Interviews. Immer häufiger stellt er Zwischenfragen und besteht auf dem Vergleich des Rheumas mit Krebs. Dieser Vergleich wird den Verlauf des weiteren Gesprächs nachhaltig beeinflussen, stammt aber in der Art, wie er vom Interviewer dann verfolgt wird, nicht vom Befragten selbst. Dieser hatte Krebs eigentlich zur Abgrenzung nicht zum Vergleich herangezogen: „i mein, kann man, wenn man's mit Krebs vergleicht, dann is es vielleicht, ja daß man mehr

Überlebenschancen hat...“. Der Interviewer greift den Begriff Krebs gerne auf, und unterbricht den Befragten sogar: „Also Sie würden sagen, es ist vergleichbar mit Krebs in bezug auf die Bösartigkeit“. Resümierende Fragen, wie diese, sind eigentlich erst gegen Ende des Interviews zulässig, wenn die Erzählfreudigkeit des Befragten stark nachgelassen hat. Der Befragte widerspricht dieser fehlerhaften Interpretation dann auch: „Ja für mich jetzt vielleicht net“. Hier hätte der Interviewer lieber, als sich mit Freuden auf den Vergleich mit Krebs zu stürzen, eine weitere Erzählaufforderung stellen sollen.

Trotz dieser hier nur stichpunktartig aufgeführten Einschränkungen sind in dieser Befragungsform die Merkmale qualitativer Sozialforschung erheblich weitgehender und besser verwirklicht als im standardisierten Interview. Die *Offenheit des Vorgehens* wird *durch den narrativen Charakter der Befragung*, die dem Befragten viel Freiraum zur eigenen Betonung wichtiger Themenbereiche läßt, gewährleistet. Die *Kommunikativität und die Naturalistizität des Verfahrens* ergibt sich aus dem weitestgehend *natürlichen Charakter des Gesprächs*, wie es zwischen aneinander interessierten Bekannten oder Familienangehörigen auch vorstellbar wäre. Wir erfahren viel mehr als durch die standardisierte Befragung. Zwar wissen wir nicht explizit, daß Schluckschwierigkeiten für den Befragten völlig unwichtig sind (wie das im standardisierten Interview erhoben wurde), weil er sie nicht thematisiert, doch kann man aus dieser Tatsache ableiten, daß sie für ihn nicht relevant sind, sonst hätte er sie ja erwähnt.

Wir *erfahren aber nicht nur insgesamt mehr, sondern auch mehr Details*, eben alles, *was für den Befragten von Bedeutung ist,* und wir können durch die an den Gesprächsverlauf angepaßten Fragen sehr weitgehend in Erfahrung bringen, wie gewichtig welche Aspekte für den Betroffenen sind.

Zwar können wir die Angaben des Befragten nur bedingt mit anderen vergleichen, aber wir erhalten ein geschlossenes, abgerundetes ganzheitliches Bild vom Befragten, das wir praktisch und theoretisch nutzen können. Praktisch, indem seinen geäußerten Bedürfnissen entsprochen wird und theoretisch, indem wir auf solche Bedürfnisse aufmerksam machen können. Wir können Existenzaussagen formulieren und einen Typus konstruieren, der über den Einzelfall hinaus von gesellschaftlicher Bedeutung sein kann.

Wichtig erscheint in unserem Kontext auch, daß sich methodologisch gesehen zwischen diesen beiden Paradigmen auch sprachsoziologische Unterschiede ergeben: „Während die standardisierte Befragung versucht, die Problematik von *Sprachbarrieren, unterschiedlicher Ausdrucksfähigkeit* der Probanden durch leicht verständliche Fragen mit den im Regelfall vorgegebenen Antwortkategorien zu lösen, berücksichtigt das nicht-standardisierte Interview eher die Problematik der *Bedeutungsäquivalenz*, wonach für gleiche Bedeutungen durchaus unterschiedliche Reize und Bedingungen angegeben werden können“ (*Lamnek* 1980, S.136).

Zusätzlich zu den an den vergleichenden Beispielen aufgezeigten Unterschieden sind in der Literatur für diese beiden Methoden eine Fülle von Vor- und Nachteilen referiert worden. Es ergeben sich folgende, von den einzelnen Positionen reklamierte, Vorteile, die stichpunktartig gegenübergestellt werden sollen:

1. Das standardisierte Interview
   - bessere Vergleichbarkeit der Antworten;
   - höhere Zuverlässigkeit;
   - Reduktion von Fehlern durch die Fragen (wegen gleicher Fragestellung und Reihenfolge der Fragen);
   - einfachere Durchführung des Interviews;
   - schnellere und preiswertere Analyse der Antworten.

2. Die nicht-standardisierte Befragung
   - eher „Standardisierung" von Bedeutungen (Sinn) als eine Standardisierung der oberflächlichen Aspekte der Reizsituation (Bedeutungsäquivalenz der Fragen);
   - Ermutigung zu lebensnäheren Antworten, da der alltäglichen Gesprächssituation angepaßt;
   - flexibler in der Durchführung;
   - keine Prädetermination durch den Forscher.

Aus den jeweiligen Vorteilen dieser beiden Befragungsformen können deren unterschiedliche Funktionen erschlossen werden: Während das standardisierte Interview vornehmlich der *Messung relevanter Merkmale* (zumeist im Endstadium einer Untersuchung) dient, verfolgt das nicht-standardisierte Interview insbesondere die *Exploration von Sachverhalten* und die Ermittlung von *Bezugssystemen der Befragten* zu Beginn einer Untersuchung. (Dies ist eine sehr vorläufige und oberflächliche Funktionszuweisung; weitergehende Überlegungen folgen weiter unten.) *Eine abstrakte Entscheidung darüber, welche Form des Interviews die bessere sei, läßt sich natürlich nicht treffen.* Vielmehr sind die Anwendungsbereiche verschieden und der jeweilige Einsatz wird durch Intention, Erkenntnisziel und Objektbereich im Einzelfall bestimmt werden.

Bei der Gegenüberstellung von standardisierter und nicht-standardisierter Befragung muß vor dem Mißverständnis der Gleichsetzung von nicht-standardisierter Befragung und qualitativen Interviews gewarnt werden. Zwar ist richtig, daß die o. g. Vorteile der nicht-standardisierten Befragung auch bei qualitativen Interviews gegeben sind und genutzt werden, doch zeichnen sich qualitative Interviews darüber hinaus durch weitere, insbesondere methodologische Merkmale aus, die noch in 3.2. behandelt werden.

3.1.3. Die Struktur der Befragten

Befragungen können auch nach der *Struktur der zu Befragenden* klassifiziert werden. Bei dichotomisierender Betrachtung wäre die *Einzel-* von der *Gruppenbefragung* zu unterscheiden. Allerdings kann eine solche Gruppenbefragung selbst wieder unterschiedliche Formen annehmen, etwa die einer *paper & pencil-Methode* oder aber die einer *Gruppendiskussion*. Letztere wird gesondert und ausführlich in einem eigenen Kapitel behandelt werden.

Während Gruppendiskussionen und Einzelbefragungen sowohl qualitativ wie auch quantitativ orientiert sein können, sind reine Gruppenbefragungen, etwa als paper&pencil-Methode, bei qualitativer Methodologie praktisch ausgeschlossen. Umgekehrt wird man sagen können, daß *qualitative Interviews in der Regel Einzelbefragungen* sein werden. Weitergehende Überlegungen zu dieser Dimension von Befragungen sind deshalb nicht erforderlich.

3.1.4. Die Form der Kommunikation

Ein weiteres Kriterium bei der Differenzierung von Befragungen ist die der *Präsentierung der Fragen*. Im Hinblick auf die *Kommunikationssituation* lassen sich danach *schriftliche* bzw. *mündliche Darbietung* der Fragen unterscheiden.

Beim Interview erfolgen die Fragen mündlich und die Registrierung der Antworten über den Interviewer. Dieses Vermittlungsinstrument zwischen Forscher und Befragungsperson fällt bei der schriftlichen Befragung weg, weil dort der Befragte den Fragebogen selbständig ausfüllt. Dies bedeutet, daß der Fragebogen hoch standardisiert und gleichzeitig sehr einfach zu beantworten sein muß, weil keine personale Unterstützung beim Ausfüllen möglich ist.

Wenn aber der Interviewer bei schriftlichen Befragungen wegfällt, so bedeutet dies, daß die schriftliche Befragung kein geeignetes Instrument für die qualitative Sozialforschung darstellt, weil wegen der Konzeption des Fragebogens eine sehr weitgehende Vorstrukturierung des gesamten Ablaufes gegeben ist, so daß die zentralen Prinzipien von Offenheit und Flexibilität verletzt wären. Der Befragte wäre in seinen Antwortmöglichkeiten äußerst beschränkt und die Befragungssituation könnte massivst inhibierend wirken.

Zwar werden wir noch sehen, daß im Falle der biographischen Methode durchaus die schriftliche Form der Datenerhebung möglich ist – gerade auch als der qualitativen Methodologie verpflichtet –, doch dürfte *im Regelfalle eine qualitative Befragung als Interview durchgeführt* werden müssen.

3.1.5. Der Stil der Kommunikation

Nach dem *Stil der Kommunikation*, also nach dem *Interviewerverhalten*, unterscheidet man zwischen den beiden Extremtypen: *weiches* und *hartes Interview*, wobei vermittelnd zwischen beiden das *neutrale Interview* steht. „Weich ist ein Interview, wenn der Interviewer versucht, ein Vertrauensverhältnis zum Befragten zu entwickeln, indem er der Person des Befragten (nicht den Antworten) seine Sympathie demonstriert" (*Grunow* 1978, S.786). „Der Interviewer soll eine passive Rolle einnehmen, nur bei Themenwechseln eingreifen" (*Koolwijk* 1974, S.17).

Beim weichen und beim harten Interview geht der Forscher von der ähnlichen Annahme einer mangelnden Bereitschaft zur Mitarbeit aus, nur die Strategie der Überwindung des Problems ist eine andere. Beim weichen Interview versucht der Interviewer, das sympathisierende Verständnis für die spezielle Situation des Befragten zum Ausdruck zu bringen und dadurch die widerstrebende Haltung des Befragten abzubauen.

Beim harten Interview, geht der Interviewer so vor, daß er gleichsam als Autorität, wie in einem Verhör, auftritt und sehr massiv Druck macht, um die Widerstände des zu Befragenden zu brechen und Antworten zu erhalten. Der Interviewer „soll dem Befragten seine Skepsis gegenüber dem Wahrheitsgehalt der Antworten deutlich machen und den Eindruck erwecken, daß Ausweichen und Ableugnen sinnlos ist“ (*Koolwijk* 1974, S.17).

Nach der Methodologie qualitativer Sozialforschung muß das sog. harte Interview als Erhebungsmethode ausscheiden. Gerade das *Einfühlen in die Situation* der Betroffenen, das Schaffen eines *Vertrauensverhältnisses* in der Kommunikationssituation sind wesentliche Voraussetzungen für verläßliche und gültige Befunde.

Betrachtet man harte und weiche Interviews nach den methodologischen Kriterien der quantitativen Sozialforschung, so müßten beide Formen eigentlich ausscheiden, weil eine intersubjektive Nachprüfbarkeit der Daten nicht gewährleistet erscheint. Bei beiden Formen ist der Einfluß des Interviewers letztlich nicht zu kontrollieren. Deshalb ist die am häufigsten angewandte Form die des neutralen Interviews, das „den unpersönlich-sachlichen Charakter der Befragung, die Einmaligkeit der Kommunikation und die soziale Distanz zwischen den Befragungspartnern betont“ (*Koolwijk* 1974, S.17).

Nach dieser Kennzeichnung des neutralen Interviews als unpersönlich-sachlich und unter Wahrung der sozialen Distanz zwischen Interviewer und Befragtem, muß diese Form aus Sicht einer qualitativen Methodologie zurückgewiesen werden.

Obgleich alle drei Arten von Interviews auf einen möglichst guten Report, also auf eine weitgehend wahrheitsgetreue, zuverlässige und gültige Beantwortung der Fragen abzielen, verbleibt bei vorsichtiger Beurteilung als *in der qualitativen Sozialforschung anwendbare Methode nur die des weichen bis neutralen Interviews*, wobei Neutralität gefaßt wird als durchaus solidarisierend zwischen Befrager und Befragtem, jedoch nicht Inhalt und Ablauf durch den Interviewer prädeterminierend oder gar verzerrend.

3.1.6. Die Art der Fragen

Für die Charakterisierung qualitativer Interviews ist eine weitere Dimension entscheidend, die sich auf die *Art der gestellten Fragen* bezieht. In der quantitativen Sozialforschung wurde die Differenzierung zwischen *geschlossener und offener Frage* eingeführt. Geschlossene Fragen sind dabei solche, bei denen implizit in der Frageformulierung selbst oder durch die Vorgabe von Antwortkategorien außerhalb der Fragestellung die möglichen Antworten vorgegeben sind. Der Befragte entscheidet sich für eine oder mehrere Antwortkategorien, nämlich jene, die seiner tatsächlichen Einstellung, seinem Verhalten etc. entsprechen oder am nächsten kommen.

Beispiel:

1. Implizit geschlossene Frage:
   Sind Sie für oder gegen die Todesstrafe?

2. Explizit geschlossene Frage:
   Wie stehen Sie zur Todesstrafe?
   ( ) ich bin dafür
   ( ) ich bin dagegen

Offene Fragen sind dagegen solche, bei denen die Antworten des Befragten nicht in ein vorgegebenes Antwortschema eingeordnet werden müssen. Die Antworten werden vielmehr in der vom Befragten gebrauchten Formulierung und mit den von ihm erwähnten Fakten und Gegenständen, insbesondere aber auch seinen Bedeutungsstrukturierungen, aufgezeichnet.

Beispiel:
Was halten Sie von der Todesstrafe? Antwort: „Eigentlich bin ich dagegen, aber weil in unserer Zeit immer mehr Kapitalverbrechen begangen werden, sollte man die Todesstrafe wieder einführen. Man muß die Bevölkerung vor Mördern schützen".

Da geschlossene Fragen vom Forscher vorab formuliert werden, entspringen sie eher seinen Vorstellungen als denen der zu Befragenden und der zu untersuchenden Welt. Somit würde bei ihrem Einsatz eine Prädeterminierung der Forschungsergebnisse durch den Forscher erfolgen, die von der qualitativen Sozialforschung abgelehnt wird. (Nun ist natürlich denkbar, daß durch einen Pretest die für die Betroffenen relevanten Bereiche vorab erfaßt und danach kategorisiert worden sind.) *Es würde der Methodologie qualitativer Verfahren nicht entsprechen, mit geschlossenen Fragen ins soziale Feld zu gehen.*

3.1.7. Das Kommunikationsmedium

Nachdem wir festgestellt haben, daß qualitativ orientierte Befragungen praktisch ausschließlich mündlich erfolgen, wäre noch im Hinblick auf das bei solchen Interviews mögliche *Kommunikationsmedium* zu differenzieren. Gerade heutzutage nehmen *Telefoninterviews* aus vielerlei Gründen immens zu (billig, gute Erreichbarkeit, Wiederholbarkeit, Nachfragemöglichkeit etc.). Da aber bei qualitativen Interviews der personale Aspekt besonders bedeutsam ist, ja gerade das persönliche Engagement, die unmittelbare Betroffenheit des Interviewers gefordert ist, *scheiden Telefoninterviews in der Regel aus*. Sie erhalten durch das fehlende visuelle Element einen unpersönlichen, ja anonymen Charakter und würden den Intentionen qualitativer Forschung nicht gerecht werden können.

3.1.8. Erste Charakterisierung qualitativer Interviews

Wenn wir in einer vorläufigen Zusammenfassung aus dem Vergleich verschiedener Befragungsformen qualitative Befragungen charakterisieren wollten, so lassen sich folgende, qualitative Interviews beschreibende, Elemente festhalten:

- Qualitative Befragungen sind *mündlich-persönlich*, nehmen also die Form des Interviews an.

- Es handelt sich um *nicht-standardisierte* Interviews, denn gerade durch die notwendige situative Anpassung sind vorformulierte Fragen und deren Reihenfolge nicht vorgebbar.
- Es werden ausschließlich *offene Fragen* gestellt.
- Der Interviewerstil ist *neutral bis weich*.
- Im Hinblick auf die Intentionen des Interviewers handelt es sich vornehmlich um *vermittelnde*, aber durchaus auch um ermittelnde Interviews.
- Aufgrund der häufig recht intimen und sehr persönlichen Themen versteht sich, daß ein qualitatives Interview eine *Einzelbefragung* darstellt.

Nur wenn diese Merkmale gegeben sind, ist der Befragte bereit, seine Alltagsvorstellungen über Zusammenhänge in der sozialen Wirklichkeit in der Gründlichkeit, Ausführlichkeit, Tiefe und Breite darzustellen, zu erläutern und zu erklären, so daß sie für den Forscher eine brauchbare Interpretationsgrundlage bilden können.

3.2. Methodologische Aspekte des qualitativen Interviews

Die in der *Scheuch*'schen Definition des Interviews (1967, S.70) erkennbare Orientierung am quantitativen Paradigma, gilt für die deutsche Sozialforschung auch unabhängig von den je praktizierten Methoden der Datenerhebung: „Das Streben nach einer soliden Basis, die vom Verdacht der Spekulation befreien sollte, führte die empirische Sozialforschung nach dem 2. Weltkrieg zur Annäherung an naturwissenschaftliche Forschungsmaximen" (*Hoffmann-Riem* 1980, S.340). Dazu gehören ein *quasi-experimentelles Vorgehen*, das die *prinzipielle Wiederholbarkeit* einer Untersuchung mit dem gleichen Ergebnis unterstellt, die *Falsifikationschance deduktiv gewonnener Hypothesen* sowie auch ein *analytisches*, den Forschungsgegenstand in seine Einzelelemente zerlegendes, *Vorgehen*.

Diese praktizierte Methodologie hat zur notwendigen Folge, daß „der Gegenstandsbereich unter Abstrich der Selbststrukturierung des Handelns definiert und auf das rein Beobachtbare beschränkt wird" (*Hoffmann-Riem* 1980, S.340). Der soziologisch definierte Objektbereich wird als objektiv untersuch- und feststellbar betrachtet. Nach der Methodologie der quantitativen Sozialforschung würde der gesamte Forschungsprozeß (mit Ausnahme der Hypothesengewinnung) einer *intersubjektiven Nachprüfbarkeit* zugeführt werden und dieser standhalten müssen. Von der Datenerhebung bis zur Analyse, Interpretation und Präsentation der Befunde ist das Vorgehen „standardisiert" und mithin einer *interpersonalen Überprüfbarkeit* zugänglich.

Die quantitative Position, wonach „das Streben nach interpersonaler Verbindlichkeit als einzige verläßliche Basis soziologischen Erkenntnisfortschritts" (*Hoffmann-Riem* 1980, S.339) dient, hat allerdings auch im interpretativen Paradigma starke Spuren hinterlassen. Im Vergleich zur quantitativen Sozialforschung setzt die intersubjektive Vorgehensweise aber zu einem früheren (besser zu einem anderen) Zeitpunkt ein: Während die quantitative Sozialforschung die Genese theoretischer Konzepte über Zusammenhänge in der sozialen Wirklichkeit in den Bereich der vorwissenschaftlichen Forschung psychologisch orientierter Exploration verweist, weil diese eben nicht dem Falsifikationsprinzip unterliegen könne, sich weiter einer interpersonalen Überprüfbarkeit widersetze und andere wissenschaftliche Standards nicht zur Verfügung gestellt würden, sieht das interpretative Paradigma gerade die *Genese von Theorien* unter *wissenschaftlicher Kontrolle* als eines ihres vornehmsten Ziele an.

Die qualitative Sozialforschung geht „wie es *Kleining* (1982, S.231) ausdrückt, den Weg der Überwindung des Vorverständnisses ... und zwar im Prozeß des Forschens'" (*Witzel* 1985, S.233). Erst aufgrund der Ergebnisse der Datenerhebung kommt der Forscher durch Techniken der Interpretation zu *typisierenden Aussagen* und über diese zu theoretischen Konzepten über Konstellationen der sozialen Wirklichkeit.

Hinzu kommt, daß „die Bedeutungsstrukturierung sozialen Handelns ... zum theoretischen Ausgangspunkt wie auch zum methodologischen Leitfaden für Sozialforschung erklärt" (*Hoffmann-Riem* 1980, S.342) wird. Die Sozialforschung macht es sich damit zur Aufgabe, *fremdzuverstehen*. Sie will soziale Wirklichkeit dadurch zu erfassen und zu erkennen versuchen, daß sie rekonstruiert „wie sie ein anderer mittels seiner Regelmäßigkeitsannahmen verknüpft oder verknüpft hat" (*Köckeis-Stangl* 1980, S.348).

Ob der Forscher nun dem interaktionistischen Konzept folgt und unterstellt, Personen seien „Situationen interpretierende, Bedeutung interpretierende, Bedeutung stets neu aushandelnde und definierende Akteure, die Rollen nicht nur passivkonform ausfüllen, sondern nach ihren Zielsetzungen und Deutungen aktiv ausgestalten" (*Esser* 1986, S.315) oder ob der Forscher dem struktur-funktionalistischen Konzept folgt und behauptet, Personen seien „wohl- bzw. über-sozialisierte Agenten von fixen Rollenerwartungen" und Situationen seien „Exemplifizierungen von im Prinzip stets wiederholbaren Typen von Handlungskonstellationen" (*Esser* 1986, S.315), hat keinen Einfluß auf die Entscheidung, das Gesellschaftsmitglied mit seinem Alltagswissen und mit seinen Deutungsmustern zum Ausgangspunkt der empirischen Forschung zu machen.

Ist die Entscheidung einmal für das interpretative Paradigma gefallen, so spielt das qualitative Interview, also die sprachliche Erfassung von Bedeutungsmustern, eine große Rolle in der empirischen Forschung. Gerade im qualitativen Interview hat der Befragte die Möglichkeit, *seine Wirklichkeitsdefinitionen* dem Forscher mitzuteilen, während in der quantitativen Befragung, also bei weitestgehender Standardisierung, der Forscher mit einem theoretischen Konzept, das er selbst und quasi unabhängig vom zu untersuchenden Objektbereich entwickelt hat, also mit seiner operationalisierten Wirklichkeitsdefinition, zum Befragten kommt und dieser dann in das Schema des Forschers hineingezwängt wird.

Aus der *Ablehnung dieser Prädetermination durch den Forscher* ergibt sich das zentrale Prinzip interpretativer Sozialforschung, das natürlich auch qualitativen Interviews eigen ist, nämlich das *Prinzip der Offenheit*. Es besagt, „daß die theoretische Strukturierung des Forschungsgegenstandes zurückgestellt wird, bis sich die Strukturierung des Forschungsgegenstandes durch die Forschungssubjekte herausgebildet hat" (*Hoffmann-Riem* 1980, S.343).

Eine zweite Maxime qualitativer Forschung, die der *Kommunikativität*, meint, „daß der Forscher den Zugang zu bedeutungsstrukturierten Daten im allgemeinen nur gewinnt, wenn er eine Kommunikationsbeziehung mit dem Forschungssubjekt eingeht und dabei das kommunikative Regelsystem des Forschungssubjekts in Geltung läßt" (*Hoffmann-Riem* 1980, S.347). Dieses Prinzip ergibt sich aus dem „Umstand, daß die Gesellschaftsmitglieder primär in Gesprächsform miteinander verkehren und daß demzufolge die gesellschaftliche Produktion von Wirklichkeit zu einem wesentlichen Teil sozusagen gesprächsweise erledigt wird" (*Wolff* 1986, S.58). *Deutungsmuster und Wirklichkeitsstrukturierungen werden im Alltagsdiskurs verhandelt und dem Forscher zugänglich, wenn er selbst am Diskurs teilhat oder diesen teilnehmend beobachtet.*

Das qualitative Interview entspricht diesen beiden methodologischen Aspekten des interpretativen Paradigmas unmittelbar und offenkundig: dem Prinzip der Kommunikativität insoweit, als es sich beim Interview um eine mündlich-personale Kommunikation handelt, die durch die Sprache des Befragten bestimmt wird und dem Prinzip der Offenheit, weil in der qualitativen Form des Interviews keine Vorabstrukturierung und Standardisierung erfolgt, sondern weil damit die Bedeutungsstrukturierung durch den Befragten erst möglich wird.

In der qualitativen Sozialforschung wird der Forschungsprozeß als Kommunikations*prozeß* begriffen. Da Kommunikation im Interview an sich schon prozeßhaft abläuft, als sukzessive Interaktion zwischen Frager und Befragtem, wird der *Prozeßcharakter beim qualitativen Interview* in doppelter Weise bedeutsam: Da sich qualitative Sozialforschung für die Deutungs- und Handlungsmuster, die eine gewisse allgemeine Verbindlichkeit besitzen, interessiert (vgl. *Hopf* 1982, S.311ff.) und diese Deutungs- und Handlungsmuster im qualitativen Interview durch Agieren und Interpretieren wechselseitig produziert und modifiziert werden, ist das qualitative Interview in besonderer Weise geeignet, diese zu erkennen.

Der Konstitutionsprozeß von sozialer Realität wird durch das qualitative Interview hervorragend dokumentiert, rekonstruiert, interpretiert und letztlich auch erklärt. So wie im Alltag die Konstitution und Definition von Wirklichkeit prozeßhaft erfolgt, geschieht dieser Vorgang im Prozeß des Interviews ganz analog. Die zu einem bestimmten Zeitpunkt gegebenen Antworten der Befragten sind nicht einfach Produkt einer unabänderlichen Auffassung, Meinung oder Verhaltensweise, sondern sie sind *prozeßhaft generierte Ausschnitte der Konstruktion und Reproduktion von sozialer Realität.*

Es ist also nicht nur der Forschungsgegenstand an sich prozessual aufzufassen, sondern auch der Akt des Forschens – gerade im qualitativen Interview – ist prozeßhaft, weil er die Kommunikation zwischen Forscher und Informanten voraussetzt. Interviewer und zu Befragender sind Elemente der Befragungssituation und wirken an der Konstruktion von Wirklichkeit und mithin an der Aushandlung von Situationsdefinitionen mit. Die Tatsache, daß der Forscher in die Erhebungssituation eingebunden ist, führt dazu, daß er zu einem konstitutiven Bestandteil des Forschungsprozesses und damit auch des Forschungsergebnisses wird. Allerdings sollte er möglichst zurückhaltend wirken, um nicht verzerrende Prädeterminationen und Suggestionen hervorzurufen. Eingriffe sollten dezent erfolgen und ausschließlich der Funktionalität des Gesprächsablaufs dienen.

Ein anderes, sehr wichtiges methodologisches Kriterium qualitativer Sozialforschung ist die *Flexibilität*. Flexibilität ist natürlich eng korreliert mit Offenheit. Gerade das narrative Interview – wie aber auch die anderen qualitativen Formen – sind äußerst flexibel in der Durchführung. Durch das Fehlen vorab konstruierter und standardisierter Erhebungsinstrumente, ist die Interviewsituation in keiner Weise vorherbestimmt. Die Gestaltung des Interviews hängt im wesentlichen von dem Befragten ab. Seine Erzählungen und Einlassungen, die von ihm natürlich ein erhebliches Maß an Eigenleistung abverlangen, strukturieren den Ablauf. Hierauf reagiert der Interviewer (hoffentlich) so flexibel, daß er sich an die jeweiligen spezifischen Bedingungen des Untersuchungsgegenstandes und der Situation anpassen kann und dadurch im Ablauf des Interviews eine permanente Informationserweiterung und -vertiefung eintreten kann.

Weil die Interviewsituation in ihrem Ablauf nicht vorherbestimmt und vorherbestimmbar ist, ist Flexibilität beim qualitativen Interview nicht nur eine methodologische Forderung, sondern geradezu notwendig, soll das Interview mit Erfolg durchgeführt werden. Starres Insistieren des Interviewers auf – etwa in einem Leitfaden formulierten – Fragestellungen, wäre kontraproduktiv, weil es alle methodologischen Regeln qualitativer Sozialforschung verletzen und letztlich zu einem unbrauchbaren Befund (im Regelfall wohl eher zu einem Abbruch des Interviews) führen würde.

Bei der Diskussion der methodologischen Forderungen an qualitative Sozialforschung hatten wir in Band 1 die *Explikation* u.a. auch darauf bezogen, daß der Sozialforscher die einzelnen Schritte im Forschungsprozeß offenlegen soll, damit die scientific community in der Lage ist, sowohl die erhobenen Informationen als auch deren Interpretationen nachvollziehen zu können (*Lamnek* 1988, S.26). Das Prinzip der Explikation kann aber auch auf das qualitative Interview an sich im Stadium der Datenerhebung angewandt werden: So hat der Interviewer durchaus die Möglichkeit, den Befragten zu bitten, bestimmte Äußerungen zu explizieren, zu interpretieren. Während dies bei der quantitativen Methodologie nur sehr begrenzt – wenn überhaupt – möglich ist, lebt das qualitative Interview gerade davon. Paraphrasieren, Nachfragen, vorsichtiges Interpretieren der Äußerungen durch den Forscher bzw. Interviewer sind Hilfsmittel, um den zu Befragenden anzuregen, seine Äußerungen zu explizieren, zu präzisieren, zu reflektieren. Damit werden im qualitativen Interview durch den Befragten Deutungs- und Interpretationshilfen für den Forscher geleistet. Nicht der vom Forscher gemeinte Sinn wird bei den Interpretationen unterstellt, sondern der *vom Befragten explizierte Sachverhalt wird zu einem Maßstab für höhere Gültigkeit der Interpretationen*.

Die methodologische Prämisse der *Reflexivität von Gegenstand und Analyse* wird durch die Kombination von Explikation und Prozeßhaftigkeit verdeutlicht. Im

Rahmen eines qualitativen Interviews braucht die Reflexivität nicht erst gefordert zu werden, sondern sie ist durch die spezifische Kommunikationssituation a priori gegeben. Die Kommunikationsbeziehung zwischen Interviewer und zu Befragendem ist eine reflexive, weil es sich um einen gegenseitigen Anpassungsprozeß an Erwartungen und Bedürfnisse einerseits wie auch an die jeweiligen Sinndeutungen andererseits handelt. Nur bei Berücksichtigung des Reflexivitätsprinzips im Kontext der Erhebungssituation sind die Äußerungen des Interviewten sinnvoll und gültig interpretierbar.

Neuerdings wird die Palette qualitativer Interviews durch das „ero-epische Gespräch" erweitert, bei dem ein „ausgiebiges Gespräch mit Personen aus der betreffenden ‚Kultur' oder ‚Randkultur'" geführt wird, das um „Erzählungen und Geschichten" (*Girtler* 1995, S. 218) kreist.

Qualitative Interviews genügen – gleichgültig um welchen Typus es sich im einzelnen handelt – folgenden methodologischen Kriterien:

- Explikation und Prozeßcharakter des qualitativen Interviews manifestieren sich im *Prinzip der Reflexivität von Gegenstand und Analyse*.
- Qualitative Interviews versuchen das *Prinzip des Alltagsgesprächs zu realisieren*.
- Qualitative Interviews lassen den Befragten zu Wort kommen: Er ist nicht nur Datenlieferant, sondern er determiniert als Subjekt das Gespräch qualitativ und quantitativ: *Prinzip der Zurückhaltung durch den Forscher*.
- Keine Prädetermination durch den Forscher, sondern Wirklichkeitsdefinition durch den Befragten: *Prinzip der Relevanzsysteme der Betroffenen*.
- Es gilt das „kommunikative Regelsystem" des Befragten, der Interviewer hat sich daran anzupassen: *Prinzip der Kommunikativität*.
- Das Interview ist für unerwartete Informationen zugänglich: *Prinzip der Offenheit*.
- In der Interviewsituation reagiert der Forscher variabel auf die Bedürfnisse des Befragten: *Prinzip der Flexibilität*.
- Das qualitative Interview ermittelt bevorzugt Deutungs- und Handlungsmuster der Befragten, die sich im Verlaufe des Interviews entwickeln: *Prinzip der Prozeßhaftigkeit*.
- Das qualitative Interview dient eher der Genese denn der Prüfung von Theorien: *Prinzip der datenbasierten Theorie*.
- Die Aussagen im Interview „emergieren" dadurch zur Theorie (Typenbildung), daß sie im Interviewprozeß interpretiert werden: *Prinzip der Explikation*.

3.3. Methodisch-technische Aspekte des qualitativen Interviews

Aus den referierten methodologisch-theoretischen Merkmalen des interpretativen Paradigmas – Offenheit, Kommunikativität, Naturalistizität und Interpretativität –, ergeben sich eine Reihe von methodisch-technischen Konsequenzen für die Durchführung qualitativer Interviews:

Zunächst ist der *Grad der Standardisierung* der Interviewsituation und der zu stellenden Fragen zu beachten. Die Formulierung des Fragetextes ist im qualitativen Interview nicht vorab festgelegt. Da diese Form der Befragung dem Postulat der Kommunikativität des Einzelfallapproachs verpflichtet ist, muß der Interviewer die Frageformulierung dem jeweils in der Befragungssituation verwendeten Sprachcode anpassen: das *verwendete Vokabular muß von den Interviewpartnern alltagssprachlich benutzt werden*. Während also im standardisierten Interview in der Regel die Frageformulierung kontrolliert – also konstant gehalten – wird, versucht der qualitative Forscher die Bedeutungsgleichheit der Fragen dadurch zu erreichen, daß er den jeweiligen Inhalt der Frage in das Vokabular des vom Befragten praktizierten Sprachcodes übersetzt und so dem Befragten präsentiert.

Das Kriterium der Standardisierung ist aber nicht nur auf die Formulierung der Fragen, sondern auch auf den Verlauf des Interviews anzuwenden. Die Reihenfolge der zu stellenden Fragen ist im qualitativen Interview nicht vorab festgelegt. Entweder besteht die Aktivität des Interviewers im wesentlichen darin, *dem Befragten eine Art Grundreiz zu präsentieren*, auf den dieser mit einer möglichst ausführlichen Erzählung reagieren soll – wie im narrativen Interview –, oder aber *dem Interviewer wird ein Leitfaden an die Hand gegeben*, in dem die wichtigsten anzusprechenden Fragen – nicht notwendigerweise im Wortlaut – stichpunktartig festgehalten sind. Wann diese oder jene Frage mit dem Befragten besprochen wird, ist nicht fixiert, sondern ergibt sich aus dem zufälligen Verlauf des Gesprächs.

Die Fragen – ob sie nun in einem Leitfaden festgehalten sind oder sich im Verlauf des Interviews ergeben – *werden offen gestellt*. Dies ergibt sich aus dem basalen Kriterium des qualitativen Paradigmas: der *Offenheit* des Forschungsprozesses und des Forschers für alltagsweltliche Bedeutungszuschreibungen. Erst auf der Grundlage der gewonnenen Informationen in der Interviewsituation wird der Forscher beginnen, theoretische Konstrukte zu entwerfen. Die Prädetermination des Forschers durch die Beschäftigung mit dem zu untersuchenden Gegenstand auf theoretischer und vortheoretischer Ebene wird im qualitativen Interview so weit wie möglich zurückgedrängt. Dadurch kann z.B. auch vermieden werden, daß die Vorbildung des Forschers oder Interviewers seine Wahrnehmung verzerrt.

Die *Erhebungssituation*, in der das Gespräch zwischen Interviewpartner und Forscher/Interviewer stattfindet, sollte möglichst *vertraulich und entspannt* sein. Im Unterschied zur standardisierten Befragung wird der Interviewpartner in qualitativen Befragungen nicht als objekthafter Datenlieferant einer Untersuchung, sondern als Subjekt in einer möglichst alltagsnahen Gesprächssituation verstanden.

Nur so ist es möglich, daß der alltägliche Bedeutungshorizont des Befragten in der Erhebungssituation aktualisiert wird. Dies ist eine notwendige Voraussetzung von Erkenntnis im interpretativen Paradigma und konkrete Konsequenz des Merkmals der Natürlichkeit der Erhebungssituation. Zudem darf man dem Befragten nicht das Gefühl geben, ihn ausspionieren oder – wenn man soziale Randgruppen untersucht – verraten zu wollen. Zwar gilt auch in qualitativen Interviews das Postulat, daß sich *nach Möglichkeit keine Bekannten interviewen* sollten, doch ist eine *harmonische und kollegial-neutrale Atmosphäre* sehr wohl anzustreben. *Der Stil des Interviewers ist neutral bis weich*, vor allem aber *nondirektiv*.

Die *Aufzeichnung des Interviews* gestaltet sich im Rahmen einer qualitativen Studie schwieriger als in einem standardisierten Interview. Als Protokoll reicht eben ein bearbeiteter Fragebogen (wie etwa in der standardisierten schriftlichen Befragung) nicht aus. Vielmehr ist es aufgrund der Vielzahl von Informationen geboten, mindestens ein Tonband, besser noch ein Video-Band mitlaufen zu lassen. In neueren Studien wird immer wieder der Nachteil des Tonbandes beklagt, nur die gesprochenen Worte, nicht aber die Mimik, Gestik und Motorik erfassen und auswerten zu können. Allerdings gestaltet sich die Verschriftung des Video-Bandes schwieriger als die des Tonbandes (ein Beispiel für eine ausführliche Transkription eines Filmausschnittes findet sich z.B. bei *Lenssen/Aufenanger* 1986).

Wegen der Ähnlichkeit des qualitativen Interviews zur alltagssprachlichen Kommunikation, kann die *Dauer des Gesprächs* durchaus zwei oder drei Stunden betragen. Im Gegensatz zur standardisierten Befragung, bei der die Bearbeitungszeit des Erhebungsbogens durch den Interviewten nur relativ geringfügig schwankt, ist die Dauer eines qualitativen Interviews nicht vorab abzusehen. Je nach Gegenstand, Population, Gesprächsbereitschaft, Artikulationskompetenz des Befragten etc. kann ein *Interview zu demselben Thema zwischen einer halben und vier und mehr Stunden dauern*; auch ganztägige und über mehrere Tage gehende Interviews hat es schon gegeben: Während bei quantitativen Interviews in der standardisierten Form von einer Durchschnittsdauer von einer halben Stunde auszugehen ist, ergab sich bei einer qualitativen Befragung von Schulräten ein Zeitaufwand zwischen einer und 6 Stunden (*Hopf* 1978, S.102). Bei einer Studie über Industriearbeiter war eine durchschnittliche Gesprächsdauer von 6 Stunden bei einer Spannweite von 4 bis 14 Stunden angegeben worden (*Blum* 1970, S.86).

Die Befragung in einem qualitativen Interview erfordert vom *Befragten in der Regel ein höheres Maß an intellektueller und kommunikativer Kompetenz*, denn die Antworten auf Fragen des Interviewers müssen verbalisiert und in versteh- und nachvollziehbarer Form artikuliert werden. Manchmal muß sich der Interviewte erst in Gedanken seine Antwort zurechtlegen, oder – wenn er sich etwa angegriffen fühlt – zu einem argumentativen Gegenschlag ausholen. Besonders in narrativen Interviews gilt, daß der Interviewte in der Lage sein muß, eine längere Passage der Befragung mit Monologen selbst zu gestalten, die noch dazu aus dem Stegreif heraus formuliert werden müssen.

Weiter muß berücksichtigt werden, daß auch der Interviewer bei der qualitativen Vorgehensweise eine doppelte und erhöhte Kompetenz gegenüber dem in der standardisierten Befragung hat: Da er sich nicht auf einen Fragebogen stützt, bestenfalls einen Leitfaden hat, muß *der Befrager mit dem Gegenstand der Befragung weitestgehend vertraut sein*, er muß mitreden können. Zur Kenntnis des Gegenstandes kommt hinzu, daß er auch in der Lage sein muß, diesen in Fragen oder Anreize umzusetzen, um *den Befragten zum Sprechen zu bringen*. Dies kann nur gelingen, wenn er sich bei wissenschaftlicher Sachkunde ausreichend verständlich machen kann.

Weiter ist noch eine extrainhaltliche Qualifikation von dem Interviewer zu fordern: Er muß durch seine Persönlichkeit und sein Verhalten eine *permissive, offene Atmosphäre* schaffen und den zu Befragenden (wenn möglich ohne direkte Aufforderung) zum Reden bringen; er muß sich *zurückhaltend-interessiert und anteilnehmend* geben, ohne dadurch zu beeinflussen. Diese vom Interviewer in qualitativen Interviews zu erwartenden Qualifikationen sind meist nur im Forscher selbst realisiert: irgendwelche Interviewer zu rekrutieren, wäre relativ abwegig. Gerade die psychologisch relevanten Verhaltensweisen sind oft nicht erlern- und antrainierbar; sie werden persönlichkeitsspezifisch differenziert mitgebracht.

Im Gegensatz zum standardisierten Interview, das einer Gesprächssituation insoweit mehr ähnelt, als Interviewer und Interviewpartner gleichermaßen und abwechselnd am Gespräch beteiligt sind – auch wenn der eine nur Fragen stellt und der andere diese zu beantworten hat –, gilt im qualitativen Interview, daß *der Befrager in der Regel relativ passiv bleibt* und den Befragten ‚kommen läßt', bis diesem nichts mehr zu dem gerade behandelten Thema einfällt. Erst dann greift der Interviewer ein und stimuliert das Gespräch – im narrativen Interview – mit einem wieder in die Materie hineinführenden Statement oder – im Leitfadeninterview – mit der nächsten sich anbietenden Frage.

Die Asymmetrie der Kommunikationssituation ist als solche im qualitativen und quantitativen Interview gleichermaßen gegeben. Da aber die Erhebungssituation bei der quantitativen Befragung eine künstliche ist, macht sich dort die Asymmetrie stärker bemerkbar: Daß einer *nur* Fragen stellt und ein *anderer* nur antwortet, ist eben alltäglich absolut unüblich (Ausnahme: Verhör etc.). Die Asymmetrie im qualitativen Interview ist aber eine durchaus nicht unübliche Alltagssituation: Jemand erzählt und andere hören interessiert zu. Das zu erkennen gegebene Interesse ist für den Erzählenden eine positive Sanktion, die er willkommen als Stimulanz für deren Fortsetzung betrachtet. Die Asymmetrie der Befragungssituation ist also qualitativ in standardisierter und qualitativer Befragung ebenso eine andere, wie die daraus sich ergebenden method(olog)ischen Konsequenzen.

Der *Zugang* zu den Befragten, die ersten Kontakte, werden von qualitativ forschenden Wissenschaftlern in der Regel durch andere bereits bestehende Verbindungen zu Organisationen oder Privatpersonen geknüpft. Eine Zufallsauswahl aus dem Melderegister mit anschließendem Anruf oder Anschreiben etwa findet nicht statt. Vielmehr werden die Interviewpartner durch private Empfehlung oder Vermittlung (bei alten Leuten etwa durch die Sozialstationen in den Ortsteilen, bei arbeitslosen Lehrern durch Selbsthilfegruppen etc.) nach dem *theoretical sampling* ausgewählt.

Die folgenden methodisch-technischen Aspekte sind für qualitative Interviews von Bedeutung:

- Qualitative Interviews erfolgen im *alltäglichen Milieu* des Befragten, um eine möglichst *natürliche Situation* herzustellen und *authentische Informationen* zu erhalten.
- Qualitative Interviews sind *nicht standardisiert*, d.h. die Fragen sind nicht vorab formuliert und es gibt keine spezifische Abfolge von Fragen. (Dies ist eine Konsequenz aus den zentralen methodologischen Prinzipien.)
- Schon beim *Zugang* zu den zu Befragenden ist die *Vertrauensbasis* wichtig; es empfiehlt sich daher, den Zugang über Dritte zu suchen, die als Vermittler zwischen Forscher und Befragtem beider Vertrauen genießen.
- Große Fallzahlen sind ausgeschlossen; es geht bestenfalls um *einige typische Fälle*, die durch theoretical sampling gewonnen werden.
- Aus der Nichtstandardisierung folgt, daß es *keine geschlossenen Fragen* geben kann.
- Qualitative Interviews erfordern vom Interviewer *höhere Kompetenz* als bei standardisierten Befragungen. Daher wird der Interviewer im Regelfall der Forscher sein.
- Der zu Befragende muß *Verbalisierungs-* und *Artikulationsvermögen* besitzen.
- Die *Atmosphäre* beim Interview muß absolut *vertraulich* und *freundschaftlich-kollegial* sein.
- Es ist eine *offene Gesprächstechnik* zu praktizieren; der Interviewer ist *anregend-passiv*.
- Die *Asymmetrie der Kommunikationssituation* im qualitativen Interview (einer erzählt, der andere hört zu) ist tendenziell auch im Alltag üblich und wirkt – richtig praktiziert – gegenüber dem Befragten als *positive Sanktion*.
- *Aufzeichnungsgeräte* (Tonband oder Video) sind unverzichtbar, um die Fülle der Informationen komplett zu haben und systematisch auswerten zu können.
- Das qualitative Interview kann *länger* dauern, weil es dem Alltagsgespräch ähnlicher ist als das quantitative.

3.4. Formen des qualitativen Interviews

Der Begriff des qualitativen Interviews, so wie er hier verwendet wird, umfaßt eine Vielzahl ähnlicher, aber nicht identischer Erhebungsverfahren auf der Basis qualitativer Methodologie. Symptomatisch für eine gewisse Begriffsunschärfe sind die in der Literatur gebrauchten Bezeichnungen für qualitative Interviews. So findet man bei *Kohli* (1978, S.7) die Begriffe Intensiv-, Tiefen-, unstrukturiertes, qualitatives, detailliertes, zentriertes und offenes Interview. Diese Liste ließe sich unter Rekurs auf andere Autoren beliebig erweitern, etwa durch das narrative Interview (*Schütze* 1977), das situationsflexible Interview (*Hoffmann-Riem* 1980, S.357), das problemzentrierte (*Witzel* 1982, 1985), das rezeptive (*Kleining* 1988) u.a.m. Aber selbst damit wäre die Bandbreite der Begriffe und der mit ihnen verknüpften Vorstellungsinhalte nicht erschöpft, da einige Autoren unter demselben Begriff oft Unterschiedliches meinen.

Daher wird einleitend auch keine exakte Definition des qualitativen Interviews gegeben; vielmehr sollen einige zentrale Aspekte des qualitativen Interviews dargestellt werden, um danach auf wichtige Differenzierungen in verschiedenen Typen qualitativer Interviews einzugehen. Obgleich diese Gemeinsamkeiten im vorhergehenden Abschnitt schon behandelt wurden, nehmen wir deren kurze Wiederholung in Kauf, um einerseits zu rekapitulieren und andererseits die Gemeinsamkeiten der diversen Formen qualitativer Interviews voranzustellen, damit der eilige Leser auch mit der ausschließlichen Lektüre dieses Abschnitts 3.4. zurechtkommt.

Wie wir schon gesehen haben, zeichnen sich qualitative Interviews erhebungstechnisch vor allem dadurch aus, daß weder die Fragen vorab formuliert sind, noch daß deren Anordnung vorgeschrieben ist. Die dahinterstehende Logik impliziert, daß selbstverständlich auch keine geschlossenen Fragen formuliert werden, also keine Antwortkategorien vorgegeben sind. Bei den qualitativen Interviews handelt es sich um eine weitestgehend offene Gesprächstechnik, bei der der *Interviewer anregend-passiv* bleibt und dem zu Interviewenden die aktive Steuerung des Gesprächs zufällt.

Der Interviewer beschränkt sich in seiner Stimulierung darauf, nur *wenige und eher allgemein gehaltene Fragen* zu stellen, die dazu dienen sollen, den Interviewten zu eigenen Ausführungen anzuregen. Dabei werden die Fragen selbstverständlich – auch wenn kein theoretisches Konzept vorformuliert ist – nach den zunächst einmal relevant erscheinenden Aspekten, Gegenständen und den entwickelten Forschungsabsichten gestellt. Der Befragte soll seine auf die Fragen gegebenen Antworten – gemäß seinem eigenen Vorverständnis und seiner eigenen Interpretation – konkretisieren, vielleicht auch interpretieren, wobei ihm bei der Antwort ein breitest möglicher Freiraum zur Verfügung steht. Dieser Spielraum ist sowohl inhaltlich-substantiell, wie auch durch Sprachvermögen und Artikulation determiniert.

Aus dem Gesprächsablauf – bestimmt durch die vom Befragten im Interview entwickelten und mitgeteilten Vorstellungen – ergeben sich Art, Umfang und Reihenfolge der weiter zu behandelnden Gesprächsthemen. Damit ist deutlich, daß an den Interviewten weit *höhere Anforderungen* zu stellen sind, als dies beim standardisierten Vorgehen der Fall wäre. Dort wird diese Leistung vom Forscher durch die Fragebogenkonzeption erbracht. Gerade in der Differenzierung von geschlossenen und offenen Fragen, wird die besondere Anforderung an den Befragten im qualitativen Interview verdeutlicht, wenn man bedenkt, daß der Befragte bei geschlossenen Fragen nur etwas wiedererkennen muß, während bei offenen Fragen von ihm eine Erinnerungsleistung verlangt wird (vgl. *Holm* 1982, S.55). Es ist unmittelbar offenkundig, daß an das Sprachvermögen des Befragten im qualitativen Interview, in dem es nur offene Fragen gibt, besondere Anforderungen gestellt werden.

Wegen der offenen Struktur eines qualitativen Interviews, die dem Interviewten die Chance eröffnet, sich nach seinen eigenen Bedürfnissen und Vorstellungen im Gespräch zu artikulieren, fallen seine gegebenen Antworten im Regelfall wesentlich länger aus, als bei standardisierten Interviews. Somit ist auch die gesamte Interviewdauer zumeist erheblich länger, als bei einer standardisierten Befragung zum gleichen Thema.

Nach dieser Rekapitulation einiger zentraler Kriterien allgemein qualitativer Interviews geht es darum, einige wichtige Formen qualitativer Interviews etwas ausführlicher zu beschreiben. Wir beginnen mit dem narrativen Interview, weil dieses als Prototyp qualitativer Interviews betrachtet und als Ausgangspunkt für die differenzierenden Kriterien der anderen Formen genommen werden soll.

3.4.1. Das narrative Interview

Das narrative Interview ist eine Spezialform des qualitativen Interviews, die *Schütze* (1977) entwickelt und propagiert hat. Im narrativen Interview wird der zu Befragende aufgefordert, zu dem im Gespräch benannten Gegenstand zu *erzählen*, was natürlich voraussetzt, daß der zu Befragende eine entsprechende Kompetenz besitzt.

Nicht jede Form der Kommunikation kann unter die Erzählung subsumiert werden. Mit *Mühlfeld* u.a. (1981, S.330) unterscheiden wir als Produkte von Kommunikation sog. Argumentations-, Beschreibungs- und Erzähltexte:

- *Argumentationstexte* liegen auf der Ebene der praktischen Erläuterungen sowie der sekundären Legitimation. Sie sind in keiner Weise indexikalisch oder szenisch.
- *Beschreibungstexte* fangen psychische Situationen und ihre Veränderungen sowie routinisierte Handlungs- und Ereignisabläufe ein. Der Befragte abstrahiert von der zugrundeliegenden Szene und gibt einen Bericht. Sie werden daher auch *Berichtstexte* genannt.
- *Erzähltexte* sind indexikalisch und szenisch; sie unterliegen der Annahme, daß sie in exakter Weise die Struktur der Orientierungen des aktuellen Handelns und der Ereignisläufe abbilden.

Die allgemeinste Struktur einer Erzählung besteht aus

1. dem *Aufbau der Szene*, indem Personen auftreten und der zeitliche Rahmen sowie der Ort des Geschehens genannt werden,
2. aus dem *sequentiell erzählten Geschehen*, das in einer Pointe endet und
3. aus einer *retrospektiven Deutung und Bilanzierung* des Geschehens.

Im narrativen Interview nun werden überwiegend Erzähltexte vom Befragten erwartet, denn „Erzählungen eigenerlebter Erfahrungen sind diejenigen vom thematisch interessierenden faktischen Handeln abgehobenen sprachlichen Texte, die diesem am nächsten stehen und die Orientierungsstrukturen des faktischen Handelns auch unter der Perspektive der Erfahrungsrekapitulation in beträchtlichem Maße rekonstruieren“ (*Schütze* 1977, S.1). Die Betonung des Erzählprinzips im narrativen Interview hat zwei methodologische Vorteile:

a) Die Erzählungen kommen in ihrer Struktur den *Orientierungsmustern des Handelns* am nächsten und
b) das Erzählen beinhaltet implizit eine *retrospektive Interpretation* des erzählten Handelns,

womit das narrative Interview besonders prädestiniert erscheint, in der Biographie- und Lebenslaufforschung als Methode der Datenerhebung eingesetzt zu werden (vgl. Kapitel 7).

In Anwendung des Erzählkonzepts auf die konkrete Interviewsituation läßt sich das narrative Interview in 5 Phasen differenzieren:

Phase 1:
Der Interviewte sollte über die Besonderheiten und die Funktion des narrativen Interviews informiert werden. In dieser *Erklärungsphase* ist es wichtig zu verdeutlichen, was mit „Erzählung“ oder „Geschichte“ gemeint ist. Es schadet keineswegs, wenn in diesem Zusammenhang auch die allgemeinen, technischen Modalitäten (Anonymität, Aufzeichnung des Gesprächs, Transkription, etc.) thematisiert werden, um eine offene Atmosphäre zu schaffen. In dieser Phase muß der Interviewte für die für ihn ungewohnte Aufgabenstellung und außergewöhnliche Situation „erwärmt“ werden. „Wenn die Stimmung der beiden sich gegenüber sitzenden Personen noch kühl und ‚unaufgetaut‘ ist, dann kann der Interviewpartner auch nicht das Gefühl entwickeln, eine ausholende erzählerische Darstellung sei angebracht“ (*Hermanns* 1991, S. 185).

Phase 2:
In diesem Stadium, der *Einleitung*, wird zwischen Interviewtem und Interviewer zu klären versucht, unter welchen Aspekten selbsterlebte Ereignisse erzählt werden sollen. Es werden die Dimensionen – wenn auch völlig offen – des zu erzählenden Ereignisses „angetippt“. Dies ist eine Hilfestellung dafür, daß das Gespräch nicht ausufert und eventuell den vom Forscher anvisierten Gegenstand verfehlt.

Nicht weniger wichtig ist in der Einleitungsphase, daß der Befragte im Verlaufe des Gesprächs lernt und es versteht, zwanglos zu erzählen und nicht zu berichten. „Die Eingangsfrage als ‚erzählgenerierende‘ Frage ist wichtig, denn mit ihr kommt der Interviewte in den ‚Zugzwang‘ der Erzählung“ (*Girtler* 1974, S. 156). Dabei sollte nicht nach Motiven, Zuständen oder Routinen („Wie ist das eigentlich, wenn man sich entschlossen hat, im Ausland Germanistik zu studieren“), sondern möglichst offen gefragt werden, so daß es dem Interviewten überlassen bleibt, Begründungen, Beschreibungen oder Argumentationen selbst einzufügen.

Phase 3:
Es schließt sich die eigentliche *Erzählphase* des Befragten an, die durchaus von Pausen und Schweigen unterbrochen sein kann. Die Erzählphase darf erst dann als beendet gelten, wenn dies der Befragte selbst so meint. Der Interviewer be-

schränkt sich auf seine Rolle als interessierter Zuhörer und unterstützt die Erzählung durch gelegentlich aufmunternde verbale Äußerungen („hm, hm") oder nonverbale Gesten (Kopfnicken). Damit wird dem Erzählenden deutlich, daß der Zuhörer noch bei der Sache ist. Im Gegensatz zur alltagsweltlichen Kommunikation sollte in dieser Phase noch vermieden werden, nachzufragen oder zu kommentieren.

Phase 4:
Falls erforderlich, schließt sich eine *Nachfragephase* an, in deren Verlauf unklar gebliebene Fragen oder Widersprüchlichkeiten in der Erzählung geklärt werden können. Auch hier – und hier besonders – wird wieder auf die narrative Kompetenz des Befragten zurückgegriffen.

Phase 5:
Am Schluß kann eine *Bilanzierungsphase* folgen, in der direkte Fragen nach der Motivation und der Intention gestellt werden. Dieser Abschnitt zielt darauf ab, eine Bilanz der Geschichte, den „Sinn" des Ganzen gemeinsam mit dem Befragten zu erörtern und zu entwickeln.

Diese Einfachstruktur kann sich natürlich spiralförmig im Sinne einer Addition der Phasen weiterentwickeln, wenn nach Abschluß eines Gegenstandsbereiches ein neuer Topic angesprochen wird, indem der Interviewer wieder mit einer deskriptiven, in das zu Erzählende hineinführenden, erzählgenerierenden Frage beginnt.

Die Textform der Erzählung bietet gegenüber den anderen Textarten den Vorteil, daß der Befragte „die Erzählung, die er seinen Zuhörern anbietet, logisch aufbaut. Die aus dem Aufbau folgende Aneinanderreihung von Ereignissen bringt den Erzähler immer wieder in Zugzwang, Einzelheiten eingehender zu erklären, um gedankliche Sprünge in der Erzählung zu vermeiden" (*Abschlußbericht* 1986, S.9). Der Erzählende befindet sich in einer Situation, in der er zur Preisgabe immer neuer Informationen gebracht wird, wobei mit jedem neuen Detail die Plausibilität der Erzählung steigt. Auch unangenehme, tabuisierte, sozial unerwünschte Ereignisse oder Handlungen, die den Erzählenden peinlich berühren können, werden nun in diesem Kontext berichtet. Nur sprachlich hochkompetente, intellektuelle, versierte zu Befragende können mitten in einer angefangenen Erzählung auf ein anderes als das echte Ende des Handlungsablaufes ausweichen.

Neben dem *Zugzwang zur Detaillierung* und seinen Folgen für die Plausibilität, bietet die Erzählung aber auch die Chance der *komplexen rekonstruktiven Deutung*. Teilerzählungen müssen gegenüber dem ja fremden Interviewer in ihrer Bedeutung in die Gesamterzählung eingebettet und Zusammenhänge dem fremden Interviewer expliziert werden (vgl. *Hoffmann-Riem* 1980, S.360). Der Erzähler muß jeweils zu einer *indexikalischen* Äußerung eine Erklärung abgeben.

Dieser Zwang darf aber nicht mißverstanden werden: Autoritäres Verhalten und vom Interviewer produzierte Erklärungszwänge haben im narrativen Interview keinen Platz; der Interviewstil ist neutral bis weich, auf keinen Fall jedoch hart. Der

Erzählende darf nie den Eindruck gewinnen, „überlistet zu werden oder als bloße Auskunftsperson zu dienen. Man muß ihm das Gefühl übermitteln, daß man selbst ein großes Interesse an seiner Lebenswelt hat, diese Lebenswelt auch im Sinne des Interviewten erforschen wolle und ihm nicht schaden werde" (*Girtler* 1974, S.156). Das narrative Interview zeichnet sich gerade dadurch aus, daß es den Erzählenden einem starken Zwang zur realitätsgetreuen Rekonstruktion vergangener Ereignisse aussetzt, ohne daß der Druck vom Interviewer auszugehen scheint oder gar das situative Klima das Interview gefährden könnte.

Gemäß der methodologischen Prämisse, daß in qualitativer Sozialforschung kein vom Forscher a priori entwickeltes theoretisches Konzept der Datenerhebung vorausgehen dürfe, wird das narrative Interview im wesentlichen die Relevanzsysteme der Erzählenden enthalten. Es findet deshalb vor allem in der Biographie- und Lebenslaufforschung Anwendung, weil die subjektiven Systematisierungen und strukturierenden Konzepte der Handelnden von vergangenem Handeln bei der Biographie- und Lebenslaufforschung im Vordergrund stehen. Die „Handlungsabläufe, deren Vollzug dem Forscher nicht über Beobachtung direkt erschließbar" (*Hoffmann-Riem* 1980, S.359) sind, schließen die Beobachtung zum Zwecke der Datenerhebung aus und die Betroffenen müssen in einem Interview selbst Auskunft erteilen.

Mit dem methodologischen Postulat der kommunikativen Beziehung bietet das interpretative Paradigma auch ein methodologisches Argument für die mündlich-persönliche Befragung. Der Spezialfall des narrativen Interviews in Anwendung dieses methodologischen Prinzips besteht nun darin, davon auszugehen, daß eine *schichtunabhängig vorhandene „narrative Kompetenz"* (*Schütze* 1977, S.51) existiert. Diese ermöglicht die sprachliche Rekonstruktion abgelaufener Ereignisse und deren retrospektive Deutung aus der Sicht des Handelnden. Die unterstellte oder postulierte schichtunabhängige, narrative Kompetenz mag durchaus allgemein vorhanden sein, doch dürften sozialisations- und/oder persönlichkeitsspezifische Unterschiede schon zu erwarten sein. Gleichwohl schafft das allgemeine Vermögen zu erzählen, die Chance, das narrative Interview einzusetzen.

Auf ähnlicher Ebene liegt das Problem, das dann entsteht, wenn Mitglieder unterschiedlicher kultureller Subgruppen mit verschiedenen Sprachcodes in einer Studie befragt werden sollen. Hier könnte das Prinzip der Kommunikativität allzu leicht verletzt werden, wenn etwa eine vom Forscher einheitlich für alle Befragten gleich formulierte erzählgenerierende Stimulusfrage von den, verschiedenen Subgruppen angehörenden, Befragten unterschiedlich interpretiert wird. Es ist deshalb wichtig, das in der Frage verwendete Vokabular an die jeweiligen Sprachstile der Betroffenen anzupassen und dennoch Bedeutungsäquivalenz herzustellen.

Wenn die Lebensnähe für qualitative Interviews von entscheidender Bedeutung ist, so sollten entsprechende Interviews auch in der *natürlichen Feldsituation* durchgeführt werden. Mithin sind an den Ort der Befragung ähnliche Bedingungen zu stellen, wie sie im Alltag des sozialen Feldes, dem der Befragte angehört, gegeben sind. Probleme, wie sie bei der quantitativen Sozialforschung diskutiert werden (etwa Ausschluß von Dritten beim Interview etc.) spielen deshalb im qualitativen Bereich eine untergeordnete Rolle, soweit nicht die Prinzipien der Vertraulichkeit und des Ausschlusses einer negativen Sanktionierung verletzt werden.

Das narrative Interview als Spezialform qualitativer Interviews läßt sich wie folgt charakterisieren:

- Der Interviewer verhält sich anregend und zugleich *zurückhaltend*; es wird eine *offene Gesprächsführung* praktiziert.
- Der Befragte wird gebeten, zu *erzählen*.
- Durch die Erzählungen sind die *Orientierungsmuster des Handelns* am ehesten erkennbar.
- Die Erzählungen sind zugleich *retrospektive Interpretationen* des Handelns.
- Der Interviewer *kann und soll nachfragen*, um sich der Orientierungsmuster und der Interpretationen zu versichern.
- Der Interviewstil ist weich bis neutral und überläßt im wesentlichen dem Befragten den Detaillierungsgrad der Erzählungen.
- Durch den Zugzwang in der Erzählung kommt es zu einer *realitätsgerechteren*, auch plausiblen, *Rekonstruktion früheren Handelns*.
- Es existiert eine permissive, non-autoritäre, kollegial-freundschaftliche *Vertrauensatmosphäre* als unabdingbare Voraussetzung für das Erzählen.
- Eine gewisse „*narrative Kompetenz*" kann allgemein angenommen werden, auch wenn sie in Einzelfällen sehr unterschiedlich ausgeprägt sein mag.

3.4.2. Das problemzentrierte Interview

Das problemzentrierte Interview ist ein Teil einer problemzentrierten Forschungstechnik. „Bei diesem Verfahren handelt es sich um eine Methodenkombination bzw. -integration von qualitativem Interview, Fallanalyse, biographischer Methode, Gruppendiskussion und Inhaltsanalyse" (*Witzel* 1985, S.230). Mit dieser Methodenvielfalt wird ein Problembereich gesellschaftlicher Realität von verschiedenen Seiten, d.h. mit Hilfe verschiedener Methoden, betrachtet und analysiert. Wir beschäftigen uns im weiteren nur mit dem problemzentrierten Interview als einer Einzelmethode und vernachlässigen die multimethodische Konzeption *Witzel*'s.

Beim narrativen Interview geht der Forscher völlig ohne wissenschaftliches Konzept über die Themenbereiche des Interviews (im Idealfall jedenfalls) in die Datenerhebung. Ein theoretisch ausgearbeiteter Entwurf sollte im Interview nicht vorhanden sein und nicht erwähnt werden. Der Forscher baut sein wissenschaftliches Konzept nachträglich auf den Äußerungen des Befragten auf. Im problemzentrierten Interview hingegen steht die Konzeptgenerierung durch den Befragten zwar immer noch im Vordergrund, doch wird ein *bereits bestehendes wissenschaftliches Konzept* durch die Äußerungen des Erzählenden evtl. modifiziert. Methodologisch gesehen wird also die streng induktive Vorgehensweise ohne Prädetermination durch den Forscher im narrativen Interview beim problemzentrierten Interview durch eine *Kombination* aus *Induktion und Deduktion* mit der Chance auf *Modifikation der theoretischen Konzepte* des Forschers abgelöst.

Das problemzentrierte Interview unterscheidet sich also vom narrativen zunächst schon dadurch, daß der Forscher nicht ohne jegliches theoretisch-wissenschaftliches Vorverständnis in die Erhebungsphase eintritt. Wie auch im quantitativen Paradigma üblich, bereitet sich der Forscher durch Literaturstudium, eigene Erkundungen im Untersuchungsfeld, durch Ermittlung des Fachwissens von Experten usw. auf seine Studie vor. Aus den gesammelten Informationen filtert er die für ihn relevant erscheinenden Aspekte des Problembereichs der sozialen Realität heraus, verknüpft und verdichtet sie zu einem theoretischen Konzept. Dieses Vorgehen wird damit begründet, daß der Forscher eben nicht eine tabula rasa sein kann, daß er sich nicht völlig theorie- und konzeptionslos in das soziale Feld begibt und er immer schon entsprechende theoretische Ideen und Gedanken (mindestens implizit) entwickelt hat. Selbst wenn diese Vorstellungen nur seinem Alltagsverständnis entsprechen, werden sie in die empirische Untersuchung einfließen. Warum also sollte dann nicht gleich eine wissenschaftliche Konzeption über den zu erforschenden Gegenstandsbereich des sozialen Feldes entwickelt werden?

Wie im narrativen wird auch in dem problemzentrierten Interview das *Erzählprinzip* herausgestellt: Die Bedeutungsstrukturierung der sozialen Wirklichkeit bleibt dem Befragten allein überlassen. Mit den völlig offenen Fragen wird lediglich der interessierende Problembereich eingegrenzt und ein erzählgenerierender Stimulus angeboten. Man reicht dem Interviewten sozusagen „a blank page to be filled in by the interviewee" (*Merton/Kendall* 1956, S.15), damit das theoretische Konzept des Forschers nicht bekannt wird und entsprechend verzerrende Wirkungen dadurch nicht auftreten können. „So sieht sich der Forscher, dem Anspruch gemäß unvoreingenommen den Forschungsgegenstand erfassend, aber dennoch dem Anspruch ausgesetzt, seine gesammelten wissenschaftlichen Theorien fruchtbar machen zu wollen" (*Witzel* 1985, S.231). Dieser Widerspruch wird dadurch aufzulösen versucht, daß die theoretische Konzeption des Forschers gegenüber den Bedeutungsstrukturierungen des Befragten offen bleibt. Stellt sich in der Konfrontation mit der sozialen Realität heraus, daß das Konzept unzureichend oder gar falsch ist, wird es modifiziert, revidiert und erneut an der Wirklichkeit gemessen.

Die Interviewsituation des problemzentrierten Interviews selbst läßt sich bei Berücksichtigung dieser Überlegungen in 4 Abschnitte einteilen:

Phase 1:
Wie im narrativen Interview wird auch beim problemzentrierten zu Beginn des Gesprächs die *erzählende Gesprächsstruktur* und der *Problembereich der sozialen Wirklichkeit*, der Thema des Interviews sein soll, festgelegt.

Phase 2:
In diesem 2. Abschnitt der *„allgemeinen Sondierung"* stimuliert der Interviewer durch ein Erzählbeispiel die narrative Phase des Befragten. Durch die Aufnahme

von Alltagselementen des zu Befragenden in die Erzählsituation soll dieser zu Erzählungen angeregt und in den *Zugzwang der Detaillierung* gebracht werden. Gleichzeitig wird durch die Vorgabe von Erzählbeispielen durch den Interviewer angestrebt, emotionale Vorbehalte des Befragten gegenüber bestimmten Themen abzubauen.

Phase 3:
In diesem Teil der „*spezifischen Sondierung*" versucht der Interviewer, verständnisgenerierend die „Erzählsequenzen und Darstellungsvarianten" (*Witzel* 1985, S.248) des Befragten nachzuvollziehen. In dieser Phase des Interviews stehen dem Forscher *drei verschiedene Möglichkeiten der aktiven Verständnisgenerierung* im Rahmen des Gesprächs zur Verfügung:

1. Die erste Form der Verständnisgenerierung besteht in der *„Zurückspiegelung"*. Zurückspiegelung heißt, daß der Interviewer mit seinen eigenen Worten dem Befragten ein Interpretationsangebot der gemachten Äußerungen unterbreitet. Der Befragte hat so die Möglichkeit, die Deutungen des Forschers zu kontrollieren, zu modifizieren oder zu korrigieren.
2. Eine zweite Möglichkeit der aktiven Verständnisgenerierung besteht darin, die *„Verständnisfrage"* zu stellen. Sie dient dazu, widersprüchliche Antworten oder ausweichende Äußerungen zu thematisieren, um von daher zu einer gültigeren und präziseren Interpretation zu gelangen.
3. Die dritte Möglichkeit besteht darin, den Befragten mit evtl. aufgetretenen Widersprüchen, Ungereimtheiten und Unerklärtem zu konfrontieren. Die *„Konfrontation"* ist jedoch sehr vorsichtig zu handhaben, da gerade der Verweis auf echte Widersprüche schnell das Interviewklima verderben kann. Beharrt der Interviewer auf der Klärung von Kontradiktionen, so kann sich der Befragte unverstanden fühlen, wo doch der Alltag voll von solchen Widersprüchen ist, die nicht oder nur schwer aufzuheben sind.

Phase 4:
In den bisher genannten drei Phasen des problemzentrierten Interviews hat der Befragte auf die Stimuli des Interviewers immer mit einer Erzählsequenz antworten sollen. In der letzten Phase sind nun *„ad-hoc-Fragen"* möglich. Hier kann der Interviewer direkte Fragen zu Themenbereichen stellen, die der Befragte bislang noch nicht von sich aus genannt hatte.

Phase 0:
Diesen vier Phasen könnte eigentlich eine Phase 0 vorgeschaltet werden, in der die Idee des narrativen Interviews temporär verlassen wird: Zu Beginn des Interviews kann dem zu Befragenden ein *standardisierter Kurzfragebogen* vorgelegt werden. Die Beschäftigung damit aktiviert bei dem zu Befragenden Gedächtnisinhalte und führt zu einer ersten inhaltlichen Auseinandersetzung mit den im Interview anzusprechenden Problembereichen. Für den Interviewer kann sich aus den Antworten

auf den Kurzfragebogen ein günstiger Einstieg in die Phase 1 ergeben; vielleicht kann diese sogar übersprungen und gleich mit der allgemeinen Sondierung in Phase 2 begonnen werden. So kann der Interviewer aus dem Kurzfragebogen Alltagselemente des Interviewten zur Stimulierung von Erzählungen verwenden. Dieser standardisierte Kurzfragebogen hat also die Funktion, den Einstieg in das Gespräch zu erleichtern, wie auch andererseits dem folgenden narrativen Interview das lästige Frage-Antwort-Spiel um die Rahmenbedingung des Interviews erspart bleiben kann.

Die Datenerhebung bedarf gerade in der qualitativen Sozialforschung einer möglichst umfassenden Datenerfassung (sofern man diese Terminologie des quantitativen Paradigmas akzeptieren möchte). Die *Datenerfassung* kann im wesentlichen mit Hilfe von vier Techniken erfolgen:

1. Der *Kurzfragebogen* war ein erstes Medium zur Datenerfassung; bei ihm fallen Datenerhebung und Datenerfassung zusammen. Erfaßt werden die Informationen, die für die Interpretation der weiteren Informationen so etwas wie einen zusätzlichen sozialen background abgeben und die Auseinandersetzung mit dem Gegenstand des Interviews initiieren.
2. Ein weiteres Hilfsmittel ist der Leitfaden, den der Forscher aus seinen Vorüberlegungen zum Problembereich entwickelt hat. Er dient vor allem dazu, all jene Themenbereiche, die der Befragte von sich aus angesprochen und erschöpfend behandelt hat, auf der Liste zu streichen. Diese Gegenstände brauchen dann natürlich nicht mehr in die Phase der ad-hoc-Fragen einzugehen.
   Andererseits dient der Leitfaden eben auch dazu, nicht behandelte Gegenstände auszusondern und nachzufragen. Der Leitfaden ist also insgesamt als Gedächtnisstütze und Orientierungsrahmen in der allgemeinen Sondierung zu sehen (vgl. *Witzel* 1985, S.236).
3. Als Hilfsmittel und als Datenträger wird beim Interview ein *Tonbandgerät* (evtl. auch ein *Videorecorder*) benutzt. Das gesamte problemzentrierte Interview wird auf Tonband aufgezeichnet und später *transkribiert*.
4. Zusätzlich zum *Transkript* ist aber der Interviewer gehalten, nach jedem Interview ein *Postskript* anzufertigen. Dieses enthält Angaben über den Inhalt der Gespräche, die vor und nach dem Einschalten des Tonbandgerätes geführt worden sind, – falls erforderlich – über die Rahmenbedingungen des Interviews sowie über nonverbale Reaktionen (Gestik, Mimik, Motorik etc.) des Befragten.

Die *Auswertung* des problemzentrierten Interviews erfolgt in drei Stufen:

Phase 1:

Zunächst wird die *„methodologische Kommentierung“* vorgenommen; sie enthält Angaben über die Textart, ob es sich also um einen Argumentations-, Beschreibungs- oder Erzähltext handelt. Weiter wird die spezifische Wortwahl in den einzelnen Textpassagen und im Gesamttext erläutert. Dabei ist darauf zu achten, ob der Interviewte verbale Bedeutungsstrukturierungen in einer Sprache vornimmt, die ihm sonst nicht eigen ist. Dies würde darauf hindeuten, daß der Befragte die Interviewsituation mit Verhaltensweisen bewältigt, die eigentlich für andere Situationen typisch wären. Gleichzeitig wird ein „Rekurs auf einen problematischen Interviewer-Bias" (*Witzel* 1985, S.243f.) vorgenommen. Evtl. werden deshalb in dieser Phase bestimmte Textstellen aus dem Datenmaterial und aus der Interpretation ausgeschlossen.

Phase 2:
In dieser Phase der „*kontrollierten Interpretation*" werden die Texte von verschiedenen Mitgliedern der Forschergruppe und evtl. von Außenstehenden individuell und unabhängig voneinander interpretiert. Dann werden die Einzelinterpretationen in der Forschungsgruppe diskutiert. Hier wird der Versuch unternommen, eine quasi interpersonale Prüfung der Interpretation zu leisten. Dabei bleibt natürlich offen, ob eine unisono geteilte Interpretation auch die jeweils richtige sein muß.

Nachdem das problemzentrierte Interview ja eine Vielzahl von Methoden der Datenerhebung praktizieren möchte, müssen diese gerade in der Phase der Interpretation Berücksichtigung finden, d.h. die Textinterpretationen müssen bezogen werden auf die zusätzlich angewandten Methoden der Datenerhebung, so daß letztlich ein relativ konsistentes Gesamtbild entstehen sollte.

Phase 3:
Aus diesen gesammelten Interpretationen wird nun eine „*vergleichende Systematisierung*" versucht. Es geht dabei darum, „typische Varianten herauszufiltern, mit dem Ziel, ‚kollektive Handlungsmuster'" (*Witzel* 1985, S.243) zu entdecken.

Wichtige Differenzierungskriterien für das problemzentrierte Interview sind:

- Das problemzentrierte Interview ist eingebettet in und konstituiert eine Methodenkombination.
- Der Forscher geht zwar *mit einem theoretischen Konzept* ins Feld, wobei aber die *Dominanz der Konzeptgenerierung durch den Befragten* erhalten bleibt.
- Die *theoretischen Konzepte des Forschers* werden laufend durch das Interview *modifiziert*, also durch das Interview auch geprüft.
- *Deduktion* (theoretisch) *und Induktion* (empirisch) gehen Hand in Hand.
- Der Forscher teilt sein theoretisches Konzept im Interview *nicht mit*; es ist *vorläufig* und soll nicht „suggestiv" beeinflussend wirken.
- Da dem problemzentrierten Interview auch ein *standardisierter Kurzfragebogen* vorausgehen kann, „vermittelt" es zwischen quantitativen und qualitativen Interviews.
- Ein Leitfaden für das Interview ist zulässig, um alle dem Forscher wichtig erscheinenden Themenbereiche abzudecken und fehlende nachzufragen.

3.4.3. Das fokussierte Interview

Das fokussierte Interview ist eine der älteren Formen qualitativer Interviews und auf dem Kontinuum zwischen qualitativer und quantitativer Methodologie etwas näher auf der Seite der „positivistischen“ Forschungslogik angesiedelt. Es ist in den 40er Jahren in den USA aus der Propaganda-Wirkungsforschung hervorgegangen und wurde später von *Merton* und *Kendall* (1956) zu einer quasi eigenständigen wissenschaftlichen Forschungsmethode entwickelt. Wenn man so will, handelt es sich bei der fokussierten Befragung um eine Kombination von unentdeckter Beobachtung und qualitativem Interview. Bei dieser Form der Befragung geht man zwar auch im Hinblick auf die Bedeutungsstrukturierung vom Befragten aus, aber Absicht ist nicht so sehr die Generierung von hypothetischen Konzepten, sondern es geht eher um die Falsifikation von deduktiv gewonnenen Hypothesen, die der Forscher vorab entwickelt hat.

Ausgangspunkt des fokussierten Interviews ist die Tatsache, daß die zu Befragenden eine spezifische, konkrete, keineswegs experimentell konstruierte, sondern ungestellte Situation erfahren und erlebt haben: „The persons interviewed are known to be involved in a particular situation: they have seen a film, heard a radio program (or) read a pamphlet“ (*Merton/Kendall* 1956, S.3). Diese realen Feldsituationen hat der Forscher beobachtet und er versucht über eine Analyse der Situationen, die hypothetisch bedeutsamen Elemente und Muster herauszufiltern, indem er sich mit der Situation auseinandersetzt und die Reaktionen der in dieser Situation Beobachteten ermittelt (vgl. *Merton/Kendall* 1984, S.171).

Auf der Grundlage dieser Beobachtungsanalyse formuliert der Forscher einen *Leitfaden* für das Interview, der die relevanten und anzusprechenden Themen und die für die Situation wichtigen Aspekte und Elemente enthält. Die Befragung selbst ist eine „Sonderform des mündlich-sprachlichen Interviews, bei der die Intervieweranweisung eine Liste von Themen, Gegenständen und Fragevorschlägen enthält, die vom Interviewer im Laufe des Gesprächs zu behandeln ist“ (*Grunow* 1978, S.362). Die Behandlung dieser Themen erfolgt in Form von offenen Fragen und erzählenden oder berichtenden Antworten.

Ziel des Interviews ist es, die subjektiven Erfahrungen der befragten Personen in der früher erlebten und vom Forscher aufgrund der Beobachtung analysierten Situation zu erfassen. Dabei dienen die Befunde des fokussierten Interviews vor allem dazu, die auf der Basis der Beobachtung entwickelten und formulierten Hypothesen über vermeintlich relevante Elemente der Situation unter dem Aspekt der Gültigkeit neu zu betrachten. Die formulierten Hypothesen sollen in Konfrontation mit der sozialen Realität getestet werden. Ist die Forschungshypothese nicht zutreffend, sind also andere Reaktionen des Befragten auf die Situation festzustellen als sie der Forscher in Hypothesen gefaßt hat, müssen die Hypothesen verworfen, modifiziert oder andere aufgestellt werden (vgl. *Merton/Kendall* 1984, S.171).

Das fokussierte Interview unterscheidet sich z.B. vom narrativen oder problemzentrierten Interview dadurch, daß es die *quantitative Forschungslogik beibehält*, es aber bei der Datenerhebung gleichwohl qualitative und interpretative Orientierungen aufweist. Es steht nicht die Genese einer Hypothese oder Theorie im Vordergrund, sondern der Versuch, *eine formulierte Hypothese an der Realität zu prüfen*.

In der konkreten Interviewsituation sind drei spezifische Anweisungen vom Interviewer zu beachten:

- Die „*Nicht-Beeinflussung*": Der Interviewer gibt „der Versuchsperson Gelegenheit, sich über Dinge zu äußern, die für sie von zentraler Bedeutung sind und nicht über Dinge, die dem Interviewer wichtig sind" (*Merton/Kendall* 1984, S.186). Dies setzt selbstverständlich voraus, daß die vom Forscher aufgestellten Hypothesen als solche im Interview keinerlei Erwähnung finden, weil dies eine Prädetermination des Ablaufs des Gesprächs und der Befunde darstellen würde (ganz abgesehen von Beeinflussungseffekten im Hinblick auf die Hypothesenprüfung). Diese Anweisung entspricht dem *methodologischen Prinzip, den Relevanzsystemen der Betroffenen* und nicht denen des Forschers Geltung zu verschaffen.
- Die „*Spezifizierung*": Der Interviewer drängt auf die Spezifikation und Präzisierung der Aussagen des Befragten. Unter Bezugnahme auf die erlebte und durchlebte Situation, sollen Gefühle, Verhaltensweisen etc. nicht nur genannt, sondern auch in einer „Interpretation" aufeinander bezogen, beschrieben und erläutert werden. Dies entspricht in etwa dem *methodologischen Prinzip der Explikation*.
- Die „*Tiefgründigkeit*": Tiefgründigkeit meint, daß sich der Interviewer nicht mit reinen Beschreibungen zufrieden geben darf, selbst wenn diese evaluative Elemente wie etwa „positiv", „negativ", „erfreulich" oder „belastend" beinhalten. Vielmehr soll darüber hinaus der Versuch gemacht werden, „selbstenthüllende Kommentare des Informanten" (*Merton/Kendall* 1984, S.197) zu erhalten. Dies entspricht dem *methodologischen Prinzip der Explikation*.

Diese drei von *Merton* und *Kendall* entwickelten Intervieweranweisungen haben später auch Eingang gefunden in allgemein methodologische Überlegungen, wie sie etwa *Hopf* (1978) vertritt, wenn sie diese drei Elemente auf das allgemeine qualitative Interview überträgt. Nicht-Beeinflussung, Spezifikation und Tiefgründigkeit sind so zu allgemeingültigen methodologischen Forderungen auch für das explorative und hypothesengenerierende qualitative Interview erhoben worden.

Das fokussierte Interview beinhaltet die folgenden zentralen Elemente:

- Das fokussierte Interview – obgleich den qualitativen Befragungsformen zuordenbar – ist *der quantitativen Methodologie doch näher als die anderen qualitativen Verfahren*.
- Es geht nicht allein um das Entwickeln von Hypothesen, sondern schon auch und gerade um deren Überprüfung.
- Der Forscher kennt eine reale Feldsituation, die die Befragten erlebt haben, und ermittelt die verbal *reproduzierten Reaktionen* der Betroffenen.

- Aus der Kenntnis der Situation wird ein Leitfaden formuliert und angewandt.
- Der Leitfaden wird aber häufig verlassen, um eine *Prädetermination durch den Forscher auszuschalten* und um sehr spezifische und profunde Aussagen zu erhalten.

3.4.4. Das Tiefen- oder Intensivinterview

Das Tiefeninterview, manchmal auch *Intensivinterview*, kann als eine Spezialform des qualitativen Interviews betrachtet werden. Bei den bislang behandelten Interviewformen, dem narrativen, dem problemzentrierten und dem fokussierten Interview wurde die Bedeutungszuweisung allein durch den Befragten in der Interviewsituation vorgenommen. Die interpretativen Verfahren der Auswertung versuchten, vor allem diese Bedeutungsstrukturierungen des Befragten nachzuvollziehen. Im Tiefeninterview wird nun dieses Ziel gerade nicht anvisiert, denn es gibt Tatbestände, die der Befragte nicht artikulieren kann, weil sie ihm nicht bewußt sind. Im Tiefeninterview ist der Forscher vielmehr auf der Suche nach solchen Bedeutungsstrukturierungen, die dem Befragten möglicherweise nicht bewußt sind. *Die Äußerungen des Befragten werden vor dem Hintergrund einer bestimmten theoretischen Vorstellung*, etwa der Psychoanalyse, *betrachtet*.

Das methodologische Postulat der Kommunikation ist auch für das Intensivinterview zentral. Gerade das Tiefeninterview kommt der Alltagskommunikation doch relativ nahe. „Das Tiefeninterview vollzieht sich in der Form eines freien Gespräches, bei welchem dem Interviewer im Prinzip die Erhebungsgesichtspunkte vorgeschrieben sind, Aufbau des Gesprächs und Auswahl der Fragen jedoch ins freie Ermessen gestellt werden" (*Scheuch* 1970, S.206). Auch im Intensivinterview wird der Befragte zur Explikation der subjektiven Bedeutungszuweisungen angehalten. Außer den Techniken des alltagsweltlichen Fragens und Sprechens werden auch solche der Psychoanalyse praktiziert. „Unter Verwendung psychoanalytischer Fragetechniken wird das Tiefeninterview leicht zur personenbezogenen Motivforschung" (*Grunow* 1978, S.786). Die Aufdeckung „tiefliegender Motivstrukturen des Befragten" (*Koolwijk* 1974, S.18) soll Wirklichkeitsstrukturierungen aufzeigen, die dem Befragten eben nicht bewußt und geläufig sind.

Das methodologische Postulat der Offenheit wird beim Tiefeninterview tendenziell durchbrochen. Da die Deutung der Antworten auf die (psychoanalytischen) Fragen auf der Basis des als gültig gesetzten Theorierahmens der Psychoanalyse erfolgt, sind die Interpretationen nicht ausschließlich die des Betroffenen, sondern im wesentlichen die des Forschers. *Die Deutung der vom Interviewten gegebenen Bedeutungszuweisungen geschieht also eher im Sinne der Psychoanalyse als im Verständnis des Befragten.*

Wenn beim Tiefeninterview der theoretische Hintergrund der Psychoanalyse angesprochen wurde, so ist zu ergänzen, daß dies nicht notwendigerweise so sein muß: Selbstverständlich ist möglich, daß Intensivinterviews auch auf der Basis anderer theoretischer Ansätze erfolgen. So wäre denkbar, daß etwa im Bereich des abweichenden Verhaltens ein Tiefeninterview vor dem Hintergrund lerntheoretischer Überlegungen, z.B. der Theorie der differentiellen Assoziation, durchgeführt wird. Gleiches könnte mit der Subkulturtheorie geschehen, der Anomietheorie etc. Allerdings ist es doch so, daß beim Tiefeninterview vornehmlich an den psychoanalytischen Ansatz gedacht und auf diesen rekurriert wird.

Das Tiefeninterview verfolgt folgende Zielsetzung:

- Durch *alltagsweltliches Fragen und Antworten* gelingt es am ehesten, zu den Tiefenstrukturen vorzudringen.
- Im Intensivinterview wird versucht, *Bedeutungsstrukturierungen* zu ermitteln, die dem Befragten möglicherweise selbst *nicht bewußt* sind.
- Dies geschieht auf der Basis *theoretischer Vorstellungen des Forschers* (zumeist der Psychoanalyse).
- Durch die dezidierten theoretischen Vorstellungen des Forschers wird das *Prinzip der Offenheit nicht mehr eingehalten.* Gerade die Deutung der Aussagen des Befragten wird in einem ihm fremden Kontext vorgenommen.

3.4.5. Das rezeptive Interview

Eine neue Form qualitativer Interviews stellt *Kleining* (1988) mit dem rezeptiven Interview vor. *Kleinings* Absicht ist es, mit diesem Verfahren in besonderer Weise auf Alltagstechniken zu rekurrieren, die seiner Meinung nach noch nicht ausreichend wissenschaftlich genutzt werden. Zwei differenzierende Aspekte gegenüber den anderen Formen qualitativer Interviews sind besonders hervorzuheben:

Die bei den quantitativen Interviews zu Recht und oft kritisierte *Asymmetrie in der Befragungssituation* greift *Kleining* im rezeptiven Interview auf, indem er sie positiv wenden möchte. Bei ihm tritt der Interviewer im wesentlichen nicht als Fragesteller auf, sondern – so weit überhaupt möglich – ist er ausschließlich Zuhörer. Daher auch der Name „rezeptives Interview".

Ein zweiter Aspekt unterscheidet diese Form eines qualitativen Interviews von den anderen Typen: Während alle anderen Verfahren davon ausgehen, daß selbstverständlich die zu Befragenden über Inhalt, Gegenstand, Form etc. der Befragung rechtzeitig und vor dieser selbst aufgeklärt werden, glaubt *Kleining* mit dem rezeptiven Interview auch *verdeckt* vorgehen zu können. Damit würde er die bei allen Interviews gegebene *Reaktivität* ausschließen, mindestens aber reduzieren können.

Den theoretischen Überlegungen zum rezeptiven Interview stellt *Kleining* folgende Definition voran: „Das rezeptive Interview ist die Aufnahme einseitiger, alltäglicher Mitteilungen nach wissenschaftlichen Regeln zur Exploration von Sachverhalten" (1988, S.1). Drei Definitionselemente sind – auf die „wissenschaftlichen Regeln" braucht nicht gesondert eingegangen zu werden – offenbar charakteristisch, nämlich die *einseitige Kommunikationsbeziehung*, die *Alltäglichkeit des Verfahrens* und die *Exploration*. Mit letzterer ist bereits eine gewisse Einschränkung gegenüber den anderen Methoden gegeben, die sich ja nicht ausschließlich auf Exploration beziehen wollen. Eine Reduktion auf die explorative Funktion würde nach deren Auffassung bedeuten, daß Hypothesengenerierung und partielle Hypothesenüberprüfung ausgeschlossen wären. Dies wäre eine a priorische Bescheidung, die die Möglichkeiten der qualitativen Sozialforschung unnötigerweise begrenzen würde. Tatsächlich ist aber durchaus denkbar, daß das rezeptive Interview nicht nur zu explorativen Zwecken eingesetzt wird, wenngleich es sich hierfür in besonderer Weise eignen sollte.

Kleining geht davon aus, daß Alltagskommunikation zwar sehr oft dialogische Kommunikation ist, d. h. daß die Rollen der Kommunikanten mehr oder weniger gleich definiert werden. Jeder hat die Chance zu sprechen, wie er auch die des Zuhörers zu praktizieren hat. Die Einseitigkeit im Interview, daß einer mehr oder weniger nur fragt und ein anderer mehr oder weniger nur antwortet, würde einer symmetrischen Kommunikationssituation widersprechen. Gerade deshalb wird ja die standardisierte Befragung in besonderer Weise kritisiert. In abgeschwächter Form gilt die Asymmetrie aber auch für Formen qualitativer Interviews, etwa das narrative. Hier macht *Kleining* geltend, daß dialogische, symmetrische Kommunikation auch im Alltag nicht die Regel sein muß. Schließlich geht sie von gleichen Rollendefinitionen aus, die aber vernachlässigt, daß es darüber hinausgehende und dominante, vertikale Strukturen gibt. Somit kann symmetrische Kommunikation „allenfalls als bürgerlicher Idealtypus dienen ..., wie die ‚herrschaftsfreie Kommunikation'. ‚Einseitige Kommunikation' dagegen verweist auf wirkliche, gesellschaftliche Beziehungen" (*Kleining* 1988, S.34). Tatsächlich finden wir täglich in allen möglichen Situationen asymmetrische Kommunikationen derart, daß es ein einseitiges Zuhören gibt, dem ein einseitiges Sprechen komplementär ist. Gerade wenn man an die Massenkommunikation denkt, wird die asymmetrische Kommunikation zur Alltäglichkeit.

Diese einseitigen Kommunikationsformen, die in der Soziologie noch zu wenig untersucht worden sind, macht sich das rezeptive Interview zunutze: Im Gegensatz zur Massenkommunikation, kommt es in der individualistischen Interviewsituation aber darauf an, gegenüber dem Sprechenden die Bereitschaft zum Zuhören in irgendeiner Weise zu bedeuten, weil sonst der Informationsfluß überhaupt nicht gestartet wird. Wenn eine solche Bereitschaft erkannt wird und der Redefluß beginnt, dann muß der Zuhörende permanent in der Weise reagieren, daß der Sprechende zu weiteren Aussagen ermuntert wird. Dies geschieht vornehmlich durch Mimik, Gestik und weniger durch Worte. Das einseitige *Zuhören* ist also keineswegs lethargisch oder passiv, sondern *stimulierend-aktiv*.

Das aktive Zuhören sollte aber darauf beschränkt bleiben, wenn möglich, nonverbale Zustimmung zu signalisieren, weil – wie im Alltagsleben oft auch – eine kritische Würdigung des Gesagten nicht voll durch die Rolle des Zuhörers gedeckt ist, evtl. sogar als Abweichung empfunden wird und von daher zum Abbruch der Kommunikation führen kann.

Nach den beiden Definitionskriterien, einseitige Kommunikation und Alltäglichkeit dieser spezifischen Kommunikationsform, kann nun die Frage geprüft werden, ob das rezeptive Interview tatsächlich unter die qualitativen Befragungsarten subsumierbar ist. Da im rezeptiven Interview das methodologische Kriterium der Offenheit in ganz besonderer Weise erfüllt ist, geht *Kleining* davon aus, daß es eine Extremform qualitativer Befragung darstellt: „Das rezeptive Interview (ist) die offenste Form der Befragung: Der Forscher stellt weder Fragen mit Vorgaben von Antwortmöglichkeiten, wie bei quantitativen Erhebungen, noch Fragen ohne genau festgelegte oder überhaupt nicht vorgegebene Antwortarten, wie bei mehr oder weniger strukturierten qualitativen Interviews, sondern läßt nicht nur die Antworten, sondern sogar die Fragen offen. Die Mitteilungen eines rezeptiven Interviews sind deswegen am meisten befragtenzentriert, stammen ganz aus seiner Lebenswelt" (*Kleining* 1988, S.3).

Nachdem *Kleining* an anderer Stelle (1982) methodologische Regeln für qualitative Forschung vorgeschlagen hat, bemißt er das rezeptive Interview an diesen:

1. Regel:
Er geht davon aus, daß die erste Regel, nämlich die *Veränderung des Vorverständnisses* des Forschers, durch die Daten eines rezeptiven Interviews mehr oder weniger selbstverständlich ist. Jede Information aus dem sozialen Feld, die dem Vorverständnis des Forschers widerspricht, revidiert und modifiziert natürlich das theoretische Vorverständnis.

2. Regel:
Komplementär hierzu ist die Forderung der zweiten Regel, daß die *Gegenstandsdefinition nur vorläufig* sein und im Verlaufe des rezeptiven Interviews jederzeit verändert werden kann. Gerade durch die Einseitigkeit der Kommunikation ist diese Regel geradezu definitorisch erfüllt. Schließlich bestimmt der Sprechende praktisch ausschließlich die Thematik und den Ablauf.

3. Regel:
Die dritte Regel der *maximalen strukturellen Variation* (*Kleining* 1982, S.234) dient ja im Prinzip dazu, die denkbare Einseitigkeit qualitativer Sozialforschung in Auswahl, Erhebung und Interpretation, also deren Güte hinsichtlich Zuverlässigkeit und Gültigkeit zu sichern. Wie dies bei dem rezeptiven Interview gewährleistet werden kann, wird sehr ausführlich diskutiert. „Da Variation gefordert ist, soll der Forscher davon ausgehen, daß *mehrere* Informationen zum *gleichen* Themenbereich nötig sind" (*Kleining* 1988, S. 4). Wie kann diese Forderung nun eingelöst werden?

Sicher wäre es möglich, einen Sprechenden im rezeptiven Interview zu bitten, selbst die Thematik, den zur Diskussion stehenden Gegenstand, mit wechselnden Perspektiven und unterschiedlichen Schwerpunkten zu bedenken und zu beleuchten. Dies ist aber zweifach schwierig: einmal nämlich unterstellt *Kleining*, daß das verdeckte rezeptive Interview die bessere Form der Datenerhebung ist. Den

Sprecher aber zu bitten, unterschiedliche Aspekte zu beachten, würde die Verdecktheit aufheben.

Ein zweiter Widerspruch würde dadurch entstehen, daß die Offenheit des Interviews aufgegeben würde. Schließlich war gefordert worden, daß das rezeptive Interview befragtenzentriert ist und voll aus seiner Lebenswelt stammt. Mit anderen Worten, die Thematik wird durch den „Befragten“ mehr oder weniger voll determiniert. Letztlich war auch gefordert worden, daß der Interviewer möglichst wenig fragend tätig wird, was aber der Aufforderung der Perspektivenvariation entgegensteht. Alle drei denkbaren Möglichkeiten widersprechen zudem der Forderung der Alltagsnormalität asymmetrischer Kommunikation, weshalb sie nicht geeignet erscheinen, zum Zwecke der maximalen strukturellen Variation eingesetzt zu werden.

Deshalb entwickelt *Kleining* vier Forschungsstrategien, die allein oder gemeinsam die Chance bieten sollen, die Regel der maximalen strukturellen Variation zu erfüllen:

„(1) Veränderung der *Situation*, des Ortes und insbesondere des Zeitpunktes des Gesprächs. Wenn der Forscher mit dem Informanten in mehr oder weniger engem Kontakt steht oder in ihn eintreten kann, bietet es sich an, das Thema häufiger, bei verschiedenen Gelegenheiten, in verschiedenen Zusammenhängen zu behandeln.

(2) Veränderung der *Informanten*. Diese Technik setzt voraus, daß man mit weiteren Personen Verbindung hat oder aufnehmen kann, die über das gleiche Thema berichten; das ist nicht selten im Freundeskreis, Firmen, Vereinen.

(3) Veränderung der Person, der eine Mitteilung zukommt, also des *Forschers* selbst. Hierzu muß man versuchen, Zugang zu erhalten zu Erzählungen, die anderen Personen zum Thema berichtet werden, was häufig auch wichtiges Thema privater Gespräche ist.

(4) Die Variation des *Mittels* der einseitigen Kommunikation selbst. Die Methode der Datengewinnung sollte stets verändert werden. Wenn man das rezeptive Interview als verdecktes Forschungsverfahren nutzt, eignet es sich besonders zur Ergänzung von anderen Verfahren. Es kann gut kombiniert werden mit allen Arten von Fragebogen- und Leitfaden-Erhebungen und auch experimentellen Versuchsanordnungen, bei denen dem formellen Untersuchungsabschnitt ein informeller, verdeckter Teil folgt. Mit teilnehmender Beobachtung, ob offen oder verdeckt, geht das rezeptive Interview ohne Schwierigkeit zusammen, sofern der Beobachter engeren Kontakt zu bestimmten Akteuren besitzt“ (*Kleining* 1988, S. 5).

So plausibel und einleuchtend diese Überlegungen sind, so können sie doch den Eindruck nicht verwischen, daß damit in die qualitativen Methoden methodologische Ansprüche der quantitativen Sozialforschung quasi durch die Hintertür wieder eingeführt werden. Zwar bleibt die Methode des rezeptiven Interviews qualitativ, doch werden Gütekriterien für die Absicherung der gewonnenen Daten entwickelt und angewandt, die auf Intersubjektivität durch Ausweitung der Perspektiven und damit auch der Gegenstände und Populationen hinauslaufen. „Informationen über den gleichen Sachverhalt oder die gleichen Personen sind also weniger subjektiv, wenn sie auf gleiche Weise zu unterschiedlichen Zeiten und Gelegenheiten gegeben werden, wenn sie auch von anderen Personen als dem ersten Berichterstatter stammen, auch mit anderen Methoden erfahrbar sind oder auch anderen Personen gegeben werden als dem Forscher selbst. Je unterschiedlicher die erhobenen Daten sind, umso besser kann die Aufgabe der Variation als gelöst angesehen werden" (*Kleining* 1988, S. 5f.).

4. Regel:
Die sich daraus ergebende maximale strukturelle Variation ist nun andererseits wieder Voraussetzung dafür, daß die vierte Regel, nämlich die *Analyse auf Gemeinsamkeiten* möglich wird. Aus den sich ergebenden Gemeinsamkeiten läßt sich die Struktur der erhobenen Thematik in den Relevanzsystemen der Betroffenen ermitteln. Die Analyse auf Gemeinsamkeiten führt dann letztlich zu der Chance, auch und gerade aus den auftretenden Unterschieden zu einer Typologie zu gelangen.

Gemäß der Methodologie qualitativer Sozialforschung sind rezeptive Interviews insbesondere dort einzusetzen, wo einseitige Kommunikation auch alltäglich festzustellen ist. Überall dort, wo symmetrische Kommunikationsbeziehungen an der Tagesordnung sind, würde sich die Methode des rezeptiven Interviews verbieten, weil a priori und definitorisch eine Widersprüchlichkeit entstünde, die voraussichtlich schon die Einleitung eines rezeptiven Interviews verunmöglichen, letztlich aber auf alle Fälle die Durchführung eines solchen verhindern würde.

Da nach *Kleining* das rezeptive Interview gerade auch verdeckt durchgeführt werden kann (und sollte), erscheint es besonders geeignet, weil die Natürlichkeit des sozialen Feldes dadurch nicht tangiert wird. *Reaktivität und prädeterminierende Einflußnahme durch den Forscher sind ausgeschlossen.*

Das explorative Potential des rezeptiven Interviews gestattet es, gerade solche Gegenstände einer Untersuchung zuzuführen, die schwer zugänglich sind, über die es wenig Vorinformationen gibt und die sozial tabuisiert erscheinen (vgl. *Kleining* 1988, S.13). Randgruppen und Subkulturen jeder Art erscheinen demnach prädestiniert, mit der Methode des rezeptiven Interviews untersucht zu werden.

Wie kommen nun rezeptive Interviews, etwa mit den Angehörigen von Randgruppen, zustande? „Rezeptive Interviews können nicht eigentlich geplant werden. Man muß Situationen aufsuchen oder ausnutzen, in denen der Forscher Mitteilungen erhalten kann. Hier sind die Bedingungen nicht anders, als bei teilnehmender Beobachtung, die im strengen Sinne auch nicht durch den Forscher ‚erzeugt' werden kann, wenngleich sein Handeln insofern wichtig ist, als er sozial akzeptiert und sein Verhalten der Situation angepaßt sein muß, damit sich eine Kommunikation ihm gegenüber ereignet" (*Kleining* 1988, S. 6). Dies hat zur Folge, daß rezeptive Interviews sich durch *spontane* Mitteilungen konstituieren.

1. Spontan rezeptive Interviews:
Kommen rezeptive Interviews durch spontane Mitteilungen zustande, so nimmt der „Interviewer" die Rolle des aktiven Zuhörers ein, der durch sporadische, positiv-unterstützende Bemerkungen dafür sorgt, daß die Kommunikation nicht abreißt. Zwischenfragen sind denkbar, insbesondere um sich des richtigen Verstehens zu vergewissern, doch sollten nach *Kleining* Rückfragen nicht gestellt werden.

Erfolgt das spontane, rezeptive Interview verdeckt, so ist selbstverständlich eine unmittelbare Registrierung der Antworten ausgeschlossen, da diese zur Entdekkung führen würde. Die baldmögliche und nachträgliche Notierung der Informationen läuft allerdings Gefahr, bestimmte Informationen zu vergessen, aus selektiver Wahrnehmung heraus verzerrend zu notieren und Prioritäten falsch zu setzen.

2. Provozierte rezeptive Interviews:
Da der Forscher sich nicht darauf verlassen kann, daß Interviewsituationen spontan entstehen, muß er in Verfolgung seines Erkenntniszieles evtl. dafür Sorge tragen, daß die Interviewsituationen von seiner Seite aktiv hergestellt werden. Diese „provozierten" (*Kleining* 1988, S.6) Interviews ähneln von den Anwendungs- und Durchführungsbedingungen her sehr stark der teilnehmenden Beobachtung. Das rezeptive Interview setzt in besonderer Weise ein permissives Klima und ein Vertrauensverhältnis voraus, ohne die die asymmetrische Kommunikation kaum vorstellbar ist. Andererseits macht *Kleining* hierzu geltend, daß gerade auch temporäre Kontakte im Alltag einseitige Kommunikation provozieren. „Das liegt an dem Umstand, daß Wissen herrschaftsrelevant ist, und daß jemand, der nicht mit anderen um Herrschaftspositionen konkurriert, weil er die Organisation nach einiger Zeit wieder verläßt, als Vertrauensperson leichter akzeptiert wird, als ein Dauergast, dessen Informationswürdigkeit und Loyalität erst geprüft werden muß. Vertrauenswürdig allerdings, d.h. ein Zutrauen, daß die zu informierende Person mit den Informationen nicht zum Schaden des Informanten umgeht, muß signalisiert werden und ist natürlich unbedingt zu gewährleisten" (*Kleining* 1988, S. 7).

Insoweit erscheint die Chance, rezeptive Interviews durch den Forscher zu provozieren, ohne daß die Natürlichkeit der Situation, die Alltäglichkeit der Kommunikation gefährdet wird, durchaus nicht gering zu sein. Gelingt es dem Forscher, dies optimal zu realisieren, dann ist das provozierte Interview annähernd deckungsgleich mit dem spontanen.

Sowohl bei den spontanen wie bei den provozierten rezeptiven Interviews werden zwei Arten des Einstiegs in die Interviews unterschieden:

1. Die Auskunftsperson sucht von sich aus das Gespräch und bietet dem Forscher das „Interview" an. Zur Illustration dieses Interviewbeginns nennt *Kleining* eine Vielzahl von alltäglichen Einleitungsfloskeln. „,Ich muß mal was erzählen.', ,Hast du schon gehört.'" (*Kleining* 1988, S.8) etc.
2. Wird die ins Auge gefaßte Auskunftsperson nicht von sich aus aktiv, so kann der Forscher durch sehr allgemeine, gleichwohl aber gegenstandsorientierte Fragen ein Gespräch einleiten, das im weiteren Verlauf den Charakter eines rezeptiven Interviews annimmt. „Man kann dabei auch mit *Stichworten* arbeiten: ,Was gab's

im Büro?', ,Was Neues von XY ?' ... Alltagsweltlich heißen solche Stichworte ,auf den Busch klopfen', ,antippen'" (*Kleining* 1988, S.8).

Ist das Gespräch einmal in Gang gekommen, dann gelten die oben partiell schon angesprochenen Regeln, daß der Forscher sich zurücknehmen soll, möglichst wenig eingreift, aktiv zuhört, durch Mimik und Gestik positiv bestärkt, wenn möglich keine Zwischenfragen stellt und vor allen Dingen den Eindruck vermeidet, als würde er seinen Gesprächspartner aushorchen.

Daß rezeptive Interviews möglich sind und auch beim Fehlen spontaner Entstehung provoziert werden können, versucht *Kleining* durch „Arten und Funktionen einseitiger Kommunikation" (1988, S.9) abzusichern. Asymmetrische Kommunikation kann verursacht werden durch „*psychischen und sozialen Druck*, spontane Aussagen können hervorgerufen werden durch Triebenergie, die sich gegen soziale Normen durchsetzt: Freude, Schmerz, Trauer, Angst haben ihre spontan-expressiven Formen" (*Kleining*, 1988, S.9). Solche asymmetrische Kommunikation hat „expressive bzw. kathartische" (*Kleining* 1988, S.10) Funktionen.

Rezeptive Interviews können auch durch „*soziale Veränderung*" bei der Auskunftsperson provoziert werden. „Menschen äußern sich, wenn sich Situationen ändern, beim Überwechseln in neue Lebensabschnitte, im Zusammenhang mit erlebtem sozialen Wandel" (*Kleining* 1988, S.10f.). Deutlich erkennbar ist die darin zum Ausdruck kommende orientierende Funktion.

„*Einseitige Kommunikation zur Vergemeinschaftung* ... betont den verbindenden Aspekt der Mitteilung, die den Sprecher und den Hörer zusammenführen soll. Grußformeln sind häufigste Beispiele" (*Kleining* 1988, S.11). Solidarisierungsversuche, Mitteilungsbemühungen, Informationsaustausch, Herstellen von äquivalenten Beziehungen können Anlaß für solche asymmetrische Kommunikation in einem rezeptiven Interview sein.

Letztlich kann auch asymmetrische Kommunikation durch *Autoritätsstrukturen* hervorgerufen werden. „Diese Art von einseitiger Mitteilung hat die Funktion der Errichtung, Bestätigung oder Festlegung sozialer *Hierarchien*, mithin sozialer Ungleichheit" (*Kleining* 1988, S.12).

Stellt man einen Vergleich des rezeptiven Interviews mit anderen Formen qualitativer Befragung an, so fällt auf, daß das rezeptive Interview ein Problem, das häufig den narrativen Interviews nachgesagt wird, zu vermeiden trachtet: Dort hat man nämlich oft den Eindruck, daß Inhalt und Ablauf des Interviews sehr stark durch den Forscher, also den Befragenden determiniert und bei kritischer Würdigung „verzerrt" werden. Dieses vermeidet das rezeptive Interview, weil es gezielt und bewußt auf asymmetrische Kommunikation aus ist, um den Einfluß des „Befragers" zu minimieren oder gar auszuschalten.

Narrative Interviews müssen in jedem Fall mit den Betroffenen besprochen werden. Sie sind deshalb immer offen und unterliegen damit nur schwer kontrollierbaren reaktiven Einflüssen. Durch die Chance, verdeckt vorzugehen, hat auch hier das rezeptive Interview offenbar Vorteile.

Weiter gilt für die qualitativen Interviews, daß die Gegenstandsbestimmung und die Themenformulierung vom Forscher vorgegeben sind (bei allen Bemühungen die Befragten selbst entscheiden zu lassen, worüber sie erzählen wollen), wodurch die Inhalte eines solchen Gesprächs nicht notwendigerweise den Relevanzstrukturen des Befragten entsprechen müssen. Auch rein formal ergibt sich eine Prädetermination des Forschers dadurch, daß eine bestimmte Leistung vom Befragten gefordert wird, nämlich etwa eine Geschichte zu erzählen, aus dem Leben zu berichten etc. Auch dieses fällt beim rezeptiven Interview weg. Hier bestimmt der Befragte den Gegenstand und informiert, berichtet und erzählt von sich aus.

Als weiterer Vorteil des rezeptiven Interviews kann gelten: „Einseitige Mitteilungen können an anwesende, aber auch an abwesende Partner gehen, etwa Briefe. Mitteilungen an sich selbst sind auch ‚einseitig', wie Notizen, Tagebücher oder Selbstgespräche. Das rezeptive Interview hat jedoch stets den Forscher als Empfänger einer einseitigen Information, die ihm durch eine bestimmte andere anwesende Person ‚persönlich' gegeben wird" (*Kleining* 1988, S.16a).

Bezieht man sich auf solche einseitigen Mitteilungen an nicht präsente Kommunikationspartner, dann ist eine deutliche Nähe zu (vielleicht sogar Identität mit) der Inhaltsanalyse als empirischer Methode zu erkennen. Andererseits ist in vielerlei Beziehung eine Überlappung und partielle Identität mit der teilnehmenden, verdeckten Beobachtung zu konstatieren. Solche Ähnlichkeiten können nicht geleugnet werden, sind aber auch keineswegs schädlich. Entscheidendes Differenzierungskriterium zwischen beiden Methoden ist, daß „das rezeptive Interview verbale Informationen produziert, die an den Forscher selbst gerichtet sind, während die teilnehmende Beobachtung alle erlebbaren Vorgänge – verbal oder nichtverbal – zum Gegenstand hat. Das rezeptive Interview kann mit einer gewissen Berechtigung als Spezialform der teilnehmenden Beobachtung angesehen werden" (*Kleining* 1988, S.15).

Wenn dies von dem Schöpfer des Verfahrens und des Begriffes des rezeptiven Interviews schon so gesehen wird, dann muß allerdings die Frage erlaubt sein, ob der Begriff des Interviews – wo es ja eigentlich keinen Befrager und keinen Befragten mehr gibt – sinnvoll ist. Ich halte dies für sinnvoll insoweit, als es sich um verbale Kommunikationsinhalte handelt, die mündlich und bei Präsenz des Forschers mitgeteilt werden. Da aber sowohl Ähnlichkeiten zum Interview existieren wie auch solche zur teilnehmenden Beobachtung, würde ich davon ausgehen wollen, daß das rezeptive Interview sich aus beiden Methoden konstituiert, also eine Mischung darstellt, die nicht eindeutig der einen oder anderen Methode zuzuordnen ist. Gerade daraus läßt sich aber die Berechtigung ableiten, das rezeptive Interview als eine Forschungsmethode mit eigener Identität zu begreifen. „Das rezeptive Interview ist ein eigenständiges Verfahren; es steht aber durch die Art der Datengewinnung in Beziehung zu Alltagstechniken und zu anderen Methoden der qualitativen Sozialforschung. Für die Analyse qualitativer Daten selbst gelten die gleichen Regeln für alle Verfahren (‚Analyse auf Gemeinsamkeiten', ‚Dialogkonzept')" (*Kleining* 1988, S.15). Mithin ist eine eindeutige Zuordnung des rezeptiven Interviews zu den qualitativen Forschungsmethoden möglich.

Da das rezeptive Interview, insbesondere wenn es verdeckt praktiziert wird, zu jenen Verfahren gehört, die die Feldsituation in ihrer Alltäglichkeit am wenigsten tangieren – vermutlich noch weniger als die verdeckte teilnehmende Beobachtung –, ist es eine besonders realitätsgerechte Form der Datenerhebung. Nicht die Erhebungssituation wird an das Instrument oder die Methode angepaßt, sondern das rezeptive Interview paßt sich – wenn man seiner Methodologie folgt – quasi automatisch an jede Situation so an, daß weitestgehend realistische Informationen erhalten werden.

Das rezeptive Interview ist durch folgende Elemente als Spezialform qualitativer Interviews auszuweisen:

- Das rezeptive Interview ist das am *weitestgehende asymmetrische* qualitative Interview, weil der Interviewer nur zuhören soll.
- Es ist in seiner Einseitigkeit sehr wohl an *alltäglicher Kommunikation* orientiert.
- Rezeptive Interviews sind andererseits die *offensten* qualitativen Interviews, weil keine Prädetermination des Forschers erfolgt.
- Sie sind damit weitestmöglich *befragtenzentriert* und der Lebenswelt der Informanten entnommen.
- Rezeptive Interviews verlangen vom Interviewer *nonverbale, zustimmende und ermunternde Reaktionen*, um die Zweiseitigkeit der Kommunikation zu realisieren.

3.4.6. Zusammenfassender und tabellarischer Vergleich

Man kann versuchen, die fünf behandelten Interviewformen im Hinblick auf die methodologischen Kriterien des interpretativen Paradigmas vergleichend zu systematisieren. Ziehen wir als zentrales Postulat das der Offenheit heran:

Im narrativen Interview wird der Forscher als theoretische tabula rasa beschrieben. Völlig ohne wissenschaftliches Konzept soll er in die Datenerhebungsphase eintreten. Die Entwicklung der theoretischen Vorstellungen erfolgt erst auf der Grundlage der Äußerungen des Alltagshandelnden auf der Basis des Erhebungsprotokolls, des Transkriptes etc.

Im problemzentrierten Interview ist der Forscher schon vor dem Interview mit einem theoretischen Konzept ausgestattet. Diese theoretischen Vorstellungen werden durch das Interview mit der sozialen Realität konfrontiert, plausibilisiert oder modifiziert.

Im fokussierten Interview ist der Forscher ebenfalls theoretisch vorbelastet, weil er vor der Erhebungsphase mit einer Hypothese ins Feld geht. Die Prüfung der Hypothese erfolgt quasi durch den Alltagshandelnden und seine Konzepte, wird aber technisch nach dem Falsifikationsprinzip der quantitativen Methodologie vorgenommen. Somit geht es nicht primär um eine Plausibilisierung oder Modifizierung der Hypothese, sondern um deren Falsifikation.

Im Intensivinterview geht der Forscher ebenfalls mit spezifischen theoretischen Vorstellungen in die Erhebung. Seine Vorstellungen beziehen sich aber nicht auf die vom Befragten gemachten Äußerungen über dessen Alltagshandeln, sondern sie stellen die theoretische Basis für die Bewertung und Interpretation der Äußerungen des Befragten dar, wobei die Sinnzuweisung auseinanderfallen kann: Die Äußerungen des Befragten können eine andere Interpretation erfahren, als die von ihm intendierte Bedeutung umfaßte.

Im rezeptiven Interview mag der Forscher durchaus Vorstellungen haben, die seinen Blick auf bestimmte Phänomene richten, doch sind diese mit einem allgemeinen Vorverständnis und nicht mit theoretischen Hypothesen zu umschreiben. Da sich der Forscher als interviewender Beobachter und beobachtender Interviewer aber zurückhält und keine antwortproduzierenden Fragen stellt, ist diese Form des Interviews die offenste und am wenigsten prädeterminierende Form aller qualitativen Interviews.

In Tabelle 4 sind die behandelten Formen qualitativer Interviews nach ausgewählten methodologischen Kriterien tabellarisch-vergleichend gegenübergestellt, wobei die Verbalisierungen in den Zellen der Matrix wieder idealtypisch vorgenommen sind. Nicht alle methodologischen Prämissen wurden im Text behandelt,

Tabelle 4: Methodologischer Vergleich verschiedenener Formen qualitativer Interviews

methodologische Prämissen	narratives Interview	problemzentriertes Interview	fokussiertes Interview	Tiefeninterview	rezeptives Interview
Offenheit	völlig	weitgehend	nur bedingt	kaum	völlig
Kommunikation	erzählend	zielorientiert fragend	Leitfaden	fragend/ erzählend	erzählend/ beobachtend
Prozeßhaftigkeit	gegeben	gegeben	nur bedingt	gegeben	gegeben
Flexibilität	hoch	relativ hoch	relativ gering	relativ hoch	hoch
Explikation	ja	ja	ja	ja	bedingt
Theoretische Voraussetzungen	relativ ohne	Konzept vorhanden	weitgehendes Konzept	Konzept vorhanden	relativ ohne; nur Vorverständnis
Hypothesen	Generierung	Generierung; Prüfung	eher Prüfung; auch Generierung	eher Prüfung; auch Generierung	Generierung; Prüfung
Perspektive der Befragten	gegeben	gegeben	bedingt	bedingt	absolut

insbesondere dann, wenn die Unterschiede zwischen den diversen Methoden gering sind. Ihre inhaltliche Gestaltung kann aber vom Leser unschwer nachvollzogen werden, wenn er sich die zentralen Strategien der verschiedenen Formen qualitativer Interviews angeeignet hat.

3.5. Die Auswahl der zu Befragenden

Stichprobentheoretische Überlegungen im wahrscheinlichkeitstheoretischen Sinne, wie auch die Frage der *Repräsentativität*, spielen im qualitativen Interview nur eine untergeordnete Rolle, denn *generalisierende Aussagen*, gemäß dem normativen Paradigma, sind nur auf der Grundlage repräsentativer Zufallsstichproben zulässig. Andererseits sind Generalisierungen im Sinne von *Existenzaussagen* („Es gibt ...") durchaus möglich. Da die qualitative Sozialforschung eben nicht im Sinne der quantitativen Methodologie generalisieren möchte, ist die Frage der Stichprobengewinnung und Stichprobenziehung, somit auch die der Repräsentativität, keine entscheidende. Qualitativer Methodologie geht es eben eher um *Typisierungen* und/oder *Typologien*, weshalb die Repräsentativität nicht so bedeutsam erscheint.

Gleichwohl ergibt sich aus dieser Verlagerung der Erkenntnisinteressen eine gewisse Problematik: Die Auswahl der zu Befragenden nach dem Prinzip des *theoretical sampling* kann sich auf das angestrebte Ziel einer Studie, nämlich einer realitätsgerechten Rekonstruktion von Typen von Bedeutungsstrukturierungen zu einem speziellen Themenbereich insofern negativ auswirken, als einzelne typische Deutungsmuster evtl. keine Berücksichtigung finden. Das Ziel qualitativer Forschungsarbeit, im Gegensatz zur quantitativen Methodologie *nicht die Häufigkeit* bestimmter Handlungsmuster, sondern ein möglichst *zutreffendes Set der relevanten Handlungsmuster* in einer sozialen Situation herauszufinden, ist dann natürlich nur bedingt erreichbar. So könnte etwa der Fall eintreten, daß solche Personen, die ein typisches Deutungsmuster sozialer Realität aufweisen, gerade diejenigen sind, die nicht zu einem Interview bereitstehen (aus welchen Gründen auch immer) und von daher nicht in die Analyse Eingang finden. (Man denke nur an die Untersuchung sozialer Randgruppen!)

Bei der Auswahl von typischen Befragungspersonen wird besonders offenkundig, daß die methodologische Prämisse, ohne theoretisches Vorverständnis ein qualitatives Interview zu beginnen, nur sehr bedingt realisierbar ist. So ist klar, daß – da der Forscher ja typische Personen aussucht – er eine Vorstellung darüber haben muß, wie diese typischen Personen „aussehen". Von daher wird er möglicherweise nur die auswählen, die seinem theoretischen Vorverständnis entsprechen. Davon abweichende Fälle würden sich erst im Verlaufe des Forschungsprozesses (in der Erhebungsphase) und zwar eher zufällig ergeben, wenn ein erster – wenn auch eingeschränkter – Zugang zum sozialen Feld erfolgt ist.

Gerade bei der Durchführung qualitativer Interviews spielen fast immer informelle Kontakte zu den zu untersuchenden Personen oder Gruppen von Handelnden eine wichtige Rolle bei der Auswahlentscheidung. Deshalb kann der Forscher nicht sicher sein, ob diese informellen Kontakte so weitreichend und umfassend sind, daß er alle relevanten und typischen Handlungs- und Deutungsmuster erfaßt hat.

Die hier angesprochenen Probleme, beim Versuch von Typisierungen quasi Vollständigkeit zu erreichen, sind im quantitativen Paradigma nicht anders, wenngleich sie dort auf einer anderen Ebene liegen. Die quantitative Methodologie hat zwar die Chance, repräsentative Stichproben zu ziehen (wenn die Grundgesamtheit in irgendeiner Weise bestimmt und mindestens symbolisch präsent ist), doch liegen die Ausschöpfungsquoten der Erhebungen im Regelfall weit unter 100 Prozent. Ob auf der Basis solcher Ausfälle dann noch von Repräsentativität gesprochen werden kann und mithin Generalisierungen vorgenommen werden dürfen, kann mit Fug und Recht bezweifelt werden. Insoweit stehen sich qualitative und quantitative Sozialforschung hinsichtlich der Repräsentativitätsproblematik in nichts nach.

Aufgrund der relativ intimen und manchmal auch inquisitorischen (wenn sie auch nicht so wirken darf) Befragungssituation – denn der Befragte muß Aufzeichnungsmöglichkeiten zulassen, er stellt einen identifizierbaren Einzelfall dar (im Gegensatz zum quantitativen Interview, bei dem es letztlich nur auf die kumulierten Daten ankommt), er legt besonders weitgehend seine Persönlichkeit offen –, kommt es im qualitativen Interview besonders darauf an, *Vertraulichkeit und Anonymität* zuzusichern und eine *vertrauensvolle Atmosphäre* zu schaffen: Befragte dürfen bei der Analyse und schon gar nicht bei der Publikation mit ihrem Namen genannt, Orte nicht ohne Verschlüsselung angegeben werden etc. Solche Details sind für die Interviewsituation, wie aber auch für Interpretation und Publikation der Daten von erheblicher Bedeutung.

Die methodologischen Forderungen an die Interviewsituation implizieren im wesentlichen, daß man versucht, personale Kontakte, die bereits vor dem Interview existieren und von denen anzunehmen ist, daß sie auch weiterhin sozial relevant sein werden (etwa Freunde etc.), derart zu respektieren, daß solche Personen nicht als Befragte herangezogen werden. Zwar braucht der Befragte einem Freund oder Bekannten als Forscher gegenüber nur in einem weitaus geringeren Maße seine Deutungsmuster zu explizieren als bei einem Fremden, doch kann es durchaus sein, daß aufgrund der vorher existierenden personalen Relationen, die Offenheit der Situation nicht gewährleistet, der Befragte deshalb sehr gehemmt ist und nicht frei antwortet. Auch für die *Indexikalität* der Erzählungen und Berichte hat die Unbekanntheit von Interviewer und Befragtem einen in dieser Hinsicht erheblichen Vorteil.

Die Auswahl der zu Befragenden richtet sich nach folgenden Kriterien:

- Da es nicht um Repräsentativität sondern um *typische Fälle* geht, werden keine Zufallsstichproben gezogen. Man sucht sich nach seinen Erkenntnisinteressen einzelne Fälle für die Befragung aus: *theoretical sampling*.

- Da diese Suche interessengeleitet erfolgt, ist eine weitgehende *Selbstkontrolle des Forschers* insoweit erforderlich, als er vermeiden muß, durch seine (theoretischen) Vororientierungen eine *verzerrte, weil untypische, Auswahl* vorzunehmen.
- Die Befragten sollte *nicht* aus dem *Bekanntenkreis des Forschers* rekrutiert werden. Dies hätte zwar Vorteile, doch besteht die Gefahr mehrfacher Selektivität (nämlich in Auswahl und Interviewinhalt), die zu verzerrter Erkenntnis führt.
- Der Forscher sollte offen sein für von seinen Vorstellungen abweichende Fälle und die *Auswahl im Verlaufe des Forschungsprozesses evtl. sukzessive erweitern*.
- Zugleich soll der Forscher gegenüber den Inhalten offen sein und sein *Gedankenrepertoire* – wenn dies geboten erscheint – *im Verlaufe des Forschungsprozesses ergänzen*, also die inhaltliche Auswahl der Gegenstände erweitern.

3.6. Die Datenerhebung

Mit dem Einsatz wissenschaftlich-empirischer Methoden wird versucht, die Ungewißheit, die über den zu untersuchenden Objektbereich besteht, in eine tendenzielle Gewißheit zu verwandeln. Daß völlige Sicherheit nicht erreicht werden kann, hat wissenschaftstheoretische, methodologische und methodisch-technische Gründe: Meß- und Erhebungsfehler spielen ebenso eine Rolle wie die grundsätzliche Diskrepanz zwischen theoretischer Sprache, Beobachtungssprache und den realen Phänomenen. Trotz und innerhalb dieser Restriktion wird mit der *Datengewinnung* angestrebt, eine Reduktion der Unwissenheit zu erzielen. Unwissenheit kann sich dabei sowohl auf die Hypothesengenerierung beziehen (man kennt einen Objektbereich noch nicht) als auch auf die Hypothesenprüfung richten (man will eine Vermutung über den Objektbereich testen).

Mit der Datengewinnung zu diesem Zwecke sind zwei Einzelschritte verbunden, die beide erfüllt sein müssen, soll sie erfolgreich verlaufen: Zunächst muß die *Datenerhebung* in dem ausgewählten sozialen Feld erfolgen. Damit ist jener Prozeß des Messens (um in der quantitativen Methodologie zu bleiben, auch wenn der Begriff des Messens hier sehr extensiv gebraucht wird) der relevanten Sachverhalte gemeint, der durch die Anwendung eines Erhebungsinstruments auf die zu untersuchenden Phänomene entsteht. Das Erhebungsinstrument ist sozusagen die Meßlatte, die an den Gegenstand angelegt wird. Dieser Vorgang ist allerdings nicht zureichend: Es genügt eben in einem Interview nicht, Fragen zu stellen, die vom Befragten auch freundlich beantwortet werden, sondern diese Antworten müssen als Daten in irgendeiner Weise aufgezeichnet werden, weil sie sonst für die Auswertung verloren sind.

Bevor also mit der Auswertung begonnen werden kann, muß die *Datenerfassung* erfolgen. Im Beispiel der schriftlichen Befragung fallen zwar Datenerhebung und -erfassung zusammen, was aber nicht für jede Erhebungsmethode gelten muß und insbesondere für das qualitative Interview und die teilnehmende Beobachtung als Prototypen qualitativer Forschung nicht gilt. Da in der empirischen Sozialforschung das Vorgehen um der Wissenschaftlichkeit willen systematisch und in irgendeiner Weise intersubjektiv prüfbar sein muß, ist Datenerhebung ohne -erfassung auch bei nicht-standardisierten Erhebungsverfahren nicht vorstellbar. Selbst wenn man auf das Kriterium der intersubjektiven Nachprüfbarkeit verzichten wollte, bestünde die Gefahr – wenn die Datenerfassung fehlt –, daß der datenerhebende Forscher subjektiv-selektiv wahrnimmt und nicht alle Informationen im Gedächtnis behält. Er würde damit die Realität verzerrt wiedergeben, was seinen Intentionen nicht entsprechen kann.

Datenerfassung ist unverzichtbarer Bestandteil im Forschungsprozeß, um die Güte der Daten und Interpretationen zu sichern. Die jeweils angewandte Technik bei der Datenerhebung determiniert aber in unterschiedlicher Weise die Möglichkeit, die erhobenen Informationen als Daten adäquat zu erfassen. Für die qualitativen Interviews gilt es daher, die Datenerhebung und -erfassung darzustellen; dabei sind die methodologischen und die sich daraus ableitenden methodischen Prämissen und Kriterien zu berücksichtigen.

3.6.1. Datenerhebung und -erfassung

„Um wirklich gute Interviews zu bekommen, muß man ... in die Lebenswelt dieser betreffenden Menschen gehen und darf sie nicht in Situationen interviewen, die ihnen unangenehm oder fremd sind" (*Girtler* 1984, S.151). Dieses Prinzip hat im Rahmen der Datenerhebung viele methodische Gesichter: Zunächst verweist dies darauf, daß die Datenerhebung in einer Umgebung stattfinden soll, die dem Befragten vertraut, weil alltäglich ist. Sterile Institutsräume sind sicherlich ungeeignet, während je nach Befragungsperson und -gegenstand ein Gasthaus sehr passend sein kann. Weil für den Befragten die Interviewsituation ungewöhnlich ist, sollte die gewohnte Umgebung kompensierend wirken.

Durch die gewohnte Umgebung in Verbindung mit dem Befragungsthema, mit dem der Befragte ja sehr vertraut ist – sonst hätte man ihn nicht ausgewählt –, erfährt der Interviewpartner einen Expertenstatus, was ihm das Antworten sehr erleichtert. Die Datenerhebung fällt umso leichter, je eher der Interviewer dem Befragten suggerieren, besser jedoch glaubwürdig versichern, kann, daß er Experte und der Forscher auf *sein* Expertenwissen angewiesen ist. Dies verhilft dem Befragten zu einem höheren sozialen Status, der im Alltag gegenüber dem Forscher in der Regel nur inferior wäre.

Gelingt es, diesen Zustand in der subjektiven Perzeption herbeizuführen, dann führt dies auch dazu, daß sich Interviewer und Interviewter auf dieser Basis gegenseitig akzeptieren und anerkennen; die Interessen und Bedürfnisse sind reziprok und können befriedigt werden; beide „Parteien“ wollen – wenn auch aus unterschiedlichen Gründen – das Interview: der Befragte teilt sich mit, der Forscher erhebt Daten.

Die Gestaltung des Interviewverlaufs obliegt zwar dem Interviewenden (damit nicht ausufernd irgendwelche Dinge berichtet werden, die nicht im Kontext des Erkenntnisinteresses liegen), doch soll der Interviewte letztlich in diesem Rahmen den Gesprächsablauf gestalten, damit seine Auffassungen, Interessen und Relevanzsysteme zum Tragen kommen. Nur wenn er das Gefühl hat, daß er nicht inquisitorisch ausgefragt wird und daß er nur das berichtet, was er berichten will und daß er über den Gesprächsablauf entscheidet, wird eine Datenerhebung als zuverlässige und gültige möglich sein.

Das bedeutet auch, daß sich der Forscher als Interviewer zurückhalten und anpassen muß. Die Neugierde, theoretische Fragestellungen zu beantworten, darf nicht dominant werden. Der Interviewer paßt sich den Denkstrukturen und dem Sprachvermögen des Befragten an. Jede Fremddetermination wäre nicht nur behindernd sondern schädlich. Der Befragte gestaltet inhaltlich und sprachlich; letzteres insbesondere deshalb, weil er sein Sprachvermögen nicht kurzfristig nach oben verändern kann. Obgleich er inhaltlich sicher flexibler ist, soll er nicht seine Flexibilität unter Beweis stellen, sondern seine wichtigen und ihn tangierenden Gesichtspunkte darstellen.

Manchmal wird er dies deswegen nicht tun können, weil für ihn viele Dinge so selbstverständlich sind, daß er gar nicht auf die Idee kommt, sie zu berichten. Dann obliegt es dem Interviewer, gerade die Selbstverständlichkeiten anzusprechen, zu aktivieren und zu motivieren, insbesondere auch, diese zu berichten. Die kulturelle Befangenheit von Interviewer und Interviewtem verhindert dies manchmal. Der Interviewer muß deshalb seine Befangenheit reflektieren und kritisch sehen, um den Befragten zum Bericht seiner kulturellen Selbstverständlichkeiten zu bringen, die Daten zu produzieren.

Hierzu kann es hilfreich sein, etwas zu tun, was in der quantitativen Methodologie absolut abgelehnt wird, nämlich suggestiv zu wirken. Manchmal kann man nur durch suggestive Fragestellung bewirken, daß Dinge offenbart werden, an die der Befragte, weil sie eben für ihn selbstverständlich sind, nicht denkt. Suggestion darf keine Verzerrung (also eine andere Antwort, als sie ohne diese spezifische Fragestellung gegeben worden wäre) provozieren, sondern sie soll nur dazu anhalten, auch solche Sachverhalte zu berichten, die zunächst nicht berichtenswert erscheinen oder die aus irgendwelchen anderen Gründen noch nicht benannt worden sind.

Dies kann aber nur dann gelingen, wenn die Atmosphäre in der Befragungssituation so permissiv und tolerant wirkt, daß negative Sanktionen weder unmittelbar noch später zu erwarten sind. Alles muß gefahrlos möglich sein! Nur so erhält man „wahre“ Antworten, nur so ist sinnvolle Datenerhebung in einem technischen Sinne möglich.

Diese spezifischen Bedingungen bei der Datenerhebung im qualitativen Interview werden häufig dadurch torpediert, daß mit der Datenerhebung die Datenerfassung erfolgt. Bei qualitativen Interviews kann auf eine adäquate Datenerfassung nicht verzichtet werden. Dies bedeutet, da man solche Interviews nicht von einem Stenographen mitschreiben lassen kann, daß mindestens ein Tonbandgerät, noch besser eine Videokamera, mitläuft und den Ablauf aufzeichnet. Dies scheint zunächst einmal schwierig, weil es der Alltagssituation widerspricht. In der Tat stellt man immer wieder fest, daß die Befragten zu Beginn des Gesprächs durch die technischen Aufzeichnungsgeräte gehemmt sind; oft bedarf es auch einiger Anstrengung, sie davon zu überzeugen, daß das Aufzeichnungsgerät notwendig und für sie völlig gefahrlos ist. Alle Erfahrung spricht aber dafür, daß nach der Anlaufphase diese technischen Hilfsmittel vergessen werden und das Gespräch einen ganz normalen Verlauf nimmt.

Es versteht sich von selbst, daß man den Befragten, um diesen Problemen aus dem Wege zu gehen, nicht täuschen darf. Selbstverständlich wird sein Einverständnis zur Aufzeichnung eingeholt und ebenso selbstverständlich wird ihm die Anonymisierung zugesagt und eingehalten. Es gilt als Regel, daß dann die Aufzeichnung der Daten sich völlig unproblematisch gestaltet, wenn die Geräte entsprechend klein und unauffällig sind. Je weniger sie auffallen und während des Gesprächs bewußt werden, desto eher tritt im Interview das Gefühl einer Alltagssituation auf, was den Informationsfluß und die Datenerhebung nur fördert.

Für die Auswertung ist es sicher hilfreich, wenn neben dem Ton auch das Bild verfügbar ist, um extraverbale Kommunikationsinhalte (Gestik, Mimik, Motorik, Richtung der Kommunikation etc.) in die Interpretation einbeziehen zu können. Allerdings erhöht sich bei Videoaufzeichnungen die Gefahr der Denaturierung der Alltagssituation und/oder der überzogenen Selbstdarstellung. Wo diese Gefahr als gering eingeschätzt wird, sollte nicht auf diese vorzügliche Möglichkeit multipler Datenerfassung verzichtet werden.

Daß die so erfaßten Daten wieder auf ein Transkript reduziert werden müssen, ist zwar schade, doch ist das Transkript schon erheblich mehr als die eher intuitive Interpretation des Forschers: schließlich ermöglicht es den kritischen Nachvollzug des Interviews und der Interpretationen. Zudem könnte das Videoband bei Verdacht auf unzuverlässige und ungültige Daten und Interpretationen eingesehen werden. Allein das Angebot einer Kontrolle der Interpretationen durch den im Interview produzierten und transkribierten Text, gibt ein erhöhtes Maß an methodischer Sicherheit. Dies ist auch erforderlich, um den Vorwürfen von quantitativ-methodologischer Seite zu entgehen, die auf Beliebigkeit und Subjektivität der Interpretation und des Gesprächsverlaufs im qualitativen Interview hinauslaufen.

Nach dem eigentlichen Interview, d. h. nachdem das Aufnahmegerät ausgeschaltet ist, entspannen sich oft kurze Unterhaltungen, in denen der Befragte, jetzt quasi richtig privat, seinerseits Fragen stellt. Relevante Äußerungen dieses Nachgesprächs werden ebenfalls notiert und in die spätere Interpretation mit einbezogen. Neben dem rein technischen Aspekt, noch zusätzliche, für den Befragten quasi halb informelle, Aussagen zu erlangen, ist diese Form des besonderen Umgangs mit dem Befragten auch Teil des wissenschaftstheoretischen Verständnisses einer qualitativen Vorgehensweise.

Einer der grundlegenden Vorzüge qualitativer Interviews liegt in der Möglichkeit, zusätzliche Informationen in die Interpretation mit einzubeziehen. Dies können Informationen zum Befragten und seiner Situation sein, aber auch Eindrücke des Interviewers oder sonstige Besonderheiten des Gesprächs (z. B. Störungen). Der dadurch steigende Gehalt an Information und die breitere Ausgangsbasis des Erklärungsansatzes, kommen direkt der Auswertung zugute. So sind Datum und Wohnort sicher nicht die aussagekräftigsten Faktoren; man kann sie gleichwohl, wenn sie wegen irgendwelcher, damit assoziierter, äußerer Ereignisse von Bedeutung sind, aufnehmen. So ist es für die Interpretation nicht unwichtig, ob der Interviewte in der Großstadt oder auf dem „flachen Land" lebt.

Zum Zwecke des Informationsgewinns kann kurz nach Durchführung des Interviews ein sog. *Postskriptum* angefertigt werden, das die im Interview selbst nicht zum Ausdruck kommenden, für die Interpretation vielleicht wichtigen, Aspekte enthält; exemplarisch seien einige solcher Punkte genannt:

- Eine kurze Beschreibung (in groben Zügen) des Wohnumfeldes und der Wohnlage kann hilfreich sein. Beide sind sicher nicht ohne Einfluß auf das Verhalten. So dürfte es einen Unterschied machen, ob der Befragte im Zentrum einer Großstadt (mit der entsprechenden Infrastruktur und großem kulturellem Angebot) oder im ländlichen Raum wohnt. Ebenso bestimmt die nähere Wohnumgebung die Wahrnehmung und Bewertung gesellschaftspolitischer Aspekte und die Sensitivität gegenüber sozialen Verhältnissen und Phänomenen.

- Die Wohnung des Gesprächspartners ist dem Befragten natürlich nur zum Teil zugänglich. Hier wird z. B. angestrebt, die ‚Ausstrahlung' oder Atmosphäre der Wohnung zu vermitteln. Dieser Versuch muß sich zwar im allgemeinen auf den Wohnungflur und das Zimmer, in dem das Gespräch stattfand, beschränken, doch schon die Wahl des Raumes (Büro, Wohnzimmer oder Küche) durch den Befragten stellt schon ein erstes (bescheidenes) ‚Ergebnis' dar. Dementsprechend können die prägnantesten Eindrücke nur plakativ wiedergegeben werden. Vor allem Größenangaben bleiben naturgemäß vage. Trotzdem runden auch diese Eindrücke, die sich automatisch auf das „Augenscheinliche" und in diesem Sinne Wesentliche konzentrieren, das Erscheinungsbild zusätzlich ab (vgl. *Pappi/Pappi* 1978).

- Zusätzliche Angaben zum Befragten können sich auf prägnante Charakterzüge, die Reaktionen und Dispositionen, beispielsweise Nervosität, Konzentrationsmängel, Langeweile, Beflissenheit und andere äußerliche Kennzeichen des Gesprächspartners zur Befragungssituation und gegenüber dem Interviewer beschränken. In der Auswertungsphase können diese Informationen genutzt und um weitere wichtige, sich aus der Interpretation ergebende Elemente ergänzt werden.

- Besonderheiten der äußeren Situation, z. B. Störungen des Gesprächs, die Anwesenheit Dritter etc., werden ebenfalls unmittelbar im Anschluß an das

Gespräch notiert. Evtl. werden auch Einzelheiten festgehalten, die vom Befragten erst nach Beendigung des ‚offiziellen' Gesprächs geäußert werden.

Zusammenfassend ist festzustellen, daß diese zusätzlichen „Schlaglichter" wertvolle ergänzende, bestärkende oder relativierende Stimmungen, Bilder und Informationen liefern, die den Interpretationen der einzelnen Interviews manchmal erst ihre Gültigkeit verleihen. Solche Zusatzinformationen ermöglichen zusammen mit vielleicht erhobenen sozialstatistischen Daten und dem eigentlichen Interview die realitätsgerechte und lebensweltlich angemessene Verortung des Befragten. Vor allen Dingen machen sie die subjektive Betroffenheit des Gesprächspartners und seine individuelle Umsetzung der objektiven Daten verständlich und nachvollziehbar.

Auch kann der Forscher durch die Zusatzinformationen inhaltlich und/oder akustisch unklare Textstellen besser verstehen, wie er evtl. übertriebene und einseitige Aussagen innerhalb des so entstandenen Kontextes relativieren kann. Nicht zuletzt bei Fragen der Glaubwürdigkeit der Aussagen bzw. der Beurteilung der Offenheit des Gesprächspartners bietet die Gesamtheit der zusätzlich erhobenen Informationen wichtige Hilfen. Werden diese Zusatzinformationen auch dem Leser – in welcher Form auch immer – zugänglich gemacht, so erleichtern sie auf alle Fälle den authentischen Nachvollzug des Falles und seiner Interpretation.

Zur Datenerhebung und -erfassung bei qualitativen Interviews sollte abschließend als wesentlich festgehalten werden:

- Zur Datengewinnung gehören *Datenerhebung* und *Datenerfassung*. Ohne Datenerfassung ist gerade das qualitative Interview methodisch umstritten.
- Die Datenerfassung soll auf *Tonband* und besser *Videoband* erfolgen, damit der *Ablauf des Interviews* und die *Interpretation* des Gesagten kontrolliert werden können.
- Die zu Befragenden sind darum zu bitten, *Aufzeichnungsgeräte* zuzulassen, wobei diese möglichst diskret und dezent im Hintergrund bleiben sollen, um die *Natürlichkeit der Situation nicht zu stören*.
- Das Interview soll in der *gewohnten Umgebung* des Befragten stattfinden, um künstliche Situationen und damit Artefakte zu vermeiden.
- Die Datenerhebung soll so erfolgen, daß der Interviewer *interessierter und engagierter Zuhörer* bei den Ausführungen des Befragten ist, der sich als *Experte* fühlen soll.
- Die Natürlichkeit der Situation gilt auch für die Sprache: *die Sprache des Befragten* ist die Verständigungsbasis.
- Die Datenerhebung ist nur dann zuverlässig und gültig, wenn die *Atmosphäre tolerant, permissiv und sanktionsfrei* ist.
- *Wichtige Zusatzinformationen* zum Interview sind *in einem Postskriptum zu notieren* und in die Interpretation einzubeziehen.

- Solche Zusatzinformationen sind vor allem:
  - Wohnort, Wohnumfeld, Wohnlage
  - die Wohnung des Befragten
  - Angaben zum Befragten, die nicht dem Interview zu entnehmen sind (Persönlichkeit und Verhalten)
  - Besonderheiten der Interviewsituation.

3.6.2. Audiovisuell unterstützte Datenaufzeichnung

Gleichgültig, ob es sich um narrative Interviews, Gruppendiskussionsverfahren, etc. handelt, bei allen Methoden erweist es sich für die Dokumentation und Interpretation als ausgesprochen funktional, auf moderne Geräte der Datenaufzeichnung zurückzugreifen: Die Vorteile audiovisueller Datenaufzeichnung liegen auf der Hand:

- Die Datenerfassung erfolgt ganzheitlich ohne Reduktion auf verbale Äußerungen.
- Die aufgezeichneten Informationen können beliebig reproduziert werden.
- Für Auswertung und Analyse ist eine weitestgehend umfassende und genaue Wiedergabe der Daten verfügbar.
- Aufmerksamkeitsschwankungen können durch die Wiederholbarkeit kompensiert werden.
- Nonverbale Elemente können zur bestätigenden, relativierenden oder korrigierenden Interpretation der verbalen Aussagen herangezogen werden.
- Durch technische Manipulationen können Details im nonverbalen Bereich herauspräpariert werden (Zeitlupe, Zeitraffer, Zoom, Einzelbild, etc.).

Der Sozialforscher, der seine Daten auf Video aufzeichnet, muß jedoch damit rechnen, daß sich das Verhalten der Beobachteten von dem alltäglichen „normalen“ Verhalten in der gleichen Situation ohne Kamera unterscheidet. (Eine versteckte Kamera ist aus ethischen Gründen und nach den Prinzipien der qualitativen Sozialforschung unangebracht.) Dieses grundsätzliche Argument wird allerdings durch die Praxis relativiert: Benutzt man lichtstarke Kameras, die ohne Scheinwerfer aufnehmen können und die zugleich klein und kompakt sind, mit entsprechend guten Mikrophonen, so lehrt die Erfahrung, daß nach anfänglicher Zurückhaltung und Nervosität, schon nach wenigen Minuten die Kamera und die Aufzeichnung völlig in Vergessenheit geraten. Die Situation ist zwar dann immer noch nicht alltäglich, aber eine „normale“ Forschungssituation.

Trotz dieser positiven Erfahrung gilt aber, daß Aufzeichnungsgeräte sehr wohl in der Lage sind, Veränderungen herbeizuführen: Das Bewußtsein, in Bild und Ton festgehalten zu werden, stellt für die meisten Menschen eine außergewöhnliche, „unnatürliche“ Situation dar. (Zunehmend wird zukünftig allerdings davon ausgegangen werden können, daß immer mehr Menschen auch im alltäglich-privaten

Bereich Videoerfahrungen haben werden.) Allerdings gibt es auch ohne technische Hilfsmittel schon in der Situation der Beobachtung Wirkungen des Beobachtens, die unter den Begriff der *Reaktivität* subsumiert werden. Treten solche Effekte auf, so kann es situations- und personenabhängig zu folgenden unbeabsichtigten oder auch intendierten Wirkungen bei Videoaufnahmen kommen (vergleiche *Mittenecker* 1987, S. 24f.):

1. Ein Verhalten im Sinne der *social desirability* wird häufiger gezeigt oder berichtet werden.
2. Es ist mit weniger bzw. gehemmteren verbalen und nonverbalen Aussagen zu rechnen.
3. Aufgrund von Nervosität wird es zu mehr Verlegenheitsgesten, Modulationen der Stimmerkmale im Ablauf des Sprechens kommen.

Um diese – auch in qualitativer Sozialforschung nicht erwünschten – Nebeneffekte zu minimieren, können folgende Strategien angewendet werden:

1. Schon zu Beginn der die Datenerhebung vorbereitenden Gespräche soll über das Ziel der Aufnahme, der Untersuchung und über die Nebeneffekte frei und offen gesprochen werden.
2. Dem Gesprächsteilnehmer wird das Aufnahmegerät gezeigt, erklärt, seine Funktion benannt und vielleicht probeweise überlassen, um die Scheu davor abzubauen.
3. Evtl. ist eine Vorlaufphase der Aufnahme vorzusehen und/oder die erste Aufnahmephase wird als besondere Eingewöhnungszeit betrachtet, also in der Auswertung nur begrenzt oder gar nicht berücksichtigt.
4. Optische und akustische Reize, die von den Aufnahmegeräten ausgehen, sollten weitestmöglich verringert werden.
5. Die Gesprächssituation sollte trotz und wegen der Aufnahmegeräte durch den Forscher so gestaltet werden, daß die technischen Hilfsmittel in Vergessenheit geraten. Dies gelingt am ehesten, wenn aktives Zuhören und Bestätigen des Gesprächspartners so dominant werden, daß die Aufzeichnung zu einem peripheren Phänomen wird.

Die Aufzeichnung von Informationen, die auf der Basis qualitativer Methoden gewonnen wurden, auf ein Videoband, eröffnet dem Forscher – neben der möglichst genauen und reproduzierbaren Wiedergabe durch die zugrundeliegende Technik – völlig neue *Möglichkeiten der Auswertung und Aufbereitung* (vgl. *Ellgring* 1991, S. 205f.):

1. Das nonverbale Verhalten kann zu einer bestärkenden, modifizierenden oder korrigierenden Interpretation herangezogen werden.

Beispiel:
Das Videoband wird ohne bzw. nur mit sehr leisem Ton abgespielt und die Gesten („winkt ab"), Körperhaltungen („lehnt sich entspannt zurück") und die Mimik („blickt fragend") werden interpretiert. Diese Interpretation kann dann mit dem verbalen Ausdruck in Beziehung gesetzt werden.

2. Durch Zeitlupe und Zeitraffer können Verhaltensänderungen der Teilnehmer der Wahrnehmungsfähigkeit angepaßt werden.

Beispiel:
Mit einem Zeitrafferdurchlauf kann die Beziehung der Körperhaltung und -position von zwei Personen zueinander verdeutlicht werden. Mit der Zeitlupe können kleine schnelle Gesten und mimische Ausdrücke hervorgehoben werden.

3. Durch Vido-Editing können bestimmte Sequenzen nach verschiedenen Kriterien zusammengeschnitten werden, um bestimmte Aspekte hervorzuheben. Dabei ist evtl. daran zu denken, die betroffene Person um die Zustimmung zu dieser spezifischen Form der Bearbeitung zu bitten.

Beispiel:
Gleichartige nonverbale Ausdrücke werden zusammengestellt, um sie mit den gleichzeitigen verbalen Aussagen zu vergleichen.

Wer mit einer Videokamera arbeitet, darf sich also über eine Fülle von Erleichterungen und eine optimale Wiedergabe der Daten freuen, doch er sollte sich auch über die ethischen Probleme von Aufzeichnung und Verwertung sowie über mögliche und ungewollte verfälschende Effekte im Verhalten der aufgezeichneten Person im klaren sein.

Die audiovisuelle Erfassung von Informationen, die mit Hilfe qualitativer Methoden gewonnen wurden, bieten qualitativ und quantitativ weitaus mehr Vor- als Nachteile:

- Die Datenerfassung wird dokumentiert und kann daher gut kontrolliert werden.
- Die Interpretation wird abgesicherter durch Berücksichtigung verbaler und nonverbaler Äußerungen.
- Technische Manipulationen eröffnen weitergehende Erkenntnisse im Rahmen der Auswertung.
- Verfälschungen im Sinne einer ungewollten „Reaktivität" können nicht grundsätzlich ausgeschlossen, aber im Regelfall durch entsprechende Maßnahmen kompensiert werden.

3.7. Die Interviewsituation

Wegen der methodologischen Basis qualitativer Sozialforschung – gerade auch im Gegensatz zur quantitativen Methodologie – ist davon auszugehen, daß die verschiedenen Formen qualitativer Interviews sich aber gemeinsam dadurch auszeichnen, daß sie den Versuch machen, sich weitestgehend an Alltagssituationen anzulehnen. Wenn die Feststellung und Beschreibung der Zusammenhänge sozialer Realität über die Erfassung der Bedeutungszuschreibungen von Handlungen und Sinngebungen von Zusammenhängen durch die zu Befragenden erfolgen soll, die die zugrundeliegenden Alltagssituationen erlebt und erfahren haben und deren Deutungsmuster relevant sein sollen, so wird deutlich, wie wichtig das Alltagskonzept im Bereich der qualitativen Sozialforschung ist.

Wenn die Lebensnähe für qualitative Interviews von entscheidender Bedeutung ist, so sollten entsprechende Interviews auch in der *natürlichen Feldsituation* durchgeführt werden. Mithin sind an den Ort der Befragung ähnliche Bedingungen zu stellen, wie sie im Alltag des sozialen Feldes, dem der Befragte angehört, gegeben sind. Probleme, wie sie bei der quantitativen Sozialforschung diskutiert werden (etwa Ausschluß von Dritten beim Interview etc.) spielen deshalb im qualitativen Bereich eine untergeordnete Rolle, soweit nicht die Prinzipien der Vertraulichkeit und des Ausschlusses einer negativen Sanktionierung verletzt werden.

„Die Bedeutungsstrukturierung sozialen Handelns wird zum theoretischen Ausgangspunkt, wie auch zum methodologischen Leitfaden für Sozialforschung erklärt" (*Hoffmann-Riem* 1980, S.342). Damit eben der Interviewte in der Interviewsituation die gleichen Bedeutungsstrukturierungen zu dem in Frage stehenden Teilbereich sozialer Wirklichkeit (nämlich dem Gegenstand des Interviews) vornimmt, die er auch im Alltag gebraucht, müßte man daraus ableiten, daß *die Interviewsituation einer Alltagssituation gleichen sollte*. Dies ist allerdings nur sehr bedingt der Fall.

Auf ähnlicher Ebene liegt das Problem, das dann entsteht, wenn Mitglieder unterschiedlicher kultureller Subgruppen mit verschiedenen Sprachcodes in einer Studie befragt werden sollen. Hier könnte das Prinzip der Kommunikativität allzu leicht verletzt werden, wenn etwa eine vom Forscher einheitlich für alle Befragten gleich formulierte erzählgenerierende Stimulusfrage von den, verschiedenen Subgruppen angehörenden, Befragten unterschiedlich interpretiert werden. Es ist deshalb wichtig, das in der Frage verwendete Vokabular an die jeweiligen Sprachstile der Betroffenen anzupassen und dennoch Bedeutungsäquivalenz herzustellen.

Auch deshalb sind die Fragen nicht vorformuliert: sie werden spontan und unter Berücksichtigung des Sprachniveaus des Gegenübers und in Anknüpfung an den jeweiligen Gesprächsverlauf gestellt. Der Befragte wird möglichst nicht im Redefluß unterbrochen, Unklarheiten oder Widersprüche können durch Nachfragen aufgeklärt werden. Der Befragte wird immer wieder dazu angehalten, einzelne Aspekte genauer oder näher zu erklären, wobei vor allem darauf hingewiesen wird, daß seine persönlichen Ansichten interessieren. So wird er zum geschätzten „Experten". Fragen und Nachfragen werden so gestellt, daß es dem Befragten erschwert wird, sich einer mutmaßlichen Überzeugung des Interviewers anzuschließen, und der Befragte die Sachverhalte möglichst selbst schildern muß und nicht einfach mit „Ja" oder „Nein" beantworten kann. Die Fragen an den Gesprächspartner werden gänzlich offen formuliert, mindestens aber durch ein „oder" am Satzende relativierend in Frage gestellt.

Nach einzelnen Antworten des Befragten werden dessen Aussagen evtl. zusammengefaßt und ihm in Frageform als explizite Interpretation zurückgegeben (z.B. „Habe ich Sie jetzt richtig verstanden, daß ...“; „Heißt das, daß ...“). Dies regt den Gesprächspartner zu weiteren Angaben an und verhindert darüber hinaus Fehlinterpretationen in der späteren Auswertung. Nicht zuletzt kann der Interviewer so seine Einschätzung des Befragten reflektieren.

Ein erfahrungsgemäß beliebtes – und im übrigen völlig unerforschtes – Spiel vieler Befragter ist es, unvermittelt den „Spieß umzudrehen“ und den Befrager zu befragen. Der Zweck dieser Gegenfragen liegt wohl darin, den Standpunkt des Interviewers zu bestimmen und dessen Kompetenz zu hinterfragen oder sich der Richtigkeit der eigenen Position zu versichern. Schließlich kann der Interviewer im Extremfall auch dazu gebracht werden, seine eigenen Fragen zu beantworten. Aspekte, die dem Befragten offensichtlich unangenehm sind, aber auch Aussagen, die dem Interviewer unwahrscheinlich erscheinen oder aus anderen Gründen in ihrer Beantwortung – auch auf Nachfrage – unbefriedigend bleiben, werden vorerst fallen gelassen, um in einer späteren Phase des Gesprächs in anderer Form wieder in die Unterhaltung eingeflochten zu werden, soweit dies notwendig erscheint.

Die Verwendung sozialwissenschaftlicher Terminologie oder allgemein wissenschaftlicher Begriffe muß im qualitativen Interview vermieden werden, damit einerseits keine Prädetermination durch den Forscher erfolgt und andererseits alltägliches Verstehen möglich wird. Wissenschaftliche Begriffe schaffen nur Unklarheiten über den Gegenstand und bedürfen weitgehender Erläuterung, was die Interviewsituation nur belasten würde. Vielmehr muß der Forscher „das kommunikative Regelsystem des Forschungssubjekts in Geltung belassen“ (*Hoffmann-Riem* 1980, S.347), damit der Interviewte seine Bedeutungsstrukturierungen von Realität in der Alltagssprache darstellen kann. Sprache und Begriffe müssen „sich an die im Forschungsprozeß vorgängigen Regeln alltagssprachlicher Kommunikation anpassen“ (*Schütze* u.a. 1981, S.434). Insofern ist die Interviewsituation an die Alltagssituation anzugleichen. Ob dies allerdings immer gelingt, kann bezweifelt werden.

Eine weitere Analogie zur Alltagssituation ergibt sich im qualitativen Interview dadurch, daß im Stil des Interviews versucht wird, eine akzeptable Atmosphäre herzustellen (weicher bis neutraler Stil), die schon zu Beginn des Interviews „ausgehandelt“ wird und bis zu dessen Ende durchgehalten werden sollte. Nur unter dieser Voraussetzung ist die Atmosphäre so offen und gelockert, daß Abbrüche ausgeschlossen werden können. So ist der zu Befragende vor Beginn des Interviews darüber aufzuklären, was auf ihn zukommt, damit er *auf der Basis zureichender Information* (informed consent) sein *Einverständnis zur Befragung* geben kann. Zwar wird eine solche Einverständniserklärung im Alltag nicht in dieser formellen Weise wie im Vorgespräch zum Interview gegeben, doch erfolgen Alltagsinteraktionen schon auf der Basis informeller Absprachen und konsensuell.

Andererseits kann mit einer nicht geringen Berechtigung auch von einem qualitativen Sozialforscher der Standpunkt vertreten werden, daß die zu Befragenden eben nicht (oder nicht umfassend und vollständig) über Sinn und Zweck der wissenschaftlichen Untersuchung aufgeklärt werden. Die Gefahr des *Rosenthal-Effekts* und von *self-fulfilling prophecies* (self-destroying prophecies natürlich ebenso) ist auch bei qualitativem Vorgehen nicht auszuschließen. Begründete Befunde wären demnach (in Abhängigkeit vom Gegenstand) deshalb evtl. nur dann zu erzielen, wenn der wahre Untersuchungszweck kaschiert würde.

Weiter muß berücksichtigt werden, daß auch die Situation eines qualitativen Interviews ungewöhnlich und nicht alltäglich ist. Wird im Interview etwa ein neutraler Interviewstil gewählt (wie das bei den meisten qualitativen und quantitativen Interviews der Fall ist), so handelt es sich um eine relativ distanzierte und temporäre soziale Beziehung zwischen den Interviewpartnern (vgl. *Koolwijk* 1974, S.17). Die von den Gesprächspartnern praktizierten Rollen – die in der Regel beim qualitativen Interview über eine nicht unerhebliche Zeitspanne aufrechterhalten werden – sind eben andere als die des Alltags.

Kompliziert wird die Situation dadurch, daß eben sehr weitgehende Informationen geliefert werden, die alltäglich gegenüber Fremden nicht in jedem Falle gegeben würden. Dem zu Befragenden ist in der Interviewsituation klarzumachen, daß soziale Konsequenzen im Sinne einer *negativen Sanktionierung von Antworten*, die der Befragte gibt, *absolut ausgeschlossen sind*. Dies ist ein weiteres Argument dafür, daß Interviewer und Befragter in einem relativ distanzierten, nämlich unbekannten Verhältnis zueinander stehen sollten. Dies impliziert auch, daß der Interviewer im Gegensatz zur Alltagskommunikation negativ wertende Stellungnahmen unterläßt und nur insoweit positive abgibt, als es dem weiteren Gesprächsverlauf dienlich und methodologisch verantwortbar ist.

Offenkundig ist aber auch das qualitative Interview insoweit keine Alltagssituation, als es sich um eine *asymmetrische Interaktionsbeziehung* zwischen den beiden Partnern handelt. Der Interviewer ist während des Interviews eher passiv, wenngleich er versucht, den zu Befragenden zu weiteren Äußerungen zu motivieren. Er selbst erzählt keine eigenen Erfahrungen (außer einleitend, um zu dokumentieren, daß der Gesprächspartner ebenfalls gefahr- und sanktionslos berichten kann), gibt keine Stellungnahmen und Äußerungen ab und hält sich mit Kritik an den Ausführungen des Befragten zurück. Er stellt im wesentlichen nur Fragen bzw. macht solche Bemerkungen, die dem Befragten zeigen, daß seine Antworten verstanden wurden und daß Interesse an den Äußerungen des Befragten besteht. Dies stimuliert weitere Erzählungen und hält den Redefluß des Befragten aufrecht.

Gerade die wissenschaftlichen und pragmatischen Absichten qualitativer Forschung erfordern häufig Solidarisierungen, die seitens des Interviewers nicht nur für die Dauer des Interviews gespielt werden dürfen; vielmehr – und dies ist eher die Regel als die Ausnahme – wirken die eingegangenen sozialen Beziehungen über die Interviewsituation hinaus und können durchaus belastend werden:

Beispiel:
Roland *Girtler* hat in seinem Buch „Der Adler und die drei Punkte" (1983) die Lebensgeschichte eines Wiener Kriminellen beeindruckend geschildert. Es wäre unfair gewesen, den Informanten – nachdem das wissenschaftliche Interesse befriedigt war – mit seinen Problemen allein zu lassen, ihn also nur als Datenlieferanten zu begreifen. Wie ich aus persönlichen

Berichten allerdings weiß, hat die ehrlich-bemühte Aufrechterhaltung der sozialen Beziehung *Girtler* privat und beruflich nicht unerhebliche Schwierigkeiten bereitet.

Im Gegensatz zum standardisierten Interview, bei dem ja der Interviewer seine Fragen vom Fragebogen abliest und die Antworten kommentarlos zu Protokoll genommen werden müssen, gibt der Interviewer im qualitativen Interview immer wieder zu erkennen, daß er *interessierter Zuhörer* ist. Allerdings kann er aus forschungstaktischen Gründen – etwa bei Stockungen oder bei emotionalen Vorbehalten des Befragten – eigene Erlebnisse andeutungsweise einbringen. Der Befragte hingegen ist gehalten, einen Großteil der Gesprächsführung zu übernehmen. Er muß sich sogar mit Themen befassen und auseinandersetzen, mit denen er sich lange Zeit nicht in dieser Weise beschäftigt hat. Das ist für Alltagssituationen ungewöhnlich: Fast immer reden alle Beteiligten mehr oder weniger durcheinander, gehen aufeinander ein, reden aneinander vorbei, unterbrechen sich, äußern Unmut, springen von Thema zu Thema usw., während im wesentlichen auch das qualitative Interview in der Rollenverteilung so ist, daß einer fragt und einer antwortet.

Auf seiten des Befragten macht diese Asymmetrie beim qualitativen Interview weit weniger aus als im quantitativen: Durch die weitestgehende Standardisierung erhält dort der Befragte den Eindruck, daß unabhängig von seinen gegebenen Antworten immer wieder irgendwelche Fragen gestellt werden, während beim qualitativen Interview „der rote Faden" vom Befragten geschaffen wird. Er hat also das Gefühl, trotz der asymmetrischen Situation, daß er persönlich das Interview strukturiert und determiniert, daß seine Relevanzstrukturen von Bedeutung und daß „irrationale" Sprünge ausgeschlossen sind. Hat nämlich der Interviewer ein angenehmes Klima geschaffen, so hat der Befragte im Regelfall keinerlei Bedenken, auf seinem Sprachniveau längere Zeit über sich und seine Erfahrungen zu berichten oder zu erzählen.

Für den Befragten ist diese außergewöhnliche Situation unter Umständen sogar angenehm, weil er ohne Unterbrechung in seinen eigenen Formulierungen sprechen kann und sich durch das interessierte Zuhören verstanden fühlt. Auf seiten des Interviewers können evtl. dann Probleme auftauchen, wenn dieser sich nicht in seinem Mitteilungsbedürfnis zurückhalten kann. Er muß sich auf die Einhaltung der methodologischen Forderung in der nicht alltäglichen Kommunikationssituation konzentrieren, damit seine Äußerungen nicht störend auf den Befragten wirken.

Asymmetrisch und außergewöhnlich ist die Interviewsituation „auch insofern, als der Interviewte von ‚innen' nach ‚außen' blickt, d. h. einen subjektiven Bezugsrahmen benutzt, während der Interviewer angehalten ist, von ‚außen' nach ‚innen' zu blicken" (*Scheuch* 1967, S.138), also nicht den wissenschaftlichen und auch nicht seinen alltäglichen, sondern den Bezugsrahmen des Interviewten benutzen muß.

Die Situation qualitativer Interviews kann summarisch und knapp wie folgt charakterisiert werden:

- Der zu Interviewende ist über *Sinn, Zweck und Gegenstand des Interviews aufzuklären*, ohne jedoch damit eine Prädetermination des inhaltlichen Verlaufs des Gesprächs zu provozieren.
- Absolute *Vertraulichkeit und Anonymität* sind zuzusichern.
- Das Sprachniveau und -vermögen des Befragten sind entscheidend: wissenschaftliche Terminologie ist zu vermeiden. *Der Interviewer paßt sich an das alltägliche Sprachniveau des Befragten an.*
- Obgleich das Interview in einer *dem Alltag ähnlichen Situation* stattfinden soll, hat der Interviewer stets zu bedenken, daß es eben doch eine spezifische und relativ unübliche Situation ist, weil die *Asymmetrie zwischen den Interviewpartnern* nicht grundsätzlich aufgehoben ist.
- Auch der *Ort des Interviews sollte die Lebensnähe des Interviews* unterstützen und in einer dem Befragten natürlich und bekannt erscheinenden Umgebung liegen.
- Der Interviewer verhält sich *interessiert-zurückhaltend* und schafft eine *sanktionsfreie Situation*. In manchen Fällen sind *solidarisierende* Gesten hilfreich.
- Die *Gestaltung des inhaltlichen Interviewverlaufs* liegt nach den methodologischen Prinzipien *dominant in den Händen des Befragten*; seine Relevanzsysteme strukturieren Gegenstand und Ablauf.
- Alles Bemühen des Interviewers muß darauf gerichtet sein, die Asymmetrie in der Erhebungssituation durch Annäherung an die Alltäglichkeit tendenziell zu kompensieren.

3.8. Auswertung und Analyse qualitativer Interviewdaten

So wie die einzelnen Methoden qualitativer Interviews in differenzierender Weise sich dem qualitativen Paradigma verpflichtet fühlen und sich mehr oder weniger streng an die dort entwickelte Methodologie halten, so gibt es auch Unterschiede in den Vorgehensweisen bei der Auswertung solcher Interviews: Während die einen etwas näher beim quantitativen Paradigma liegen, betonen die anderen sehr extrem ihre qualitative Orientierung. Will man nur grob differenzieren, so kann man bei der Auswertung und Analyse von Interviews drei Formen extremtypisch gegenüberstellen:

1. die quantitativ-statistische,
2. die interpretativ-reduktive und
3. die interpretativ-explikative.

Die erste Form scheidet für qualitative Interviews aus methodologischen und pragmatischen Gründen aus, was aber kein Qualitätsurteil über die Methode an sich sein soll: Im Rahmen quantitativer Studien ist sie durchaus sinnvoll, um den Wust an Daten mit Informationsgewinn auf bestimmte Maßzahlen zu reduzieren.

Die gemäß der Methodologie qualitativer Forschung favorisierte und idealtypische Form der Auswertung und Analyse von durch qualitative Interviews produzierten Texten ist die interpretativ-explikative, die allerdings – um Wiederholungen zu vermeiden – im Kapitel zur Inhaltsanalyse dargestellt wird.

Die Möglichkeiten der Auswertung des Materials aus qualitativen Interviews sind so vielfältig wie die Typen der Interviews selbst. Es wird deshalb hier versucht – ohne auf Spezialformen der Auswertung einzugehen, die an diversen anderen Stellen behandelt werden –, eine allgemeine Handlungsanweisung für die Auswertung zu formulieren, die eine generelle Struktur vorzeichnet, aber gleichwohl offen für gegenstandsadäquate Modifikationen ist. Die eher pragmatisch gehaltenen Auswertungsschritte lassen sich vier groben Phasen zuordnen:

Phase 1: Die Transkription

Diese erste Phase ist eine eher technische, die allerdings notwendige Voraussetzung für die weiteren Analyseschritte ist. Sie ist relativ zeitaufwendig und sollte in ihrer Problemhaftigkeit nicht unterschätzt werden.

1. Das zumeist sehr *umfangreiche Material*, das im Original auf einem Datenträger (Tonband oder Videoband) vorliegt, wird von einer Schreibkraft *in eine lesbare Form gebracht*, indem sie das Interview abtippt. Da es sich dabei nicht um ein „Diktat", sondern um ein Alltagsgespräch handelt, ist es relativ schwer, das Gehörte situations- und inhaltsgetreu zu Papier zu bringen. Es gehört deshalb schon Geschick und Erfahrung dazu.
2. Da nicht nur die gesprochenen Sätze transkribiert werden, müssen selbstverständlich *Regeln für die Behandlung nonverbaler Aspekte* des Gesprächs für kürzere und längere Pausen, Lachen, Räuspern, Unterbrechungen und ähnliches ausgearbeitet werden. Diese Elemente werden in das Transkript aufgenommen, weil sie für die Interpretation von erheblicher Bedeutung sein können.
3. In einem dritten Schritt werden die Transkripte mit der Bandaufnahme verglichen und natürlich immer vorhandene *Tipp- und Hörfehler verbessert*. Evtl. ist schon hier darauf zu achten, daß entsprechende *Informationen anonymisiert werden*, also Personennamen etc. durch andere Kennelemente ersetzt werden.
4. Schon in dieser ersten Phase kann man – quasi nebenbei – die notwendigen *sozialstatistischen Daten oder biographischen Besonderheiten*, die man nicht über das Interview erhalten hat, *den Transkripten hinzugeben*, um weiteres Informationsmaterial zugeordnet zur Verfügung zu haben.
5. Letztlich liest man die Transkripte noch einmal, um *Unklarheiten, Widersprüchlichkeiten oder Unstimmigkeiten zu entdecken und soweit sinnvoll möglich, zu beheben.*

Phase 2: Die Einzelanalyse

Nachdem die erforderlichen Korrekturen abgeschlossen sind, beginnt man mit der Analyse der einzelnen Interviews, die im Ergebnis in eine Konzentration des

Materials münden soll. Damit wird allerdings auf eine explikative Analyse im strengen Sinne weitgehend verzichtet.

1. Zunächst werden *Nebensächlichkeiten aus den einzelnen Abschriften entfernt*, die zentralen Passagen dagegen hervorgehoben.
2. In einem weiteren Schritt werden nur noch die wichtigsten Textteile berücksichtigt und einer inhaltsanalytischen Auswertung unterzogen. *Die prägnantesten Textstellen werden dem Transkript entnommen* und es entsteht so ein neuer, stark gekürzter und konzentrierter Text.
3. Dieser Text wird nun – unter Berücksichtigung der Gesamtheit der zu einem Interview vorliegenden Informationen, also auch des ursprünglichen vollständigen Transkriptes – *kommentiert und bewußt wertend integriert zu einer ersten Charakterisierung des jeweiligen Interviews*. Dabei wird einerseits die Besonderheit des jeweiligen Interviews herausgearbeitet, wie schon in einem Vorgriff auf die Phase 3 die mögliche Allgemeingültigkeit der Besonderheiten oder anderer Befunde mitbedacht wird.
4. In einem vierten Schritt erstellt man als Ergebnis der Einzelfallanalyse eine Charakteristik des jeweiligen Interviews als Verknüpfung der wörtlichen Passagen des Interviews bzw. der sinngemäßen Antworten mit den Wertungen und Beurteilungen des Forschers, die sich auf *die Besonderheiten und das Allgemeine des Interviews* beziehen.

Phase 3: Generalisierende Analyse

In dieser Phase der Auswertung blickt man über das einzelne Interview hinaus, um zu allgemeineren (theoretischen) Erkenntnissen zu gelangen.

1. Man sucht nach *Gemeinsamkeiten*, die in allen oder einigen Interviews aufgetreten sind. Dies kann ein erster Schritt für eine *typisierende Generalisierung* sein.
2. Die Unterschiede zwischen den Interviews dürfen nicht „unter den Teppich gekehrt" werden. Deshalb kommt es darauf an, *keine artifizielle Homogenität* entstehen zu lassen, sondern die *inhaltlichen* (vielleicht auch die methodischen) *Differenzen der Interviews herauszuarbeiten*.
3. Gemeinsamkeiten und Unterschiede ergeben bei weiterer Analyse möglicherweise *Syndrome oder Grundtendenzen, die für einige oder alle Befragten typisch* erscheinen.
4. Erhält man unterschiedliche *Typen von Befragten*, Aussagen, Informationen etc., so werden diese unter Bezugnahme auf die konkreten Einzelfälle dargestellt und interpretiert.

Phase 4: Kontrollphase

Da die Auswertung der Interviewprotokolle als reduktive angelegt war, also das Material laufend verringert wurde, sind Fehlinterpretationen nicht auszuschließen. Deshalb empfiehlt sich eine Kontrollphase, die als Selbst- und/oder Fremdkontrolle durchgeführt werden kann.

1. Um Verkürzungen und Fehlinterpretationen zu vermeiden, *zieht man immer wieder die vollständige Transkription der Interviews zu Rate*.

2. Bleiben die geringsten Zweifel bestehen, so ist es angebracht, *die Originalaufnahmen noch einmal* (oder mehrfach) *abzuhören, um somit die Informationsbasis wieder zu verbreitern.*
3. Arbeitet man im Team, so versteht sich von selbst, daß dann die *Befunde und Interpretationen gegenseitig ausgetauscht und diskutiert evtl. danach auch modifiziert werden.*

3.9. Beispiel für eine inhaltlich-reduktive Auswertung

Folgt man dem Kontinuum zwischen den Extremen quantitative und qualitative Analyse, so steht die interpretativ-reduktive als vermittelnde dazwischen. Sie soll hier ausführlicher und beispielhaft dargestellt werden. Bei diesem Beispiel handelt es sich um die empirisch-soziologische Diplomarbeit von Monika *Jungbauer-Gans* (1988) in München. Sie hat qualitative Interviews mit Bankbeschäftigten durchgeführt. Vor der Erörterung methodischer Fragen scheint es angebracht, die inhaltliche Thematik zu skizzieren, aus der heraus die Methode entwickelt wurde.

1. *Gegenstand und Erkenntnisinteresse der Studie*

Das Thema der Arbeit lautete „Gestaltungschancen und -leistungen der Beschäftigten am Bankschalter – eine Balance zwischen der Geldwelt und der Welt der Kunden?". Unter Gestaltungschancen und -leistungen sollten „mögliche und tatsächlich genutzte Freiräume für durch eigene Überlegung geleitetes, situationsflexibles Handeln" (*Jungbauer-Gans* 1988, S.3) verstanden werden. Es war also von Interesse, Gebiete zu umreißen, in denen die Beschäftigten Gestaltungschancen sahen bzw. Gestaltungsleistungen zur Bewältigung der täglichen Arbeit für notwendig erachteten. Hierunter fiel z.B. die Bildung von Routinen, das „Erfinden" besonderer Hilfsmittel, Vorgehensweisen oder Methoden und Entscheidungsspielräume im Rahmen von Kompetenzen. Dabei wurde u.a. auch nach dem Wissen oder den Vermutungen über mögliche und tatsächlich durchgeführte Kontrollmaßnahmen, sowie nach Verbesserungsvorschlägen gefragt.

Aus dieser groben Zusammenstellung der Themen wird bereits klar, daß die *Sichtweise der Beschäftigten*, eine dezidiert subjektive Perspektive, im Mittelpunkt des Forschungsinteresses steht. Eine derartige Einschränkung erscheint legitim, weil ausschließlich die Perspektive der Beschäftigten handlungsrelevant ist. Alle anderen Situationsbedingungen werden quasi durch deren Perzeptionsbrille miteinbezogen.

2. *Die Forschungsmethode*

Die Auswahl einer geeigneten Forschungsmethode wurde von der Intention getragen, eine stimmige Zusammenstellung von Thematik, Erhebungs- und Auswertungsmethode zu finden. Wie die folgende Abbildung verdeutlicht, sollten Erhebungs- und Auswertungsmethode eng auf die Fragestellung bezogen entwickelt werden. Darüber hinaus sind Erhebungs- und Auswertungsmethode eng miteinander verknüpft, zumal das „Rohmaterial" in einer erhebungsspezifischen Form vorliegt und methodische Vorannahmen und Zielsetzungen der Erhebung sinnvollerweise in der Auswertung zu berücksichtigen sind.
Der Gegenstand des Projekts, die Gestaltungschancen und die Leistungen am Bankschalter, ist seiner Natur nach auf das handelnde Individuum bezogen. Deshalb scheint es angebracht, eine *dezidiert subjektive Perspektive* zu wählen, d.h. die Untersuchung beleuchtet primär die Sichtweise der Beschäftigten am Bankschalter.

Abbildung 1: Die Abhängigkeit der Methoden

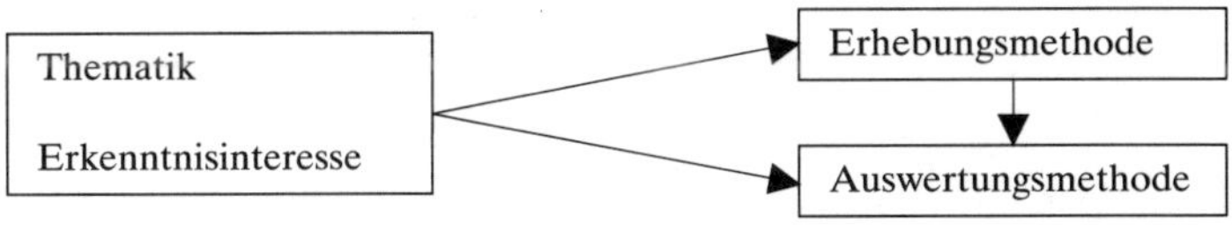

Kontrastierend zu dieser subjektiven Perspektive sollte auch eine *„objektive" Perspektive* berücksichtigt werden, die jedoch nur den Zweck einer Hintergrundinformation erfüllen kann. Die Einbeziehung der objektiven Perspektive wurde auf zwei Ebenen angestrebt: erstens als Darstellung der Situation der Banken anhand von soziologischer und wirtschaftswissenschaftlicher Literatur und zweitens in Form von Vorgesprächen mit Personen in leitenden Funktionen in den Bankfilialen.

Diese Vorgespräche dienten vor allem einem Erhellen der konstitutiven Bedingungen der Arbeitssituation (Aufbau- und Ablauforganisation des Kundenbereichs und gewisser Marketinggesichtspunkte). Die Gespräche wurden anhand eines vorformulierten Fragenkatalogs geführt und auf Band aufgezeichnet. In die weiteren Analysen können sie von der Thematik her nur bedingt einbezogen werden. Die Vorgespräche wurden auch für die Kontaktaufnahme zu den zu befragenden Mitarbeitern genutzt.

Frageleitfaden für Vorgespräche mit Personen in leitender Position:

- Welche Aufgabenschwerpunkte werden von der Filiale abgedeckt?
- Nach welchen Gesichtspunkten ist der Kundenbereich gegliedert?
- Welche Beratungsphilosophie wird vom Geldinstitut verfolgt?
- Gibt es Kundenselbstbedienungsautomaten?
- Aus welchen Überlegungen heraus wurde die Kundenselbstbedienung eingeführt?
- Welchen prozentualen Anteil hat die Kundenselbstbedienung am Mengengeschäft, bezogen auf die Zahl der Abwicklungen?
- Wohin geht der Trend dieser Anteile, bzw. was wird von der Bank angestrebt?
- Wie ist die Zusammenarbeit in den Servicebereichen geregelt?
- Gibt es besondere Stoßzeiten?
- Auf welche Art und Weise wird der Andrang in Stoßzeiten bewältigt?
- Welchen Anteil haben das Privat- und das Firmenkundengeschäft, wenn man von der Anzahl der Kontakte ausgeht?
- Was leistet die Datenverarbeitung in der Filiale, zum einen für das Management, zum anderen für den Beschäftigten am Schalter?
- Wie ist der EDV-Einsatz in der Kundenberatung einzuordnen: eher als Unterstützung oder eher als Steuerung der Beratung?
- Woran ist die Darstellung Ihres Geldinstituts in der Öffentlichkeit orientiert?
- Welches Image möchten Sie in der Werbung vermitteln?
- Spielt die Ausstattung des Schalterraums hierbei eine Rolle?
- Gibt es eine Kleidungsvorschrift für die Beschäftigten im Kundenbereich?

Als Forschungsmethode wurde die Form eines *offenen, relativ unstrukturierten Interviews* gewählt. Bei der Entwicklung dieser Untersuchungsmethode waren folgende Überlegungen von Bedeutung:

Bei einer Untersuchung von Gestaltungschancen und -leistungen steht die Sichtweise der Beschäftigten im Mittelpunkt, weil sie handlungsrelevant ist, d.h. sämtliche anderen *Situationsbedingungen* – in Form von Vorgaben, Vorgesetztenverhalten, Kundenverhalten etc. – werden *in der Interpretation der Beschäftigten* miteinbezogen. Auf ihrer Situationsinterpretation, ihrer selektiven Wahrnehmung und Bewertung der Fakten bauen sich ihre Handlungen auf.

Eine besondere Problematik zeichnet das Thema „Gestaltungschancen und -leistungen" aus, nämlich daß interessierende Verhaltensweisen nicht nur offiziell erlaubte, sondern auch nicht legitimierte oder zumindest nicht vorgesehene beinhalten können. Die Schwierigkeit besteht nun in der Erfassung solcher Handlungen; sie wurde dadurch zu überwinden versucht, daß eine möglichst offene und unstandardisierte Untersuchungsmethode gewählt wurde. Durch die offene Fragetechnik soll dem Befragten ein geringerer Verbindlichkeitscharakter suggeriert und ihm ermöglicht werden, lediglich unterschwellig angelegte Andeutungen zu machen.

Ein offenes und unstandardisiertes Verfahren war auch angebracht, weil es sich bei dieser Thematik um soziologisches Neuland handelte, da noch keine empirischen Untersuchungen dazu vorlagen. Aus diesem Grunde wäre es kaum möglich gewesen, auf Vorkenntnisse und Vorerfahrungen zurückzugreifen, die für die Entwicklung eines standardisierten Verfahrens aber unabdingbar sind.

Die zentrale Forderung an die Methode war also, daß die Befragten ihre eigene Sichtweise aufzeigen konnten. Ziel der Studie war es, diese Sinnzuschreibungen zu verstehen. Eben diesen Anforderungen hat sich die qualitative Sozialforschung verschrieben: „So interessiert sich eine qualitative Methodologie primär für das ‚Wie' dieser Zusammenhänge und deren innere Struktur, vor allem aus der Sicht der jeweils Betroffenen" (*Kiefl/Lamnek* 1984, S.474). Hierfür ist *Offenheit* als Eigenschaft des Interviews notwendig.

Beabsichtigt ist diese Offenheit (zu den verschiedenen Aspekten der Offenheit qualitativer Sozialforschung vgl. *Lamnek* 1988, S.21ff) insbesondere bezüglich des Kommunikationsstils, die ein dem jeweiligen Befragten angepaßtes Frageverhalten notwendig macht; d.h. in der Frageformulierung und in der Häufigkeit von Nachfragen soll auf das Erzähl- und Antwortverhalten der einzelnen Befragten eingegangen werden.

Eine Offenheit bezüglich der anzusprechenden Themen soll durch einen Verzicht auf „Hypothesenbildung ex ante" (*Hoffmann-Riem* 1980, S.343) ermöglicht werden. Die Forschung dient hier mehr einer *Hypothesengenerierung* denn einer *Hypothesenprüfung*. Durch die Offenheit in der Themenwahl soll auch gewährleistet werden, daß für den Forscher noch unbekannte Sachverhalte nicht ausgespart bleiben.

Eine Offenheit bezüglich der *Antwortmöglichkeiten* überläßt es völlig dem Befragten, das Bezugssystem und den Detaillierungsgrad der Antworten zu wählen.

Eine Offenheit im *Ablauf* schließlich legt fest, daß die Abfolge der Fragen bzw. Erzählanreize nicht von vornherein fixiert werden kann.

Nach dem Prinzip der Offenheit wurde auch versucht, die Aufgabe der *Strukturierung des Untersuchungsprozesses* den Befragten selbst zu übertragen. Um ihnen diese Aufgabe zu erleichtern, mußte eine Methode gewählt werden, die ihrer natürlichen Lebenswelt nicht allzu fremd ist. Die offene Form des Interviews scheint diese Bedingung zu erfüllen, weil dessen Struktur noch am ehesten der natürlichen Gesprächsform gleicht. Im Kommunikationsprozeß mit den Befragten sollte versucht werden, deren Sinnzusammenhänge zu ermitteln, deren subjektive Bewertungen der Handlungschancen zu verstehen.

Dem Prinzip der Offenheit folgend sollten so *wenig Vorgaben* wie möglich gemacht werden. Mit wenig Erzählanreizen sollte der Gesprächseinstieg erleichtert und der Redefluß des Befragten durch Signalisieren von Aufmerksamkeit in Gang gehalten werden.

Zu Anfang des Interviews wurden die Befragten gebeten, über ihre Tätigkeit zu berichten. Die interessierenden Dinge sollten aufbauend auf schon erwähnten Aspekten vertieft werden. Dadurch, daß bereits zu Beginn ein hohes Maß an Eigenleistung seitens der Befragten gefordert war, konnte man sich hier schon ein relativ gutes Bild über den Beschäftigten machen und das weitere Vorgehen daran ausrichten.

Als Zugeständnis an die Unerfahrenheit des Forschers (Diplomandin) in der Durchführung von offenen, unstrukturierten Interviews wurde zusätzlich ein Themenkatalog entwickelt, der aber nur ausnahmsweise zum Einsatz kommen sollte, um das qualitative Interview nicht zu torpedieren:

- Tätigkeiten erzählen;
- Arbeitseinteilung;
- Entscheidungen, Kompetenzen, Handlungsspielraum;

- unvorhergesehene Situationen;
- Kunden, Schwierigkeiten, Über- und Unterlastung;
- bauliche Gestaltung;
- Kasse;
- EDV;
- Schule, Beruf, Weiterbildung;
- Alter, Familienstand.

Der Leitfaden basierte auf arbeitssoziologischer Literatur und hatte wegen der anzustrebenden Offenheit keinen verbindlichen Charakter. Wie bereits angedeutet, sollte sich die Reihenfolge der anzusprechenden Themen primär an den vorherigen Äußerungen der Befragten orientieren, womit erreicht werden sollte, daß die Interviewsituation eher einem natürlichen, sich sukzessive entwickelnden Gespräch gleicht. Selbst in der Formulierung der Fragen sollte versucht werden, auf den einzelnen Befragten einzugehen, damit sich keiner unter- oder überfordert fühlte, was möglicherweise eine abblockende Reaktion zur Folge gehabt hätte. Diese flexible Handhabung des Leitfadens bewirkte, daß die Themen nicht immer in derselben Reihenfolge und Vollständigkeit angesprochen werden konnten, da manche Dinge nicht in den Zusammenhang des Interviews oder in den Tätigkeitsbereich des Befragten paßten.

Abbildung 2: Das Kontinuum zwischen qualitativen und quantitativen Interviews

narratives Interview	Leitfaden-Interview	standardisiertes Interview

tatsächliches Forschungsinterview

Zusammenfassend kann man sagen, daß die entwickelte Methode dem Spektrum qualitativer Forschungsmethoden zuzurechnen ist. Wollte man die gewählte Erhebungsmethode in ein Kontinuum von Erhebungsmethoden mit fallender qualitativer Orientierung einordnen, so läge diese etwa zwischen narrativem und Leitfadeninterview, wie aus obiger Abbildung ersichtlich.

3. *Das Vorgehen bei der Erhebung*

Vor Beginn des Interviews wurden die Befragten über den Verwendungszweck der Interviews informiert, Anonymität wurde zugesichert und eine Einwilligung zur Tonbandaufzeichnung des Gesprächs erbeten.

Die Auswahl der Untersuchungsgruppe geschah nach dem Prinzip der *maximalen Kontrastierung*. Dabei muß konzediert werden, daß es bei der Auswahl der Untersuchungspersonen nicht um statistische Repräsentativität, sondern um das Typische ging, um die *Grundlagen einer Typenbildung* für die Auswertung zu schaffen.

Die Auswahl der Untersuchungspersonen beabsichtigte eine möglichst breite Streuung aller denkbaren Arbeitssituationen; d.h. verschiedene Banken und unterschiedliche Tätigkeitsbereiche mit Kundenkontakt sollten ausgewählt werden. Dies ist eine inhaltlich orientierte und systematische Auswahl; systematisch insofern, als alle Tätigkeitsbereiche und alle Sparten von Geldinstituten einbezogen werden sollten.

Die *Auswahl verschiedener Banken* war wichtig, weil deren spezifische Gepflogenheiten – z.B. die Aufbau- und Ablauforganisation, Marketingstrategien – die Rahmenbedingungen für Gestaltungschancen und -leistungen bilden. Die Auswahl unterschiedlicher Tätigkeitsbereiche, deren gemeinsames Merkmal – im Gegensatz zu internen Administrations- oder Leitungsaufgaben – der Kundenkontakt ist, basiert auf der Annahme, daß Tätigkeitsbereiche unterschiedliche Aufgabengebiete umreißen und damit auch differentielle Gestaltungschancen und -leistungen möglich bzw. notwendig werden. Letztlich sah die Auswahl so aus, daß nicht alle Sparten von Geldinstituten (private Banken, öffentlich-rechtliche und genossenschaftliche Institute) gleichmäßig berücksichtigt werden konnten. Der Schwerpunkt der ausgewählten Banken liegt bei den privaten Banken und den öffentlich-rechtlichen Instituten.

In der *Auswahl der Tätigkeitsbereiche* wurden die wesentlichen mit dem Kundenkontakt betrauten Gebiete einbezogen (Servicebereich, Privatkunden-, Firmen- und Anlageberatung), wenn auch nicht in jeder einzelnen Bank. Im Prinzip können zwei Tätigkeitsbereiche kontrastierend gegenübergestellt werden: der Servicebereich und der Beratungsbereich.

Die Bitte um Mitarbeit wurde teils über die Zentralverwaltungen, teils direkt an die jeweiligen Filialleiter und zum Teil über private Kontakte an die Mitarbeiter herangetragen. Die Auswahl der Befragten in den Filialen geschah meist auf Vorschlag der jeweiligen Vorgesetzten, wobei die Wünsche bezüglich des Tätigkeitsbereichs immer Berücksichtigung fanden. Erfreulich hoch war die Bereitschaft der Mitarbeiter, sich zur Verfügung zu stellen: alle, die darum gebeten wurden, haben sich bereiterklärt.

Begrenzt durch die Ressourcen, bei der doch sehr aufwendigen Methode, konnte die Fallzahl nicht sehr groß sein; dies ist aber auch nicht notwendig, da nicht mit statistischer Repräsentativität argumentiert werden sollte.

Vor der inhaltlichen Auswertung wurde die *Befragtengruppe kurz beschrieben*, im Hinblick auf die Art der Geldinstitute, die Tätigkeitsart und das Geschlecht. Diese Merkmale spielten bei der inhaltlichen Auswertung eine nur geringe Rolle und dienten lediglich dazu, einen Überblick über die Gruppe der Befragten zu vermitteln.

Insgesamt wurden 26 Interviews durchgeführt. Davon waren 4 Gespräche mit Filial- oder Kundenbereichsleitern, ein Interview wurde aus methodischen Erwägungen nicht in die Untersuchung einbezogen (der Befragte war seit einem Jahr nicht mehr in der Bank beschäftigt) und 21 für die engere Fragestellung auswertbare Interviews. Diese Interviews teilen sich auf die Banksparten folgendermaßen auf: 12 Befragte sind bei privaten Banken tätig, 8 Befragte bei öffentlich rechtlichen Instituten und einer ist bei einem genossenschaftlichen Institut angestellt.

12 der 21 Befragten sind Frauen, die restlichen 9 Männer. 12 Befragte sind im Schalterbereich beschäftigt, darunter einer in leitender Position, 9 Befragte sind im Beratungsbereich tätig, darunter wiederum einer in Gruppenleiterposition und zwei Berater, die sich auf ein engeres Fachgebiet spezialisiert haben. Interessant ist vielleicht auch noch anzumerken, daß 10 der 12 befragten Frauen im Schalterbereich tätig sind. Nur 2 der 9 befragten Männer, die beide zu den jüngsten unter den Befragten gehören, waren ebenfalls im Schalterbereich tätig.

Aus diesen Zahlen können weder Rückschlüsse auf die Gesamtheit der Bankbeschäftigten gezogen, noch irgendwelche Zusammenhänge abgelesen oder gar belegt werden, da es sich nicht um eine repräsentative Auswahl handelt.

4. Das Vorgehen bei der Auswertung

Die Art und Weise der Auswertung steht in engem Zusammenhang mit der angewandten Erhebungsmethode und der dahinterstehenden theoretischen Zielsetzung. In der qualitativen Sozialforschung gibt es keinen Konsens über *eine bestimmte* anzuwendende Analysemethode, vielmehr wird angestrebt, dem jeweiligen Projekt eine an Thema und Erhebungsmethode orientierte Auswertungsmethode auf den Leib zu schneidern. Der erste Schritt der Auswertung ist daher die Entwicklung einer *dem Projekt angepaßten Auswertungsmethode*. In dieser Studie wurden drei Auswertungsphasen entwickelt:

Phase 1: Transkription

Die erste Phase schließt direkt an den Erhebungsprozeß an und beabsichtigt eine geeignete Aufbereitung des Materials. Das Textmaterial, das als Tonbandaufzeichnungen vorlag, mußte in einem ersten Schritt zunächst transkribiert werden. Dabei wurde die Form des *vollständigen, handschriftlichen Transkripts, mit der Angabe von Redepausen* (die in dem hier vorliegenden Transkript allerdings nicht enthalten sind) gewählt, um eine Dokumentation sämtlicher Informationen zu gewährleisten. Zur Verdeutlichung sei der Anfang eines Interviewtranskripts an dieser Stelle angeführt:

I (Interviewer) Würden Sie vielleicht zuerst einmal ein bißchen was über Ihre Tätigkeit hier erzählen?

B (Befragter) Als Berater?

I Ja.

B Ja, das ist ein, da könnten Sie ein Buch schreiben. Also wichtig ist mal eines, wenn man Berater ist, einer Bank, da ist man nicht bloß einer, der beratet, sondern man ist eigentlich, man hat eigentlich viele Berufe gleichzeitig. Man ist also Berater, man ist Verkäufer. Man ist Seelsorger, ja, ja und was ist, ja und ein treuer Diener seiner Bank. Man hat also drei Dinge zu berücksichtigen. Sie müssen sich das Richtige raussuchen, weil ich kann das nicht so stilistisch aufbauen. Ich sag' Ihnen das so, wie mir der Schnabel gewachsen ist.

I Ja, genau, das ist das Beste.

B Drei wichtige Dinge. Erstens die Interessen des Kunden, die Interessen der Bank und seine eigenen Interessen.

I Mhm.

B D.h. also die eigenen Interessen stelle ich mal voran, d.h. die, daß mit dem Kunden, der ein langjähriger Kunde der Bank sein *soll*, der letzten Endes mit eine tragende Säule eines, eines Bestehens einer Bank überhaupt, das ist der Kunde. Das ist das A und O. Ohne Kunden gibt's kein Bankgeschäft als solches. Vor allem in dem Bereich, wo ich jetzt tätig bin. D.h. also, man versucht diesen Kunden, wenn's geht, möglichst lange zu halten. Da gehört dazu natürlich ein Vertrauensverhältnis. Und Vertrauen verpflichtet natürlich auch. D.h. *ich* gegenüber muß dem Kunden immer so etwas anbieten können, und wenn's ein Anlagewunsch oder Kreditwunsch, was es auch immer sein mag, welche Art von Geschäft es sein mag, daß der Kunde immer zufrieden ist und das *Richtige* für sich hat. Denn wenn der Kunde einmal enttäuscht wird, sowohl positiv, ich mein, in der Form, ob jetzt das ein Kredit ist oder Anlagegeschäft dann ist das Vertrauensverhältnis gestört. Und wenn

I Mhm.

B das Vertrauensverhältnis gestört ist, dann ist die Zusammenarbeit gestört. Dann kann man das eine oder andere Geschäft nicht mehr machen. Könnte nicht mehr machen, weil entweder der Kunde nicht mehr zugänglich ist, oder man zu dem Kunden nicht mehr zugeht, weil man sagt, da hab' ich bloß Probleme. Der sagt mir auf den Kopf, da haben sie mir seinerzeit mal die 300 Siemens-Aktien zu 300 verkauft und heute stehen sie bei 600, verstehen Sie z. B.

Also das ist schwierig. Man muß also auf die Kundenwünsche eingehen. Das *erste* ist also der Wunsch des Kunden, versucht man zu erfüllen, zu integrieren natürlich auch in die Interessen der Bank. Wenn der Kunde sagt, ich möchte gern Geld anlegen, dann kann die Bank natürlich in erster Linie sagen, dann versuchen wir, das Angebot, das wir haben, *unser* Angebot dem Kunden zu präsentieren, denn wir haben bestimmt nichts Schlechteres, als was die Konkurrenz hat. Eher günstiger, weil wenn jetzt der Kunde z. B. unsere eigenen Papiere kaufen kann, dann kriegt er es halt günstiger. Der kauft ja von der Quelle weg. Wenn er jetzt Papiere von einer anderen Bank kauft, dann müssen wir die Papiere erst von der anderen Bank besorgen und sie dem Kunden zukommen lassen, nur als Beispiel.

Das zweite ist das Interesse der Bank, weil die Bank muß ja nicht nur heute bestehen, sondern in die Zukunft hinein. Vielleicht für die nachkommende Generation. D.h. die Bank muß verdienen. Eine Bank ist auf ein gewinn-, ein gewinnorientiertes Unternehmen, wie man so schön sagt. Sie muß Gewinne machen und die Gewinne sind dazu da, um vielleicht einmal irgendwann für Verluste, die in manchen Sparten sind, ausgleichen zu können.

So das dritte ist dann, das ist also das Interesse des Kunden. Das verbindet sich mit meinem und das Interesse der Bank. Ich versuche das als Berater sozusagen zu verbinden. Sowohl die Interessen der Bank zu koordinieren, als auch die Interessen der Kunden. Und *das*, das gehört eigentlich zusammen. Diese drei wichtigen Faktoren. Das ist nicht immer einfach, weil es manchmal Dinge gibt, vor allem, wenn es dann im spekulativen Bereich ist, wo die Interessen der Bank manchmal gegen die Interessen der Kunden stehen. Der Kunde möchte z. B. einen Kredit haben. Sagen wir, zu 6 1/2%, das ist die Kostengrenze der Bank. Da verdient sie vielleicht bloß mehr ein halbes Prozent oder vielleicht gar nichts mehr. Die Bank möchte aber möglichst viel verdienen an einem Kredit. Also möchte die Bank am liebsten einen Kredit von 10% ausgeben. Wie macht man das jetzt? Verlangt man von dem Kunden zuviel Kreditzinsen, dann geht er vielleicht zur Konkurrenz, weil er es da günstiger kriegt. Verlangt man zu wenig, damit die Bank nichts hat, dann soll er zur Konkurrenz gehen, weil bevor wir nichts verdienen, da ist es wurscht, da machen wir ihn nicht, weil lieber geben wir dieses Kreditvolumen, das ja begrenzt ist, wir haben ja gesetzliche Begrenzungen durch die sog. Kreditwesengesetze. Da ist die Kreditvergabe z. B. in der Höchstsumme begrenzt. Lieber geben wir den aus an einen anderen, wo wir was verdienen dabei. Da gibt's dann sog. Kalkulationen, die im internen Bereich gemacht werden. So eine Kosten-Nutzenrechnung, z. B. wieweit kostet uns ein Kunde was, wieweit verdienen wir an dem Kunden. Das ist also interne Rechnung. Aber sie wollten ja speziell wissen, was *ich* tu.

I Ja.

B Ich bin Berater. Allroundberater nennt man das. Der Kunde, der zu mir kommt, der fragt an wegen Kredit, wegen Einlagen, wegen Wertpapiergeschäft, oder auch, daß er erzählt, daß sein Hund krank geworden ist. Wichtig ist hier, daß man als Berater hier auch mal zuhören kann. Wichtig ist, daß ich als Berater das Gespräch steuern kann, um auf den Kunden einzugehen. Aber die Zeit ist begrenzt. Sie können nur 8 Stunden normal arbeiten. Und wenn ich mal bedenke, ich hab' vielleicht 1600 Kunden zu betreuen. Wovon man davon ausgehen kann, daß man vielleicht nur mit einem Drittel der Kunden wirklich Geschäfte macht. Mit manchen Kunden nur einmal im Jahr, mit manchen Kunden vielleicht nur alle 3, 4 Jahre einmal ein Geschäft dabei. Aber wie gesagt, das ist so die Größenordnung. Da nur, auf jeden Kunden muß man entsprechend eingehen. Ich brauche also als Berater, muß ich gut reden können. Ich brauche also die Eigenschaften, die ein Berater haben muß, vielleicht interessiert Sie das?

Die Eigenschaft eines Berater ist sehr viel-

I Ja.

B seitig. Also neben dem, daß er also eine gewisse menschliche Reife bringen muß, muß er natürlich auch ein gewisses Taktgefühl haben. Muß sehr einfühlungs-, Einfühlungsvermögen haben, denn er muß ja bei einem Kunden, den man kennt, da ist es einfacher. Er kennt mich, ich kenne ihn. Da kann man gleich mit der Tür ins Haus fallen, zur Sache gehen. Was hätten Sie gern, das und das ist. In fünf Minuten kann das Geschäft erledigt sein. Aber der neue Kunde, da unterscheidet, bei neuen Kunden ist es ein Kreditkunde, ist es ein Einlagenkunde. Ist es ein Kreditkunde, dann muß man aufpassen, man hat seine, seine Informationen aus der Schufa, daß man erfährt, ist er gut oder ist er ein schlechter Kunde oder ist es ein normaler Kunde. Wenn, dann erfährt man, daß es ein ganz schlechter, daß er einen Mahnbescheid oder sonstwas hat. Dann weiß man schon, wie man dran ist, dann läßt man lieber die Finger davon. Aber es kommt ein Kunde, der möchte einen Kredit haben, den *kenne* ich nicht. Also das erste, daß man sich einmal mit Handschlag begrüßt. Jetzt kann er nervös sein, schwitzende Hände haben z. B. Dann kann er nervös sein, weil er noch nie einen Kredit aufgenommen hat. Er kann aber auch nervös sein, weil er etwas zu verbergen hat. ...

Phase 2: Die Entwicklung „thematischer Verläufe“

Der nächste Schritt sollte einen Überblick über das gesammelte Material erbringen und wurde durch die Erstellung von sog. *thematischen Verläufen* angegangen. Diese thematischen Verläufe zeigen, gegliedert nach Oberbegriffen, die chronologische Reihenfolge der von einzelnen Untersuchungspersonen geäußerten Statements. Der aus dem obigen Abschnitt entwickelte thematische Verlauf ist im folgenden abgedruckt.

Thematischer Verlauf	Textstelle
„Berufe“	– Als Berater hat man viele Berufe gleichzeitig: Berater, Verkäufer, Seelsorger und „Treuer Diener“ seiner Bank
Interessen der beteiligten Gruppen	– Man hat drei Dinge zu berücksichtigen: die Interessen des Kunden, die Interessen der Bank und die eigenen Interessen. Die eigenen Interessen stellt er voran; der langjährige Kunde ist eine tragende Säule für das Bestehen der Bank; dazu gehört ein Vertrauensverhältnis, das er herstellen muß und dazu muß er dem Kunden immer das Richtige anbieten, denn wenn der Kunde unzufrieden ist, kann man keine Geschäfte mehr mit ihm machen. „Das erste ist also der Wunsch des Kunden, versucht man zu erfüllen, zu integrieren natürlich auch in die Interessen der Bank.“ ... „Das zweite ist das Interesse der Bank, weil die Bank muß ja nicht nur heut bestehen, sondern in die Zukunft hinein ... d. h. die Bank muß verdienen. Eine Bank ist auf ein Gewinn-, ein gewinnorientiertes Unternehmen“. – „Ich versuch das als Berater sozusagen zu verbinden, sowohl die Interessen der Bank zu koordinieren als auch die Interessen der Kunden“. – Das ist nicht immer einfach, weil in manchen Dingen die Interessen entgegengesetzt sind (z. B. Kreditzinsen, deren Kalkulation).
Tätigkeit	– Allroundberater (Kredite, Einlagen, Wertpapiergeschäft, „oder auch, daß er mir erzählt, daß sein Hund krank geworden ist“). – Man muß zuhören können.

- Man muß das Gespräch steuern können.
- Zeit ist begrenzt (1600 Kunden, davon ca. ein Drittel mit denen man effektiv Geschäft macht.
- Auf jeden Kunden muß man entsprechend eingehen.
- Man muß reden können.
- Man muß eine gewisse menschliche Reife bringen, Taktgefühl, Einfühlungsvermögen).
- Bei Kunden, die man kennt, kann man das Geschäft schnell abschließen; bei Neukunden, insbesondere Kreditkunden muß man vorsichtig sein – Schufa-Informationen, Handschlag.

3. Phase: Erstellen einer Themenmatrix
Der dritte Schritt der Auswertung, als weitere Kumulation der Informationen, verfolgt eine *Zusammenschau aller in den Interviews angesprochenen Themen*. Das Ergebnis dieses Schrittes wurde in Form einer „*Themenmatrix*" dargestellt. Diese Themenmatrix soll einen Überblick über die in den Interviews angesprochenen Themen bieten. Sie kam folgendermaßen zustande:

1. Die Transkriptionen der Interviews wurden auf enthaltene Sachverhalte hin untersucht. Es wurde eine Liste angelegt, in welcher für jedes Interview die vorkommenden Sachverhalte angekreuzt wurden. Die Liste wurde sukzessive um jedes neu erscheinende Thema erweitert.
2. Als alle Interviews erfaßt waren, wurde die entstandene Matrix nach inhaltlichen Gesichtspunkten geordnet.

Die Themenmatrix stellt also in erster Linie den thematischen Gehalt eines jeden Interviews dar und nicht die unterschiedlichen Äußerungen zu den einzelnen Themen (was noch ein Schritt tiefer wäre). Die Funktion dieser Matrix ist darin zu sehen, daß sie zum einen als wichtiges Vorergebnis dient, zum anderen hilft sie bei der Auswahl eines möglichst reichhaltigen Interviews für die Fallbeispiele, die Gegenstand der nächsten Auswertungsphase sind.

Eine Beispielsseite soll einen kurzen Eindruck zu dieser Themenmatrix vermitteln. Ein Stern in der Matrix zeigt das Vorkommen der inhaltlichen Stichworte in den entsprechenden Interviews an (vgl. Abbildung 3).

Phase 4: Klassifikation des Materials mit Typenbildung
Die *vierte Phase* der Auswertung hat eine *Klassifikation des Materials*, eine *Typenbildung,* zum Ziel. In der qualitativen Sozialforschung geht es nicht um statistische Repräsentativität, sondern um das Typische, um Formen der Typenbildung. Die Generalisierung der Ergebnisse soll über das Typische, über Repräsentanz und nicht über Repräsentativität erreicht werden (vgl. *Lamnek* 1988, S.176). Anstatt einzelne Variablen herauszugreifen, kommt es darauf an, ganzheitliche, realitätsgerechte Darstellungen anzustreben. Zum Zweck der Typenbildung teilt man die

Untersuchungspersonen in Gruppen ein, die sich bezüglich des zu untersuchenden Gegenstandes gleichen bzw. unterscheiden.

Rein intuitiv bot sich die Einteilung der Untersuchungspersonen nach den verschiedenen Tätigkeitsbereichen an, die auch theoretisch begründet werden kann. Die Tätigkeitsbereiche der Beschäftigten legen die Aufgabenschwerpunkte fest; ausgehend von unterschiedlichen Aufgaben ergeben sich auch differentielle Situationen für Gestaltungschancen und -leistungen. Damit steht das Klassifizierungsmerkmal „Tätigkeitsbereich" in engem Zusammenhang mit dem behandelten Thema.

Aus jeder Gruppe dieser Klassifikation wurde ein typischer Fall herausgegriffen, der zudem eine gewisse Vollständigkeit bezüglich der angesprochenen Sachverhalte aufwies, was anhand der Themenmatrix ermittelt werden konnte. Inhaltlich wurde die Beschreibung der Fallbeispiele auf wenige zentrale Aspekte beschränkt, die die Merkmale der Arbeitssituation aus der subjektiven Sicht der Beschäftigten beschreiben sollten. Dabei wurde folgendes Grobschema angewandt:

1. Tätigkeiten, Aufgaben, Arbeitseinteilung
2. Entscheidungen, Kompetenzen, Spielräume
3. Flexibles Vorgehen, unvorhergesehene Situationen, Routine, Ideen, Gespür, etc.
4. Kontrolle.

Dieses Schema stellte kein Fixum dar, sondern es wurde bei den einzelnen Interviews um wichtige Sachverhalte ergänzt bzw. konnte nicht immer vollständig ausgefüllt werden. Um trotz notwendiger Straffung der Interviewtexte deren Wesensgehalt so wenig wie möglich zu verfälschen, wurden die Fallbeispiele sprachlich nahe am Originaltext gehalten.

Fallbeispiel: Kundenberater

1. Seine Aufgaben umfassen sowohl Kredit- als auch Anlagegeschäfte. Am Morgen überprüft er zunächst die Überziehungsliste, um gegebenenfalls Schecks oder Lastschriften zurückgeben zu können. Neben der eingehenden Post seiner Kunden hat er auch noch verschiedene Terminsachen zu erledigen (Festgelder verlängern, fällige Kredite, Wiederanlage von Wertpapieren). Dabei muß er in der Regel die Kunden konsultieren (meist telefonisch). Diese Tätigkeiten führt er zwischen den Kundengesprächen durch. Daneben muß er sich auch über Angebots- oder Kursveränderungen, Analysen oder interne, organisatorische Anweisungen informieren.
2. Wenn im Anlagebereich Entscheidungen zu treffen sind, gibt es drei wichtige Kriterien: Sicherheit (Stabilität), Ertrag (Rentabilität) und Verfügbarkeit (Liquidität). Er versucht, durch eine gezielte Fragetechnik herauszufinden, worauf der Kunde den größten Wert legt. Dies sei manchmal schwierig, weil es den Kunden oft selbst nicht bewußt sei, was sie eigentlich wollen. Bei einer Kreditentscheidung spiele in erster Linie Erfahrung eine Rolle. Je größer die Erfahrung ist, desto höher ist auch die Kompetenz, die man hat. Bei neuen Kunden benötigt er zusätzliche Informationen (z.B. Schufa). Erste Priorität hat die Ehrlichkeit oder Seriosität des Kunden; die zweite, ob dieser den Kredit auch zurückzahlen kann. Fatale Folgen könnte es haben, wenn man sich in der Seriosität eines Kunden täuscht.

   „Das ist natürlich dann bitter, weil dann, dann wackelt Ihr Stuhl, weil dann kann es passieren, wenn sie nachweisen können, daß es wirklich fahrlässig war, können Sie entlassen werden. Und da gehen Sie, wegen einem Kunden; die ganze Existenz setzen Sie

Abbildung 3: Themenmatrix zum Fallbeispiel

	2	3	4	5	6	7	9
Probleme				*	*	*	*
Sonderwünsche	*		*		*		*
Ausnahmen machen							
Erfahrungen im Umgang mit Kunden							
Informationsaustausch unter Kollegen				*	*		*
Zusammenarbeit mit anderen Bereichen							
Nachrichtensendung							
Sonderrechte der Kunden							
informelle Kontakte						*	
Repräsentationsfunktion			*				
Selbstschutz				*	*	*	
Alter/Umgang mit Kunden							
Auftreten/Umgang mit Kunden							
Frauen	*					*	
„Kunde ist König“							
Diskretion							
Gesprächsatmosphäre							
Kontaktpflege	*						
Balance							
Fingerspitzengefühl							
Verantwortung gegenüber Kunden							
Kundensichtweise							
persönlicher Kontakt			*			*	
Vertrauen der Kunden							

auf's Spiel. Und das ist immer so. Wir sitzen immer hier auf einem Sprungbrett, daß man einen Fehler macht.“

3. Für das Gespräch mit Anlagekunden hat er sich eine Liste mit allen wichtigen Anlagemöglichkeiten und den dazugehörigen Zahlen gemacht, die er den Kunden vorlegen kann. Dinge, die dringend erledigt werden müssen, notiert er auf kleine Zettel, die er rund um seine Schreibunterlagen klemmt. Es entsteht oft Streß, weil viele Dinge gleichzeitig gemacht werden müssen. Von Kunden, die grundsätzlich nörgeln, nimmt er lieber Abstand,

   „denn auf, auf, mit mehreren Psychopathen, wenn man zu tun hätte, das kostet so viel Kraft“.

   Aus jedem Kundengespräch oder Kundenschicksal kann er für sich eine Lebenserfahrung gewinnen und versuchen umzusetzen,

   „den richtigen Lebensstil zu finden“.

   Diese Erfahrung kann er auch an andere Kunden weitergeben, wenn er diesen in schwierigen Situationen einen Rat gibt. Wenn man Geld hat, soll man einen Teil sparen und einen Teil ausgeben. Das führe dazu, daß man zufrieden sei, und dann auch relativ objektiv eine Entscheidung für einen Kunden treffen könne. Auch einmal zu sagen, daß dieser einen Teil seines Geldes verbrauchen soll, selbst wenn dies im Widerspruch zu den Zielen einer Bank stehe, die ja möglichst viel Geld anlegen will. Im Kundengespräch versucht er immer, eine möglichst fröhlich-herzliche Atmosphäre zu schaffen.

Interview-Nr.													
11	12	14	15	16	17	18	19	20	22	23	24	25	26
*				*	*	*			*		*		
				*	*				*		*	*	
								*					*
	*	*		*	*		*	*		*	*		*
*	*					*				*	*		*
*	*						*			*			*
										*			
										*			
				*						*			*
													*
											*		*
		*											*
		*											*
					*		*		*				*
*					*			*	*		*		
	*	*	*						*			*	*
*	*							*					*
*										*			*
*													*
*	*						*			*			*
													*
										*			*
												*	*
*										*			*

Eigene Ideen, die man durch Weiterbildung erworben hat, umzusetzen, in die Organisation hineinzubringen, sei schwierig, weil entsprechende Stellen in der Regel besetzt seien. Je größer das Haus ist, desto schwieriger sei es für den einzelnen, sein Gedankengut unterzubringen. Er sagt, daß dafür ein Verbesserungsvorschlagswesen geschaffen worden ist und daß brauchbare Vorschläge großzügig honoriert werden.

Eine unvorhergesehene Situation kann eintreten, wenn er einem Kunden eine Überziehung blanko gewährt hat und er die Information bekommt, daß dieser Kunde einen Zahlungsbefehl oder Pfändungsbeschluß bekommen habe.

„Da müssen Sie überlegen, was machen wir jetzt ... Hebel in Bewegung setzen, um zu sehen, was ist jetzt da wirklich los."

„Wenn man ein Berater ist einer Bank, da ist man nicht bloß einer, der beratet, sondern ... man hat eigentlich viele Berufe gleichzeitig. Man ist also Berater, man ist Verkäufer, man ist Seelsorger ... und ein treuer Diener seiner Bank. Man hat also drei Dinge zu berücksichtigen ... Erstens die Interessen des Kunden, die Interessen der Bank und seine eigenen Interessen."

Die eigenen Interessen stelle er voran.

„Das erste ist also der Wunsch des Kunden, versucht man zu erfüllen, zu integrieren natürlich auch in die Interessen der Bank ... Das zweite ist das Interesse der Bank, denn die Bank muß ja nicht nur heute bestehen, sondern in die Zukunft hinein ..., d. h. die Bank muß verdienen. Eine Bank ist ein gewinn-, ein gewinnorientiertes Unternehmen. ... Ich versuche das als Berater zu verbinden. Sowohl die Interessen der Bank zu koordinieren, als auch die Interessen der Kunden."

Ein Berater soll verschiedene Eigenschaften haben: Er muß zuhören können, das Kundengespräch steuern können, auf jeden Kunden entsprechend eingehen können; er muß sein Fachwissen in Worte umsetzen können, sich artikulieren können und die Worte durch entsprechende Gestik und Mimik unterstützen. Er muß überzeugend sein; indem er ehrlich ist, ist er automatisch auch überzeugend. Ein Berater soll Einfühlungsvermögen, Taktgefühl und menschliche Reife haben und er muß entscheidungsfreudig sein. Er muß Verantwortungsbewußtsein haben, auch für das Schicksal der Kunden. Und er muß den Mut haben, zu sagen, daß ein Kredit eine Existenzfrage werden kann. Das sei auch eine Frage des Charakters. Er muß die Risiken einer Geldanlage richtig darstellen und in der Lage sein, den Zeitfaktor richtig einzukalkulieren. Auf der anderen Seite kann er eine künftige Entwicklung nicht voraussehen, sondern nur mit einigen Argumenten plausibel machen.

Für eine Kreditentscheidung ist es auch wichtig, sich ein Bild über den Menschen zu machen und u.U. schon am ersten Handschlag zu erkennen, um was für einen Menschen es sich handelt. Er muß ein rationelles Gespräch führen, damit er die nötigen Informationen in kurzer Zeit bekommt. Ein Kundenberater soll Temperament haben; er soll dem Kunden über die Schwellenangst hinweg helfen und dessen Vertrauen gewinnen.

Bei Fehlschlägen, wenn man einem Kunden eine Empfehlung gegeben hat, die sich als falsch entpuppte, sei es notwendig, Abstand zu bekommen. Ein Berater muß Selbstdisziplin haben, er muß sich beherrschen können und er muß viel Substanz haben, um den ganzen Tag überzeugend reden zu können. Er muß auch aufgeschlossen sein gegenüber neuen Kunden. Er braucht Ausgeglichenheit, die er aus einem harmonischen Familienleben schöpfen könne.

Im Kundengespräch steht er oft unter Zeitdruck, weil schon andere Kunden warten. Er sagt, daß man unter Leistungsdruck steht, weil die Bank ein gewinnorientiertes Unternehmen ist. Er empfindet es als seine Pflicht und Schuldigkeit, einem anderen Menschen mit wenigen Worten Hilfe zu geben, wenn dieser verzweifelt sei; einfach nur den Menschen zu nehmen und das Geschäft abseits zu schieben.

Ein Berater habe sich nach außen hin als Bankmitglied zu verhalten, auch im Bekanntenkreis.

„Letzten Endes ist ein Berater wie das Schaufenster, das Gesicht einer Bank. So wie die Berater sind, oder auch die Leute am Schalter dort, höflich, freundlich, zuvorkommend, so ist die Bank als solches auch."

4. Wegen der Bedenken des Betriebsrates darf eine Kontrolle des einzelnen Mitarbeiters über die EDV nicht durchgeführt werden. Das findet er gut, denn sonst würde der Druck auf den einzelnen Mitarbeiter noch größer werden; auch seien die Mitarbeiter nicht vergleichbar, weil jeder seine eigenen Fähigkeiten und seinen Kundenstamm habe und das Geschäft täglich schwanken könne. Wichtig sei nur, welchen Ertrag die Kostenstelle bringe.

   Für sich selbst sieht er gern seine „Erfolgskontrolle", damit er sich an seiner Leistung freuen kann. Ansonsten bekommt er über EDV wichtige Informationen z.B. zu seinen Kunden.

Phase 5: Themenorientierte Darstellung

Die *fünfte Phase* der Auswertung schließlich versucht eine Lösung von den einzelnen Fällen zugunsten einer *themenorientierten Darstellung*. Die Fallbeispiele der vorangegangenen Phase dienten hierbei als heuristisches Mittel auf dem Weg zu einer inhaltlichen Darstellung, da anhand der Fallbeispiele typische Handlungsweisen und Meinungen klar werden. Die Gliederung der Fallbeispiele schlägt sich zum Teil auch in der Differenzierung verschiedener Ergebnisse nieder. Es kann jedoch nicht angestrebt werden, die thematische Darstellung ausschließlich an der Gliederung nach Tätigkeitsbereichen zu orientieren, da die zu beschreibenden Sachverhalte weitaus komplexer sein können und die vorläufige Klassifikation der Fallbeispiele keineswegs umfassend genug sein kann.

Auch hier sei exemplarisch ein kurzer Abschnitt der themenorientierten Darstellung der Ergebnisse angeführt:

Der Beschäftigte am Bankschalter steht drei Interessenträgern gegenüber: dem Kunden, der Bank und sich selbst. Er befindet sich also in einem Trilemma mit drei sich oft entgegenstehenden Interessenpolen. Wird eine Ecke dieses „magischen Dreiecks" auf die Dauer nicht genügend berücksichtigt, dann kann es zu Konflikten kommen. Dieses Trilemma läßt sich aus den Aussagen der Befragten herausfiltern.

Der Beschäftigte befindet sich in einem Konflikt, bei dem er abwägen muß, wie entgegenkommend er die Kunden bedienen kann, ohne seine anderen Aufgaben zu vernachlässigen. Die Beschäftigten versuchen, einen Kompromiß zu finden, die Kunden so entgegenkommend und freundlich zu bedienen, wie der Andrang und die übrigen Aufgaben dies zulassen. Hierin spiegelt sich die schon oben angesprochene Aufgabe der Beschäftigten, in diesem Interessendreieck zu vermitteln und einen tragbaren Kompromiß zu finden. Die Kunden möchten zuvorkommend bedient und ausführlich beraten werden, die Bank möchte möglichst viele Geschäfte abschließen, dabei aber wenig Personal einsetzen, um die Personalkosten in Grenzen zu halten und der Beschäftigte steht als Vermittler zwischen den Geschäftspartnern, hat auch noch seine eigenen Interessen zu berücksichtigen (z. B. ein annehmbares Verhältnis zu den Vorgesetzten, ein gutes Verhältnis zu den Kollegen, aber auch möglichst wenig aufreibenden Streit mit den Kunden).

Genau diese Anforderungen werden von einem Befragten ganz deutlich thematisiert:

„Also wichtig ist mal eines, wenn man Berater ist einer Bank, da ist man nicht bloß einer, der beratet, sondern man ist eigentlich, man hat eigentlich viele Berufe gleichzeitig. Man ist also Berater, man ist Verkäufer, man ist Seelsorger, ja, ja, und was ist, ja und ein treuer Diener seiner Bank. Man hat also drei Dinge zu berücksichtigen. ... Erstens die Interessen des Kunden, die Interessen der Bank und seine eigenen Interessen. D.h. also die eigenen Interessen stelle ich mal voran. ... Ohne Kunden gibt's kein Bankgeschäft als solches. ... Dazu gehört natürlich ein Vertrauensverhältnis. Und Vertrauen verpflichtet natürlich auch. D.h. ich gegenüber muß dem Kunden immer etwas anbieten können. ... Man muß also auf die Kundenwünsche eingehen. Das erste ist also der Wunsch des Kunden, versucht man zu integrieren natürlich auch in die Interessen der Bank. ... Das zweite ist das Interesse der Bank, weil die Bank muß ja nicht nur heute bestehen, sondern in die Zukunft hinein. Vielleicht für die nachkommende Generation."

Mit diesem Beispiel wurde versucht, aus der Fülle des Materials bestimmte inhaltlich interessierende Aspekte herauszufiltern; man könnte dies mit „*inhaltlich-reduktiver Vorgehensweise*" beschreiben. Das Rohmaterial stünde in der aufbereiteten Form (Transkripte) aber auch einer *extensiven Auswertung*, als *inhaltlich-explikative Analyse*, offen.

Wie der Leser unschwer erkennen wird, ist dieses Beispiel einer inhaltlich-reduktiven Textinterpretation in seiner Struktur nicht völlig identisch mit dem allgemeinen Modell einer solchen Vorgehensweise bei der Auswertung, wie sie in 3.8. entwickelt wurde. Dies hat natürlich damit zu tun, daß die generalistisch formulierten Auswertungsschritte in Anpassung an Gegenstand und Erkenntnisinteresse modifiziert werden können und müssen. Auch spielen die Vorlieben und das

Vermögen der jeweiligen Forscher für die konkrete Gestaltung der Auswertung eine wichtige Rolle.

Aus jeder Forschungsmethode erwachsen spezifische Probleme für die Glaubwürdigkeit der Ergebnisse. Während bei der qualitativen Sozialforschung in der Erhebungsphase durch die angestrebte Offenheit für Einflüsse aus dem empirischen Feld und durch die detaillierte Aufzeichnung der Interviews positive Effekte für die Glaubwürdigkeit der Ergebnisse abgeleitet werden können, ist die Auswertungsphase diesbezüglich eher kritisch zu beleuchten. In der Auswertung geschieht eine Deutung oder Interpretation der vorhandenen Texte. Der Prozeß der Interpretation ist durch die persönliche Deutungskompetenz des Forschers und durch seine Eindrücke von den jeweiligen Interviews beeinflußt.

Das Zustandekommen der Ergebnisse kann vom Leser nicht direkt nachvollzogen werden, wenn er den Kontext, das Rohmaterial in Form von Aufzeichnungen und die Vorgehensweise der Auswertung nicht kennt. Um den Interpretationsprozeß für den Leser nachvollziehbar zu machen, wurde das methodische Prinzip der *Explikation* gefordert (vgl. *Lamnek* 1988, S.26f.), welches besagt, daß die Einzelschritte der Untersuchung offengelegt werden sollen; damit soll deren Akzeptanz erhöht werden. Die Glaubwürdigkeit kann durch eine stimmige Darstellung der Ergebnisse verbessert werden.

Auf die inhaltliche Dimension der Interpretation zielt die Forderung ab, eine Interpretation nur von einer Gruppe von Forschern vornehmen zu lassen. Damit soll eine intersubjektive Überprüfbarkeit hergestellt werden. Speziell in dem vorstehenden Projektbeispiel, das als Einzelarbeit angelegt war, konnte eine objektive Interpretation nicht dem Prinzip der Interpretation in der Gruppe folgend entwickelt werden (vgl. zum Prinzip der Interpretation in der Gruppe *Lamnek* 1988, S.170).

Andere Formen der Auswertung werden bei den anderen qualitativen Methoden vorgestellt werden.

4. Die Gruppendiskussion

Im Vergleich zu anderen qualitativen Erhebungstechniken – etwa der offenen oder narrativen Befragung sowie der Beobachtung – wird die Gruppendiskussion in der Praxis – gerade in der kommerziellen Markt- und Meinungsforschung – sehr häufig angewandt, doch ist sie methodisch-theoretisch nur zaghaft ausgearbeitet worden. Gemessen an der Anwendung der anderen kommunikativen Verfahren der Datenerhebung fristet die Gruppendiskussion im wissenschaftlichen Bereich ein Schattendasein (vgl. *Krüger* 1983, S.90). Diese Heterogenität zwischen kommerzieller und wissenschaftlicher Anwendung mag dafür verantwortlich sein, daß dieser Methode in der qualitativen Sozialforschung weniger methodologische Aufmerksamkeit zugewandt wurde, als etwa dem Interview oder der Beobachtung. Die Praktiker bedauern jedenfalls, daß sie die Gruppendiskussionen eher im „Freistil" als methodologisch fundiert und abgesichert durchführen. Die wissenschaftlichen Erkenntnisse und das Handlungswissen sind bei der Gruppendiskussion deutlich begrenzt.

Die Gruppendiskussion ist eng verwandt mit der Methode der Befragung, schließlich ist sie als Kritik an der standardisierten Einzelbefragung entwickelt worden. Sie kann als eine spezifische Form eines Gruppeninterviews bezeichnet werden. In der Literatur zu diesem Thema findet man neben dem Begriff Gruppendiskussion auch noch die Bezeichnungen Gruppenexperiment, Kollektivinterview und Gruppengespräch, jedoch hat sich heute Gruppendiskussion als Standardbegriff durchgesetzt. Wir wollen ihn im weiteren schwergewichtig gebrauchen, wenngleich wir auch gelegentlich aus stilistischen Gründen auf die anderen Bezeichnungen zurückgreifen werden.

Als vorläufige Begriffsbestimmung, die notwendig erscheint, weil wir zuerst die historische Entwicklung darstellen, soll der Hinweis genügen, daß die Gruppendiskussion ein Gespräch mehrerer Teilnehmer zu einem Thema, das der Diskussionsleiter benennt, ist und das dazu dient, Informationen zu sammeln.

4.1. Geschichte der Gruppendiskussion

Bei der Gruppendiskussion handelt es sich um eine im Vergleich zu anderen Verfahren relativ junge Methode. Ihre Anwendung als Forschungsmethode kann im deutschsprachigen Bereich erst auf eine etwa 40jährige Geschichte zurückblicken.

Im anglo-amerikanischen Raum läßt sich die Gruppendiskussion schon vor 1950 nachweisen. Sie wurde zuerst von Kurt *Lewin* (1936) und seinen Schülern (*Lippitt* 1938; *Cartwright/Zander* 1953) im Zusammenhang mit sozialpsychologischen

Kleingruppenexperimenten eingesetzt. Dabei standen für *Lewin* nicht so sehr die Äußerungen der Teilnehmer einer Gruppendiskussion zum behandelten Thema im Vordergrund, sondern er hat die Gruppensituation „unter dem Gesichtspunkt des Führungsstils und der Reaktionen der Gruppenmitglieder untereinander untersucht" (*Krüger* 1983, S.92). *Lewin* versuchte, die Wirkungen und Wechselwirkungen einzelner Variablen zu ermitteln, die für das Verhältnis von Individuum und Gruppe (z.B. für die Ausbildung gruppeninterner, verbindlicher Normen) von Bedeutung sind (vgl. *Mangold* 1962, S.209). Heute steht das Interesse an inhaltlichen Ergebnissen der Diskussion zumindest gleichberechtigt neben gruppenprozessualen Analysen; in der Mehrzahl der Fälle ist aber das inhaltliche Interesse dominant.

Die Gruppendiskussion wurde in Amerika schon früh „in der sogenannten Markt- und Meinungsforschung neben oder gar an Stelle von Einzelinterviews angewendet" (*Mangold* 1962, S.209). Dabei diente sie der Vorbereitung von Verbraucherbefragungen und zur Untersuchung von Motivationsstrukturen bei Konsumenten. In der Medienwirkungsforschung wird sie zur „Exploration der Wirkungen von Propagandafilmen ... oder Rundfunksendungen" (*Mangold* 1962, S.209) eingesetzt. In diesem Zusammenhang sind etwa die Arbeiten von *Merton* et al. (1956) zu nennen.

Der Versuch, die Entwicklungslinie der Gruppendiskussion als Sozialforschungsmethode nachzuvollziehen, muß für den deutschsprachigen Raum in den fünfziger Jahren im Frankfurter Institut für Sozialforschung ansetzen (vgl. *Krüger* 1983, S.92). Dort wurde sie erstmals 1950/51 (*Pollock* 1955) zur Untersuchung von Phänomenen des politischen Bewußtseins der deutschen Bevölkerung eingesetzt.

Beispiel:
Pollock untersuchte das politische Bewußtsein der Bevölkerung an 1635 Personen aus allen Teilen der Bundesrepublik in 121 Gruppen. Die Mitglieder der untersuchten Gruppen verfügten jeweils über einen homogenen sozialen Hintergrund; sie bestanden z.B. aus den Mitgliedern von Kleingärtnervereinen, Übernachtern in einem Bahnhofsbunker, selbständigen Gemüsehändlern und vielen anderen Gruppen mehr (vgl. *Lutz* 1956).

„Der Grundreiz (der das Thema der Diskussion vorgibt, S.L.) bestand in diesem Fall aus einem fingierten Brief eines alliierten Soldaten, der nach fünfjähriger Besatzungszeit nach Hause kommt und seiner Lokalzeitung ziemlich kunterbunt durcheinander alle zur damaligen Zeit im Umlauf befindlichen negativen und positiven Schlagworte über die Deutschen als Ergebnis seiner Erfahrung zugeschickt habe" (*Lutz* 1956, S.73). Der „Grundreiz" sollte die untersuchten Gruppenmitglieder zu einer Diskussion über deutsche Identität, über die Bewertung der Ereignisse im Hitler-Deutschland und der Besatzungszeit veranlassen. Die Gespräche wurden auf Tonband aufgezeichnet und anschließend verschriftet.

Die Befunde aus einem Teil des Materials wurden 1955 in einer Monographie von F. *Pollock* veröffentlicht. Dabei beschränkt sich *Pollock* auf zwei inhaltliche Themenbereiche, die neben methodologischen Ausführungen abgehandelt wurden: Das erste Thema befaßt sich mit der verbalen Bewältigung und Abwehr der Ereignisse im III. Reich, die zum Zeitpunkt der Erhebung gerade sechs Jahre zurücklagen. Der zweite Abschnitt, in dem inhaltliche Befunde der qualitativen Analyse vorgestellt werden, befaßt sich mit Integrationsphänomenen in Gruppendiskussionen. Hier werden Gruppenprozesse herausgearbeitet, die zur Herausbildung einer *nicht-öffentlichen Meinung* beitragen. Letztere steht im Mittelpunkt des konzeptuellen Ansatzes von *Pollock*.

Pollocks (1955) Buch wurde nach seinem Erscheinen mehrfach besprochen und kritisiert. *Lutz* (1956) eröffnet einem breiten Fachpublikum durch eine zurückhaltende und sachliche Rezension in der „Sozialen Welt“ einen Einblick in das Werk. Sein Augenmerk richtet sich vor allem auf das methodische Vorgehen. *Hofstätters* (1957) Rezension in der „Kölner Zeitschrift für Soziologie und Sozialpsychologie“ hingegen ist heftig und nicht ohne Polemik gehalten. Aus offensichtlichem Unmut über die inhaltlichen Befunde der Studie kritisiert er das Vorgehen *Pollocks* sowie das Konzept der nicht-öffentlichen Meinung scharf. Noch im gleichen Heft der Kölner Zeitschrift antwortet Th. W. *Adorno* (1957) – Herausgeber der Reihe, in der das Buch von *Pollock* erschienen ist – und verteidigt die Monographie.

In dem von *Horkheimer* und *Adorno* verfaßten Vorwort der einige Jahre später erschienenen Monographie über die Gruppengespräche von *Mangold* (1960) erhält die Diskussion um das Werk *Pollocks* (1955) eine neue Wertung, der man sich heute nach der Lektüre von *Hofstätters* (1957) Rezension anschließen kann: „Wenn den Inhalt der qualitativen Analysen jener Studie vielfach die Widerstände bilden, welche das öffentliche, zumal das von Franz Böhm so genannte nicht-öffentliche Bewußtsein der Anamnese des Hitlerschen Grauens entgegensetzt, dann wiederholen sich diese Widerstände, ganz wie es der Psychoanalyse vertraut ist, der Studie selber gegenüber. Sie heften sich an ihre vorgeblichen oder wirklichen methodologischen Mängel. Was sie zeigt, wird abgewehrt, weil es nach den eingespielten Regeln des Wissenschaftsbetriebs der objektiven Gültigkeit entrate. In einer öffentlichen Kontroverse (in einer Fußnote werden die Aufsätze von *Hofstätter* (1957) und *Adorno* (1957) genannt; Anm. S.L.) ist all das zur Sprache gebracht worden“ (*Horkheimer/Adorno* 1960, S.5f).

Ebenfalls in den fünfziger und sechziger Jahren wurde die Gruppendiskussion „auch von Mitarbeitern der Dortmunder Sozialforschungsstelle erprobt, davon sind jedoch kaum nachhaltige Ergebnisse zu verzeichnen“ (*Krüger* 1983, S.92). Die Methode des Gruppengesprächs wurde aus organisationspsychologischen Ansätzen abgeleitet und in betriebssoziologischen Untersuchungen eingesetzt. Hierzu sei auf die Veröffentlichungen von *Paul* (1952; 1953) verwiesen. Für die (sozialkritische) Betriebssoziologie konstatiert *Paul* zwei Versionen: (1) die intrabetriebliche Gruppendiskussion von Betriebsgruppen und (2) die interbetriebliche Gruppendiskussion von Vertretern verschiedener Betriebe.

(1) Bei der Anwendung der intrabetrieblichen Gruppendiskussion von Arbeitsgruppen steht die Gruppenstruktur innerhalb des Betriebs im Vordergrund des Interesses. Es werden die zwischenmenschlichen Beziehungen der Gruppenmitglieder innerhalb und außerhalb des Betriebs untersucht. Die Befunde sind eher deskriptiv und der diagnostische Wert und die Erkenntnisse dieser Art von Gruppendiskussionen reichen kaum über die jeweilige Organisation hinaus. Die Generalisierbarkeit ist also nicht gewährleistet.

(2) Bei der interbetrieblichen Gruppendiskussion „haben wir es mit einem Gespräch zwischen Betriebsfachleuten zu tun, die entweder als Vertreter eines Betriebes, einer Arbeitsgruppe oder einer bestimmten Betrachtungsform an der Diskussion teilnehmen“ (*Paul* 1953, S.103). Dabei steht im Zentrum des Erkenntnisinteresses das Ergebnis der Gruppendiskussion, das „ein Konzentrat oder ein Extrakt des Wissens und der Erfahrung von Experten“ (*Paul* 1953, S.104) darstellt. Insoweit gehen die Befunde über spezifische Teilbereiche hinaus und können tendenziell generalisiert werden.

In der Mitte der 50er Jahre sind am Institut für Sozialforschung in Frankfurt eine Reihe weiterer, kleinerer, methodologisch orientierter Arbeiten zur Gruppendiskussion entstanden, die heute leider kaum zugänglich sind. 1954 entsteht die Dissertation von *v. Hagen* (1954), in der Integrationsphänomene in Diskussionsgruppen behandelt wurden. *Herberger* (1953) untersucht das Problem der Schweiger bei der Anwendung der Gruppendiskussion als Erhebungsinstrument und *Kohl* (1955) schließlich diskutiert das Problem der Mortalität bei der Verwendung von Zufallsstichproben für die Auswahl der Teilnehmer an Gruppendiskussionen. 1960 erscheint dann wieder beim Institut für Sozialforschung die Arbeit von *Mangold* (1960) über den Gegenstand und die Methode des Gruppendiskussionsverfahrens. Diese greift zwar die Resultate der kleineren methodologischen Arbeiten aus dem Institut auf, „legt jedoch das Hauptgewicht auf das Urmaterial: sowohl die Diskussionen des alten Gruppenexperiments wie spätere empirische Studien des Instituts, in denen dieselbe Technik verwendet wird“ (*Horkheimer/Adorno* 1960, S. 6).

Die methodische Diskussion wird Anfang der sechziger Jahre vorläufig abgebrochen und in den folgenden Jahren wird das Gruppendiskussionsverfahren vielfältig aber nicht besonders häufig eingesetzt und aufgrund der Praxiserfahrungen verfeinert, so z. B. von *Pross* (1975), um die Lebensbedingungen der nicht erwerbstätigen Ehefrauen zu studieren. 1979 werden Gruppendiskussionen als Erhebungsinstrumente zur Erfassung der Lebensbedingungen von Arbeitern und Angestellten in dem sich wandelnden Wirtschaftsgefüge (*Herkommer* 1979) eingesetzt.

Neuere Arbeiten zur methodologischen Diskussion um die Gruppen*diskussion* und das Gruppen*experiment* sind in den siebziger Jahren von der *Arbeitsgruppe Bielefelder Soziologen* (1976), von *Mucchielli* (1973) und in einer interaktionistischen Variante von *Nießen* (1977) veröffentlicht worden. In der neueren methodologischen Diskussion spielt die Gruppendiskussion kaum eine Rolle: sie scheint im wesentlichen auf dem methodischen und methodologischen Stand der Veröffentlichungen des Instituts für Sozialforschung stehen geblieben zu sein.

Trotz des Erstarkens der Diskussion um das interpretative Paradigma und die qualitative Methodologie hat die Gruppendiskussion einen inferioren methodologischen Status. Zu nennen sind lediglich die Arbeiten von *Krüger* (1983) und von *Hedges* (1985) für den englischsprachigen Raum. „Zu vermuten ist, daß es in erster Linie pragmatische Überlegungen sind, die den Einsatz der Gruppendiskussion von selbst eingrenzen und die Reflexionen in der Praxis zu kurz kommen lassen“ (*Krüger* 1983, S.90).

Diese Aussage von Heidi *Krüger* muß allerdings differenziert werden, denn sie gilt nur für den wissenschaftlichen Bereich. In der kommerziellen Markt- und Meinungsforschung, insbesondere bei den Marktforschern in Industrieunternehmen, gewinnt die Gruppendiskussion zunehmend an Beliebtheit, weil es eine kostengünstige und (scheinbar) leichte Methode ist, an wichtige, entscheidungsrelevante Informationen zu kommen. Hier sind es gerade die pragmatischen Überlegungen, die zum Einsatz dieser Methode führen. Andererseits ist richtig, daß wegen des Pragmatismus und der Anwendungsorientierung methodologische oder methodische Überlegungen kaum angestellt werden. Das Bild der Gruppendiskussion läßt sich beim heutigen Stand der Diskussion so zeichnen:

Tabelle 5: Die Gruppendiskussion in Wissenschaft und kommerzieller Forschung

	Wissenschaftsbereich	kommerzieller Bereich
Anwendungshäufigkeit	relativ selten	recht häufig
Methodologische Entwicklung	praktisch keine	keine

Die Entwicklung der Gruppendiskussion als sozialwissenschaftliche Methode läßt sich kursorisch wie folgt skizzieren:

- Der *Ursprung der Gruppendiskussion liegt im anglo-amerikanischen Raum* bei Kurt *Lewin* und seinen Schülern, die die Gruppendiskussion im Zusammenhang mit *sozialpsychologischen Kleingruppenexperimenten* einsetzten.
- Es standen zunächst *gruppenprozessuale Beobachtungen* (Führungsstil, Verhalten der Teilnehmer untereinander) *im Vordergrund des Erkenntnisinteresses*.
- Später und insbesondere in der Bundesrepublik gelangen *inhaltliche Aspekte* ins Blickfeld: die Gruppendiskussion wird als *Instrument zur Erhebung von Informationen* eingesetzt.
- Im deutschsprachigen Raum wird die Gruppendiskussion vor allem vom *Institut für Sozialforschung* in Frankfurt rezipiert. *Pollocks* (1955) Buch stellt den Ausgangspunkt der Diskussion in Deutschland dar.
- *Mangolds* Dissertation (1960) bildet zunächst einen Abschluß der umfangreichen methodologischen Diskussion um die Gruppendiskussion in den 50er Jahren und gleichzeitig eine *konzeptionelle Fortentwicklung* des damaligen Erkenntnisstandes.
- In den siebziger Jahren wird die Gruppendiskussion in einer *interaktionistischen Variante* neu entdeckt (*Nießen* 1977; *Arbeitsgruppe Bielefelder Soziologen* 1976).
- In der neueren *methodologischen Diskussion* um das interpretative Paradigma erscheint die Gruppendiskussion absolut *vernachlässigt*.
- In der *kommerziellen Markt- und Meinungsforschung* wird die Gruppendiskussion hingegen sehr *weitgehend eingesetzt*, da sie bei relativ *niedrigen Kosten* eine *Vielzahl von Informationen* liefert.

4.2. Definition der Gruppendiskussion

In Anlehnung an die Klassifikation des Interviews durch *Koolwijk* und *Wieken-Mayser* (1974) kann man auch die Gruppendiskussion differenzieren. Sie – die die Gruppendiskussion in ihrer Reihe von Methodenbüchern nicht behandeln – unterscheiden zwischen *ermittelnden* und *vermittelnden* Interviews. Bei den ermittelnden Interviews steht die Erfassung irgendwelcher, dem Forscher unbekannter, Angaben des Befragten im Vordergrund des Interesses. Klassisches Beispiel hierfür ist das journalistische Interview oder die sozialwissenschaftliche Befragung. Bei den vermittelnden Interviews hingegen, sollen durch eine Befragung Veränderungen auf Seiten des Befragten bewirkt werden. Als Beispiel hierfür sei auf das therapeutisch-psychologische Gespräch verwiesen, bei dem der Fragende zwar vordergründig Interesse an den Antworten des Befragten zeigt; eigentlich aber soll die Befragung dem Interviewten Einsichten in seine eigenen psychischen Dispositionen ermöglichen und die Verarbeitung vergangener Erlebnisabläufe erleichtern. (Schon die griechischen Denker kannten übrigens das vermittelnde Gespräch: die Mäeutik nach Sokrates.)

In analoger Weise kann man auch die Gruppendiskussion differenzieren. Zunächst ist die *vermittelnde Gruppendiskussion* zu nennen. Sie findet etwa in der Organisationsentwicklung oder in der Unternehmensberatung Anwendung. Eine Organisationsentwicklungsmaßnahme zerfällt in die Teile Diagnose der Problemlage, Intervention mit der Auswahl des zur Verfügung stehenden Instrumentariums und schließlich Evaluation der Effekte der Intervention. Das Instrumentarium der Organisationsentwicklungsintervention umfaßt auch das Gruppengespräch, in dem interpersonale Probleme im Rahmen einer Organisationsfamilie diskutiert werden, um so eine Lösung derselben zu initiieren. Diese Interventionsmaßnahmen gehen auf die *Laboratoriumsmethode* von Kurt *Lewin* (1936) zurück.

Unter der Laboratoriumsmethode werden verschiedene Verfahren des Gruppentrainings verstanden: z.B. das Sensitivity-Training und das T-Gruppen-Training. Bei diesen Methoden handelt es sich um Verfahren, bei denen Mitglieder verschiedener, nicht miteinander in Beziehung stehender, Organisationsfamilien zu einem gemeinsamen, mehrere Tage dauernden, Training außerhalb der Organisation zusammenkommen. In diesen vorwiegend als Gruppensitzungen abgehaltenen Trainings, sollen die Teilnehmer nur über das „Hier und Jetzt" reden und dabei Erfahrungen über ihre Wirkung auf andere, sowie die Wirkung anderer auf sich selbst machen: ganz allgemein sollen den Teilnehmern die durch sie und andere Teilnehmer initiierten gruppendynamischen Prozesse, sowie die Wirkung dieser Prozesse auf eigene und fremde Entscheidungen vor Augen geführt werden. In den Trainingsgruppen müssen Status, Position und Rolle der einzelnen Teilnehmer durch Gruppenprozesse jeweils neu bestimmt werden, denn keiner weiß etwas über den anderen, bevor er in die Trainingsgruppe kommt. In einer ständigen Reflexion über diese Prozesse und Interaktionen (genau das ist das „Hier und Jetzt") lernt der Teilnehmer diese Prozesse kennen. Er wird sensibel für die Wirkungen solcher Prozesse und kann sie unter Umständen selbst steuern. Dabei können die Teilnehmer völlig offen miteinander kommunizieren, da sie sich mit an Sicherheit grenzender Wahrscheinlichkeit nicht wiedersehen werden.

In der Organisationsentwicklung stellt die Gruppendiskussion als vermittelndes Instrument eine Organisationsentwicklungsmaßnahme dar. Werden Mitarbeiter einer Organisationsfamilie oder einer Arbeitsgruppe zu einer gemeinsamen Gruppendiskussion unter der Leitung eines Organisationsentwicklers aufgefordert, so steht nicht die Erfassung der individuellen Einstellungen und Meinungen oder der Gruppenmeinung im Vordergrund des Interesses. Vielmehr werden durch die Gruppendiskussion Gruppenprozesse in Gang gebracht, die das Verhältnis der Mitarbeiter untereinander klären und zur Beseitigung von Intraorganisationsproblemen (etwa Kommunikationsschwierigkeiten zwischen Abteilungen) beitragen sollen.

Daneben gibt es aber auch die *ermittelnde* Variante der *Gruppendiskussion*, die im folgenden im Vordergrund stehen wird. Auf diese Form werden sich die weiteren Ausführungen im wesentlichen beziehen. Der Anwendungsfall der sozialwissenschaftlichen Gruppendiskussion stellt ein Paradebeispiel für eine solche ermittelnde Gruppendiskussion dar. Die Angaben, die die Gruppenteilnehmer im Verlaufe einer Sitzung machen, bzw. die Gruppenprozesse, die zur Äußerung einer bestimmten Meinung oder Einstellung führen, stehen im Mittelpunkt des Interesses der Forscher.

Allgemein kann man die Gruppendiskussion *als Gespräch einer Gruppe von Untersuchungspersonen zu einem bestimmten Thema unter Laborbedingungen* auffassen. *Ziele der Gruppendiskussion* können, je nach methodologischer und soziologisch-theoretischer Ausrichtung des Forschers, sein:
- die Erkundung von Meinungen und Einstellungen der *einzelnen Teilnehmer* der Gruppendiskussion,
- die Ermittlung der Meinungen und Einstellungen der *ganzen Gruppe,*
- die Feststellung *öffentlicher Meinungen und Einstellungen,*
- die Erforschung *gruppenspezifischer Verhaltensweisen,*
- die Erkundung der den Meinungen und Einstellungen zugrundeliegenden *Bewußtseinsstrukturen der Teilnehmer,*
- die Gruppenprozesse, die zur Bildung einer bestimmten *individuellen oder Gruppenmeinung* führen und
- die empirische Erfassung ganzer *gesellschaftlicher Teilbereiche* (vgl. *Krüger* 1983, S.106).

Letzteres ist z.B. bei der Untersuchung von Strukturen von Großorganisationen der Fall, wie sie sich die Industriesoziologie öfter zum Gegenstand macht. Das Schwergewicht des Einsatzes liegt aber sicher bei der Eruierung von Einstellungen und Meinungen. Selbstverständlich können diese Ziele auch in diversen Kombinationen verfolgt werden. Allerdings würde dies evtl. bedeuten, daß Abstriche an den jeweiligen Erkenntnisinteressen und Fragestellungen in Kauf genommen werden müssen. Denn es sollte klar sein, daß bei einem Monoziel die Gruppendiskussion voll auf dieses ausgerichtet werden kann, während schon bei zwei Dimensionen die Realisierungen konfligieren können. Andererseits sind in jeder Gruppendiskussion die als Zielsetzungen formulierten Phänomene erkennbar, weil sie sich gegenseitig bedingen.

In Abhängigkeit von den jeweils zugrundegelegten Zielsetzungen, aber bei analytischer Trennung davon, können Gruppendiskussionsverfahren sehr vielfältig eingesetzt werden; ohne Anspruch auf Vollständigkeit seien einige Möglichkeiten genannt:

- Als Vorbereitungsverfahren für standardisierte Erhebungsinstrumente, wie etwa zur Konstruktion von Skalen zur Einstellungsmessung.
- Die Gruppendiskussion kann komplementär zu anderen qualitativen oder quantitativen Erhebungsmethoden praktiziert werden.
- Manchmal dient die Gruppendiskussion lediglich zur Illustration, mit der eine Auswahl typischer Aussagen vorgenommen wird, die die Ergebnisse quantitativer Analysen veranschaulichen und plausibilisieren sollen.
- Die Gruppendiskussion ist Instrument zur Einstellungserhebung, vor allem in der Markt- und Meinungsforschung, da die individuelle Meinung in der Gruppendiskussion durch die gegenseitige Stimulierung deutlicher zum Vorschein kommt als bei standardisierten Interviews.
- Die Gruppendiskussion kann als Korrektiv zur Fragebogenerhebung praktiziert werden, da die standardisierten Fragebogen die Variationsbreite von Einstellungen nur unzureichend erfassen können und vor allem nicht die Relevanzsysteme der Betroffenen ermitteln.
- Die Gruppendiskussion kann aber auch als Test (nicht im psychologisch-methodischen Sinne gemeint) zum Zwecke der Meinungs- und Einstellungsbeeinflussung eingesetzt werden.
- Die Gruppendiskussion ist besonders hilfreich bei der qualitativen Untersuchung von Motivationsstrukturen.

Diese sehr unterschiedlichen Funktionen und Zwecke belegen die Vielfältigkeit der Gruppendiskussion und verdeutlichen durch diese Multifunktionalität auch ihren häufigen Einsatz im kommerziellen Bereich. Sie ist eine Methode, die sehr flexibel an den jeweiligen Gegenstand, das Thema, die Erkenntnisabsichten und die spezifische Population angepaßt werden kann. Daraus resultiert – in Kombination mit der günstigen Kosten-Nutzen-Relation – ihre Beliebtheit.

Auch der Gegenstand der Gruppendiskussion kann den unterschiedlichsten Lebensbereichen entnommen sein: Das Thema kann sich auf den Beruf, die Familie oder die Freizeit beziehen. Sie kann Meinungen, Einstellungen und Verhalten zum Gegenstand haben. Es können Normen, Werte, Sanktionen ebenso diskutiert werden wie Ideologien, Philosophien usw. Der Diskussionsleiter gibt das zu besprechende Thema vor.

Die Gruppe der Gesprächsteilnehmer wird von dem Diskussionsleiter mit einem *Grundreiz*, einem pointierten oder provokanten Statement oder einer allgemein gehaltenen Frage zu dem zu behandelnden Thema konfrontiert. Dadurch soll die Diskussion der Teilnehmer in Gang gebracht werden. Wichtig ist, daß es sich bei dem, an den Grundreiz sich anschließenden Gespräch nicht um einen Dialog zwischen einem Teilnehmer und dem Forscher bzw. Diskussionsleiter handelt, sondern daß ein Gespräch der Teilnehmer untereinander stattfindet. Ist die Diskussion durch den Grundreiz allein nicht ausreichend stimuliert, so kann der Diskussionsleiter „je nach Bedarf weitere Reizargumente" (*Lutz* 1956, S.97) einbringen.

Die gesamte Gruppendiskussion, die sich leicht über einige Stunden hinziehen kann, wird auf Tonband – in neuerer Zeit immer mehr auch auf Video – aufgezeichnet und nach den Regeln der Transkription verschriftet. Die Auswertung der Texte erfolgt je nach soziologisch-theoretischer und methodologischer Ausrichtung des Forschers unter

- *inhaltlich-thematischen* oder
- *gruppendynamischen* Gesichtspunkten.

Dabei kann man sich der
- gängigen *inhaltsanalytischen Verfahren*

bedienen. Bei *Pollock* (1955) etwa werden die vorliegenden Texte mit einem deskriptiven Kategorienschema durchgearbeitet, andere Forschungsprojekte verwenden eher
- *explikative und extensive Techniken.*

Die Gruppendiskussion läßt sich – wie jede andere Methode der Datenerhebung auch – in entsprechende Einzelschritte zerlegen. Deren jeweilige Ausgestaltung in Abhängigkeit von Gegenstand und Erkenntnisinteresse determiniert letztlich den Erfolg oder Mißerfolg der Methode. Die zu treffenden Entscheidungen müssen begründet und abgesichert auf allen Stufen erfolgen.

So steht und fällt eine Gruppendiskussion mit der Auswahl der Teilnehmer und natürlich auch des Diskussionsleiters. Hier sind eine Vielzahl von Bedingungen zu beachten, die in 4.5. behandelt werden. Sehr entscheidend, wenn auch zeitlich ein nur kurzes Element der Gruppendiskussion, ist die Präsentation des Grundreizes durch den Moderator, der damit das Thema festlegt. Wir greifen diesen Punkt hier besonders heraus, weil der gesamte Diskussionsverlauf (durchaus ursächlich) von ihm determiniert wird: Richtung, Ausmaß, Gestaltung, Sprache usw. sind davon abhängig. Nach dem „Setzen des Stimulus" beginnt die längste Phase, die Diskussion. Parallel dazu und gleichzeitig wird sie mit Hilfe technischer Geräte aufgezeichnet. Die Aufzeichnung wird neben der Diskussion als einzelnes Element gesondert erwähnt, weil auch von der Technik Einflüsse auf die Diskussion und die Auswertung ausgehen können. Eine Videokamera ist auffälliger als ein Mikrophon und kann die Diskussion evtl. hemmen. Ein Ausfall des Aufnahmegerätes (um ein Extrembeispiel zu nennen) vereitelt die letzte Phase der Gruppendiskussion: deren Auswertung mit Interpretation.

Dieser erste Einstieg in das Verfahren der Gruppendiskussion soll zunächst genügen. Er wird ergänzt werden durch die Abgrenzung von anderen Methoden und vor allem durch die theoretischen Begründungen für unterschiedliche Formen der Gruppendiskussion, die in den weiteren Abschnitten bearbeitet werden. Zur Wiederholung und als Gedächtnisstütze werden einige definitorische Aspekte zusammengestellt:

Die Gruppendiskussion als sozialwissenschaftliche Methode läßt sich rekapitulierend wie folgt charakterisieren:

- Allgemein kann man die Gruppendiskussion als *Gespräch einer Gruppe zu einem bestimmten Thema unter Laborbedingungen* auffassen.
- Man kann zwischen *ermittelnden und vermittelnden Gruppendiskussionen* unterscheiden.
- Die *vermittelnde Gruppendiskussion* dient der *Inszenierung von Gruppenprozessen*.
- Bei der *ermittelnden Gruppendiskussion* steht die *Erlangung von Informationen* über die inhaltlichen Ergebnisse oder die gruppenprozessuale Generierung dieser Ergebnisse im Vordergrund des Interesses.
- Bei der *sozialwissenschaftlichen Anwendung* der Gruppendiskussion handelt es sich *in der Regel* – eine Ausnahme bildet die Aktionsforschung – um *ermittelnde* Verfahren.
- Die *ermittelnde Gruppendiskussion* kann unterschiedlichen Erkenntniszielen gewidmet sein; als Gegenstände der Ermittlung kommen in Frage:
  - Meinungen und Einstellungen der einzelnen Teilnehmer in der Gruppensituation;
  - Meinungen und Einstellungen der gesamten Diskussionsgruppe als einer größeren sozialen Einheit;
  - die „öffentlichen" Meinungen und Einstellungen, die in der Gruppensituation aktualisiert werden;
  - die den Meinungen und Einstellungen zugrundeliegenden Bewußtseinsstrukturen;
  - die Erforschung gruppenspezifischer Verhaltensweisen;
  - die in der Gruppendiskussion ablaufenden Gruppenprozesse, die die Meinungen und Einstellungen individuell und insgesamt bilden bzw. verändern;
  - die empirische Erfassung ganzer gesellschaftlicher Teilbereiche.
- Der Ablauf einer Gruppendiskussion läßt sich chronologisch im Forschungsprozeß bzw. bei Gleichzeitigkeit analytisch in folgende Phasen bzw. Dimensionen gliedern:
  - die Auswahl der Teilnehmer,
  - die Präsentation des Grundreizes, d.h. die allgemeine Vorgabe eines Themas,
  - die eigentliche Diskussion,
  - ihre Aufzeichnung und
  - die Auswertung des Materials.

4.3. Abgrenzung zu anderen Verfahren

In der älteren Literatur über die Gruppendiskussion werden auch die Begriffe *Kollektivinterview*, *Gruppengespräch* und *Gruppenexperiment* verwandt. Doch diese Bezeichnungen haben sich als relativ irreführend erwiesen, denn es handelt sich weder um eine Befragung (Interview), noch um ein Experiment, sondern um ein Gespräch einer Gruppe von Teilnehmern unter Laborbedingungen, sozusagen unter den Augen des Forschers. Wesentlich aber sind die Unterschiede zum Experiment und zum Interview, weshalb diese nun herausgearbeitet werden.

4.3.1. Abgrenzung vom quantiativen Experiment

Der Bezeichnung Gruppenexperiment lag die Überlegung zugrunde, daß die Konzeption der Gruppendiskussion als quasi-experimentelles Design verstanden werden könnte. Doch, und das zeigen die weiteren Ausführungen, besteht ein grundlegender Unterschied zwischen den beiden Methoden:

Das Experiment ist eine kausalanalytische Methode, mit der Zusammenhänge zwischen einer oder mehreren unabhängigen und abhängigen Variablen unter Laborbedingungen untersucht werden können. „Hierfür müssen bestimmte methodische Voraussetzungen erfüllt sein: Abhängige und unabhängige Variable müssen methodisch und analytisch voneinander getrennt werden können" (*Volmerg* 1981, S.186). Wird die unabhängige Variable durch den Forscher manipuliert oder variiert und treten gleichzeitig Veränderungen in der abhängigen Variablen auf, so kann der Forscher – wenn alle anderen Randbedingungen und Einflußgrößen kontrolliert (= ausgeschaltet oder aber für alle Untersuchungseinheiten konstant gehalten) wurden – diese Veränderungen als durch die Manipulation der unabhängigen Variablen verursacht ansehen. In diesem Fall wird eine Kausalbeziehung zwischen unabhängigen und abhängigen Variablen konstatiert. Um sich dieses Zusammenhangs weiter zu vergewissern und ihn methodologisch abzusichern, wird der Forscher neben der Gruppe der Untersuchungseinheiten, die der Manipulation der unabhängigen Variablen ausgesetzt sind (= Experimentalgruppe), eine weitere Gruppe von Untersuchungseinheiten beobachten, für die dies nicht gilt (= Kontrollgruppe). Ist auch bei dieser Kontrollgruppe eine Variation des abhängigen Merkmals zu beobachten, so ist diese auch bei der Experimentalgruppe nicht auf die Manipulation der unabhängigen Variablen, sondern auf andere – bisher nicht bekannte oder erforschte – Einflußgrößen zurückzuführen.

Das hier geschilderte experimentelle Vorgehen zeichnet sich durch vier Merkmale aus:

- die *Reproduzierbarkeit der Befunde*, denn bei einer Wiederholung des Experiments durch einen anderen Forscher sollten die gleichen Befunde auftreten;
- die *Standardisierung*, denn für jede Untersuchungseinheit werden alle bekannten Randbedingungen konstant gehalten;
- die *Meßbarkeit der Variablen*, denn die Variationen der abhängigen und unabhängigen Variablen müssen durch eine eindeutige Größe meßbar sein und

- die *Vergleichbarkeit* der Befunde aus *Experimental-* und *Kontrollgruppe*, denn erst dadurch werden die Erkenntnisse methodologisch abgesichert(er).

Die Realisierung dieser Bedingungen macht die Ergebnisse eines Experiments der *intersubjektiven Überprüfbarkeit* durch andere Forscher zugänglich und verleiht ihnen den methodologisch wertvollen Status.

„Das Gruppendiskussionsverfahren tut sich schwer, diese Bedingungen zu erfüllen" (*Volmerg* 1981, S.186), dennoch treten einige Parallelen auf: Der Grundreiz, mit dem der Forscher die Teilnehmer einer Gruppendiskussion konfrontiert, kann als unabhängige Variable verstanden werden, „während das Verhalten der Diskussionsteilnehmer die abhängige Variable darstellt" (*Volmerg* 1981, S.186). Wichtige zu kontrollierende Randbedingungen sind die Person und das Auftreten des Diskussionsleiters oder Moderators einer Gruppendiskussion (in vielen Fällen der Forscher selbst, was nicht immer sehr glücklich ist), die Laborbedingungen, die Zusammensetzung der Gruppe usw.

Trotz dieser Parallelen gibt es gravierende Unterschiede, die die Bezeichnung Gruppenexperiment als problematisch erscheinen lassen. „Selbst wenn sämtliche Randbedingungen standardisierbar wären ..., bereitet die methodische Trennung von Bedingungen und Effekten im Verlauf des Gruppenprozesses Schwierigkeiten" (*Volmerg* 1981, S.187), denn natürlich reagieren die Teilnehmer einer Gruppendiskussion nicht nur auf den Grundreiz des Forschers, sondern auch auf die Wortbeiträge der anderen Teilnehmer. Somit gibt es eine Vielzahl von Stimuli als unabhängigen (und intervenierenden und damit zugleich abhängigen) Variablen, die nur bedingt konstant gehalten oder kontrolliert werden können. Die Zuordnung von Ursache-Wirkungsrelationen ist somit kaum möglich; dies auch schon deswegen, weil kein Vergleich zu einer anderen Gruppe angestellt werden kann, bei der die Bedingungen der Diskussion vergleichbar wären.

Außerdem sind die Befunde einer Gruppendiskussion schwerlich reproduzierbar; sogar bei einer Wiederholung einer Sitzung mit ein und derselben Diskussionsgruppe unter ceteris-paribus-Bedingungen muß man mit Lerneffekten und einer kognitiven Evaluation der Sitzung (auch durch die Teilnehmer) und einer daraus resultierenden Veränderung des Verhaltens, rechnen. Das Kriterium der Wiederholbarkeit, in der Absicht, gleiche Ergebnisse zu erzielen, ist also nicht gewährleistet.

Das weitere Definitionselement des Experiments, nämlich die Standardisierung, wird in der qualitativen Methodologie a priori abgelehnt und könnte in der Gruppendiskussion auch keinesfalls realisiert werden. Die Situationen sind zu unterschiedlich. Deshalb wird auch zurecht auf dieses Kriterium verzichtet.

Der Begriff Gruppenexperiment verleitet durch die Assoziation mit dem Experiment zu Annahmen, die nicht realisierbar sind, weshalb auf seine Benutzung verzichtet werden sollte.

4.3.2. Gruppendiskussion und Einzelinterview

Mit *Gruppengespräch* und *Kollektivinterview* sind zwei Bezeichnungen des Gruppendiskussionsverfahrens angesprochen, die auf eine Ähnlichkeit des Vorgehens bei der Gruppendiskussion zu dem bei der Einzelbefragung verweisen. Aber eine kritische Durchsicht der vorliegenden Aufsätze und Monographien zeigt, daß die Gruppendiskussion in Auseinandersetzung und in Absetzung von der herkömmlichen *Umfrageforschung* (in Form von standardisierten Einzelinterviews) entwickelt wurde, die die *öffentliche Meinung als aggregierte Durchschnittsmeinung* der separat befragten Mitglieder einer Population errechnet. *Die Gruppendiskussion dagegen geht von der kontextuellen Bedingtheit der Einzelmeinungen aus.* Die methodische Kritik der Vertreter der Gruppendiskussion am Einzelinterview richtet sich im wesentlichen auf fünf Punkte:

(1) Die Vertreter der Interviewtechnik gehen von jederzeit reproduzier- und abrufbaren, feststehenden Meinungen oder Einstellungen bei den Untersuchungspersonen aus. Variationen der individuellen Meinung oder Einstellung in verschiedenen sozialen Situationen werden durch die Standardisierung der Erhebungssituation nicht berücksichtigt. Begründet wird diese Kritik damit „daß Verhaltensweisen und Einstellungen situationsspezifisch sind“ (*Kreutz* 1972, S.29; vgl. auch *Berger* 1974, S.33).

Die soziologische „Binsenweisheit“, daß Verhaltensweisen auch situationsdeterminiert, also kontextabhängig sind, muß auch auf die Interviewsituation übertragen werden. Deshalb ist die Anwendung von Einzelinterviews auf Bereiche beschränkt, in denen der Handlungskontext einen relativ geringen Einfluß auf die zu untersuchenden Einstellungen und Meinungen ausübt. „Die Kritik bezieht sich nicht auf die technische Präzision des Verfahrens, sondern auf seine Angemessenheit an das Erkenntnisziel, das sie sich selbst stellt: die öffentliche Meinung aus standardisierten Fragen an statistisch ausgewählten Individuen zu erschließen ... Seine Erfolge sind unzweifelbar, je näher seine Fragen dem Gebiet der Markt- und Konsumforschung liegen oder sich auf wenig affektbesetzte Gegenstände beziehen. Bedenklich ist es einzig, das Verfahren um seiner mathematischen Darstellung willen als privilegiertes Mittel objektiver Erkenntnis auf allen Gebieten der Meinungsforschung zu hypostasieren und die Grenzen zu überschreiten, die ihm grundsätzlich durch die Gestalt seiner Beziehung zum Gegenstand gesetzt sind“ (*Pollock* 1955, S. 30).

Der Forscher muß also berücksichtigen, daß es situationsspezifisch zu einer Durchmengung subjektiver und situationsspezifisch-objektiver Elemente bei der Bildung von Meinungen oder Einstellungen kommt. „Most human problems have a social dimension. People are to be understood partly through their own relationships and interactions with others“ (*Hedges* 1985, S. 72). Man prüfe sich diesbezüglich einmal selbst und wird schnell feststellen, daß bei einer grundsätzlichen Einstellung diese sehr wohl situationsspezifisch differentiell wirksam wird.

Beispiel:
Der Politiker X wird in einer kleinen Parteiversammlung eine Entscheidung seines Parteivorsitzenden als „falsch“ bezeichnen, während er öffentlich befragt, sie vielleicht als „nicht ganz glücklich“ charakterisieren würde.

(2) Durch konsequente Fortführung dieses Arguments wird von einigen Vertretern der Gruppendiskussion angenommen, der Einzelne könne seine (situationsspezifische) Meinung überhaupt erst im Wege der Auseinandersetzung mit situationsdeterminierten Stimuli und provokanten, entgegenstehenden Meinungen und Einstellungen anderer explizieren. „Realistische Meinungsforschung müßte in den Forschungsmethoden jenen Bedingungen so nahe wie nur möglich kommen, unter welchen tatsächliche Meinungen sich formen, durchhalten, abwandeln. Sie muß sich freimachen vom Vorurteil, die Meinung sei gleichsam als Eigentum des Einzelnen in weitem Maße stabil und ihre Änderung sekundär ... Sie müßte sich daran orientieren, daß in der vergesellschafteten Gesellschaft jeweils deren objektive Situation entscheidenden Anteil hat an der Bildung und dem Inhalt des Meinens der Einzelnen, ohne daß darum das subjektive Element, das auf die objektiven gesellschaftichen Tatsachen anspricht, eliminiert wird" (*Pollock* 1955, S. 19f).
Die Konfrontation der je individuellen Untersuchungspersonen mit Meinungen und Einstellungen anderer bringt ihre eigenen erst hervor. Man geht von der faktischen Unfähigkeit der Untersuchungspersonen aus, ihre Auffassungen ohne Widerspruch und nachhaltige Stimulierung zu artikulieren (vgl. *Kreutz* 1972, S. 118). Ohne eine argumentative Front, gegen die der Einzelne Stellung beziehen kann, ist er nicht in der Lage, seine eigene Meinung oder Einstellung zu äußern. „There is more to react to, more food to thought, more diversity of opinions expressed, than in a typical individual interview. This often helps people to analyse their own attitudes, ideas, believes and behavior more penetratingly and more vividly than they could easily do if just alone with the interviewer" (*Hedges* 1985, S. 73).

Beispiel:
Eine Individualbefragung zum Hungerstreik aus der Terrorszene stammender Strafgefangener mag ergeben, daß der Befragte sich für deren Zusammenlegung in Großgruppen ausspricht. In der Gruppendiskussion jedoch würde derselbe Befragte von einem Gegner seiner Auffassung erfahren, daß es nicht um die Überführung dieser Inhaftierten in den Normalvollzug geht, sondern daß Terroristen zusammengelegt werden wollen und daß andere Inhaftierte sich auch nicht aussuchen können, mit wem sie gemeinsam untergebracht sind. Hier würde er nun die Zusammenlegung ablehnen und nur für einen Normalvollzug plädieren.

(3) Bei der standardisierten Einzelbefragung ist die Untersuchungsperson nicht Kommunikationspartner oder ‚Subjekt einer Unterhaltung' sondern ‚Objekt einer Ermittlung' (vgl. *Nießen* 1977, S. 54). Dies widerspricht in eklatanter Weise den Postulaten der Offenheit und der Kommunikativität qualitativer Methodologie.

Beispiel:
In einem standardisierten Interview gilt die Anweisung an den Interviewer, seine eigenen Auffassungen nicht erkennbar werden zu lassen, damit davon keine verzerrenden Einflüsse auf den Befragten ausgehen. Ein offenes, kommunikatives Gespräch könnte sich nun entwickeln, wenn der Interviewte (vor oder nach einer gegebenen Antwort) den Interviewer fragt: „Was sagen jetzt Sie dazu?" Dieser Versuch eines Gesprächs – wie es

alltäglich ist, wenn man sich einer Einstellung vergewissern und eigene Unsicherheit abbauen möchte – wird vom Interviewer „abgewürgt", weil die Standardisierung und mithin Vergleichbarkeit (gleichzeitig aber auch Unnatürlichkeit) oberste Maxime ist. Die Gruppendiskussion vermeidet dieses Problem und macht sich das alltäglich gewünschte Gespräch zunutze.

(4) Die Erhebungssituation im Einzelinterview ist nicht geeignet, eine naturalistische Kommunikation zu generieren, die als einzige die Gewähr für authentische Äußerungen (Meinungen und Einstellungen) bietet. Das Forschungsinterview (tendenziell auch das qualitative) generiert eine viel zu unnatürliche Kommunikationssituation, als daß man den Befunden diesen Stellenwert zubilligen könnte.

Beispiel:
Dieser Sachverhalt wird deutlich in folgendem (realen) Interview. Ein Privatwaldbesitzer (Landwirt) wird gefragt, wieviel Holz er in einem bestimmten Zeitraum einzuschlagen gedenke. Er antwortet: „10 Festmeter." Da mischt sich seine (dominante) Ehefrau ein und sagt: „Keinesfalls; höchstens 5 Festmeter." Vermutlich ist letzteres die realistischere Verhaltensvariante, die man aber bei Beachtung der Regeln für das standardisierte Interview („Dritte sind auszuschließen") nie erfahren hätte. Dieses Beispiel macht bei seiner Übertragung auf die Gruppendiskussion deutlich, daß mit dieser Methode realitätsgerechtere Daten zu gewinnen sind, weil die Diskussionssituation natürlicher ist.

Die Vertreter der Gruppendiskussion gehen mit dieser Kritik noch über die der Vertreter des qualitativen Interviews an der standardisierten Befragung hinaus. Sie billigen die Anwendung der Einzelbefragung – einerlei ob standardisiert oder nicht standardisiert – nur bei Themenbereichen, bei denen der Handlungs- bzw. Kommunikationskontext einen relativ geringen Einfluß auf die Ausformung von Meinungen und Einstellungen hat.

(5) Das wohl am häufigsten gehörte Argument für den Einsatz der Gruppendiskussion in der empirischen Sozialforschung bezieht sich auf den geringeren personellen, zeitlichen und finanziellen Aufwand, der für die Erhebung einer bestimmten Zahl von Untersuchungspersonen betrieben werden muß. „You can obviously talk to a given number of people with less input of your own time if you take them in groups than if you take them one at a time" (*Hedges* 1985, S. 71). Bei diesem Argument wird übersehen, daß die Auswertung eines Protokolls einer Gruppendiskussion sich bei weitem schwieriger gestaltet, als die des Protokolls eines Einzelinterviews. Dies trifft in besonderem Maße auf die qualitativen Varianten der Gruppendiskussion zu. Zwar sind hier die Fallzahlen gegenüber den standardisierten Verfahren in der Regel geringer, aber die interpretative Analyse eines Gruppendiskussionsprotokolls verlangt weitaus mehr Zeit und Energie als die Daten einer standardisierten Technik.

Während das letzte Argument der Abgrenzung der Gruppendiskussion von der Methode der Befragung eher pragmatischer Natur ist, waren die vier vorher skizzierten methodologischer Art und gewichtiger. Zentral und grundlegend ist die Differenzierung, daß die traditionelle Umfrageforschung Einzelmeinungen isoliert erfaßt und zur öffentlichen Meinung abstrakt aggregiert; der Gruppendiskussionsansatz hingegen geht von der gesellschaftlichen Bedingtheit auch der Einzelmeinungen aus. Es erscheint deshalb schon sinnvoll, auf den Begriff der Gruppenbefragung zu verzichten und den der Gruppendiskussion zu gebrauchen.

4.3.3. Die Abgrenzungskriterien im Überblick

In der älteren Literatur zum Gruppendiskussionsverfahren werden auch die Begriffe Gruppen- bzw. Kollektivinterview oder Gruppenexperiment synonym mit Gruppendiskussion verwendet. Dies ist partiell irreführend:

- Bei der Gruppendiskussion handelt es sich nicht um ein Experiment, denn die zentralen methodologischen Bedingungen
  - Standardisierbarkeit,
  - Operationalisier- und Meßbarkeit,
  - Reproduzierbarkeit und
  - Kontrolle durch vergleichbare Gruppen (Experimental- und Kontrollgruppe)

  können in der Gruppendiskussion nicht garantiert werden. Weder sind unabhängige und abhängige Variable eindeutig bestimmbar, noch sind eindeutige Kausalzuschreibungen möglich. Die Interaktionen der Teilnehmer an einer Gruppendiskussion vereiteln dies.
- Bei der Gruppendiskussion handelt es sich auch nicht um eine kollektive Befragung. Dies ergibt sich aus der Tatsache,
  - daß es sich um ein Gespräch der Teilnehmer untereinander und nicht um Gespräche der Teilnehmer mit dem Diskussionsleiter handelt.
  - Da die zu erhebenden Daten prozeßproduziert sind, also situationsabhängig, scheidet eine individualistische Erfragung von Meinungen oder Einstellungen aus.
  - Erst in der naturalistischen, weil realitätsgerechteren, Gruppendiskussion entwickeln sich und entstehen Meinungen durch die Auseinandersetzung mit anderen.
  - Nur wenn die Gesprächspartner als Subjekte akzeptiert werden, und das ist in der Gruppendiskussion – im Gegensatz zu allen Interviews – eher der Fall, sind realistische Informationen erwartbar.
  - Gruppensituationen sind – weil alltagsähnlicher – eher geeignet, authentische Einstellungen und Meinungen zu artikulieren.

4.4. Konzeptionen der Gruppendiskussion

Der Schwerpunkt der Anwendung der Gruppendiskussion in Deutschland liegt – anders als in den Vereinigten Staaten – nicht auf der Ermittlung gruppendynamischer Prozesse, sondern in der Erlangung inhaltlich-thematischer Befunde. In der methodologischen und konzeptionellen Entwicklung der Gruppendiskussion in der

Bundesrepublik lassen sich drei Stufen nachzeichnen. Drei Namen stehen für die aufeinander aufbauenden Konzepte der Gruppendiskussion: (1) *Pollock* (1955), (2) *Mangold* (1960; 1962) und (3) *Nießen* (1977).

Zuerst *Pollock* und dann *Mangold* setzen das Gruppendiskussionsverfahren ein, um Meinungen und Einstellungen „unmittelbar im Kontext konkreter Gruppenbeziehungen" (*Mangold* 1960, S.36) zu studieren. In Anlehnung an *Hegels* „Objektiven Geist" und *Durkheims* „Kollektivbewußtsein" gehen beide davon aus, daß die „kollektive Meinung der individuellen zwar vorausgeht, die individuelle die kollektive Auffassung aber je nach Situation abändert und so die ‚öffentliche Meinung' weder gleichzusetzen ist mit der Summe der Einzelmeinungen, noch mit der ‚offiziellen Meinung', sondern immer dann aktualisiert wird, wenn mehrere Gruppenmitglieder zusammen sind" (*Pollock* 1955, S.21f; vgl. auch *Mangold* 1967, S.223 und *Arbeitsgruppe Bielefelder Soziologen* 1976, S.131).

Die Kritik wendet sich gegen die praktizierte quantitative Methodologie: Obwohl allgemein weder der überindividuelle Charakter der öffentlichen Meinung, noch die Wechselwirkungen zwischen Institutionen und Individuen bestritten werden, diente in diesem Paradigma die Summe der Einzelmeinungen zur Erforschung und Erfassung der öffentlichen Meinung; bzw. sie werden gar gleichgestellt. „Diese und nicht der objektive Geist wird zum Substrat der Meinungsforschung, weil nur die Einzelmeinungen sich zählen und messen lassen ... Dieser Mangel der Meinungsforschung ... stellt die Zuverlässigkeit der scheinbar so objektiven Forschungsmethode selber in Frage" (*Pollock* 1955, S.24f).

Kreutz (1972) kritisiert die theoretische Begründung *Pollocks* deswegen, weil dieser die öffentliche Meinung, die er in den Gruppendiskussionen erfassen will, wiederum als etwas von den individuellen Meinungen Abhebbares ansieht, das nur in der unmittelbaren Interaktion beobachtbar ist, was aber bedeutet, daß die Zusammensetzung der Diskussionsteilnehmer zufällig erfolgen kann und trotzdem immer die gleiche öffentliche Meinung aktualisiert würde. Andererseits unterstützt *Kreutz* jedoch die von *Pollock* geäußerte Ansicht, „daß die ‚wahre' Meinung nicht erfragbar, sondern nur in der direkten Diskussion und Argumentation beobachtbar und protokollierbar ist" (*Kreutz* 1972, S.118). Dieses Statement eines quantitativ orientierten Soziologen bietet den Einstieg in die theoretische Position dessen, der die Gruppendiskussion als erster in der Bundesrepublik behandelt hat.

4.4.1. Die nicht-öffentliche Meinung als Erkenntnisziel

Pollock (1955) führte die Gruppe als wichtige Determinante für die Äußerung persönlicher Meinungen und Einstellungen – für die nicht-öffentliche Meinung – ein. Er versteht das Individuum sowohl als Träger der öffentlichen Meinung, wie auch in Anlehnung an *Freuds* Konzept der tieferliegenden Bewußtseinsschichten als Träger einer sog. nicht-öffentlichen Meinung. Letztere gilt es, in der Gruppendiskussion zu erfassen. Das Gruppendiskussionsverfahren bietet sich besonders an, da diese nicht-öffentliche Meinung nur „unmittelbar im Kontext konkreter Gruppenbeziehungen" (*Mangold* 1960, S.36) zu studieren ist.

Für *Pollock* ist die öffentliche Meinung etwas dem Einzelnen objektiv Gegebenes, Ausdruck der gesellschaftlichen Totalität, die von diesen Individuen in ihren Einstellungen und Meinungen modifiziert wird und sich deshalb nicht mit den Bewußtseinsinhalten aller einzelnen Menschen deckt (vgl. *Pollock* 1955, S.23f). „Während sie von den Individuen getragen wird und auf deren Denken und Fühlen basiert, addiert sie sich nicht aus deren Meinungen, sondern tritt jedem einzelnen als etwas bereits vorgeformtes, verfestigtes, und oft überwältigend Starkes gegenüber. Die Verselbständigung der öffentlichen Meinung als einer Art von geistigem 'Ding an sich' ist die Reflexion eines gesellschaftlichen Zustandes, in dem die Verhältnisse selbst vom Einzelnen als verselbständigt erfahren werden und ihn zur Anpassung zwingen. *Öffentliche Meinung* wäre der Inbegriff dieses, die gesellschaftlichen Verhältnisse und Machttendenzen widerspiegelnden objektiven Geistes, die Gestalt des Bewußtseins, die charakteristisch ist für die Gesamtgesellschaft" (*Pollock* 1955, S.24f).

Der öffentlichen Meinung stellt *Pollock* die nicht-öffentliche Meinung gegenüber. Im Geleitwort zu seiner Arbeit über die Gruppendiskussion schreibt F. *Böhm* zur nicht-öffentlichen Meinung, daß „deren Inhalt von dem Inhalt der eigentlichen öffentlichen Meinung erheblich abweichen kann, deren Sätze aber neben den Sätzen der öffentlichen Meinung gleich den Geldeinheiten einer zweiten Währung umlaufen, ja vielleicht einen festeren und stabileren Kurs haben" (*Pollock* 1955, S.XI).

Als praktische Konsequenz aus der Kritik an der Individualerfassung von Meinungen und Einstellungen wird die Gruppendiskussion als Verfahren angesehen, durch das in alltäglichen Kommunikationsprozessen die nicht-öffentliche Meinung offengelegt werden kann. „Die Meinungen und Einstellungen der Menschen zu den Themen, die allgemeines oder öffentliches Interesse beanspruchen und daher Gegenstände der öffentlichen Meinung bilden können, entstehen und wirken nicht isoliert, sondern in ständiger Wechselbeziehung zwischen den Einzelnen und der unmittelbar und mittelbar auf ihn einwirkenden Gesellschaft. Sie sind oft nicht sonderlich dezidiert, sondern stellen eher ein vages und diffuses Potential dar. Dem Einzelnen werden sie häufig erst während der Auseinandersetzung mit anderen Menschen deutlich" (*Pollock* 1955, S.32).

„In lockerer entspannter Atmosphäre läßt die Gruppendiskussion spontane und freie Äußerungen zu, die die Teilnehmer gegenseitig stimulieren und zu einer gewünschten Breite der Aussagen führen sollen" (*Krüger* 1983, S.93), denn eine Reihe von Einstellungen und Meinungen sind durchaus den Schwankungen von Affekten unterworfen. „Die Methode muß anstreben, alle Aspekte zu erfassen und auch den kontradiktorischen Tendenzen gerecht zu werden. Eine Einengung der Reaktionsbreite soll womöglich vermieden werden" (*Pollock* 1955, S.32f). Die Antworten auf einige heikle Fragen werden von den Teilnehmern an einer Gruppendiskussion oft rationalisiert, was bedeutet, daß die eigentliche Antwort durch eine andere Reaktion, von der der Betreffende annimmt, daß sie akzeptabel ist, ersetzt wird. Schweigen ist auch eine Form dieser Rationalisierung. „Der Erkenntniswert einer Untersuchung wird um so größer, je besseren Aufschluß sie darüber zu geben vermag, wofür diese Rationalisierungen in Wahrheit stehen" (*Pollock* 1955, S.33). Interessant wäre also zu erfahren, wofür das Schweigen steht.

4.4.2. Die informelle Gruppenmeinung als Gegenstand

Den theoretischen Prämissen der ersten Konzeption von Gruppendiskussion nach *Pollock* entspricht dann eine Erhebungssituation, die sozusagen einen Mikrokosmos sozialer Entstehungs- und Artikulationsbedingungen abgibt. Selbst wenn man letztlich an den geäußerten Einzelmeinungen interessiert ist, werden diese unter Bedingungen des Gruppengesprächs erhoben – also realitätsnäher als etwa beim isolierten Einzelinterview. Allerdings hat sich beim Einsatz des Gruppendiskussionsverfahrens das Interesse zunehmend von der individuellen Meinung weg zur Gruppenmeinung verschoben. Diese Verlagerung des Erkenntnisziels wurde vor allem von *Mangold* (1960, 1962) eingeleitet, der sich damit vom Hauptinteresse *Pollocks* an der Einzelmeinung abwandte.

Bei *Mangold* steht im Zentrum des Erkenntnisinteresses nicht die individuelle Einstellung oder die nicht-öffentliche Meinung der Teilnehmer, sondern die *informelle Gruppenmeinung*. Dieser Gegenstand läßt sich aber nur in konkreten Gruppensituationen studieren, weshalb die Gruppendiskussion die richtige Methode der Sozialforschung ist, diesen Objektbereich zu untersuchen.

Die informelle Gruppenmeinung ins Zentrum des Interesses zu rücken und sie als genuinen Gegenstandsbereich des Gruppendiskussionsansatzes zu fassen, bedeutet nicht, das Individuum als Meinungsträger aufzugeben: Das einzelne Gruppenmitglied repräsentiert in seiner geäußerten Einstellung die dahinterstehende Gruppenmeinung mindestens teilweise mit, ja es wird möglicherweise sogar zum Träger der „öffentlichen Meinung".

Mangold unterscheidet prinzipiell zwischen zwei Ansätzen von Gruppendiskussionen, denen unterschiedliche Verhaltensmodelle zugrundeliegen:

(1) Der erste Ansatz entnimmt seine Beurteilungskriterien für die Zuverlässigkeit von Gruppendiskussionen dem Verhaltensmodell der Umfrage. Er setzt voraus, daß individuelle Meinungen mit kollektiven gleichzusetzen sind; die individuellen Meinungen und Einstellungen bilden also hier den Untersuchungsgegenstand.

(2) Der zweite Ansatz geht von einem Verhaltensmodell aus, bei dem der situationsbedingten Gruppenkontrolle eine konstitutive Bedeutung für das individuelle Verhalten und für individuelle Meinungen und Einstellungen beigemessen wird. Für diesen Ansatz bildet das Gruppendiskussionsverfahren den adäquaten Forschungsansatz. Der Konsens, der über ein bestimmtes Thema durch wechselseitige Beeinflussung der einzelnen Teilnehmer und der Gruppe innerhalb der Diskussionsgruppe entsteht, ist die informelle Gruppenmeinung, die es zu erheben gilt.

„Das Auftreten sozialer Kontrollen im Diskussionsprozeß, die wechselseitige Beeinflussung der Versuchspersonen – sie sind nach den Anforderungen des bisher erörterten Ansatzes (quantitative Sozialforschung; Anm. S.L.) mehr ‚Störung' als ‚Hilfen' – werden aus der Perspektive des zweiten Ansatzes, Meinungen und Einstellungen unter ‚Gruppenkontrolle' zu studieren, zum entscheidenden positiven Kriterium für die Validität der ermittelten Bewußtseins- und Verhaltensphänomene, zum entscheidenden ‚Vorteil' von Gruppendiskussionen gegenüber Einzelbefragungen" (*Mangold* 1960, S.30).

4.4.3. Die Situationskomponente in der Gruppenmeinung

Pollock hatte die stimulierende Wirkung der Gruppe auf die Kommunikabilität individueller Einstellungen und Meinungen proklamiert und *Mangold* hatte daran anschließend die prinzipielle Abhängigkeit einer Meinung von der Gruppenkontrolle herausgearbeitet. Unter Rekurs auf das interpretative Paradigma und die soziologisch-theoretische Position des symbolischen Interaktionismus, ergänzt und erweitert *Nießen* (1977) die methodologischen Voraussetzungen des Gruppendiskussionsverfahrens. Die methodologischen und methodischen Implikationen des interpretativen Paradigmas lassen sich in Anwendung auf das Gruppendiskussionsverfahren aus der Theorie des symbolischen Interaktionismus und der phänomenologischen Soziologie herleiten. *Nießen* „fundiert die Situationsabhängigkeit der Aussagen mit dem Ansatz des symbolischen Interaktionismus und überschreitet damit die sozialpsychologisch orientierte Problematik der Gruppendiskussion" (*Krüger* 1983, S.95).

Das Gruppengespräch wird dabei als eine dem Alltag ähnliche Kommunikationssituation begriffen, die realitätsanaloge Situationsbedingungen aufweist. Insofern bietet es eine hervorragende Ausgangsbasis für die Erforschung sozialer Konstitutionsprozesse von Einstellungen, Deutungs- und Handlungsmustern, die über die in der Erhebungssituation auftauchenden Sinnzusammenhänge und Bedeutungszuschreibungen erschlossen werden.

Voraussetzung für eine solche Rekonstruktion sozialer Konstitutionsprozesse ist allerdings, daß die Diskussiongruppen *Realgruppen* sind, also schon vor der Erhebungssituation als Gruppen existieren und unabhängig von der Diskussion auch vom Diskussionsgegenstand betroffen sind (vgl. *Nießen* 1977, S.64). Es erscheint aber manchmal sinnvoll – je nach Forschungsinteresse – von dieser Restriktion abzuweichen, denn es kann z.B. bei der Erforschung gruppendynamischer Prozesse durchaus als vorteilhaft erscheinen, künstliche und inhomogene Gruppen zu bilden, um etwa Leistungsverhalten und Machtbildungsprozesse beobachten zu können.

Nießens Position geht davon aus, daß jedem Handeln ein eigenständiger interpretativer Prozeß zugrundeliegt. Jede Handlung basiert sowohl auf Interpretationen als auch auf Definitionen der Handlungssituation durch die Beteiligten. Nach *Blumer* (1973) handeln die Menschen auf der Grundlage der Bedeutung, die die Dinge für sie haben und eben in diesen Bedeutungszuschreibungen wird ein zentraler Gegenstand der sozialwissenschaftlichen Forschung gesehen. Für *Schütz* (1960) konstituiert sich soziale Welt erst durch den Sinn, den der Handelnde seinem Handeln und seinen Handlungsobjekten verleiht. Aufgrund dieser Annahmen über

Handlungsprozesse ergeben sich als Ausgangspunkte für sozialwissenschaftliche Analysen die von den Handelnden geleisteten Sinn- und Bedeutungszuschreibungen.

„Unter interaktionistischen Prämissen beschränkt sich die Aussagekraft der Ergebnisse informeller Gruppenmeinungen aus Gruppendiskussionen auf die Gruppendiskussionssituation“ (*Krüger* 1983, S.94). Daher ist der Transfer der situationsspezifischen Befunde nur bedingt auf andere Situationen vornehmbar. *Nießen* merkt dazu kritisch an, daß „die Fundierung des Gruppendiskussionsverfahrens auf situations*un*abhängige Meinungen sozialer Großgruppen nur mit Einschränkungen verträglich“ (*Nießen* 1977, S.63) sei. Dem kann dadurch entgegengewirkt werden, daß (1) die Diskussionsgruppe auch unabhängig von der Untersuchungssituation als Realgruppe existiert, und daß (2) die Mitglieder der Diskussionsgruppe auch als Gruppe vom Thema der Diskussion betroffen sind (vgl. *Nießen* 1977, S.64). Diese beiden Erfordernisse der Auswahl der Teilnehmer an einer Gruppendiskussion verstärken die Affinität zwischen Diskussionssituation und Realsituation und ermöglichen so einen weiterreichenden Transfer der Befunde in Realsituationen.

4.4.4. Stichwortartige Gesamtdarstellung der Konzeptionen

Zusammenfassend kann man also drei – je nach methodologischer und soziologisch-theoretischer Orientierung des Forschers – verschiedene Konzeptionen des Gruppendiskussionsverfahrens identifizieren:

- Das Erkenntnisinteresse des Forschers richtet sich auf die *nicht-öffentliche Meinung der Einzelnen*. Dabei wird davon ausgegangen, daß die Meinung zwar *nicht durch Gruppenprozesse generiert, aber ihre Kommunikabilität durch die Gruppe gesteigert wird*.
- Das Erkenntnisinteresse des Forschers richtet sich auf die *situationsunabhängige informelle Gruppenmeinung*, die immer dann auftritt, wenn eine Gruppe zusammenkommt, bzw. über ein Thema diskutiert. Um diese zu erkunden, muß der Forscher eine authentische und naturalistische Gruppendiskussion in Gang setzen.
- Das Erkenntnisinteresse des Forschers richtet sich auf die *situationsabhängige Gruppenmeinung*. Diese wird in jeder Handlungssituation aufs neue ausgehandelt. Soziale Wirklichkeit wird situationsspezifisch von den sozialen Akteuren generiert. Es wird angenommen, daß sich gesellschaftliche Wirklichkeit nicht in Einzelinterviews erfassen läßt, sondern nur in ‚öffentlichen‘, sozialen Gruppensituationen. „Diese Perspektive umzusetzen heißt, sich empirisch auf kommunikative Erfahrung einzulassen und den interpretativen Rahmen der Subjekte“ (*Krüger* 1983, S.92) in Erfahrung zu bringen.
- In der konzeptionellen Entwicklung der Gruppendiskussion lassen sich *drei Phasen* nachzeichnen, die mit den Namen dreier prominenter Vertreter der Methode verbunden sind: *Pollock* (1955), *Mangold* (1960, 1962) und *Nießen* (1977).

- Für alle drei stehen *nicht so sehr gruppenprozessuale Analysen*, sondern vielmehr *inhaltliche Ergebnisse der Diskussion* im Vordergrund der Erkenntnisinteressen.
- *Pollock* (1955) untersucht die *nicht-öffentliche Meinung* der einzelnen Teilnehmer einer Diskussionsgruppe.
- Für *Mangold* (1960, 1962) steht im Zentrum des Erkenntnisinteresses nicht die individuelle Einstellung oder Meinung, sondern die *informelle Meinung der Gruppe*.
- *Nießen* (1977) greift die Konzeption *Mangolds* auf und ergänzt sie unter interaktionistischen Prämissen um die *Bedeutung der Situation für die Generierung der Gruppenmeinung*.

4.5. Technische Grundlagen der Gruppendiskussion

Empirische Sozialforschung gliedert sich bei grober Differenzierung, unabhängig von der eingesetzten Forschungsmethode (Survey-approach vs. Einzelfall-approach) in drei Phasen: *Auswahl der Untersuchungseinheiten, Erhebung der Daten bzw. des Materials der Untersuchungseinheiten* und schließlich die *Auswertung und Präsentation der Befunde*. Daran werden die weiteren Überlegungen ausgerichtet, denn dieser Dreierschritt gilt auch für das Verfahren der Gruppendiskussion.

Zusammensetzung der Gruppe, Dauer des Gesprächs, Art der Diskussionsleitung usw. können je nach Bedarf und Erkenntnisinteresse sehr stark variieren. Die Variationsmöglichkeiten sind schier unbegrenzt. An vorhandenen Optionen bieten sich z. B. an:

- homogene oder heterogene Gruppen;
- künstlich zusammengesetzte oder natürliche Gruppen;
- lose Gruppenverbände oder stark kohäsive Kollektive (wie etwa Familien);
- thematische Strukturierung oder Offenheit der Diskussion;
- formal strukturierter oder unstrukturierter Diskussionsverlauf;
- Neutralität des Diskussionsleiters oder engagierte Diskussionsführung;
- direktive oder nondirektive Gesprächsführung u.a.m.

Welche Kombinationsmöglichkeiten unter welchen Einsatzbedingungen ratsam erscheinen, läßt sich nicht allgemein und vorab festlegen. Auch die Begründung einer bestimmten Ausgestaltung des Gruppendiskussionsverfahrens muß dem jeweiligen Anwender der Methode vorbehalten bleiben. Was sich allerdings zusammenfassend überblicken läßt, ist der methodologische Stellenwert von Gruppendiskussionen im Verbund mit anderen qualitativen oder quantitativen Forschungsverfahren. Doch auch hier gibt es unterschiedliche Möglichkeiten des Einsatzes und der Schwerpunktbildung.

4.5.1. Auswahl und Anzahl der Teilnehmer

Bei der Auswahl der Teilnehmer einer Gruppendiskussion kann der Forscher nach zwei Gesichtspunkten verfahren: Zum einen kann er die Personen nach einem bestimmten, als wichtig anzusehenden, *gemeinsamen Merkmal ad hoc* auswählen. In diesem Fall ist die Untersuchungsgruppe homogen zusammengesetzt – etwa eine Gruppe von Hausfrauen, Patienten oder Arbeitern.

Zum anderen kann der Forscher die Teilnehmer einer Gruppendiskussion danach rekrutieren, ob sie auch in der *natürlichen sozialen Wirklichkeit eine Primär- oder informelle Gruppe* bilden. In diesem Fall besteht die Gruppe der Untersuchungspersonen in der Regel aus disparaten, mit unterschiedlichen Positionen in einem Sozialgefüge ausgestatteten Teilnehmern – also etwa einer Familie oder allen Mitarbeitern einer Abteilung.

Gemäß dem Prinzip der Naturalistizität in der qualitativen Methodologie wäre es demnach wünschenswert, Gruppendiskussionen in existierenden Realgruppen durchzuführen. Dem stehen aber oft pragmatische Gründe entgegen: Ein Autoritätsgefälle unter den Beteiligten führt zu Schweigen oder zu Anpassungen von unten nach oben. Die persönliche Bekanntschaft verhindert manchmal die notwendige Offenheit, weil Konflikte über die Gruppendiskussionsdauer hinaus befürchtet werden. Profilierungssucht mag zu Denunziationen oder auch nur zu Dominanzen führen, die das Gruppengefüge belasten. Die Kette der Gegenargumente könnte fortgesetzt werden.

Ad hoc ausgewählte Teilnehmer an Gruppendiskussionen, die sich zumeist untereinander nicht vorher kennen, haben diese Probleme nicht oder nicht in diesem Maße, doch haben sie andere Nachteile: Sie sind trotz der Homogenität bezüglich des ausgewählten Merkmals bunt zusammengewürfelt, weshalb nicht abzusehen ist, wie die Gruppendiskussion verlaufen wird. Da man die Teilnehmer meist vorher nicht kennt (man lädt sie z.B. telefonisch ein), kann deren Heterogenität zwar die Diskussion beflügeln, aber gleichzeitig auch die Analyse erschweren. Letztlich ist aber besonders wichtig, daß die Gruppensituation eine künstlich hergestellte ist, was den Erkenntniswert möglicherweise schmälert.

Vor- und Nachteile der beiden Strategien müssen aber jeweils in Abhängigkeit von den Erkenntniszielen gesehen, beurteilt und gegenseitig abgewogen werden. Die konkrete Entscheidung fällt dann meist leichter, als wenn man abstrakte Gegenüberstellungen vornimmt; sie ist argumentativ abzusichern und kann durchaus – mindestens im Sinne von Plausibilität oder Pragmatismus – intersubjektiv nachvollzogen werden.

Bei der Auswahl der Teilnehmer einer Gruppendiskussion ergeben sich vielfältige Probleme. Für die Anzahl der auszuwählenden Teilnehmer an einer Gruppendiskussion gibt es in der Literatur unterschiedliche Angaben. Genannt werden Gruppen mit „3 bis über 20 Personen; Gruppen mit 6 bis 10 Mitgliedern werden in der Regel bevorzugt“ (*Mangold* 1962, S.210). Als optimale Anzahl von Personen geben *Abrams* (1949) acht, *Mucchielli* (1973) acht bis zehn und *Merton* (1956) zehn bis zwölf an. Etwas darüber liegt *Pollock* (1955), der 1635 Personen in 121 Gruppen untersuchte, was einer durchschnittlichen Gruppenstärke von 14 Personen entspricht. Dies würde man heute angesichts einer entwickelten qualitativen Methodologie allerdings nicht mehr so machen. Methodisch vorgegeben wird bei *Pollock* (1955), daß die Gruppen „in der Regel nicht kleiner als sieben und nicht größer als siebzehn sein (sollten). Denn zu kleine Gruppen wären in sich zu fest gefügt, um das Aufkommen echter Gegensätze zu erlauben. Bei zu großer Teilnehmerzahl hätte sich schwer ein Auseinanderfallen der Gruppe und ein Gefühl der Fremdheit vermeiden lassen" (*Pollock* 1955, S.38).

Bei kleineren Gruppengrößen sollte auf eine ungerade Zahl von Teilnehmern geachtet werden, um Frontenbildungen, die in einer Pattsituation enden, zu vermeiden. Denkt man weiter auch an die Auswertungsprobleme, so sollten die Gruppen nicht zu groß sein. Zu kleine Gruppen sind andererseits weniger ergiebig, weil die Wahrscheinlichkeit unterschiedlicher Auffassungen und Argumente geringer zu veranschlagen ist, als bei einer größeren Zahl von Teilnehmern. Während bei größeren Gruppen der ein oder andere sich in die „Anonymität" flüchten kann (Schweiger), weil er nicht gefordert ist, geht von kleinen Gruppen ein gewisser Kommunikationszwang aus, der artifizielle Befunde produzieren kann.

Die Argumente pro und contra könnten fortgesetzt werden. Wiederum würde gelten, daß Entscheidungen über Gruppengrößen nur gegenstandsbezogen und erkenntnisabhängig erfolgen können. Will man gleichwohl eine allgemeinere Richtschnur haben, so könnte man die optimale Gruppengröße zwischen 5 und 12 Teilnehmern ansetzen.

Mit der Festlegung der Teilnehmerzahl für eine durchzuführende Gruppendiskussion ist auch die Art der Auswahl dieser Teilnehmer zu bedenken. Zwei Globalstrategien lassen sich differenzieren: Man wählt *zufällig* oder *gezielt* aus. Das Frankfurter Institut für Sozialforschung hat in der Anfangsphase des Gruppendiskussionsverfahrens nach repräsentativen Gesichtspunkten inhomogen zusammengestellt. Dies entsprach den Prinzipien der quantitativen Sozialforschung. Inzwischen hat sich dies zur Ermittlung von informellen Gruppenmeinungen als kontraproduktiv erwiesen. Wo keine annähernd homogene Gruppe ist, können auch keine Gruppenmeinungen reproduziert werden.

Während die Zufallsauswahl (durchaus im Sinne eines wahrscheinlichkeitstheoretischen Verfahrens) den erheblichen Vorteil für sich hat, daß dem Forscher keine Manipulationsabsichten bei der Auswahl unterstellt werden können, sind die allgemein von Zufallsauswahlen für sich reklamierten Vorzüge bei der Gruppendiskussion nicht relevant. Fast die einzige Ausnahme von dieser Aussage besteht dann, wenn man – etwa wie *Pollock* (1955) – *viele Gruppen* mit *mehreren Personen* untersucht und quasi-experimentelle Vergleiche anstellt. Dies würde aber heute kein qualitativ orientierter Sozialforscher mehr so machen, da die Methodologie (insbesondere in der Auswertung) und die Erkenntnisinteressen sich gewandelt haben.

Verzichtet man aber auf große Fallzahlen, so sind kleine Stichproben zwar zufällig, aber doch mit so hohen Schwankungsbreiten versehen, daß ihr Erkenntniswert nicht erheblich größer ist als bei willkürlicher Auswahl. Zudem kann nicht ausgeschlossen werden, daß sich *zufällig* eine Zusammensetzung der Gruppe ergibt, die extrem von der Grundgesamtheit abweicht (eben wegen der kleinen Zahl), so daß die Ergebnisse verzerrt sind. Da die qualitative Methodologie obendrein ein „theoretical sampling" bevorzugt, kann in der Regel eine statistisch zufällige Zusammensetzung der Diskussionsgruppe unterbleiben, auf „statistical sampling" verzichtet werden.

Die gezielte Auswahl nach theoretisch vorgegebenen Kriterien ist demnach die zu realisierende Methode, die in der Regel auch bei Gruppendiskussionen angewandt wird.

Beispiel:
Ein Pharmaunternehmen möchte wissen, wie das Hormonpräparat X, das als Pflaster auf den Markt kommen soll, von den Ärzten akzeptiert wird. Da das Präparat für Frauen im Klimakterium bestimmt ist, lädt man Gynäkologen und Allgemeinärzte zur Gruppendiskussion ein und zwar je sechs.

Bei der gezielten Auswahl ist selbstverständlich insoweit auf „Zufälligkeit" zu achten, als man nicht nur solche Personen einlädt, von denen man weiß, daß sie eine bestimmte Auffassung haben. Mag dies in dem einen oder anderen Falle legitim sein, wenn sich das Erkenntnisinteresse nämlich genau auf diese Auffassung richtet, wäre es in obigem Beispiel eine *gezielte Manipulation*, würde man nur solche Ärzte einladen, von denen man eine „progressive" Einstellung annimmt.

Eine weitere und erhebliche Schwierigkeit bei der gezielten Auswahl als theoretical sampling besteht darin, die Auswahlkriterien nach theoretischen Gesichtspunkten zu bestimmen und zu begründen. Irrt man sich dabei, so ist die ganze Gruppendiskussion in ihrem Erkenntniswert gefährdet. Man braucht daher vor ihrer Durchführung Informationen darüber, welche Merkmale relevant sind und nach welchen die Auswahl vorgenommen werden soll.

Diese hypothetische Einschätzung setzt sich fort bei der Frage, wie die ausgewählten Diskussionsteilnehmer der oder den Diskussionsgruppen zugeordnet werden. Dabei kann nach dem gleichen Prinzip auch auf dieser Stufe vorgegangen werden, also statistical oder theoretical sampling. Auch hier wird man sich eher für letzteres entscheiden, obgleich eine zufällige Verteilung (etwa im Sinne von Experimental- und Kontrollgruppe) auf z.B. zwei Diskussionsgruppen schon mehr Sinn macht.

Beispiel:
In Fortsetzung des obigen Beispiels wäre nun die Frage zu prüfen, ob man
a) eine Diskussionsgruppe mit sechs Gynäkologen und sechs Allgemeinärzten oder
b) eine Gruppe mit sechs Gynäkologen und eine weitere Gruppendiskussion mit den sechs Allgemeinärzten oder
c) zwei Gruppendiskussionen mit je drei Gynäkologen und drei Allgemeinärzten macht.
In b) hat man zwei in sich homogene Gruppen, die im Vergleich zueinander sehr heterogen sind, während in a) die Diskussionsgruppe heterogen ist und in c) die zwei Gruppen in sich heterogen im Vergleich zueinander aber homogen sind. In jedem einzelnen Fall wird aufgrund der unterschiedlichen Strukturen ein (mindestens partiell) differentielles Ergebnis zu erwarten sein. Dies ist bei der Konstituierung der Gruppendiskussionsgruppe(n) zu bedenken.

Die Zusammensetzung der Gruppe kann also je nach Bedarf und Erkenntnisinteresse stark variieren. Es bieten sich verschiedene Gesichtspunkte an, nach denen der Forscher die Gruppe zusammenstellen kann. Zunächst ist zwischen *homogenen* und *inhomogenen* Gruppen zu differenzieren. Homogene Gruppen unterscheiden sich von inhomogenen dadurch, daß sich ihre Mitglieder bezüglich eines oder mehrerer relevanter sozialer Merkmale gleichen.

Beispiel:
In einer empirischen Studie über die Situation der nicht erwerbstätigen Hausfrauen in der Bundesrepublik (*Pross* 1975) wurden vor der eigentlichen Hauptstudie (mit einem schriftlichen, standardisierten Instrument) in der explorativen Phase sechs Gruppendiskussionen mit insgesamt 48 Teilnehmerinnen durchgeführt. „Jede Gruppe war sozial relativ homogen. Die (nicht anwesenden) Männer der Teilnehmerinnen hatten die gleiche Stellung im Beruf ... Die Frauen einer Diskussionsgruppe wohnten ferner in der gleichen geographischen Region und in gleichartigen Gemeinden" (*Pross* 1975, S.259).

Bei *Pollock* (1955) werden die Teilnehmer unter einem anderen Gesichtspunkt zu homogenen Gruppen zusammengefaßt: „Nach einigem Experimentieren mit zufällig zusammengestellten Gruppen erwies es sich als zweckmäßig, nur mit soziologisch und ideologisch einigermaßen homogenen Gruppen zu diskutieren" (*Pollock* 1955, S.38). Und *Mangold* schreibt zu *Pollock*: „Die Teilnehmer einer Diskussionsgruppe mußten sich als Mitglieder gleicher und thematisch relevanter Großgruppen erkennen und identifizieren können" (*Mangold* 1960, S.40).

In der Dortmunder Sozialforschungsstelle wurden Gruppendiskussionen in betriebssoziologischen Studien eingesetzt. Dabei waren die Teilnehmer fast ausschließlich Arbeiter einer Abteilung. Andererseits wird gerade in der neueren Organisationsentwicklung die Gruppendiskussion auch und gerade zur Diagnose etwa der Kommunikationsdefizite in einer Abteilung zwischen Mitarbeitern verschiedener Hierarchieebenen, sowie zwischen Sachbearbeitern, Sekretärinnen und Managern eingesetzt.

Ein zweites Kriterium der Zusammenstellung einer Gruppe für eine gemeinsame Diskussion ergibt sich aus der Frage, ob die untersuchten Personen auch außerhalb der Laborbedingungen eine *natürliche Gruppe* bilden, oder ob sie eigens für die Untersuchung als *künstliche Gruppe* zusammengestellt wurden. So lassen sich Diskussionsgruppen denken, die homogen – also etwa nur Lehrer der gymnasialen Oberstufe –, aber künstlich – also aus verschiedenen Landesteilen und nicht aus einer Schule – zusammengesetzt wurden. *Nießen* (1977) fordert aufgrund seiner Konzeption der Gruppendiskussion, daß die Diskussionsgruppen auch Realgruppen zu sein haben (das sind jene, die auch unabhängig von der empirischen Untersuchung als solche existieren) und zudem als Realgruppe von dem Gegenstand der Diskussion betroffen sein müssen. Nach qualitativ-interaktionistischen Kriterien werden entweder Teilnehmer aus einer Realgruppe ausgewählt, z.B. Ärzte einer Klinik oder aber alle Mitglieder einer bestehenden Gruppe eingeladen; denkbar wären z.B. bestehende Arbeitsgruppen eines Unternehmens oder auch Mitglieder eines Vereins. Die Diskussionsteilnehmer haben in diesem Fall von Anfang an das gleiche „Bezugssystem"; die Diskussion kommt schneller „in Fahrt". Wichtig ist in beiden Fällen, daß die Teilnehmer ähnlich stark von der Fragestellung betroffen sind, was dann gegeben ist, wenn sie der gleichen Realgruppe angehören.

Schließlich lassen sich die Gruppen noch nach dem Gesichtspunkt der in ihnen herrschenden Kohäsion differenzieren. So kann die Untersuchungsgruppe aus einem *losen Verband* von Menschen bestehen – etwa den Teilnehmern einer Seminarveranstaltung – oder aber aus einem stark *kohäsiven Kollektiv* – etwa einem

Familienverband. Allerdings trifft dieses Differenzierungskriterium nur für natürliche, homogene oder inhomogene Gruppen zu.

Zu Auswahl und Anzahl der Teilnehmer einer qualitativen Gruppendiskussion lassen sich summarisch folgende Faustregeln formulieren, die die übergeordnete Maxime, daß Entscheidungen immer nur in Abhängigkeit von dem Gegenstand und den Erkenntniszielen getroffen werden können, nicht aufheben:

- Die *optimale Größe* einer Gruppe liegt bei *5 bis 12 Teilnehmern*.
- Die Auswahl der Teilnehmer erfolgt in der Regel nach „theoretical sampling", d.h. es handelt sich um eine *gezielte Auswahl*.
- Gemäß den methodologischen Kriterien qualitativer Sozialforschung sollte es sich um *natürliche*, d.h. *Realgruppen* handeln, doch sind auch *künstlich gebildete Gruppen* geeignet.
- Je nach Fragestellung, Gegenstand und Erkenntnisinteresse sind *homogene* oder *heterogene Gruppen* denkbar.
- Auch bezüglich der *Kohäsion* der Gruppen lassen sich keine generalistischen Aussagen machen: sowohl fehlende oder geringe als auch starke Kohäsion sind denkbar.

4.5.2. Der Moderator und der Diskussionsverlauf

Von Hagen (1954) unterteilt die Diskussion – bei unabhängig voneinander ausgewählten Teilnehmern – in fünf idealtypische Ablaufphasen. Bei Einladung bestehender Gruppen entfallen die ersten drei Phasen. *Von Hagens* Verlaufsmodell kann wie folgt skizziert werden:

1. Die Phase der *Fremdheit*, in der nur unverbindliche, vorsichtige Aussagen gemacht werden.
2. Die Phase der *Orientierung*, in der die Meinungen bereits konkreter geäußert und teilweise auch erläutert und begründet werden.
3. Sobald sich Gemeinsamkeiten herauskristallisieren, hat die Phase der *Anpassung* begonnen.
4. Die Phase der *Vertrautheit* ist durch prinzipielle, kollektive Übereinstimmungen gekennzeichnet.
5. Die Phase der *Konformität* ist erreicht, sobald nur noch die Gruppenmeinung von den einzelnen Teilnehmern geäußert wird.
6. *Nießen* (1977) benennt als sechste Phase noch das *Abklingen der Diskussion*.

Mucchiellis (1973) Modell kennt nur drei Phasen: *Auftauen*, *Konfrontation* und *Entspannung*.

Die Gruppendiskussion beginnt zunächst damit, daß der *Diskussionsleiter sich vorstellt*. Schon die Vorstellung kann deutlich machen, daß dieser nur eine Moderatorenrolle einzunehmen beabsichtigt und nicht selbst mitdiskutieren wird. Er vermittelt den Eindruck einer lockeren, permissiven Atmosphäre, die zur offenen Diskussion ohne Sanktionsangst animiert. Er tritt sicher, aber nicht überheblich auf und stellt sich als kompetenter Moderator dar. Er macht deutlich, daß die Teilnahme freiwillig ist, die Auswertung anonym erfolgen wird und bittet um Zustimmung für die Aufzeichnung der Diskussion auf Tonband oder Video, indem er darauf verweist, daß nur dann eine sinnvolle Analyse möglich ist.

Ob der *Diskussionsleiter auch inhaltlich kompetent* sein soll, ist in Literatur und Praxis nicht unumstritten. Einerseits soll er verstehen, was gesagt wird. Dies setzt Sachkompetenz ebenso voraus wie die Tatsache, daß er auf eine entsprechende inhaltliche Frage aus dem Diskussionskreis an ihn auch eine zutreffende Antwort geben kann. Andererseits kann Sachkompetenz auch hinderlich sein, weil der Diskussionsverlauf unbewußt beeinflußt werden könnte. Sicher ist jedenfalls, daß der Moderator einer Gruppendiskussion methodisch qualifiziert sein muß und Erfahrung im lenkenden Umgang mit Menschen in Gruppensituationen haben sollte.

Der Diskussionsleiter stellt dann *global die Thematik* vor, um die es in der Diskussion gehen wird. Die Teilnehmer kennen diese zwar schon von der Einladung her, sollten aber nun rekapitulierend und etwas differenzierter auf die Diskussion vorbereitet werden. Dabei sind Präjudizien bezüglich des Gesprächsverlaufs natürlich zu vermeiden.

Eine weitere Aufgabe des Diskussionsleiters ist es, parallel zur Themenstellung den einzelnen Teilnehmern ihre Zugehörigkeit zur Realgruppe oder zu einer sozialen Kategorie, als deren Mitglieder sie eingeladen wurden, zu vermitteln. Das *Hervorheben von Gemeinsamkeiten* durch den Diskussionsleiter läßt das *Zugehörigkeitsgefühl* schneller entstehen. (Beispiel: „Sie als Managerinnen kennen doch alle die Probleme ...“. „Sie als“ klärt die Gruppenzugehörigkeit. Der Plural „-en“ und „alle“ vermittelt das Gruppengefühl, „doch“ ist provokant.) Bei unabhängig voneinander gewählten Diskussionsteilnehmern führt dies zu einer Verkürzung der Phasen der Fremdheit, Orientierung und Anpassung. Oder nach *Mucchielli* (1973): Die Phasen des Auftauens und der Konfrontation verkürzen sich.

Damit die Diskussion nicht völlig anonym abläuft, wird dann darum gebeten, daß sich die *Teilnehmer selbst knapp und „gegenstandsrelevant“ vorstellen*. Dies ist auch für die Auswertung wichtig, weil man ja aus den Aussagen selbst nicht notwendigerweise auf Merkmale des Kommunikators schließen kann. Zwei, drei sozialstatistische Merkmale können zur Charakterisierung der Personen und ihrer Gesprächsbeiträge sehr wichtig sein; schließlich geben solche Variablen einen Kontext ab, der handlungsrelevant ist.

Die Gruppendiskussion wird durch einen *Grundreiz*, ein provokantes oder umstrittenes Statement des Forschers – oder wie bei *Pollock* (1955) einen außerhalb der Gruppe stehenden fiktiven Fremden – in Gang gebracht. Die Teilnehmer einer Gruppendiskussion werden aufgefordert, zu diesem Statement Stellung zu beziehen und untereinander darüber zu diskutieren.

Beispiel:
In einem empirischen Projekt über Arbeits- und Lebensbedingungen von Arbeitern und Angestellten in der sich wandelnden wirtschaftlichen Situation werden Gruppendiskussionen mit Arbeitnehmern verschiedener metallverarbeitender Betriebe und eines Chemiewerks in

Niedersachsen und Rheinland-Pfalz durchgeführt. Alle Diskussionen werden mit dem gleichen Grundreiz in Gang gebracht:

„Die gegenwärtige wirtschaftliche Situation in der Bundesrepublik ist schwieriger geworden, was sich z. B. zeigt in anhaltend hoher Arbeitslosigkeit, Problemen bei den Renten und der Sozialversicherung und in härteren Tarifauseinandersetzungen. Hieraus ergeben sich für Arbeitnehmer eine Reihe von Schwierigkeiten im Beruf und am Arbeitsplatz. Ganz allgemein ist in vielen Fällen eine Verschlechterung des Arbeitsklimas in den Betrieben eingetreten. Es gibt dann aber auch andere Probleme im Alltag und in der Familie, z. B. bei der Berufsausbildung der Kinder. Wir wollen im Hinblick auf die angesprochenen Probleme ihre Ansicht zu der Meinung hören: ‚Unseren Kindern soll es einmal besser gehen!'" (*Herkommer* 1979, S.263).

In der Einleitung umreißt also der Diskussionsleiter die konkrete Fragestellung, spricht das Thema der Diskussion an. Dies soll eher provokant, aggressiv oder auch ambivalent geschehen. (Beispiel: „Es gibt Leute, die sagen ..., andere aber wiederum ..., würden Sie das auch so sehen?") Der Grundreiz (stimulus) bringt die Diskussion in Schwung. (Dies erscheint nicht ganz unproblematisch, da hierin bereits eine gewisse Gefahr der Suggestion enthalten sein kann.) Reicht der Grundreiz allein nicht aus, um die Diskussion über einen genügend langen Zeitraum in Gang zu halten, so streut der Diskussionsleiter *weitere Reizargumente* in die Diskussion ein.

Die Hauptaufgabe des Moderators während der Diskussion ist es, durch *ermutigende, zustimmende Bemerkungen* wie „hm", „ja" oder auch durch *Paraphrasierungen* die Teilnehmer zu weiteren oder neuen Äußerungen zu motivieren. Wichtig ist dabei, daß der Diskussionsleiter eine Suggestivwirkung seiner „Aufmunterungen" vermeidet. Er ist nicht Teilnehmer der Diskussion und muß sich selbst ganz zurücknehmen. Wird er allerdings direkt auf seine persönliche Meinung angesprochen, so sollte er zurückhaltend und kurz, aber „ehrlich" antworten, um dann die Diskussion wieder auf die Teilnehmer zu lenken. Würde er sich weigern, seine eigene Meinung zu äußern, würde dies zu Unsicherheit und Mißtrauen bei den Diskutierenden führen. Das Prinzip der Offenheit gegenüber den Teilnehmern wäre verletzt, eine offene und sinnvolle Diskussion nicht mehr möglich.

Eine sehr wichtige Aufgabe des Moderators ist auch – insbesondere wenn die Teilnehmer den roten Faden verloren haben – die bisherigen Äußerungen vorsichtig *zusammenzufassen* und durch die ordnende Handlung eine Weiterführung der Diskussion zu ermöglichen.

Der Diskussionsverlauf wird nicht unwesentlich von den Verhaltensweisen des Diskussionsleiters, Forschers oder Moderators in der jeweiligen Gruppensituation beeinflußt. Einerseits kann der Moderator lediglich als den Grundreiz präsentierender, und nachfolgend zurückhaltender Zuhörer auftreten. In diesem Fall wird er gegenüber den Diskussionsteilnehmern seine Sonderstellung als Forscher oder Stellvertreter des Forschers wahren. Andererseits kann sich der Moderator aber auch engagiert in die Diskussion einschalten, eigene Positionen vertreten und sich als normaler Diskussionsteilnehmer in die Diskussionsgruppe integrieren. Beides sind Extrempositionen, die in der Forschungsrealität in ihrer Reinform kaum auftreten werden.

Mucchielli etwa fordert, daß der Diskussionsleiter „keine eigene Meinung und kein persönliches Urteil zu diesem Problem“ (1973, S.44) – dem Gegenstand der Gruppendiskussion – äußern sollte. *Nießen* hält dem entgegen, daß eine vorgebliche Neutralität des Diskussionsleiters „den Teilnehmern das ganze Spektrum der Vermutungen über seine Meinung“ (*Nießen* 1977, S.106) eröffnet, und dieses Verhalten des Diskussionsleiters letztlich dem Verlauf der Diskussion nicht förderlich ist.

Die Gesprächsführung selbst kann *direktiv* oder *nondirektiv* sein. Die meisten Autoren bemerken zu diesem Thema, daß der Diskussionsleiter sowohl direktiv als auch nondirektiv vorzugehen habe. *Pollock* fordert, daß „die Diskussionen, insbesondere der erste Teil, nicht inhaltlich gesteuert, sondern lediglich formal geleitet werden“ (*Pollock* 1955, S.39) sollen. *Abrams* formuliert diese Forderung an das Verhalten des Diskussionsleiters gegenüber den Teilnehmern etwas differenzierter: „To get them relax, to make them understand what is expected from them, to keep the discussion lively and to the point and simultaneous to register in his own mind, all the infections and hesitations which, when added to the verbatim record of the discussion, give it vitality and significance“ (*Abrams* 1949, S.505).

Deutlicher fordert *Mucchielli* „nicht-Direktivität in Bezug auf das Problem, Direktivität in Bezug auf die Form“ (1973, S.38). So muß der Diskussionsleiter ohne Zweifel darauf achten, daß durch die offene und permissive Atmosphäre die Diskussion nicht ausufert und plötzlich bei einem Gegenstand landet, der mit dem Untersuchungsziel überhaupt nichts mehr zu tun hat. Ganz analog zu dem Witz, in dem der Lehrer den Schüler über den Elephanten prüfen möchte; darauf ist dieser aber nicht vorbereitet, während er den „Wurm“ beherrscht. Also beginnt der Schüler: „Der Elephant ist das größte an Land lebende Säugetier und hat an seinem Kopf einen Rüssel, der etwa wie ein Wurm aussieht. Der Wurm ...“. Insoweit achtet der Moderator schon auf die Zielgerichtetheit und die Relevanz der Diskussion.

Obgleich die Gruppendiskussion als qualitative Methode praktisch ausschließlich eine nondirektive Gesprächsführung seitens des Moterators erfordert, soll unter Bezugnahme auf einige herausgegriffene Elemente die direktive und nondirektive Gesprächsführung zur Verdeutlichung der Differenzen gegenübergestellt werden:

Tabelle 6: Direktive und nondirektive Gesprächsführung im Vergleich

direktiv	*nondirektiv*
Der Moderator steuert das Gespräch zielgerichtet im Hinblick auf die vorab formulierten Erkenntnisinteressen.	Der Gesprächsleiter gibt den Gesprächsrahmen grob vor und überläßt Verlauf und Gestaltung der Diskussion im wesentlichen den Teilnehmern.
Dies hat zur Folge, daß der Moderator relativ weitgehend am Gespräch beteiligt ist.	Dies hat zur Folge, daß die Diskutanten gegenüber dem Gesprächsleiter dominant und gestaltend-aktiv sind.

Tabelle 6: Fortsetzung

direktiv	*nondirektiv*
Der Moderator stellt präzise, möglicherweise vorformulierte, vielleicht sogar geschlossene Fragen, die den Beantwortungsspielraum deutlich einengen.	Der Gesprächsleiter stellt – wenn überhaupt – nur allgemeinere Fragen, mit denen er die Auffassungen zu ergründen sucht. Es handelt sich dabei meist um Fragen nach dem Warum, dem Wie, Worauf bezogen, etc. Dabei dienen die Fragen nicht nur dem Zwecke der Informationsbeschaffung, sondern in besonderer Weise der Motivation der Gesprächsteilnehmer und damit der Funktionalität der weiteren Gesprächsführung.
Die Diskutanten sind ausschließlich Informationslieferanten. Ihre Wünsche, Ängste, Emotionen etc. sind irrelevant.	Der Gesprächsleiter zeigt sich an den Problemen des jeweiligen Gesprächspartners sehr interessiert und geht positiv stimulierend auf seine Äußerungen ein.
Der Moderator unterbricht das Gespräch, wenn er es nach seinen Vorstellungen für richtig hält.	Der Gesprächsleiter läßt die Gesprächspartner ausreden, soweit dies für den weiteren Gesprächsfortgang inhaltlich und motivational zielführend ist.
Der Moderator erscheint gegenüber dem einzelnen Gesprächsteilnehmer und der Gruppe als autoritär-dominant.	Der Gesprächsleiter ist bemüht, bestenfalls primus inter pares zu sein.

Immer wieder kommt es in Gruppendiskussionen vor, daß sich nicht alle Anwesenden am Gespräch beteiligen. Diese sog. *Schweiger* äußern sich zu einem Themenbereich oder in der gesamten Gruppendiskussion überhaupt nicht. „Manche hören nur zu und sprechen selbst dann kaum, wenn sie dazu ausdrücklich vom Diskussionsleiter aufgefordert werden. Viele äußern sich nur gelegentlich und nicht zu allen zur Diskussion stehenden Themen. Auch sind die Äußerungen der Einzelnen von ganz unterschiedlicher Länge und Intensität" (*Mangold* 1960, S.17). Worauf diese Zurückhaltung zurückzuführen ist, konnte noch nicht abschließend und generell geklärt werden; diese Frage ist in der methodologischen Diskussion nach wie vor umstritten. In manchen Gruppendiskussionen lassen sich jedoch relativ eindeutige Erklärungen finden: diese reichen von Persönlichkeitsstrukturen über gruppendynamische Prozesse bis zu Inkompetenz hinsichtlich des Gegenstandes oder mangelndem Verbalisierungsvermögen.

Methodologisch und theoretisch wichtige Auffassungen bestehen in folgenden Annahmen: die Schweiger hätten zu einem Thema wirklich keine Meinung – dem widerspricht *Mangold* aufs Schärfste (vgl. *Mangold* 1960, S.18) – und hielten sich daher zurück. Eine andere Auffassung geht davon aus, die Schweiger hätten zwar eine Meinung, hielten diese aber für so heikel, daß man sie nicht kommunizieren könne, ohne sich zu diskreditieren. Letztlich: ein Schweiger würde seine Meinung zu einem Thema nur nicht äußern, da ein Vorredner in der Gruppendiskussion diese schon ähnlich vorgetragen hat; im Sinne eines konstruktiven Fortschreitens der Diskussion wollten sie diese schon geäußerte Meinung nicht wiederholen.

Einleuchtende Argumente, die das Schweigen auf die soziale Struktur der Gruppe zurückführen, finden sich bei *Merton* et al. (1956). Sie behaupten, „die Mitglieder gemischter Gruppen gingen unter Umständen von zu verschiedenen Bezugssystemen aus, als daß sie sich wirklich noch gegenseitig anregen könnten; die einzelnen Sprecher äußerten oft Argumente, die für andere Teilnehmer bedeutungslos wären oder deren Ansichten widersprächen; das Interesse mancher Versuchspersonen erlahmt, sie fühlen sich übergangen, und zögen sich zurück" (*Mangold* 1960, S.18).

Da die Gruppendiskussion von der Diskussion lebt, sind Schweiger belastend, störend, mindestens aber fast überflüssig, auch wenn das Schweigen gelegentlich interpretiert werden kann. Um ihnen auch die Position des Außenseiters, des Isolierten zu ersparen, versucht man daher, sie in das Gespräch einzubeziehen. Hier ist allerdings Vorsicht und Zurückhaltung geboten. Manchmal hilft schon ein wiederholter Blickkontakt des Moderators zum Schweigenden. Ist dieser vom Ausdruck her noch zusätzlich als fragend zu interpretieren, so sollte es in vielen Fällen gelingen, zu einem Diskussionsbeitrag zu animieren.

Gelingt dies nicht, dann kann man durchaus verbal zu einer Äußerung auffordern; hier gibt es viele Möglichkeiten der Formulierung: „Sie haben sich noch nicht geäußert, sind Sie denn damit einverstanden ... ?" „Was würden Sie denn dazu sagen?" „Ärgern Sie sich über die Diskussion, weil Sie noch nichts gesagt haben?" „Darf ich Sie einmal persönlich ansprechen? Sie haben sich noch nicht zu Wort gemeldet; Sie müssen auch nichts sagen, wenn Sie nicht wollen. Aber ...". Die jeweilige Formulierung ist der jeweiligen Situation und Person anzupassen. Ist der Bann dann gebrochen, so können auch weitere Äußerungen in der Regel erwartet werden.

Ein anderes Problem sind die *Vielredner*. Diese an „Logorrhöe" leidenden Menschen sind in ihrem Redefluß kaum zu bremsen. Würde man nicht einschreiten, träten sie als Alleinunterhalter auf. Dem muß ein Riegel vorgeschoben werden. Im Normalfall tut man dies indirekt, indem man andere Gruppenmitglieder direkt anspricht oder diese nur anschaut. Die Abwendung von Aufmerksamkeit kann eine erste und wirksame Maßnahme sein. Nützt dies nichts, so muß man diese Person (zumeist ist es in einer 12er-Gruppe nur einer) direkt ansprechen und um Zurückhaltung bitten. Das kann man mit dem formalen Argument tun, daß die anderen auch zu Wort kommen sollen, wenn sie sich schon die Mühe der Teilnahme machen.

Schweiger und Vielredner können im Einzelfall als extreme Kommunikationspartner eine Diskussion verunmöglichen. Aber auch ohne solche „Abweicher" muß eine Diskussion durch den Moderator am Leben erhalten werden. Hierzu hat er verschiedene Techniken zur Verfügung, die er situationsabhängig einsetzt:

Eine sehr einfache und unverfängliche Möglichkeit ist die *Nachfrage* bei dem Diskutanten, wie er denn seine Aussage gemeint hat. Dieser wird sich dann um Präzisierung und weitergehende Ausführungen bemühen, womit einerseits ein toter Punkt in der Diskussion überwunden ist und man andererseits zusätzliche Erläuterungen und Informationen erhalten hat. Allerdings darf zwischen dem Diskussionsbeitrag und der Nachfrage keine allzu große, schweigsame Zeit liegen.

Die *Nachfrage* ist aber auch bei Unklarheiten oder bei innerhalb der Diskussionsgruppe als Selbstverständlichkeit geltenden Äußerungen zu stellen. Teilweise ist den Teilnehmern oder der Gruppe selbst nicht klar, was in ihren Äußerungen impliziert ist. Durch die Frage: „Wie meinen Sie das genau?“ erhält man im Idealfall explizite Aussagen, die einer Auswertung besser zugänglich sind.

Ist aus dem Kontext der Diskussion nicht klar ersichtlich, ob es sich um eine Einzelmeinung, um eine Untergruppenmeinung oder um eine informelle Gruppenmeinung handelt, so ist dies durch Nachfragen zu ermitteln. Eine mögliche Frage wäre: „Teilen Sie alle die Meinung von Frau X?“

Der Moderator kann versuchen, eine gemachte Aussage zu *paraphrasieren*, d. h. sinngleich mit anderen Worten zu formulieren. Dies überbrückt tote Zeit und hilft zugleich, die Aussage zu verstehen. Ist der Diskutant mit der Paraphrasierung nicht einverstanden, wird er sich zu Wort melden und erläuternde Differenzierungen liefern.

In der Paraphrase kann der Diskussionsleiter eine absichtliche (aber als solche nicht erkennbare) *Übertreibung*, *Verschärfung* oder *Überspitzung* formulieren, die den Redner und/oder die anderen Diskussionsteilnehmer zu Gegenäußerungen provozieren. Selbstverständlich kann der Moderator auch eigene provokante Thesen einwerfen, um Widerspruch (eigentlich um Diskussionsbeiträge) zu stimulieren.

Der Diskussionsleiter kann gemachte Äußerungen *in Frage stellen*, um weitergehende Erläuterungen zu erhalten. Das kann auch dadurch geschehen, daß er andere fragt, was sie denn von der Aussage hielten, ob sie dem zustimmen könnten etc.

Der Moderator hat die Möglichkeit eine eigene *Interpretation der Äußerung* zu liefern, um sich von deren Richtigkeit zu überzeugen. Damit geht nicht nur das Gespräch weiter, sondern die Gruppendiskussion wird methodologisch reflexiv, weil man sich von der Gültigkeit einer Interpretation bei dem Betroffenen überzeugt.

Der Diskussionsleiter kann eine Aussage *rekapitulieren*, um sich der verbalen Zustimmung – jetzt nicht des einzelnen Diskutanten – der ganzen *Gruppe* zu versichern. Jeder einzelne Teilnehmer fühlt sich als Individuum und als Gruppenmitglied angesprochen.

Und schließlich kann der Moderator *Konsequenzen der Aussage aufzeigen*, um die Teilnehmer zu weiterem Nachdenken und dem Verbalisieren der Gedanken anzuregen.

Sowohl inhaltlich als auch ablauftechnisch ist es hilfreich, (scheinbare) Gegensätze aufzuzeigen: Durch *kontrastierende* Fragen, die die verschiedenen Ansichten verdeutlichen, versucht der Diskussionsleiter die Grenzen von informellen Gruppen-, (Untergruppen-) und Einzelmeinungen herauszustellen.

Diese Techniken, die in ihrer Aufzählung weder erschöpfend sind, noch ausschließlich und isoliert angewandt werden, sind Hilfsmittel für den Moderator, die Gruppendiskussion zielgerichtet in Gang zu halten. Häufig müssen diese überhaupt nicht oder nur zu Beginn einer Diskussion eingesetzt werden. Sind nämlich einmal die Anfangsschwierigkeiten überwunden, haben sich die Teilnehmer an die technischen Aufzeichnungsgeräte gewöhnt (meist haben sie diese nach 5 bis 10 Minuten völlig vergessen), so läuft die Diskussion fast von allein.

Der Diskussionsverlauf in der Gruppensituation kann idealtypisch wie folgt charakterisiert werden:

- Die Gruppendiskussion beginnt (nachdem die Teilnehmer ausgewählt und eingeladen wurden) mit der knappen *Vorstellung des Diskussionsleiters*.
- Dann *benennt der Moderator den Gegenstand der Diskussion* allgemein, aber doch *ausreichend informativ*. Der Moderator bittet evtl. *die Teilnehmer, sich ebenfalls knapp vorzustellen*.
- Der Moderator weist daraufhin, daß
  - die *Teilnahme freiwillig*,
  - die *Auswertung anonymisiert* und
  - die *Aufzeichnung der Gruppendiskussion* nur mit Zustimmung der Teilnehmer erfolgt, um die er bittet.
- Die Gruppendiskussion wird (anschließend durch den Moderator) mit einem *Grundreiz*, einem *stimulierenden Statement* und der Bitte, sich dazu zu äußern, eingeleitet.
- Kommt kein entsprechendes Gespräch zustande, so gibt der Diskussionsleiter *weitere, provokante Statements* ab, die zur Diskussion motivieren sollen.
- Läuft die Diskussion etwas schleppend, so versucht der Moderator auf gemachte Diskussionsbeiträge einzugehen, um zu weiteren Aussagen anzuregen. Hierzu kann er:
  - *nachfragen*, wie denn die Äußerung gemeint war;
  - *paraphrasieren*, also mit seinen Worten erläuternd wiederholen;
  - *in Frage stellen*, um weitergehende Explikationen und Begründungen zu erhalten;
  - *verschärfend und überspitzt nachformulieren*, um den Redner und/oder die anderen Teilnehmer zum Widerspruch zu provozieren;
  - eine *Interpretation der Aussage* liefern, um festzustellen, ob diese die Zustimmung findet;
  - *rekapitulieren*, um sich der verbalen Zustimmung der *Gruppe* zu vergewissern;
  - *Konsequenzen der Aussage aufzeigen* oder andeuten, um zu weiterem Nachdenken anzuregen;
  - durch *kontrastierende* Fragen, die evtl. vorhandene, unterschiedliche Auffassungen verdeutlichen, kann eine Diskussion neu belebt werden, wobei zugleich die Grenzen individueller und Gruppenmeinungen deutlich werden;

- auch durch eine *Zusammenfassung* des bisherigen Diskussionsverlaufs oder der letzten Diskussionsbeiträge kann die Diskussion neu initiiert werden: die Teilnehmer sehen den *roten Faden* wieder und können daran anknüpfen.

- Schweiger oder relativ unbeteiligte Diskussionsteilnehmer können zu Aussagen animiert werden, wenn man sie *häufiger (fragend) anblickt* oder sie *direkt verbal darum bittet, sich zu äußern*. Dies hat mit Fingerspitzengefühl zu erfolgen und jeder inquisitorische Eindruck ist zu vermeiden.
- Vielredner sind *dezent aber wirkungsvoll zu bremsen*, weil sie die anderen Teilnehmer dominieren und die Diskussion inhibieren.
- Gemäß der Methodologie des qualitativen Paradigmas werden die Aktionen des Diskussionsleiters *zurückhaltend-nondirektiv* sein, denn die Betroffenen sollen mit ihren Relevanzstrukturen zu Wort kommen.
- Der Moderator hat aber dafür Sorge zu tragen, daß im Sinne der erkenntnisleitenden Fragestellung diskutiert wird, damit die Diskussion *nicht ausufert und abschweift*.
- Der Moderator *sorgt formal für den ordnungsgemäßen Ablauf* der Diskussion, soll aber die *inhaltlichen Aspekte nicht prädeterminieren*. Er ist also in der *Form direktiv, inhaltlich aber nondirektiv*.

4.5.3. Die Auswertung der Protokolle

Je nach Erkenntnisinteresse können Gruppendiskussionen methodisch sehr unterschiedlich ausgewertet werden. Im Bereich der quantitativen Methodologie könnten eher gruppendynamische Prozesse von Bedeutung ein, die dann z.B. mit Hilfe des Interaktiogramms (vgl. *Atteslander* 1975, S. 159ff) ausgewertet werden können. Auch die Interaktionsanalyse nach *Bales* (1966, S. 148ff) kann herangezogen werden. Gerade wenn es sich bei den Teilnehmern von Gruppendiskussionen um Realgruppen handelt, sind soziometrische oder netzwerktechnische Auswertungsmethoden nützlich und anwendbar. Im Rahmen der qualitativen Methodologie geht es aber um andere Methoden, deren Charakter andere Probleme aufwirft.

Die größten Schwierigkeiten liegen nicht bei der methodologischen Konzeption der Gruppendiskussion oder beim Einsatz der Gruppendiskussion in der Forschungspraxis, sondern vielmehr in der Auswertung der erhobenen Daten. Schon bei der interpretativen, extensiven und explikativen Analyse des Protokolls eines Einzelinterviews (also eines Gesprächs zwischen nur zwei Personen) hinsichtlich interaktionsstruktureller Aspekte treten bisher nicht völlig gelöste technische und inhaltliche Probleme auf. Mit einer Potenzierung dieser Schwierigkeiten hat der Forscher zu rechnen, wenn statt zweier Personen nun eine Vielzahl von Gesprächspartnern gleichzeitig untersucht werden. Es ist z.B. nicht immer eindeutig zu klären, auf welchen Stimulus eine bestimmte Äußerung als Reaktion zu interpretieren ist.

Die Sequentialität der Wortbeiträge, die im Einzelinterview gewährleistet ist, kann in der Gruppensituation nicht immer unterstellt werden. Äußerungen von

Personen, die eine Weile über die Aussage eines anderen Teilnehmers nachdenken, und erst zu einer schlüssigen Position gekommen sind, nachdem sich im Gang der Diskussion schon andere Teilnehmer zu Wort gemeldet haben, sind nicht immer dem ursprünglichen, auslösenden Statement zuzuordnen. Doch wäre gerade dies im Sinne einer Rekonstruktion der Gruppenprozesse wünschenswert. Hier scheint es (noch) keine befriedigende Lösung unter den Auswertungsverfahren zu geben, die von den Vertretern der Gruppendiskussionsmethode angeboten werden. So steht man letztlich vor der Unmöglichkeit, das erhobene Material voll auszuschöpfen und all die Vorteile, die die Gruppendiskussion bietet, methodisch kontrolliert zu nutzen, denn ein Problem der Gruppendiskussion liegt im „Mißverhältnis von differenziertem Material und sparsamer Auswertung“ (*Krüger* 1983, S.97).

Ein anderes Problem ergibt sich bei Auswertung und Analyse einer Gruppendiskussion in der symbolisch-interaktionistischen Version:

Nachdem in dieser Position die wichtige Unterscheidung zwischen alltagsweltlichen und wissenschaftlichen Sinndeutungen getroffen wird, muß eine Reflexion der Verbindungen und Übergänge zwischen diesen beiden Sinnebenen erfolgen. Dabei sind zwei Aspekte besonders zu beachten:

- Die Sinndeutungen der Handelnden als primärer Forschungsgegenstand müssen nicht nur typisierend konstruiert, sondern auch in der Sozialwelt aufgesucht und rekonstruiert werden.
- Zudem ist auch das Forschungshandeln Interaktion, so daß sich die Forderung nach der Kontrolle und Berücksichtigung der daraus resultierenden Implikationen erhebt.

Das Forschungshandeln muß in seinem Zusammenhang mit alltagsweltlicher Sinndeutung und in den daraus sich ergebenden Auswirkungen auf die Forschungsergebnisse diskutiert werden und so notwendigerweise an den Deutungsschemata der Untersuchten überprüft werden. Die Verbindung von alltagsweltlichen und wissenschaftlichen Sinndeutungen führt zu der Konsequenz, daß die Merkmale der alltagsweltlichen Interaktion auch als konstitutive Aspekte des Forschungsprozesses anzusehen sind, wobei sie jedoch nur die alltagsweltliche Seite des Forschungshandelns beschreiben.

Die allgemeinsten Kriterien von Wissenschaftlichkeit dürfen bei der Erklärung der Übergänge und Verbindungen zwischen alltagsweltlicher und wissenschaftlicher Sinndeutung aber nicht vernachlässigt werden. So abstrahiert die sozialwissenschaftliche Theoriebildung – so weit sie dem normativen Paradigma verpflichtet ist – von durch alltagsweltliches Wissen gekennzeichneten Merkmalen der symbolischen Interaktion, weil auch die Zielsetzung ausschließlich von wissenschaftsimmanenten Kriterien determiniert ist. In diesem Zusammenhang meint nun *Applikation* den umgekehrten Prozeß konkreter Sinndeutung, den sozialwissenschaftliche Theorie durchläuft, indem diese Aussagen, die wissenschaftlichen Kriterien genügen, in solche transformiert werden, die zur Situationsdefinition und -interpretation beitragen, also Applikation zur konkreten Sinndeutung. „Lediglich wenn die Abstraktions- und Applikationprozesse unter den genannten Gesichtspunkten erfolgen, kann aus der Perspektive der Wissenschaft sozialwissenschaftliche Theorie ihrem Gegenstand adäquat und aus der Perspektive des Handelns sozialwissenschaftliche Theorie für die Praxis relevant sein" (*Nießen* 1977, S.35). Daraus ergibt sich die Konzentration auf symbolische Interaktion und Sinndeutung.

Die Rollenübernahme (roletaking) bildet als zentrales Konzept des symbolischen Interaktionismus die Voraussetzung, sich selbst und die handlungsrelevanten Situationsmerkmale zu sehen und wird deshalb auch als Grundlage wissenschaftlicher Deutung betrachtet. Sie liegt jeder sozialen Interaktion zugrunde, also auch dem Forschungshandeln. Die Rollenübernahme als notwendiges Medium bei der Deutung der Sinnzuschreibungen anderer erfordert, daß der Kontext des Handelns, der über die interpretativen Prozesse in das Handeln eingeht, auch in die Forschung einbezogen werden muß und zwar derart, daß er sowohl aus der Perspektive des Handelnden als auch aus der seiner Interaktionspartner gedeutet wird.

Da der Kontext seine Bedeutung für das Handeln nicht nur aus der konkreten Interaktion heraus gewinnt, sondern auch durch die im Verlaufe der Sozialisation und Identitätsentwicklung erworbenen und überindividuellen Deutungsmuster, dürfen auch diese nicht vernachlässigt werden. Die Forderung nach größtmöglicher Reflexion und Kontrolle ist nicht ohne die Analyse alltagsweltlicher Deutungen zu erfüllen.

Bei der Interpretation der strukturellen Bedingungen von Interaktionen muß weiterhin beachtet werden, daß sie immer schon antizipierende Vorwegnahmen enthält, da Annahmen über die zukünftige Entwicklung der Interaktion und darüber, inwieweit die Situationsdefinition von den Interaktionspartnern akzeptiert wird, nötig sind, um sinnvoll miteinander interagieren zu können. Die Interdependenz von antizipierender Vorwegnahme der Gesamtsituation einerseits sowie der Deutung der Situationselemente andererseits wurde von *Garfinkel* (1967) als „dokumentarische Methode der Interpretation" bezeichnet. „Sie beruht auf der Erwartung und Bereitschaft der Handelnden, Ereignisse nicht isoliert zu betrachten und zu interpretieren, sondern sie in zweifacher Weise in den Handlungsverlauf eingebunden zu sehen: Zum einen weisen sie zurück auf vorherige Ereignisse mit denen sie in Zusammenhang stehen; zum anderen weisen sie nach vorne auf das, was noch kommen wird, was sie ankündigen" (*Nießen* 1977, S.40f). Auch die im Forschungshandeln notwendigen Interpretationsprozesse basieren auf dieser Wechselwirkung und müssen im Kontext des Forschungshandelns methodisch kontrolliert werden.

Mit dem dokumentarischen Charakter der Interpretation ist sowohl aus der Sicht des symbolischen Interaktionismus als auch aus der Sicht der phänomenologischen Soziologie eine strukturelle Unsicherheit verbunden. Die prinzipielle Vorläufigkeit der alltagsweltlichen Sinndeutungen ergibt sich aus der Unmöglichkeit, „fremden gemeinten Sinn" (*Schütz* 1974, S.105) vollständig zu erfassen, da man nie davon ausgehen kann, daß die Deutungsschemata des Handelnden mit denen des Deutenden perfekt übereinstimmen. Und dies gilt genauso für die Forschungsinteraktion, weshalb sich der Forscher diese Prozesse und methodologischen Probleme bewußt machen und methodisch kontrollieren muß.

Im Hinblick auf das Gruppendiskussionverfahren können nun sechs aus der Theorie des symbolischen Interaktionismus und der phänomenologischen Soziologie ableitbare methodische Implikationen festgehalten werden:

- Ausgangspunkt sozialwissenschaftlicher Analysen von Gruppendiskussionen sind – neben dem Text selbst – die Sinn- und Bedeutungszuschreibungen der Diskussionsteilnehmer.
- Es müssen alltagsweltliche Sinndeutungen der Teilnehmer an der Diskussion von den wissenschaftlichen Sinndeutungen unterschieden werden.
- Jene Merkmale der symbolischen Interaktion, die das Alltagshandeln determinieren, konstituieren auch das Handeln im Rahmen der Methode der Gruppendiskussion.
- Um die Sinndeutungen richtig vornehmen zu können, ist in der Gruppendiskussion ein wichtiges Medium des Forschungshandelns, Rollenübernahme, zu praktizieren.
- Die Wechselwirkungen zwischen den zu interpretierenden Interaktionen in der Gruppendiskussion und dem Kontext der Gruppendiskussion müssen beachtet werden.
- Sozialwissenschaftliche Forschung mit Hilfe der Gruppendiskussion unterliegt einer prinzipiellen Unsicherheit der Interpretation.

Die Befürworter der Gruppendiskussion auf der Basis des interpretativen Paradigmas sind also der Meinung, daß der interpretative Charakter der sozialen Wirklichkeit eine ihr adäquate interpretative Theorie und Methodologie erfordert, da jede Handlung ihre Bedeutung nur innerhalb des ihr eigenen Kontextes gewinnt, dieser also in die wissenschaftliche Beschreibung und Analyse des Handelns einbezogen werden muß, d. h. für den Forscher, „daß auch er sich in einem Kontext bewegt, der mit denen der ‚Untersuchungsobjekte' nicht identisch ist" (*Arbeitsgruppe Bielefelder Soziologen* 1976, S.38).

Die Aufzeichnung der Gesprächsbeiträge einer Gruppendiskussion als notwendige Voraussetzung jeder Analyse und Interpretation erweist sich als recht aufwendig und nicht endgültig geregelt, ist aber – gemessen an dem gerade geschilderten Problem bei der symbolisch-interaktionistischen Perspektive – vergleichsweise harm- und theorielos. Es stellen sich verschiedene Fragen im Zusammenhang mit der Aufzeichnung der Gruppendiskussionssitzungen. Zu Beginn ist zu entscheiden, ob die Sitzung auf Video oder Tonband aufgezeichnet werden soll. Bei der Konservierung der Äußerungen der Teilnehmer auf Tonband ist dann die Frage der Kennzeichnung zu klären; die Wortbeiträge müssen nachträglich den einzelnen Sprechern zugeordnet werden können. Dazu kann man Nummern an die Sprecher vergeben, und sie bitten, vor ihrem Wortbeitrag diese Nummer zu nennen.

Kurz sei in diesem Zusammenhang auf die Aufgaben eines *Diskussionsassistenten bzw. eines Beobachters* hingewiesen. Er skizziert, ohne daß dies den Diskussionsteilnehmern bekannt ist, an einem Nebentisch oder hinter einer spanischen Wand sitzend, in groben Zügen den Diskussionsverlauf mit. Er notiert die Decknamen bzw. die Nummern der Sprechenden und hält ergänzend zur Tonbandaufnahme die mimischen und gestischen Aussagen der Diskussionsteilnehmer fest. Dies ist die einzige Möglichkeit auch die Einstellung von „Schweigern“ zumindest teilweise zu erschließen. Ist kein Assistent vorhanden, so erwähnt der Diskussionsleiter – vor allem wenn die Diskussion turbulent verläuft – die Namen der Sprecher extra noch einmal für die Tonbandaufnahme. Spontane Äußerungen oder Passagen, in denen mehrere Sprecher gleichzeitig Wortbeiträge abgeben, sind nachträglich schwer analysierbar. Ein ausführliches Beispiel für ein transkribiertes Protokoll einer Gruppendiskussion findet sich bei *Nießen* (1977) und auch bei *Mangold* (1960) und *Pollock* (1955).

Fertigt man von Video- oder Tonbandaufzeichnungen Transkripte an, so stellt sich weiter die Frage, *welches Transkriptionsverfahren* zu verwenden ist: sollen nur die gesprochenen Worte oder auch die Betonungen und – bei Videoaufzeichnungen – die Mimik verschriftet werden. Abgesehen von dieser Schwierigkeit ist noch zu klären, wie gleichzeitige Wortbeiträge notiert werden sollen. Dieses Problem, das ja auch bei Familieninterviews relevant ist, tritt in der Gruppendiskussion verstärkt auf, weil mehr Teilnehmer mit einer weniger ausgeprägten speziellen Hierarchie, die die Reihenfolge der Sprechakte festlegt, an einem Gespräch teilnehmen.

Ein Transkript einer Videoaufnahme, das gleichzeitig Text, Intonation, Motorik, Gestik etc. festhält, liefern *Lenssen/Aufenanger* (1986, S.201).

Beispiel: M = Mutter; T = Tochter

Take	40 sec				
Handlungsablauf	T legt etwas Geld auf den Tisch, schüttelt weiteres aus dem Spar‚häuschen‘ dazu	T kramt in der Hosentasche	T kniet sich vor M hin, ihr zugewendet	T hält M ihre Hand mit dem Geld hin	M umarmt T, die auch ihre Arme um M legt
Text	T: „Das sind 19 Mark 20.“			T: „Und das sind 1 Mark 75. Hab' ich heute selbst verdient.“	M: „Das ist ja ne ganze Menge Geld.“
Intonation				besonders betont	
Gestik/ Mimik				darbietende Geste	Gesichter verdeckt
Paralinguistische Merkmale					
Stellung der Personen zueinander	T stehend, M zurückgelehnt, sitzend		ungefähr gleiche Kopfhöhe, T wenig tiefer		gleiche Kopfhöhe

Bildaufbau	Köpfe bilden Diagonale durchs Bild Oberkörper bildf.		M und T (rechts) bild-füllend Teil des Tisches		Oberkörper bildfüllend
Kameraperspektive	Normalsicht		leicht von oben Augenhöhe		
Kameraeinstellung	Halbtotale				
Kamerabewegung	starr		schwenkt mit T mit	Fahrt leicht nach rechts	starr
Musik					

Take	4. 40 sec				
Handlungsablauf	M und T blicken sich kurz an	T legt Geld auf Tisch richtet sich auf,	läßt sich auf Sessel hinter dem Tisch fallen	M setzt sich auf, betrachtet das Geld, schiebt es herum	M blickt auf sieht T an
Text					M: „Und das hast du heute selbst verdient?“
Intonation					Betonung auf „du“
Gestik/ Mimik Paralinguistische Merkmale	beide lächeln		T guckt ‚erschöpft‘ T: „Puuhh“		M lächelt
Stellung der Personen zueinander	gleiche Höhe der Gesichter		beide gleiche Sitzhöhe, T im Hintergrund	M sitzend	
Bildaufbau	Personen bildfüllend		M am Bildrand T kleiner im Hintergrund	M fast bildfüllend	M fast bildfüllend
Kameraperspektive	Normalsicht			Normalsicht M frontal	M im Profil
Kameraeinstellung	Halbtotale			nah	nah
Kamerabewegung	starr			starr	starr
Musik					

Die Analyse des Diskussionsablaufes gibt im Idealfall Aufschluß darüber, in welchem Kontext die Meinungen zu sehen sind. Auch eine Erschließung der Perspektiven und Motive der Sprecher oder der Gruppe ist möglich. Es gilt aber vor allem, die Gemeinsamkeiten und Differenzen zwischen den Diskutierenden herauszuarbeiten. Auf dieser Basis lassen sich Einzel-, (Untergruppen-) und Gruppenmeinungen voneinander unterscheiden.

Abschließend ist festzustellen: „Es ist nicht zu leugnen, daß Gruppendiskussionen ein personal- und zeitintensives Verfahren sind, dessen Auswertungsproblematik zudem bis heute nicht befriedigend gelöst werden konnte" (*Krüger* 1983, S.90). Das ausgesprochen schwierige und nur schwer kodifizierbare Gebiet der Auswertung von Gruppendiskussionen bedient sich aller Techniken der Analyse, wie sie für qualitative Forschung üblich und typisch sind. Ihre spezifische Behandlung erfolgt an anderer Stelle (siehe Interview bzw. Inhaltsanalyse).

Trotz mancher Schwierigkeiten und differenzierender Anschauungen sollte für die Auswertung der Gruppendiskussion festgehalten werden können:

- Projekte unter Einsatz der Gruppendiskussion gliedern sich in die Bestandteile *Auswahl der Untersuchungseinheiten*, *Erhebung der Informationen* und *Auswertung des Materials*.
- Die Gruppendiskussion ist mindestens auf *Tonband*, besser auf *Video aufzuzeichnen*.
- Diese Aufzeichnung muß *transkribiert* werden, denn der *Text* ist es, der *primär analysiert und interpretiert* wird.
- Je nach methodologischer und theoretischer Position ergeben sich unterschiedliche Auswertungsverfahren.
  - Werden *gruppendynamische Prozesse* zum Gegenstand der Analyse gemacht, so sind eher *statistisch-quantitative Analyseverfahren* angemessen (z.B. Interaktiogramm oder Soziometrie).
  - Geht es um *inhaltliche Aspekte* der Diskussion, so ist – je nach Erkentnisziel – eine *interpretative-reduktive* ebenso möglich wie eine *interpretativ-explikative* Analyse.
- Gerade bei der *interaktionistischen Version* der Gruppendiskussion kann auf *hermeneutische Verfahren* nicht verzichtet werden.
- Weil die Gruppendiskussion von der quantitativen Methodologie und oft von der Praxis unter Hinweis auf das Zustandekommen der Daten und deren Interpretation kritisiert wird, soll der *Analyseprozeß weitestgehend dokumentiert und offengelegt* werden, um die Nachvollziehbarkeit (und Kritisierbarkeit) zu ermöglichen.

4.6. Vor- und Nachteile des Gruppendiskussionsverfahrens

Die in der Literatur genannten wesentlichen Vorzüge dieser Forschungsmethode beziehen sich im wesentlichen auf drei Punkte:

- die Möglichkeit gruppendynamische Prozesse untersuchen zu können,
- die größere Tiefenwirkung der Gruppendiskussion im Gegensatz zu anderen Verfahren und
- den relativ geringen ökonomischen Aufwand.

Die Gründe für diese Vorteile liegen einmal in der *entspannteren Atmosphäre der Untersuchungssituation*, wodurch die Mitarbeit der Gruppenteilnehmer erhöht wird und spontane Äußerungen eher auftreten. Die Untersuchten können sich auf andere, für sie wichtige Themen beziehen, die der Forscher unter Umständen vor Beginn der Diskussion nicht gesehen und als solche eingeschätzt hat, und sie haben die Möglichkeit, differenziertere Angaben zu machen, als etwa bei dem standardisierten Interview.

Als Nachteil der entspannteren Atmosphäre kann sich jedoch auch eine Verhinderung von Meinungsäußerungen bestimmter Personen ergeben. Weiterhin wird als Kritik angeführt, daß die individuelle Meinung durch die Gruppendiskussion verändert werden kann, was im Sinne einer quantitativen Methodologie gegen das entscheidende Kriterium der *Objektivität* und gegen das der *Reproduzierbarkeit* verstößt.

Durch die im Vergleich zu anderen Verfahren *längere Dauer der Gruppendiskussion* können sowohl latente Meinungen und Einstellungen als auch die emotionalen Hintergründe derselben erfaßt werden. Außerdem steht der Kontext, in dem diese Äußerungen gemacht werden, und der, in dem sich diese Einstellungen und Meinungen wandeln, der Interpretation zur Verfügung, was nach den bisherigen Überlegungen aus der Sicht des interpretativen Paradigmas geradezu als unabdingbar für die adäquate Erforschung der tatsächlichen Gegebenheiten gilt.

Weiterhin erlaubt das Gruppendiskussionsverfahren die *Erfassung inkonsistenter Meinungen*, die nach Ansicht verschiedener Autoren eher den Normalfall als die Ausnahme bilden. Da die Gruppendiskussion im Vergleich zum Einzelinterview *mehr Teilnehmern* die Möglichkeit bietet, *mehrere Themen* anzusprechen, ist das Verfahren ökonomischer, weil es einen geringeren Personal- und Zeitaufwand benötigt.

Die Nachteile der Gruppendiskussion können im wesentlichen auf vier Aspekte reduziert werden:

- Die *Repräsentativität* in bezug auf die Verteilung der Einzelteilnehmer, also *eine befriedigende Stichprobenziehung in quantifizierender Sicht* kann nicht in der methodologisch geforderten Strenge gewährleistet werden. Dies ist im qualitativen Paradigma allerdings auch nicht gefordert.
- Die *Schwierigkeit, Wortprotokolle anzufertigen* (z.B. durch die unterschiedliche Beteiligung der Teilnehmer), kann auch durch technische Hilfsmittel (Tonbandgerät, Videoaufzeichnung) gerade im Hinblick auf die Sinndeutung

nicht voll überwunden werden. Der Anspruch auf quantifizierende Ergebnisse wird daher im Regelfall auch nicht eingelöst werden (wollen).

- Die schon angeführte Verhinderung von Meinungsäußerungen bestimmter Teilnehmer, z. B. weil diese glauben, daß andere gleicher Meinung sind, oder durch konträre Meinungsäußerungen verunsichert wurden oder weil sie durch die Dominanz einiger Teilnehmer nicht zu Wort kommen, kann das Gesamtbild verzerren.
- Die Chance, daß in der Gruppendiskussion mehrere Themen und auch solche angesprochen werden, deren Relevanz dem Forscher vorher nicht geläufig war, birgt andererseits die Gefahr in sich, daß vom Thema abgewichen wird, so daß der Diskussionsleiter sich zum Eingreifen gezwungen sieht, was aber normalerweise vermieden werden sollte. Auch qualitative Gruppendiskussionen gehen eben nicht ohne eine gewisse Zielführung.

Nach *Volmerg* (1981) kann man die Gruppendiskussion unter Bezugnahme auf ihre bisherige Anwendung zwischen Experiment (durch die Versuchsanordnung) und Befragung (durch die Erhebungs- und Auswertungsmethoden) einordnen. Nach traditionell normativ-methodologischen Aspekten kann die Gruppendiskussion, wie die zum Teil angesprochenen Nachteile schon vermuten lassen, die Kriterien der Objektivität – etwa im Sinne der Testtheorie – nicht voll erfüllen. Die Trennung von unabhängigen und abhängigen Variablen – beim Experiment ein notwendiges Kriterium – ist nicht möglich, wenn man – wie das interpretative Paradigma – davon ausgeht, daß die geäußerten Einstellungen und Meinungen mannigfaltigen Einflußfaktoren ausgesetzt sind: Untersuchungssituation, Zusammensetzung der Teilnehmer, Verhalten der Teilnehmer untereinander und zum Gruppendiskussionsleiter, das Verhalten des Moderators usw. sind solche Bedingungsfaktoren. Wenn jedoch als Erkenntnisziel nicht die individuelle Meinung, sondern die den Einstellungen und Meinungen zugrundeliegenden, tieferen Bewußtseinsstrukturen angesehen werden, ist die strikte Unterscheidung in abhängige und unabhängige Variablen nicht nötig. Wenn es darum geht, Gruppenprozesse nachzuzeichnen, so ist andererseits genau dieses wechselseitige Bedingungsverhältnis Gegenstand des Erkenntniszieles.

Bei der Analyse und Interpretation der Daten müssen gleichwohl die auf die Situation wirkenden Einflüsse berücksichtigt und es muß hinterfragt werden, welche Einflußfaktoren welche Antworten wie determiniert haben. So wird erst bei der Auswertung zwischen abhängigen und unabhängigen Variablen unterschieden, wobei eine abhängige Variable in einem anderen Kontext zugleich eine unabhängige sein kann und vice versa.

Ein weiteres Problem bildet sicher die Tatsache, daß die Vergleichbarkeit der Ergebnisse als wichtiges Kriterium der Zuverlässigkeit nicht in jedem Fall gewährleistet werden kann, weil ja eine Standardisierung der Versuchssituation den methodologischen Prämissen qualitativer Forschung widersprechen würde. Die Untersuchungssituation kann eben nicht für alle Teilnehmer gleich und konstant gehalten werden und deren Einstellungen und Meinungen ergeben sich eben gerade aus dem Kontext der Gruppendiskussion.

Mangold (1960, 1962) versucht das Objektivitätsdilemma durch eine Umdefinition der Erhebungseinheit aufzulösen. Nicht mehr der Einzelne, sondern die Gruppe als ganze soll Untersuchungseinheit sein. Dies bedeutet jedoch nur eine Verschiebung des Problems, denn unter den genannten Voraussetzungen müssen für die ganze Gruppe und weitere Gruppen jeweils vergleichbare „experimentelle" Bedingungen vorliegen.

Die Kontextabhängigkeit der Meinungen und Einstellungen bedeutet für die herkömmliche Methodologie einen Verstoß gegen die Gültigkeit. *Volmerg* (1981) weist in diesem Zusammenhang aber auf die höhere interne Validität der Ergebnisse aus dem Gruppendiskussionsverfahren hin, soweit die Erhebungssituation die konkreten Bedingungen der sozialen Wirklichkeit wiedergibt. Die geringe *externe Validität* bleibt jedoch bestehen.

Die Auswertung der Daten im Hinblick auf informelle Gruppenmeinungen erfordert hermeneutische Verfahren, die geeignet sind, den Sinn der Aussagen zu erfassen und zu interpretieren. Verfahren wie die Inhaltsanalyse im normativ-methodologischen Sinne eliminieren geradezu den Kontext. Qualitativ orientierte Gruppendiskussionen beziehen aber den Kontext in besonderer Weise in die Analyse ein, weshalb gerade interpretatorisch-explikative Auswertungstechniken angebracht erscheinen. Die methodologische Frage, inwieweit solche Interpretationen dann über die Gruppendiskussion hinaus verallgemeinerbar erscheinen, muß im Hinblick auf die mangelnde externe Validität (vgl. die nichtrepräsentative Auswahl) kritisch beurteilt werden.

4.7. Die Gruppendiskussion in der Methodentriangulation

Die Gruppendiskussion wird in der Forschungspraxis häufig gemeinsam mit anderen Erhebungsverfahren angewandt, zum Teil, um Schwächen der Gruppendiskussion auszugleichen – z. B. dadurch, daß man die sog. Schweiger nach der Gruppensitzung einzeln befragt, zum Teil aber auch, um die Mängel der jeweils isolierten Erhebungsverfahren einzuschränken. Die Gruppendiskussion wird in der Methodentriangulation vor allem mit der Beobachtung und mit dem Einzelinterview kombiniert.

Welche Kombinationsmöglichkeiten unter welchen Einsatzbedingungen ratsam erscheinen, läßt sich nicht allgemein und vorab festlegen. Hier sind – wie immer – Untersuchungsgegenstand, Population und Erkenntnisziel entscheidende Parameter. Auch die Legitimation einer bestimmten Ausgestaltung des Gruppendiskussionsverfahrens muß dem jeweiligen Anwender der Methode vorbehalten bleiben. Was sich zusammenfassend überblicken läßt, ist der methodologische Stellenwert der Gruppendiskussion im Verbund mit anderen qualitativen oder quantitativen Forschungsmethoden – doch gibt es auch hier unterschiedliche Auffassungen.

Die Frage nach dem methodologischen Stellenwert der Gruppendiskussion und damit auch nach den konkreten Einsatzmöglichkeiten als Einzelmethode wird recht unterschiedlich beantwortet. Während die Gruppendiskussion etwa bei *Nießen* (1977) einen zentralen Stellenwert bei der Einlösung interaktionistischer Forschungsvorhaben genießt, wird die Gruppendiskussion als Einzeltechnik in der Forschungspraxis überwiegend ergänzend zur Absicherung der mit anderen Methoden gewonnenen Befunde eingesetzt oder zur Vorbereitung der Hauptuntersuchungsphase quantitativer Forschungsprojekte herangezogen.

Diesen quantitativ überwiegenden Einsatzmöglichkeiten entspricht ein Verständnis der Gruppendiskussion als einem eher explorativen Forschungsverfahren, dessen vorgeschalteter Einsatz dazu dient, die Konstruktion der Erhebungsinstrumente für die Haupterhebungsphase zu erleichtern. Dabei kann durch die vorgelagerte Anwendung der Gruppendiskussion sowohl die Authentizität (etwa der Antwortvorgaben in einem Fragebogen) gesichert, aber auch die Angemessenheit etwaiger theoretischer Vorüberlegungen gestützt werden. *Lutz* bemerkt zum methodologischen Stellenwert der Gruppendiskussion: „Zusammen mit dem Instrument der Biographie und der sachverständigen Beobachtung scheint uns die Gruppendiskussion das wichtigste der Verfahren zu sein, mit deren Hilfe der Sozialforscher eine erste Rohaufschließung des von ihm zu untersuchenden Objektes vornehmen kann, ohne, wie bei allen auf bessere Quantifizierungsmöglichkeiten angewiesenen Verfahren, einen allzu großen Realitätsverlust auf Grund eines fehlerhaften Modells riskieren zu müssen“ (*Lutz* 1956, S.74). Auch hier wird der Gruppendiskussion eine methodologische Bedeutung nur im Rahmen der explorativen Phase zugewiesen. „*Rückblickend* müssen wir zu einem resignierenden Schluß kommen. Fast ausnahmslos ist die Gruppendiskussion nicht aus ihrem untergeordneten Status als explorative Methode im Forschungsprozeß herausgehoben worden“ (*Krüger* 1983, S.97).

Krüger unterscheidet hinsichtlich der Anwender der Gruppendiskussion typologisch zwischen Bewußtseinsforschern und Bedingungsforschern (vgl. *Krüger* 1983, S.95f). Die zahlenmäßig überwiegenden Bedingungsforscher betonen den explorativen Charakter der Gruppendiskussion und setzen sie beiläufig neben anderen Forschungsinstrumenten ein. Die primär an den gesellschaftlichen Bedingungen des Bewußtseins interessierten Sozialforscher hingegen, die sich für *Krüger* mit den Anhängern des interpretativen Paradigmas zu decken scheinen, erachten die Gruppendiskussion als eine zentrale Möglichkeit der empirischen Erfassung von sozialen Konstitutionsprozessen.

Es ist aber möglich, und im Rahmen qualitativer Forschungsprojekte auch üblich, die Gruppendiskussion als eigenständige und gleichberechtigte Quelle der Datengewinnung anzusehen.

Beispiel:
In einer empirischen Studie über die Eskalationsbedingungen im Verhältnis zwischen Demonstranten und Polizeibeamten (*Willems* et al. 1988) wird die Gruppendiskussion als einzige Erhebungstechnik eingesetzt. Die Autoren selbst begründen dies aber nicht mit den spezifischen Qualitäten der Gruppendiskussion, sondern vielmehr mit der Angemessenheit der

Methode für den Untersuchungsgegenstand. Der Einsatz der Gruppendiskussion „kann daher nur durch das konkrete Erkenntnisziel der Forscher und deren wissenschaftstheoretisches Verständnis bestimmt werden“ (*Willems* et al. 1988, S.28).

Zur Vermittlung zwischen den beiden Polen „explorativ“ vs. „eigenständig“ wird dann der sinnvolle Vorschlag gemacht, den Einsatz des Gruppendiskussionsverfahrens als *komplementär* zur Anwendung anderer Forschungsmethoden zu begreifen. So könnte in einer komplementär orientierten Forschungskonzeption die Gruppendiskussion die qualitativen Zusammenhänge bereitstellen, während die standardisierten Verfahren helfen würden, die Indikatoren und Tendenzen quantitativ zu erhärten (vgl. *Krüger* 1983, S. 107f).

Eine Methodentriangulation, bei der die Gruppendiskussion mit *anderen naturalistisch-kommunikativen Verfahren* kombiniert wird, kommt in der Forschungspraxis selten vor. Auch in der theoretischen Diskussion sind nur wenige Ansätze erarbeitet. Als eine Möglichkeit ergibt sich hier der gemeinsame Einsatz von Gruppendiskussion und teilnehmender Beobachtung (vgl. *Arbeitsgruppe Bielefelder Soziologen* 1976, S.132) oder aber der ergänzende Einsatz zu Tiefen- oder Intensivinterviews, wie es *Krüger* (1983) vorschlägt. Ob bei solch multimethodisch-qualitativer Vorgehensweise dem Gruppendiskussionsverfahren ein eher explorativer, komplementärer, egalitärer oder gar zentraler methodologischer Stellenwert zukommt, dürfte nicht zuletzt von der soziologisch-theoretischen und methodologischen Ausrichtung des jeweiligen, die Methoden anwendenden, Sozialwissenschaftlers abhängen.

Von der *Arbeitsgruppe Bielefelder Soziologen* wurde 1976 ein stark interaktionistisch geprägtes Verfahren vorgeschlagen, bei dem die Gruppendiskussion in Kombination mit der teilnehmenden Beobachtung zur Anwendung kommt. Ausgehend von der Bedeutung der Situation für die Aktualisierung eines Bezugsrahmens in einer Gruppendiskussion liegt es für die Autoren nahe, eine Untersuchungsgruppe in der realen sozialen Wirklichkeit bei ihren Gruppengesprächen teilnehmend zu beobachten: eine Familie wird nach Möglichkeit in ihrer Wohnung beobachtet, die Mitarbeiter einer Abteilung nach Möglichkeit an ihrem Arbeitsplatz. Dadurch ergibt sich für den Forscher die Chance, eine Innenperspektive einzunehmen. Dies eröffnet ihm, den Bezugsrahmen wenigstens teilweise auch für sich zu aktualisieren und somit die interaktive Generierung von Bedeutung einzelner Äußerungen nachzuvollziehen.

Im Zusammenhang mit diesem Forschungsdesign entfallen eine ganze Reihe von Problemen der Gruppendiskussion unter Laborbedingungen, die nicht gelöst zu werden brauchen: Wie wird ein bestimmter Grundreiz erteilt? Welches ist die geeignete Diskussionssituation? Wie wird bei mehreren Gruppensitzungen gewährleistet, daß immer die gleichen Teilnehmer anwesend sind? Allerdings ist die Situation gänzlich der Kontrolle des Forschers entzogen, ein direktives Eingreifen des Forschers als Diskussionsleiter kommt nicht in Betracht.

Gegenüber der Gruppendiskussion unter Laborbedingungen, hat die Gruppendiskussion einer realen sozialen Gruppe in der ihr vertrauten Umgebung in Kombination mit der teilnehmenden Beobachtung „den Vorteil, daß tatsächlich der Bezugsrahmen aktualisiert wird, in dem sie (die Gruppenmitglieder; Anm. S.L.) sich normalerweise bewegen“ (*Arbeitsgruppe Bielefelder Soziologen* 1976, S.133).

Die Gruppendiskussion wird einerseits als ein lediglich in der explorativen Phase eines quantitativen Projektes anzuwendendes Verfahren und andererseits als eine zumindest gleichberechtigt neben anderen Verfahren stehende Technik der Erhebung angesehen.

Zur Vermittlung zwischen diesen beiden Extrempositionen wird dann die Gruppendiskussion ergänzend zur Anwendung anderer Forschungsmethoden begriffen. *Krüger* (1983) etwa schlägt vor, der qualitativen Gruppendiskussion die Herausarbeitung von Zusammenhängen zu überlassen, während die quantitativen, standardisierten Verfahren der Erhärtung der gefundenen Tendenzen dienen würden. So könnte in einer komplementär orientierten Forschungskonzeption in Fortführung dieses Vorschlages die Gruppendiskussion im Wege der qualitativen Analyse die Herausarbeitung von Handlungsmustern und Zusammenhängen leisten, während die standardisierten Verfahren der quantitativen Analyse die Untersuchung der Verteilung dieser Muster in der sozialen Wirklichkeit übernehmen sollten.

Die konkreten Methoden der Auswertung von Gruppendiskussionen orientieren sich, da natürlich transkribierte Aussagen als Texte vorliegen, an den allgemeinen Regeln der Textinterpretation. Daher ist es nicht erforderlich, die konkreten und pragmatischen Auswertungsschritte bei der Gruppendiskussion gesondert darzustellen; es genügt der Verweis auf das qualitative Interview oder die Inhaltsanalyse, wo solche Auswertungsmöglichkeiten dargestellt sind.

5. Inhaltsanalyse

Die Inhaltsanalyse setzt an einem geradezu trivial klingenden Sachverhalt an. „In dem, was Menschen sprechen und schreiben, drücken sich ihre Absichten, Einstellungen, Situationsdeutungen, ihr Wissen und ihre stillschweigenden Annahmen über die Umwelt aus. Diese Absichten, Einstellungen usw. sind dabei mitbestimmt durch das soziokulturelle System, dem die Sprecher und Schreiber angehören und spiegeln deshalb nicht nur Persönlichkeitsmerkmale der Autoren, sondern auch Merkmale der sie umgebenden Gesellschaft wider – institutionalisierte Werte, Normen, sozial vermittelte Situationsdefinitionen usw. Die Analyse von sprachlichem Material erlaubt aus diesem Grunde Rückschlüsse auf die betreffenden individuellen und gesellschaftlichen, nicht-sprachlichen Phänomene zu ziehen" (*Mayntz* et al. 1974, S.151). Um eben solche *Rückschlüsse von sprachlichem Material auf nichtsprachliche* Phänomene geht es bei der Inhaltsanalyse; das ist – grob skizziert – ihre Aufgabe.

Die Inhaltsanalyse ist dabei wie die anderen Methoden der Sozialforschung im Prinzip die Weiterentwicklung eines alltäglichen Vorgehens (vgl. *Friedrichs* 1973, S.314ff). Sie „knüpft an das vorwissenschaftliche und alltägliche Sprachverstehen an, das es den Menschen ermöglicht, nicht nur Bedeutungen zu verstehen, die mit Hilfe der Sprache bewußt kommuniziert werden sollen, sondern aus Gesprochenem und Geschriebenem auch Rückschlüsse der oben genannten Art zu ziehen. Der intuitive Vorgang des Sprachverstehens muß jedoch zum Zweck einer wissenschaftlichen Analyse explizit gemacht, systematisiert und objektiviert werden" (*Mayntz* et al. 1974, S.151).

Von daher kann man die Inhaltsanalyse als eine Methode begreifen, *„die sprachliche Eigenschaften eines Textes objektiv und systematisch identifiziert und beschreibt, um daraus Schlußfolgerungen auf nicht-sprachliche Eigenschaften von Personen und gesellschaftlichen Aggregaten zu ziehen*" (*Mayntz* et al. 1974, S.151; Hervorhebung durch S.L.).

„Im allgemeinen wird ... in Textbüchern zur Inhaltsanalyse (Content Analysis) das Programm und die Praxis der Zeitungsforschung zu Beginn dieses Jahrhunderts als der Ausgangspunkt systematischer – und das heißt für Adepten der Content Analysis: quantitativ verfahrender – Inhaltsanalysen angenommen. 1910 gab Max *Weber* auf dem Ersten Deutschen Soziologentag die Empfehlung, den Inhalt von Zeitungen mit 'Schere und Kompaß' zu durchforsten, um quantitativ faßbare Veränderungen der publizierten Inhalte im geschichtlichen Ablauf ermitteln zu können. In Amerika wurden solche programmatischen Sätze praktisch eingelöst. Basis quantifizierender Untersuchungen von Zeitungsmaterial waren die sogenannten ‚column inches', die Zentimeter oder Quadratzentimeter des Umbruchs, die von bestimmten Themen des redaktionellen Angebots eingenommen wurden" (*Ritsert* 1975, S.15).

Die „Inhaltsanalyse verschränkt sich ... mit anderen Forschungstechniken, geht in sie ein; am sinnfälligsten wohl bei der Auswertung offener Fragen im Interview" (*Ritsert* 1975, S.16). Dabei geht es unmittelbar darum, sprachliche Phänomene zu identifizieren, d.h. die je individuellen – nach Satzbau, Vokabular, Ausführlichkeit usw. ganz unterschiedlichen – Antworten entsprechend der ihnen zugrunde liegenden grundsätzlichen Sinnstrukturen zu klassifizieren.

„Die Grenzen (der Inhaltsanalyse; S.L.) zur Beobachtung sind fließend, wenn es sich um Filme oder Fotos handelt, da auch die Beobachtung sich eines inhaltsanalytischen Kategorienschemas bedient, um gefilmte Verhaltensabläufe zu analysieren. Die Ähnlichkeit beider Methoden zeigt sich ferner in den gleichartigen methodologischen Problemen der Beobachtungseinheit und der Indikatorenwahl oder in methodischen Problemen wie dem der Stichprobe. Da die Logik der Kategorienbildung zentral für die Inhaltsanalyse ist, treten Mini-Inhaltsanalysen auch innerhalb anderer Methoden der Sozialforschung auf, z.B. bei der Codierung offener Fragen, der Protokolle von Gruppendiskussionen oder von Beobachtungen" (*Friedrichs* 1973, S.317).

Bei all diesen zur Inhaltsanalyse hinführenden und sie charakterisierenden Überlegungen, die aus Lehrbüchern stammen, ist klar geworden, daß hier das quantitative Verständnis von Inhaltsanalyse zugrundegelegt ist: Es geht – bei allen sonst möglichen Differenzierungen – um die „*Klassifikation* von *symbolischem Material* durch *wissenschaftlich geschulte Beobachtung*, die, auf explizite *Zuordnungs-* und *Verfahrensregeln* gestützt, *beurteilen* sollen, welche *Teile* des Textmaterials unter die *Kategorien* des Untersuchungsschemas fallen" (*Ritsert* 1975, S.17), wie es der Kritiker der quantitativen Inhaltsanalyse formuliert hat.

Im quantitativen Paradigma dient die Inhaltsanalyse also der Erhebung von Daten. Die Auswertung, also der Versuch der Falsifikation einer Hypothese, bleibt statistischen Verfahren vorbehalten.

Dies ist bei der qualitativen Form der Inhaltsanalyse, die sich am interpretativen Paradigma orientiert, anders:

Wollte man sich am Verlauf eines konkreten qualitativen Forschungsvorhabens orientieren, so muß nach der Festlegung des Untersuchungsdesigns und der Erhebung des Materials die Auswertung desselben folgen. Genau diese letzte Position nimmt die Inhaltsanalyse bei qualitativem Vorgehen ein. *Die Inhaltsanalyse dient im qualitativen Paradigma der Auswertung bereits erhobenen Materials*, und das heißt, sie dient der *Interpretation symbolisch-kommunikativ vermittelter Interaktion in einem wissenschaftlichen Diskurs*.

5.1. Allgemeines zur Inhaltsanalyse

Trotz dieses grundlegenden unterschiedlichen Stellenwerts der Inhaltsanalyse im Forschungsprozeß der beiden Paradigmen, gib es dennoch eine Reihe gemeinsamer Definitionselemente. Gemeinsam ist beiden Positionen sicher, daß der Forscher, der sich mit einem soziologisch relevanten Sachverhalt befaßt, sich nicht mit der bloßen Aufzeichnung sinnloser Gebärden und materieller Gegebenheiten begnügen darf, er muß vielmehr auch wissen, welche Bedeutung diese für die jeweils betroffenen Menschen haben. Wie gelangt man aber zu dieser Bedeutung? Wie ist der mit bestimmten Verhaltensweisen verbundene Sinn zu verstehen? Wie ist also alltägliches und letztlich wissenschaftliches Verstehen möglich?

Symbolisch verschlüsselte Sinngehalte artikulieren sich im menschlichen Verhalten; sie müssen – per definitionem – für andere Menschen verständlich sein. Um aber von dem Anderen verstanden werden zu können, müssen Sinngehalte sich im Rahmen einer *sozialen Beziehung* aktualisieren, in die der Verstehende einbezogen ist. Denn, wo kein Kontakt zu einem Verstehenden hergestellt wird, kann sich kein Verstehen vollziehen. Das gilt auch für das wissenschaftliche Verstehen von Sinngehalten: es vollzieht sich ebenfalls im Rahmen einer sozialen Beziehung, oder – genauer gesagt – einer *Kommunikationsbeziehung*, in der ein Kommunikationspartner, der Forscher, eine für ihn verstehbare Mitteilung aufzunehmen versucht. Der ungestörte Empfang einer derartigen Mitteilung – also das Verstehen – ist nur möglich, wenn der betreffende Kommunikationsteilnehmer (der Forscher) die verbale und/oder nichtverbale Symbolsprache beherrscht, in der die Botschaft verschlüsselt ist. Es ist aber prinzipiell unerheblich, ob der zu verstehende Sinngehalt direkt – durch unmittelbaren sozialen Kontakt – oder indirekt – auf dem Wege über schriftliche Aussagen, historische Zeugnisse etc. – zugänglich gemacht wird.

Daraus ergibt sich, daß das forschende Subjekt gezwungen ist, sich in den Kommunikationszusammenhang des zu erforschenden Objekts hineinzuversetzen, wenn es dessen Sinngehalte als solche überhaupt erkennen und adäquat erfassen will. An die Stelle der qualitativen Distanz zwischen erkennendem Subjekt und Erkenntnisobjekt, die für die naturwissenschaftliche Wahrnehmung konstitutiv ist, tritt im Bereich der Sozialwissenschaften die gemeinsame Kommunikationsbeziehung zwischen Subjekt und Objekt.

Mit anderen Worten: die Realität, mit der es empirische Sozialforschung zu tun hat, ist stets *kommunikative Realität*; die Erfassung der in dieser Realität vorfindbaren *Kommunikationsinhalte* ist folglich unabdingbarer Bestandteil des soziologischen Forschungsaktes. Insofern könnte man sagen, daß *jede* soziologische Forschung notwendigerweise immer Inhaltsanalyse ist. Aber die konventionelle Bedeutung des Terminus Inhaltsanalyse ist enger, wie wir später noch sehen werden. Zunächst soll es aber darum gehen, Ähnlichkeiten und Unterschiede zwischen alltäglichem und wissenschaftlichem Sinnverstehen herauszuarbeiten.

5.1.1. Formen alltagsweltlicher Inhaltsanalyse

Auch der Alltagsmensch verwendet täglich in irgendeiner alltagsweltlichen Form inhaltsanalytische Techniken. Dabei wird schriftliches, visuelles und auch akustisches Material ausgewertet.

Man erhält Briefe von Bekannten und Verwandten und versucht deren ‚Botschaft' zu entschlüsseln, um zu erfahren, was der Absender mitteilen will. Dabei stützt man sich zum einen auf den expliziten Wortlaut des Briefes und versucht, dessen Bedeutung zu verstehen. Außerdem liest man zwischen den Zeilen und versucht, einen Tenor, eine Intention des Briefes festzustellen. Letzteres soll dem Leser über den expliziten Gehalt hinausgehende Informationen über die Gefühlslage des Absenders, über den Entstehungszusammenhang des Schreibens und über den vom Absender intendierten, aber nicht explizierten Zweck des Briefes liefern (also evtl. vorhandene verdeckte Strategien identifizieren). Der Empfänger oder Leser eines Briefes deutet und interpretiert das Schreiben, um auf den Inhalt des Textes oder auf emotionale Befindlichkeiten und kognitive Strukturen des Absenders zu schließen.

Fast täglich schaut man fern und sieht dabei auch Spielfilme. Als Betrachter solcher Sendungen macht man sich dabei über deren Botschaft Gedanken. Bei Spielfilmen, insbesondere bei Western, ist das oft recht leicht. Als Zuschauer geht man dabei zweigleisig vor: zum einen vergewissert man sich der Geschichte, der Story, die der Film erzählen will, zum anderen sucht man nach einer allgemeineren, moralischen Botschaft, gleichsam nach der ‚Moral von der Geschichte'. Man identifiziert sehr schnell die ‚Guten' und die ‚Bösen' anhand ihrer Handlungen und Äußerungen. Sobald man als Betrachter ein wenig in die vom Film erzählte Geschichte eingeführt wurde, kann man selbst ein Ende des Films konstruieren, das dem tatsächlichen Schluß oft sehr nahe kommt. Viele Spielfilme verwenden dabei Präsentationsformen, wie sie auch in der Alltagserzählung vorhanden sind: Einführung in eine indexikalische Situation (Raum, Zeit, Personen), Beschreibung eines Handlungsvollzuges, der in eine irgendwie interessante Pointe mündet, und schließlich eine Art Resümee, eine abschließende Bewertung einzelner Aspekte der Handlung.

Kriminalfilme scheinen geradezu so angelegt zu sein, daß der Zuschauer die Handlung inhaltsanalytisch nachvollziehen soll. Dabei versuchen die Regisseure, die Betrachter systematisch in die Irre zu leiten, sie also zu falschen Interpretationen zu führen. Durch das für den Zuschauer dann unerwartete tatsächliche Ende des Films soll eine überraschende Pointe erzeugt werden, die den Unterhaltungswert des Films erhöht.

Für politische Magazine gilt meist, daß der Zuschauer, wenn er ein neues, ihm unbekanntes Magazin sieht, einen erheblichen Teil der Zeit damit zubringt, herauszufinden, welche politische Couleur das Magazin vertritt. Dabei stützt er sich auf die verwendete Begrifflichkeit des Moderators, auf die behandelten Themen und auf Wertungen, die vom Moderator oder dem Produzenten eines Beitrages bezüglich der Themen und Inhalte implizit oder explizit vorgenommen werden. Der Betrachter geht inhaltsanalytisch vor, um herauszufinden, welche Bedeutungen er den manifesten Kommunikationsinhalten der Sendung beimessen soll (sind die Aussagen stark politisch eingefärbt, oder werden alle Positionen und Meinungen zu dem angesprochenen Thema relativ neutral nebeneinander gestellt?).

Die geschilderten Alltagssituationen, in denen inhaltsanalytisch vorgegangen wird, können mit folgender Skizze charakterisiert werden:

- Bei der alltagsweltlichen Inhaltsanalyse handelt es sich um eine Technik, bei der von Kommunikationsinhalten in einer bestimmten Situation auf die *Bedeutung der Kommunikationsinhalte geschlossen werden soll.*
- *Inhaltsanalytische, interpretative Verfahren setzt auch der Alltagsmensch ein*, um Briefe, Filme oder Zeitungsartikel zu verstehen und zu deuten.
- Das interpretative Vorgehen soll dem Leser, Betrachter oder Hörer *Hintergrundinformationen* eröffnen.
- Dieses Vorgehen kann vom Produzenten des zu interpretierenden Materials gedanklich vorweggenommen sein (z. B. bei der Verwendung von Anspielungen als versteckter Botschaft).

5.1.2. Wissenschaftliche Inhaltsanalyse

In der Sozialforschung wird die Inhaltsanalyse seit den vierziger Jahren dieses Jahrhunderts verwendet. Eine der ersten großen inhaltsanalytischen Studien wurde von amerikanischen Sozialwissenschaftlern zur Wirksamkeit politischer Propaganda durchgeführt (*Lasswell* 1927). Seit dieser Zeit sind eine Reihe von inhaltsanalytischen Techniken erarbeitet worden, die die Inhaltsanalyse je unterschiedlich definieren.

Ziel der Inhaltsanalyse ist – darin besteht Übereinstimmung – die Analyse von Material, das auf irgendeine Weise menschliches Verhalten oder soziales Handeln repräsentiert. Die wissenschaftliche Inhaltsanalyse befaßt sich vor allem mit der Analyse von schriftlichen Kommunikationsinhalten, also Texten. Aber auch Videofilme und akustisches Material (z. B. Liedertexte) können ausgewertet werden. *In den meisten Fällen stellt das Material für eine Inhaltsanalyse eine Form fixierter und reproduzierbarer Kommunikation* dar, deren Inhalte vom Wissenschaftler erfaßt werden können. Aber es werden auch andere Repräsentationsformen menschlichen Verhaltens oder sozialen Handelns analysiert: Akten, historische Dokumente oder Bilder, auch Gestik, Mimik und Motorik als Inhalte von Filmen.

Während über diese potentiellen Gegenstände der Inhaltsanalyse relativ leicht bei allen Sozialforschern unterschiedlichster Provenienz Übereinstimmung erzielt werden kann, sind drei Fragen dagegen nicht für alle inhaltsanalytischen Techniken verschiedener methodologischer oder soziologisch-theoretischer Ausrichtung gleichermaßen zu beantworten: (a) unter welchem Gesichtspunkt das Material untersucht werden, (b) in welche Richtung man von den gefundenen Kommunikationsinhalten aus schließen und (c) welches der Gegenstand, das Material der Analyse sein soll.

(a) Schon bei der Beschreibung der alltagsweltlichen inhaltsanalytischen Vorgehensweisen wurde darauf hingewiesen, daß die Analyse sowohl auf die expliziten, konkreten Kommunikationsinhalte (dies entspricht etwa dem Nachvollzug der Story eines Films), als auch auf die impliziten, bewußten oder unbewußten Kommunikationsinhalte gerichtet sein kann (dies entspricht etwa der Suche nach der Moral von der Geschichte).

J. *Ritsert* als Kritiker des quantitativen Paradigmas definiert Inhaltsanalyse als „ein Untersuchungsinstrument zur Analyse des ‚gesellschaftlichen', letztlich des ‚ideologischen Gehalts' von Texten" (*Ritsert* 1975, S.9). In dieser Definition wird die Analyse dominant auf latente Kommunikationsinhalte festgelegt, während in der schon klassischen Definition von B. *Berelson*, einem Verfechter der quantitativen Form der Inhaltsanalyse, die Analyse auf die manifesten Kommunikationsinhalte beschränkt wird. „Inhaltsanalyse ist eine Forschungstechnik für die objektive, systematische und quantitative Beschreibung des manifesten Inhalts von Kommunikation" (*Berelson* 1952, S.18, deutsch zitiert nach *Mayring* 1988, S.9).

Zwischen diesen beiden Extremen (latente versus manifeste Kommunikationsinhalte) gibt es in der empirischen Wirklichkeit der realisierten Studien eine ganze Reihe von Modifikationen und unterschiedlichen Gegenstandsdefinitionen: So kann untersucht werden, welche latenten Kommunikationsinhalte vom Kommunikator implizit mitgedacht werden oder welche latenten Kommunikationsinhalte vom Kommunikator, z.B. auf Grund familienspezifischer Fehlsozialisationen (objektive Hermeneutik nach *Oevermann* et al. 1979), nicht kognitiv präsent sind, aber dennoch als objektive, weil sozial relevante, Kommunikationsinhalte angesehen werden müssen. Weitere Abwandlungen der Extremtypen sind beliebig ergänzbar.

(b) Nicht für alle inhaltsanalytischen Verfahren gleichermaßen zu beantworten, ist auch die zweite Frage: Inhaltsanalysen werten zwar menschliches Verhalten oder soziales Handeln repräsentierendes Material aus, unklar ist aber, zu welchem Zweck, mit welcher Zielrichtung dies geschehen soll. Inhaltsanalytische Techniken können einerseits eingesetzt werden, um von den (latenten oder manifesten) Kommunikationsinhalten auf emotionale oder kognitive Befindlichkeiten oder auf Deutungsmuster des Kommunikators zu schließen. Ganz allgemein wird also bei diesen Techniken auf die emotionale oder kognitive Zuständlichkeit, auf Verhaltensweisen oder Handlungen geschlossen. Andererseits können inhaltsanalytische Techniken auch eingesetzt werden, um von den Kommunikationsinhalten auf die Wirkung dieser Inhalte bei einem Rezipienten zu schließen. Die Untersuchung der Wirkung von Kommunikationsinhalten tritt in der empirischen Sozialforschung hinter die Untersuchung von kognitiven oder unbewußten Befindlichkeiten und Deutungsmustern zurück, soweit es sich um Inhaltsanalyse handelt.

(c) Wissenschaftliche Inhaltsanalyse kann sich – jedenfalls in der quantitativen Position – von der alltäglichen Form auch anderweitig unterscheiden: Menschliches Handeln kann vom Forscher wie vom Alltagsmenschen *in actu* erfaßt werden, z.B. durch Beobachtung, durch Teilnahme am Interaktionsprozeß, durch unmittelbare Benutzung kultureller Produkte usw. Menschliches Handeln kann aber auch in *sprachliche Aussagen gerinnen*, die in der Form von Ton,

Schrift oder Bild *dauerhaft reproduzierbar* bleiben. Solche Aussagen erlauben *indirekte* Rückschlüsse auf die sozio- und psychokulturelle Realität, deren Produkt diese Aussagen sind und in der sie wirken. Und genau dies ist das Material der Inhaltsanalyse, womit sie sich von den Alltagsformen des Verstehens unterscheidet, weil erst *nach der konkreten Handlungssituation*, wenn diese in irgendeiner Weise festgehalten wurde, die *Analyse und Interpretation einsetzt*. Hierin sind sich quantitative und qualitative Inhaltsanalyse einig.
Differenzen gibt es jedoch bezüglich des Materials in einem anderen Punkt: Man kann unterscheiden zwischen Aussagen, die zum Zwecke der Analyse produziert werden, z.B. durch Interview, durch psychoanalytisches Gespräch, durch Intelligenztest usw. Dieses Material nennt *Atteslander* (1975, S.72) „systematische Dokumente“ und unterscheidet davon nicht zum Zwecke der Analyse hervorgebrachte Aussagen, die dokumentarisch festgehalten wurden, die sog. „akzidentalen Dokumente“ (*Atteslander* 1975, S.65). Bei diesen akzidentalen Dokumenten handelt es sich um nahezu die Gesamtheit aller empirisch vorfindbaren Aussagen. Und genau diese können zum Gegenstand von *Inhaltsanalyse im engeren Sinne* werden.
Hier nun unterscheiden sich qualitative und quantitative Inhaltsanalyse: Während man sich im quantitativen Paradigma auf die gerade geschilderte Position versteift, um die *Nonreaktivität* der Inhaltsanalyse als positives Element der Nichtbeeinflussung durch den fehlenden Kontakt zwischen Forscher und Forschungssubjekt und der unabhängig von einer wissenschaftlichen Auswertung produzierten Dokumente zu nutzen, *werden die Dokumente in der qualitativen Position auch erst zum Zwecke der wissenschaftlichen Analyse erstellt*, z.B. durch narrative Interviews.

In einer ersten Übersicht läßt sich die wissenschaftliche Inhaltsanalyse so skizzieren:

- *Inhaltsanalytisches Vorgehen wertet Material, das emotionale und kognitive Befindlichkeiten, Verhaltensweisen oder Handlungen repräsentiert, interpretierend aus.*
- *Gegenstand wissenschaftlicher Inhaltsanalyse sind nicht Handlungen in actu*, sondern solche, die in *reproduzierbarer Form* vorliegen.
- Die Repräsentation geschieht meist in Form von aufgezeichneter Kommunikation (Tonband, Video, Text).
- Nicht für alle inhaltsanalytischen Techniken gleichermaßen zu beantworten ist, ob nur die *manifesten* oder zusätzlich die *latenten Kommunikationsinhalte* ausgewertet werden sollen.
- Außerdem ist nicht eindeutig festgelegt, ob von den Äußerungen auf den Kommunikator oder auf einen (fiktiven) Rezipienten geschlossen werden soll.
- Während die Inhaltsanalyse im quantitativen Paradigma sich auf ausschließlich *akzidentale Dokumente* stützt, werden auch *zum Zwecke der wissenschaftlichen Analyse produzierte Dokumente (als systematische) in der qualitativen Sozialforschung zum Gegenstand gemacht.*

5.1.3. Inhaltsanalyse in den Disziplinen

Es gibt nun eine Mehrzahl von geistes- oder sozialwissenschaftlichen Disziplinen, die sich mit akzidentalen Dokumenten befassen, jedoch unterwerfen sie sich nicht alle den strengen methodologischen Spielregeln, die die empirische Sozialforschung an die Inhaltsanalyse stellt. Darüber hinaus handelt es sich um verschiedene Typen von akzidentalen Dokumenten: die Geschichtswissenschaften analysieren überlieferte Dokumente, die Philologie untersucht literarische Dokumente usw. Für die Soziologie hingegen können prinzipiell *alle* diese Aussagentypen relevant werden. Die Beschränkung des Terminus „Inhaltsanalyse" lediglich auf „öffentliche oder öffentlich bedingte Aussagen", wie sie einige Autoren vorschlagen (vgl. *Wersig* 1968, S.16), ist deshalb für die Soziologie nicht akzeptabel.

Wenn wir also feststellen, daß sich der Soziologe, der sich der Technik der Inhaltsanalyse bedient, grundsätzlich mit jeder Art von akzidentalen Dokumenten befassen kann, so ist damit nicht gesagt, daß auch solche hermeneutischen Verfahrensweisen, wie sie etwa in den Literaturwissenschaften oder bei Historikern Anwendung finden, auch für den Soziologen als wissenschaftliche Inhaltsanalysen akzeptabel sind. Hierzu später mehr.

Die Inhaltsanalyse wird in fast allen empirischen, sozialwissenschaftlichen Disziplinen angewandt: in der Publizistik, in der Pädagogik, in der Psychologie, in der Politologie, in den Geschichtswissenschaften und nicht zuletzt in der Soziologie.

„Innerhalb der *Publizistik* dürfte wohl das häufigste Anwendungsfeld der Inhaltsanalyse die Untersuchung von Massenmedien sein" (*Mayring* 1983, S.56). Dabei werden sowohl die Print-Medien als auch Funk und Fernsehen analysiert.

Beispiel:
Mitte der sechziger Jahre wurde eine Untersuchung von drei großen deutschen Illustrierten (Stern, Quick und Revue) durchgeführt (*Holzer* 1967). Jeweils alle Hefte eines Jahrgangs wurden mit einem Kategorienschema auf ihre inhaltlichen Elemente und Strukturen hin untersucht. Im Vordergrund stand dabei die Frage, „welche Vorstellungen die drei Illustrierten von ihrer gesellschaftlichen Position und Funktion haben, wie sie sich in der bundesrepublikanischen Gesellschaft einordnen, welche Aufgaben sie zu erfüllen beanspruchen – kurz gesagt, welche Folgerungen sie aus dem selbstgegebenen Titel ‚aktuelle Illustrierte' für sich und ihre journalistische Arbeit ziehen" (*Holzer* 1967, S.12). In einem ersten Schritt wurden zunächst mit einem inhaltsanalytischen Verfahren die redaktionellen Ansprüche der Illustrierten aus den veröffentlichten Briefen des Herausgebers und aus Essays herausgearbeitet. In einem zweiten Schritt wurde dann das ganze redaktionelle Angebot der Illustrierten erhoben und mit einem Kategorienschema entlang verschiedener Dimensionen klassifiziert. Das verwendete Kategorienschema hatte sechs Dimensionen: 1.) Dimension Beitragsform, 2.) Dimension Themenbereich, 3.) Motiv-Dimension, 4.) soziale Dimension, 5.) Bedeutungsdimension und 6.) Funktionsdimension. Jede dieser Dimensionen wies eine Fülle von Kategorien auf. Als Ergebnis dieser Inhaltsanalyse wurden Häufigkeitsauszählungen über die Kategorien geliefert. Die Befunde wurden „anhand prägnanter Zitate aus den Zeitschriften illustriert" (*Holzer* 1967, S.93).

Inhaltsanalysen von akustischem Material sind selten; zwar wurden auch Radiosendungen untersucht, aber nur bis zum Aufkommen des Fernsehens. „Das Interesse hat sich jedoch dann fast vollkommen dem Fernsehen zugewandt" (*Merten* 1983, S.152). *Magnus* (1966) zählt z.B. die Häufigkeit aus, mit der bestimmte Themenbereiche im Ersten Deutschen Fernsehen behandelt werden. Ebenfalls das Fernsehen wird in einer weiteren Studie analysiert: *Schatz* (1981) versucht das implizit in Nachrichtensendungen des Ersten Deutschen Fernsehens vertretene Demokratieverständnis herauszuarbeiten. Eine neuere inhaltsanalytische Studie (*Wodak* 1988) untersucht den öffentlichen Diskurs, soweit er im Fernsehen repräsentiert ist.

Beispiel:
Eine textlinguistische Analyse des öffentlichen Sprachgebrauchs in den österreichischen Medien (*Wodak* 1988) befaßt sich mit der kommunikativen Latenz antisemitischer Vorurteile. Es werden Wortbeiträge aus einer CLUB-2-Sendung des österreichischen Fernsehens daraufhin untersucht, welche Präsentations- und Argumentationsstrategien und welche stilistischen, rhetorischen und semantischen Elemente verwendet werden, wenn über Juden gesprochen wird. Die Forschungsfrage lautet: „Wie ist ... der öffentliche Sprachgebrauch über ‚Juden', wie wird darüber von drei sehr verschiedenen Exponenten gesprochen?" (*Wodak* 1988, S.124). Als Ergebnis werden drei Makrostrukturen des Diskurses über Antisemitismus herausgearbeitet: (1) Verleugnung des Problems durch Umbenennung, (2) flexibler Sprachgebrauch je nach Gesprächspartner und (3) sachlicher Diskurs, ohne ideologische Konnotationen zu explizieren.

Die *Psychologie* setzt die Inhaltsanalyse seit der sog. kognitiven Wende zur Erfassung bzw. Messung psychischer Befindlichkeiten ein.

Beispiel:
Gottschalk und *Gleser* (1969) haben ein inhaltsanalytisches Verfahren zur Analyse von Affekten und Motiven und zur Messung von Angst und Furcht entwickelt. Sie rekurrieren ausschließlich auf die manifeste Aussage des Kommunikators. Diese „bedarf nicht der Ergänzung durch paralinguistische Aussagen (Sprechgeschwindigkeit, Stimmhöhe, Intonation etc.)" (*Merten* 1983, S.209) oder gar der Deutung von latenten Kommunikationsinhalten. In den von Probanden erhobenen Sprechproben wird die Anzahl der Wörter, die als affektanzeigende Items gelten können, gezählt. Diese Zahl wird durch die Sprechgeschwindigkeit, also die Anzahl aller in der Sprechprobe verwendeten Wörter, relativiert. Das numerische Ergebnis steht als ordinaler Indikator für die Stärke eines Affekts. Für folgende Affekte haben die Autoren eine Itemliste – also diejenigen Wörter, die als affektanzeigende Items verwendet werden – aufgestellt: Todesangst, Kastrationsangst, Trennungsangst, Angst vor Schuld, Angst vor Scham und Schande und schließlich die diffuse Angst vor etwas Unspezifischem.

Die *Politologie* verwendet die Inhaltsanalyse zur Untersuchung politischer Propaganda in den Massenmedien, etwa durch *Lasswell* (*Lasswell* et al. 1949) in Presse und Funk. Dieses Forschungsinteresse deckt sich teilweise mit dem der Kommunikationswissenschaft und der Publizistik. Hier wird aber ein spezifisch politologischer Blickwinkel eingenommen. Während die Kommunikationswissenschaft sich nicht so sehr für den materialen Inhalt der untersuchten Anzeigen, Spots oder Filme interessiert, sondern mehr für die Formen der Vermittlung der substantiellen Gehalte, richtet sich die politologisch motivierte Inhaltsanalyse auf die spezifischen materialen Inhalte.

Auch die *Pädagogik* bedient sich der Inhaltsanalyse. Dabei wird diese Technik zum Beispiel zur Analyse schulischer und vorschulischer Unterrichtsmaterialien verwendet.

Beispiel:
In einer wissenschaftlichen Begleituntersuchung zur Vorschulserie „Sesamstraße" (*Berghaus* et al. 1978) wird untersucht, „im Zusammenhang welcher vorschulpädagogischer Zielsetzungen und unter welchen Bedingungen auf Seiten der sozialen Umwelt der Kinder Chancen bestehen, mit der Hilfe des Fernsehens Erziehungserfolge bei Kindern im Alter von drei bis sechs Jahren zu erzielen" (*Berghaus* et al. 1978, S.8). In diesem Projekt wird neben einer Elternbefragung, einer Kinderbeobachtung, einer Erzieherbefragung und einer Repräsentativbefragung bundesdeutscher Haushalte eine Inhaltsanalyse von Sendungen der Serie „Sesamstraße" durchgeführt. Ziel dieses Teilprojekts war die Analyse der Sendungen nach „Form (optischen und akustischen Gestaltungskriterien, Szenenlänge, Wiederholungen usw.) und Inhalt (‚Lernziel' der Arbeitsgruppe Sesamstraße des NDR, weitere pädagogische Inhalte, Akteure und ihre sozialen Handlungsweisen usw.)" (*Berghaus* et al. 1978, S.18). Ausgewertet wird das Material mit einem festgelegten Kategorienschema mit dem Ziel einer quantifizierenden Darstellung der Befunde.

Den pädagogisch orientierten Forscher interessieren verschiedene Gesichtspunkte dieser Materialien: die Verwendbarkeit der Unterrichtsmaterialien für eine bestimmte Zielgruppe (siehe obiges Beispiel) oder die ideologischen Positionen, die in den Materialien vertreten werden.

Eine interessante Kombination von qualitativen und quantitativen Methoden der Inhaltsanalyse, die auch als interdisziplinär zu bezeichnen ist, weil sie kommunikationstheoretisch, pädagogisch und soziologisch-ideologiekritisch vorgeht, ist die filmische Inhaltsanalyse wie sie *Wember* (1972 und 1976) praktiziert hat:

Beispiel:
Wember stellt sich die Frage „Wie informiert das Fernsehen" und prüft sie empirisch an den Sendungen des Fernsehens über den Nordirlandkonflikt. Durch quantitativ-statistische Analysen von Bild und Text (gerade auch im Vergleich zueinander) kann er Widersprüchlichkeiten nachweisen, die – beabsichtigt oder nicht intendiert, was offen bleibt – Tatsachen verschleiern und dadurch Fehlinformationen liefern.

In der *Geschichtswissenschaft* ist die Inhaltsanalyse oft die einzig anwendbare empirische Technik. Sowohl in der eher als klassisch zu bezeichnenden historischen Forschung, die sich, neben anderen historischer Hilfswissenschaften, auch der Diplomatik bedient und sich auf historische Dokumente (Akten, standesamtliche Unterlagen, Aufzeichnungen von historischen Persönlichkeiten, Geheimdossiers usw.) stützen muß, als auch die eher als modern zu bezeichnende Variante der historischen Forschung, die ‚Oral History' (vgl. etwa *Niethammer* 1988), die vor allem transkribierte Interviews nutzt, muß sich der Inhaltsanalyse bedienen.

Weil die Geschichts- und Literaturwissenschaft mit den hermeneutischen Methoden der Inhaltsanalyse dem heutigen methodischen Standard in der Soziologie – auch qualitativer Inhaltsanalyse – nicht ganz gerecht werden kann, sei doch erwähnt, daß es durchaus Möglichkeiten wissenschaftlich abgesicherten Vorgehens in diesen Disziplinen gibt. So hat z.B. *Schönert* (1981) Die „Darstellungen von

Kriminalität und Strafrechtspflege in der Erzählprosa 1848-1880" unter sozialgeschichtlichem Blickwinkel untersucht und interessante Beziehungsverhältnisse zwischen sozialer Struktur und Inhalten in den Kriminalromanen gefunden (z.B. Deliktstruktur).

Ziel der *Soziologie* ist die Herausarbeitung von Regelmäßigkeiten des sozialen Lebens, der Entstehung von Regeln (Macht, Herrschaft) sowie ihre Vermittlung (Sozialisation). In der empirischen Soziologie sind auch bezüglich der Inhaltsanalyse derzeit zwei grundlegende Methodologien vertreten: das quantitative Paradigma und die qualitative Sozialforschung. In beiden Forschungsansätzen nimmt die Inhaltsanalyse eine je unterschiedliche Position ein: In der quantitativen Sozialforschung dient sie als Technik, um Daten, an denen Hypothesen getestet werden können, zu erlangen. In der qualitativen Sozialforschung dient die Inhaltsanalyse der Auswertung bereits erhobenen Materials, um dadurch theoretische Aussagen über die Regelmäßigkeiten des sozialen Lebens, sowie die Entstehung und Vermittlung der Regeln machen zu können.

Beispiel:
Ein Forscher möchte Aussagen über die Regelmäßigkeiten krimineller Karrieren machen und wertet zu diesem Zweck die Insassenakten eines Gefängnisses aus. Er sammelt Daten über die soziale Herkunft der Inhaftierten, über die Art des begangenen Delikts, die Anzahl der bisher aktenkundig gewordenen Straftaten und die Anzahl der bisherigen Aufenthalte in einem Gefängnis. An einem auf diesen Informationen bestehenden Datensatz von 2000 Straftätern testet der Forscher nun die Hypothese, daß die Schwere der begangenen Delikte bei Wiederholungstätern in der Regel zunimmt.

Soweit ein vereinfachter inhaltsanalytischer Anwendungsfall im quantitativen Paradigma. Im nächsten Beispiel wendet ein qualitativ orientierter Forscher die Inhaltsanalyse auf andere Weise an.

Beispiel:
Der Soziologe führt offene, qualitative Interviews mit einigen, als in ihrer bisherigen kriminellen Karriere typisch anzusehenden, Insassen eines Gefängnisses durch. Die transkribierten Interviewprotokolle wertet der Forscher mit der Technik der strukturellen Beschreibung aus, um festzustellen, ob es typische Entwicklungspfade einer kriminellen Karriere gibt.

Die Einsatzgebiete der Inhaltsanalyse in den verschiedenen geistes- und sozialwissenschaftlichen Disziplinen können inhaltlich verkürzt und ohne Anspruch auf Vollständigkeit wie folgt umschrieben werden:

- In der *Publizistik* werden inhaltsanalytische Techniken zur Untersuchung der *Gestaltung und Wirkung der Massenmedien* eingesetzt.
- In der *Psychologie* werden *emotionale oder kognitive Zuständlichkeiten* inhaltsanalytisch gemessen.
- Die *Politikwissenschaft* untersucht Materialien aus dem politischen Diskurs auf *propagandistische Elemente* oder auf das enthaltene *Demokratieverständnis*.
- Die *Pädagogik* analysiert *didaktische Hilfsmittel* für den Schulunterricht auf ihre *Gestaltung und Wirksamkeit* hin.

- In der *Geschichtswissenschaft* werden sowohl Schriftstücke aus früheren Zeiten als auch Interviewprotokolle der „*Oral-History*" mit inhaltsanalytischen Techniken ausgewertet.
- Die *Soziologie* untersucht Texte, die als sprachlich-kommunikative Repräsentationen von Handlung und Interaktion angesehen werden können, um daraus *Regelmäßigkeiten des sozialen Lebens* ableiten zu können.

5.1.4. Gegenstände der Inhaltsanalyse

Das Material mit dem sich die Inhaltsanalyse beschäftigt, kann – wie schon angedeutet – sowohl aus gesprochenen Worten, aus Texten, aus Bildern und auch aus Filmen bestehen.

5.1.4.1. Analyse von Filmen

Kommunikation kann in Form von Filmen dem Forscher zugänglich gemacht werden. Fernsehen, Video und Kino bieten reichhaltige Gelegenheit zu inhaltsanalytischer Auswertung. Der Rückgriff auf diese Art von Material bringt den Vorteil mit sich, die Analyse nicht nur auf die verbale Kommunikation abstellen zu müssen, sondern auch Mimik und Gestik, Körperhaltung und Intonation bei der Untersuchung mitberücksichtigen zu können.

Beispiel:
In einer soziologisch orientierten Fernsehanalyse (*Lenssen/Aufenanger* 1986) werden mit Hilfe der objektiven Hermeneutik Interaktionsregeln und Interaktionsstrukturen am Beispiel der Vorschulsendung „Neues aus Uhlenbusch" herausgearbeitet. Die Methode der objektiven Hermeneutik, die ursprünglich für die Analyse familialer Interaktion entwickelt wurde, wird in diesem Forschungsprojekt auf nicht ausschließlich sprachliches Material angewendet, auf einen Film. Dabei werden sowohl die gesprochenen Texte als auch die Handlung, der Bildaufbau, die Kameraführung und die Musik untersucht. „Für die Filmanalyse bedeutet die Anwendung dieser Methode, daß nicht nur die von den Film-'Machern' bewußt gesetzten Inhalte und Bedeutungen aufgeschlüsselt werden, sondern auch die nichtbewußten ‚latenten Sinnstrukturen'" (*Lenssen/Aufenanger* 1986, S.125). Aber im Unterschied zur Wirkungsforschung, also der Analyse der Wirkung eines Films auf den Betrachter, steht in diesem Forschungsprojekt die Botschaft, also das, was wirken soll, im Vordergrund. Die Forscher untersuchen, welche Sinnstrukturierungen durch den Film konstruiert werden und welche darüber hinaus als latente Strukturen vorhanden sind.

5.1.4.2. Analyse von Bildern

Auch bildliches Material wird inhaltsanalytisch ausgewertet. Denn auch in einem Bild kann ein kommunikativer Akt festgehalten werden. Malen, Zeichnen, Fotografieren und alle übrigen Techniken zur Herstellung eine Bildes können Ausdrucksmittel sein, und damit das Bild zu einem kommunikativen Akt machen.

Beispiel:
In der Bundesrepublik werden jedes Jahr tausende von Kindern, meist Mädchen, von Familienangehörigen sexuell mißbraucht. Die sexuelle Mißhandlung der Kinder hinterläßt

bei diesen z.T. schwerste seelische Störungen. Die meisten dieser Verbrechen kommen jedoch nicht ans Tageslicht und werden von der Polizei und den Jugend- und Gesundheitsämtern nicht verfolgt. Wenn dennoch einmal der Verdacht besteht, daß ein Familienmitglied ein Kind mißbraucht hat, stoßen die Behörden auf große Schwierigkeiten, der Sache auf den Grund zu gehen. Die Kinder sind oft von den Eltern bedroht worden, nicht darüber zu sprechen. Hinzu kommt, daß die sexuelle Mißhandlung für die Kinder kaum kommunikabel ist, sie können gar nicht beschreiben, was mit ihnen passiert ist. In diesem Fall werden sie animiert, über die eigenen Erlebnisse Bilder zu malen. Oft können die Kinder dann durch bildliche Darstellungen ausdrücken, was ihnen widerfahren ist. Für die Behörden besteht nun das Problem, diese Bilder zu analysieren: was stellt es dar, wen stellt es dar usw. Die Bilder werden dann auf die vom Kind gemeinte Bedeutung hin untersucht.

In der Malerei werden inhaltsanalytische Techniken auf Bilder, Zeichnungen und Graphiken aus früheren Jahrhunderten angewandt, um die Urheberschaft klären zu können. Aus der Analyse der Stilmittel, Darstellungsformen, Motive, Pinselführung und Farbwahl soll der Künstler ermittelt werden.

5.1.4.3. Analyse von Texten

Texte sind wohl das häufigste Material, das mit inhaltsanalytischen Techniken ausgewertet wird. Dabei ist hier der Begriff Text, nicht nur in seiner engen, durch *Schütze* (1977) bekannten Form, als schriftliches Produkt verbaler Kommunikation zu verstehen. Vielmehr sollen unter den Begriff Text in diesem Fall auch Dokumente, Akten und Zeitungsartikel subsumiert werden. In der qualitativen Inhaltsanalyse, die in dieser Darstellung im Vordergrund stehen soll, wird der Begriff Text allerdings vor allem im Sinne von F. *Schütze* verstanden: als schriftliches Protokoll alltagsweltlicher sprachlicher Kommunikation.

Hier kann man *monologische* Texte, also solche mit *einem Kommunikator*, von *dialogischen* Texten, in denen mehrere Kommunikatoren situativ kommunizieren, voneinander unterscheiden. Unter monologischen Texten hat man sich zum Beispiel Zeitungsartikel, politische Reden oder Werbesprüche vorzustellen. Die häufigste Form des monologischen Textes ist aber das Interviewprotokoll. Zwar kommt hier ein zweiter Kommunikator vor, doch tritt dieser, zumal im narrativen oder offenen Interview als passive Person auf, die im Idealfall nur textgenerierende Stimuli setzt.

Beispiel:
In einer Untersuchung zu Karrieremustern von Ingenieuren (*Hermanns* et al. 1984) werden ausgebildete, im Beruf stehende Ingenieure nach dem Verlauf ihrer Berufskarriere befragt. Dazu werden narrative Interviews durchgeführt und die Transkripte der Befragungen mit der Technik der strukturellen Beschreibung ausgewertet.

Unter dialogischen Texten hat man sich z.B. Protokolle von Gruppendiskussionen vorzustellen. Hier kommunizieren mehrere Alltagspersonen situativ miteinander.

Das Basismaterial für Inhaltsanalysen kann wie folgt charakterisiert werden:

- Das inhaltsanalytisch auszuwertende Material kann sowohl aus *gesprochenen Worten*, aus *schriftlichen Texten*, *Filmsequenzen* oder *bildlichen Darstellungen* bestehen.
- In der qualitativen Inhaltsanalyse werden vor allem *schriftliche Protokolle alltagsweltlicher, sprachlicher Kommunikation* ausgewertet. Diese werden in Interviews oder Gruppendiskussionen gewonnen.
- Sie können *monologisch oder dialogisch* entstanden sein, wobei Mischformen (etwa Leitfadeninterviews) denkbar sind.

5.2. Die quantitative Inhaltsanalyse

Im folgenden werden zunächst und in dem gebotenen Maße die quantitativen inhaltsanalytischen Verfahren und ihr Status in der Forschungslogik des quantitativen Paradigmas beschrieben und im Anschluß daran ausführlicher die qualitativen inhaltsanalytischen Techniken und ihr Stellenwert im qualitativen Paradigma dargestellt.

5.2.1. Inhaltsanalyse im quantitativen Forschungsprozeß

Die methodologischen Prinzipien quantitativer Inhaltsanalyse lassen sich sehr systematisch – gerade auch in Abgrenzung vom qualitativen Verfahren – unter Rekurs auf die viel kritisierte Definition von *Berelson* aufzeigen: „*Inhaltsanalyse ist eine Forschungstechnik zur objektiven, systematischen* und *quantitativen* Deskription von *manifestem* Kommunikationsinhalt" (*Berelson* 1954, S.488; Übersetzung S.L.).

Die vier wichtigsten Elemente dieser Definition – nämlich die Begriffe „objektiv", „systematisch", „quantitativ" und „manifest" – sollen nun erörtert werden; zunächst jedoch kurz zum Begriff des Kommunikationsinhalts. Unter „*Kommunikationsinhalt*" versteht er das „Insgesamt von (verbalen, musikalischen, bildlichen, plastischen und geistigen) symbolischen Bedeutungen, das die Kommunikation als solche hervorbringt" (*Berelson* 1954, S.488; Übersetzung S.L.).

Die beiden ersten Definitionsmerkmale – die Forderung nach Objektivität und nach Systematik – sind meines Erachtens unabdingbare Merkmale jeder – auch qualitativer – Forschung, die als wissenschaftlich gelten will.

Das Wort *Objektivität* ist gefährlich: die Sache, die es bezeichnet, ist hingegen selbstverständlich: *Berelson* meint mit der Forderung nach Objektivität, daß die bei einer Inhaltsanalyse verwendeten Begriffe und deren Operationalisierung so präzise sein sollen, daß jeder konkrete Forschungsschritt *intersubjektiv nachvollzogen und kontrolliert* werden kann. Mit anderen Worten, das Ideal der Objektivität wäre dann erreicht, wenn mehrere Forscher, die einen bestimmten Text mit ein und demselben Instrumentarium analysieren, zum selben Ergebnis kommen.

Das in der empirischen Sozialforschung verbreitete Wort „Objektivität" ist freilich gefährlich, denn es unterstellt für das Verständnis des Laien, daß Objektivität notwendig zu „Wahrheit" führen würde. Um die Gefahr einer solchen ideologischen Verfälschung zu vermeiden, sollte man besser bei der eindeutigeren Formel bleiben, daß Begriffsexplikationen und Operationalisierungen bei der Inhaltsanalyse – wie bei jeder anderen Forschungstechnik – intersubjektiv nachvollziehbar und kritisierbar sein sollen.

Die zweite Forderung, der wir in der *Berelson*schen Definition begegnen, ist die nach *Systematik*. Sie besagt:

1. Die für die empirische Forschung einer bestimmten soziologischen Fragestellung als relevant erkannten Dokumente sollen so genau benannt und bestimmt werden, daß der Forscher präzise Auskunft über die Grundgesamtheit seiner Inhaltsanalyse geben kann.
2. Falls diese Grundgesamtheit sehr groß und (im Sinne einer soziologischen Fragestellung) homogen sein sollte, kann der Forscher ein *Sample* bilden, das für diese Grundgesamtheit als repräsentativ gelten kann.
3. Gleichgültig, ob die Grundgesamtheit insgesamt oder nur ein für sie repräsentatives Sample von Dokumenten analysiert wird – in jedem Falle fordert *Berelson*, daß das *gesamte Material* der Inhaltsanalyse unterzogen wird und nicht nur einseitig ausgewählte Teile.
4. Um eine solche systematische Berücksichtigung des gesamten, als relevant erkannten, Materials durchführen zu können, bedarf es bestimmter *Vorentscheidungen*:
   a) Es muß die *Analyseeinheit* festgelegt werden, in die das gesamte Material aufgeteilt wird. Analyseeinheiten können entweder nach *formalen* Merkmalen abgegrenzt werden: z.B. untersucht man jedes *Wort* eines Textes oder jeden abgeschlossenen *Satz* oder jeden *Quadratzentimeter* bei der Analyse eines Bildes oder bestimmte *Zeitabschnitte* bei der Analyse eines Films oder *abgeschlossene Artikel* bei der Analyse von Zeitungen etc.
   Die Analyseeinheiten können aber auch nach Gesichtspunkten abgegrenzt werden, deren jeweilige Abgrenzung selbst schon eine *Interpretation* erforderlich macht: so kann man etwa einen Text nach *empirischen Informationen* absuchen oder nach bestimmten *Themen* oder nach *Wertungen* usw. Wichtig ist dabei, daß die Kriterien zur Bestimmung interpretativer Einheiten so gut wie möglich intersubjektiv nachvollziehbar expliziert werden.
   Gleichgültig, ob die Analyseeinheit eher formal oder eher interpretativ abgegrenzt wird, die Forderung nach Systematik einer Inhaltsanalyse bedeutet, daß *alle* in der zu analysierenden Grundgesamtheit bzw. in dem Sample enthaltenen Analyseeinheiten *gleichwertig* und *gleichberechtigt* in die Analyse eingehen.
   b) Jede Analyseeinheit muß mit dem gleichen theoretischen Instrumentarium analysiert werden. Der Forscher kann eine oder mehrere Fragestellungen an seine Analyseeinheit richten. Der terminus technicus dafür ist: er kann jede Analyseeinheit nach mehreren *Dimensionen* untersuchen. Derlei Dimensio-

nen sind viele möglich. Welche der Forscher jeweils auswählt, muß er durch seine theoretische Fragestellung begründen und er muß diese Dimensionen genau definieren, um intersubjektive Nachvollziehbarkeit zu gewährleisten. Im Hinblick auf die dimensionale Analyse bedeutet die Forderung nach Systematik demnach, daß jede Analyseeinheit im Hinblick auf alle untersuchten Dimensionen abgefragt wird.

c) Innerhalb jeder Dimension muß es nun eine Anzahl von *deskriptiven Kategorien* geben, damit die Inhaltsanalyse informationshaltig wird. Der einfachste Fall wäre das Kategorienpaar *„vorhanden – nicht vorhanden"* (etwa bei der Frage nach dem Auftreten von Personennamen in Zeitungsüberschriften). Ein *komplexerer* Kategorienapparat wäre etwa, wenn man die *Personennamen* danach unterscheiden wollte, ob es sich dabei um politische Persönlichkeiten, Sportler, Künstler, „kleine Leute" oder sonstige handelt. In einem solchen Fall müssen die Anweisungen zur Operationalisierung – die sog. Codierungs-Anweisungen (denn das Zuordnen von Inhaltselementen und Kategorien nennt man Codieren) – eine möglichst große *Trennschärfe* in den einzelnen Kategorien ermöglichen. Das Kategorienschema muß in einem solchen Fall geschlossen sein; es muß darüber hinaus auch festgelegt werden, ob pro Analyseeinheit und Dimension nur einmal oder mehrfach vercodet werden soll.

Beispiel:
Die in nachfolgender Abbildung dargestellte Systematik quantitativer Inhaltsanalyse kann mit folgendem Beispiel inhaltlich gefaßt werden:

Grundgesamtheit	: Alle Bild-Zeitungen von 1980-1988
Stichprobe	: jedes 10. Exemplar
Analyseeinheit	: Schlagzeile
Analysedimension	: Personennamen
Analysekategorien	: Politiker, Sportler, Künstler, „kleine Leute" oder Vornamen – Nachnamen oder vorhanden – nicht vorhanden

Nun zum Begriff der *Quantifizierung*: Oben wurde die Forderung nach Systematik in der *Berelson*schen Version dargestellt und diese zielt eindeutig auf Quantifizierung ab. Das ist jedoch nach meiner Auffassung durchaus nicht die einzige Möglichkeit der Anwendung inhaltsanalytischer Forschungstechniken. An der Frage, ob Inhaltsanalysen auf *Quantifizierung* abzielen sollten, oder ob prinzipiell auch *qualitative* Inhaltsanalysen sinnvoll seien, scheiden sich die Geister. *Berelson* hat die Maxime aufgestellt, daß eine Inhaltsanalyse nur dann wissenschaftlich sein könne, wenn sie quantitativ sei oder zumindest Quantifizierung intendiere. D. h., alle Kategorien müßten entweder genau nach Häufigkeiten ausgezählt werden oder es müßten doch zumindest tendenzielle Häufigkeitsaussagen gemacht werden.

Er konnte dies fordern, weil er die Inhaltsanalyse auf die Bearbeitung von *manifesten* Inhalten – dies ist das vierte Definitionsmerkmal – eingrenzen wollte. Manifester Inhalt eines Textes ist nach *Berelson* das, was die „schwarzen Zeichen auf weißem Grund" – also die Buchstaben und die mit ihnen gebildeten Worte und

Sätze – jedem unbefangenen, der Sprache und Schrift kundigen Leser mitteilen. Das Aufdecken von *latenten* Absichten, Strukturen und Funktionen, die einem Kommunikationsinhalt anhaften, ist nach *Berelson* für eine wissenschaftlich durchgeführte Inhaltsanalyse unzulässig. Nur aufgrund dieser strengen Begrenzung der Inhaltsanalyse auf manifeste Inhalte läßt sich aber die ebenso strenge Forderung nach Quantifizierung aufrecht erhalten.

Sobald man aber davon ausgeht, daß der Soziologe sich keineswegs in erster Linie nur für offene Mitteilungen interessiert, muß man diese Selbstbeschränkung der inhaltsanalytischen Methode als einseitig und fast ideologisch ablehnen: Die für den Soziologen vornehmlich interessanten strukturellen Voraussetzungen von kommunikativen Beziehungen können in den manifesten Kommunikationsinhalten schon deshalb nur selten offen zum Ausdruck kommen, weil die Interaktionspartner sich dieser Voraussetzungen selbst nicht bewußt werden. Tatsächlich vorliegende Abhängigkeitsbeziehungen zwischen Interaktionspartnern bleiben vielmehr meist verschleiert oder hinter Rationalisierungen verborgen. Mit anderen Worten: wer seine Forschung von vornherein nur auf manifeste Inhalte beschränkt, entzieht das gesamte Problem des sog. falschen oder ideologischen Bewußtseins, das in Kommunikationsinhalte eingeschmolzen sein kann, der wissenschaftlichen Forschung.

Abbildung 4: Schematische Darstellung des Vorgehens der quantitativen Inhaltsanalyse

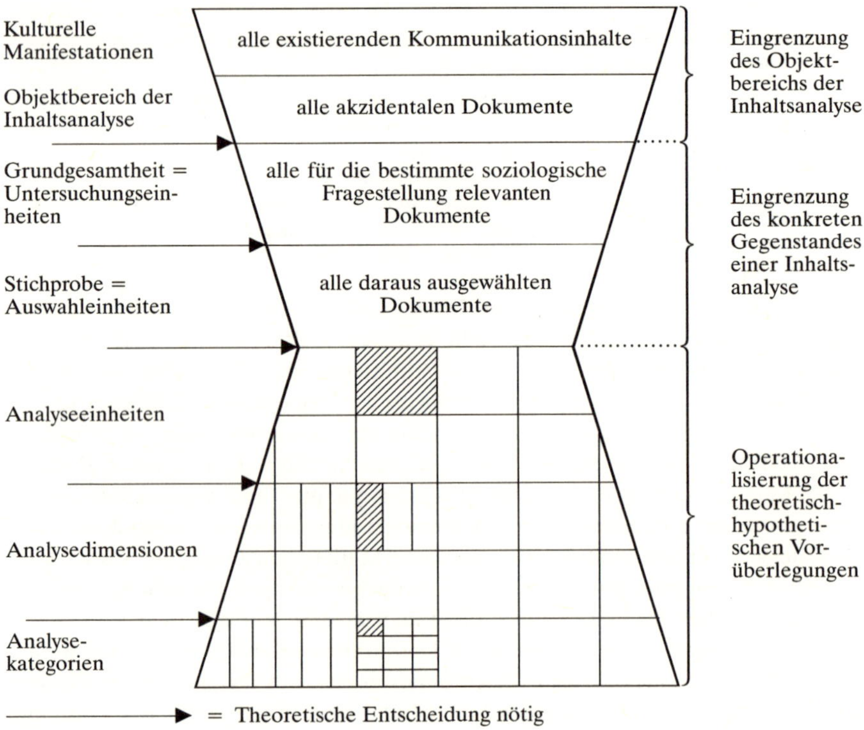

Versucht man die entlang der *Berelson*schen Definition von Inhaltsanalyse geführte Diskussion einzelner Definitionselemente systematisch und graphisch darzustellen, so stellt man in Abbildung 4 fest, daß zunächst eine Einengung erfolgt, die dann durch die konkrete Fixierung der Analyseschritte partikularisiert und erweitert wird. Dabei sind – wieder im Gegensatz zur qualitativen Inhaltsanalyse – die Einheiten, Dimensionen und Kategorien theoretisch durch den Forscher vor der Analyse bestimmt und werden auf das zu untersuchende Material angewandt.

Wie wir bei der qualitativen Inhaltsanalyse sehen werden, geht sie den gerade umgekehrten Weg. Sie will durch die Interpretation von Einzelaussagen zu allgemeineren Aussagen vorstoßen. Die theoretische Partikularisierung vor der quantitativen Inhaltsanalyse durch den Forscher ist eine durch die Aussageform und den Textproduzenten in der qualitativen Inhaltsanalyse vorgebene.

Die vielleicht wichtigste, aber dennoch zu wenig beachtete Phase eines quantitativen Forschungsprojekts besteht deswegen in der theoretischen Vorarbeit. Dazu gehört zum einen die exakte Formulierung des zu untersuchenden Problems. Entweder hat der Forscher eigene Alltagserfahrungen, die ihn auf eine Problemstellung aufmerksam machen, oder er ist in einen Diskussionsprozeß in einer bestimmten Fachdisziplin eingebunden und wird so auf ein anstehendes Problem aufmerksam. In beiden Fällen muß er die Problemstellung in die Terminologie seiner Disziplin und der von ihm vertretenen Theorie-Schule überführen.

Zum anderen wird der Forscher in der Begrifflichkeit der von ihm verwendeten theoretischen Konzepte Hypothesen formulieren, die Vermutungen über Zusammenhänge, die der Erklärung des Problems dienen, beinhalten. In diesen formulierten Hypothesen werden Variablenbeziehungen hypostasiert, etwa der Form „X impliziert Y“ (Implikation) oder „genau dann wenn X, dann auch Y“ (Äquivalenz). Die verwendeten Variablen müssen nun operationalisiert werden, d. h. sie müssen mit meßbaren empirischen Relativen in Beziehung gesetzt werden. Diese empirischen Relative schließlich können aus dem für die Analyse ausgewählten Material erhoben werden.

Beispiel:
Bei der Untersuchung der sozialen Dynamik innerhalb der Belegschaft einer Firma verwendet der Forscher den Begriff der sozialen Herkunft als unabhängige Variable. Dieser theoretische Begriff stammt aus der Forschung zum sozialen Wandel und bezeichnet den sozialen Status und diejenigen sozialen Faktoren, unter denen ein Mensch aufgewachsen ist. Diese Bedingungen sind mit ausschlaggebend für denjenigen sozialen Status und die Position, die er im Laufe seines Lebens erreichen kann. Als Indikatoren werden der Beruf, die Schulbildung beider Eltern, das Einkommen des Elternhauses und die Größe des Wohnorts zum Zeitpunkt des höchsten Schulabschlusses ermittelt. Der Forscher kann bei seinem Projekt auf die Berwerbungsunterlagen aller Mitarbeiter der Firma zurückgreifen und aus den Lebensläufen die entsprechenden Daten ermitteln.

Die Datenerhebung im quantitativen Forschungsprozeß wird mit der Feststellung aller eigentlich inhaltsanalytisch auszuwertenden Materialeinheiten vorbereitet: die Grundgesamtheit wird definiert. Aus dieser Grundgesamtheit wird evtl. per Zufallsauswahl eine Stichprobe ausgewählt. Unter einer Stichprobe hat man sich eine Stellvertretergruppe für die Grundgesamtheit vorzustellen, in der bestimmte, vom Forscher für wichtig angesehene Merkmale ähnlich verteilt sind wie in der Grundgesamtheit.

Beispiel:
In dem oben beschriebenen Beispiel wird der Forscher zunächst alle Personalakten von Mitarbeitern der Firma aus einem bestimmten Zeitraum als Grundgesamtheit definieren. Aus dieser Grundgesamtheit wählt er eine Stichprobe aus, etwa aus jedem Jahr 10 Prozent der neu in die Firma eingetretenen Mitarbeiter und untersucht die Akten dieser Mitarbeiter mit seinem Kategorienschema. Die Daten werden erst auf Erhebungsbögen und dann auf einen elektronischen Datenträger übertragen.

Die elektronisch aufbereiteten Daten können nun mit statistischen Verfahren ausgewertet werden. Diese Auswertung umfaßt zum einen die deskriptive Darstellung der Befunde, sowie die bi- oder multivariate Auswertung. Durch diese Verfahren werden die vorab formulierten Hypothesen mit den empirischen Befunden konfrontiert. Werden die Hypothesen durch die Daten – auf der Basis bestimmter statistischer Maßzahlen – gestützt, werden sie als vorläufig bestätigt angesehen; werden sie nicht gestützt, müssen sie verworfen werden.

In der quantitativen Forschungslogik dient die Inhaltsanalyse in ihren diversen Spielarten der *Erhebung* eines Datensatzes, an dem vorab gebildete Hypothesen getestet werden können. Dabei benutzt sie Techniken, die die manifesten Kommunikationsinhalte anhand von Wort- oder Phrasenzählungen feststellen. Es wird ein Kategoriensystem verwendet, mit dem die in den Hypothesen gebrauchten Begriffe operationalisiert worden sind.

Die Inhaltsanalyse wird also im quantitativen Forschungsprozeß als Technik zur Erhebung von Daten verwendet, die dann die Grundlage für Versuche der Hypothesenfalsifikation durch den Forscher sind. Die Inhaltsanalyse ist hier Äquivalent z. B. zum standardisierten Interview. Für jede Untersuchungseinheit wird ein Set von Daten erhoben; sie werden nicht erfragt, sondern aus Texten, die die Untersuchungseinheiten selbst hervorgebracht haben oder diese repräsentieren, gewonnen. Daher werden von quantitativen Forschern große Anstrengungen unternommen, inhaltsanalytische Techniken zu entwickeln, die im Grad ihrer Standardisierung mit modernen Verfahren der Massenbefragung vergleichbar sind. Diese Anstrengungen führen dazu, daß den Codierern, also das den Interviewern vergleichbare Erhebungspersonal, ein festgefügtes, meist geschlossen vercodetes Kategorienschema vorgegeben wird, mit dem sie das Material pro Untersuchungseinheit durcharbeiten. Wie in der Befragung wird jeder Kategorie, jeder Variablen die für den Fall zutreffende Ausprägung zugeordnet. Während die Anwender qualitativer Inhaltsanalysen jeden Text als schriftliche Form authentischer Kommunikation ansehen, werden die Texte unter dem Gesichtspunkt der quantitativen Inhaltsanalyse als austauschbare, rein zufällig in die Stichprobe gelangte Kombination von Merkmalsausprägungen angesehen.

Die Daten der einzelnen Untersuchungseinheiten werden zusammengetragen und als aggregierter Datensatz verwendet, wie man es auch mit Daten macht, die z. B. durch schriftliche oder mündliche Befragung gewonnen wurden.

Die Inhaltsanalyse im Verständnis der quantitativen Methodologie läßt sich zusammenfassend so kennzeichnen:

- In der quantitativen Forschungslogik werden *Hypothesen an den Daten einer Stichprobe getestet*; der Forscher versucht, sie zu falsifizieren.
- Die Inhaltsanalyse dient als *Erhebungstechnik, nicht als Auswertungstechnik* wie im qualitativen Paradigma.
- Für jede Untersuchungseinheit wird ein *Set von Daten erhoben*. Diese werden nicht erfragt, sondern aus Texten, die die Untersuchungseinheiten hervorgebracht haben oder diese repräsentieren (Akten), durch Inhaltsanalyse gewonnen.
- *Grundgesamtheit und Stichprobe* des zu analysierenden Materials *werden vor der Analyse fixiert*.
- Aufgrund der theoretischen Vorbereitung durch Hypothesenformulierung werden *vor dem Beginn der Analyse die Analyseeinheiten festgelegt*.
- In Operationalisierung der Hypothesen werden *Analysedimensionen* definiert, die zur *Basis der Auswertung werden*.
- Die Analysedimensionen werden in *Analysekategorien differenziert*, die letztlich durch das Anlegen an das Material die Analysebefunde determinieren.

5.2.2. Quantitative inhaltsanalytische Techniken

Neben der gänzlich unterschiedlichen Stellung im qualitativen und quantitativen Forschungsprozeß gibt es noch eine Reihe anderer Unterscheidungskriterien für die qualitativen und quantitativen Inhaltsanalysen. Die qualitative Inhaltsanalyse läßt sich von der quantitativen anhand des Begriffspaars *explikativ versus reduktiv* unterscheiden. Der die explikative, und damit qualitative Inhaltsanalyse anwendende Forscher interpretiert ausführlichst jeden Partikel, z. B. jedes Stocken des Gesprächsflusses, um auf latente Kommunikationsinhalte schließen zu können. Dabei wird an das Material eine Fülle von zusätzlichem Hintergrundwissen um den Entstehungszusammenhang, um den verwendeten Sprachcode und um (sub-)kulturelle Kontextbedingungen (große Arbeitslosigkeit, politische Bewegungen, Formen der Selbstinszenierung, Verhalten gegenüber Autoritäten usw.) herangetragen.

Die reduktive, und damit eher quantitative Inhaltsanalyse geht vor allem zusammenfassend und strukturierend vor. Sie fußt meist auf den expliziten Aussagen und die Kodierer werden versuchen, für alle im Kategorienschema vorgegebenen Variablen manifeste Aussagen zu finden, die als Merkmalsausprägungen die Repräsentationen dieser Variablen sind. *Es stehen sich also die reduktive, sich auf manifeste Kommunikationsinhalte beschränkende Inhaltsanalyse und die explikative, zusätzlich an latenten Kommunikationsinhalten interessierte Inhaltsanalyse extremtypisch gegenüber.* Beide Formen zeigen aufgrund ihrer Konstruktion gewisse Affinitäten zu den beiden methodologischen Paradigmen: die reduktive Inhaltsanalyse wird eher im quantitativen Forschungsprozeß eingesetzt, die explikative ist im qualitativen Paradigma zu Hause. Dies gilt auch dann, wenn man die eher quantitativ orientierte Definition von Inhaltsanalyse heranzieht, die *Lisch/Kriz* gegeben haben, die aber implizit auch auf Elemente qualitativer Forschung verweist: „Inhaltsanalyse als versuchte Rekonstruktion von (umfassenden) sozialen Prozessen" (*Lisch/Kriz* 1978, S.11), als „*das* zentrale Modell zur Erfassung (bzw. Konstituierung) sozialwissenschaftlicher Realität" (*Lisch/Kriz* 1978, S.44).

Im folgenden werden eine Reihe von quantitativen inhaltsanalytischen Techniken präsentiert. Es wird mit der Frequenzanalyse begonnen. Im Anschluß daran wird die Dokumentenanalyse vorgestellt und schließlich die Valenz- und Intensitätsanalyse. Dieser Abschnitt endet mit der Beschreibung der Kontingenz- und Bedeutungsfeldanalyse. Alle diese behandelten Techniken der quantitativen Inhaltsanalyse dienen der Erhebung eines Datensatzes, an dem vorab formulierte Hypothesen geprüft werden sollen.

5.2.2.1. Frequenzanalyse

„Die einfachste Art inhaltsanalytischen Arbeitens besteht darin, bestimmte Elemente des Materials auszuzählen, und in ihrer Häufigkeit mit dem Auftreten anderer Elemente zu vergleichen" (*Mayring* 1988, S.11). Diese Form der Inhaltsanalyse hatte wohl *Berelson* im Auge, als er seine berühmt gewordene Definition formulierte (*Berelson* 1952, S.18). Die zu zählenden Einheiten des Materials werden durch das Kategorienschema festgelegt. Das Kategorienschema erhält der Forscher – wie im quantitativen Paradigma üblich – durch alltagsweltliche oder wissenschaftlich-theoretische Vorüberlegungen.

Beispiel:
In einer Analyse der Geschichten (Fortsetzungsromane) in amerikanischen Zeitschriften (*Berelson/Salter* 1949) wird untersucht, welcher Herkunft die Hauptpersonen dieser Geschichten sind. Im Vordergrund steht die Frage, ob die Häufigkeit der einzelnen Herkunftsgruppen in den Geschichten proportional zu ihrer Verteilung in der amerikanischen Gesellschaft ist. Das Element, das in dieser Frequenzanalyse ausgezählt wird, ist die Hauptperson einer Geschichte. Das interessierende Merkmal ist die Herkunft (Abstammung) dieser Person. Die Autoren stellen fest, daß Mitglieder sozialer Randgruppen der amerikanischen Gesellschaft in weitaus geringerem Maße in den Geschichten als Hauptpersonen auftreten, als es ihnen nach der prozentualen Verteilung dieser Gruppen in der amerikanischen Gesellschaft zukäme.

Ein weiteres Beispiel für eine Frequenzanalyse stammt aus der psychologischen Forschung.

Beispiel:
Wortprotokolle psychotherapeutischer Sitzungen werden auf die syntaktische Vollständigkeit der Sätze untersucht (*Mahl* 1959). Dabei schließt der Forscher von einer häufig durchbrochenen syntaktischen Form in einem Protokoll auf den emotionalen Zustand des Probanden. Eine große Anzahl von Füllauten (Äh), Satzkorrekturen, unvollständigen Sätzen, Wiederholungen und anderen Formen syntaktischer Brüche soll auf einen Angstzustand des Probanden in der Sitzung deuten.

5.2.2.2. Dokumentenanalyse

Mit der Dokumentenanalyse werden Schriftstücke (Akten, Formulare usw.) mit einem festen, standardisierten Kategorienschema untersucht. Die mit den Erhebungsarbeiten betrauten Personen, suchen in jedem einzelnen Dokument nach den Ausprägungen vordefinierter Variablen.

Der Unterschied zwischen Dokumentenanalyse und Frequenzanalyse besteht im Skalenniveau der erhobenen Daten. Durch die Frequenzanalyse werden, da sie die Häufigkeit bestimmter Elemente auszählt, Daten auf Intervallniveau gewonnen. Dabei ist aber zu beachten, daß die ursprünglich im Text enthaltenen Variablen jedes beliebige Meßniveau haben können. So kann z. B. das Geschlecht (nominalskaliert) in den beiden Werten männlich und weiblich in einem Text ausgezählt werden, womit eine Variable auf Intervallniveau entsteht. Mit der Dokumentenanalyse können hingegen auch ordinale oder nominale Variablen zu Daten der Analyse werden. Dabei werden die Ausprägungen für nominal-, ordinal- oder intervallskalierte Variablen dem Dokument direkt entnommen. Die Ausprägung einer Variablen wird nicht erst durch Auszählen eines Elementes gewonnen, sondern ist selbst schon im Dokument auffindbar.

Beispiel:
In einer vergleichenden Untersuchung der Berufschancen der Absolventen des Bielefelder Diplomstudiengangs Soziologie zu Absolventen anderer Soziologie-Studiengänge wurden Soziologieabsolventen mehrerer Jahrgänge postalisch zur Berufseinmündung und zum bisherigen Verlauf der Berufstätigkeit befragt. Parallel dazu sind für den gleichen Personenkreis die Unterlagen des Prüfungsamts der Fakultät für Soziologie mit der Dokumentenanalyse ausgewertet worden. Untersucht wurden „Daten zum Studienverhalten und zur Qualifikationsstruktur“ (*Schneider* 1983, S.15). Erhoben wurden insbesondere Persönlichkeitsmerkmale (Geschlecht, Nationalität, Geburtsjahr, Familienstand zum Studienende usw.), Qualifikationsmerkmale der Absolventen vor dem Soziologiestudium (Studienabschluß, Berufsausbildung) und zum Studienverhalten und Qualifikationserwerb im Soziologiestudium (Anzahl der Scheine, Themenbereich der Diplomarbeit, Studienortwechsel, Anzahl der Fachsemester, Noten im Diplom etc.). Die Vorteile der Prüfungsamtsakten als Quelle gegenüber einer Befragung „liegen zum einen darin, daß eine Vollerhebung gesichert ist, die Validität der Angaben keinen verzerrenden Einflüssen der Befragten unterliegen und zugleich eine studiengangsinterne Evaluierung geleistet werden kann“ (*Schneider* 1983, S.15f).

Die erhobenen Daten einer Dokumentenanalyse können, wenn die Fallzahl dies zuläßt, statistisch ausgewertet werden. Die Vorteile eines solchen Verfahrens liegen auf der Hand: hohe Ausschöpfung der Grundgesamtheit und wegen der ausschließlichen Verwendung geschlossener Fragen mit vorformulierten, diskreten Ausprägungen, hohe Interkodiererreliabilität. Diesen Vorteilen stehen aber auch eine Reihe von Nachteilen gegenüber: die Dokumentenanalyse ist zwar in der Lage, feststehende Fakten und Ereignisse zu erheben, Einstellungen der hinter den Dokumenten stehenden Untersuchungspersonen können jedoch nicht ermittelt werden.

Beispiel:
In der oben beschriebenen Studie zum beruflichen Verbleib Bielefelder Diplomsoziologen wurde in der Dokumentenanalyse zwar die Anzahl der Hochschulsemester und die Anzahl der Fachsemester festgestellt, doch konnten die Prüfungsamtsakten keine Auskunft darüber geben, welchen Grund die Studierenden für eine kürzere oder längere Studienzeit hatten. Ob die Studierenden die Studienzeit zu starken außeruniversitären politischen oder kulturellen Aktivitäten genutzt hatten und daher die notwendigen Scheine zur Anmeldung zur Prüfung erst ein paar Semester später als ihre Kommilitonen erlangt hatten oder ob die Hinauszögerung des Studienabschlusses eine Gegenstrategie zu den immer schlechter werdenden Arbeitsmarktbedingungen für Akademiker war und der Studierende in der zusätzlichen Zeit fachliche Kenntnisse oder fachfremde Zusatzqualifikationen erworben hat, ist aus den Akten nicht zu entnehmen. Für die Beantwortung solcher Fragen müssen wohl andere Techniken (etwa das qualitative Interview) herangezogen werden.

5.2.2.3. Valenz- und Intensitätsanalyse

„Ganz allgemein handelt es sich dabei um inhaltsanalytische Verfahren, bei denen bestimmte Textbestandteile nach einer zwei- oder mehrstufigen Einschätzskala skaliert werden" (*Mayring* 1988, S.12). Ähnlich wie bei der Frequenzanalyse wird das vorliegende Material mit einem Kategorienschema durchgearbeitet. Doch werden bei der Valenzanalyse keine diskreten, expliziten Merkmale aufgenommen, sondern es werden Bewertungskriterien angegeben, unter denen das Material gesichtet werden soll. Dabei reduziert sich die Valenzanalyse auf einfache Kategorienpaare polarer Wertigkeit, etwa pro und contra oder dafür und dagegen, während bei der Intensitätsanalyse Abstufungen zwischen den Polen vorgenommen werden. „Für Untersuchungen, die Werte, Einstellungen und ähnliches erfassen wollen, ist die einfache Auszählung der Häufigkeit oft ungenügend, weil sie es unterläßt, die *Intensität* in Betracht zu ziehen. Mit anderen Worten, die Annahme ist oft unhaltbar, daß sich gültige Schlüsse über Einstellungen ziehen lassen, wenn man nur einfache Häufigkeitstabellen anfertigt, ohne die Intensität zu berücksichtigen ... Die Messungen der Intensität eines Kommunikationsinhaltes gehört oft zu den schwierigsten Punkten des Codierungsprozesses. Denn zumindest wird erforderlich, daß die Codierer eine zusätzliche Beurteilung durchführen. Denn nachdem die zu untersuchenden Inhalte in Kategorien eingeordnet sind, müssen die Elemente jeder Kategorie noch auf einer Intensitätsskala eingeordnet werden" (*Holsti* 1969, S.123; Übersetzung S.L.).

Beispiel:
Die Leitartikel mehrerer großer überregionaler Tageszeitungen werden unter dem Gesichtspunkt der in ihnen vertretenen politischen Meinung analysiert. Eine Bewertungsskala soll messen, ob der Artikel die Politik der Regierungspartei oder die der Opposition unterstützt. Die Skala hat die Ausprägungen „unterstützt die Politik der Regierung voll" bis „unterstützt die Politik der Opposition voll". Jedem Leitartikel kommt ein Wert auf dieser Skala zu, der anschließend für die einzelnen Tageszeitungen aggregiert werden kann, um so die Ausrichtung der Zeitung zu erfahren.

5.2.2.4. Kontingenz- und Bedeutungsfeldanalyse

Die Kontingenz- und Bedeutungsfeldanalyse geht auf Ch. E. *Osgood* et al. (1957) zurück. Sie untersuchten Assoziationsstrukturen zwischen verschiedenen Begriffen. „Dabei interessierten vor allem spontan erzeugte Texte, bei denen die fraglichen Assoziationen sich nicht bereits zwangsläufig aus einem Argumentationsziel ableiten, d.h. vom Produzenten etwa für Propagandazwecke absichtlich benutzt wurden" (*Mayntz* et al. 1968, S.164).

Unter dem Verfahren der Kontingenzanalyse versteht man ein inhaltsanalytisches Vorgehen, „bei dem in einem Text geprüft wird, welche Symbole überdurchschnittlich oft im Zusammenhang mit vorgegebenen (theoretisch relevanten) Symbolen auftreten. Die festgestellten Assoziationen (Kontingenzen) zwischen diesen Symbolen werden dann zum Schluß auf den Autor des Textes benutzt" (*Merten* 1983, S.156f). Theoretische Grundlage der Kontingenzanalyse ist die Theorie der assoziativen Nähe (vgl. *Deese* 1970). Die Theorie der assoziativen Nähe macht Aussagen über die experimentell ermittelten durchschnittlichen Assoziationen als Responses von Menschen auf bestimmte Stimuli. Als Assoziationen werden dabei diejenigen Begriffe angesehen, die den Versuchspersonen auf einen Stimulusbegriff hin spontan einfallen. Stimmen die Verteilungen der assoziierten Begriffe nach Umfang und Häufigkeit annähernd überein, spricht man von Bedeutungsgleichheit.

Heute wird aber eher eine Fortentwicklung der Kontingenzanalyse, die *Bedeutungsfeldanalyse*, verwendet. Die Bedeutungsfeldanalyse wurde Anfang der siebziger Jahre von A. *Weymann* (1973) entwickelt. Er untersuchte Zeitschriftenartikel zur Methodik und Didaktik der Erwachsenenbildung.

In der Bedeutungsfeldanalyse werden Menschen nun nicht gebeten, ihre Assoziationen zu bestimmten Begriffen zu äußern. Vielmehr handelt es sich bei diesem Verfahren um eine Technik zur Analyse von Texten. Ausgehend von dem Gedanken, daß zeitliche Nähe im Redefluß oder räumliche Nähe im Text auch kognitiver Nähe und struktureller Verbindung dieser Begriffe entspricht, werden Texte – „ob die zu analysierenden Aussagen schriftlich gemacht wurden ..., oder ob es sich um Niederschriften von Tonbandaufzeichnungen ... handelt, ist dabei bedeutungslos" (*Weymann* 1973, S.764) – bzw. Zufallsstichproben aus diesen Texten daraufhin untersucht, welche Begriffe innerhalb von Textsequenzen festgelegter Größe gemeinsam auftreten. Die Bedeutungsfeldanalyse zeichnet – anders als die Kontingenzanalyse – zusätzlich die Reihenfolge und die Häufigkeit der Begriffe auf.

In der Bedeutungsfeldanalyse wird unterstellt, „daß eine solche Abfolge (gemeint sind die Begriffe in einer Textsequenz; Anm. S.L.) nicht zufallsbedingt und beliebig ist, sondern den Denkgewohnheiten und Kommunikationsabsichten des Sprechers/Schreibers entspricht, also ein Hinweis auf die kognitive Repräsentation sozialer Wirklichkeit ist" (*Weymann* 1973, S.766).

Beispiel:
In einer sozialpsychologischen Untersuchung (*Weymann* 1973) werden Zeitschriftenartikel zur Didaktik und Methodik der Erwachsenenbildung mit der Bedeutungsfeldanalyse ausge-

wertet. Dabei steht die Frage im Vordergrund, ob es „bestimmte feste Felder assoziativer Verknüpfungen, die bei diesen Themen regelmäßig als kognitive Repräsentanten eines Handlungszusammenhangs erscheinen“ (*Weymann* 1973, S.764) gibt. Es wird geprüft, ob bestimmte Zielsetzungen und thematische Ausrichtungen der Erwachsenenbildung mit bestimmten Methoden oder didaktischen Vorgaben verknüpft sind.

Der Forscher stellt für jeden untersuchten Zeitschriftenartikel fest, welche Ziele der Autor durch die Erwachsenenbildung erreicht sehen möchte und durch welche didaktischen Mittel und Methoden dies geschehen soll.

Die in dem Projekt aufgenommenen Daten werden mit der Faktorenanalyse und der Clusteranalyse ausgewertet, um die gemeinsam auftretenden Begriffe in möglichst homogene Gruppen einzuteilen. Jede dieser Gruppen entspricht einer Bedeutungsdimension der Zielsetzungen und von Didaktik und Methodik der Erwachsenenbildung. *Weymann* identifiziert drei Dimensionen: 1.) Ziel der Erwachsenenbildung ist die Stärkung des Allgemeinwissens, um ‚mitreden zu können’; es soll durch Vorträge, Gruppenunterricht und lernen an programmierten Lernmaschinen erfolgen. 2.) Weiteres Ziel der Erwachsenenbildung ist die berufliche Weiterbildung; es soll durch Zertifikate und Fernstudien erreicht werden. 3.) Diese Dimension faßt Aufgaben der Erwachsenenbildung zusammen, „die an den Rand des Interesses geraten sind, die in dem Wissen der Erwachsenenbildner um Didaktik eine Nebenrolle spielen“ (*Weymann* 1973, S.769): Unterhaltung und Lebenshilfe zu bieten, gesellschaftskritisches Potential anzuregen. Diese Ziele sind in der Erwachsenenbildung nicht mit einer speziellen Didaktik verknüpft.

Ziel der Bedeutungsfeldanalyse ist nicht mehr das Auffinden bedeutungsgleicher Begriffe (im Sinne der Hervorrufung gleicher Assoziationen), sondern der Nachweis miteinander verknüpfter, thematischer Lernziele und Lehrmethoden der Erwachsenenbildung.

Als Formen der quantitativen Inhaltsanalysen lassen sich exemplarisch herausgreifen:

- In der *Frequenzanalyse* werden bestimmte formale oder inhaltliche Elemente des Materials ausgezählt und als Indikator für eine substantielle Variable erhoben.
- Bei der *Dokumentenanalyse* werden dem Dokument die Ausprägungen für nominal,- ordinal oder intervallskalierte Variablen direkt entnommen. Die Ausprägung entsteht also nicht erst durch Auszählung bestimmter Elemente wie in der Frequenzanalyse.
- Bei der *Valenzanalyse* werden die Kommunikationsinhalte nach ihrer Bewertung hinsichtlich theoretisch vorgegebener Kriterien analysiert, wobei man sich auf polare Wertigkeiten reduziert.
- Die *Intensitätsanalyse* erweitert die Valenzanalyse, indem die polaren Wertigkeiten zugunsten differenzierter Abstufungen in der Bewertung aufgegeben werden.
- Bei der *Kontingenzanalyse* handelt es sich „um eine semantische Kommunikatoranalyse, die zur Inferenz auf Persönlichkeitsstrukturen verwendet werden kann“ (*Merten* 1983, S.157).
- Ähnlich wie bei der Kontingenzanalyse geht man bei der *Bedeutungsfeldanalyse* davon aus, daß das systematische, gemeinsame Auftreten von Begriffen oder Argumenten und Statements nicht zufällig ist, sondern den Denkgewohnheiten und Kommunikationsabsichten des Sprechers entspricht.

5.3. Qualitative Inhaltsanalyse

Nachdem nun die Prinzipien quantitativer Inhaltsanalyse relativ ausführlich zu Wort gekommen sind, gilt es, die spezifischen und sich davon abhebenden Merkmale qualitativer Inhaltsanalyse herauszuarbeiten. Da es unstrittig ist, daß beide sich auf Kommunikationsinhalte beziehen, beide systematisch und „objektiv" vorgehen wollen, bleiben als Differenzierungskriterien letztlich nur die Definitionselemente Quantifizierung und manifeste bzw. latente Kommunikationsinhalte. Zu letzteren ist schon festgestellt worden, daß auch im quantitativen Paradigma nicht darauf verzichtet werden kann, hinter das zu schauen, was als manifeste Aussage vorliegt. Insoweit ist die Reduktion auf manifeste Inhalte eine obsolete Position.

Auch im Hinblick auf die Quantifizierung haben sich seit *Berelson* (1952, 1954) gewisse Nuancierungen ergeben, nachdem nicht mehr nur quantitative Befunde Anerkennung finden, obgleich dies als Ziel nach wie vor als erstrebenswert gilt. Wenn auch qualitative Inhaltsanalysen von dieser Seite anerkannt werden, so hat dies seinen Grund darin, daß diese dann – trotz fehlender Quantifizierung – sich letztlich derselben Methodologie und Logik der quantitativen Inhaltsanalyse bedienen, aber aus den unterschiedlichsten Gründen nicht quantifizieren (können). Mit anderen Worten: Es gibt offenbar ein unterschiedliches Verständnis von qualitativer Inhaltsanalyse:

1. Die eine Form qualitativer Inhaltsanalyse unterscheidet sich von der quantitativen nur dadurch, daß sie nicht oder in Teilbereichen nicht quantifiziert. Ansonsten ist sie wie die quantitative *Datenerhebung*: vorher theoretisch entwickelte Analyseeinheiten, -dimensionen und -kategorien werden auf akzidentale und ausgewählte Dokumente angewandt.
2. Im strengeren Sinne qualitativer Sozialforschung ist qualitative Inhaltsanalyse jedoch eine *Auswertungsstrategie* von zum Zwecke der Analyse erstellter oder akzidentaler Dokumente *ohne a priori formulierte theoretische Analysekriterien*.

Nach unserer Einschätzung ist der Versuch von *Rust* (1980a, 1980b, 1981) und weitgehend auch die qualitative Inhaltsanalyse nach *Mayring* (1988), die ausführlicher behandelt wird, eher dem Typ 1 zuzuordnen: *Rust*s Konzept von qualitativer Inhaltsanalyse versucht die Prinzipien der quantifizierenden Vorgehensweise qualitativ aufzunehmen, wenn er qualitative Inhaltsanalyse als „Klassifikation, Festlegung der Konturen eines Untersuchungsgegenstandes in seinem Kontext, Abgrenzung gegen andere Objekte und die allgemeinere Charakterisierung seiner inneren Beschaffenheit" (*Rust* 1981, S. 196) begreift. Er versucht allerdings die Partikularisierung nachträglich wieder aufzuheben: „So verfolgt die qualitative Analyse eine doppelte Strategie: sie zwingt den Gegenstand, sich in seiner Struktur zu offenbaren, indem sie detotalisierend ansetzt und nach dem Verhältnis der Einzelaspekte und des vordergründigen Erscheinungsbildes fragt, dies aber mit dem Ziel einer bewußten Retotalisierung vollzieht, um den gesamtgesellschaftlichen Kerngehalt einer jeden Äußerung nicht aus den Augen zu verlieren" (*Rust* 1980a, S. 21). Gleichwohl kann man sich des Eindrucks nicht erwehren, daß letztlich diese Form qualitativer Inhaltsanalyse vielleicht nur eine quantitative vorbereitet. Ähnliches gilt für das von *Mayring* (1988) vorgeschlagene Vorgehen.

Auf diese zweite Form der qualitativen Inhaltsanalyse im engeren Sinne wollen wir uns bei deren weiterer Darstellung beziehen. Zunächst jedoch einige basale Aspekte qualitativer Inhaltsanalyse:

5.3.1. Aspekte qualitativer Forschung im Kontext der Inhaltsanalyse

Der Unterschied zwischen qualitativem und quantitativem Vorgehen wird oft genug nur an einem Teilaspekt des Forschungsprozesses festgemacht. *Mayring* etwa unterscheidet beide Typen von Analyse nach der „Begriffsform", nach dem „impliziten Wissenschaftsverständnis" und nach dem „Skalenniveau der Messung", referiert die verschiedenen Skalenniveaus des Messens und kommt dann zu dem Schluß, „daß alle Analysen, die auf nominalskalierten Messungen basieren, als *qualitative* Analyse gelten, und solche, die auf ordinal-, intervall- oder ratioskalierten Messungen basieren als *quantitative* Analysen gelten" (*Mayring* 1988, S. 15). Demnach sind inhaltsanalytische Vorgehensweisen, die nicht durch eine Form quantifizierenden Auszählens gekennzeichnet sind, qualitativ. Solche Verfahren, so wird behauptet, könnten lediglich zur Bildung von Kategorien verwendet, könnten also nur in der explorativen Phase eines Forschungsprojekts eingesetzt werden. Daher ließen sich in den quantitativen Forschungsprozeß qualitative Elemente mühelos integrieren – etwa in der explorativen Phase zur Bildung angemessener Kategorien und adäquater Operationalisierungen oder bei der Illustration der statistischen Befunde. Eine weitere Bedeutung käme ihnen nicht zu.

Dies ist allerdings eine zu kurz greifende, weil nur auf das Meßniveau der Variablen (vgl. *Lamnek* 1988, S.3) bzw. die Verortung im Forschungsprozeß bezogene Differenzierung, denn die Sachlage ist weitaus komplizierter. Beide Unterscheidungskriterien, sowohl das des Skalenniveaus, als auch das der Zuordnung zu verschiedenen Phasen des Forschungsprozesses, greifen zu kurz und scheinen eher Ausfluß des Wunsches zu sein, den leidigen Konflikt zwischen dem qualitativen und quantitativen approach endlich beizulegen.

Doch ist, gerade wenn man die Wahl der Methode nicht zur Glaubensfrage erhebt, eine Versöhnung der beiden methodologischen Paradigmen auch nicht nötig, denn beide haben ihre Berechtigung und ihre Vorteile, die je nach spezifischer Lage des zu untersuchenden Phänomens, den einen oder den anderen Forschungsansatz zum Zuge kommen lassen.

Quantitative und qualitative Vorgehensweise unterscheiden sich nicht nur im Skalenniveau. Man unterschätzt die Bedeutung der qualitativen Sozialforschung, wollte man einige ihrer Elemente wohlwollend in den quantitativen Forschungsprozeß integrieren und damit als angemessen berücksichtigt ansehen. Vielmehr kommt *dem qualitativen Vorgehen eine eigene Qualität* zu, die durch Vermengung mit dem quantitativen Forschungsprozeß eher verloren geht, als sinnvoll angewendet wird.

Wie schon mehrfach ausgeführt (vgl. etwa das Kapitel 2. über die Einzelfallstudie) zeichnet sich die qualitative Sozialforschung durch eine Reihe von Merkmalen aus, die sie von dem quantitativen approach prinzipiell unterscheiden: Offenheit, Kommunikativität und Naturalistizität sowie Interpretativität.

5.3.1.1. Offenheit

Im Lichte dieser Merkmale des qualitativen approachs wird eine Versöhnung der Forschungsansätze nicht nur unnötig, sondern auch unmöglich erscheinen, will man nicht wichtige Vorteile dieses approachs einbüßen.

In der qualitativen Methodologie wird das Vorgehen quantitativer Forscher in der explorativen Phase zum zentralen Prinzip jeder Forschung erhoben: Offenheit. Diese ist im theoretischen Konzept, gegenüber den untersuchten Personen (der Forscher erklärt ihnen den Sinn und Zweck der Untersuchung), in der Erhebungssituation (Flexibilität in der Wahl der Erhebungstechniken und in der Gestaltung der Erhebungssituation) als basale Merkmale qualitativer Sozialforschung zu realisieren. Der wichtigste Aspekt der Offenheit bezieht sich auf die Entwicklung theoretischer Konzepte, weil diese das gesamte Vorgehen präjudizieren.

Theoretische Konzepte und Hypothesen werden nicht aufgrund von wissenschaftlichem und alltagsweltlichem Vorwissen formuliert, sondern durch kontrolliertes Fremdverstehen der von den Untersuchten verwendeten Alltagskonzepte generiert. Gerade deshalb wird das durch qualitative Inhaltsanalyse zu untersuchende und zu interpretierende Material nicht mit dem Material äußerlichen, vom Forscher vorab entwickelten theoretischen Kategorien „traktiert“, sondern diese entwickeln sich als Interpretationen aus dem Material. Dadurch soll einerseits der Blick auf den zugrundeliegenden sozialen Sachverhalt vorurteilsfrei ermöglicht und andererseits die theoretischen Überlegungen nicht vorschnell in eine bestimmte Richtung gelenkt werden. Diese Offenheit entspricht der Verwirklichung der ersten Reduktionsstufe der angewandten Phänomenologie (vgl. *Lamnek* 1988, S. 59).

Erst der wissenschaftlich kontrollierte Nachvollzug alltagsweltlicher Konzepte durch ein Verfahren der qualitativen Inhaltsanalyse bringt ein empirisch relevantes wissenschaftliches Konzept, eine Theorie über die soziale Wirklichkeit, hervor.

Um die Offenheit in der Generierung theoretischer Konzepte und Hypothesen zu verwirklichen, muß der Forscher den untersuchten sozialen Einheiten die Gelegenheit geben, sich authentisch, d.h. unbeeinflußt und natürlich, zu äußern, ohne durch den Forscher prädeterminiert zu werden. Natürlich verfügt der Forscher über Vermutungen über die soziale Wirklichkeit, doch dürfen ihn diese Vermutungen nicht blind machen für die realen Verhältnisse. Ob diese authentischen Zusammenhänge der Realität, wie sie sich in den zu analysierenden Kommunikationsinhalten widerspiegeln, je nach soziologisch-theoretischer Orientierung als unbewußte Handlungsmotivation, als manifeste Handlungsorientierung oder als latente Struktur betrachtet wird, entscheidet dabei letztlich die Wahl des anzuwendenden inhaltsanalytischen Verfahrens.

Qualitative Inhaltsanalyse versucht insoweit diese Offenheit zu praktizieren, als eben kein vorab entwickeltes inhaltsanalytisches Schema mit Analyseeinheiten,

-dimensionen und -kategorien auf die zu untersuchenden Kommunikationsinhalte angelegt wird. Vielmehr versucht sie, den Inhalt selbst sprechen zu lassen und aus ihm heraus die Analyse zu entfalten.

5.3.1.2. Kommunikativität

Im qualitativen Paradigma wird postuliert, daß soziale Wirklichkeit durch Interaktion oder Kommunikation entsteht. Man geht davon aus, daß die Alltagshandelnden „von der Struktur und dem Handlungspotential ... (der) Alltags- und Handlungswelt ein manifestes und ein latentes Wissen" (*Soeffner* 1983, S.13) haben, und je nach soziologisch theoretischer Ausrichtung wird das eine oder das andere untersucht. Innerhalb einer alltagsweltlichen Handlungssituation wird dieses gemeinsame Wissen von den Akteuren thematisiert, um sich der gemeinsamen Deutung der Situation zu vergewissern. Diese kommunikative Verständigung über das gemeinsame Wissen ist der Zugang der Wissenschaft zur Handlungssituation. Das Element der kommunikativen Verständigung wird bei der Interpretation von Kommunikationsinhalten durch qualitative Inhaltsanalyse besonders wichtig.

Um die Realität der jeweiligen Situationen zu erfassen, muß auch die empirische Sozialforschung einen kommunikativen Akt initiieren, der der Alltagskommunikation ähnelt, denn „die methodologischen Regeln können nicht losgelöst von den vorgängigen Regeln des alltäglichen Kommunikationsprozesses festgelegt werden" (*Lamnek* 1988, S.41). In der Forschungspraxis treten Probleme auf, denn Handlungssituationen können mit Techniken der empirischen Sozialforschung kaum eingefangen werden: Nur in der Beobachtung werden Handlungen und Kommunikation direkt miteinander erhoben. In allen übrigen Verfahren, dem Interview, der Gruppendiskussion und der biographischen Methode werden nur kommunikative Akte, nicht aber die zugrundeliegenden Handlungsverläufe erfaßt.

Weil dieses Problem nicht zu lösen ist, geht man in der qualitativen Methodologie davon aus, daß die Bedeutungszuschreibungen in einem, die Handlungen begleitenden, kommunikativen Akt, die gleichen sind, wie die, die der Akteur den Handlungen beimißt bzw. die diesen sehr nahe kommen. In vielen Fällen ist es aber nicht einmal möglich, diese kommunikativen Bedeutungszuschreibungen während einer Handlungssituation aufzuzeichnen. So gehen qualitative Forscher davon aus, daß kommunikative Akte die Bedeutungszuweisungen einer Handlungssituation auch dann repräsentieren, wenn nicht gehandelt, sondern retrospektiv oder fiktiv über einen Handlungsverlauf gesprochen wird. Daher reicht es zur Generierung von Wirklichkeit aus, wenn ein kommunikativer Akt über einen vergangenen oder fiktiven Handlungsablauf initiiert wird.

Dieser kommunikative Akt kann sich zwischen Forscher und Untersuchungseinheit (z. B. im qualitativen Interview) oder aber auch ohne Beteiligung des Forschers (z. B. in der unentdeckten Beobachtung), sozusagen unter seinen Augen vollziehen. In diesem kommunikativen Akt wird Wirklichkeit dadurch geschaffen, daß sich die beteiligten Akteure der gemeinsamen Deutung der Situation vergewissern: Sie kommunizieren über die Bedeutung der Handlungssituation. Diese kommunikativen Akte kann der Forscher einfangen und in Form von Protokollen konservieren. Diese Protokolle bilden das Ausgangsmaterial für qualitative inhaltsanalytische Verfahren. Sie bestehen darin, die *Bedeutungszuschreibungen der Akteure aus dem Material herauszufiltern* (vgl. dazu das Merkmal der Interpretativität). Inhaltsanalytische Verfahren müssen daher das Merkmal der Kommunikativität der qualitativen Sozialforschung angemessen berücksichtigen und Aussagen von Interviewpartnern nicht analytisch in Merkmalsausprägungen zergliedern, sondern in ihrer ganzen Komplexität durch abstraktere Variablenkombinationen beschreiben. *Die qualitative Inhaltsanalyse hat daher explikativ, die kommunikativen Inhalte deutend, vorzugehen.*

Wird das empirische Material nicht durch Kommunikation gewonnen, werden auch keine Interpretationen und Deutungen der Alltagsmenschen freigesetzt, die die Wirklichkeit konstituieren. Spätestens an dieser Stelle wird deutlich, daß die qualitativen inhaltsanalytischen Verfahren nicht die Wirkung des Materials auf einen möglichen Hörer, Leser oder Empfänger untersuchen, sondern auf die durch das Material repräsentierten Bedeutungszuweisungen gerichtet sind.

5.3.1.3. Naturalistizität

Bei dem inhaltsanalytischen Material, das bei den qualitativen Formen zumeist Interviews oder Gruppendiskussionen entstammt, ist darauf zu achten, daß das Prinzip der Natürlichkeit in der Erhebungssituation eingehalten wird. Das Untersuchungsfeld der qualitativen Sozialforschung „ist die natürliche Welt, die mit naturalistischen Methoden erfaßt und beschrieben werden soll" (*Lamnek* 1988, S.41). Der kommunikative Akt, der wissenschaftlich betrachtet wird, sollte möglichst naturalistisch sein. Verfremdende Einflüsse durch eine ungewöhnliche, unnatürliche Kommunikationssituation während der Erhebung führen auch zu verfremdenden und unnatürlichen Interpretationen und Deutungen der untersuchten Personen.

Die Naturalistizität bezieht sich zum einen auf den Handlungsverlauf in der Erhebungssituation. Die Interaktionssituation, die während der Erhebung eingegangen wird, sollte dem Interviewpartner als möglichst alltagsweltlich erscheinen, ohne daß der Forscher oder Interviewer auch in seinem kommunikativen Verhalten als Alltagsmensch aufträte. Wichtig ist, daß der Erhebungsakt sowohl bezüglich des verwendeten Sprachcodes als auch bezüglich der vorgängigen Kommunikationsregeln einer kommunikativen Situation im Alltag möglichst nahe kommt.

Auch die Umgebung in der das Interview durchgeführt wird, sollte möglichst der alltäglichen Umgebung des Interviewpartners entsprechen. Aus der qualitativen Sozialforschung ist das Problem einer nicht-naturalistischen Erhebungssituation nicht verbannt, denn natürlich ist die Interviewsituation auch in der qualitativen Befragung in hohem Maße ungewöhnlich und alltagsweltlicher Kommunikation nur annähernd verwandt: Weder ist es normal, daß ein Beteiligter einer Unterhaltung (hier der Interviewer) über lange Zeit still zuhört und nur ab und zu seine Aufmerksamkeit dokumentiert, noch ist es normal, daß das Gespräch auf Tonband aufgezeichnet wird. Dennoch muß man sagen, daß verfremdende Einflüsse durch wissenschaftliches Vorgehen aber in weitaus geringerem Maße präsent sind, als das in quantitativen Erhebungssituationen der Fall ist.

Naturalistizität bezieht sich zum anderen aber auch auf den Vorgang der Inhaltsanalyse selbst, also die Interpretation der in möglichst natürlichen Situationen produzierten Kommunikationsinhalte. Nur wenn diese natürlich entstanden sind und durch die Alltäglichkeit der Kommunikation durch die Kommunizierenden quasi „vordefiniert" und „vorinterpretiert" sind, läßt sich eine wissenschaftliche Interpretation vornehmen, die diesen Bedingungen gerecht und damit valide wird.

Bezüglich des Merkmals der Naturalistizität ist für die Inhaltsanalyse festzuhalten, daß das Erhebungsprotokoll die dem Sprecher vertraute alltagsweltliche Sprache enthält. Interpretationen sind immer nur in Kenntnis des verwendeten Sprachcodes vorzunehmen. Insoweit ist Naturalistizität für das Material wie für dessen Auswertung zu fordern.

5.3.1.4. Interpretativität

Da qualitative Inhaltsanalyse in ganz besonderer Weise darauf abstellt, Kommunikationsinhalte deutend zu verstehen und die sie begründenden Strukturen herauszuarbeiten, ist das methodologische Prinzip der Interpretativität eine zentrale und unverzichtbare Forderung. „Die soziale Realität wird als gesellschaftlich, ihr Sinn also durch Interpretation und Bedeutungszuweisung, konstruiert und nicht objektiv vorgegeben aufgefaßt" (*Lamnek* 1988, S.41). Zum Zwecke der Untersuchung dieser Interpretationen und Bedeutungszuweisungen wird eine offene und naturalistisch-kommunikative Situation hergestellt. Der Forscher wendet mit der qualitativen Inhaltsanalyse eine wissenschaftlich modifizierte Form des alltagsweltlichen Fremdverstehens an, um aus der naturalistischen, quasi-alltagsweltlichen Untersuchungssituation Handlungsmuster herauszufiltern. Dieser Vorgang besteht aus zwei Phasen:

(1) Nachvollzug der alltagsweltlichen Deutungen und Bedeutungszuweisungen und

(2) Typisierende Konstruktion eines Musters.

Genau hier setzt die qualitative Inhaltsanalyse an. Qualitativ-inhaltsanalytische Techniken ermöglichen – je nach theoretischer Ausrichtung – die Analyse des manifesten oder latenten Wissens um die Bedeutung einer Handlungssituation. Bei der Inhaltsanalyse handelt es sich um eine Form wissenschaftlich kontrollierten Fremdverstehens.

5.3.1.5. Zusammenfassung

- Verfremdende Einflüsse durch eine ungewöhnliche oder außergewöhnliche Erhebungssituation führen auch zu verfremdeten Befunden. Daher muß das Erhebungsverfahren möglichst naturalistisch und an der Alltagskommunikation orientiert sein.
- Das Merkmal Offenheit bezieht sich auf die erste Phase des Forschungsprozesses, auf das Design und die theoretische Anknüpfung des Forschungsprojek-

tes. Es werden keine Hypothesen mit vorab definierten Variablen formuliert, sondern diese werden erst im Verlauf der Forschung selbst generiert.

- Offenheit bezieht sich aber auch auf die methodischen Wege des Herangehens an das Analysematerial und insbesondere auf die erst aus der Analyse sich entwickelnden Interpretationen.
- Soziale Wirklichkeit wird kommunikativ-situativ hergestellt, also muß auch die Inhaltsanalyse, wenn sie an der sozialen Wirklichkeit interessiert ist, mindestens symbolisch kommunikative Akte mit den Alltagsmenschen eingehen.
- Das Merkmal der Interpretativität bezieht sich entscheidend auf die Auswertungsphase. Die erhobenen Daten werden nicht zur Falsifikation von vorab formulierten Hypothesen verwendet, sondern zur Gewinnung solcher Hypothesen auf der Basis des Materials und auf dem Wege der Interpretation genutzt.

5.3.2. Die Inhaltsanalyse im qualitativen Forschungsprozeß

Die im vorhergehenden Abschnitt referierten Merkmale qualitativer Methodologie kennzeichnen den qualitativen Forschungsprozeß als vom quantitativen gänzlich unterschiedlich. Ohne die Differenzen noch einmal explizit darzustellen, wird im folgenden der Ablauf des qualitativen Forschungsprozesses und die Rolle der Inhaltsanalyse referiert.

Zunächst entwickelt der Forscher aus einer gegebenen Problemstellung eine Forschungsfrage. Gemäß dem Postulat der Offenheit ist diese aber offen und zugänglich für Modifikationen aufgrund empirischer Befunde. Sollte sich die Forschungsfrage im Laufe der Untersuchung als irrelevant herausstellen, kann der Forscher sie jederzeit modifizieren oder revidieren. Aufgrund pragmatischer Erwägungen und vor allem aber am Forschungsinteresse orientiert wird ein theoretisches Sample von Untersuchungseinheiten ausgewählt. Im qualitativen Paradigma sind das meist Personen, die mit kommunikativ-naturalistischen Verfahren auf die Forschungsfrage hin untersucht wurden. Sie können befragt, beobachtet oder zu Gruppendiskussionen animiert worden sein. Bei allen Erhebungsverfahren ist wichtig, daß sie die Überführung authentischer kommunikativer Akte in den wissenschaftlichen Diskurs leisten. Als Ergebnis der Erhebungsphase liegen protokollierte kommunikative Akte (auf Tonband, Video oder Papier) vor, die im Anschluß daran inhaltsanalytisch ausgewertet werden können.

Ziel der Inhaltsanalyse im qualitativen Forschungsprozeß ist – je nach soziologisch-theoretischer Ausrichtung des Forschers – entweder der wissenschaftlich kontrollierte Nachvollzug der alltagsweltlichen Handlungsfiguren (die durch kommunikative Akte repräsentiert werden) und die Systematisierung eines Musters aus diesen Figuren (dies ist die Ausrichtung der strukturellen Beschreibung nach *Hermanns* et al. (1984)), die ausführlicher im Kontext der biographischen Methode (vgl. 7.4.1.) dargestellt wird, oder aber die Analyse latenter Sinnstrukturen, deren Manifestationen alltagsweltliche Handlungsfiguren sind (dies ist die Ausrichtung der objektiven Hermeneutik nach *Oevermann* et al. (1983)).

Aus quantitativer Sicht wird das qualitative inhaltsanalytische Verfahren, wenn es nicht in ein quantitatives Vorgehen eingebunden ist, oft kritisiert. Die stärkste Kritik, die Vertreter der quantitativen Inhaltsanalyse vorbringen, bezieht sich auf die angeblich geringe oder fehlende Wissenschaftlichkeit. Die Wissenschaftlichkeit einer Methode wird an zwei Merkmalen festgemacht, die der qualitativen Inhaltsanalyse abgesprochen werden:
(a) Zum einen behaupten quantitativ vorgehende Forscher, bei der verstärkten theoretischen Absicherung und empirischen Verwendung von qualitativen Verfahren (insbesondere der explikativen, interpretativen Inhaltsanalysen) handele es sich „um einen revisionistischen Rückfall in die Hermeneutik" (*Baacke/Schulze* 1979, S.12). Dies wird forschungslogisch mit dem Falsifikationsprinzip begründet: jeder wissenschaftliche Fortschritt, jede Erkenntnis könne nur durch die Falsifikation einer Hypothese gewonnen werden. Induktives Vorgehen wird abgelehnt, wissenschaftliche Verallgemeinerungen werden als Allsätze verstanden. Induktives Arbeiten biete keinerlei Gewähr, daß die für den Einzelfall gewonnenen Befunde auch für eine größere Gesamtheit gelten.

Von qualitativer Seite wird dem entgegengesetzt, daß qualitativ gewonnene Ergebnisse zwar generalisiert werden, nicht aber – wie in der quantitativen Sozialfoschung – durch Verallgemeinerung, sondern durch Typisierung. *Ziel der Typisierung ist die Identifikation eines Sets von sozialen Handlungsmustern in einem Feld.* Dies geschieht erstens mit der Einschränkung eines Verzichts auf die Quantifizierung der Muster (wieviele Personen sich gemäß einem Muster verhalten, ist nicht von Belang) und zweitens eingedenk der Tatsache, daß ein Muster ein wissenschaftliches Konstrukt ist, das in der empirischen Wirklichkeit nicht immer in allen Einzelheiten den Handlungsfiguren entspricht.
(b) Zum anderen wird dem qualitativen inhaltsanalytischen Vorgehen vorgeworfen, es öffne interpretativer Beliebigkeit Tür und Tor, und liefere keinerlei Handhabe, die intersubjektive Überprüfbarkeit der Interpretationsbefunde zu sichern. Diese Beliebigkeit der Deutung komme auch im quasi-literarischen Charakter der Ergebnispräsentationen vieler qualitativer Projekte – besonders in der biographischen Forschung – zum Ausdruck.

Von qualitativer Seite wird dem entgegengesetzt, daß in Forschungsprojekten, insbesondere in der Auswertungs- und Interpretationsphase, immer Forscher*gruppen* tätig sind, die sich gegenseitig kontrollieren. Außerdem wird geltend gemacht, daß jeder Forscher ein mehr oder weniger normal sozialisierter Alltagsmensch ist und daher selbst über die Richtigkeit, Angemessenheit oder Stimmigkeit einer wissenschaftlichen Interpretation entscheiden kann. Es wird also die prinzipielle *erkenntnislogische Ähnlichkeit von alltagsweltlichem Fremdverstehen und wissenschaftlich kontrolliertem Nachvollzug postuliert.* Dies steht in krassem Gegensatz zur Position des quantitativen approachs.

5.3.3. Qualitative inhaltsanalytische Techniken

Im folgenden werden zwei verschiedene qualitative inhaltsanalytische Techniken vorgestellt, die je verschiedene Schwerpunkte bei der Analyse von Kommunikationsinhalten setzen. Eine dritte und vierte Form qualitativer Inhaltsanalyse, die strukturelle Beschreibung nach *Hermanns* et al. (1984) und die strukturale Rekonstruktion nach *Bude* (1984), werden in Abschnitt 7.4.1. und 7.4.2. bei der Biographieforschung referiert werden. Allen qualitativen inhaltsanalytischen Techniken ist gemeinsam, daß sie meist zur Analyse von Interviewtexten eingesetzt werden.

Zu Beginn wird die *qualitative Inhaltsanalyse* nach *Mayring* (1988) beschrieben. Dieses Verfahren untersucht die *manifesten Kommunikationsinhalte*, also Aussagen von Befragten, die diese bewußt und explizit von sich geben.

Als zweite qualitative inhaltsanalytische Technik wird die *objektive Hermeneutik* dargestellt (*Oevermann* et al. 1983). Diese Technik untersucht die objektiven Bedeutungsmöglichkeiten eines kommunikativ vermittelten Interakts. Dabei werden *die manifesten Kommunikationsinhalte als Ausformungen latenter Sinnstrukturen* betrachtet, die es letztlich zu identifizieren gelte. Vor dem Hintergrund dieser objektiven Bedeutung erhält die subjektiv gemeinte Bedeutung Kontur.

Qualitative Inhaltsanalyse wird häufig gleichgesetzt mit der Hermeneutik, wie sie etwa in der Literaturwissenschaft, der Theologie oder der Jurisprudenz gebraucht wird und damit eher intuitiv, weniger systematisch und nachvollziehbar ist, als es die zu behandelnden sozialwissenschaftlichen Formen der Textinterpretation sind. Gleichwohl läßt sich die qualitative Inhaltsanalyse methodologisch von der Hermeneutik her begründen, was hier nicht geschehen soll, weil im Band 1 die Hermeneutik ausführlich dargestellt wurde (vgl. *Lamnek* 1988, S.65 ff). Dort wurde allerdings nur auf die methodologischen Prinzipien und die strukturell angelegten Möglichkeiten des Verstehens mit den allgemeinsten Regeln eingegangen, deren Konkretion nicht vorgenommen. *Danner* (1979) hat die sehr abstrakten Regeln präziser und klarer in „Handlungsanweisungen“ umzusetzen versucht. Seine Differenzierung soll deshalb hier zitiert werden:

„*(A) Vorbereitende Interpretation:*

(1) Im Sinne der *Text- und Quellenkritik* ist zu prüfen, ob der zu interpretierende Text *authentisch* ist. Im Normalfall bedeutet dies, daß der Interpret darauf zu achten hat, ob seine Vorlage eine ‚kritische Textausgabe‘ ist; und dies ist wiederum nur bei historischen Texten nötig. Denn bei einem zeitgenössischen Text werden wir meist nur darauf zu achten haben, daß wir die jüngste überarbeitete Auflage verwenden.

(2) Der Interpret muß sich über seine eigene *Vormeinung*, die er über den zu interpretierenden Textinhalt besitzt, klar werden; er muß sich sein persönliches *Vorverständnis* und seine *Fragestellung*, mit denen er an den Text herangeht, bewußt machen.

(3) Es gilt, den *allgemeinen Sinn des Textes*, seinen Scopus, seine Kernaussage, festzustellen, damit sich das einzelne von ihm aus aufschließt. Dieser allge-

meine Sinn wird etwa durch einen Hinweis eines Dritten, am besten aber durch ein erstes Durchlesen erschlossen.

(B) Textimmanente Interpretation:

(4) Im Detail wird der Interpret *semantische und syntaktische* Untersuchungen anstellen, also auf Wortbedeutungen und grammatische Zusammenhänge eingehen. Dabei wird er im Sinne des *hermeneutischen Zirkels* zwischen Ganzem und Teil hin- und hergehen; in die Bewegung des hermeneutischen Zirkels müssen auch die eigene Vormeinung und der vorweg angenommene Scopus des Textes aufgenommen, d.h. bewährt oder dem Textsinn entsprechend verändert werden.

(5) Neben den grammatischen sind auch die *Regeln der Logik* anzuwenden, um den Textsinn ganz herzustellen. Dabei kann es technisch hilfreich sein, den Text im groben wie im einzelnen zu gliedern.

(6) Selbst bei Widersprüchen gilt als wichtige hermeneutische Regel, daß der *Autor* für *vernünftig* gehalten wird, daß also eine Unstimmigkeit prinzipiell zunächst zu Lasten des Nicht-Verstehens des Interpreten und nicht zu Lasten des Autors geht. Kann ein Widerspruch trotz intensiver Bemühung nicht aufgelöst werden, so besteht die korrekteste Lösung darin, den Widerspruch als interpretierten festzuhalten: ‚*Ich*‘ verstehe das so und so.

(C) Koordinierende Interpretation:

(7) Zum Verständnis eines bestimmten Textes kann der *Kontext zum Gesamtwerk* des Autors beitragen, indem andere Werke des Autors herangezogen werden und auch die Stellung des interpretierten Textes im Entwicklungsgang des Autors berücksichtigt wird. Handelt es sich beispielsweise um ein Früh- oder um ein Spätwerk?

(8) Zum völligen Verständnis sind die bewußten und unbewußten *Voraussetzungen des Autors* aufzudecken, sofern das möglich ist. Dazu gehören etwa die politische oder religiöse Einstellung des Autors oder sein Argumentieren mit oder gegen zeitgenössische Schriftsteller.

(9) Besonders im pädagogischen Bereich kann zum besseren Verständnis beitragen, wenn der eruierte Textsinn *übersetzt* wird im Hinblick auf die Welt des Verstehenden, wenn also im Hinblick auf eine konkrete Erziehungssituation *aktualisiert* wird. Die Differenz zwischen der Situation des Autors und der des Interpreten darf dabei jedoch nicht verwischt werden.

(10) Die verstandenen Sinn- und Wirkungszusammenhänge sind als *Hypothesen* zu formulieren und als solche zu deklarieren. Diese Hypothesen müssen sich weiterhin bewähren oder sie müssen korrigiert werden. Die Erfahrung zeigt, daß einmal Verstandenes sich wandeln kann, je länger und intensiver man mit einem Autor und einer bestimmten Sache umgeht“ (*Danner* 1979, S.89f).

Da es sich bei der qualitativen Inhaltsanalyse um Textanalyse handelt und hierfür die Hermeneutik die wohl älteste Methode ist, erschien es sinnvoll, sie in differenzierter Weise den neueren Techniken der Inhaltsanalyse vorauszuschicken.

5.3.3.1. Die qualitative Inhaltsanalyse nach *Mayring*

Die qualitative Inhaltsanalyse nach P. *Mayring* (1983, 1985 und 1988) wurde im Rahmen eines größeren Forschungsprojekts an transkribierten Protokollen offener Interviews erarbeitet und in ihrem Ablauf durch eine detaillierte Beschreibung verfestigt.

Beispiel:
„Im Rahmen des DFG-Projekts ‚Kognitive Kontrolle in Krisensituationen: Arbeitslosigkeit bei Lehrern' (vgl. *Ulich/Hauser 1978; Ulich* u.a. 1981; 1982) werden offene Interviews mit arbeitslosen Lehrern durchgeführt. Wie erlebt der einzelne diese Situation, welche Belastungen verspürt er in welchen Bereichen, wie schätzt er seine Situation ein, wie verarbeitet er sie, und welche Bewältigungsversuche unternimmt er? Diese Fragen werden an einer Stichprobe von 75 arbeitslosen Lehrern zu beantworten versucht, die über ein Jahr hinweg jeweils siebenmal interviewt werden" (*Mayring* 1988, S.41).

In einer Art explorativen Phase sichtet der Forscher große Teile des Materials, möglichst ohne sich von theoretischen Vorüberlegungen leiten zu lassen. Diese erste Lektüre verschafft dem Forscher einen Überblick über die Kategorien, mit denen sich die Einzelfälle charakterisieren lassen. Insoweit ist die Inhaltsanalyse nach *Mayring* qualitativ: sie ist offen für empirisch begründete Kategorien.

Weniger qualitativ ist dieses Verfahren, weil die Einzelfälle nicht in ihrer spezifischen Ganzheit durch theoretische Begriffe beschrieben werden, sondern durch zergliedernde Kategorien analytisch gefaßt werden. *Der Einzelfall wird eben doch zu einer Sammlung von Merkmalsausprägungen.*

Für das inhaltsanalytische Vorgehen entwirft *Mayring* ein allgemeines Ablaufmodell. Es besteht aus neun Stufen und wird sukzessive bei jeder Anwendung der Inhaltsanalyse durchlaufen.

Stufe 1: Festlegung des Materials.
„Zunächst muß genau definiert werden, welches Material der Analyse zugrundeliegen soll" (*Mayring* 1988, S.42). Es werden nicht alle Interviewprotokolle komplett inhaltsanalytisch ausgewertet, sondern nur Ausschnitte, die sich auf den Gegenstand der Forschungsfrage beziehen. Es werden nur die Textstellen ausgewählt, in denen sich der Interviewpartner explizit und bewußt zum Gegenstand der Forschungsfrage äußert.

Stufe 2: Analyse der Entstehungssituation.
Auf dieser Stufe der Inhaltsanalyse werden Informationen über den Entstehungszusammenhang des Interviewprotokolls gesammelt und aufgezeichnet. Dazu gehört eine Liste der beim Interview anwesenden Personen, der emotionale, kognitive und Handlungshintergrund des Befragten, der soziokulturelle Rahmen und die Beschreibung der konkreten Erhebungssituation.

Stufe 3: Formale Charakterisierung des Materials.
Es „muß beschrieben werden, in welcher Form das Material vorliegt" (*Mayring* 1988, S.42). Dabei muß insbesondere darauf geachtet werden, auf welche Weise die

akustische Aufzeichnung auf dem Band in ein schriftliches Protokoll umgewandelt wird. Neben der rein sprachlichen Wiedergabe können auch Betonungen, Pausen, Sprechgeschwindigkeit und Stimmlage transkribiert werden.

Stufe 4: Richtung der Analyse.
Wenn man das zugrundeliegende Material in den ersten drei Stufen beschrieben hat, „so ist der nächste Schritt, sich zu fragen, was man eigentlich daraus herausinterpretieren möchte" (*Mayring* 1988, S.45). Man kann die Analyse sowohl auf den Gegenstand des Protokolls richten (auf das Thema), als auch auf emotionale oder kognitive Befindlichkeiten des Kommunikators, auf die durch den Text repräsentierten Handlungen aber auch auf die Wirkungen der Äußerungen auf einen potentiellen, zur Zielgruppe gehörenden Rezipienten. In der qualitativen Sozialforschung besteht die Richtung der Analyse darin, „durch den Text Aussagen über den emotionalen, kognitiven und Handlungshintergrund der Kommunikatoren zu machen" (*Mayring* 1988, S.47).

Stufe 5: Theoriegeleitete Differenzierung der Fragestellung.
Die theoriegeleitete Differenzierung der Fragestellung „bedeutet ..., daß die Fragestellung der Analyse vorab genau geklärt sein muß, theoretisch an die bisherige Forschung über den Gegenstand angebunden und in aller Regel in Unterfragestellungen differenziert werden muß" (*Mayring* 1988, S.47).

Dies scheint auf den ersten Blick dem Merkmal der Offenheit in der qualitativen Methodologie zu widersprechen. Gemäß den Implikationen dieses Paradigmas sollen theoretische Aussagen erst im Wege der Forschung selbst gewonnen werden (vgl. *Kleining* 1982). Doch bezieht sich das Verbot der prädeterminierten theoretischen Aussagen auf Hypothesen über Zusammenhänge in der empirischen Wirklichkeit, nicht aber auf die Formulierung der Forschungsfrage. Denn auch qualitative Forscher stehen in einem theoretischen Kontext und orientieren ihre Frage am Stand der Diskussion. Daher bleibt das Kriterium der Offenheit gewahrt.

Stufe 6: Bestimmung der Analysetechnik.
In diesem Stadium inhaltsanalytischen Vorgehens wird die Entscheidung über das zu verwendende interpretative Verfahren getroffen. *Mayring* unterscheidet drei grundlegende Typen inhaltsanalytischen Vorgehens: *Zusammenfassung*, *Explikation* und *Strukturierung* (alle drei Verfahren werden in der Stufe 8 näher behandelt).

Stufe 7: Definition der Analyseeinheit.
In dieser Phase der Inhaltsanalyse werden entsprechend dem ausgewählten Verfahren die Textteile eines Interviewprotokolls bestimmt, die ausgewertet werden sollen. Außerdem wird festgelegt, wie ein Textstück, eine Phrase, beschaffen sein muß, damit sie als Ausprägung für eine Kategorie genommen werden kann. Kategorien sind Merkmale des Textes, die der Forscher durch Lektüre der Interviewprotokolle ermittelt hat, um den Text beschreiben zu können.

Stufe 8: Analyse des Materials.
Die drei grundlegenden qualitativen inhaltsanalytischen Analyseverfahren sollen im folgenden jeweils kurz geschildert werden: (a) die Zusammenfassung, (b) die Explikation und (c) die Strukturierung.

(a) *Die Zusammenfassung*
„Ziel der Analyse ist es, das Material so zu reduzieren, daß die wesentlichen Inhalte erhalten bleiben, durch Abstraktion einen überschaubaren Corpus zu schaffen, der immer noch Abbild des Grundmaterials ist" (*Mayring* 1988, S. 53). In diesem Verfahren werden durch Auslassungen, Generalisierungen, Konstruktionen, Integrationen, Selektionen und Bündelungen abstrakte Aussagen gewonnen, die das ursprüngliche Material paraphrasieren. Diese abstrakten Paraphrasen werden unter Kategorien subsumiert und schließlich zur Kennzeichnung und Beschreibung des Einzelfalls herangezogen.

Die Zusammenfassung erfolgt dabei nach folgenden Interpretationsregeln:
Z1: *Paraphrasierung*
Z1.1 Streiche alle nicht (oder wenig) inhaltstragenden Textbestandteile wie ausschmückende, wiederholende, verdeutlichende Wendungen!
Z1.2 Übersetze die inhaltstragenden Textstellen auf eine einheitliche Sprachebene!
Z1.3 Transformiere sie auf eine grammatikalische Kurzform!

Z2: *Generalisierung auf das Abstraktionsniveau*
Z2.1 Generalisiere die Gegenstände der Paraphrasen auf die definierte Abstraktionsebene, so daß die alten Gegenstände in den neu formulierten impliziert sind!
Z2.2 Generalisiere die Satzaussagen (Prädikate) auf die gleiche Weise!
Z2.3 Belasse die Paraphrasen, die über dem angestrebten Abstraktionsniveau liegen!
Z2.4 Nimm theoretische Vorannahmen bei Zweifelsfällen zuhilfe!

Z3: *Erste Reduktion*
Z3.1 Streiche bedeutungsgleiche Paraphrasen innerhalb der Auswertungseinheiten!
Z3.2 Streiche Paraphrasen, die auf dem neuen Abstraktionsniveau nicht als wesentlich inhaltstragend erachtet werden!
Z3.3 Übernehme die Paraphrasen, die weiterhin als zentral inhaltstragend erachtet werden (Selektion)!
Z3.4 Nimm theoretische Vorannahmen bei Zweifelsfällen zuhilfe!

Z4: *Zweite Reduktion*
Z4.1 Fasse Paraphrasen mit gleichem (ähnlichem) Gegenstand und ähnlicher Aussage zu einer Paraphrase (Bündelung) zusammen!
Z4.2 Fasse Paraphrasen mit mehreren Aussagen zu einem Gegenstand zusammen (Konstruktion/Integration)!

Z4.3 Fasse Paraphrasen mit gleichem (ähnlichem) Gegenstand und verschiedener Aussage zu einer Paraphrase zusammen (Konstruktion/Integration)!

Z4.4 Nimm theoretische Vorannahmen bei Zweifelsfällen zuhilfe!“ (*Mayring* 1988, S. 57).

Beispiel:

Fall	S.	Nr.	Paraphrase	Generalisierung	Reduktion
A	104	1	Keine psychische Belastung durch Praxisschock gehabt	Kein Praxisschock	K1 Praxis nicht als Schock, sondern als großen Spaß erlebt wegen – vorheriger Lehrerfahrung; – Landschule ohne Disziplinschwierigkeiten; – keine unrealistischen Erwartungen gehabt; – gute Beziehung zu Schülern gehabt
A	104	2	Im Gegenteil, ganz begierig auf Praxis gewesen	Eher auf Praxis gefreut	
A	104	3	Uni = reines Fachstudium, hat mit Lehren wenig zu tun	An Uni wird keine Lehrerfahrung vermittelt	
A	104	4	Konnte aber schon vorher Praxiserfahrungen sammeln	Schon vorher Lehrerfahrung	
A	104	5	Praxis hat großen Spaß gemacht	Praxis hat Spaß gemacht	
A	104	6	War stofflich einfach und faszinierend für die Schüler	Gut vermittelbar Stoff als Bedingung	K 2 Ohne diese Bedingungen Praxisschock schon denkbar
A	104	7	Darauf gewartet, endlich zu unterrichten	Auf Praxis gefreut	
A	104	8	Es gibt schon Enttäuschungen, daß die Schüler nicht so sind, wie man meint	Schon auch Enttäuschungen	
A	104	9	Praxisschock war es bestimmt nicht	Kein Praxisschock	
A	104	10	Arbeitsbelastung nicht so groß (höchstens in Zweigschule)	Wenig Arbeitsbelastung	
A	105	11	Frustriertheit des Lehrers in Großstadtschule mit Disziplinschwierigkeiten der Schüler denkbar	Frustriertheit des Lehrers in Großstädten denkbar	
A	105	12	Eigene Arbeit (Landschule) durch Spaß entschädigt	Spaß an der Arbeit gehabt	
A	105	13	Schüler mögen mich dort immer noch	Gute Beziehung zu Schülern gehabt	
A	105	14	Bin zu realistisch, als daß ich mir falsche Vorstellungen gemacht hätte	Keine unrealistischen Erwartungen gehabt	
A	105	15	Erzieherische Arbeit ist sowieso bei 35 Schülern und Stofffülle sehr gering anzusetzen	Erzieherische Arbeit nur gering ansetzbar	

(entnommen aus: *Mayring* 1988, S. 59)

Nachdem durch die „Reduktion“ in der Tabelle das umfangreiche Material *fallbezogen* verringert wurde, folgt im nächsten Schritt der Versuch der *fallübergreifenden Generalisierung als weitere Reduktionsstufe*.

(b) *Die Explikation als Kontextanalyse*

„Zu einzelnen interpretationsbedürftigen Textstellen wird zusätzliches Material herangezogen, um diese zu erklären, verständlich zu machen, zu erläutern, zu explizieren“ (*Mayring* 1988, S.68). Grundlage für jede Explikation ist hier die lexikalisch-grammatikalische Definition unverständlicher Passagen, d.h., die Explikation dient der Erläuterung von Textstellen, in denen sich der Interviewpartner für den Forscher unverständlich ausgedrückt hat (ungebräuchliche Vokabel oder mehrdeutiger Satzbau). Latente Kommunikations-

inhalte, die auf Handlungsorientierungen deuten könnten, werden nicht expliziert. Auch Besonderheiten im Sprachcode, sowie (sub-)kulturelle Bedeutungsspezifika werden nicht erläutert.
Im Wege der Explikation kann aus zwei verschiedenen Quellen Material an die unverständliche Textstelle herangetragen werden: aus anderen Textstellen des vorliegenden Interviewprotokolls als *enge Explikation* oder aber darüberhinaus auch aus den in Stufe zwei protokollierten Informationen über den Interviewpartner und die Erhebungssituation als *weite Explikation*. Enge und weite Explikation heißen bei *Mayring* „enge und weite Kontextanalyse“ (1988, S. 54).

Die Interpretationsregeln für die explikative Analyse werden so beschrieben:
„E1: *Lexikalisch-grammatikalische Definition*
E1.1 Bestimme die vom sprachlichen und soziokulturellen Hintergrund relevanten Lexika und Grammatiken!
E1.2 Analysiere danach die Textstelle auf ihre grammatikalische und lexikalische Bedeutung!
E1.3 Überprüfe, ob die Textstelle dadurch bereits hinreichend erklärt ist.

E2: *Bestimmung des Explikationsmaterials*
E2.1 Beginne beim engsten Textkonzept, d.h. beim direkten Umfeld der zu explizierenden Stelle im Text!
E2.2 Schreite zu immer weiterem Kontext fort, wenn die Überprüfung der Explikation nicht befriedigend war!

E3: *Enge Kontextanalyse*
E3.1 Sammle alle Aussagen, die in einer direkten Beziehung zur fraglichen Stelle im direkten Textkontext stehen, d.h. die sich
- definierend, erklärend,
- ausschmückend, beschreibend,
- beispielgebend, Einzelheiten ausführend,
- korrigierend, modifizierend,
- antithetisch, das Gegenteil beschreibend

zur Textstelle verhalten!
E3.2 Überprüfe, ob die zu erklärende Textstelle im Text noch in gleicher oder ähnlicher Form auftaucht und untersuche den dortigen engen Textkontext!

E4: *Weite Kontextanalyse*
E4.1 Überprüfe, ob zum Verfasser der Textstelle weiteres explizierendes Material zugänglich ist!
E4.2 Ziehe Material über die Entstehungssituation des Textes zur Erklärung heran!
E4.3 Überprüfe, ob aus dem theoretischen Vorverständnis explizierendes Material abgeleitet werden kann!

E4.4 Überprüfe, ob aufgrund des eigenen allgemeinen Verstehenshintergrundes weiteres Material heranzuziehen ist!

E4.5 Begründe die Relevanz, den Bezug des gesammelten Materials zur fraglichen Textstelle!

E5: *Explizierende Paraphrase*

E5.1 Fasse das zur Explikation gesammelte Material zusammen (vgl. Zusammenfassung) und formuliere daraus eine Paraphrase für die fragliche Textstelle!

E5.2 Bei widersprüchlichem Material formuliere mehrere alternative Paraphrasen!

E6: *Überprüfung der Explikation*

E6.1 Füge die explizierende Paraphrase anstatt der fraglichen Stelle in das Material ein!

E6.2 Überprüfe, ob im Gesamtzusammenhang des Materials die Textstelle ausreichend sinnvoll ist!

E6.3 Wenn die Explikation nicht ausreichend erscheint, bestimme neues Explikationsmaterial und durchlaufe die Analyse aufs neue (ab 3. Schritt)!" (*Mayring* 1988, S. 72)

Als Beispiel greifen wir auf *Mayring* (1988, S. 73ff) zurück:

Beispiel:
„In unserem Beispielmaterial ist eine Stelle, die bereits bei der Zusammenfassung ziemlich unklar erschien. Da berichtet Fall C ..., er sei kein *Conferencier-Typ* und hätte es deshalb irgendwie schwerer in der Referendarzeit gehabt. ...

1. Schritt:
Die zu explizierende Textstelle ist klar bezeichnet: es handelt sich um den Begriff ‚Conferencier-Typ'. ...

2. Schritt:
Zur Bestimmung der lexikalischen Bedeutung sind als relevante Nachschlagewerke moderne Lexika des Hochdeutschen heranzuziehen. Unter dem Stichwort ‚conferencier' ist dabei zu finden:

„Ansager auf der Kleinkunstbühne" (dtv-Lexikon, Bd. 3, 1966, S. 168)

„(witzig unterhaltender) Ansager in Kabarett, Variété, bei öffentlichen und privaten Veranstaltungen" (Meyers Großes Taschenlexikon, Bd. 5, 1981, S. 5)

Diese Bestimmung hilft jedoch nicht sehr viel weiter, den Begriff im Materialzusammenhang zu verstehen.

3. Schritt/4. Schritt:
Bei der Bestimmung des zulässigen Explikationsmaterials kann zunächst im direkten Textkontext angesetzt werden. Die Phrase, innerhalb derer der Begriff gebraucht wurde, ist:

„Es ist, glaube ich, auch sehr wichtig, gerade beim Sport, da bin ich also nicht der Typ; je – möchte nicht sagen: extravertiert – je temperamentvoller einer einfach vom Typ her ist, wenn er spricht oder wenn er lebendig mit Erwachsenen umgeht oder ständig neue Ideen auf Lager hat, oder auch mal Kritik am Seminarlehrer vielleicht bringt, aber sofort in ein Bonmot gekleidet, also *Conferencier*-Typ mehr ..."

Die Beschreibungsmerkmale, die hier genannt werden, sind:
- extravertiert (?);
- temperamentvoll, wenn er spricht;
- lebendiges Wesen mit Erwachsenen;
- ständig neue Ideen auf Lager;
- Kritik am Seminarlehrer, in Bonmots gekleidet, bringend.

Man könnte also sagen, ein Conferencier-Typ ist ein *extravertierter*, *temperamentvoller*, *spritziger* Mensch.

Noch eine zweite Textstelle scheint sich auf diesen Begriff zu beziehen, die im Protokoll kurz vorher steht: ...

Die nachfolgenden Äußerungen dieser zweiten Textstelle gehen alle in Richtung eines *selbstüberzeugten* Menschen.

5. Schritt:

Faßt man nun diese Beschreibungsmerkmale zu einer explizierenden Paraphrase zusammen, so ergeben sich zum einen die Merkmale:
- extravertiert
- temperamentvoll
- spritzig
- selbstüberzeugt

zum anderen das Merkmal des ‚Spielens' (aus der zweiten, hier nicht wiedergegebenen Textstelle; S.L.). Man kann also formulieren, ein Conferencier-Typ ist jemand,

der die Rolle eines extravertierten, temperamentvollen, spritzigen und selbstüberzeugten Menschen spielt.

6. Schritt:

Zur Überprüfung dieser Explikation muß die Paraphrase in den Materialzusammenhang gestellt werden. Dieser Zusammenhang findet sich kurz vor der ersten zitierten Stelle ... und kurz nach der zweiten Stelle ...
- Dem Conferencier-Typ machen die Belastungen durch den Anpassungsdruck und Erschütterung des Selbstvertrauens weniger aus.
- Der C-Typ kommt bei Seminarprüfern mehr an.
- C-Typ zu sein, ist Mentalitätssache.
- Es ist ungerecht, eine solche Mentalität mitzubeurteilen, als Gradmesser für die Beurteilung der pädagogischen Fähigkeiten zu machen.

Setzt man in diese Äußerungen die im 5. Schritt formulierte Paraphrase ein, so ergibt sich nun eine klar verständliche Aussage, ein eindeutiger Sinn" (*Mayring* 1988, S. 73 ff.).

(c) *Die Strukturierung*

„Diese wohl zentralste inhaltsanalytische Technik hat zum Ziel, eine bestimmte Struktur aus dem Material herauszufiltern" (*Mayring* 1988, S. 75), „unter vorher festgelegten Ordnungskriterien einen Querschnitt durch das Material zu legen oder das Material aufgrund bestimmter Kriterien einzuschätzen" (*Mayring* 1988, S. 53). Diese Struktur besteht aus bestimmten Konstellationen verschiedener Kategorien, die differenzierbar sind: „Nach formalen Strukturierungsgesichtspunkten kann eine innere Struktur herausgefiltert werden (*formale Strukturierung*); es kann Material zu bestimmten Inhaltsbereichen extrahiert und zusammengefaßt werden (*inhaltliche Strukturierung*); man kann auf einer Typisierungsdimension nach einzelnen markanten Ausprägungen im Material suchen und diese genauer beschreiben (*typisierende Strukturierung*); schließlich kann das Material nach Dimensionen in Skalenform eingeschätzt werden (*skalierende Strukturierung*)" (*Mayring* 1988, S. 53f).

Auf die Wiedergabe der Ablaufmodelle für die einzelnen Formen der Strukturierung (formale, inhaltliche, typisierende, skalierende) wird verzichtet, um die Darstellung der qualitativen Inhaltsanalyse nicht aufzublähen, zumal das nachfolgende Ablaufmodell als allgemeines hinreichend leicht übertragbar erscheint:

Abbildung 5: Ablaufmodell strukturierender Inhaltsanalyse (allgemein)

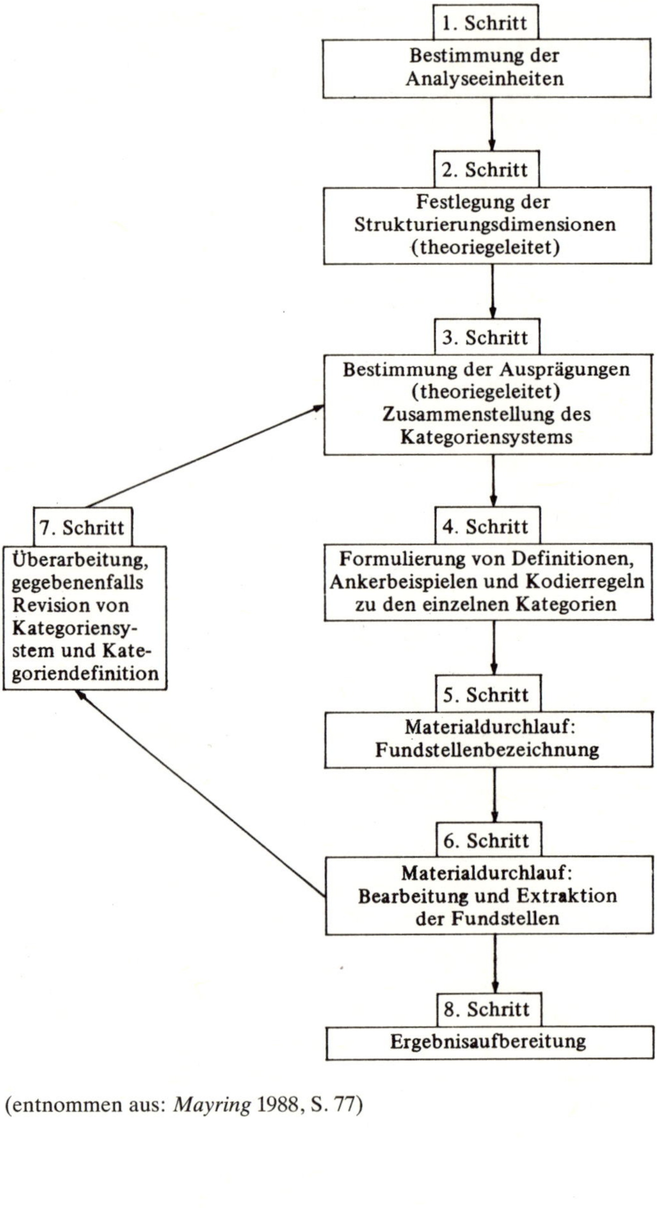

(entnommen aus: *Mayring* 1988, S. 77)

Auch in diesem Ablaufmodell wird eine gewisse Orientierung am quantitativen Paradigma deutlich.

Für die strukturierende Auswertung werden folgende „Regeln" angegeben:

„1) *Definition der Kategorien*
Es wird genau definiert, welche Textbestandteile unter eine Kategorie fallen.

2) *Ankerbeipiele*
Es werden konkrete Textstellen angeführt, die unter eine Kategorie fallen und als Beispiel für diese Kategorie gelten sollen.

3) *Kodierregeln*
Es werden dort, wo Abgrenzungsprobleme zwischen Kategorien bestehen, Regeln formuliert, um eindeutige Zuordnungen zu ermöglichen" (*Mayring* 1988, S. 75).

Mit einem sehr einleuchtenden Beispiel erläutert *Mayring* die drei Grundformen des Interpretierens, die „auch dem Alltagsverständnis davon entsprechen, welche grundsätzlichen Wege man einschlagen kann, um ein zunächst unbekanntes (sprachliches) Material zu analysieren. Dazu möchte ich ein kleines Gedankenexperiment anstellen:
Man stelle sich vor, auf einer Wanderung plötzlich vor einem gigantischen Felsbrocken (vielleicht ein Meteorit?) zu stehen. Ich möchte wissen, was ich da vor mir habe. Wie kann ich dabei vorgehen?
Zunächst würde ich zurücktreten, auf eine nahe Anhöhe steigen, von wo ich einen Überblick über den Felsbrocken bekomme. Aus der Entfernung sehe ich zwar nicht mehr die Details, aber ich habe das ‚Ding' als Ganzes in groben Umrissen im Blickfeld, praktisch in einer verkleinerten Form (*Zusammenfassung*).
Dann würde ich wieder herantreten und mir bestimmte besonders interessant erscheinende Stücke genauer ansehen. Ich würde mir einzelne Teile herausbrechen und untersuchen (*Explikation*).
Schließlich würde ich versuchen, den Felsbrocken aufzubrechen, um einen Eindruck von seiner inneren Struktur zu bekommen. Ich würde versuchen, einzelne Bestandteile zu erkennen, den Brocken zu vermessen, seine Größe, seine Härte, sein Gewicht durch verschiedene Meßoperationen festzustellen (*Strukturierung*)" (*Mayring* 1988, S. 53).

Stufe 9: Die Interpretation.

Auf dieser Stufe der Inhaltsanalyse „werden die Ergebnisse in Richtung der Hauptfragestellung interpretiert" (*Mayring* 1988, S.48). Der Forscher soll die individuellen Darstellungen der Einzelfälle fallübergreifend generalisieren und so zu einer Gesamtdarstellung typischer Fälle anhand der Kategorien gelangen.

Insgesamt kann man dieses inhaltsanalytische Verfahren nur als beschränkt den, aus den Implikationen des interpretativen Paradigmas abgeleiteten, Merkmalen qualitativer Sozialforschung entsprechend betrachten. Dies vor allem aus folgendem Grund: Die individuelle Handlungsfigur wird nicht in ihrer spezifischen Ganzheit und singulären Komplexität wissenschaftlich kontrolliert nachvollzogen, sondern durch analytische Kategorien unter verschiedenen Gesichtspunkten skaliert. Weitere Belege liefert *Mayring* selbst, wenn er sein Vorgehen in Tabellenform darstellt. Dabei wird deutlich, daß seine Analyse eine reduktive und keineswegs explikative ist, wenn der erste Schritt, die Zusammenfassung graphisch dargestellt und formuliert wird: „Damit ist der Zweck der zusammenfassenden qualitativen Inhaltsanalyse erreicht, eine große Materialmenge auf ein überschaubares Maß zu kürzen und die wesentlichen Inhalte zu erhalten. Dieser Reduktionsprozeß läßt sich auch quantitativ darstellen; die Breite der Balken soll den Materialumfang bezeichnen“ (*Mayring* 1988, S. 68).

Abbildung 6: Materialreduzierung durch die Zusammenfassung

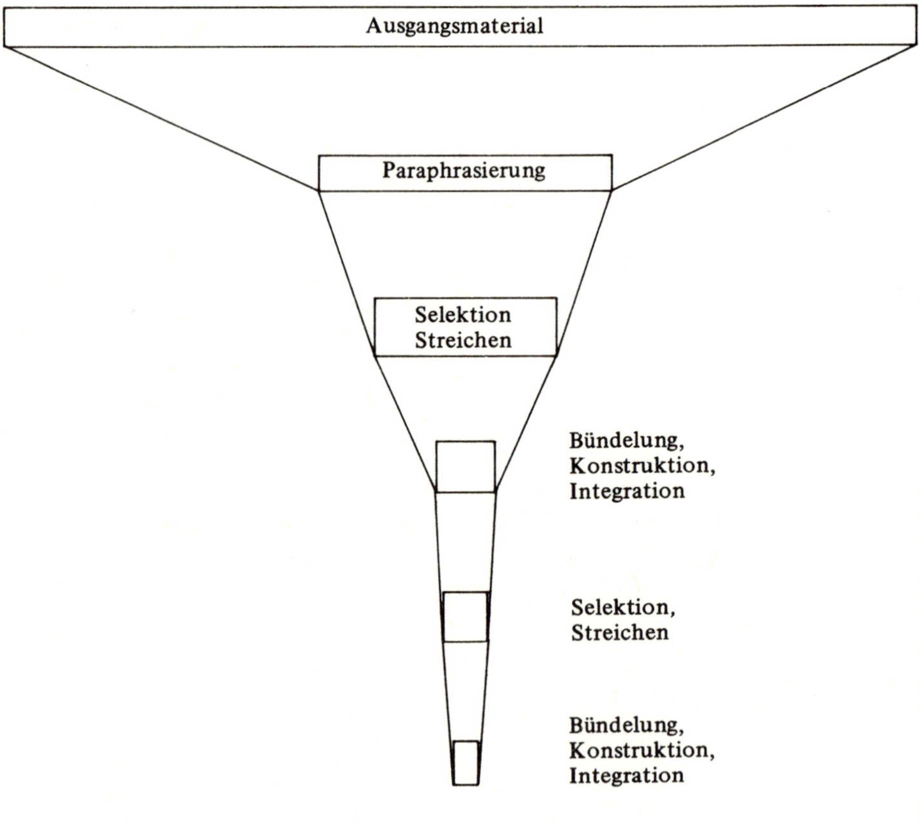

(entnommen aus: *Mayring* 1988, S. 68)

Eine deutliche Orientierung an der quantitativen Form der Inhaltsanalyse ist aber nicht nur bei der Zusammenfassung im Rahmen der Stufe der Analyse festzustellen, sondern auch dann, wenn man das Gesamtmodell abschließend und im Rückblick betrachtet: Zwar wird nicht im eigentlichen Sinne quantifiziert, doch ist in Ablauf und Systematik der Versuch erkennbar, der Methodologie quantitativer Forschung nachzueifern. Gleichwohl ist seine Methode begründet als qualitative zu bezeichnen, weil sie in den Grundlagen dominant an diesem Paradigma orientiert ist.

Abbildung 7: Allgemeines inhaltsanalytisches Ablaufmodell

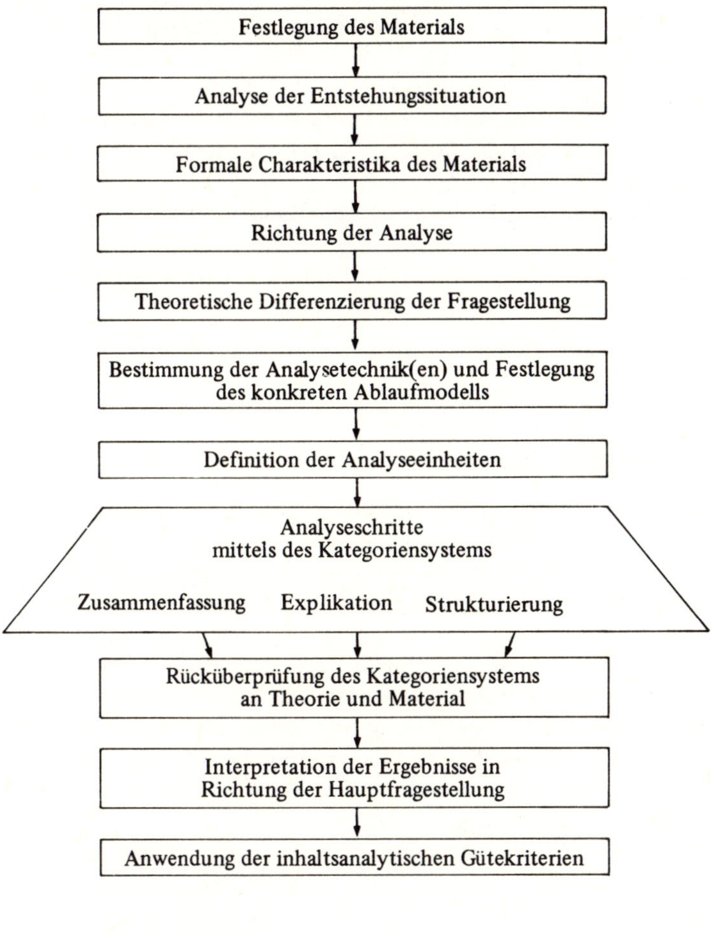

(entnommen aus: *Mayring* 1988, S. 49)

Das diese Form der Inhaltsanalyse eine reduktive ist, zeigt sich bei der Festlegung der *Analyseeinheiten:*

„– Die *Kodiereinheit* legt fest, welches der kleinste Materialbestandteil ist, der ausgewertet werden darf, was der minimale Textteil ist, der unter eine Kategorie fallen kann.
– *Die Kontexteinheit* legt den größten Textbestandteil fest, der unter eine Kategorie fallen kann.
– Die *Auswertungseinheit* legt fest, welche Textteile jeweils nacheinander ausgewertet werden" (*Mayring* 1988, S. 48).

Die eher reduktive, qualitative Inhaltsanalyse nach *Mayring* (1988) läßt sich mit folgenden Schlagworten beschreiben:

- In einer Art explorativen Phase sichtet der Forscher das vorliegende Material und legt danach ein *System von Kategorien* fest, auf die hin das Material untersucht werden soll.
- Als Ausprägungen dieser Kategorien werden Aussagen der befragten Personen aus dem Protokoll durch die interpretativen Techniken *Zusammenfassung*, *Explikation* und *Strukturierung* herausgearbeitet und den Kategorien zugeordnet.
- Zur Charakterisierung des Einzelfalls dient eine *spezifische Merkmalskombination*.
- Schließlich werden die individuellen Einzelfalldarstellungen *fallübergreifend generalisiert*.

5.3.3.2. Die objektive Hermeneutik

Das Verfahren der objektiven Hermeneutik wurde von U. *Oevermann* und Mitarbeitern ursprünglich im Rahmen familientherapeutischer und sozialisationssoziologischer Untersuchungen entwickelt (*Oevermann* et al. 1979). Gerade die sozialisationssoziologische Orientierung hat eine starke Affinität zur biographischen Perspektive. Die primäre, familiale Sozialisation wird auch in der Biographieforschung in das Interessensfeld gerückt, weshalb auch dort die objektive Hermeneutik praktiziert werden kann. Im Rahmen der familiensoziologischen Studien diente die objektive Hermeneutik zur Auswertung transkribierter Interviews, die mit Angehörigen therapeutisch behandelter Familien geführt wurden. In den letzten Jahren wurde dieses Verfahren aber auch in andere Bindestrich-Soziologien transferiert und auf deren Gegenstände angewendet.

Parallel zu dieser Ausweitung wurde auch das Anwendungsfeld der objektiven Hermeneutik ausgedehnt. Nicht mehr nur transkribierte Interviewprotokolle, sondern auch Kontaktanzeigen (*Nagler/Reichertz* 1986) und Sequenzen aus Fernsehfilmen (*Lenssen/Aufenanger* 1986) werden objektiv hermeneutisch ausgewertet.

Ganz allgemein gilt, daß „in welchem Medium und in welcher technischen Form auch immer protokollierte Interaktionen ... den eigentlichen Gegenstand der Interpretation darstellen“ (*Oevermann* et al. 1983, S. 95). Hauptgegenstand der objektiven Hermeneutik bleibt aber, wie für alle inhaltsanalytischen Verfahren, der Text, die verschriftete Form sprachlicher Kommunikation, die ihrerseits alltagsweltliche Interaktionsfiguren repräsentiert. Eine interessante, quantifizierende Variante der objektiven Hermeneutik ist jüngst von *Mathes* (1988) vorgestellt worden.

Die objektive Hermeneutik ist aber nicht nur ein Verfahren zur inhaltsanalytischen Auswertung. Vielmehr handelt es sich um ein *komplettes Forschungsdesign, das sowohl Anweisungen über die Auswahl der Untersuchungseinheiten, über die Art der Erhebung und die Charakteristika der Interpreten umfaßt.* Die von den Interpreten sequentiell durchgeführte Feinanalyse stellt das eigentliche inhaltsanalytische Verfahren der objektiven Hermeneutik dar.

Ziel des inhaltsanalytischen Verfahrens der objektiven Hermeneutik ist die Herausarbeitung der hinter den Einzelhandlungen liegenden *latenten Sinnstrukturen*, die auch als *objektive Bedeutungsmöglichkeiten* bezeichnet werden. Diesen latenten Sinnstrukturen wird eine eigenständige Realität zugestanden, „unabhängig davon, ob sie von den an der Interaktion beteiligten Subjekten intentional realisiert wurde oder nicht“ (*Oevermann* et al. 1983, S. 98). *Individuelle Handlungsfiguren sind Ausformungen latenter, objektiver Sinnstrukturen.* Weder die tatsächlichen Bedeutungszuweisungen der interagierenden Subjekte, noch die unter strategischen Gesichtspunkten abgesetzten Bedeutungszuweisungen, sollen analysiert werden, sondern die in der gegebenen Gesellschaft vorhandenen, gängigen und daher objektiven Deutungsmöglichkeiten einer Interaktion. Erst nach der Explikation unmittelbar einsichtiger Präsuppositionen und aller noch so unwahrscheinlicher Deutungsmöglichkeiten eines Interaktes der untersuchten Person, wird iterativ und rekursiv, die wahrscheinlichste Version herausgearbeitet. Diese ist aber wiederum nicht mit der tatsächlichen Bedeutungszuschreibung des interagierenden Subjekts zu verwechseln.

Hier zeigt sich der ursprüngliche Entstehungszusammenhang der objektiven Hermeneutik: Aus der Differenz der herausgearbeiteten wahrscheinlichsten latenten Sinnstruktur zu den tatsächlichen Bedeutungszuweisungen sollen familienspezifische Fehlentwicklungen in der primären Sozialisation nachgewiesen werden. „Der Fall bekommt somit auf einer Kontrastfolie Kontur“ (*Heinze* 1987, S. 78).

Die objektive Hermeneutik macht Aussagen über die objektive, gesellschaftlich gängige Deutungsmöglichkeit einer Situation und deren subjektive Deutung. Bei der Distribution der objektiven Hermeneutik in die Bindestrich-Disziplinen der Sozialwissenschaft ist das kontrastierende Vorgehen immer weiter in den Hintergrund getreten. Bei der Analyse von Kontaktanzeigen (*Nagler/Reichertz* 1986) und Filmausschnitten (*Lenssen/Aufenanger* 1986) werden oft nur die latenten Sinnstrukturen expliziert, also die Regeln genannt, die in den subjektiven Handlungsfiguren ausgeformt werden. Es soll nachdrücklich betont werden, „daß es sich nicht um Aussagen über die psychische Realität des Falles handelt, sondern um die gedankenexperimentelle Auslegung von Sinnstrukturen, die das beobachtbare Handeln des Falls unter Heranziehung unproblematischer Daten über den Kontext dieses Handelns pragmatisch sinnvoll erscheinen" (*Oevermann* zitiert nach *Heinze* 1987, S. 89) lassen.

Die Suche nach objektiven Bedeutungsmöglichkeiten und die Herausfilterung der wahrscheinlichsten Version darf nach *Oevermann* kein einzelner vornehmen. Vielmehr sind dazu mehrere, einander kontrollierende und inspirierende Forscher notwendig. „Die Arbeit in einer Gruppe ist ... sehr wichtig, um zu einer möglichst umfangreichen Sammlung möglicher Lesarten zu kommen" (*Heinze* 1987, S. 77). Wichtig ist, daß die Forscher dieser Gruppe ihre Positionen nicht durch Kompromisse in der Art des arithmetischen Mittels ausgleichen, sondern „geradezu streitsüchtig ihre Interpretationen möglichst lange mit Argumenten gegen Einwände" aufrechterhalten, „damit diese, wenn sie scheitern, möglichst informationsreich scheitern" (*Oevermann* et al. 1983, S. 110).

Außerdem fordert *Oevermann*, „daß nicht Subjekte, deren Sozialisationsprozeß noch nicht abgeschlossen ist, die Last der Interpretation von Interaktionstexten übernehmen" (*Oevermann* et al. 1983, S. 109). Diesen Personen steht, ebenso wie ausgeprägt neurotischen Interpreten nicht das vollständige Set an latenten Sinnstrukturen der Gesellschaft, in der sie leben, zur Verfügung.

Die drei wichtigsten Strategien, im Sinne der objektiven Hermeneutik zu verfahren, sind:

1. Die *Feinanalyse* als die am besten ausformulierte Variante, die vor der Inhaltsanalyse den äußeren Kontext und die Art des Interaktionstyps interpretiert und bei der Textanalyse berücksichtigt (vgl. *Oevermann et al.* 1983).
2. Die *Sequenzanalyse*, die Schritt für Schritt jeden Interaktionsbeitrag analysiert, ohne den inneren oder äußeren Kontext der Äußerungen zu berücksichtigen (vgl. *Nagler/Reichertz* 1986).
3. Die *Strukturanalyse,* in der vor der Inhaltsanalyse die verfügbaren, objektiven Sozialdaten aller an der Interaktion Beteiligten vor dem Interaktionsinhalt interpretiert werden. Dabei wird zwischen „Lebensverlauf" und dessen subjektiver Schilderung durch die Interviewten differenziert. Am Anfang einer Strukturanalyse steht nicht – wie etwa bei der Sequenzanalyse – die Interpretation des Gesprächsbeginns beim ersten Interview, sondern die Analyse des zeitlich frühesten, vom Interviewten berichteten Handlungsereignisses (vgl. *Schneider* 1988).

Während Sequenz- und Strukturanalyse in unterschiedlicher Weise den chronologischen Aspekt eines Textes berücksichtigen, stellt die *Feinanalyse* das eigentlich inhaltsanalytische Vorgehen im Rahmen der objektiven Hermeneutik dar, bei dem verschriftete Interaktionsprotokolle interpretiert werden. Wie bei allen Interpretationsverfahren besteht der erste Teil der Feinanalyse darin, die jeweils für einen Fall zutreffende Kommunikations- bzw. Handlungsfigur zu rekonstruieren. Dies erfährt in der Fallrekonstruktion in der objektiven Hermeneutik eine besondere Wendung: Nicht die tatsächlichen, subjektiv gemeinten Deutungen einer Handlungsfigur werden rekonstruiert, sondern die wahrscheinlichste objektive Bedeutungsmöglichkeit. Der erste Teil der Interpretationsphase wird in der Feinanalyse durch die Ebenen null bis sechs repräsentiert.

Im zweiten Teil der Interpretationsphase werden dann Aussagen über allgemeine familiensoziologische Zusammenhänge getroffen (also Muster gebildet). Dieser zweite Teil der Interpretationsphase wird in der Feinanalyse durch die Ebene sieben repräsentiert. Voraussetzung für die Feinanalyse ist, daß die zu untersuchende Interaktion als schriftliches Protokoll aller kommunikativen Akte der beteiligten Personen vorliegt. Elementare Untersuchungseinheit ist ein einzelner kommunikativer Akt, eine einzelne sprachliche Äußerung (eine Phrase, ein Satz o.ä.).

Konkret *gliedert sich die Feinanalyse in acht Ebenen* (in einer anderen Veröffentlichung sind es neun). Ursprünglich waren nur drei Ebenen 1, 2 und 3 ausformuliert, aber „es zeigte sich dann sehr bald, daß die ursprüngliche Ebene 3 weiter ausdifferenziert werden mußte in die Ebenen 0, 6 und 7. Dies folgt, wie noch zu erläutern sein wird, aus den Eigenarten der sequentiellen Analyse eines Protokolls. Im folgenden werden die Ebenen im einzelnen ausführlich erläutert" (*Oevermann* et al. 1983, S. 112).

Ebene 0: Explikation des einem Interakt unmittelbar vorausgehenden Kontextes.
Hier wird der Interaktionskontext aus der Sicht des Interagierenden analysiert. „Eine sorgfältige Explikation auf dieser Ebene ist für die gesamte Analyse entscheidend" (*Oevermann* et al. 1983, S. 112), denn die vorangegangenen Interakte grenzen die Handlungskontingenz für den Akteur stark ein. Eine intensive Kontextanalyse ist daher für das Verständnis der Stellung des Interakts und für die Analyse der im Interakt vorgenommenen Bedeutungsanknüpfungen unabdingbar. Dabei werden idealiter die Handlungsalternativen für alle an der Interaktion beteiligten Personen nach dem, der zu untersuchenden Kommunikation vorausgegangenen, Interakt bestimmt.

Als Protokoll der Interakte liegt aber nur die den Interakt begleitende, verbale Kommunikation in verschrifteter Form vor. Es ist für die qualitative Sozialforschung geradezu konstitutiv, daß sie auf die, die Interaktion begleitende, Kommunikation zurückgreift, weil erst diese einen Interakt in der sozialen Wirklichkeit verortet, um zu Aussagen über Handlungsmuster in einer Gesellschaft zu gelangen. Doch bedeutet der Rekurs auf die schriftliche Kommunikation eine Einschränkung, die auch Auswirkungen auf die vorfindbaren Handlungsfiguren hat. Nonverbale Kommunikation wird nicht wahrgenommen und erst die Ausdehnung der Anwendung der objektiven Hermeneutik auf Filmmaterial (vgl. *Lenssen/Aufenanger* 1986) beseitigt dieses Defizit. Für die sich auf schriftliche Protokolle stützende Feinanalyse aber gilt, daß non-verbale Kommunikation, Minenspiel und passive Formen der Interaktion (dulden) nicht rekonstruierbar sind.

Die Beschränkung der Analyse auf dieser Ebene auf die verschrifteten Protokolle verbaler Kommunikation ist aber nicht die einzige Einschränkung bei der Analyse der Ausgangslage vor dem zu untersuchen Interakt. Eine zweite wird durch die Komplexität einer Interaktion begründet. Denn „eine zwischen mehreren Subjekten ablaufende Interaktion läßt sich nicht, wie das soziologische Forschung häufig reifizierend unterstellt, aus einzelnen Handlungen zusammenaddieren, sondern ist ein permanenter Prozeß zwischen allen Beteiligten" (*Oevermann* et al. 1983, S.113). Eine Analyse dieses komplexen Prozesses muß also zwangsläufig eine analytische Definition einzelner Handlungen beinhalten. Kontrolle und Beeinflussung eines Interakts durch einen anderen Interakt während desselben kann kaum berücksichtigt werden.

Aus den beiden genannten Restriktionen ergibt sich, daß eine „erschöpfende, systematische Explikation der Handlungsalternativen aus der Sicht aller anwesenden Personen in vielen Fällen zu aufwendig angesichts des Erkenntnisgewinns" (*Oevermann* et al. 1983, S. 113) ist.

Ebene 1: Paraphrase der Bedeutung eines Interakts gemäß dem Wortlaut der begleitenden Verbalisierung.

„Kriterium für die Paraphrasierung ist das Verständnis, das die begleitende Verbalisierung beim unterstellten ‚normalen' kompetenten (weil normal sozialisierten; Anm. S.L.) Sprecher der deutschen Sprache auslößt" (*Oevermann* et al. 1983, S. 113). Entsprechend dem ursprünglichen Entstehungszusammenhang der objektiven Hermeneutik – familienspezifische Fehlsozialisierungen sollen durch eine objektive Bedeutungsfolie kontrastierend dargestellt werden – wird auf dieser Ebene der objektive Bedeutungsgehalt des Interakts paraphrasiert und nicht der möglicherweise abweichende subjektiv gemeinte Bedeutungsgehalt.

Der die objektive Hermeneutik anwendende Forscher bezieht die Kompetenz zur Paraphrasierung der objektiven Bedeutung aus der Tatsache, daß ihm als normal sozialisiertem Alltagssubjekt die Regeln zur Dechiffrierung und Paraphrasierung von Interakten schon zur Verfügung stehen. „Damit ist ausgesprochen, daß die praktischen Verfahren der objektiven Hermeneutik sich nicht prinzipiell erkenntnislogisch von den Verfahren des Alltagswissens unterscheiden, aber im Sinne einer Kunstlehre ihren Gegenstand approximativ zu erschließen suchen" (*Oevermann* et al. 1983, S. 108).

Ebene 2: Explikation der Intention des interagierenden Subjekts.

Nachdem in den beiden vorangegangenen Ebenen die Ausgangslage insoweit analysiert wurde, als alle prinzipiell möglichen verbalen Interakte expliziert wurden und dann die objektive Bedeutung des untersuchten Interakts vor diesem Hintergrund erschlossen wurde, werden auf dieser Ebene „extensiv und bewußt auch spekulativ Vermutungen über die Bedeutung und die Funktion des Interakts aufgestellt, die das interagierende Subjekt ‚bewußt' durchsetzen, realisieren und hervorrufen wollte" (*Oevermann* et al. 1983, S. 114f).

Der Interpret geht auf dieser Ebene davon aus, daß es einen Unterschied zwischen der objektiven Bedeutung des Interakts und dem mit ihm vom interagierenden Subjekt verbundenen Sinn gibt. Dies erklärt sich aus der Entstehungsgeschichte der objektiven Hermeneutik: Ursprünglich sollten familienspezifische Fehlsozialisationen anhand der Differenz zwischen den beiden Bedeutungsebenen aufgezeigt und durch bestimmte Kommunikationsstrukturen innerhalb der Primärgruppe erklärt werden.

Die Bedeutungsebene der subjektiv gemeinten Intention grenzt *Oevermann* von der objektiven Bedeutung wie folgt ab: „Als Abgrenzungskriterium für die Interpretation auf dieser Ebene kann allgemein formuliert werden, daß zur Sprecherintention realiter nur das gerechnet werden darf, was ein Sprecher in der Situation, würde man ihn unmittelbar mit der Rekonstruktion seiner Intention konfrontieren, als ihn tatsächlich motivierend akzeptieren würde, wenn man ihm Wahrhaftigkeit dabei unterstellen dürfte“ (*Oevermann* et al. 1983, S. 115).

Ebene 3: Explikation der objektiven Motive des Interakts und seiner objektiven Konsequenzen.

„Die Interpretationen auf dieser Ebene gehen von der Überzeugung aus, daß verbalisierte Interakte (aber nur diese) objektiv gleichsam Träger von möglichen Sinnstrukturen oder Sinntexturen darstellen und insofern als soziale Strukturen abgelöst von der aktuellen Intention des Sprechers Sinn konstruieren, soziale Realität setzen“ (*Oevermann* et al. 1983, S. 115). Die objektive Bedeutung des Interakts selbst grenzt die Handlungskontingenz der nachfolgenden Interakte ein.

Zur Explikation auf dieser Ebene werden, gemäß der Definition des explikativen Vorgehens, eine Reihe von zusätzlichen Informationen an die zu interpretierende Textstelle herangetragen:

(a) Erkenntnisse und Fakten aus *anderen Textstellen und Szenen*,
(b) Informationen über individuelle, *persönlichkeitsspezifische Dispositionen* des Sprechers,
(c) Informationen über die *Sozialisationsbedingungen* des Sprechers vor allem in der primären Sozialisation und
(d) spezifische Informationen, die durch den heuristischen Einsatz *theoretischen Wissens* gefunden werden.

Diese zusätzlichen Informationen verwendet der Interpret, um die objektiven Motive, also diejenigen, die ein normal sozialisierter Sprecher mit dem Interakt verbinden würde, herauszustellen. Inwieweit diese objektiven Motive von dem tatsächlichen Sprecher bewußtseinsmäßig realisiert werden, „ist dann eine für die Erklärung der innerfamilialen Kommunikationsstruktur entscheidende Information“ (*Oevermann* et al. 1983, S. 115) und gibt darüber Auskunft, ob und in welcher Weise Fehlsozialisationen durch Kommunikationsstrukturen vermittelt werden.

In der Feinanalyse tauchen immer wieder die spezifischen familiensoziologischen Blickwinkel auf, doch wird diese Besonderheit der objektiven Hermeneutik bei der Transferierung in andere Anwendungsbereiche vernachlässigt.

Ebene 4: Explikation der Funktion des Interakts in der Verteilung von Interaktionsrollen.

Auf dieser Ebene wird untersucht, in welche Richtung sich die weitere Interaktion entwickeln kann. Hier wird die Tatsache expliziert, daß ein Interakt für die nachfolgenden Interakte die Handlungskontingenz einschränkt und sich seinerseits in die durch die vorangegangenen Interakte eingeschränkte Handlungskontingenz einfügen muß. Es wird also einerseits untersucht, „inwieweit der Interakt sich den pragmatischen Verpflichtungen der vorangegangenen Interakte fügt" (*Oevermann* et al. 1983, S. 117). Andererseits wird aber auch beleuchtet, „inwieweit ein Interakt Restriktionen für die Interaktionschancen der übrigen Beteiligten setzt" (*Oevermann* et al. 1979, S. 400).

Diese Ebene 4 wird von *Oevermann* für insgesamt weniger wichtig gehalten.

Ebene 5: Charakterisierung sprachlicher Merkmale des Interakts.

Hier werden syntaktische, semantische und pragmatische Besonderheiten der Verbalisierung des Interakts festgehalten, bzw. die Normalität des untersuchten Sprechakts bezüglich dieser Merkmale konstatiert. Diese Informationen sollen eine spätere sprachsoziologische Analyse der Kommunikationsstruktur unterstützen.

Ebene 6: Exploration des Interpretationsakts auf durchgängige Kommunikationsfiguren.

Auf dieser Ebene der Feinanalyse werden die Ergebnisse der bisherigen Analyse eines untersuchten Interakts mit den Befunden der Feinanalyse anderer Interakte verglichen. Dieser Vergleich soll den Forscher und Interpreten zu verschiedenen Befunden führen:

(a) Es „muß jeweils begründet werden, inwiefern ein Interakt eine bis dahin nicht abzuweisende Interpretationsalternative, plausibler, weniger plausibel oder gar unsinnig werden läßt" (*Oevermann* et al. 1983, S. 119). Diese Begründungsversuche ermöglichen es dem Forscher, die Zahl der weiter zu explizierenden Bedeutungsmöglichkeiten zu verringern. Bestimmte, besonders unplausible Versionen können ausgesondert werden.
(b) Dieser Selektionsvorgang kann im Idealfall den Forscher „zur Rekonstruktion einer sogenannten Kommunikationsfigur führen" (*Oevermann* et al. 1983, S.118), die durchgängig in allen Interakten zu finden ist.
(c) Schließlich konfrontiert der Forscher die Befunde mit seiner vor der Feinanalyse aufgestellten Gesamtcharakterisierung des Falls. Diese kann gestützt oder aber revidiert werden.

Ebene 7: Explikation allgemeiner Zusammenhänge.

Auf der vorangegangenen Ebene hat der Forscher versucht, eine durchgängige kommunikative Figur herauszuarbeiten (eine kommunikative Figur, die sich auf die objektive, latente Bedeutung der Interakte bezieht, und daher schon eine wissenschaftliche Konstruktion darstellt). Auf dieser Ebene wird die gefundene Figur einerseits mit anderen Figuren kontrastiert und andererseits in gewisser Weise verallgemeinert. Diesen Vorgang der Verallgemeinerung nennt man im Einzelfall-approach der qualitativen Sozialforschung *Typisierung oder Musterbildung*. (Was man unter der Bildung eines Muster zu verstehen hat, hat Max *Weber* (1968, S. 5) mit seiner Definition vom *Idealtypus* eindrücklich vor Augen geführt.)

(Ebene 8: Unabhängige Prüfung der auf der Vorebene formulierten, allgemeinen Hypothesen anhand von Interaktionsfolgen aus weiteren Fällen.)

Ein kurzes Beipiel soll die Methode der Feinanalyse in der objektiven Hermeneutik verdeutlichen, wobei wir auf *Oevermann* et al. (1979, S. 403 ff) zurückgreifen:

Beispiel:
Am Abend möchte der Vater (V) für die Kinder eine Fernsehsendung einschalten, was ihm aber nicht gelingt; die Mutter (M) kommt herein, registriert das vergebliche Bemühen des Vaters, geht zum Fernsehgerät und findet auf Anhieb das vorgesehene Programm (BK ist im Protokoll die Abkürzung für Beobachterkommentar).

„1M1 'Hm? Hm?'
2V1'Da stimmt irgendetwas nicht mit der Skala.'
BK: M. hat sofort gefunden. V. etwas sauer deswegen, offensichtlich.
3M2 'Die Ruth, die spielt da immer so viel dran.'
BK: V. steht jetzt auf. Studiert das Programm."

Die zweite Zeile des Protokolls wird durch die Feinanalyse wie folgt interpretiert:

„0 M. hat V. zur Kommentierung oder Erklärung indirekt aufgefordert. V. hat objektiv versagt in bezug auf ein Handlungsziel, das vorher von ihm selbst den Kindern gegenüber als wichtige Veranstaltung thematisiert worden ist. M. hat ihn ‚geschlagen', sie ist objektiv ‚besser' gewesen. V. könnte jetzt diese Niederlage einfach übergehen, weil sie im Grunde unwichtig ist, er könnte bei M. nachfragen, wieso er das nicht gefunden hat, woran es wohl gelegen hat, er könnte aber auch bis hin zur Ironie die technische Kompetenz der Frau loben und so wieder in das gemeinsame Handlungssystem der Familie integrieren. V. steht weiterhin vor dem Problem, seine ‚angeschlagene Stellung' vor den Kindern wieder herzustellen beziehungsweise zu prüfen, wie von den Kindern, aber auch von seiner Frau die Niederlage aufgenommen worden ist. Gleichzeitig scheint deutlich spürbar zu sein, daß er verärgert ist. V. steht also vor dem Problem, diesen Ärger angemessen in seiner Selbstdarstellung unterzubringen. Weiterhin: Er kann die Gründe für sein Scheitern bei sich selbst suchen oder auf andere projizieren.

1 V. kommentiert seinen Mißerfolg: Daß er die richtige Einstellung nicht gefunden habe, lieg daran, daß mit der Skala irgendetwas nicht stimme.

2 V. will seinen Mißerfolg erklären. Er sucht dafür eine äußere Ursache, die aber unklar bleibt. An ihm selbst könne es nicht gelegen haben. Berücksichtigt man, daß für V. die funktechnischen Geräte stark ‚besetzt' sind und er deren Bedienung offensichtlich zum Bestandteil seiner Kompetenzansprüche macht, so wird plausibel, daß V. seine Kompetenz dadurch wiederherstellen möchte, daß er unbekannte, außer ihm selbst liegende Gründe für sein Scheitern anführt. Gleichzeitig enthält diese Nennung äußerer unbekannter Gründe ein latente Anklage der Familie gegenüber: Irgendwas ist mit seinen Geräten passiert, was nicht in Ordnung ist. Dafür muß eine Erklärung abgegeben werden.

3 a) Gegenüber dem Auditorium macht V. durch diesen Kommentar seine Kompetenzgefährdung durch diesen vergleichsweise harmlosen Anlaß erst zu einem ‚issue'. Er fordert seine Kompetenz in der Haltung defensiv und an der Mitteilungsoberfläche nach außen projizierend zurück in einer sozial wenig erfolgreichen Weise. Denn klar ist ja, daß, welche

Gründe auch immer sein Scheitern bedingt haben, sie die M. nicht daran hindern konnten, innerhalb kürzester Zeit die richtige Einstellung zu finden. Erfolgreicher wäre es gewesen, die Mutter direkt danach zu fragen, durch welches Wissen sie sofort Erfolg haben konnte, statt nach dubiosen äußeren Ursachen zu fragen. Diese erfolgreichere Strategie kann V. nicht einschlagen, weil er nicht souverän genug ist, seine Kompetenzansprüche über ein so vergleichsweise harmloses Mißgeschick erhaben sein zu lassen" (*Oevermann* et al. 1979, S. 403).

Allfällige familiensoziologische Hypothesen werden auf dieser Ebene daraufhin untersucht, ob sie durch die empirischen Befunde gestützt werden oder dieser zuwiderlaufen. „Man folgt hier nicht der Strategie der naiven Falsifikation durch einen negativen Fall, sondern versucht an für die Geltung von Hypothesen relevanten Beispielen deren theoretische Begründung zu modifizieren oder weiter zu differenzieren beziehungsweise zusätzliche Bedingungen ihrer Geltung ausfindig zu machen" (*Oevermann* et al. 1983, S. 120).

Die objektive Hermeneutik kann von verschiedenen theoretischen Positionen aus kritisiert werden. *Heinze* (1987) fragt z.B., ob es gerechtfertigt erscheint, von einem kompetenten Sprecher auszugehen, der mit allen Regeln der intentionalen Sprachverwendung vertraut ist. Und er stellt die weitere Frage, inwieweit der Interpret eines Textes den tatsächlich wesentlichen Kontext überhaupt erfassen und ob er dem Text gegenüber gleichbleibend seine eigene Subjektivität zurücknehmen kann. *Reichertz* (1991) meint, daß man das hermeneutische Verfahren als zeitaufwendig und unökonomisch bezeichnen könnte. „Auch könne man Interpretationen nicht mehr falsifizieren, da es im Oevermann'schen Konzept, sich reproduzierende *und* transformierende Strukturen gäbe. Der Interpret könne nicht unterscheiden, ob es sich bei einer im Text neu auftauchenden Struktur, um eine Falsifikation der zu überprüfenden Strukturhypothese handelt, oder um deren Transformation, was die ursprüngliche Hypothese verifizieren würde" (*Reichertz* 1991, S. 227).

Das Verfahren der objektiven Hermeneutik kann im Überblick wie folgt skizziert werden:

- Die objektive Hermeneutik ist nicht ausschließlich ein *Verfahren für die inhaltsanalytische Auswertung von Texten*. Vielmehr lassen sich aus ihm auch Anweisungen über die *Auswahl der Untersuchungseinheiten*, die *Art der Erhebung* und die *Charakteristika der Interpreten* ableiten.
- Ziel des inhaltsanalytischen Verfahrens der objektiven Hermeneutik ist die Herausarbeitung der hinter den Einzelhandlungen liegenden *latenten Sinnstrukturen*. Diesen wird eine eigenständige Realität zugestanden, „unabhängig davon, ob sie von den an der Interaktion beteiligten Subjekten intentional realisiert wurde oder nicht" (*Oevermann* et al. 1983, S.98).
- Eine Gruppe von Forschern sammelt in einem ersten Schritt *alle objektiv möglichen Bedeutungen eines Interakts*, und sondert dann in einem zweiten Schritt die *wahrscheinlichste Bedeutung* aus.

- Die *Feinanalyse stellt das eigentlich inhaltsanalytische Verfahren der objektiven Hermeneutik* dar. Durch sie wird die für den einzelnen Fall zutreffende objektive Bedeutung eines kommunikativ vermittelten Interakts herausgearbeitet.
- Die Feinanalyse gliedert sich in acht (bzw. neun) Ebenen, die auf *jede einzelne Textstelle* angewandt werden müssen.
  - Ebene 0: Explikation des einem Interakt unmittelbar vorausgehenden Kontextes.
  - Ebene 1: Paraphrase der Bedeutung eines Interakts gemäß dem Wortlaut der begleitenden Verbalisierung.
  - Ebene 2: Explikation der Intention des interagierenden Subjekts.
  - Ebene 3: Explikation der objektiven Motive des Interakts und seiner objektiven Konsequenzen.
  - Ebene 4: Explikation der Funktion des Interakts in der Verteilung von Interaktionsrollen.
  - Ebene 5: Charakterisierung sprachlicher Merkmale des Interakts.
  - Ebene 6: Exploration des Interpretationsakts auf durchgängige Kommunikationsfiguren.
  - Ebene 7: Explikation allgemeiner Zusammenhänge.

5.3.3.3. Ausführliches Beispiel für eine inhaltsanalytisch- explikative Auswertung und Interpretation

Nachdem die Ausführungen zu dem explikativen Auswertungsverfahren einerseits sehr allgemein und abstrakt gehalten waren und andererseits sehr idealtypisch dargestellt wurden, ist es an der Zeit, an einem ausführlichen und ausgezeichneten Beispiel praktisch vor Augen zu führen, wie so etwas gemacht werden kann. Die nachfolgend mit der Analyse einer Kontaktanzeige zitierten Autoren betonen in ihren einleitenden bzw. methodischen Bemerkungen, daß ihre explikative Analyse an der „objektiven Hermeneutik orientiert" (*Nagler/Reichertz* 1986, S. 85) ist, daß man aber mit der „Interpretation einer Kontaktanzeige keine exakte Feinanalyse ... *dokumentieren*" (*Nagler/Reichertz* 1986, S.87) möchte. Es bleibt daher dem Leser überlassen, die impliziten sequenzanalytischen Schritte nachzuvollziehen.

Beispiel:
„Text der Kontaktanzeige
„Alleinsein? Nein Danke! ich ♀, 30, 165, 52, Verw.Ang., sehr sensibel, manchmal ganz schön stark, genauso verschmust wie mein Kater, suche Dich ♂. Vorsicht! Wenn ich mich verliebe, dann total (obwohl ich es inzwischen besser wissen müßte), Vorzugsweise Widder, Waage, Wassermann. Keine Spießer, rechtsgerichtete-selbstgerechte Typen! Keine Angst, trotz meiner kurzen Haare, bin ich keine Emanze. Neugierig auf so ein kompliziertes Weib? Dann schreib doch. Chiffre ..."

„Letzte Bemerkung zum eigenen methodischen/darstellenden Vorgehen: Aus der Einleitung dürfte klargeworden sein, daß wir den Versuch, mit Hilfe von Lineal und Zirkel einen Kreis in ein flächengleiches Quadrat zu überführen, sprich: eine ‚echte' Sequenzanalyse zu dokumentieren, in diesem Bericht erst gar nicht in Angriff nehmen werden, sondern daß wir stattdessen nur im Hinblick auf eine Fragestellung (s.o.) ins Detail gehen werden. Dies wirkt sich bei der Darstellung der Interpretation auf folgende Weise aus: (1) es werden kaum Lesarten diskutiert; (2) einiges wird recht extensiv, anderes kaum oder gar nicht interpretiert; (3) die Argumente zu einem Themenbereich werden – entsprechend der Logik argumentativer Texte – stellvertretend für den Leser recht früh gebündelt und zugespitzt. Zudem verzichten wir (fast) ganz darauf, auf wichtige ‚Nebenthemen' hinzuweisen, in diesem Fall z.B. auf die Fragenkreise: Wie signalisiert man Zugehörigkeit und wie grenzt man aus? Das Berufskonzept (Verw. Ang.) der Verfasserin im Rahmen eigener Lebensplanung. Geplantes und Erlittenes. Zum Aufbau von Identität. Das unproblematische Nebeneinander von Rationalität und Irrationalität. Zu all diesen Themen – und zu vielen mehr – sagt die o.g. Anzeige etwas, doch wir werden uns darauf beschränken, die Darstellung zwischengeschlechtlicher Intimität – für diesen Fall – herauszuarbeiten und auf ihre Implikationen hinzuweisen. Nicht mehr, aber auch nicht weniger. Wer an dieser Stelle einwendet, unsere Vorbemerkungen immunisierten im vorneherein gegen aufkommende Kritik, hat objektiv recht: anhand des vorliegenden Textes läßt sich die Triftigkeit unserer Interpretation nicht mehr prüfen – der Leser und natürlich auch die Leserin sind genötigt, den Text selbst sequenzanalytisch zu deuten.

„Alleinsein – Fragezeichen – Nein danke – Ausrufezeichen": eine Frage wird gestellt – alleinsein – Wer fragt sich da, ob er allein sein will oder soll, was bedeutet dieses ‚Alleinsein'? Man kann diese Fragen ganz schön lange ventilieren und wird doch bald zu folgenden Ergebnissen kommen: Der Verfasser (geschlechtsneutral) der Frage nach dem Alleinsein blendet mit seiner Formulierung das fragende Subjekt aus, hebt die Frage auf eine allgemeine Stufe, es wird – stellvertretend für andere – prinzipiell nach dem Wert/Unwert eines ‚Alleinseins' geforscht. Doch die Substantivformulierung ‚Alleinsein' hat noch weitere Konsequenzen: Bezeichnet wird damit nämlich ein *Zustand* eigenen oder fremden Lebens, wohl unterschieden von dem *Ereignis*, daß ich möglicherweise gerade in diesem Moment alleine bin. ‚Alleinsein' meint nun – im Gegensatz zu ‚Einsamsein' - einerseits: „In der Nähe meines Körpers sind keine anderen Menschen" und andererseits: „Dennoch bedeutet etwas für mich meine (transzendentale) Lebensmitte (entweder Beruf, Religion, Familie, Mann, Kinder o.ä.)". Wem diese Interpretation zu weitreichend ist, der soll sich nur einmal dagegen die Bedeutung von ‚Einsamsein' ausbuchstabieren. Dort nämlich heißt es: „Ich habe keine transzendentale Mitte, aber viele Menschen sind in meiner Nähe." Im deutschen Sprachraum kann man trotz eines großen Freundeskreises ‚einsam' sein, doch nie ‚allein'. Erinnert sei an den Typus ‚Einsamer Wolf', der Ende der 60er Jahre – genährt durch die Hesse-Rezeption – massenhaft auftauchte, und auch heute noch in einzelnen Exemplaren aufzufinden ist. In unserer Anzeige stellt sich also nicht ein ‚lonely wolf' eine Frage bezüglich seines Verhältnisses zu anderen Menchen, sondern hier zeigt sich ein anderer Mensch: Er besitzt Lebensmitte (was immer das auch im konkreten Einzelfall sei), ja die Frage danach ist für ihn und andere (selbstverständlich) nicht thematisch, – was unser Frager thematisiert, ist die fehlende räumliche Nähe anderer zum eigenen Körper.

Und diese Frage wird verneint – höflich aber bestimmt. „Nein danke!" Nein, ich mag das nicht, wenn kein anderer in meiner Nähe ist. Oder: „Ich möchte, daß ein anderer/andere in meiner Nähe ist/sind." Der Autor unserer Anzeige sagt also mit seinen ersten drei Worten, die entsprechend der Logik von Annoncen fett gedruckt sind, vor dem Hintergrund objektiver Sprachbedeutung folgendes:

(1) *„Ich bin nicht einsam, finde beispielsweise in Beruf, Religion, Politik, Familie, Kind u.ä. meinen Lebenssinn. (2) In der Nähe meines Körpers sind keine oder zu wenige Menschen. (3) Letzteres finde ich unangenehm, bzw. ist prinzipiell nicht gut."*

Berücksichtigen wir jetzt noch unser Wissen um die Pragmatik von Kontaktanzeigen, dann läßt sich die Deutung noch weiter verschärfen: In Kontaktanzeigen suchen Menschen (meist) andersgeschlechtliche andere. In der Regel wird, da man auf andere Weise niemanden gefunden hat oder finden wollte, mit Hilfe eines Zeitungsinserates nach einem anderen Menschen gesucht, den man sympathisch finden kann, mit dem man sich gerne unterhält, mit dem man etwas unternimmt, den man schätzt, achtet, gern hat, liebt, mit dem man schläft, den man kennen will, dem man trauen kann und dem man vertraut ist, mit dem man Urlaub machen kann, mit dem man zusammen wohnen will. Spätere Heirat, Kinder und Eigenheim nicht ausgeschlossen. Manche suchen jemanden „für immer", sei es, daß sie in Ehe und Familie die Sinnmitte allen Lebens vermuten, sei es daß es um handfeste Versorgung geht. Andere suchen jemanden „auf Zeit". Es gehört nicht viel Phantasie dazu, unsere Interpretation unter Inrechnungsstellung der Pragmatik von Anzeigen auf folgende Weise zu ergänzen:

(4) *„Da ich nur jemanden suche, der mein Alleinsein beendet, weiß jeder, der mir antwortet, daß ich nicht plane, ihn zum Hauptinhalt meines Lebens zu machen. Es geht mir erst einmal um die körperliche Präsenz eines anderen Menschen."*

Das oben dargestellte Interpretationsergebnis (1) läßt sich jetzt so modifizieren:

(1.1) *„Ich bin nicht einsam. Ich finde in Beruf, Politik und Religion u.ä. meine Lebensmitte. Eine Gattenbeziehung, gemeinsame Familien- und Lebensplanung sind mir zumindest vorerst nicht so wichtig, sind möglicherweise überhaupt nebensächlich."*

Eins dürfte jetzt schon klar sein – die vorliegende Anzeige steht zwar in der Tradition von Heiratsanzeigen, doch es geht hier nicht um die Suche nach einem Ehegatten (egal aus welchem Motiv), sondern gefragt wird nach einem Menschen, welcher das als unangenehm erlebte ‚Alleinsein' beendet.

Doch die Analyse der fünf Zeichen „Alleinsein? Nein danke!" läßt sich leicht noch weiter fortführen. Betrachten wir als nächstes die *Interaktionsfigur*, die durch die Frage und Antwort konstituiert wird. Um unser Argument zu plausibilisieren, wagen wir erst einmal einen Exkurs in die Alternativszene: Es wird wohl jedem aufgefallen sein, daß die ersten drei Worte der Anzeige einen in den ersten Tagen der Alternativbewegung (was immer das auch sei) kreierten Slogan mit großer gemeinschaftsstiftender Wirkung leicht variieren. Dort hieß und heißt es teilweise heute noch: „Atomkraft? Nein Danke!" Diese Drei-Wort Programmatik hat als Gesinnungsemblem und Zugehörigkeitssignal auf vielerlei (Auto, Fahrrad, Brust, Uhr, Fähnchen u.v.a.m.) Platz gefunden und bringt als Utopie die Interaktionsfigur einer demokratischen Gesellschaft auf den Punkt. Und auch aufgrund dieser inhärenten Gesellschaftsutopie ‚zog' der Slogan so gut. Die zeitlich der Alternativbewegung vorgelagerte Studentenrevolte forderte noch – trotzig zwischen Ohnmacht und Allmacht hin- und herschwankend: „Nieder mit dem US-Imperialismus!" oder „Weg mit dem Sozialimperialismus der UdSSR!" So rief und ruft – aus der Sicht des Bürgers – der Pöbel auf der Straße. Der souveräne Bürger weiß sich da anders zu benehmen. Er betrachtet sich als unabhängiger Souverän, der selbst entscheidet, ob er etwas will oder nicht. Die Parole „Atomkraft? Nein danke!" artikuliert die Utopie des Bürgers als Souverän: Der Frageteil der Interaktion (Atomkraft?) gibt vor, ein Angebot zu unterbreiten („Ich habe ein Atomkraftwerk. Willst du es haben?") Der Gefragte antwortet, nicht ohne Noblesse: „Nein danke!". Der bürgerliche Herr wird nicht ausfallend, er verurteilt nicht und entwickelt keine Panik; er entscheidet souverän: „Nein, Atomkraftwerke will ich nicht!" Man mag nun – angesichts der tatsächlichen Geschichte des Aufbaus eines Netzes von Atomkraftwerken – die Grünen bzw. die Alternativen wegen ihrer Weltblindheit bewundern oder verurteilen, eins können wir jenseits dieser Debatte festhalten: Die Sinnfigur der Frage-Antwort-Interaktion „Atomkraft? Nein danke!" impliziert – ganz im Sinne der Aufklärung – einen freien Bürger, der selbst über die Dinge, die ihn betreffen, entscheidet, der sein Leben aktiv und planvoll gestaltet: von außen wird ihm etwas angetragen – mit Ruhe und Gelassenheit entscheidet der Souverän ganz allein.

Übertragen wir das Gesagte auf die Kontaktanzeige, dann läßt sich erneut unsere Deutung weiter ausbauen. Der Verfasser der Anzeige bringt zum Ausdruck:

(5) *„Der Zustand meines Alleinseins ist mir unangenehm. Ich entscheide mich gegen diesen Zustand, ich will ihn nicht haben. Deshalb greife ich planend in mein Leben aktiv ein, indem ich eine Kontaktanzeige aufgebe. Ich kann das, weil ich Souverän meines Lebens bin."*

Allerdings bringt diese Deutung noch etwas ans Licht, und zwar wenn man den *kategorialen* Unterschied zwischen ‚Atomkraft' und ‚Alleinsein' beachtet. Der Bürger, der das Angebot ‚Atomkraft' ablehnt, weist etwas zurück, was andere produziert haben; es ist ihm äußerlich, er hat an ihm keinen Anteil, für seine Entstehung keine Verantwortung. Das sieht völlig anders beim ‚Alleinsein' aus: wer so tut, als würde das Alleinsein einem von außen, von anderen angeboten, angetragen oder – wie in diesem Falle – auferlegt, der dementiert den eigenen Anteil an seiner Vergangenheit. Unverbunden stehen somit nebeneinander: Reklamation und Dementi von Souveränität – „Ich entscheide über mein Leben – mein Leben ist mir auferlegt." Interessant ist nun zu schauen, wann das Leben als ‚aktiv gestaltet' oder andererseits als ‚passiv erlitten' erlebt wird. Die Grenze verläuft in diesem Fall zwischen dem Einzelnen und seinen Mitmenschen. Der Mensch entscheidet nur souverän, wenn und solange er alleine ist, wenn dagegen andere Menschen mit ins eigene Leben verwoben sind, hat der Souverän seine Freiheit verloren, er erlebt das Leben mit anderen als passiv und auferlegt. Diese Überlegungen fügen der Gesamtinterpretation eine weitere Nuance bei:

(6) *„Andere Menschen beeinträchtigen meine Handlungsfreiheit, und tendentiell besteht die Gefahr, daß durch das Tun anderer mein aktiver Lebensplan zerstört, und mir mein Leben als Last auferlegt wird."*

Doch damit ist die Interpretation noch nicht an ihr Ende gekommen. Noch muß diskutiert werden, welche Folgen es hat, wenn man ein solches Gesinnungsemblem (Atomkraft? Nein danke!) variiert und damit zugleich zitiert. Noch vor fünf Jahren wäre das zustimmende Zitieren des Slogans gleichbedeutend gewesen mit der Aussage: „Ich sympathisiere mit der grün-alternativen Bewegung." ... Berücksichtigt man, daß die Anzeige im Frühjahr 1984 aufgegeben wurde, so lassen sich drei denkbare Lesarten auffinden:

(7) *„Ich signalisiere nicht nur, daß ich alleine bin, sondern auch, daß ich seit langer Zeit die grün-alternative Bewegung unterstütze."*

Diese Lesart halten wir für unwahrscheinlich, da ein langjähriger Aktivist der alternativen Bewegung kaum an der weiteren Entzauberung der ehemaligen Beschwörungsformel mitarbeiten wird. Zumal dürfte die Variation „Alleinsein? Nein danke!" einem alten Engagierten einfach zu gedankenlos sein. Untersuchen wir eine weitere Deutung:

(8) *„Ich signalisiere, daß ich allein bin, und zugleich, daß ich bereit bin, mein Problem in der Sprache der Gruppe auszudrücken, der ich angehören will."*

In diesem Fall handelt es sich um jemanden, der entweder erst kurz in der Gruppe ist oder in sie hinein will. Ohne Wissen um den Bedeutungsverfall beschwört er die gemeinschaftsstiftende Formel; daß er sie gerade durch die (scheinbar authentische) Variation weiter zerstört, bleibt ihm verborgen. Aber es gibt noch eine dritte Deutung:

(9) *„Ich signalisiere, daß ich alleine bin und zugleich, daß ich in der Lage bin, den Slogan der Alternativen entsprechend meinen Bedürfnissen abzuwandeln. Das heißt nicht, daß ich mit denen sympathisiere."*

Wir denken, daß vorerst die Varianten (8) und (9) plausibel sind. Die weitere Analyse wird zeigen, welche sich durchhalten läßt. ...

Nachdem der Verfasser der Anzeige leitmotivisch sein Anliegen vorgebracht hat und damit zugleich einiges über sich selbst mitteilte, thematisiert er im folgenden sich selbst: er stellt sich vor mit dem vielsagenden Personalpronomen „Ich". Das Besondere dieses Zeichens ist es, daß es keinerlei Eigenschaft referiert, sondern einzig und allein reflexiv auf ein Sprach- und Handlungszentrum verweist. Dieses Handlungszentrum ist aller sozialen und biologischen Attribute entkleidet. Eingerückt in die Pragmatik von Kontaktanzeigen erscheint das hochindexikalische „Ich" sinnlos, da es scheinbar keine interessante Information übermittelt – außer der, daß der Verfasser selbst sucht, doch das konnte man sich schon denken.

Fragen wir nach weiteren Motivierungen dieses „Ich", dann lassen sich zwei weitere, einander ergänzende finden: „Ich" kann man als reflexive Bezeichnung sinnvoll benutzen, um ein Sprach- und Handlungszentrum zu bezeichnen, wenn dieses Zentrum entweder bekannt oder dem andern ‚vor den Augen' ist, also in direkter Interaktion (Gespräch). Das „Ich" artikuliert sich als Willenszentrum, weiteres braucht über dieses „Ich" nicht gesagt zu werden, weil es entweder bekannt oder aus der Situation zu erschließen ist. Der Inserent simuliert somit Strukturelemente direkter Interaktion und etabliert damit (möglicherweise) auch ihre Zugzwänge (Aufmerksamkeit, Bereitschaft zur Antwort). Ausformuliert bedeutet dies „Ich":

(10) *„Ich spreche jetzt! Ich erwarte, daß man mir zuhört."*

Eine weitere Motivierungslinie für dieses „Ich" findet sich in der Beachtung eines bereits erworbenen inneren Kontextes der Anzeige, insbesondere unserer Deutung des Wortes ‚Alleinsein', das ja ebenfalls das Verhältnis des Inserenten zu anderen Menschen thematisiert. Dieses „Ich", nicht gebunden an Rolle, Beruf, Alter und Geschlecht, stellt sich dar als von allen Ketten befreites Handlungszentrum. Dieses „Ich" ist das implizite „Ego" des „Cogito, ergo sum". Dieses „Ich" verortet sich nicht in Zeit und Raum, dieses „Ich" ist ein ‚reines' Ich, der ‚wahre' Handlungskern des Organismus: hier das freie, sich selbst bestimmende „Ich", dort die durch Alter, Geschlecht und Beruf u.a. auferlegten Zwänge. Kurz:

(11) *„Ich begreife mich vor allem als aktives Subjekt. Mein Willenszentrum, mein ‚Ich' entscheidet frei und ist nicht in sozialen oder biologischen Ketten gefangen."*

Unschwer läßt sich erkennen, daß hier ein Kind der Aufklärung spricht, ob dieses Kind allerdings bereits die Dialektik der Aufklärung erfahren hat, ist zweifelhaft.

Doch betrachten wir weiter, was dieses „Ich" als nächstes tut – es schreibt: „♀, 30, 1.65, 52". Für den Nichtfachmann in Sachen ‚Kontaktanzeigen' wollen wir diese Zeichen kurz übersetzen: „Geschlecht – Frau, 30 Jahre alt, 1 Meter 65 groß, 52 kg schwer". Dieses „Ich" kleidet sich also ein: zuerst wird das Geschlecht benannt, dann das Alter und damit zugleich die geschlechtstypischen Normalbiographien, dann das Längen- und Breitenwachstum. Nun ist nicht nur interessant, in welcher Reihenfolge sie welche ‚Kleider' anzieht, sondern auch das Aussehen dieser ‚Kleider'. Um ihr Geschlecht zu benennen, hätte sie Wörter wie ‚Dame', ‚Frau', ‚Weib' benutzen können, brauchbar wären auch die Abkürzungen ‚fr.', ‚wbl.' oder die feminine Endung einer Berufs- oder Rollenbezeichnung (‚Mechanikerin', ‚Solistin') und v.a.m. gewesen. Diese Möglichkeiten schließt sie alle aus, statt dessen wählt sie das in der Biologie gängige Zeichen, Geschlechtszugehörigkeit zu markieren, zugleich das Kürzel, das Feministinnen gemeinschaftsstiftend benutzen, indem sie sich mittels Autoaufklebern, Stikkern etc. einander und anderen zu erkennen geben. Vor diesem Hintergrund läßt sich mittlerweile eine Entscheidung zwischen den Lesarten (8) und (9) treffen – sie lautet:

(12) *„Ich gebe mich als aktives Mitglied oder Sympathisant der ‚grün-alternativen Frauenbewegung' zu erkennen."*

Aber die Verwendung des Geschlechtsmarkierers „♀" hat noch weitere objektive Konnotationen. Alle anderen Geschlechtshinweise haben außer der Angabe des Geschlechts mehr oder weniger deutliche Hinweise auf eine soziale Deutung des Sexus. Wer die Grammatik der Sprachspiele der Wörter ‚Dame', ‚Hausfrau', ‚Witwe', ‚Ärztin' und auch ‚Frau' sich anschaut, sieht das leicht. Das aus der Mendelschen Vererbungslehre bekannte Weiblichkeitszeichen besagt demnach eins:

(13) *„Ich bin mit den Geschlechtsmerkmalen einer Frau ausgestattet."*

Sexualität wird nicht über soziale Aufgaben und Rollen definiert, sondern ist ein eigenständiger Bereich, der dem reinen „Ich" am nächsten steht und für sich Wert hat.

Mit ‚30' gibt die Inserentin ihr Alter an. Sofort lassen sich mit Hilfe typischer Normalbiographien einige Hintergrundfolien auslegen. Wir wollen nur ganz kurz zwei Themenbereiche behandeln: Die Berufsentwicklung und die normale Geschlechtsbeziehung. In der Regel ist mit 30 die berufliche Entwicklung weitgehend abgeschlossen (Ausnahme: wissenschaftliche und künstlerische Berufe). Falls studiert wurde, ist die Phase des Praxisschocks bereits überwunden und die tägliche Arbeit zur Routine geworden. Falls nicht studiert wurde, liegt die Ausbildungszeit schon lange zurück, Aufstiegsoptionen sind ausgereizt, der Trott des alltäglichen Jobs wird zwar als lästig, aber als notwendig – auch mit einer Prise Resignation – akzeptiert. Eine weitere Möglichkeit: die Frau hat entweder eine ‚schwache' oder überhaupt keine berufliche Qualifikation, da sie zugunsten eines Mannes oder Kindern die eigene Berufsausbildung zurückstellte. Was in ‚unserem' Fall zutrifft, läßt sich noch nicht sagen. Betrachten wir also erst einmal die Normalitätsfolie ‚Geschlechterbeziehung', die für das Alter 30 typisch ist: Da die Frau per Inserat einen Mann sucht, kann ausgeschlossen werden, daß sie noch in einer glücklichen Gattenbeziehung lebt. Bleibt übrig: entweder ist sie geschieden und hat möglicherweise Kinder, oder sie hat eine oder mehrere ‚Beziehungen' hinter sich. Gewiß hat sie Erfahrungen mit Männern gemacht, schlechte und (hoffentlich) auch gute. Der erste Märchenprinz ihres Lebens hat sich wieder in einen Frosch verwandelt. Hoffnungen auf Liebe und Glück haben sich zumindest anhand einmaligen Erlebens als Illusion herausgestellt. Ernüchtert und nicht mehr so naiv wie in den Tagen der Pubertät begibt man sich in die ‚zweite Runde' der Geschlechtspartnerwahl. Fazit:

(14) *„Ich habe Erfahrungen mit Männern, und nicht nur gute, sonst würde ich jetzt nicht inserieren. Der Mann, der mich kennenlernt, wird damit rechnen müssen, daß ich ihn – zumindest anfangs – mit Hilfe meines Wissens um meine bisherige Interaktionsgeschichte mit Männern behandeln werde."* ...

Doch zurück zum Inserat – nach dem Hinweis auf die eigene Plazierung innerhalb weiblicher Normalbiographien erfolgt eine Grobbeschreibung des Äußeren: ‚1.65, 52', also nicht zu groß und nicht zu klein, nicht zu dick, nicht zu dünn. Das Verhältnis von Körpergröße und Körpergewicht läßt auf eine mittelgroße, schlanke Frau schließen. Leicht auffällig ist das ‚gute' Gewicht für eine Dreißigjährige. Vermutungen sind erlaubt, daß die Inserentin auf ihre Eßgewohnheiten achtet, möglicherweise Sport treibt und (vielleicht) noch keine Kinder hat. Sicheres läßt sich noch nicht sagen.

Weiter im Text: Dort taucht als nächstes die Abkürzung „Verw.Ang." auf, d.h. der berufliche Status wird genannt, nicht die konkrete Tätigkeit. Man kann diesen Hinweis sehr extensiv interpretieren, z.B. in die Richtung, wie es zu einer ‚alternativen Emanzipierten' paßt, Verwaltungsangestellte zu sein; doch das interessiert uns hier nicht, wir wollen lediglich auf einige früher entwickelte Lesarten hinweisen, die jetzt entweder ausgesondert oder präzisiert werden können. Also: eine Verwaltungsangestellte nimmt eine mittlere Position meist innerhalb öffentlicher Verwaltung ein (Straßenverkehrsamt, Finanzamt, Arbeitsamt, Sozialamt). In der Regel benötigt man kein Studium, sondern die Bewerber werden in einer dreijährigen Lehre praktisch ausgebildet. Mittlere Reife ist von Vorteil, das Abitur schadet (natürlich) nicht. Die Arbeit einer Verwaltungsangestellten ist nie so beschaffen – ‚Vorgänge' müssen entsprechend den einschlägigen Vorschriften bearbeitet werden –, daß sie besonders reizvoll, gesellschaftspolitisch relevant oder spektakulär sein könnte. Verwaltungsarbeit vollzieht sich im Stillen – Anlaß mit ihr einen Lebenssinn in Verbindung zu bringen, gibt es nicht. Verwaltungsarbeit ist Broterwerb, dort ist kein Platz für Heldentum. Diese Beschreibung hat Auswirkungen auf frühere Lesarten. So muß Interpretationssatz (1) jetzt lauten:

(1.2) *„Ich bin nicht einsam, denn ich finde in Religion oder Politik meinen Lebenssinn."*

Zudem kann gesagt werden, daß die 30-jährige nicht studiert, sondern nach der Schule eine Verwaltungslehre begonnen hat und diese Tätigkeit seit einer Reihe von Jahren ausführt. Daß sie bis zu dieser Stelle der Anzeige noch keinerlei Hinweis auf ihren Familienstand gegeben hat, verstärkt die Vermutungen, daß die Inserentin weder verheiratet war noch Kinder hat. Einige Implikationen dieser sozialen Lage sind oben bereits beschrieben worden, andere kann sich der Leser/Leserin selbst ausmalen.

Einen Hinweis noch zur Deutung dieses „Verw.Ang." – in Langfassung bedeutet es:

(15) *„Ich als alternativ und feministisch orientierte Frau verdiene mein Geld mit einer (langweiligen) Verwaltungstätigkeit."*

Mit dieser Klarstellung grenzt sich die Inserentin deutlich gegen die ‚Vollalternativen' ab, die entweder aufgrund ihres ‚Studenten-Status' alternativ leben können oder die ernsthaft alternative Formen der ökonomischen Reproduktion gefunden und ihr ganzes Leben geändert haben. Diese Klarstellung könnte ihr allerdings auch den Vorwurf eintragen, sie sei lediglich eine ‚Freizeitalternative', da sie einen zentralen Bereich (berufliche Identität) entsprechend alternativer Prinzipien gestaltet. Dies alles verstärkt und modifiziert zugleich die Interpretationssätze (8) und (12). Die Neuformulierung müßte so lauten:

(16) *„Ich bin Sympathisantin der ‚grün-alternativ-orientierten Frauenbewegung'. Allerdings bin ich keine ‚All-round-Alternative', im beruflichen Bereich akzeptiere ich z. B. die Notwendigkeit des Gesellschaftssystems."*

Hier Herr – dort Knecht, aktiv und passiv zugleich, ein erstes Muster zeichnet sich immer deutlicher ab.

Im weiteren weist die Autorin der Kontaktanzeige auf eine persönliche, positive Besonderheit hin. Sie hält sich für „sehr sensibel". Bemerkenswert ist schon, daß sie es nennenswert findet, auf diese positive Eigenschaft aufmerksam zu machen – setzt man doch im allgemeinen voraus, daß ein gewisses Maß an Sensibilität selbstverständlich konstitutiv für das Entstehen und die Existenz zwischengeschlechtlicher Beziehung ist. Die Verfasserin reklamiert jedoch nicht nur dieses normale Maß an Sensibilität, sondern darüber hinaus noch eine gesteigerte Form der Empfindsamkeit. Sie behauptet von sich, ein gesteigertes Wahrnehmungs-, Sinnes- und Empfindungsvermögen zu haben, und sie konstatiert implizit, daß dies eine positive Eigenschaft sei. Schauen wir also einmal auf die Bedeutung von „sehr sensibel" und prüfen, inwieweit diese Eigenschaft positiv sein kann. Das Besondere des Superlativs „sehr sensibel" ist die Betonung des Außeralltäglichen:

(17) „*Ich bin sensibler als andere.*"

Da man Sensibilität nicht abschalten kann, beinhaltet die Inanspruchnahme intensiver Sensibilität zugleich auch extensive Empfindsamkeit.

(18) „*Ich bin immer sehr sensibel.*"

Nun kann sich Empfindsamkeit auf vielerlei richten: auf die Emotionen des anderen, auf seine Geräusche, Gerüche, seine Sprache, seine erotischen Signale u.v.m. Der ‚Sehr-Empfindsame' empfindet all dies und noch viel mehr, auch das, was für Unsensiblere unter der Bewußtseinsschwelle bleibt. Gesteigerte Sensibilität hat also in der Regel zwei Folgemöglichkeiten: a. gesteigerte Lust/Nähe, b. gesteigertes Leid. Funktional für eine langfristig angelegte ‚Partnerbeziehung' ist nun die gesteigerte Sensibilität keineswegs – eher im Gegenteil! Erhöhte Empfindsamkeit schlägt im alltäglichen Einerlei und angesichts der widrigen Kleinigkeiten einer ‚Beziehung' leicht um in eine arge Empfindlichkeit. Die Bereitschaft, kurz vor dem gemeinsamen und späten Einschlafen noch eine ausgedehnte Beziehungsdiskussion zu führen, ist z.B. Ausdruck einer außergewöhnlichen Sensibilität. Einzuschlafen wäre grob, unsensibel und dokumentierte Dumpfheit. Hoffentlich verraten wir nicht zuviel von unseren Vorurteilen, wenn wir glauben prognostizieren zu können, daß solche ‚sehr sensiblen' Menschen *objektiv* sehr schnell und sehr (unsensibel) einer Beziehung ein Ende bereiten.

Funktional ist die Eigenschaft „sehr sensibel" nur, wenn es sich um auf kurze Dauer angelegte ‚Beziehungen' handelt. Hier steigert die erhöhte Wahrnehmungsfähigkeit die psychisch/physische Lust. Es versteht sich von selbst, daß aus dem ekstatischen Zustand kein Dauerbrenner werden kann – das liegt in der Natur der Sache. Als Zwischenbilanz unserer Deutung möchten wir jetzt erstmals eine zusammenfassende Interpretation vorstellen:

(18) „*Ich bin nicht einsam, da ich in religiöser oder politischer Tätigkeit meinen Lebenssinn sehe. Allerdings habe ich z.Z. keinen Sexualpartner. Ich bin gewohnt, mein Leben aktiv zu gestalten. Meine Sexualität ist mir wichtig, im Leben habe ich schon einiges erfahren, was ich will ist eine leidenschaftliche und auch kurze Beziehung zu einem Mann.*"

Folgen wir der Inserentin weiter bei ihrer Selbsttypisierung. Als nächstes erwähnt sie, daß sie „manchmal ganz schön stark" sei – was nichts anderes heißt, als daß sie „meistens ganz schön schwach sei". Die vorderhand beschriebene (seltene) Stärke, verweist zugleich auf die hinterhand existierende (häufige) Schwäche. Die bislang ungewichtete Relation zwischen ‚aktiv handeln' und ‚passiv erleiden' hat sich quantifiziert:

(19) „*Oft reagiere ich nur passiv auf Außenzwänge, manchmal greife ich aktiv in mein Leben ein.*" ...

„Genauso verschmust wie mein Kater", folgt im Inserattext. Die 30jährige sagt demnach von sich, sie gleiche in ihrem Schmuseverhalten dem ihres Katers. Da Kater im allgemeinen ein artspezifisches Schmuseverhalten befolgen, genügt ein Blick in ‚Brehms Tierleben', um folgendes zu erfahren: Kater haben um ihr Heim ein abgegrenztes Revier. Dieses Revier wird oft wegen Beute- und Abenteuerzügen verlassen. In der Regel kehrt der Kater nach einiger Zeit in sein Heim zurück. Dort sucht er – gerade wie es ihm gefällt – die ihn kraulende Hand. Er reagiert auf keine Namensgebung, läßt sich nicht zähmen, tut das, was er will und wann er will. Will er schmusen, dann läßt er sich mit Hingabe streicheln, hat er genug, dann macht er sich davon und kein schmeichelndes oder bittendes Wort hält ihn zurück. Übersetzt man dieses ‚Katerverhalten' in menschliches Handeln, dann ergibt sich folgender Klartext:

(20) *„Ich suche jemanden, der mit mir schmust, wenn ich – abgearbeitet – von meiner wichtigen Tätigkeit (evtl. Religion, Politik) nach Hause komme. Der andere sollte immer zum leidenschaftlichen Austausch von Schmuseeinheiten zur Verfügung stehen, jedoch darf er nicht versuchen, mich zu ‚domestizieren' oder von meinen abenteuerlichen Ausflügen abzuhalten. Ich bestimme, wann ich komme und wann ich gehe."*

Erneut fällt es nicht schwer, diese Interpretation an frühere Deutungen anzuschließen und diese weiter zu plausibilisieren: einmal die geringe Gewichtung der zwischengeschlechtlichen Beziehung im eigenen Lebensplan – das ‚Wichtige' geschieht außerhalb der ‚Beziehung', andererseits die Betonung der eigenen Lebensplanung, zum dritten die zeitliche Limitierung der ‚Partnerschaft'.

Bislang war noch unklar, zu welchem Zweck ein Mann gesucht wurde. Sollte er sich für intensive Gespräche, emotionale Streicheleinheiten oder körperliche Befriedigung bereithalten? Einige Bemerkungen zur Sexualität und Körperlichkeit deuten zwar bereits auf den Wunsch nach physischer Lust, doch Eindeutiges konnte noch nicht ausgemacht werden. Klarer wird es, wenn wir den nächsten Textabschnitt betrachten, der so lautet: „suche Dich ♂". Wenn der Leser das Zeichen für die Angabe der Geschlechtsmerkmale als Pictogramm auffaßt, hat er eine erste Antwort auf die eben gestellt Frage. „Ich" sucht sein Pendant „Dich". Wichtigstes und vorläufig einziges Merkmal dieses „Dich" ist seine Ausstattung mit einem männlichen Geschlechtsorgan. Fazit:

(21) *„In der von mir gewünschten Beziehung spielt die Sexualität eine sehr große Rolle."*

Soweit die Interpretation der ersten beiden Sätze der untersuchten Kontaktanzeige. Den dritten Satz möchten wir vorab vollständig zitieren, auch wenn wir ihn später Teil für Teil analysieren werden. Er lautet: „Vorsicht! Wenn ich mich verliebe, dann total (obwohl ich es inzwischen besser wissen müßte)." Cave dominam – der Leser wird gewarnt: „Vorsicht – mit Ausrufezeichen". Der aufmerksame Anzeigenleser – zuvor zur direkten Interaktion eingeladen durch ein persönliches „Ich" und „Dich" (Verminderte Distanz) – wird nicht erneut aufgefordert, sich zu nähern, statt dessen macht die Autorin darauf aufmerksam, daß die Annäherung auch Gefahren mit sich bringt. Obwohl sie sich selbst oder die Annäherung als Gefahr einschätzt, verbietet die Inserentin nicht prinzipiell die Kontaktaufnahme, nein, sie sucht diese ausdrücklich und auf eigenen Wunsch. Allerdings glaubt sie vor sich warnen zu müssen. Diese scheinbare Paradoxie löst sich auf, betrachten wir die Pragmatik von Warnungen nur ausführlich genug.

Warnungen sollen – entgegen dem äußeren Anschein – nicht von einer gefahrvollen Handlung abhalten, sondern zum einen auf eine Gefahr aufmerksam machen, und zum anderen den Warnenden vor späteren Rechtsfolgen schützen. Denn ‚jemanden warnen' bedeutet folgendes: „Ich weiß, daß diese Handlung gefährlich ist. Da ich es dir jetzt gesagt habe, weißt du es jedenfalls. Wenn du dennoch so handelst, dann hast du in Kenntnis dieser Gefahr entschieden. Du allein bist demnach für die Folgen deines Tuns verantwortlich – nicht ich. Komme nachher nicht, um dich zu beklagen!" Bevor wir die Pragmatik von Warnungen für die Interpretation unseres Textes nutzbar machen, soll erst noch abgeklärt werden, wovor das emanzipierte „Ich" warnt.

„Wenn ich mich verliebe, dann total" – unklar bleibt, ob das „wenn" als Temporal- oder Konditionalkonjunktiv eingesetzt wird, also, ob gesagt wird: „in dem Moment, wenn ich ..." oder „falls ich mich verlieben sollte, dann total". Vieles spricht für die zweite Lesart, doch die Entscheidung für die eine oder die andere ist letztendlich zweitrangig, entscheidend ist, daß die Autorin vor ihrem Zustand des ‚Verliebtseins' warnt, denn – so die nachgeschobene Begründung -: ‚sie wird sich total verlieben'. Nun läßt sich mit Recht fragen, was denn so Gefahrvolles an einem Zustand sei, der von vielen herbeigesehnt und von den meisten Dichtern emphatisch gefeiert wird. Man könnte sogar auf den Gedanken kommen, die Warnung sei gar nicht ernst gemeint, sondern nur ausgesprochen worden, um den Reiz des

Verliebtseins noch durch die Aura des Gefahrvollen zu verstärken – die Warnung als Teil eines koketten Spiels. Daß dem ganz gewiß nicht so ist, zeigt sich bei der Bedeutungsexplikation der Worte „verlieben" und „total". Konnte man bis zu diesem Punkt der Interpretation noch immer einige – wenn auch schwache – Argumente finden, daß die Inserentin ‚eigentlich' einen Mann zur Gestaltung eines gemeinsamen Lebens suche, so ist diese Lesart jetzt nicht mehr zu halten. Denn die Bedeutung des Wortes „verlieben" ist innerhalb der deutschen Sprachgemeinschaft recht klar von der des Wortes „lieben" unterschieden. „Verliebtsein" meint den euphorischen, meist sehr kurzen Zustand, der in der Regel am Beginn zwischengeschlechtlicher Intimität steht. Begleitet wird dieser Zustand von einem großen Glücksgefühl und gesteigertem Empfindungsvermögen. „Lieben" meint in Abgrenzung dagegen die zweite – abgeklärtere – Phase. „Lieben" ist intensiver als „Verliebtsein", jedoch nicht so extensiv. Soweit das, was die Sprache sagt.

Wir möchten den Leser/die Leserin auffordern, die begonnene Abgrenzung der beiden Begriffe weiterzuführen. Je weiter man dies treibt, desto klarer zeigt sich das Muster: die Wahl des Wortes ‚verlieben' ist kein zufälliger Lapsus, sie hat Methode und bedeutet:

(22) *„Ich gedenke, von der möglicherweise sich ergebenden Intimbeziehung nur den extensiven, ersten Teil, nämlich das prickelnde Verliebtsein, ‚mitzunehmen'. An Liebe und ihre Konsequenzen ist nicht gedacht."*

Aber es wird nicht nur auf die süße Kürze der gewünschten Beziehung hingewiesen, zugleich warnt die Autorin vor der ‚Totalität' ihres Verliebtsein. Was kann man nun sinnvollerweise unter einem Verhalten vorstellen, das ‚totales Verliebtsein' zum Ausdruck bringt? Berücksichtigt man die Tatsache, daß für die meisten unserer deutschen Zeitgenossen ‚totales Verliebtsein' dem ‚weißen Schimmel' ziemlich stark ähnelt, also ‚totales Verliebtsein' doppelt gemoppelt ist, wenn man dies in Rechnung stellt, zeigt sich, daß eine außeralltägliche, gesteigerte Art des Verliebtseins reklamiert wird. Nimmt man diesen Anspruch ernst, so ergibt sich folgender Interpretationssatz:

(23) *„Wenn ich verliebt bin, dann bin ich über das normale Maß hinaus verliebt. Das äußert sich so, daß ich alle sich aus der Verliebtheit ergebenden Wünsche vollkommen (total) aus mir herauslassen werde."*

Da wir nun bestimmt haben, wovor der Anzeigenleser gewarnt wird (verlieben und total), möchten wir Warnung und Gegenstand gemeinsam betrachten und den Implikationen nachspüren, die sich aus einer solchen Verknüpfung ergeben. Vorab die daraus folgende zusammenfassende Interpretation:

(24) *„Ich möchte eine kurze exzessive Beziehung zu einem Mann. Aber ich warne diesen Mann: Ich führe ein eigenständiges Leben. Ich bestimme, wann ich auf Intimität Lust habe. Doch sollte ich Lust haben, erwarte ich von dem Mann, daß er allen meinen Wünschen entspricht. Ob der Mann damit ‚klarkommt', ist mir ziemlich egal. Aus der gemeinsamen Intimität resultieren keinerlei Pflichten oder Rechte. Für Folgen und Schäden bin ich nicht verantwortlich zu machen, da ich rechtzeitig vor all diesem gewarnt habe."*

Der entscheidende Punkt unserer Interpretation ist die mit Hilfe der Warnung vorgenommene *Entkoppelung* von gemeinsamer Sexualität und der (bislang) damit verbundenen Verpflichtung zum ‚Anschlußhandeln'. Gemeinsame Sexualität hatte/hat – als historisch aufgeschichteter Typus – im Europa des 20. Jahrhunderts unabweisbar für die Beteiligten Konsequenzen. So wacht z. B. der Staat darüber, daß bei einer Schwangerschaft die Beteiligten ihrer Sorgeverpflichtung nachkommen. Aber auch bei weniger gravierenden Folgen ergeben sich für die Beteiligten Handlungsauflagen. Indem man sich dem anderen hingibt und zugleich dessen Hingabe annimmt, akzeptiert man zugleich die sich daraus ergebenden Konsequenzen (12). An geschlechtliche Intimität knüpft sich – gesteuert durch die Kraft gesellschaftlicher Normen – immer gemeinsames Handeln an; sie ist – funktional betrachtet – sozialitätsstiftend. Häufig führt(e) die geschlechtliche Intimität zur Ehe oder eröffnet(e) diese, meist folg(t)en in diesen Fällen einige Kinder. Natürlich kann man sich zu jedem Zeitpunkt von den übernommenen Pflichten entbinden, doch nur, wenn man bereit ist, den dafür üblichen und oft hohen Preis zu zahlen (Unterhaltszahlungen etc.).

Die Inserentin bekundet mit ihrer Warnung vor sich selbst, daß sie nicht bereit ist, die mit einer Intimbeziehung ansonsten einhergehenden Folgekosten zu zahlen. Lust gegen Lust. Gemeinsamer Sex ist keine gesellschaftliche Handlung mit Anschlußverpflichtung, sondern sich selbst genug. Sex ist Ausdruck und lustvolle Befriedigung der körpereigenen Sexualität (vgl. Interpretationssätze (13) und (21)). Diese Deutung von Intimität hat objektiv zwei Folgen: Sie behindert systematisch das Entstehen einer Gattenbeziehung und zugleich die Zeugung von Nachkommenschaft. Bevor wir dieses Interpretationsergebnis diskutieren, möchten wir noch die Textanalyse ein kleines Stück weiterführen und damit abrunden. Denn noch haben wir nicht alles beschrieben, was der Verfasserin der Kontaktanzeige als warnenswert erschien. Sie warnt vor ihrem Ausdruck ‚totalen Verliebtseins‘ - das war bereits gesagt – und fügt – wenn auch in Klammern – hinzu „(obwohl ich es inzwischen besser wissen müßte)". Hätte ein Dramatiker diese Worte geschrieben, dann wäre statt der Klammern in der Regieanweisung der Vermerk aufgetaucht: „spricht beiseite". Die Einklammerung der Worte offenbart (scheinbar) einen in der direkten Interaktion nicht zugänglichen Gedanken der Autorin; der Leser darf in ihren Gedanken lesen, also einen Blick ins Innerste der Suchenden werfen – ist ihr also nicht mehr fern, sondern schon so nahe, daß sie ihm ihre geheimen Gedanken und Befürchtungen anvertrauen kann. Wurde bereits durch die Verwendung der Pronomina „Ich" und „Dich" direkte Interaktion simuliert und auf diese Weise die Fremdheit und Distanz des Lesers unterlaufen, so wird er mit dem verschwörerischen Einblick in die Gefühlswelt der Autorin in eine intime Nähe gezerrt.

Doch dieser spannenden Interpretationslinie wollen wir nicht weiter folgen, sondern uns erneut der Bedeutung des Textes im Hinblick auf unsere Fragestellung zuwenden. Eingeräumt wird („obwohl"), daß dieses 'totale Verliebtsein‘ auch für die Verfasserin irgendwie ungünstig gewesen sei. Mehrmals habe sie sich schon total verliebt, und mehrmals habe sie eine negative Erfahrung gemacht, die Erfahrung, nämlich, daß ihr Ausdruck totalen Verliebtseins den anderen überlastete, was zum Abbruch der Beziehung führte. Folgt man dieser Deutung, dann ergeben sich Anschlußfragen: Wenn sie weiß, daß ihr totales Verliebtsein den Abbruch der Intimbeziehung heraufbeschwört, also sie selbst mit dem Ausdruck ihrer Verliebtheit für die negativen Folgen verantwortlich ist, dann wäre eine Lesart des eingeklammerten Nebensatzes:

(25) *„Ich bin krank. Ich leide unter Wiederholungszwang. Obwohl ich genau weiß, welche Fehler ich begehe, tue ich sie dennoch. Ich hoffe, dieser Fehler wird sich in Zukunft vermeiden lassen."*

Eine andere Deutung dieses doch recht irrationalen Handelns wider besseres Wissen scheint uns allerdings plausibler: was immer dieses ‚totale Verliebtsein‘ hervortreibt ist nicht ein neurotischer Wiederholungszwang, sondern dieses Verliebtsein ist wahrer und authentischer Ausdruck des „Ich". Dieses „Ich" nicht in seinen Expressionen zu behindern, ist von größerem Wert als eine aus Emotion oder Solidarität eingegangene Kooperationsverpflichtung. Daraus folgt:

(26) *„Mein Ausdruck totaler Verliebtheit ist authentischer Ausdruck meiner Persönlichkeit. Kommt jemand mit diesem Ausdruck nicht zurecht, soll er sich ändern oder gehen. Würde ich mein ‚Ich‘ verändern, weil und wie andere dies erwarten, dann wäre es nicht mehr mein ‚Ich'. Ich bin stolz darauf, daß ich trotz der Unannehmlichkeiten (Abbruch der Beziehungen) meinem wahren ‚Ich‘ treu bleibe."*

Man kann einen solchen Standpunkt vertreten, allerdings etabliert man auf diese Art und Weise einen recht eigentümlichen Zugang zu seinen eigenen Erfahrungen – man immunisiert sich gegen neues Wissen und damit gegen eine Weiterentwicklung. Denn eine solche Beziehung wird verstanden als Ort, an dem ein bekanntes Stück immer wieder auf's Neue inszeniert wird. Mit dem Partner geschlechtlicher Intimität plant und beginnt man kein neues Stück. Man macht nicht die Erfahrung, daß dies, was bei anderen sich immer wieder einstellte, anders geworden ist, man sich also verändert – möglicherweise weiterentwickelt hat. Die Augen des anderen zeigen nicht, wie er mich sieht, sondern sie spiegeln mein eigenes Gesicht, so wie ich es sehe. Den anderen kennenzulernen, ihn sich vertraut zu machen, ist nicht notwendig, eher unangenehm, da intime Kenntnis die Gefahr von Handlungsverpflichtungen mit sich bringt. Daraus ergibt sich folgender Interpretationssatz:

(27) *„Ich suche, da mein Lebenssinn evtl. in Politik oder Religion verankert ist, eine kurze extensive Beziehung zu einem Mann. In dieser Beziehung wird die Sexualität eine dominierende Rolle spielen. Für die Folgen dieser Beziehung an Leib und Seele des Mannes komme ich nicht auf. Rechte erwachsen dem Partner aus der gemeinsamen Intimität keine. Er hat mich zu akzeptieren wie ich bin. Mit ihm und seinem Leben werde ich mich nicht ernsthaft auseinandersetzen.“*

Wir möchten unsere Interpretation an dieser Stelle abbrechen und erneut den Leser und die Leserin auffordern, den Rest der Kontaktanzeige für sich selbst zu interpretieren. Einige kleinere Aspekte werden zwar neu auftauchen (z. B. Wieso darf nur das richtige Sternzeichen ins gemeinsame Bett? Was hat politische Gesinnung mit Sexualität zu tun? Wieso ist sie keine Emanze, aber ein kompliziertes Weib?), aber das Hauptmuster zeigt sich immer wieder, es wird lediglich weiter ausgestaltet.

Abschließend einige Bemerkungen zu unserer Fallanalyse: Die Bedeutungsstruktur des Anzeigentextes verortet die Verfasserin im äußeren Kreis der Alternativszene (13) – es ist im übrigen völlig egal, ob dies ‚in Wirklichkeit' zutrifft, da wir über die Intentionen und die Befindlichkeiten von Textproduzenten nichts sagen können und wollen. Wurde im voranstehenden Text mehrfach dieser Umstand außer acht gelassen, dann allein aus dem Grund, die Lesbarkeit unseres Textes zu sichern. Eine intentionalistische Sprache sorgt eher für Spannung als das dauernde Reden von Bedeutungen und ihrer Besonderheit. Also: die Interpretation versteht sich nicht als Beschreibung einer bestimmten Person, sondern ist die Explikation der Bedeutungsstruktur eines (Falles). Was kann man nun mit unserer Textdeutung anfangen? Lassen sich überhaupt begründete Aussagen zu irgendeinem Gegenstandsbereich ableiten? Von dieser einen Fallinterpretation gewiß nicht. Vage Vermutungen dürfen allerdings artikuliert werden, und wir möchten darauf hinweisen, daß andere Deutungen von Texten aus der Alternativszene, die wir im Rahmen unseres Projekts durchgeführt haben, in die gleiche Richtung weisen. Zu welchem Gegenstandsbereich kann nun etwas ausgesagt werden? Wir denken, es läßt sich etwas über die symbolische Weltdeutung der Gruppe sagen, die als Sprach- und Interaktionsgemeinschaft die beschriebene Bedeutungsstruktur ermöglicht – in unserem Falle sind dies die *manifesten* Selbstdeutungen und *latenten* Wissensmuster der *Alternativszene*. Wem dies nicht plausibel ist, der prüfe den Text: er wird feststellen, daß a) fast alle Wörter der ‚Szene-Sprache' entstammen („sensibel“, „schön stark“, „total“) und b) alle Symbole dem ‚Wertehimmel' der Szene entstammen („♀“, „verschmust wie mein Kater“, „keine Spießer“, „kurze Haare“, „keine Emanze“). Man könnte geneigt sein zu glauben, der Eigenteil der Verfasserin habe allein darin bestanden, die einzelnen Wörter neu zu kombinieren. Aber auch dafür gibt es bestimmt/vielleicht ein szenetypisches Muster.

Gründe genug, um zu rechtfertigen, daß sich aufgrund unserer Interpretation einiges – wenn auch noch Vages – zu den Deutungs- und Wissensmustern der Alternativszene sagen läßt, allerdings nur zu einem kleinen Bereich, nämlich dem Sprachspiel ‚zwischengeschlechtliche Intimität' in der ‚zweiten Runde'. In theoretische Sprache gefaßt, lesen sich die einzelnen Interpretationsergebnisse so:

- Das Persönlichkeitskonzept des einzelnen ist stark individualisiert (bei gleichzeitiger Gleichförmigkeit dieser Individuation).
- Der einzelne fordert für sich Autonomie und sieht diese permanent durch andere Menschen (auch durch Intimpartner) in Frage gestellt.
- Der Einzelne ist Teil einer Solidargemeinschaft (Szene, WG, politische Gruppe etc.).
- Sexualität wird verstanden als eigenständiges körperliches Bedürfnis; zwischengeschlechtliche Intimität befriedigt lustvoll dieses Bedürfnis.
- Zwischengeschlechtliche Intimität wird verstanden als die Reihung kurzer und möglichst exzessiver Beziehungsepisoden.
- Zwischengeschlechtliche Intimität als Motor für eine Ehegattenbeziehung, die Zeugung von Kindern und den Ausbau ökonomischer Sicherheit wird ausdrücklich abgelehnt.

- Die traditionell mit zwischengeschlechtlicher Intimität einhergehenden Verantwortlichkeiten und Handlungsanschlüsse werden ausdrücklich verweigert.
- Mit Rekurs auf die individuelle Autonomie verweigert man sich einer für neue Erfahrungen offenen Interaktion – selbst mit dem Intimpartner.

Viele dieser Befunde – gehoben aus der Textinterpretation – korrespondieren mit Ergebnissen anderer Autoren, so z. B. mit dem Hinweis auf die starke Individualisierung bei gleichzeitiger Standardisierung (*Beck* 1982 und 1984; *Beck-Gernsheim* 1980 und 1983). *Soeffner* diagnostiziert den Verlust dauerhafter Intimbeziehung in der Szene als Ergebnis zweier sich einander ausschließender Tendenzen: der Solidaritätsverpflichtung gegenüber der Gemeinschaft, bei gleichzeitiger Verpflichtung zur individuellen Autonomie. Beide Bestrebungen überschreiten die Grenzen einer Gattenbeziehung, die eine nach ‚oben', die andere nach ‚unten' (*Soeffner* 1985a). *Oevermann* (1983a) kritisiert an einem alternativen Aussteiger stellvertretend für die ganze Szene, daß er Lebenspraxis „verweigere", da er weder bereit sei, durch die Zeugung von Kindern an der rein biologischen Reproduktion menschlicher Gattung mitzuarbeiten, noch sich bemüßigt sehe, den Teil Verantwortung zu übernehmen, den jede Generation objektiv innerhalb einer Gesellschaft nun einmal habe. Zwischen den Zeilen liest man bei *Oevermann* immer wieder von ‚Asozialität' einer solche Lebensweise, *Sennett* spricht expressis verbis davon (*Sennett* 1983). Kulturkritik und Schelte allerorten, der Untergang des Abendlandes wird oft in Aussicht gestellt, wenn man sich über neuere und ‚alternative' Lebensformen beklagt.

Einmal davon abgesehen, daß noch lange nicht raus ist, ob die Generation der Alternativen (eine Gruppe der 25- bis 40-Jährigen) heute schon das Leben führt, daß bald alle führen, ist darüber hinaus noch völlig unklar, ob das sich als ‚asozial' gebende Verhalten tatsächlich gesellschaftsdestruierende Folgen hat. Gewiß ist allerdings, daß die Alternativen nicht prinzipiell Lebenspraxis verweigern – lediglich die alte. Durch das, was sie tun, gestalten sie eine andere Lebenspraxis und vielleicht auch eine neue Welt – wenn sie nicht vorher durch ihren Verzicht, Kinder zu zeugen, das eigene Personal entzogen haben (*Oevermann*), also schlicht ausgestorben sind. Ob diese Lebenspraxis besser, funktionaler, freudvoller, leistungsfähiger oder sonst etwas sein wird, kann nur vor dem Hintergrund normativer Vorstellungen ... be- und verurteilt werden. Allerdings wird man in jener Zeit ganz gewiß bei der Lektüre des ‚Kleinen Prinzen' verwundert den Kopf schütteln, steht doch da, daß ‚Kennenlernen' immer zugleich ‚vertraut machen' bedeutet" (*Nagler/Reichertz* 1986, S. 97ff).

6. Die teilnehmende Beobachtung

Obgleich die qualitative Beobachtung als teilnehmende in der Erhebung nur analytisch von den diversen Formen des Interviews oder der Gruppendiskussion zu trennen ist und im Bereich der Auswertung auch nicht auf die Inhaltsanalyse verzichten kann, soll sie hier isoliert betrachtet und eigenständig dargestellt werden.

Die *teilnehmende* Beobachtung ist jene Methode, die insbesondere in der Ethnologie und Kulturanthropologie immer schon mit Erfolg angewandt wurde (vgl. *Grümer* 1974, S.22). Als dann die Soziologen begannen, sich mit Subkulturen zu beschäftigen, wurde die „participant observation“ als Methode auch in die Soziologie eingeführt. Allerdings geschah das zu einer Zeit, als die Methodologie quantitativer Sozialforschung sich gerade entwickelt und weite Verbreitung gefunden hatte, weshalb die teilnehmende Beobachtung als mehr oder weniger unwissenschaftlich abgetan wurde. Langfristig gesehen haben sich aber die Arbeiten der Chicagoer Schule dann doch großes Ansehen erworben und die teilnehmende Beobachtung erfuhr eine Aufwertung; man kann sogar sagen, daß sie sich im Bereich der Erforschung der Subkulturen durchgesetzt und größere Erfolge als die anderen Methoden erzielt hat.

Wie kann man nun die teilnehmende Beobachtung als wissenschaftliche Methode begründen? Wie läßt sie sich unter das qualitative Forschungsparadigma subsumieren? Methodologische und soziologisch-theoretische Überlegungen verweisen auf die teilnehmende Beobachtung als wissenschaftlich-empirische Methode, wenn man z.B. den Gegenstand der Sozialwissenschaften symbolisch-interaktionistisch definiert: Die Zielsetzung einer Rekonstruktion „der Erklärungen, Handlungsgründe und Absichten von Handelnden ... durch kommunikative Interaktion mit den Handelnden“ (*Köckeis-Stangl* 1980, S.348) kann als „methodisch kontrolliertes Fremdverstehen“ (*Arbeitsgruppe Bielefelder Soziologen* 1976a, S.433f) bezeichnet werden und qualitative Forschung im Sinne einer „construction of reality“ versucht, die Sinnstrukturen der Feldsubjekte situativ zu erschließen. Und: „Wenn es richtig ist anzunehmen, daß Personen im Alltagsleben ihre Umwelt ordnen, Objekten Bedeutungen oder Relevanz zuordnen, ihre sozialen Handlungen auf die Rationalitäten des Common-sense basieren, dann kann man sich nicht in Feldforschung einlassen oder irgendeine andere Forschungsmethode in den Sozialwissenschaften benutzen, ohne das Prinzip subjektiver Interpretationen in Betracht zu ziehen“ (*Cicourel* 1970, S.93). Dies impliziert und begründet ein qualitatives Subjekt- und Realitätsmodell, das so gefaßt werden kann: „*Soziale* Wirklichkeiten, so läßt sich von Mead lernen, verweisen nicht auf eine naturhaft-objektive, sondern auf eine gesellschaftlich-intersubjektive Welt, die symbolisch vermittelt und kommunikativ bedingt ist und von den Handelnden unter kognitiven, expressiven und normativen Gesichtspunkten aktiv hergestellt wird. Ihr Realitätsgehalt ist dementsprechend nicht subjektunabhängig, sondern die symbolisch vermittelte Empirie basiert auf einem grundsätzlich subjektbezogenen Modus der Erfahrungsverarbeitung, der in Abgrenzung von den scientistischen Strategien zu begreifen ist" (*Bonß* 1982, S.44).

Charakterisiert man weiter qualitative Sozialforschung durch die „Interessen an der Analyse von Deutungen und Wahrnehmungen und komplexen Deutungssystemen" und ein „Interesse an der Analyse von in sich strukturierten sozialen Gebilden und das Interesse an einer möglichst umfassenden Analyse der Handlungskontexte von Individuen" (*Hopf* 1979, S.18), so ergeben sich daraus folgende, diesen Erkenntnisinteressen angemessene Methoden:

„– die unstrukturierte oder wenig strukturierte Beobachtung, die über einen sehr kurzen oder sehr langen Zeitraum erfolgen kann und die mit unterschiedlichen Graden und Arten der Teilnahme des Forschers verbunden sein kann;
- das qualitative Interview, das ebenso wie die qualitative Beobachtung von unterschiedlicher Intensität und Dauer sein kann und das zudem durch unterschiedliche Arten des Involvements von seiten des Forschers gekennzeichnet sein kann. ...
- die Erhebung und Analyse von Dokumenten unterschiedlichster Natur (Biographien, formalen Regelungen in Bürokratien, Zeitungen, zeitgenössischen Berichten über bestimmte Ereignisse, Sitzungsprotokollen, Parteitagsprotokollen u.v.a.m.)" (*Hopf* 1979, S.14f).

Es ist sicher nicht zufällig, daß die Methode der Beobachtung in obigem Zitat an erster Stelle genannt wurde. Die teilnehmende Beobachtung wird nämlich bevorzugt dort eingesetzt, wo es unter spezifischen theoretischen Perspektiven um die Erfassung der sozialen Konstituierung von Wirklichkeit und um Prozesse des Aushandelns von Situationsdefinitionen, um das Eindringen in ansonsten nur schwer zugängliche Forschungsfelder geht oder wo für die Sozialforschung Neuland betreten wird.

Das maßgebliche Kennzeichen der teilnehmenden Beobachtung ist der *Einsatz in der natürlichen Lebenswelt der Untersuchungspersonen. Der Sozialforscher nimmt am Alltagsleben der ihn interessierenden Personen und Gruppen teil* und versucht durch genaue Beobachtung, etwa deren Interaktionsmuster und Wertvorstellungen zu explorieren und für die wissenschaftliche Auswertung zu dokumentieren.

Das Hauptgebiet, in dem die teilnehmende Beobachtung angewandt wurde, war die Ethnologie bzw. die Kulturanthropologie. Bezeichnenderweise ist die teilnehmende Beobachtung dort weit verbreitet, wo die Erforschung *fremder Kulturen und Völker* beabsichtigt ist und die weitgehende Teilnahme am Alltagsleben den oft einzig möglichen methodischen Zugang zur Erschließung der Lebenswelt der untersuchten Population eröffnet. Dieses „Fremdheitspostulat" wird von den Vertretern des interpretativen Paradigmas und qualitativer Forschungsmethoden auch bei der Milieuerschließung innerhalb der eigenen Kultur angesetzt (z.B. von *Matthes* 1985), da jegliches Verstehen als Fremdverstehen deklariert wird (vgl.

dazu die von *Schütze* u.a. vorgelegte Programmatik (1973, S.433ff)). Diese Überlegungen gelten in besonderer Weise natürlich auch für Subkulturen oder soziale Randgruppen innerhalb größerer Gesellschaften.

Trotz der Bedeutung der wissenschaftlichen Beobachtung als Forschungsmethode in den Sozialwissenschaften muß konzediert werden, daß sie – insbesondere in der Form der qualitativ-teilnehmenden – im Vergleich zu anderen Methoden relativ geringe Verwendung in den Sozialwissenschaften findet, wenngleich wohl nicht zu Unrecht behauptet werden kann, daß fast alle anderen Forschungstechniken irgendwie auch auf die Beobachtung zurückgreifen: Als Sozialwissenschaftler glauben wir wohl alle, gute Beobachter unserer Umwelt zu sein. Unsere Erfahrungen beruhen auf Wahrnehmung und Beobachtung und nach unseren Erfahrungen richten wir uns schließlich in unserem eigenen Handeln, so daß letztlich unser Soziálverhalten rückführbar ist auf die Beobachtung unserer Umwelt. Diese Form der Alltagsbeobachtung kann für sich allerdings nicht in Anspruch nehmen, als wissenschaftliche Forschungsmethode anerkannt zu werden. Dies hat Gründe, die noch diskutiert werden.

Die Beobachtung als Methode der Sozialwissenschaften hat als Gegenstand soziales Handeln, wie auch immer dieses definiert wird. „Individuelles wie kollektives soziales Handeln und Verhalten tritt immer im Kontext gesellschaftlich definierter Situationen auf. Sein Ablauf ist sowohl durch die Situation wie durch deren subjektive Deutung und die Intentionen der Handelnden bestimmt. Beobachtung richtet sich also immer auf ein Verhalten, dem sowohl ein subjektiver Sinn, wie eine objektive soziale Bedeutung zukommt. Deshalb gehört zum Beobachten notwendigerweise das Verständnis oder die zutreffende Interpretation des subjektiven Sinns und der sozialen Bedeutung einer bestimmten Handlung oder Verhaltenssequenz" (*Mayntz* et al. 1974, S.87).

Beispiel:
So ist denkbar, daß man z. B. ein Fußballspiel wissenschaftlich beobachtet und beschreibt, daß diese Beschreibung aber absolut sinnlos ist für jene, die den Sinn eines Fußballspiels nicht kennen.

„23 Menschen bewegen sich für die Dauer von 1½ Stunden innerhalb eines rechteckigen Feldes von etwa 100 m Seitenlänge mit einer durchschnittlichen Geschwindigkeit von 8 Metersekunden und halten eine mit Luft gefüllte Lederhülle in ständiger Bewegung. Sie haben während dieses Zeitraums im Durchschnitt 296 mal Berührung mit dem Lederobjekt, 183 mal mit dem rechten Fuß, 106 mal mit dem linken Fuß, 7 mal mit dem Kopf. Es folgen Angaben über durchschnittlich zurückgelegte Wegstrecke, durchschnittlichen Kalorienverbrauch usw. *Alle Exaktheit der Messung würde eine solche Beschreibung nicht davor schützen, das Spiel vollständig zu verfehlen*, davon wäre schlechthin nichts darin. Diese aus den Naturwissenschaften übernommenen und dort bestens bewährten ‚exakten' Methoden sind eben zur Sinnerfassung völlig ungeeignet. Hier gilt der Satz: *Exaktheit schützt nicht vor Sinnlosigkeit*" (*Mackenroth* 1952, S. 10f).

„Wer in der Erforschung der Sozialwelt auf jene naturale Seite abstellen würde, würde die Sozialwelt als Sozialwelt schon im Ansatz verfehlen" (*Mackenroth* 1952, S. 11).

Neben der Differenzierung zwischen Beschreibung der Beobachtung und dem Sinn der beobachteten Handlung gibt es eine weitere wichtige Unterscheidung in diesem Kontext: Es gibt grundsätzlich zwei verschiedene Formen der Erfahrung von Realität, nämlich die *kognitiv-betrachtende* und die mehr *pragmatisch oder emotional-teilnehmende*. Zur ersteren gehört die Beobachtung im engeren Sinne, zur letzteren jene Form der Erfahrung, die man gemeinhin als Verstehen bezeichnet. Daß das Verstehen eine wichtige Quelle sozialwissenschaftlicher Forschung ist, daran kann kein Zweifel sein. Das Verstehen ist nach *König* eine Teiloperation, die „erstens exploratorisch, zweitens provisorisch und drittens illustrativ ist ... Das Verstehen ist *exploratorisch*, indem es vielfach im Anfangsstadium einer Untersuchung bei der Aufstellung erster Hypothesen hilft. Es ist *provisorisch*, indem das dadurch vermittelte Wissen erst durch Kontrolle gesichert werden muß und es ist *illustrativ*, indem es bei der Auswertung der gewonnenen Materialien bestimmte Ergebnisse in ein besonderes Licht rücken, manches betonen, anderes zurücksetzen kann" (*König* 1967, S. 112).

Diese, eher aus der Perspektive quantitativer Sozialforschung formulierte Sicht des Verstehens soll zunächst so akzeptiert werden und helfen, in die Schwierigkeiten qualitativ-wissenschaftlicher Beobachtung einzudringen: Die notwendige Einbeziehung des Verstehens in die wissenschaftliche Beobachtung schafft eben bestimmte, zu berücksichtigende Voraussetzungen und Probleme. Gültigkeit und Zuverlässigkeit der gewonnenen Daten in einer Beobachtung können nämlich gefährdet werden, wenn die geltenden Sinn- und Bedeutungszusammenhänge des analysierten soziokulturellen Systems nicht beachtet werden; sie können aber auch durch zu weit gehende Interpretationen der Sinn- und Bedeutungszusammenhänge in Gefahr gebracht werden, wenn der Beobachter dem Beobachteten sein eigenes Sinnverständnis unterlegt. Dann handelt es sich um das bekannte Phänomen des *Ethnozentrismus*. „Die Relativierung der eigenen ‚kulturellen Selbstverständlichkeiten' und die Aneignung des dem beobachteten sozialen System angemessenen Sinnverständnisses ist nicht nur bei der Beobachtung fremder, einigermaßen exotischer Gesellschaften zu leisten. Schon bei der Untersuchung sozialer Gruppen des eigenen gesellschaftlichen Gesamtsystems, deren Mitglieder nur einer anderen sozialen Schicht angehören als der Beobachter, ist die Problematisierung des eigenen und die Aneignung des dieser Gruppe spezifischen Sinnverständnisses notwendig" (*Mayntz* et al. 1974, S.88). Man denke hierbei an bestimmte Subkulturen wie Gefängnisinsassen, jugendliche Gangs etc. Die Aneignung des Sinnverständnisses des zu beobachtenden sozialen Feldes kann natürlich nicht durch vollständige Sozialisation erfolgen, wo dann letztendlich die zu beobachtenden Phänomene als selbstverständlich erscheinen, sondern das Sinnverständnis muß reflektiert und in bewußter Distanzierung von den angeeigneten Inhalten geschehen (vgl. hierzu auch 6.6.).

Die in analytischer Dissoziation dargestellte Problematik von eigentlicher Beobachtung und Sinnverstehen ist im Forschungsalltag natürlich untrennbar verbunden. Ihre gegenseitige Bedingung und Verschränkung macht die eigentliche Schwierigkeit der Beobachtung als wissenschaftlicher Methode der Sozialwissenschaften aus. Der Streit um den Stellenwert des Verstehens in der Methode der Beobachtung ist längst nicht entschieden. Die beiden extremen Standpunkte, einerseits totale Ablehnung des Verstehens, also „naiver" Empirismus, andererseits strikte Reduktion auf das Verstehen ohne jeden empirisch-analytischen Bezug, sind heute wohl nur selten anzutreffen. Zwischen diesen beiden Extremen finden sich aber die unterschiedlichsten Positionen, wobei sich oft nur graduelle Unterschiede in der Zuordnung des Verstehens zur Methode der Beobachtung ergeben.

Ein erster Überblick über die Methode der teilnehmenden Beobachtung erfaßt folgende zentrale Charakteristika:

- Die Methode der (teilnehmenden) Beobachtung ist eine grundlegende sozialwissenschaftliche Methode, doch ist sie letztlich in ihrer Anwendung mit anderen Methoden, wie etwa Befragung und Inhaltsanalyse verschränkt.
- Hervorragendes Kennzeichen der teilnehmenden Beobachtung ist, daß sie in der *natürlichen Lebenswelt der Beobachteten* eingesetzt wird.
- Bei teilnehmender Beobachtung *nimmt der Sozialforscher als Beobachter am Alltagsleben der ihn interessierenden Personen oder Gruppen teil.*
- Die Beobachtung wird vornehmlich dort praktiziert, wo es um ansonsten *schwer zugängliche soziale Felder geht* und/oder *relatives Neuland* betreten wird.
- Die (teilnehmende) Beobachtung soll es ermöglichen, wissenschaftlich abgesichert fremde (Sub)Kulturen zu verstehen. Das *Fremdverstehen ist Voraussetzung und Methode der Beobachtung.*
- Das alltägliche Verstehen unterscheidet sich u.a. von dem wissenschaftlichen der Beobachtung dadurch, daß ersteres *eher pragmatisch, emotional-teilnehmend*, letzteres *eher kognitiv-betrachtend* ist.
- Das angestrebte Sinnverstehen durch teilnehmende Beobachtung erfordert jedoch beide Elemente. Je nach Rolle des Beobachters im Feld ergeben sich unterschiedliche Verhältnisse.
- Letztlich muß allerdings das *Sinnverstehen methodisch kontrolliert* erfolgen.

6.1. Gegenstand der Beobachtung

Der Objektbereich der Beobachtung kann wohl am besten durch Gegenüberstellung von Beobachtung und Befragung ermittelt werden: Während sich die Befragung in erster Linie auf die Ermittlung von Einstellungen, Meinungen, Gefühlen, Vorstellungen und Verhaltenserwartungen konzentriert, kann sie nur sehr bedingt zur Feststellung von Verhaltensweisen eingesetzt werden. Befragte Personen sind oft nicht imstande, ihr eigenes Verhalten richtig zu beschreiben oder wiederzugeben. Hier spielen ganz bestimmte Mechanismen eine entscheidende Rolle, die längst nicht ausreichend erforscht sind, als daß die Kenntnis ihrer Bedingungen zu einer Validierung der Antworten führen könnten: Die Erinnerung der Befragten kann z. B. völlig falsch oder auch nur lückenhaft sein, manche Befragten wollen sich auch ganz bewußt nicht mehr erinnern; sie verdrängen, rationalisieren oder geben irreführende und falsche Antworten. In all jenen Fällen, in denen es darauf ankommt, *soziales Verhalten zu ermitteln, wird sich daher die Methode der Beobachtung anbieten*. Der entscheidende Vorteil, der allerdings gelegentlich auch in sein Gegenteil verkehrt wird, liegt darin, daß die Beobachtung es erlaubt, *soziales Verhalten zu dem Zeitpunkt festzuhalten, zu dem dieses tatsächlich geschieht, der Einsatz der Beobachtung also unabhängig ist von der Bereitschaft oder Fähigkeit der Probanden zu antworten*.

Gegenstand der Beobachtung ist also vornehmlich das faktische soziale Handeln von Individuen oder Gruppen. Die schon mehrfach vorgenommene analytische Trennung von Befragung und Beobachtung kann für die Praxis für sie bedeuten, daß sich beide Methoden gegenseitig ergänzen müssen, damit die Gültigkeit der ermittelten Daten und Befunde abgesichert werden kann.

Die Beobachtungsmethode unterliegt, wie jede andere Methode auch, gewissen Anwendungsrestriktionen, die im weiteren kurz genannt werden sollen, denn sie konstituieren – neben den inhaltlichen Vorstellungen – die Einsatzmöglichkeiten.

6.1.1. Lokale Begrenzungen

Da die Beobachtung an die sinnliche Wahrnehmung geknüpft und diese von ihrer Kapazität her gewissen Beschränkungen unterworfen ist, ergibt sich daraus eine Limitierung für die Methode der Beobachtung. So wird es sich verbieten, den Beobachtungsgegenstand in einem relativ großen und unüberschaubaren Bereich zu suchen. Je nach den möglichen Ressourcen und nach den Bedingungen, die durch die angestrebte Güte der Studie vorgegeben sind, wird man sich auf überschaubare, kleinere Gruppen stützen müssen, die in ihrem Verhalten auf bestimmte lokal abgrenzbare Räume reduziert sind.

Beispiel:
Will man z. B. das aggressive Verhalten von „Fußballfans" durch teilnehmende Beobachtung in einem Fußballstadion untersuchen, so hat man keinesfalls das ganze Stadion oder alle Situationen im Blick. Vielmehr wird man sich auf den eng begrenzten Raum um sich herum beschränken müssen.

Die Beobachtung ist eine ganz besondere Art des Erfahrens von Umwelt bzw. von sozialer Realität. Die Erfahrbarkeit der sozialen Realität ist aber auch notwendig durch unsere Sinneswahrnehmung determiniert. Technische Apparaturen, die unter Umständen geeignet wären, die eigenen Sinneswahrnehmungen zu ersetzen, sind ohne vorausgegangene und/oder nachfolgende Sinneswahrnehmungen undenkbar. Letztlich kann nur so weit beobachtet werden, wie die Kapazität der menschlichen Augen und Ohren reicht.

6.1.2. Zeitliche Begrenzungen

Die Beobachtung kann immer nur Ausschnitte aus dem totalen sozialen Geschehen erfassen. Selbst wenn wir unterstellen, daß wir die Beobachtung fortlaufend nach bestimmten Kriterien durchführen, so sind uns durch die Forschungsökonomie und -psychologie Grenzen gesetzt, die kaum überwunden werden können: Die praktische Anwendung der Beobachtung wird also zunächst zeitlich limitiert durch die Dauer der zu beobachtenden Ereignisse, die prinzipiell in Experimentalsituationen wieder verlängert werden könnte, was jedoch in Feldsituationen auf massive Schwierigkeiten stößt. Durch die restriktiven Bedingungen der Forschung und des Gegenstandes selbst (vgl. Lebensgeschichten) ergeben sich weitere zeitliche Einschränkungen.

Beispiel:
Längsschnittuntersuchungen durch teilnehmende Beobachtungen sind besonders schwierig zu realisieren. Will man etwa die „Karriere" eines Kriminellen verfolgen, so ist es sinnvoller, die Entwicklung retrospektiv nachzuzeichnen, als – abgesehen von ethischen Problemen – über Jahre hinweg im Milieu partizipierend zu beobachten.

Durch die zeitliche Begrenzung ergeben sich für die Methode der Beobachtung bestimmte Anforderungen: Einerseits hat man sich im Forschungsprozeß auf bestimmte Kriterien der Untersuchung zu beschränken, die sich auch aus der Vielzahl der Möglichkeiten sozialen Verhaltens ableiten; andererseits müssen die eigentlichen Beobachtungszeiten, also der Ausschnitt der Realität, der untersucht werden soll, festgelegt werden. Dies geschieht – auch in qualitativer Beobachtung – natürlich nicht willkürlich. Das heißt, es wird über eine längere Zeitdauer versucht, ganz bestimmte Perioden zu beobachten, die dann evtl. Rückschlüsse auf die nicht beobachteten Phasen erlauben sollen. Daß dies nur bedingt gelingt, ist einleuchtend: je kürzer die Beobachtungszeit, desto größer die Wahrscheinlichkeit, daß extreme Situationen, spontane Ereignisse, die ganz bestimmte Rückschlüsse zugelassen hätten, nicht in die gesammelten Informationen eingehen, obwohl sie notwendiges Konstituens einer gültigen Verallgemeinerung wären.

6.1.3. Restriktionen durch den Gegenstand

Selbstverständlich kann nur in den sozialen Bereichen beobachtet werden, zu denen der Forscher auch tatsächlich Zugang findet. Primär stellt sich also immer das Problem zu entscheiden, wie die Zugänglichkeit zur Situation beschaffen ist. Hierzu sind gründliche theoretische Vorabklärungen notwendig (vgl. auch 6.3.7.).

Beispiel:
Will man z.B. Informationen zum Sexualverhalten ermitteln, so wird in aller Regel die Beobachtung unmöglich sein, weil der Zugang zu den Schlaf- oder sonstigen Zimmern verwehrt ist. Dies gilt mindestens für die Feldbeobachtung. Tatsächlich ist es jedoch *Masters/Johnson* (1967) gelungen, Sexualverhalten zu beobachten und bestimmte Merkmale zu messen, allerdings in Experimentalsituationen, also künstlich geschaffenen Umweltbedingungen.

Man denke z.B. auch an die Beobachtung in einer Strafvollzugsanstalt, die aufgrund der staatlichen Erschwerung der Zugangschancen praktisch unmöglich ist.

Prinzipiell haben wir also Beschränkungen durch den Objektbereich bzw. durch die im Objektbereich auftretenden Verhaltensweisen hinzunehmen.

Eine zweite Restriktion, die im Gegenstand begründet ist, ergibt sich aus der Tatsache, daß sich Beobachtung auf Beobachtbares reduzieren muß. Mit Hilfe der Beobachtung wird es nur bedingt möglich sein, Einstellungen zu erfassen. Dies gelingt erst wieder über die theoretische Vorabklärung, inwieweit nämlich Einstellungen und Verhaltensweisen miteinander verknüpft sind.

Je nach Gegenstand werden wir auch unterschiedliche lokale und zeitliche Grenzen anerkennen müssen. Denken wir z.B. an das Verflochtensein, an die Interdependenz sozialer Phänomene, so wird uns die notwendige Oberflächlichkeit und Selektivität einer einzelnen Methode deutlich. Eine Untersuchung in einem Industriebetrieb mittels Beobachtung ist notwendigerweise solange unvollkommen, als außerbetriebliche Einflußfaktoren, wie Familienleben etc. unberücksichtigt bleiben, sofern diese relevant sind.

Die Beobachtungsmethode ist also keine universale Forschungstechnik, mit der sich beliebige soziale Zusammenhänge untersuchen lassen. „Ihre Einsatzmöglichkeiten, und damit auch die Interpretationsmöglichkeiten der durch sie erhobenen Daten liegen in einem ganz spezifischen Bereich, den wir einerseits durch die theoretischen Abklärungen, andererseits durch die praktische Durchführbarkeit fixiert haben“ (*Atteslander* 1971, S. 130).

6.1.4. Gegenstand und Begrenzungen der Beobachtung im Überblick:

- Die Methode der Beobachtung – auch und gerade in ihrer qualitativen Form – gehört zur *Grundlagenforschung* in den Sozialwissenschaften.
- Die Beobachtung ist *räumlich mindestens durch die Reichweite der menschlichen Sinnesorgane begrenzt*, auch wenn technische Medien diese prinzipiell erweitern könnten. Sie ist immer auf die Sinnesorgane bezogen, weil auch technische Hilfsmittel auf diese angewiesen sind.
- Der Gegenstand und die Methode der Beobachtung sind auch zeitlich limitiert, weshalb tatsächlich immer *nur Ausschnitte aus der sozialen Realität* erfaßt werden können.
- Die Methode der Beobachtung erfährt eine entscheidende Einsatzbeschränkung durch den Objektbereich selbst: Sie muß sich vornehmlich auf *Verhaltensweisen* richten, während andere interessierende Tatbestände nur erschlossen werden können.
- Eine Einsatzrestriktion für die Beobachtung ergibt sich auch daraus, daß *nicht alle Verhaltensweisen* – aus den verschiedensten Gründen – beobachtet werden können.
- Gleichwohl erscheint die Beobachtung als eine basale und abgesicherte Methode, den Gegenstand der Sozialwissenschaften, nämlich *soziales Handeln*, methodisch abgesichert in den Griff zu bekommen.

6.2. Formen der Beobachtung

Einleitend wurde behauptet, daß die Alltagsbeobachtung, die unseren Erfahrungen und unserem sozialen Verhalten zugrundeliegt, nicht als wissenschaftliche angesehen werden kann. Welche Bedingungen müssen also erfüllt sein, damit man von wissenschaftlicher Beobachtung sprechen kann? Wir können mit *König* (1973, S.50) die Beobachtung als eine Art des Erfahrens von Welt begreifen; dies bedeutet, daß jede solche Erfahrung durch das erfahrende Subjekt strukturiert ist und zwar jeweils individuell-selektiv: Wir können der Alltagserfahrung entnehmen, daß bestimmte Individuen in ihren Beobachtungserfahrungen übereinstimmen können, diese Kongruenz aber nur die Durchschnittsmenge ihrer Aussagen ist, während ein vielleicht wesentlicher Teil der Realität nicht wahrgenommen wurde. Die Beobachtung ist – wie die Wahrnehmung auch – selektiv:

Beispiel:
Man denke an Zeugenaussagen, die einen Verkehrsunfall gesehen haben. Wenn man drei Zeugen hat, dann werden diese in ihren Aussagen, also in den verbal formulierten Beobachtungen, nicht voll übereinstimmen. Mengentheoretisch gesprochen kann man sagen, daß die Menge aller Aussagen der Personen A, B und C sicher größer ist als die Menge übereinstimmender Aussagen von A, B und C. Eine einfache wahrscheinlichkeitstheoretische Überlegung mag diesen Tatbestand erläutern: Ist die Gesamtzahl aller richtigen Aussagen zu einem Ereignis gleich 100% und kommen von A 60% richtige Aussagen, von B 50%, von C 30%, so beträgt der Anteil, in dem alle drei Beobachter übereinstimmen nur 9%, d.h. diese 9% können als zutreffende Beschreibung des Ereignisses akzeptiert werden, solange man nicht einem der Beobachter von vornherein eine größere Beobachtungsfähigkeit oder Objektivität zuschreibt (vgl. *Friedrichs/Lüdtke* 1971, S.29). Dies tut man oft implizit bei Polizisten (was nicht richtig zu sein braucht). Ist dies der Fall, dann müßten die Aussagen nach irgendeinem Kriterium der größeren Objektivität selbst noch gewichtet werden, wobei dieses Kriterium natürlich ein Vorurteil sein kann.

Das hier dargestellte Phänomen wird in der Sozialpsychologie unter dem Begriff der *selektiven Wahrnehmung, der Wahrnehmungsabwehr oder Wahrnehmungsakzentuierung* behandelt. Zu der, die Beobachtung verzerrenden, selektiven Perzeption gehört auch die Tatsache, daß gewisse Inhalte bevorzugt registriert werden und auf diese Weise die Aufnahme anderer Inhalte hemmen, d.h. die Wiedergabe der Beobachtung wird beeinflußt durch Ziele und Vorstellungen des Beobachters.

Die durch die Selektion auftretenden Fehler – z.B. auch in der Aufzeichnung der beobachteten Ereignisse – können nachträglich meist nicht mehr korrigiert und unter Umständen nicht einmal entdeckt werden, da die Wiedergabe evtl. als sinnvolle Einheit erscheint. Hier tritt nun der Zusammenhang zu dem vorher behandelten Begriff des Verstehens klar zutage, nämlich die Tendenz des Beobachters, schon bei der Rezeption der Informationen *sinnvolle Einheiten* herzustellen, daher – seinem Verständnis nach – konträre und nicht interpretierbare Ereignisse vielleicht wegzulassen oder zu verändern.

Ein weiteres Problem liegt darin, daß zwischen der Aufmerksamkeit des Beobachters und der Vertrautheit mit den zu beobachtenden Ereignissen im Verlauf des Beobachtungsprozesses eine bestimmte Beziehung besteht: Mit der zunehmenden

Vertrautheit nimmt die Aufmerksamkeit und mit dieser die „Zuverlässigkeit" der Beobachtung ab. Zu diesem vermuteten Zusammenhang von Aufmerksamkeit und Vertrautheit gehört auch das Übersehen von Selbstverständlichkeiten. Es sind dies Ereignisse, die einem gleichsam schon zu vertraut sind.

Die selektive Perzeption äußert sich natürlich auch in der Aufzeichnung der Beobachtungsdaten aufgrund der häufig sich sprachlich vollziehenden beobachteten Interaktionen. Es ist kaum verwunderlich, daß sich in unserer Sprache Beobachtung und Wertung vermischen, da unsere verbalen Äußerungen semantisch zu einem großen Teil bewertende Wörter enthalten. Die meisten alltäglichen Beschreibungen sind nur scheinbar deskriptiv, statt dessen evaluativ:

Beispiel:
„Anstelle der Beschreibung – ‚er gab mir die Hand, schüttelte sie lange, lächelte und klopfte mir dann auf die Schulter' – wird man meist nur hören, ‚er war freundlich'. Für die Kontrollierbarkeit einer Interpretation ist jedoch zuerst die genaue Beschreibung des Sachverhalts nötig, die Interpretation ‚Freundlichkeit' darf nicht der Beobachter, sondern nur der Forscher vornehmen; und zwar anhand der vor der Untersuchung definierten operationalen Kriterien für das, was ‚Freundlichkeit heißen' soll" (*Friedrichs/Lüdtke* 1971, S.33).

Um nun, nach der allgemeinen Diskussion der Selektivitätsproblematik, den Stellenwert der teilnehmenden Beobachtung als qualitativer Forschungsmethode besser bestimmen zu können, empfiehlt es sich, deren Einbettung in den Kanon der Beobachtungsmethoden vorzunehmen: Unabhängig von den grundlagentheoretischen und methodologischen Prämissen kann die Beobachtung als Methode und Technik der Datenerhebung vielfach variiert und vielseitig eingesetzt werden.

Abbildung 8: Klassifikation der Beobachtungsformen

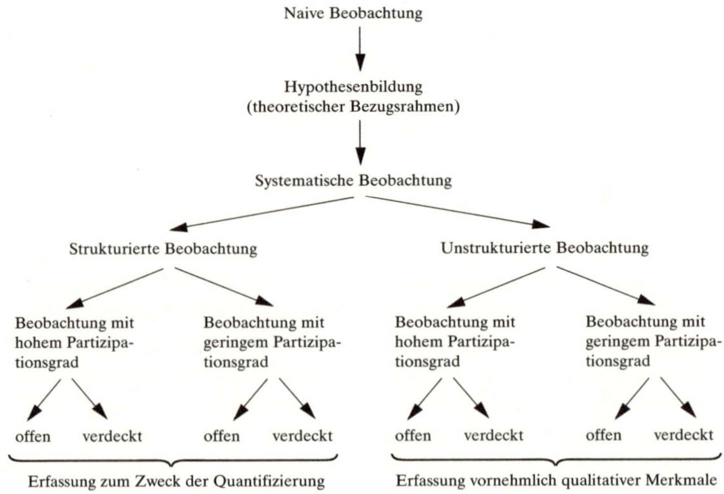

nach: (*Atteslander* 1971, S. 131)

In Anlehnung an diese Klassifikation sollen im folgenden die einzelnen Beobachtungsformen kurz skizziert werden, um daraus die spezifische der qualitativ teilnehmenden Beobachtung herzuleiten.

6.2.1. Naive versus wissenschaftliche Beobachtung

Die wissenschaftliche Beobachtung unterscheidet sich von der Alltagsbeobachtung primär durch die allgemeinen Kriterien der Wissenschaftlichkeit empirischer Forschung. Dabei orientiert man sich sehr stark an der quantitativen Methodologie, doch können die folgenden Kriterien für Wissenschaftlichkeit auch vom qualitativ arbeitenden Sozialforscher getragen werden, wobei nur beim ersten gewisse Einschränkungen hinsichtlich der Vorstellungsinhalte von „wiederholten Prüfungen und Kontrollen" notwendig wären:

1. Wissenschaftlichkeit bedeutet: *„wiederholte Prüfungen und Kontrollen* hinsichtlich der Gültigkeit, Zuverlässigkeit und Genauigkeit" (*Jahoda* et al. 1966, S.77; Hervorhebung S.L.). Hierbei erweist es sich, daß beobachtete Tatbestände leichter solchen Prüfungen unterzogen werden können als über Beobachtungen erschlossene Sinn- und Bedeutungszusammenhänge.
2. Das zweite Unterscheidungskriterium zwischen wissenschaftlicher und naiver Beobachtung, das sich ebenfalls aus möglichen Fehlerquellen der Alltagsbeobachtung ableitet, ist die *systematische Aufzeichnung* der beobachteten Ereignisse, die „auf allgemeinere Urteile bezogen wird, nicht aber eine Sammlung von Merkwürdigkeiten darstellt" (*Jahoda* et al. 1966, S.77).
3. Zur wissenschaftlichen Beobachtung gehört, daß sie *„systematisch geplant* und nicht dem Zufall überlassen wird" (*Jahoda* et al. 1966, S.77; Hervorhebung S.L.). Für dieses Kriterium spricht nicht allein die Forschungsökonomie (es wäre höchst unrentabel, sich auf Zufälle zu verlassen), sondern auch die vorher genannten Bedingungen der systematischen Aufzeichnung und der Kontrollmöglichkeit der Ergebnisse.
4. Die wissenschaftliche Beobachtung zeichnet sich nicht zuletzt dadurch aus, daß sie „einem *bestimmten Forschungszweck* dient" (*Jahoda* et al. 1966, S.77; Hervorhebung S.L.).

„Die wissenschaftliche Beobachtung unterscheidet sich von der nichtwissenschaftlichen vor allem durch die Stelle und den Zweck, die sie innerhalb der miteinander zusammenhängenden Tätigkeiten erfüllt, aus denen eine wissenschaftliche Untersuchung besteht, nicht aber durch irgendeine Eigenschaft des Beobachtens selbst" (*Jahoda* et al. 1966, S.77).

Unter den genannten Bedingungen wissenschaftlichen Arbeitens – sowohl im quantitativen, wie auch im qualitativen Paradigma – können Informationen, die der Sozialwissenschaftler in seiner Studie als „Beweismaterial" benötigt, auch durch Beobachtung gewonnen werden.

6.2.2. Strukturierte und unstrukturierte Beobachtung

Die wissenschaftliche oder auch systematische Beobachtung läßt sich in die beiden Hauptgruppen der strukturierten und unstrukturierten Beobachtung gliedern. Der Unterschied zwischen beiden ist dabei nicht etwa der Grad der Wissenschaftlichkeit, sondern vielmehr die Art des Vorgehens bzw. die Art der Differenzierung in der Beobachtung selbst. Sowohl die strukturierte als auch die unstrukturierte Beobachtung richten sich auf ein *genau formuliertes Forschungsziel, sind systematisch geplant, werden systematisch aufgezeichnet und können Überprüfungen zugeführt* werden.

Während bei der strukturierten Beobachtung aber der Forscher seine Beobachtungen nach einem relativ differenzierten System *im voraus festgelegter Beobachtungskategorien* aufzeichnet, sind bei der unstrukturierten Beobachtung nur mehr oder weniger *allgemeine Richtlinien*, d.h. bestenfalls grobe Hauptkategorien *als Rahmen der Beobachtung* vorhanden. Innerhalb dieses Rahmens hat der Forscher für seine Beobachtungen freien Spielraum.

Durch die Strukturierung erhält man einen relativ hohen Grad der Kontrollierbarkeit des Beobachtungsvorgangs, d.h. die Gewähr, daß verschiedene Forscher mit Hilfe der gleichen Kategorien in derselben Beobachtungssituation zu gleichen Ergebnissen gelangen. Dies bietet allerdings keine Sicherheit, all das zu erfassen, was für die Beobachteten selbst von Bedeutung ist. Das theoretische Raster des Forschers wird dominant, was den Prinzipien qualitativer Forschung widerspricht.

Wenn man nun meint, sich im Sinne von Gültigkeit und Zuverlässigkeit nur auf die strukturierte oder auch standardisierte Beobachtung beschränken zu können, so unterliegt man einem folgenschweren Irrtum. Die strukturierte Beobachtung setzt nämlich die Aufstellung eines detaillierten Kategoriensystems voraus, welches aber erst möglich ist, wenn dem Beobachtungsvorgang differenzierte und konkrete Hypothesen zugrundeliegen. Solche Hypothesen können aber nur formuliert werden, wenn der Forscher bereits einen Überblick über die zu beobachtende Situation und über die verschiedenen sozialen Zusammenhänge besitzt. Die unstrukturierte Beobachtung, die der Informationsgewinnung und Hypothesenkonstruktion dient, kann damit zu einer Voraussetzung für die strukturierte Beobachtung werden.

Die global skizzierten Unterschiede zwischen strukturierter und unstrukturierter Beobachtung sind nicht grundsätzlicher, sondern eher gradueller Art. Man kann sich ein Kontinuum vorstellen, welches von der völlig unstrukturierten bis zur perfekt standardisierten Beobachtung mit einer Reihe von Zwischenformen verläuft. Ein Minimum an Strukturierung erfordert auch die unstrukturierte Beobachtung und eine gewisse Flexibilität besteht auch bei der strukturierten Beobachtung.

6.2.3. Offene und verdeckte Beobachtung

Bei der *offenen Beobachtung tritt der Beobachter ausdrücklich als Forscher auf*, d.h. das soziale Feld kennt mindestens den Zweck der Anwesenheit des Forschers. Dies impliziert natürlich keineswegs, daß die beobachteten Personen nun ganz genau wissen, welches die eigentlichen Ziele sind, die mit der Studie verfolgt werden. Sehr oft ist es unmöglich, theoretische Aspekte den Beobachteten mitzuteilen. Zudem muß bedacht werden, daß eine solche Information über den eigentlichen Untersuchungszweck zu einer Verfälschung der Beobachtungssituation führen kann.

Beispiel:
Es wäre z.B. unsinnig, in ein Unternehmen zu gehen, dort eine Beobachtung durchzuführen und „einer Arbeitsgruppe im Betrieb mitzuteilen, man wolle untersuchen, wieweit das Verhalten ihrer Mitglieder von den formalen Betriebsvorschriften abweiche. Vielmehr wird man sich mit der Erklärung begnügen müssen, man wolle eine Studie über die Arbeitsaufgaben der Gruppe machen" (*Atteslander* 1971, S.140). Es ist also stets zu prüfen, inwieweit und in welcher Form die betroffenen Personen über die beabsichtigten Forschungsziele informiert werden (müssen).

Bei der *verdeckten Beobachtung gibt der Beobachter seine Identität als Forscher nicht zu erkennen*. Diese Form der Beobachtung ist in der Sozialforschung relativ selten, wird aber im journalistischen Bereich oft mit guten Erfolgen durchgeführt. Ihr Sinn liegt im Bestreben, die Gefahr einer Störung des sozialen Feldes und damit evtl. eine Modifikation des Verhaltens durch das Wissen um die Anwesenheit eines Forschers zu vermeiden. Da aber der strukturiert Beobachtende meist so augenfällig und offensichtlich damit beschäftigt ist, seine Beobachtungen genau festzuhalten, wird es sich in der Regel als zweckmäßig erweisen, die Tatsache der Beobachtung bekanntzugeben, da die Tätigkeit des Beobachters sicherlich nicht verborgen bleiben wird (vgl. hierzu auch *Bogdan/Taylor* 1975, S.28ff).

6.2.4. Teilnehmende und nicht teilnehmende Beobachtung

Der Unterschied zwischen teilnehmender und nicht teilnehmender Beobachtung besteht darin, daß bei der *teilnehmenden Beobachtung der Beobachter selbst Element des zu beobachtenden sozialen Feldes wird*, wohingegen bei der nicht teilnehmenden Beobachtung der Beobachter gleichsam von außen her das ihn interessierende Verhalten beobachtet. Der Begriff der teilnehmenden Beobachtung „is used here to refer to research characterized by a period of intense social interaction between the researcher and the subjects, in the milieu of the latter. During this period, data are unobtrusively and systematically collected" (*Bogdan/Taylor* 1975, S. 5).

Wie bei allen Formen der Beobachtung betrachten wir beim Vergleich zwischen teilnehmender und nicht teilnehmender Beobachtung nur eine, analytisch herausgegriffene, Dimension. Tatsächlich zeichnet sich die teilnehmende Beobachtung aber nicht nur durch das Element der Teilnahme am Geschehen im zu beobachtenden sozialen Feld aus, sondern sie tritt in spezifischen Kombinationen mit anderen Dimensionen – wie wir noch sehen werden – auf.

Die Wahl zwischen teilnehmender und nicht teilnehmender Beobachtung wird u.a. durch die praktischen Möglichkeiten des Zugangs zu den relevanten Situationen bestimmt, darüber hinaus aber auch von dem bereits vorhandenen Wissen über das zu untersuchende soziale Feld. So nimmt nicht Wunder, daß die teilnehmende Beobachtung primär bei kulturanthropologischen und ethnologischen Studien Verwendung fand. Es dürfte klar sein, daß die teilnehmende Beobachtung wegen des selbst nicht kontrollierten Feldforschers hinsichtlich ihrer „Objektivität" manchmal recht kritisch beurteilt wird – und dies selbst dann, wenn sich der Forscher auf die mehr oder minder systematische Sammlung des Materials oder auf die explorative Entwicklung von Hypothesen beschränkt.

Trotz dieses Arguments kann die Methode der teilnehmenden Beobachtung nicht als ungültig abgetan werden, weil die Geschichte der Forschung bewiesen hat, daß viele Fallstudien mit Hilfe der teilnehmenden Beobachtung wichtige Beiträge zur allgemeinen Begriffs- und Theoriebildung in der Soziologie geleistet haben.

6.2.5. Aktiv und passiv teilnehmender Beobachter

Alle polarisiert dargestellten Typen der Beobachtung treten in der Wirklichkeit in differenziert-nuancierten Formen auf: Eigentlich handelt es sich nicht um Gegensatzpaare, sondern eher um mögliche Ausprägungen auf einem Kontinuum zwischen den jeweiligen Polen: Zwischen teilnehmender und nicht teilnehmender Beobachtung sind verschiedene Grade der Partizipation des Beobachters im sozialen Feld denkbar. Je nach der Definition der Rolle des Beobachters lassen sich verschiedene Möglichkeiten unterscheiden, die in 6.3.2. etwas ausführlicher behandelt werden; sie werden hier nur benannt:

1. Der Forscher kann sich völlig mit dem zu untersuchenden sozialen Feld identifizieren, er geht in ihm auf und wird zum Teilnehmer.
2. Der zweite Rollentypus ist der Teilnehmer als Beobachter im Feld, d.h. seine Beobachterrolle ist im Feld erkennbar.
3. Die dritte Form der Teilnahme ist der Beobachter als Teilnehmer, bei dem schon eine klare Dominanz der Beobachtung vorliegt und
4. bleibt die reine Beobachtung ohne Interaktion mit dem Feld.

6.2.6. Direkte und indirekte Beobachtung

Während sich die Unterscheidung in teilnehmende und nicht teilnehmende Beobachtung auf die Stellung des Beobachters zur Wirklichkeit bezog, betrifft die Alternative direkte versus indirekte Beobachtung *die Stellung des Beobachtungsmaterials zur Wirklichkeit*.

Diese Unterscheidung wird eigentlich nur von *König* (1967, S.124f) getroffen und scheint prima vista einer allgemeinen Definition der Beobachtung zu widersprechen, denn sie bezieht sich auf das Feststellen von sozialem Verhalten zu dem Zeitpunkt, zu dem dieses sich tatsächlich abspielt. Das Unterscheidungskriterium zwischen direkter und indirekter Beobachtung besteht aber darin, „daß der Forscher in dem einen Fall sozusagen um eine Dimension mehr von der Wirklichkeit getrennt ist als im anderen Falle, was allerdings in zahllosen Situationen einfach nicht zu umgehen ist, sei es, daß wir zeitlich, oder sei es, daß wir räumlich vom Untersuchungsgegenstand getrennt sind. In diesem Falle bleibt nur die Möglichkeit der indirekten Beobachtung" (*König* 1966, S.35).

Wenn wir uns jetzt zurückerinnern, daß Erfahrung auf Beobachtung reduziert werden kann, dann ergibt sich die Legitimation für diese Unterscheidung. Allerdings ist diese für die Praxis der Forschung kaum relevant, weil die indirekte Beobachtung auf Methoden und Techniken beruht, die ganz spezielle Ausprägungen in der Sozialforschung erfahren haben und von daher auch mit ganz bestimmten Bezeichnungen belegt werden: So würde z.B. nach der *König*schen Definition die Inhaltsanalyse eine indirekte Beobachtung sein.

6.2.7. Feld- und Laborbeobachtung

Hier steht weder die Stellung des Beobachters, noch die des Beobachtungsmaterials, sondern *die des Gegenstandes der Beobachtung zur Diskussion*, indem dieser einmal in seiner natürlichen Umgebung, zum anderen unter Laboratoriumsbedingungen beobachtet wird.

Um Verwechslungen auszuschließen, sei ganz kurz der Unterschied zwischen *Laborbeobachtung* und *Experiment* dargestellt. Beim Experiment ist der Untersuchungsgegenstand jederzeit und prinzipiell manipulierbar, in der *Laborbeobachtung* bleibt der Beobachter *stets rezeptiv*. Wenn beim Experiment einzelne Variablen durch den Untersuchungsleiter variiert werden, um so auf Kausalitäten schließen zu können, heißt das Herstellen einer Laboratoriumsbedingung bei der Beobachtung nur, daß man den Beobachtungsobjektbereich aus seiner natürlichen und sehr komplexen Umwelt herauslöst, um die möglichen Wirkfaktoren einzuschränken, das Auftreten unerwarteter Nebenwirkungen möglichst zu verhindern bzw. kontrollieren zu können. Die Feldbeobachtung bezieht sich dagegen auf Vorgänge, die zeitlich und räumlich dort beobachtet werden, wo sie sich in der Realität abspielen.

6.2.8. Formen der Beobachtung zusammengefaßt

Wenn man nun die möglichen Formen der Beobachtung retrospektiv betrachtet und sich dabei ins Gedächtnis zurückruft, daß die jeweiligen Unterscheidungsmerkmale analytischer Natur sind, d.h. daß jeweils Kombinationen zwischen den einzelnen Beobachtungsformen realiter auftreten (wenngleich sich auch einige untereinander logisch ausschließen), so wird klar, daß eine in sich geschlossene Theorie der Beobachtung nur sehr schwer zu erstellen ist, weil die Vielfalt der Erscheinungsformen Abstraktionen notwendig machen würden, die bei dem gegenwärtigen Wissensstand nur schwer realisierbar erscheinen.

In einer tabellarischen Übersicht werden die verschiedenen Beobachtungsformen gegenübergestellt:

Tabelle 7: Beobachtungsformen

Differenzierungsdimension	Beobachtungsform	
Wissenschaftlichkeit	naiv	systematisch
Standardisierung	unstrukturiert (nicht standardisiert)	strukturiert (standardisiert)
Transparenz	offen	verdeckt
Beobachterrolle	teilnehmend	nicht teilnehmend
Partizipationsgrad	aktiv teilnehmend	passiv teilnehmend
Realitätsbezug	direkt	indirekt
Natürlichkeit der Situation	Feld	Labor

- Die *wissenschaftliche* Beobachtung unterscheidet sich von der alltäglich-naiven vor allem dadurch, daß sie *systematisch geplant, aufgezeichnet und analysiert wird* und einer *Prüfung auf Zuverlässigkeit und Gültigkeit* zugeführt werden kann.
- Die *strukturierte* oder *standardisierte* Beobachtung arbeitet mit einem *vorab festgelegten theoretischen Beobachtungsschema* und fixierten Beobachtungskategorien, die als Raster auf das zu beobachtende Verhalten angelegt werden. Die *unstrukturierte* Beobachtung ist hingegen *offen* für die Verhältnisse und deren Entwicklungen im sozialen Feld.
- Bei der *offenen* Beobachtung ist den Beobachteten die *Tatsache des Beobachtens bekannt* (wobei der eigentliche Forschungszweck nicht notwendigerweise mitgeteilt worden ist), während bei der *verdeckten* Beobachtung die *Forschungsabsicht verheimlicht* wird.
- Bei der *teilnehmenden* Beobachtung *begibt sich der Forscher bzw. Beobachter in das soziale Feld*, wird – indem er eine entsprechende Rolle übernimmt – Teil desselben und beobachtet aus dieser Rolle heraus. Bei der *nicht teilnehmenden* Beobachtung wird das Feld *quasi von außen* durch den Forscher als Forscher beobachtet.
- Der *Partizipationsgrad* der Teilnahme im beobachteten sozialen Feld kann von *aktiver* bis zu *passiver* Teilnahme variieren.
- Die *direkte* Beobachtung ist die eigentliche Methode der Beobachtung, während bei *indirekter* Beobachtung der Begriff der Beobachtung sehr extensiv gefaßt ist: von ihr ist immer dann die Rede, wenn nicht das Verhalten in actu beobachtet wird, sondern nachträglich irgendwelche Dokumente zur Beobachtung analysiert werden.
- Die *Feld*beobachtung erfolgt in *natürlichen Alltagssituationen* der Beobachteten, während die *Labor*beobachtung in einem künstlich geschaffenen Umfeld vorgenommen wird.

- Es soll schon hier festgestellt werden: *Die prototypische qualitative Form der Beobachtung ist unstrukturiert (nicht standardisiert), offen, teilnehmend, tendenziell aktiv teilnehmend, direkt und im Feld.*
- Der Extremtypus quantitativ orientierter Beobachtung weist die jeweiligen Polaritäten zu den Elementen der qualitativen Form als Eigenschaften auf. Beide Formen sind als wissenschaftliche natürlich auch systematisch (wobei sich die Systematik auf das Vorgehen und nicht auf ein evtl. Beobachtungsschema bezieht).

6.3. Die teilnehmende Beobachtung aus qualitativer Sicht

Im Rahmen eines qualitativen Forschungsansatzes wird die teilnehmende Beobachtung in der Regel unstrukturiert sein, da sich diese Form am ehesten mit den methodologischen Prinzipien des interpretativen Paradigmas deckt. Unstrukturierte Beobachtung – besser wohl: *nicht standardisierte Beobachtung* – meint das Absehen von einem System vorab ausformulierter Beobachtungskategorien und die Verlegung von Kategorien- und Hypothesenbildung in den Prozeß der Datenerhebung oder – noch extremer – gar erst in die Auswertung und Interpretation des Materials. Da es in unserem Zusammenhang nur um die *teilnehmende* Beobachtung im Rahmen qualitativ orientierter Sozialforschung geht, können Definitionen von quantitativer Seite hier vernachlässigt werden.

Eine sehr frühe Begriffsbestimmung ist von *Harder/Lindemann* geliefert worden: „*Participant observation* is based on the theory that an interpretation of an event can only be approximately correct when it is a composite of the two points of view, the outside and the inside. Thus the view of the person who was a participant in the event, whose wishes and interests were in some way involved, and the view of the person who was not a participant but only an observer or analyst, coalesce in one final synthesis“ (*Harder/Lindemann* 1933, S.148). Diese Begriffsbestimmung verweist auf eine grundlegende Schwierigkeit teilnehmender Beobachtung. Der Teilnehmer ist einmal ein „objektiv“ beobachtender Forscher und zum anderen ein Mensch mit Gefühlen und Gedanken, der als Teilnehmer an den Handlungen der beobachteten Personen teilnimmt. Wie diese zwei Positionen vereint, aber auch getrennt werden, zeigt sich in den verschiedenen Methoden, die bei der Beobachtung allgemein, wie auch bei der teilnehmenden Beobachtung, angewandt werden können.

Eine weitaus umfangreichere Definition wird von *Schwartz/Schwartz* vorgenommen: „For our purposes we define participant observation as a process in which the observer's presence in a social situation is maintained for the purpose of scientific investigation. The observer is in a face-to-face relationship with the observed, and, by participating with them in there natural life setting, he gathers data. Thus, the observer is part of the context being observed, and he both modifies and is influenced by this context. The role of participant observer may be either formal or informal, concealed or revealed; the observer may spend a great deal or very little time in the research situation; the participant-observer role may be an integral part of the social structure or largerly peripheral to it" (*Schwartz/Schwartz* 1955, S.244).

Eine andere Begriffsbestimmung liefert *Becker*: „The participant observer gathers data by participating in the daily life of the group or organization he studies. He watches the people he is studying to see what situations they ordinarily meet and how they behave in them. He enters into conversation with some or all of the participants in these situations and discovers their interpretations of the events he has observed" (*Becker* 1958, S.652).

In einer weitergehenden begrifflichen Festlegung erweitert *Bruyn* die Vorstellungsinhalte: „While the traditional role of the scientist is that of a neutral observer who remains unmoved and unchanged in his examination of phenomena, the role of the participant observer requires sharing the sentiments of people in social situations, and thus he himself is changed as well as changing to some degree the situation in which he is a participant" (*Bruyn* 1963, S.224).

Läßt man diese Definitionen revue passieren, so bleiben einige Gemeinsamkeiten: Aus einer Teilnahme im realen sozialen Feld ergibt sich die Datensammlung, wobei die Teilnahme im Regelfall eine face-to-face Beziehung darstellt. Die Qualität dieser Beziehung kann unter klassifikatorischen Gesichtspunkten gesehen werden und reicht von einer Nicht-Teilnahme (im empirisch-analytischen Sinne) bis hin zu einem vollständigen Aufgehen im sozialen Feld. Auch wenn eine gewisse Distanz des Beobachters zum sozialen Feld aus empirisch-analytischer Sicht notwendig ist und vom qualitativen Paradigma nicht grundsätzlich abgelehnt werden kann, ist im Regelfall teilnehmende Beobachtung als Methode qualitativer Sozialforschung weitgehend auch Identifikation mit dem zu untersuchenden Feld.

Obgleich *König* eher der empirisch-analytischen Methodologie der quantitativen Sozialforschung zuneigt, formuliert er eine wesentliche Prämisse, die der qualitativ orientierte Forscher voll unterschreiben kann, „daß nämlich Sozialforschung nicht aus theoretischer Entfernung oder spekulativer Erhabenheit, sondern einzig und allein in der unmittelbaren Auseinandersetzung mit der Wirklichkeit selbst betrieben werden könnte" (*König* 1973, S.50). Darüber hinausgehend müßte man für die qualitative Position präzisieren, daß teilnehmende Beobachtung ein interaktiver Prozeß zwischen Beobachter und zu Beobachtendem ist. Dies setzt natürlich entsprechende Kompetenzen des Forschers voraus.

Wenn teilnehmende Beobachtung als interaktiver Prozeß verstanden werden kann, so ist zu fragen, wie sich dieser von der Alltagsinteraktion unterscheidet. Für das quantitative Paradigma kann davon ausgegangen werden, daß wissenschaftliche Beobachtung innerhalb „eines theoretisch abgeklärten Forschungszweckes" stattfindet und „systematisch geplant und durchgeführt" wird (*Atteslander* 1971, S.123). Somit wäre als Unterscheidungskriterium die *Zielsetzung* und *die systematische Planung und Durchführung* gewählt worden. Dies hatten wir schon festgestellt.

Ein weitergehender grundsätzlicher Unterschied zur Alltagsbeobachtung, was die vom Beobachter zu erbringenden Fähigkeiten angeht, wird in dem qualitativen

Paradigma – auch bezüglich teilnehmender Beobachtung – nicht vorgenommen: „The average citizen in his day-to-day interactions makes precise observations especially in areas, which are of critical importance to him“ (*Heyns/Lippitt* 1954, S.370). Und an anderer Stelle ergänzen die Autoren, daß Aufgabe „of the trained observer is primarily an application in the scientific area of a general skill which most humans have to some degree. The application of this ability ... imposes some refinements ..., but no new ... skill“ (*Heyns/Lippitt* 1954, S.371). Offenbar ist danach die wissenschaftliche, teilnehmende Beobachtung im Sinne qualitativer Sozialforschung nicht etwas methodisch in besonderer Weise zu Fassendes, sondern vielmehr eine Fertigkeit oder Fähigkeit, die der Alltagsbeobachtung ebenso eignet.

War bislang vornehmlich von dem Problem der nicht kontrollierbaren Selektivität der Beobachtung die Rede, so muß nun auch die Schwierigkeit berücksichtigt werden, daß bei der teilnehmenden Beobachtung die Aufzeichnung der Informationen relativ schwierig wird. Je nachdem, ob es sich um eine offene oder verdeckte Beobachtung handelt, wird die Zuverlässigkeit und damit die Gültigkeit der aufgezeichneten Daten möglicherweise gefährdet.

Wenn schon die Aufzeichnung des Beobachtungsmaterials Schwierigkeiten bereitet, so ist nur allzu verständlich, daß die Auswertung des Beobachtungsmaterials neue Probleme aufwirft. Bei der teilnehmenden Beobachtung bleibt in aller Regel der Auswertungsmodus „insgesamt auf der Ebene naiver anekdotischer Verhaltensbeschreibungen, die das Ergebnis methodisch unkontrollierbarer Beobachtung darstellen und gewöhnlich weit mehr eine Niederschrift dessen sind, was der Beobachter glaubt, im Verhalten einer Person als charakteristisch bemerkt zu haben, als die eines objektiven Sachverhalts. Es handelt sich dabei um die Wiedergabe von Gefühlen, Wertungen, Vorurteilen, Projektionen des Beobachters, nicht aber um sachliche Feststellungen des Vorgefundenen. Es liegt auf der Hand, daß auf dieser Ebene insbesondere Beobachtungsfehler nicht kontrollierbar sind, da die Ergebnisse sich als unmittelbare Induktionen aus fehlerhaften Einzelbeobachtungen verstehen“ (*Hasemann* 1964, S.816, zitiert nach *Friedrichs/Lüdtke* 1971).

Nun muß man aber strikt trennen zwischen den eigentlichen Chancen und Restriktionen der Methode und den bisher vorliegenden faktischen Ergebnissen aus dieser Methode. So betonen *Friedrichs/Lüdtke*: „Die vermeintlich geringe Reichweite der teilnehmenden Beobachtung ... hinsichtlich der Exaktheit der Methode, läßt sich zunächst nicht logisch sondern nur historisch begründen und ist daher revisionsbedürftig“ (1971, S.25). Eine erhöhte Validierung der teilnehmenden Beobachtung könnte ihrer Meinung nach dadurch erreicht werden, daß man das Instrument der teilnehmenden Beobachtung standardisiert verwendet. Dies setzt natürlich eine Reihe von Bedingungen voraus, welche die bisherige, allgemein gehandhabte, Anwendung der teilnehmenden Beobachtung erheblich einschränken würden und der Methodologie qualitativer Sozialforschung zuwiderlaufen. Dies wird offenkundig, wenn man die bei *Friedrichs/Lüdtke* aus der Standardisierung teilnehmender Beobachtung abgeleiteten Forderungen betrachtet, von denen sie selbst meinen, sie würden die Anwendungsmöglichkeiten der teilnehmenden Beobachtung doch erheblich restringieren:

1. „Das Prinzip der Wiederholbarkeit der gleichen Beobachtungen durch Simultan- oder Parallelbeobachtungen" (*Friedrichs/Lüdtke* 1971, S.26). Da sich soziale Situationen in der Realität selten in vergleichbarer Weise wiederholen, ist es bei teilnehmender qualitativer Beobachtung schwierig, diese Forderung zu erfüllen. Bestenfalls läßt sich die Wiederholbarkeit dadurch „simulieren", daß mehrere Beobachter das gleiche soziale Feld beobachten oder daß einer oder mehrere Beobachter verschiedene, aber vergleichbare soziale Felder beobachten. Dies widerspricht aber qualitativer Methodologie, weil mit der Wiederholbarkeit eine Vergleichbarkeit unterstellt wird, die eben nur bei weitestgehender Standardisierung gewährleistet ist. Standardisierung wird aber qualitativ-methodologisch abgelehnt.
2. „Aus dieser ersten Bedingung resultiert eine Trennung von Forscher(n) und Beobachter(n)" (*Friedrichs/Lüdtke* 1971, S.26). Einerseits bedeutet diese Trennung, daß der Forscher sein Beobachtungsfeld und seine Beobachtungstechniken ganz klar strukturieren muß, damit der Beobachter in die Lage versetzt wird, optimal und gültig zu beobachten. Andererseits führt die Trennung von Beobachter und Forscher dazu, daß mögliche Verzerrungen im Hinblick auf das Untersuchungsziel, die bei Personalunion von Forscher und Beobachter sicher bewußt und unbewußt möglich sind, vermieden werden. Doch führt die Trennung von Forscher und Beobachter letztlich zu einer Entfremdung, mindestens zu einer Distanz zwischen Forscher und Beobachtetem, was in qualitativer Methodologie abgelehnt wird.
3. Die Komplexität des Beobachtungsfeldes gestattet in aller Regel – gerade bei der teilnehmenden Beobachtung – nicht die umfassende Aufnahme der Beobachtungsdaten. Die Zahl der im Feld agierenden Personen und die Situationen sind zu vielfältig, als daß unser gegenwärtiges Wissen ausreichte, um ihre Beziehungen und Interaktionen genau und vollständig festzuhalten. Die dritte Forderung lautet daher: *Es kann nur „sinnvoll sein, solche Beobachtungsobjekte auszuwählen*, die relativ überschaubar sind, d. h. die
   a) relativ wenige verschiedene Situationen enthalten,
   b) relativ wenige Personen bzw. relativ ähnlich handelnde Personen einschließen und
   c) relativ abgeschlossen gegenüber anderen Situationen sind" (*Friedrichs/Lüdtke* 1971, S.27).

   Diese Forderung kann auch von einem qualitativ arbeitenden Sozialforscher geteilt werden, der zwar Wert darauf legt, das soziale Feld und die in ihm interagierenden Angehörigen in ihrer Komplexität und Vielschichtigkeit zu erfassen und möglichst ganzheitlich zu analysieren, doch wird der Forscher sein Feld immer so auswählen, daß es überschaubar und begrenzt bleibt (vgl. auch 6.1.).
   Folgerichtig leiten die beiden Autoren aus ihrem Standardisierungsanspruch eine 4. Forderung ab:
4. „Formulierung eines genauen Beobachtungsschemas" (*Friedrichs/Lüdtke* 1971, S.28). Auch dies widerspricht qualitativer Methodologie, die ja offen und flexibel in das Feld geht und keine Prädetermination durch den Forscher

verursachen möchte. Ein ausführliches Beobachtungsschema mit Beobachtungskategorien, Indikatoren usw. ist deshalb abzulehnen.

Eine weitere Forderung ist allerdings auch bei qualitativer Beobachtung sinnvoll:

5. „Definition der Rolle des Beobachters" (*Friedrichs/Lüdtke* 1971, S.28). Es dürfte klar sein, daß bei teilnehmenden Beobachtungen der Forscher sehr wohl bewußt als auch unbewußt Einfluß auf das zu beobachtende soziale Feld nehmen kann. Allein die Tatsache, daß ein neuer Rollenträger, wie immer dieser auch definiert sein mag, in das soziale Feld eintritt, kann das Feld verändern.
   Unabhängig von dieser generellen Schwierigkeit muß natürlich bedacht werden, welche Rolle der Forscher einnimmt, um dann ein optimales Beobachten zu ermöglichen. Je günstiger die strategische Position der Beobachterrolle, d.h. einer Rolle, von der aus ein möglichst unbeschränkter Zugang zu den relevanten Situationen gegeben ist, durch die das Feld möglichst wenig verändert wird, desto leichter ist es, richtige und wichtige Informationen im Feld zu erhalten. Deshalb muß der Forscher bei teilnehmender Beobachtung sehr genau überlegen, welche Rolle als Beobachter im sozialen Feld als geeignet gilt und zu spielen ist.

Im weiteren Versuch der Abgrenzung der teilnehmenden Beobachtung sollen als Definitionselemente die methodologischen Bedingungen, der Beobachter und seine Rolle, das Beobachtungsfeld, die Beobachtungseinheiten und die Beobachtung selbst herausgegriffen werden. Je nachdem, wie man diese Einzelelemente definiert, ergeben sich unterschiedliche methodische Ansätze.

6.3.1. Die methodologischen Bedingungen qualitativ-teilnehmender Beobachtung

Bei qualitativem Vorgehen versucht der Sozialforscher in Absetzung von den hochstandardisierten Erhebungstechniken und den darin a priori festgelegten Beobachtungskategorien auch hypothetisch nicht erwartete, unvorhergesehene Ereignisse als Verhaltensweisen, Meinungsäußerungen etc. zu erfassen, weil durch diesen nicht eingeplanten Informationsgewinn er gerade zu weiter- und tiefergehenden Erkenntnissen gelangen kann. Um diese Absicht allerdings realisieren zu können, bedarf es einer Haltung großer Offenheit. Diese kann sich der Forscher gerade bei teilnehmender Beobachtung leicht bewahren, da spontane Äußerungen und plötzliche Reaktionen im beobachteten Feld ebenso wie unvorhergesehene Situationsveränderungen eine flexible Reaktion als Umlenkung des Augenmerks auf solches Geschehen ermöglichen.

Diese Offenheit bei teilnehmender Beobachtung hat zur Bedingung, daß die explorative Funktion der Erforschung des Feldes im Vordergrund steht und weder die in der quantitativen Sozialforschung konzipierte „Hypothesenbildung ex ante" (*Hoffmann-Riem* 1980, S.343ff) noch deren Operationalisierung und Standardisierung hierbei eine Rolle spielen. Insoweit ist teilnehmende Beobachtung explizit qualitativ und genügt der Forderung nach Offenheit weitestgehend.

Schon wegen der Tatsache, daß man ja vor Beginn der Beobachtungstätigkeit kaum abschätzen kann, was alles für die Arbeit im Feld bedeutsam ist und was nicht, ist ein eher *hypothesengenerierendes Vorgehen* als ein hypothesenprüfendes der Gegenstand bei teilnehmender Beobachtung. Insoweit ist der Forscher bei teilnehmender Beobachtung für alle unvorhersehbaren und unvorhergesehenen Entwicklungen offen, wobei Vorab-Annahmen und „Hypothesen" bei qualitativ-teilnehmender Beobachtung nicht völlig zu verwerfen sind: Qualitatives Forschen heißt ja keineswegs unsystematisches und konzeptionsloses Vorgehen, sondern es bedeutet nur, daß *trotz dieser gedanklichen Vorstrukturierung variabel, flexibel und offen gearbeitet wird*.

Gerade die Offenheit als methodologisch wichtiges Kriterium qualitativer Sozialforschung impliziert aber auch Aufgeschlossenheit für andere Werte und Wertsysteme der zu untersuchenden sozialen Felder. Ist dies nicht gegeben, treten nicht nur eine Reihe technisch-methodischer Probleme auf, sondern auch eine Grundvoraussetzung für qualitatives Arbeiten wäre nicht realisiert. Teilnehmende Beobachtung hat eben nur da Sinn, wo das soziale Feld sich auf die *Toleranz* und *Akzeptanz des Sozialforschers* verlassen kann. Deshalb sind an die Persönlichkeit des Forschers auch entsprechende Anforderungen zu richten: Ist er nicht aufgeschlossen und tolerant genug, um flexibel und anpassungsfähig im Feld zu agieren, ist die teilnehmende Beobachtung von vorneherein zum Scheitern verurteilt. Unvoreingenommenheit gegenüber den Untersuchungspersonen, den Situationen, den jeweils anzuwendenden Methoden und dem Forschungsziel sind neben persönlichkeitsspezifischen Eigenschaften Ausfluß der Offenheit des Forschers und Voraussetzung für ein qualitatives Vorgehen, das zielführend sein soll.

Auch an den Begriffen der *Naturalistizität* und *Authentizität* lassen sich weitere qualitativ-methodologische Voraussetzungen teilnehmender Beobachtung festmachen. Gerade bei Untersuchungen im Bereich der Kulturanthropologie und Ethnologie ist die Naturalistizität von besonderer Bedeutung, da hier die Lebenswelt der Beobachteten, die sozialen Milieus beschrieben werden sollen. Alles Künstliche einer Laborsituation wird abgelehnt, weil man bei teilnehmender Beobachtung sich in das natürliche soziale Feld begibt, um möglichst authentische Informationen zu erhalten.

Die natürliche Umwelt von Individuen und Gruppen mittels teilnehmender Beobachtung im Feld zu erfassen, zu beschreiben und zu analysieren, stellt den Forscher vor die Aufgabe, in existierenden sozialen Milieus mit solchen Methoden vorzugehen, mit denen die zu beobachtenden Personen alltäglich vertraut sind. Dies erscheint umso wichtiger, als allein schon durch die Anwesenheit des Forschers die natürliche Situation verändert werden kann und die Authentizität des sozialen Verhaltens bei störenden Beobachtungsmethoden (z. B. durch das unmittelbare Mitschreiben oder Protokollieren mittels Tonband) evtl. nicht mehr gegeben wäre. Die teilnehmende Beobachtung setzt daher auf Natürlichkeit/Naturalistizität, wenngleich nie gänzlich auszuschließen ist, daß durch den Beobachter ein Element der Künstlichkeit in die beobachteten Situationen hineingetragen wird. Vom Anspruch her gilt jedoch, daß die reale soziale Situation durch den Beobachter nicht verfälscht werden darf, damit die Prinzipien der Authentizität und Naturalistizität nicht gefährdet werden.

Es ist allerdings zu berücksichtigen, daß der Forscher sowohl auf *intersubjektiver* Ebene (das Verhältnis von Beobachter und Beobachteten) als auch auf *intrasubjektiver* Ebene (Beobachter-Bewußtsein) sich der Gefahr ausgesetzt sieht, die Situation ihrer Natürlichkeit evtl. zu berauben. Der Beobachter wird sich aus diesen Gründen bemühen, die methodologischen Prinzipien dadurch zu gewährleisten, daß er sich Vertrauenspersonen des sozialen Feldes sucht, die eine gewisse Garantie für die Authentizität geben. Es kommt eben darauf an, daß der Sozialforscher den Weg in das natürliche Leben und Erleben des sozialen Feldes findet, was für eine qualitativ-teilnehmende Beobachtung unabdingbare Voraussetzung ist. Es ist von Fall zu Fall in Abhängigkeit von der Forschungsfrage und dem sozialen Feld zu entscheiden, welcher Weg der jeweils optimale ist.

Der erheblichen Bedeutung von *Kommunikation* im Bereich der Sozialwissenschaften und im qualitativen Paradigma wird im Rahmen der teilnehmenden Beobachtung insoweit Rechnung getragen, als Kommunikation ein konstitutiver Bestandteil des Forschungsprozesses ist. Kommunikation als methodologisches Kriterium für qualitative Forschung ist bei teilnehmender Beobachtung schon insofern realisiert, als die beobachteten Verhaltensweisen im Regelfalle kommunikativ ablaufen. Kommunikation kann sowohl selbst Gegenstand der Forschung sein, als auch den Raum der Interaktion abgeben. So ist aus qualitativer Sicht undenkbar, Datengewinnung isoliert zu sehen. Die qualitative Methodologie bestreitet die Unverbundenheit von Sozialforscher und Daten, da die Gewinnung der Daten ja auf Kommunikation beruht, die den Zusammenhang zwischen beobachtendem Forscher und den gewonnenen Erkenntnissen überhaupt erst herstellt.

Da im Bereich qualitativer Methodologie davon ausgegangen wird, daß es keine theorieunabhängigen Aussagen der Forscher und der zu Untersuchenden gibt und die Konstruktion von Wirklichkeit sich interaktiv konstituiert (vgl. *Schütze* 1978 und *Dewe* et al. 1984) – „mit seinen Definitions- und Interpretationsleistungen deutet aber das Gesellschaftsmitglied nicht nur die ihm zugängliche Wirklichkeit, sondern konstituiert diese auch mit" (*Lamnek* 1988, S.23) – unterstreicht dies die Bedeutung der Kommunikation. „Forschen wird damit als Kommunikation begriffen" (*Lamnek* 1988, S.24). Genau dieses Prinzip wird bei der teilnehmenden Beobachtung in hervorragender Weise realisiert. In der teilnehmenden Beobachtung wird eine natürliche und zwanglose Kommunikationssituation herzustellen versucht, über die man die interessierenden Informationen zu erlangen erhofft. Die Forderung, den direkten Kontakt zum zu untersuchenden Feld zu suchen (vgl. *Girtler* 1980, S.147), ist eben nur durch intensive Kommunikation in der teilnehmenden Beobachtung zu verwirklichen.

Welch bedeutsame Rolle die Kommunikation bei der Methode der teilnehmenden Beobachtung in qualitativer Sicht spielt, zeigt sich schon bei dem Versuch, in das zu untersuchende Feld einzutreten: Der Forscher, der zunächst als Fremder kommt, wird nach seinen Absichten und seinem Tun befragt und seine Akzeptanz durch das soziale Feld hängt maßgeblich von seinem Kommunikationsvermögen ab, wobei auch die nonverbalen Verständigungsmöglichkeiten mitentscheiden können, inwieweit eine solche Kontaktaufnahme glückt. Das Kommunizieren von Schwierigkeiten und Problemen des Forschers bei der Beobachtung ermöglicht es ihm überhaupt erst, die Diskrepanz zwischen eigener Vorstellung und der tatsächlich existierenden Situation zu realisieren und so vielleicht seine Umwelt besser begreifen und wirklich teilnehmend beobachten zu können.

Gerade wenn der Beobachter sich im Feld befindet, treten oft Schwierigkeiten auf, die durch mangelnde Kommunikation begründet sind, aber durch eine geglückte Kommunikation auch tendenziell aufgefangen werden können. Teilnehmend beobachten heißt auch, Schwierigkeiten im sozialen Feld kommunikativ und solidarisch zu begleiten. Die Betonung der eigenen Bereitschaft zur Hilfeleistung und Unterstützung mittels Kommunikation kann helfen, Probleme zwischen dem Beobachter und dem sozialen Feld zu vermeiden und kann dazu beitragen, daß die teilnehmende Beobachtung gelingt.

Teilnehmende Beobachtung setzt eine Kontaktaufnahme zu dem zu beobachtenden Feld voraus, die häufig über Kontakt-, Vertrauens- oder Schlüsselpersonen erfolgt. Mittels dieser Personen wird um Vertrauen und Akzeptanz geworben: Die Überzeugungsleistung seitens der Vertrauensperson wird ebenso kommunikativ, wie der Beobachter dieses Bemühen durch seine kommunikative Kompetenz zu unterstützen versucht. Dies unterstreicht die Bedeutung der Kommunikation als unumgängliche Bedingung teilnehmender Beobachtung. Nur mittels Kommunikation wird es gelingen, sich im sozialen Feld zu verankern und intime Kenntnisse seines inneren Aufbaus der Verhaltensabläufe zu erlangen. Auch die partielle und temporäre Aufnahme im sozialen Feld setzt kommunikative Fähigkeiten voraus, die für den qualitativ forschenden Wissenschaftler notwendige Voraussetzung sind. Teilnehmende Beobachtung wäre ohne Kommunikation, als vielfach motivierte methodologische Begründung, nicht möglich.

Als weitere qualitativ methodologische Voraussetzung kann man die „*Interpretation*" sehen bzw. das interpretative Paradigma, das „am ehesten als eine grundlagentheoretische Position (zu bezeichnen ist), die davon ausgeht, daß alle Interaktion ein interpretativer Prozeß ist, in dem die Handelnden sich aufeinander beziehen durch sinngebende Deutungen dessen, was der andere tut oder tun könnte" (*Matthes* 1973, S.201). Soziale Wirklichkeit wird „als durch Interpretationshandlungen konstituierte Realität" (*Lamnek* 1988, S.43) begriffen, wobei soziale Tatbestände Ergebnisse der interpretatorisch bestimmten Interaktionen sind. Methodologisch heißt dies, „die Prozesse der Interpretation in den jeweils untersuchten Interaktionen müssen interpretierend rekonstruiert werden" (*Matthes* 1973, S.202).

Daß die Fähigkeit, interpretierend zu forschen, tatsächlich eine Bedingung teilnehmender Beobachtung ist, zeigt sich in der Praxis sehr bald, wenn versucht wird, das Vertrauensverhältnis zwischen Beobachter und Beobachteten aufzubauen. Das sich Hineinversetzen in den anderen, das Interpretieren der Verhaltensweisen des anderen ist methodologische Bedingung, um Vertrauen zu erzeugen, um sein eigenes Engagement und die eigene wissenschaftliche Seriosität durch echtes Interesse und Verständnis zu beweisen. Ohne interpretatives Vorgehen erscheint teilnehmende Beobachtung im qualitativen Sinne nicht möglich.

Die teilnehmende Beobachtung kann als *qualitative Methode* durch folgende Aussagen summarisch beschrieben werden:

- Teilnehmende Beobachtung ist *unstrukturiert*, weil *kein Beobachtungsschema* vorab entwickelt ist.
- Teilnehmende Beobachtung erfolgt in *face-to-face-Interaktionen* im sozialen Feld.
- Teilnehmende Beobachtung ist *offen und flexibel*, weil sich erst in der Beobachtung im sozialen Feld die Gegenstände und Perspektiven der Beobachtung entwickeln.
- Teilnehmende Beobachtung ist *natürlich und authentisch*, weil in dem sozialen Feld, in der natürlichen Lebenswelt beobachtet wird (keine Laborsituation).
- Teilnehmende Beobachtung basiert auf *kommunikativen* Kontakten und hat Kommunikation zum Gegenstand.
- Teilnehmende Beobachtung von Kommunikation wird erst sinnvoll, wenn die gemachten Aussagen und Verhaltensweisen so *interpretiert* werden, daß sie versteh- und nachvollziehbar sind.

6.3.2. Die Rolle des Beobachters

Der teilnehmende Beobachter nimmt als Fremder eine soziale Rolle in dem sozialen Feld ein, das er beobachten will. *Schwartz/Schwartz* (1955) und *Gold* (1958) unterteilen die teilnehmende Beobachtung in vier Typen, gestaffelt nach der Intensität der Beobachtung bzw. reziprok dazu der Identifikation mit dem zu untersuchenden Feld:

- völlige Identifikation mit dem Feld
- Teilnehmer als Beobachter
- Beobachter als Teilnehmer
- reiner Beobachter ohne Interaktion mit dem Feld.

Diese vier Typen werden kurz charakterisiert, um anschließend die Rolle des Beobachters unter methodologischen Aspekten zu diskutieren.

6.3.2.1. Vollständige Teilnahme

Bei vollständiger Teilnahme des Beobachters im sozialen Feld ist die wahre Identität und der Zweck der Teilnahme den Beobachteten nicht bekannt. Wegen der völligen *Identifikation mit dem Feld* ist die teilnehmende Beobachtung verdeckt, denn schließlich nimmt der Beobachter Rollen ein, die im Feld alltäglich vorgesehen sind. Der Beobachter interagiert mit den zu Beobachtenden auf allen nur denkbaren Ebenen und in allen auftretenden Situationen so natürlich wie möglich.

Eine besonders gute Möglichkeit der Beobachtung ist die Teilnahme am Gruppen- und Gemeinschaftsleben als *echtes* Mitglied (vgl. *Schwediauer* 1984), beispielsweise durch eine berufliche Eingliederung als Kollege. Was bei fremden Kulturen und ethnischen Gemeinschaften nur schwer möglich ist, läßt sich als Krankenschwester oder Taxifahrer durchaus realisieren. Wo ein solches Eindringen und eine Rollenübernahme im Feld problemlos möglich ist, bedarf es keiner besonderen Vorgehensweise, da der Forscher als (neues) Gruppenmitglied auch Rechte besitzt und einen Platz im sozialen Gefüge einnimmt. Der Zugang erfolgt hier z.B. über das Beschäftigungsverhältnis. Sollte eine berufsbedingte Eingliederung ohne größere Schwierigkeiten möglich sein, wird – etwa zur Aufdeckung interner Gruppenstrukturen – oft die verdeckte Beobachtung gewählt.

Beispiel:
Karl *Schwediauer* hat mit seiner Arbeit (1984) die soziale Situation von Geisteskranken in einer psychiatrischen Großanstalt von April 1980 bis Mai 1981 mittels teilnehmender Beobachtung untersucht. Er bewarb sich „bei der Gemeinde Wien um eine Stelle als Stationsgehilfe. ... Es schien mir wichtig, die normale Aufnahmeprozedur mit etlichen bürokratischen Hürden zu durchlaufen, ohne meine Absicht einer soziologischen Untersuchung preiszugeben, da mir dadurch der Zugang zu wichtigen Informationen verwehrt gewesen wäre. So wurde ich vom Pflegepersonal als ‚einer der ihren' behandelt und konnte gleichzeitig am eigenen Leib spüren, wie man zum Pfleger sozialisiert wird. ...

Die einzig gangbare Methode, die Lebenswelt der Patienten in diesem Sinne kennenzulernen, scheint mir die unstrukturierte teilnehmende Beobachtung ... Sie ermöglichte mir einen unverfälschten Zugang in die Welt der Patienten. Durch direkten und intensiven Kontakt mit ihnen gelang es mir, mich in ihre Lage zu versetzen, ihre Perspektive zu übernehmen und damit ihre Lebenswelt verstehen zu lernen" (*Schwediauer* 1984, S.11f).

Neben den ethischen Bedenken, die gegen ein solches Vorgehen evtl. sprechen mögen (vgl. offene oder verdeckte Beobachtung in 6.3.8.), sollte auch bedacht werden, daß man sich vielleicht auch der Chance beraubt, tiefergehende Kontakte zu an Forschung besonders interessierten Menschen zu gewinnen, die durch ihr spezifisches Interesse oder durch ihre profunden Kenntnisse die Beobachtungen noch weitergehend bereichern und qualitativ aufwerten könnten.

6.3.2.2. Der Teilnehmer als Beobachter

Diese Form der Beobachterrolle (participator as observer, Pseudoteilnehmer) unterscheidet sich von der erstgenannten dadurch, daß sowohl Beobachter als auch Probanden sich einer Feldbeziehung bewußt sind.

Beispiel:
Eine solche Beobachterrolle wird wahrscheinlich in Gemeindestudien praktiziert werden können, wo der Beobachter ganz bestimmte Beziehungen zu den Mitgliedern einer Gemeinde nützt und er als Angehöriger dieser Gemeinde Zeit und Energie eben darauf verwendet, mehr teilzunehmen als zu beobachten. So wird er manchmal formal beobachten, indem er z.B. Leute befragt, manchmal wird er informell beobachten, wenn er etwa an Parties teilnimmt.

Der Teilnehmer als Beobachter ist also primär Teilnehmer der Feldsituation und sekundär Beobachter.

6.3.2.3. Der Beobachter als Teilnehmer

Diese Rolle des Beobachters (observer as participator, unvollständige Teilnahme) fordert mehr formale als informelle Beobachtung durch die Teilnahme am zu beobachtenden Geschehen. Der Beobachter selbst ist in das soziale Geschehen mehr oder weniger integriert, *primär aber ist seine Rolle als Beobachter*. Diese Form der Beobachtung vermindert natürlich das Risiko, in das beobachtete Feld sozialisiert zu werden und damit Selbstverständlichkeiten zu übersehen. Dieser Prozeß der weitgehenden Sozialisation in das zu untersuchende soziale Feld wird als *going native* bezeichnet.

Beispiel:
Unter diese Form der Beobachtung könnte man die Polizeiuntersuchung von *Girtler* (1980) subsumieren, wenn man sich auf die Rolle des Beobachters gegenüber den polizeilichen Aktivitäten bezieht. *Girtler* fuhr in Zivil mit der Funkstreife mit und beobachtete die Alltagssituationen von Funkstreifenbeamten. Da diesen die Rolle des Beobachters bekannt war, war diese Funktion gegenüber der der Teilnahme an den Situationen dominant.

Den mit der Polizei interagierenden Personen war seine Identität nicht bekannt; diese betrachteten ihn als „Inspektor", weshalb diesbezüglich seine Rolle dominant von der Teilnahme bestimmt wurde und die Beobachtung (scheinbar) sekundär wurde.

Während also bei dieser Rolle das „going native" unwahrscheinlicher wird, bringt sie eine andere Schwierigkeit mit sich: Da der Beobachter primär Beobachter und erst sekundär Teilnehmer des Gruppengeschehens ist, wird sein Kontakt mit den Gruppenmitgliedern so oberflächlich und schwach sein, daß er unter Umständen die Informationen, die ihm gegeben werden, mißversteht. Es besteht aber auch die Gefahr, daß seine Rolle von der Gruppe mißverstanden wird.

6.3.2.4. Vollständige Beobachtung

Diese vollständige Beobachterrolle (reine Beobachtung ohne Interaktion) gestattet dem Beobachter *keinerlei soziale Interaktionen mit seinen Informanten*. Hier versucht der Forscher, Leute zu beobachten, ohne daß es für diese notwendig wäre, von seiner Anwesenheit bzw. von seiner Beobachtung Kenntnis zu nehmen; ihnen ist von vornherein nicht bekannt, daß sie beobachtet werden.

Dabei ist sicherlich richtig, daß mit zunehmender Beobachtung und damit abnehmender Partizipation die Chance des *going native* kleiner, daß aber auch die Möglichkeit des *Ethnozentrismus* größer wird. Ethnozentrismus kann also als das logische Gegenteil des „going native" angesehen werden. Hier spielt die schon angesprochene Frage des Verstehens eine entscheidende Rolle.

6.3.2.5. Konsequenzen der Teilnahme

Bei diesen vier Typen von Teilnahme im sozialen Feld bei der Beobachtung handelt es sich um eine idealtypische Kennzeichnung; realiter können sie sehr unterschiedlich ausfallen. Auf dem Kontinuum zwischen den beiden Extremen (völlige Identifikation versus reine Beobachtung) kann der Beobachter sehr verschiedene Rollen einnehmen. Im Sinne einer strengen quantitativen Methodologie wäre eigentlich nur die *reine Beobachtung* ohne Teilnahme im Feld eine dem Gütekriterium der *intersubjektiven Nachprüfbarkeit* entsprechende Methode. Bis hin zur völligen Identifikation mit dem zu untersuchenden sozialen Feld, würden sich nach dieser Auffassung abnehmende Zuverlässigkeit und Gültigkeit ergeben, Beobachtungsfehler und Verzerrungen würden zunehmen.

Im qualitativen Paradigma hingegen würde die Partizipation eventuell sogar eine notwendige Voraussetzung darstellen, um im natürlichen sozialen Feld ohne störende Einflüsse von außen das reale Geschehen zu erfassen. Gleichwohl entstehen durch die Teilnahme gewisse methodologische Schwierigkeiten auf zwei Ebenen: zum einen auf der *intersubjektiven Ebene zwischen Beobachter und Beobachtetem* und zum anderen auf der *intrasubjektiven Ebene im Bewußtsein des Beobachters*. Durch die Interaktion des Beobachters mit den Beobachteten werden beide in ihrem Verhalten voneinander abhängig. Es entstehen wechselseitige Einflüsse, weshalb davon auszugehen ist, daß es zu einer tendenziellen Veränderung der jeweiligen Rollen kommt. So besteht immer die Gefahr, daß das Feld durch den Beobachter und seine Beobachtung verändert wird. Bestimmte Verhaltensweisen mögen sogar erst durch die Anwesenheit des Beobachters provoziert werden. Daher gilt: „Observers must conduct themselves in such a way that the events that occur during their observations do not significantly differ from those which occur in their absence“ (*Bogdan/Taylor* 1975, S. 45).

Rollenkonflikte, d.h. solche die dadurch beim Beobachter auftreten, daß er einmal Beobachter und zum anderen Teilnehmer ist, können allein schon aus ethischen Gründen entstehen. Methodologisch sind sie dadurch gegeben, daß der Beobachter Situationen objektiv beobachten soll, also eine gewisse Neutralität zu wahren hat, während er als Teilnehmer in einer spezifischen sozialen Rolle eine Gesamtpersönlichkeit darstellen muß, d.h. Meinungen, Gefühle etc. zeigen soll. Dieser Zwiespalt kann natürlich zu Beobachtungsfehlern im Sinne des quantitativen Paradigmas führen. Am häufigsten dürfte der Fehler sein, daß Wünsche und Vorstellungen des Beobachters seine Beobachtung verfälschen. Oft werden Selbstverständlichkeiten übersehen oder Wertung und Beobachtung vermischt. Andere Fehler sind zu frühe Wertung, zu rasche Abstraktion, Unvertrautheit mit der Gruppenkultur, fehlerhafte Aufzeichnung, zu frühe Strukturierung etc. (vgl. *Atteslander* 1971, S.149ff). Ein berühmter Beobachtungsfehler ist das schon mehrfach benannte „going native“, d.h. der Beobachter identifiziert sich so sehr mit dem Beobachtungsgegenstand, daß er im Extremfall in dem zu untersuchenden sozialen Feld aufgeht.

Der Beobachter muß in seiner Rolle im Feld auf jeden Fall die Erwartungen, die an diese Rolle gestellt werden, erfüllen können. Die Rolle muß von den zu Beobachtenden akzeptiert werden. Oft bietet es sich an, einfache Rollen zu übernehmen. Das sind zumeist solche Positionen, die häufig wechselnde Inhaber aufweisen, weshalb an die Rolle keine sehr spezifischen Erwartungen geknüpft sind.

Der Forscher sollte sich durch entsprechende Vorarbeit, beispielweise Literaturstudium, Dokumentenanalyse und ähnliches, ein gewisses Vorwissen über den zu untersuchenden Objektbereich schaffen. Hypothesenbildung und Theoriekonstruktion vorab sind allerdings nur im quantitativen Paradigma erforderlich. Beobachter und Forscher können unterschiedliche Personen sein, die beiden Rollen können aber auch in Personalunion stehen, was für die qualitative Beobachtung der Regelfall sein dürfte.

Primär zu erfüllende Aufgaben des teilnehmenden Beobachters sind also eine methodisch kontrollierte Rollenübernahme, das zu bewältigende Problem des schwierigen Balanceakts zwischen Engagement und Solidarität mit dem Untersuchungsfeld und seine kritische und reflektierte Vorgehensweise im Feld. *Bogdan/Taylor* weisen in diesem Zusammenhang auch auf die Gefahr hin, daß der Forscher von seiten der Beobachteten zu stark in bestimmte Rollen und Vorgehensweisen hineingedrängt werden kann. „Researchers would be wise to control how subjects define them and to resist being forced into relationships, modes of dress, and patterns of behavior that are not conductive to carrying out research ... It is important for researchers to select their own places and times to observe" (*Bogdan/Taylor* 1975, S. 44f).

Der Forscher soll zugleich involviert und distanziert sein (*Bruyn* 1966, S.14). Er benötigt „great patience as well as a tolerance for ambiguity" (*Schatzmann/Strauss* 1973, S.54), wie er die Einstellung „of wonder and excitement" (*Schatzmann/Strauss* 1973, S.53) entwickeln muß. *Schwartz/Jacobs* (1979, S.48) empfehlen, der teilnehmende Beobachter solle eine „marginal man"-Position einnehmen, damit er zwar involviert ist, aber dennoch einen bestimmten Grad an Objektivität aufrechterhalten kann. *Girtler* schließlich fordert vom Forscher, daß er „den direkten Kontakt zum zu untersuchenden sozialen Bereich pflegen (muß), wobei er in seinen Absichten, Informationen zu bekommen, mobil sein muß" (*Girtler* 1980, S. 147).

„Die Übernahme von Rollen ist konstitutiv für die Methode der teilnehmenden Beobachtung" (*Kantowsky* 1969, S. 428). Denn unabhängig davon, ob die Beobachtung verdeckt oder offen vorgenommen wird und die Teilnahme im sozialen Feld einen hohen oder niedrigen Partizipationsgrad aufweist, muß der Sozialforscher in der zu untersuchenden Gruppe eine bestimmte Rolle übernehmen, deren konkrete Ausgestaltung allerdings abhängig ist von der Spezifik des gewählten methodischen Instrumentariums. So darf sich der Beobachter z.B. bei der offenen teilnehmenden Beobachtung als solcher zu erkennen geben, während er bei der verdeckten Beobachtung etwa die Rolle eines Mitgliedes, eines Mitgliedschaftsanwärters oder eines geduldeten Mitläufers zu übernehmen hat. Dieses Problem wird, auf das Homosexuellenmilieu bezogen, in vorzüglicher Weise von *Humphreys* (1973, S.257) herausgearbeitet, wenn er verschiedene Rollen, die dem teilnehmenden Beobachter zur Verfügung stehen, diskutiert:

Beispiel:

„Es ist eben jene Angst und jenes Mißtrauen, die man in den öffentlichen Toiletten antrifft, die zugleich eine teilnehmende Rolle produzieren, deren Sexualität beliebig ist. Es ist dies die Rolle des Aufpassers (im Argot „watchqueen" genannt), ein Mann nämlich, der an der Tür oder am Fenster postiert ist und von dort die Umgebung und die Wege zum Gebäude überschauen kann. Wenn sich jemand nähert, hustet er. Er nickt, wenn die Luft rein ist oder er den sich Nähernden als regelmäßigen Besucher erkennt.

Bei den Aufpassern gibt es wiederum drei wichtige Gruppierungen. Die größte Gruppe ist die der *„Warter"*, die auf andere warten, mit denen sie verabredet sind oder die sie hier anzutreffen hoffen, weil sie sich von ihnen einen besonderen „Trick" versprechen, oder um in das Geschehen einzutreten. Die zweite Gruppe ist die der *Masturbanten*, die bei der Beobachtung sexueller Akte autoerotisch aktiv werden (entweder offen oder unter ihrer Kleidung) und die dritte Gruppe schließlich ist jene der *Voyeure*, die offenbar sexuelle Stimulation und Lust aus der Beobachtung der anderen ziehen. Die Warter masturbieren zuweilen während sie warten – und ich konnte nicht mit Sicherheit sagen, daß einige von ihnen zugleich Voyeure sind. Der Unterschied liegt darin, daß der wichtigste Zweck ihres Daseins von dem des reinen Masturbanten oder Voyeurs sich unterscheidet: Die Warter wollen schließlich selbst Mitspieler werden. Gewissermaßen sind alle Masturbanten Voyeure, während das Gegenteil nicht zutrifft.

Nach außen hin spielte ich die Rolle des *Voyeurs*, eine Rolle, die für Soziologen hervorragend geeignet ist und die einzige Aufpasser-Rolle, die nicht manifest sexueller Natur ist. Bei den Gelegenheiten, zu denen sich außer mir nur noch ein weiterer Mann im Raum befand, spielte ich jene Rolle, die noch weniger sexuell ist als die des Aufpasser-Voyeurs: die des ganz normalen Besuchers der die Toilette zu ihrem eigentlichen Zweck aufsucht. Obgleich bei dieser Rolle der sexuelle Druck wegfällt, ist sie für den Forscher problematisch: Sie ist kurzlebig und unterbricht unweigerlich jene Aktivitäten, die er ja beobachten will.

Bevor mich einer meiner eingeweihten und kooperierenden Probanden auf die Rolle des Aufpassers aufmerksam machte, hatte ich zunächst die Rolle des normalen Besuchers und dann die des Warters ausprobiert. In der Rolle des ersteren bewirkte ich den Abbruch jeglicher Aktivität und behinderte so meine eigene Untersuchung. In der Rolle des Warters – der immer wieder auf die Uhr schaut, nervös zwischen Fenster und Tür hin- und herläuft und hinausschaut – konnte ich nicht lange bleiben, ohne zur Teilnahme aufgefordert zu werden, und konnte die stattfindenden Begegnungen nur flüchtig beobachten. Es wurde mir dabei klar, daß sich die Rollen des Warters und des Voyeurs leicht vermischen und ich wurde des öfteren für einen Warter gehalten.

In der Rolle des Aufpasser-Voyeurs konnte ich mich frei im Raum bewegen, von Fenster zu Fenster gehen und alles beobachten, ohne den Verdacht meiner Probanden zu wecken oder die Aktivitäten sonstwie zu stören. Ich fand diese Rolle viel sympathischer und aufschlußreicher als jene anderen, die ich früher in meiner Untersuchung gespielt hatte. Denn als Aufpasser war es mir nicht nur möglich, Daten über Verhaltensmuster zu sammeln, ich konnte auch feststellen, welche der Akteure in den homosexuellen Begegnungen welche Autos fuhren" (*Humphreys* 1973, S. 257).

Schwierig ist aber auch der Mitgliedsstatus des teilnehmenden Beobachters, da er eine ambivalente Stellung zwischen involviertem Beteiligten und distanziertem Beobachter einnimmt. „The role of the participant observer requires both detachment and personal involvement" (*Bruyn* 1963, S. 224). *Lüders* bezeichnet dies als das Grunddilemma des teilnehmenden Beobachters (1981, S. 53ff): Einerseits kommt es darauf an, mit dem Forschungsfeld und den Perspektiven der darin lebenden Untersuchten weitgehend vertraut zu werden, also eine Art kontrollierter Perspektivenübernahme zu leisten, andererseits aber die notwendige Distanz des Beobachters zu wahren, die Voraussetzung für den sezierenden und erkenntnisgewinnenden Blick des Sozialforschers ist. Geht die Perspektivenübernahme zu weit und mündet sie in eine distanzlose Identifikation mit den Untersuchten ein, so wird die Beobachtung als Quelle eines systematisierenden Erkenntnisgewinns verstopft. Hält der teilnehmende Beobachter aber zu viel Distanz zum Forschungsfeld, wird es ihm nicht gelingen, die ihn eigentlich interessierenden Interna der untersuchten Gruppe herauszufinden.

Wie sich der teilnehmende Beobachter richtig zu verhalten hat, um seine Erkenntnismöglichkeiten über das ihn interessierende Forschungsfeld zu optimieren, ist auch zwischen verschiedenen Vertretern der teilnehmenden Beobachtung als qualitativer Forschungsmethode nicht unumstritten: Während *Girtler* eher die Rolle des engagierten und um Distanzminderung bemühten Beobachters bevorzugt, behauptet *Kantowsky*, „daß die teilnehmende Beobachtung überhaupt nur dann als Methode der empirischen Sozialforschung anwendbar ist, wenn der Forscher trotz seiner Teilnahme Distanz zu den Beobachtungsobjekten des sozialen Systems zu halten vermag" (*Kantowsky* 1969, S. 430). Denn bei der vollständigen Teilnahme, d.h. der Übereinstimmung des Beobachters mit den Interaktionsmustern und Wertvorstellungen des untersuchten sozialen Systems, hört der Feldforscher auf, Sozialwissenschaftler zu sein. Dieses Spannungsverhältnis zwischen engagierter, solidarischer Teilnahme und distanziert-reflektierter Beobachtung läßt sich wohl auch nicht umstandslos und eindeutig nach der einen oder anderen Seite hin auflösen (vgl. 6.6.).

Vielmehr scheint es wesentlich auf die jeweilige Konstellation des Forschungsfeldes, auf die spezifisch verfolgten Erkenntnisinteressen, auf die Möglichkeiten und Chancen des Zugangs und auf viele andere Aspekte anzukommen, nach welcher Richtung hin sich der Sozialforscher bei der Gestaltung seiner Rolle als teilnehmender Beobachter entscheidet – soweit er sich überhaupt definitiv und endgültig entscheiden kann. Schließlich ist zu bedenken, daß sich die Rolle des Feldforschers erst im konkreten sozialen Kontext der Erhebung konstituiert, mithin nicht beliebig und dezidiert gestaltet werden kann. Von den sozialen Gegebenheiten und den Strukturbedingungen des Untersuchungsfeldes hängt es auch ab, welche Beobachtungsmöglichkeiten sich dem teilnehmenden Feldforscher überhaupt eröffnen. *Kantowsky* spricht hier von einer „positionstypischen Strukturierung" (1969, S.429) des Kommunikationsnetzes und damit der Beobachtungsmöglichkeiten des in das Feld eintauchenden Sozialforschers. Denn von seiner sozialen Position in der zu beobachtenden Gruppe, also von seinem Rang und der ihm zugebilligten Rolle wird es abhängen, an welche Informationen über das Forschungsfeld der teilnehmende Beobachter herankommt.

Die Liste von Forderungen, Handlungsanweisungen, Wünschen, Hinweisen und Tips für den Feldforscher bei teilnehmender Beobachtung ließe sich beliebig weiterführen. Allein schon die genannten Aspekte verdeutlichen wesentliche Kennzeichen dieser Art von Sozialforschung und das dahinterstehende Methodologieverständnis. Auf das Dilemma zwischen Identifikation und Distanz des Forschers bei teilnehmender Beobachtung kommen wir noch in 6.6. ausführlich zurück.

6.3.2.6. Beobachterrollen im Überblick

- Bei *völliger Identifikation* mit dem zu untersuchenden Feld besteht die Gefahr, daß neben der *vollständigen Teilnahme* am Alltagsleben keine Möglichkeit für die wissenschaftliche Beobachtung selbst mehr besteht.
- Der *Teilnehmer als Beobachter* ist primär Teilnehmer der Feldsituation und sekundär Beobachter. In abgeschwächter Form gegenüber der völligen Teilnahme besteht aber auch hier die Gefahr des „going native".
- Beim *Beobachter als Teilnehmer* erfährt die Rolle als Beobachter Dominanz gegenüber der Teilnahme am Alltag der zu Beobachtenden. Eine tendenziell fehlende Identifikation mit dem sozialen Feld kann das Verstehen erschweren.
- *Vollständige Beobachtung* gibt die Rolle als Teilnehmer auf, was die Gefahr von Mißverstehen durch Ethnozentrismus erhöht.
- Je nachdem, welches Element schwergewichtig gesehen wird – Teilnahme oder Beobachtung – gibt es Probleme der *Intersubjektivität*: einmal zwischen *Beobachter und Beobachteten* und zum anderen auf der *Bewußtseinsebene des Beobachters*.
- Teilnahme und Beobachtung können zu erheblichen *Rollenkonflikten* führen.
- Bei der Teilnahme sind solche Rollen für den Beobachter zu wählen, die als natürliche im Feld als selbstverständlich anerkannt sind. Es sollen *einfache Rollen mit häufig wechselnden Inhabern* sein, weil dann die Rollenerwartung relativ unspezifisch und von dem Beobachter leichter erfüllbar sind.
- *Engagement und Distanz* im sozialen Feld kennzeichnen die unterschiedlichen Anforderungen seitens des Feldes und des Wissenschaftsbetriebs.

6.3.3. Das Beobachtungsfeld

Der hier verwendete Feldbegriff geht auf *Lewin* zurück und meint: „Eine Gesamtheit gleichzeitig bestehender Tatsachen, die als gegenseitig voneinander abhängig begriffen werden" (*Lewin* 1963, S.273). Diese Definition beinhaltet auch, daß „das Verhalten aus einer Gesamtheit der zugleich gegebenen Tatsachen interpretiert wird" (*Lewin* 1963, S.69). Die Anwendung des Feldbegriffs auf die Methode der Beobachtung impliziert zweierlei: einmal dient das Feld als Ausdruck für die empirische Ganzheit einer Vielzahl von Elementen und zum anderen als Bezeichnung für einen relativ isolierten Bereich nicht veränderbarer und existierender sozialer Realität. D.h. wir beschränken uns gemäß qualitativer Methodologie auf das Feld und klammern Laborbeobachtungen aus.

Das *Beobachtungsfeld* kann definiert werden als „der räumliche und/oder soziale Bereich, in dem beobachtet werden soll" (*Friedrichs/Lüdtke* 1973, S.42). Beobachtungsfelder sind differenzierbar nach *Offenheit* und *Komplexität*. Offene Felder haben eine hohe Interdependenz zu anderen Bereichen. Dies impliziert, daß Personen aus dem Beobachtungsfeld eine große Zahl von Kontakten zu anderen Feldern pflegen. Außerdem herrscht ein niedriger Grad räumlicher Trennung.

Beobachtungsfelder lassen sich nur partiell von anderen Bereichen abtrennen, sie sind selbst nie völlig isoliert und die Elemente des Feldes stehen in Interdependenzen. Solche sozialen Felder weisen ganz bestimmte spezifische Strukturen auf, die als Ausgangsdaten für die Beobachtungssituation relevant werden können. Deshalb ist es schon wesentlich, den Grad der Offenheit eines sozialen Feldes zu berücksichtigen. Er wird definiert durch die Zahl der Interaktionen, die nicht innerhalb des Beobachtungsfeldes liegen und ist natürlich nicht unabhängig von gewissen lokalen Bedingungen (Gemeinde, Gefängnis, Gang).

Beobachtungsfelder als soziale Systeme lassen sich im Hinblick auf ihren Grad der Komplexität unterscheiden, was für die Beobachtung ebenfalls relevant ist, wobei wir unter Komplexität die Möglichkeit verschiedenartiger Situationen und die Zahl der im Feld agierenden Personen verstehen (Gemeinde, Krankenhaus, Arbeitsplatz). Die beiden genannten Strukturmerkmale Offenheit und Komplexität von sozialen Feldern sind unabhängig voneinander.

Je nach gewähltem Untersuchungsziel, d.h. je nach intendierter Möglichkeit, Aussagen auf einer hohen Ebene der Allgemeinheit vornehmen zu wollen, darf natürlich das soziale Feld nicht nur als der eigentliche Beobachtungsbereich definiert werden, sondern die gesamte empirische Klasse aller gleichen oder ähnlichen Situationen steht in Frage, wobei dann das eigentliche Beobachtungsfeld nur eine „Stichprobe“ darstellt (vgl. *Friedrichs/Lüdtke* 1973, S.42f).

Bei dem augenblicklichen theoretischen und methodischen Wissensstand – gerade auch im qualitativen Bereich – wird es sich anbieten, solche *Beobachtungsfelder* auszuwählen, die einerseits *relativ geschlossen* und andererseits *relativ einfach* sind. Dies ist natürlich in Abhängigkeit von dem theoretischen Modell des Verhaltens, den Erkenntniszielen und dem Objektbereich zu sehen. Da dieser aber nicht immer ausreichend bekannt ist, wird es sich empfehlen, der eigentlichen Beobachtung Vorüberlegungen voranzustellen, sich das notwendige Wissen über das soziale Feld anzueignen. Dieses Wissen kann mit Hilfe verschiedener Möglichkeiten gewonnen werden: Literaturstudium, Inhaltsanalyse, Interview, Expertenbefragung usw. Die Inhalte, die dadurch erfahrbar gemacht werden sollen, sind je nach Untersuchungsgegenstand und je nach Untersuchungsziel unterschiedlich, doch kann man allgemeine Kriterien, die dann im speziellen Fall angepaßt und modifiziert werden müßten, angeben; dabei beziehen sich *Friedrichs/Lüdtke* zwar wieder auf die standardisierte teilnehmende Beobachtung, doch ist etwa für Zugang und Verhalten im Feld bei qualitativ teilnehmender Beobachtung die Kenntnis dieser Strukturen im sozialen Feld ebenso von erheblicher Wichtigkeit:

„1. Grad der Autonomie des Feldes, resp. Interdependenz mit anderen Feldern
2. Räumliche Ausdehnung
3. Zahl der beteiligten Personen
   a) Klassifikation der Personen (Alter, Geschlecht etc.)
   b) Gruppierungen von Personen
   c) Beziehungen zwischen den Personen (formal, informal)
   d) Ziele der Personen
   e) Verteilung der positiven und negativen Sanktionen

4. Grad der Organisiertheit
   a) Ziel der Organisation
   b) Grad der hierarchischen Struktur
5. Kommunikationsmuster und -kanäle im Feld
6. Wiederkehrende Situationen, in denen Personen interagieren
   a) Zahl und Art
   b) Ort
   c) Dauer" (*Friedrichs/Lüdtke* 1971, S.43f).

Mit bestimmten Minimalkenntnissen – wie auch immer gewonnen – zu den obigen Kriterien der Beurteilung des Beobachtungsfeldes sollte eine qualitativ teilnehmende Beobachtung so konzipiert werden können, daß ihrer methodologisch sinnvollen Realisierung nichts mehr im Wege steht. Ohne eine Systematisierung nach obigem Schema vorzunehmen, greifen wir nun auf eine standardisiert teilnehmende Beobachtung in einer Strafvollzugsanstalt zurück, die das Beobachtungsfeld so umschreibt, daß verständlich wird, weshalb auch der qualitativ Arbeitende auf solche Informationen angewiesen ist und auf sie in allen Phasen seines Forschungsprojektes zurückgreifen muß:

Beispiel:
„Beobachtungsobjekt war eine kleine Strafanstalt des hamburgischen Strafvollzugs mit 34 Plätzen. Sie besteht seit Anfang 1969. Neben dem Leiter und einem ärztlichen Leiter gibt es einen Stab von einem Psychologen, zwei Psychiatern. 23 Aufsichtsbeamte machen im Wechsel Dienst.

Die Insassen kommen aus anderen Anstalten, zumeist, weil sie dort ein von der Norm abweichendes Verhalten zeigten. Für die Insassen stellt der Aufenthalt in dieser Anstalt die letzte Station ihrer Strafzeit dar. Es handelt sich um ehemalige „Zuchthäusler", Gefangene und Sicherungsverwahrte; ein Drittel sind Sexualdelinquenten. Zum Untersuchungszeitpunkt (Sommer 1970) war das Durchschnittsalter der Insassen 35 Jahre (Schwankungsbreite 24-58 Jahre), die Haftzeit schwankte zwischen 7 Monaten und 20 Jahren (Durchschnitt 8,5 Jahre), die durchschnittliche Aufenthaltslänge in dieser Anstalt betrug 7 Monate (Schwankungsbreite 1-18 Monate).

Die Aufsichtsbeamten hatten keine spezielle Ausbildung für diese Anstalt, sie lernten an Fällen und den wöchentlichen Dienstbesprechungen die Besonderheiten ihrer Arbeit in der Anstalt. Zuvor hatten sie zumeist im Untersuchungsgefängnis gearbeitet, dort an den psychiatrischen Sprechstunden teilgenommen.

Als Hauptziel der Anstalt wurden genannt: Integration der Insassen in die Gesellschaft und Absehen vom Ziel Bestrafung. Hierzu werden im wesentlichen folgende Mittel angewendet: Milieutherapie, Gesprächstherapie, Gruppenarbeit, Kontaktförderung zur Außenwelt (z.B. Urlaub), Integrationsmaßnahmen (Freigänger), Betreuung nach Entlassung, sowie die medizinisch-psychiatrische Behandlung von Sexualdelinquenten" (*Friedrichs* et al. 1973, S.216f).

Obgleich dieses Beispiel im Originaltext eine andere Funktion hat und in einem anderen Kontext steht, ist für jedermann erkennbar, daß es sich um wichtige Vorinformationen handelt, die mindestens hilfreich sind, wenn man eine qualitativ teilnehmende Beobachtungsstudie zu diesem Gegenstand plant und durchführt.

Die Überlegungen zum Beobachtungsfeld in Gesamtschau:

- Das Beobachtungsfeld ist der *räumlich und sozial definierte Bereich*, in dem beobachtet werden soll, wobei dieser nicht a priori festgelegt sein muß; vielmehr kann er sich im Verlauf der Forschung erweitern oder verengen.
- Beobachtungsfelder haben unterschiedliche Grade der *Offenheit*: Es ist leichter, solche Beobachtungsfelder zu suchen, die relativ geschlossen sind, weil sie wenige Außenkontakte haben, die an sich die Beobachtung komplizieren. Allerdings ist bei solchen Feldern auch der Zugang erschwert.
- Beobachtungsfelder sind hinsichtlich ihrer *Komplexität* differenzierbar: Je mehr verschiedenartige Situationen denkbar sind, desto komplexer ist das Feld, desto schwieriger auch die Beobachtung.
- Das Beobachtungsfeld liefert mit seinen Strukturen wichtige *Interpretationshilfen* für das in ihm ablaufende Geschehen, weshalb seine möglichst detaillierte *Beschreibung im Forschungsbericht unverzichtbar* ist. Das Beobachtungsfeld liefert die *Kontextvariablen*.

6.3.4. Die Beobachtungseinheiten

Die Anwendung von Beobachtungsverfahren in den Sozialwissenschaften muß, soll die Methode wissenschaftlichen Ansprüchen genügen, auf ein theoretisches und methodologisches Modell der Beobachtungsmethode, der Situation und des darin ablaufenden sozialen Verhaltens rekurrieren können. „Ohne ein solches theoretisches Modell bleibt die Beobachtung von Handlungsfolgen und Verhaltensabläufen in konkreten Situationen *ungelenkt*, ja selbst ihre systematische Beschreibung ist eigentlich unmöglich“ (*Mayntz* et al. 1974, S.89). Nun ist es in der qualitativen Sozialforschung ja gerade erst die Absicht, durch den Einsatz einer qualitativen Methode zu Erkenntnissen zu gelangen, die eine Hypothesen- und Theorieentwicklung auf der Basis der empirisch-qualitativ gewonnenen Informationen und Interpretationen erst zulassen. Tatsächlich findet die Datenerhebung unter Bedingungen statt, die als vorläufig und unsicher qualifiziert werden müssen, die gerade der Hypothesengenerierung dienen. Dies bringt natürlich Schwierigkeiten und Unvollkommenheiten in der Methode mit sich, doch gestattet andererseits die Offenheit und Flexibilität des qualitativen Vorgehens sich quasi iterativ und sukzessive der „richtigen“ Methode zu nähern.

Ein weiteres Problem entsteht, wenn man bedenkt, in welchem Kontext die zu beobachtenden Verhaltensweisen stehen: „Die beobachtenden Verhaltensabläufe sind immer schon durch Faktoren bestimmt, die in der betreffenden Situation selbst nicht erzeugt wurden, sondern vielmehr das Resultat vorhergehender sozialer Prozesse sind“ (*Mayntz* et al. 1974, S.91), die aber selbst nicht beobachtet werden. Wird dies nicht berücksichtigt, läuft der Forscher Gefahr, das Beobachtete falsch oder ungenügend zu interpretieren.

König macht wohl zurecht darauf aufmerksam, daß soziologische Tatbestände im allgemeinen nicht als wohl umrissene Einheiten in einem sozialen Kontext wahrnehmbar sind. „Sie müssen vielmehr erst einzeln ‚festgesetzt' werden durch Zusammenfügung vieler Einzelheiten, die jeweils wieder komplex und zusammengesetzt und überdies im Raum und in der Zeit verstreut sind, so daß sie schwer erreichbar werden" (*König* 1967, S.120).

Wegen dieser Probleme muß der Forscher gerade bei der teilnehmenden Beobachtung wissen, worauf sich seine Aufmerksamkeit zu richten hat. Auch wenn er keine explizite Beobachtungseinheit definiert, wird sein Blick – theoretisch motiviert – auf einen Gegenstand gerichtet; dies gilt selbst dann, wenn die Lenkung erst während der Beobachtung erfolgt, erst dann präzisiert oder modifiziert wird.

In der Literatur findet man nur selten – und wenn, dann sehr oberflächlich – Hinweise darauf, was als Beobachtungseinheit zu gelten hat. Im wesentlichen werden wohl zwei Arten herausgestellt: die *funktionale* und die *reduktionistische* Einheit.

Die *reduktionistische Beobachtungseinheit* wird zumeist bei nicht teilnehmenden standardisierten Beobachtungen als kleinste Verhaltenseinheit, die ihrem Sinne nach vollständig ist, angewandt, da ihre Aufzeichnung relativ kompliziert ist und bei teilnehmender Beobachtung nicht anwendbar erscheint. Deshalb können wir sie im Rahmen qualitativer Forschung vernachlässigen.

Die *funktionale Beobachtungseinheit* bietet sich dort an, wo einerseits die Aufzeichnung der Daten schwierig vorzunehmen ist und wo andererseits die Interaktionen komplexer sind. Genau dies ist bei qualitativ teilnehmender Beobachtung der Fall. Der Begriff der Funktionalität ist der strukturell-funktionalen Theorie entlehnt und meint jeden positiven Beitrag zur Erreichung eines bestimmten Zieles im sozialen Feld. Die Bestimmung des positiven Beitrags durch den Beobachter gestaltet sich natürlich außerordentlich schwierig, weil vorab entschieden werden muß, welches eigentlich die Ziele des Feldes sind. Selbst wenn diese ziemlich klar feststehen, muß immer noch versucht werden, die eigentlichen funktionalen Einheiten aus den Zielen abzuleiten. Daß dieses Unterfangen mindestens problematisch ist, leuchtet ein; daher wird ein anderer Lösungsvorschlag angeboten:

Friedrichs/Lüdtke stützen sich dabei auf eine allgemeine Handlungstheorie und gehen davon aus, daß nur jene Einheiten auszuwählen sind, die in den Verhaltensabläufen selbst gewisse Regelmäßigkeiten und wiederkehrende Elemente enthalten. In diesem Zusammenhang meinen sie, daß die *Situation* die eigentliche Beobachtungseinheit abzugeben habe und definieren diese als „ein Komplex von Personen, anderen Organismen, materiellen Elementen, der zumeist an einen bestimmten Ort und Zeitraum gebunden ist und als solcher eine sinnlich wahrnehmbare Einheit bildet" (*Friedrichs/Lüdtke* 1971, S.45). Sie meinen, daß die Situation als Beobachtungseinheit Vorteile aufweise. Als Beispiel nennen sie die komplexe Situation Beatabend und zerlegen diese in die Situationen „Kasse", „Begrüßung", „Tanz" usw. Diese Untersituationen könnten nun möglicherweise noch weiter differenziert werden. Die Situation ist also nur hinsichtlich der Zusammenfassung von Situationen zu komplexeren Situationen variabel.

Als Voraussetzungen, die bei der Wahl der Situation als Beobachtungseinheit gegeben sein müssen, gelten:

„1. Begründung der Relevanz der Situation für die Hypothesen der Untersuchung,
2. minimale Kenntnisse über die Relevanz der Situation für das Beobachtungsfeld ...
3. Festlegung der Zahl und des Komplexitätsgrades der Situationen in denen beobachtet werden soll" (*Friedrichs/Lüdtke* 1971, S.46).

Diesen sehr weitgehenden Überlegungen zur Festlegung der Beobachtungseinheiten auf der Basis von Hypothesen, kann man aus der Sicht der qualitativen Methodologie nicht folgen, weil dort ja keine Hypothesen vorab formuliert sind. *Jahoda* et al. halten es zusätzlich für „schlechterdings nicht möglich, im voraus alles aufzuzählen, was für die Forschungsaufgabe bedeutsam sein kann", da bei der teilnehmenden Beobachtung „das gewonnene Material gleichzeitig mit dessen Erhebung analysiert werden muß" (*Jahoda* et al. 1966, S.82f).

Obgleich die obigen Überlegungen zur Definition von Beobachtungseinheiten in ihrer Orientierung und Entwicklung eindeutig dem quantitativen Paradigma entstammen, halten wir sie auch für qualitativ teilnehmende Beobachtung für bedingt relevant: Gerade die Definition der Beobachtungseinheit, sukzessive im Beobachtungsprozeß als soziale Situation entwickelt, bietet die Gewähr der Systematik, ohne die auch qualitative Forschung nicht auskommen kann. Deutlich wird dies am nachfolgenden Beispiel einer qualitativen Studie zum Prostituiertenmilieu:

Beispiel:
Girtler (1985) untersucht das Prostituierten- und Zuhältermilieu und beschreibt in seiner Veröffentlichung – auch wenn diese Gliederung erst ex post zustande gekommen sein mag – jeweils klar abgegrenzte Situationen, auf die sich offenbar sein Augenmerk während der Beobachtung und Befragung gerichtet hat: z. B. „Der Zugang zum Strich – Die Einführung", „Das Leben am Strich", „Sexuelle Praktiken und ihre Preise" usw.

Als Fazit zu den Beobachtungseinheiten soll festgehalten werden:

- Auch wenn der qualitativ arbeitende Beobachter im Feld keine Dimensionen und Kategorien vorab formuliert hat, wird er seinen Blick auf jene Dinge richten, die ihm theoretisch interessant erscheinen. Er wird *selegieren* bzw. sich auf bestimmte Sachverhalte *konzentrieren* müssen.
- Die Beobachtungseinheiten sind nicht schematisch standardisiert und fixiert; vielmehr entwickeln sie sich *flexibel und modifizierbar aus dem Beobachtungsprozeß* im Feld.
- Deshalb können Beobachtungseinheiten in qualitativer Forschung auch nicht reduktionistisch definiert werden. Tatsächlich handelt es sich um *komplexere, eher ganzheitlich-funktionale Einheiten*.
- Typischerweise sind Beobachtungseinheiten in qualitativer Forschung *soziale Situationen*, die dann erst in der Analyse in einzelne Bestandteile zerlegt werden.

6.3.5. Das Verhalten im Feld

Als oberste, wenngleich inhaltsleere, Regel gilt für den teilnehmenden Beobachter, sich immer so zu verhalten, daß die Beobachtung als solche möglich ist und bleibt und daß er als Beobachter das soziale Feld nicht verändert. Würde letzteres geschehen, hätte der Forscher in seinen Erkenntnissen nur Methoden- bzw. Forscherartefakte, die er durch die qualitativ teilnehmende Beobachtung ja gerade ausschließen wollte (vgl. *Lamnek* 1988, S.19f).

6.3.5.1. Wahrnehmungsfehler

Scheinbar gibt es bei der Teilnahme des Beobachters keine Wahrnehmungsprobleme, die über die hinausgingen, die bei der nicht teilnehmenden Beobachtung bereits existieren. Tatsächlich jedoch kommen zu den üblichen Fehlerquellen der Wahrnehmung noch die, eben durch die Interaktionen zwischen Teilnehmern im sozialen Feld und dem Beobachter bedingten Wahrnehmungsverzerrungen hinzu. Andererseits ist die eigentliche Fehlerquelle bereits die Wahrnehmung an sich (vgl. *König* 1973, S.48; *Hoffmann-Riem* 1980, S.348).

Unabhängig von der gewählten Untersuchungseinheit bestehen schon im Vorfeld der praktischen Feldarbeit (Vor)Urteile, Meinungen und Einschätzungen und – insbesondere bei Gruppen wie Kriminellen, Prostituierten und gesellschaftlichen Minoritäten aller Art – stereotypisierte Vorurteile bzw. ein relativ undifferenziertes Bild. „Instrumente der Beobachtung sind ja weitgehend die Forscher selbst. Sie stehen oft mitten im sozialen Feld, das sie beobachten sollten, wobei ihre Beobachtung nicht voraussetzungslos geschehen kann. Versuchen wir die Schwierigkeiten, die wir bei der Beobachtung zu überwinden haben, an einem Satz darzustellen: Wir glauben nur, was wir sehen – leider sehen wir nur, was wir glauben wollen" (*Atteslander* 1975, S.138).

Während die Mehrzahl der Autoren auf die Selektivität der Wahrnehmung als verzerrendes Moment verweist, gibt es für *Dechmann* keine nicht vorselegierte, unbefangene, objektive Beobachtung. Jede Beobachtung ist immer durch Vor-Wissen oder Vorinformationen geprägte Wahrnehmung, ja sie ist sogar „eine entscheidende Voraussetzung fruchtbarer Beobachtung und Auswertung" (*Dechmann* 1978, S.87). „Keine noch so objektiv gemeinte Deskription sozialer Tatbestände (ist) frei von selektiven Vorverständnissen, Vorurteilen oder Annahmen über das Feld" (*Friedrichs/Lüdtke* 1971, S.15). Hier wird jedoch, wie auch bei anderen Autoren (vgl. etwa *Atteslander* 1971, S.125), diese soziale Tatsache der Selektivität als Fehlerquelle gesehen. Verzerrend wirken eben die Vorstellungen, Sympathien, Attitüden, Vorlieben des Beobachters. „Zusammenfassend läßt sich feststellen, daß die Geschichte der Wahrnehmungsfehler unabgesichert verbreitet wird und als letzte Grundlage einen, alles andere als euphorischen Handbuchartikel aufzuweisen hat. Die Forschung zur Selektivität hält einer gründlichen Analyse nicht stand; es wird letztendlich mit Reizmaterial operiert, d.h. in einem behavioralen Subjektmodell, so daß diese Forschung höchstens für dieser Empirie entsprechende Konzepte von Bedeutung ist. Von Sinnkategorien kann dann nicht mehr die

Rede sein. Auch die Klärungen zur Bedingung von Selektivität, der Rekurs auf Einstellungen und Motivationen führt nicht weiter. Das Subjekt wird dadurch nicht aktiver, da auch die Empirie zu diesen Konstrukten eine klassisch testtheoretische ist" (*Otto* 1983, S.28).

Wenn selektive Wahrnehmung und Beobachtung zum Gegenstand methodologischer Überlegungen gemacht werden, so impliziert das notwendigerweise die Forderung nach dem Gegenteil von Selektivität, also etwa Vollständigkeit oder Totalität der Wahrnehmungen. Die methodologischen Überlegungen müssen also darauf abzielen, letztendlich umfassende, perfekte Beobachtung zu erreichen. Dies kann aber nicht möglich sein, wenn doch die zu untersuchenden Phänomene erst erforscht werden müssen, wenn also noch keine Kriterien für die Vollständigkeit vorliegen; was vollständig ist, könnte erst ex post und bei Ausschluß von Selektivität nachträglich festgestellt werden.

6.3.5.2. Phasen im Feld und deren Bewältigung

Weinberg/Williams (1973, S.103ff) nennen Verhaltensregeln für die einzelnen Phasen der Feldforschung. Als Phasen werden bei ihnen aufgezählt: die *Annäherung*, die *Orientierung*, die *Initiation*, die *Assimilation* und der *Abschluß*. Hierfür entwickeln die beiden Autoren eine Tabelle, die die unterschiedlichen Definitionen der Beobachterrolle aus der Sicht der Beobachtungspersonen, der Außenstehenden und des Beobachters selbst enthält.

Tabelle 8: Der Feldforscher in der Perzeption durch Beobachtungspersonen (Bpn), Außenstehenden und sich selbst, bezogen auf die Phasen der Forschung

Phase	von Bpn betrachtet als	von Außenstehenden betrachtet als	von sich selbst betrachtet als
Annäherung	Eindringling	Voyeur	Verkäufer
Orientierung	Neuling	privater Lieferant vertraulicher Informationen	Fremder
Initiation	Prüfling	Pseudo-Akademiker	Anfänger
Assimilation	gewöhnliches Mitglied	öffentl. Verteidiger	wahrhaft Gläubiger
Abschluß	Deserteur	Experte	jemand, der seine Arbeit beendet hat

(aus: *Weinberg/Williams* 1973, S.86)

Diese unterschiedlichen Rollenperzeptionen machen schon deutlich, daß der Beobachter sehr leicht in die verschiedensten Rollenkonflikte geraten kann, die phasenspezifisch unterschiedlich sein werden, aber immer die Realisierung der qualitativen Studie gefährden können. Deshalb formulieren die beiden Autoren Regeln für das Verhalten in den einzelnen Beobachtungsphasen, von denen sie zwar – qualitativer Methodologie entsprechend – meinen, daß sie in ihrer Generalisierung problematisch wären, doch sind sie immerhin Anhaltspunkte für funktionales Verhalten (eine weitergehende Differenzierung einzelner Phasen im Feld findet sich im Abschnitt 6.5.2., wo die systematische, unstandardisierte Teilnahme und Beobachtung nach *Dechmann* (1978) vorgestellt wird):

„*Annäherung*
Beziehungen zu den beobachteten Personen: nichts versprechen (oder andeuten), was man nicht liefern kann (oder will).
Beziehungen zu Außenstehenden: es gibt keine ‚illegitimen' Bereiche der Forschung. Forscher müssen bereitwillig sein, konventionelle Ansichten über empfindliche Themen zu ignorieren; und sie müssen den Mut haben, sich deswegen nicht zu schämen.

Orientierung
Beziehung zu beobachteten Personen: lassen Sie sich nicht durch die ersten Tage in der neuen Umgebung entmutigen. Bleiben Sie skeptisch gegenüber dem, was Sie in den ersten Tagen sehen und hören. Da die ersten Eindrücke zwar andauern, oft aber falsch sind, sollen die Beobachtungen und Notizen, die während dieser Zeit gemacht werden, mit Vorbehalt betrachtet werden.
Beziehungen zu Außenstehenden: vermeiden Sie es, defensiv zu sein. Man darf nicht versuchen, anderen zu imponieren, da oft Eindrücke verbreitet werden, die gar nicht stimmen. Eine Bestätigung der Ergebnisse durch die meisten Außenstehenden ist wertlos.

Initiation
Beziehungen zu den beobachteten Personen: lassen Sie sich nicht durch Prüfungen, die einem von seinen beobachteten Personen gestellt werden, unsicher machen. Es ist für jede Gruppe selbstverständlich, einen Fremden testen zu wollen; nehmen Sie es nicht persönlich. Nicht vergessen, daß solche Prüfungen gemacht werden, um die Reaktion des Forschers zu testen.
Beziehungen zu Außenstehenden: Nochmals: Stehen Sie zu Ihren Überzeugungen" (*Weinberg/Williams* 1973, S.103f).

Eine interessante Ergänzung der obigen Empfehlungen in bezug auf die Beziehung zu den beobachteten Personen machen *Bogdan/Taylor*: „First, don't try to compete for esteem in the formal or informal status hierarchy in the setting ... Where involvement is essential to acceptance, then by all means participate. Where involvement means competition for status, withdraw" (1975, S.52).

„*Assimilation*
Beziehung zu beobachteten Personen: Sie werden von ihren beobachteten Personen wahrscheinlich nicht so akzeptiert, wie Sie meinen (oder meinen, sein zu sollen); erwarten Sie es auch nicht. Vergessen Sie nie, warum Sie da sind, – die beobachteten Personen werden es bestimmt nicht vergessen.

Beziehung zur Außenstehenden: Man soll nie aufhören, in dieser Phase über sein Projekt zu sprechen. Die Fragen und Kritik, die von Außenstehenden kommen, können dazu dienen, an den Verfestigungen in der Ordnung Ihrer Daten zu rütteln. Man sollte sich alte Aufzeichnungen anschauen, um festzustellen, inwieweit sich die Ansichten geändert haben.

Abschluß
Beziehung zu beobachteten Personen: Bereiten Sie Ihren Abgang aus der Gruppe genügend vor. Man soll seinen Teil dazu beisteuern, um einen glatten Abgang zu sichern. Planen Sie ein, weiteren Kontakt mit dem Feld zu halten . . ., und lassen Sie dies die beobachteten Personen wissen.
Beziehungen zu Außenstehenden: Seien Sie ehrlich sich selbst gegenüber in bezug auf gewonnene Kenntnisse und die Grenzen dieses Wissens. Eine Übertreibung und Verallgemeinerung des oft dürftigen Wissens soll vermieden werden. Wenn Sie die Rolle des Experten akzeptieren, dann halten Sie sich auf dem Laufenden; kehren Sie in das Feld zurück, lassen Sie es Sie nicht ausschließen" (*Weinberg/Williams* 1973, S.104 f.).

Zu diesen phasenspezifischen Verhaltensrichtlinien kann man noch einige allgemeinere, phasenübergreifende Erkenntnisse zum Verhalten im Feld heranziehen:

Auf den qualitativen Sozialforscher lauert oft eine weitere Gefahr: Missionierungseifer, Belehrungs- und Bekehrungswünsche, wie sie für manchen Sozialarbeiter und Sozialforscher typisch sein mögen. Unabhängig von seiner Qualifikation sollte sich der Forscher fragen, wie seine Ratschläge empfunden und aufgenommen und ob durch sein Einwirken auf bestimmte Werthaltungen das mühevoll hergestellte Vertrauen nicht durch besserwisserische Arroganz zerstört werden würde. Der menschliche Aspekt der Kontaktnahme kann auch noch rückwirkend vertan werden und die Arbeit evtl. nachfolgender Forschung erschweren. „Der Sozialwissenschaftler darf keineswegs versuchen, andere Menschen den moralischen Normen seiner oder einer anderen Gesellschaft ‚anzupassen'" (*Polsky* 1973, S.75).

Die Akzeptanz des Forschers hängt fast ausschließlich von seiner *Persönlichkeit* und seinem Verhalten im alltäglichen Umgang mit den Mitgliedern des zu untersuchenden sozialen Feldes ab: „If I was alright, then my project was alright" (*Whyte* 1961, S.300). "... the more I gave and the more I revealed of myself, the more familiar I became and the more trusted, so the more I'm given and the more is revealed to me" (*Feuchtwang* 1968, zitiert nach *Friedrichs/Lüdtke* 1971, S.36). „If people accept you, you can just hang around and you'll learn the answers without even having to ask the questions" (*Whyte* 1961, S.303). „Man wird als teilnehmender Beobachter mehr akzeptiert wegen der Art der Person, als die man sich aus der Sicht der Feldkontakte erweist, als der vermeintlichen Art der Forschung wegen. Diejenigen, zu denen man Feldkontakte hat, möchten immer wieder versichert bekommen, daß der Forscher ein ‚netter' Kerl ist und man sich darauf verlassen kann, daß er ‚einen nicht hereinlegen wird mit dem, was er herausfindet'. Das Prinzip der Studie interessiert sie gewöhnlich überhaupt nicht" (*Dean* 1954, S.233).

Der Soziologe als Feldforscher muß neben seiner akzeptierten Persönlichkeit über ein hohes Maß an *Flexibilität und Variabilität* verfügen, da er sich sowohl im äußeren Erscheinungsbild als auch in seinen (Re)Aktionen den jeweiligen Situationen im Feld anpassen muß, um nicht aus dem sozialen Kontext zu fallen und das bereits erlangte Vertrauen zu gefährden (vgl. *Girtler* 1984, S.81ff). Die Aufnahme und das Fußfassen im sozialen Feld bedeuten, daß der Zugang eigentlich schon geschafft ist, wobei aber damit noch nicht die Akzeptanz durch die Gruppe garantiert ist. Gerade in der ersten Phase der teilnehmenden Beobachtung wird der Sozialforscher oft mit bohrenden Fragen über sein Tun, seine Person und seine Intention konfrontiert. Er ist in dieser Zeit vielen Schwierigkeiten ausgesetzt:

- er soll durch vertrauensbildende Maßnahmen seine Akzeptanz erhöhen;
- er soll niemanden vor den Kopf stoßen und beleidigen; „A good rule to follow in the initial stage of the fieldwork is not to challenge the behavior or statements of the subjects or to ask questions that are likely to put them on the defensive" (*Bogdan/Taylor* 1975, S.41);
- er soll möglichst schnell und genau Einblick in die wichtigsten Regeln der Gemeinschaft gewinnen, ebenso auch in deren Sprache: „Researchers must start with the premise that words and symbols used in their world may have different meanings in the world of their subjects" (*Bogdan/Taylor* 1975, S.53)
- und letztlich natürlich seinen Forschungsauftrag erfüllen.

Innerhalb des Feldes muß der Beobachter versuchen, als Person und Forscher akzeptiert zu werden, um einen Platz in der Gruppe zugewiesen zu erhalten und eine positive Rolle zugeschrieben zu bekommen. Nur unter dieser Voraussetzung kann er an Insiderinformationen gelangen. Als Teilnehmer im sozialen Feld muß sich der Beobachter natürlich den dort herrschenden Sitten und Gebräuchen anpassen, was aber nicht bedeutet, daß er völlig in der Gruppe aufgehen muß. *Überkonformität kann genauso negativ bewertet werden wie abweichendes Verhalten.*

Beispiel:
„Das als Willkommensgruß gereichte Essen bei fremden Stämmen ist in einigen Gruppen, wie z.B. bei obdachlosen Nichtseßhaften, das Glas Bier, aus welchem schon getrunken wurde und welches nun dem neu hinzugekommenen Soziologen mit den Worten ‚Trink einmal' gereicht wird. Dem Soziologen bleibt nichts anderes übrig als zu trinken, um respektiert und nicht als langweilig angesehen zu werden" (*Girtler* 1984, S.78).

Der teilnehmende Beobachter befindet sich in einer sehr komplexen Situation mit einer Fülle möglicherweise sogar konfligierender Anforderungen. Wann soll er aus sich herausgehen, wann soll er besser schweigen? Wie soll er auf bewußte Herausforderungen, Späße, Ironie, Zynismus und Intrigen reagieren? Was passiert, wie hat er zu reagieren, wenn seine Forscherkompetenz oder seine Wissenschaft in Zweifel gezogen werden?

Beispiel:
„Das Problem, das sich zuerst erhebt, liegt darin, daß der Grund für die Untersuchung oft in Frage gestellt wird: Die eigene Motivation wird der amüsierten Aufforderung, doch klaren Wein einzuschenken und die ‚wahren' Gründe für das Interesse an gerade diesen abweichen-

den Personen auf den Tisch zu legen, ins Zwielicht gerückt. Es ist oft schwierig, Laien davon zu überzeugen, daß man beim Studium der Freikörperkulur z.B. mehr an der Untersuchung der sexuellen Schamhaftigkeit als an der Gelegenheit interessiert ist, Nackte zu sehen, oder daß man bei der Beobachtung Homosexueller nur die Gelegenheit sucht, das Verhalten einer Minorität, nicht aber sexuelle Chancen wahrzunehmen. Außenstehenden erscheint der Forscher oft als Voyeur (besonders, wenn er z.B. homosexuelle Handlungen auf der Männertoilette oder Gruppensex auf Parties der sexual freedom league beobachtet)" (*Weinberg/Williams* 1973, S.88).

Diese oft verunsichernden Situationen muß der Feldforscher überwinden, um nicht auch gleich die Freude an der geplanten Studie zu verlieren. Erfahrene Feldforscher raten dazu, sich der Naivität zu bedienen, wobei es sich nicht um ein Bedienen im Sinne von „bewußt verwenden" handelt, sondern der Forscher soll vielmehr offen über seine Schwierigkeiten sprechen. Dies sollte ihm umso leichter fallen, als – trotz aller Vorbereitungsarbeiten – die reale Situation in der Praxis sich doch von den Vorstellungen, die der Forscher gesammelt hat, erheblich unterscheidet. „Die durchaus auch kindliche Frage nach dem ‚Warum' bewahrt dem Forschenden ein offenes Herz, welches schließlich, so glaube ich, gerade für eine Forschung in ‚teilnehmender Beobachtung' unabdingbar ist" (*Girtler* 1984, S.96).

Mit zwei weiteren Vorbehalten kann der teilnehmende Beobachter konfrontiert werden: Zum einen mit der Tatsache, daß man ihn zwar als ‚netten Menschen' betrachtet, dessen Forschungen man aber für überflüssig hält. Zum anderen kann sein überlegt ausgewähltes Verhalten immer zu seinen Ungunsten interpretiert werden: agiert er neugierig und nachfragend, kann ihn das in die Nähe eines Privatdetektivs oder der Polizei rücken, wie aber auch das konträre Verhalten, zurückgezogen-dezent zu beobachten. Als Ratschlag zur Vermeidung solch schwieriger Situationen kann nur gegeben werden, daß der Forscher immer wieder ehrlich darauf verweisen sollte, daß seine Untersuchungen aus *rein wissenschaftlichen Motiven* durchgeführt werden, die selbstverständlich auch aufgrund persönlicher Interessen zustande kommen, die den wissenschaftlichen vielleicht sogar zeitlich vorausgingen, aber letztlich doch im Hintergrund stehen. Gerade der Verweis auf die Wissenschaftlichkeit hat heutzutage noch immer – trotz abnehmenden Prestiges – positive Effekte.

Ernsthaftigkeit, *Engagement* und *Solidarität* kann der Forscher z.B. dadurch signalisieren, daß er auch dann im Feld anwesend ist, wenn kritische Situationen entstehen, wenn er auch zuhause für Gespräche in ‚Notfällen' zur Verfügung steht oder wenn er sich auch außerhalb der regulären Arbeitszeit in das soziale Feld begibt. Sobald die Untersuchten das Gefühl haben, daß auch der Forscher investiert und Opfer bringt, dürfte ihm das Wohlwollen des sozialen Feldes relativ sicher sein. Gewisse Formen der Solidarität werden manchmal auch sehr provokant gefordert. „Ein Beispiel für diese Reaktion kann in einem Kommentar gesehen werden, den eine Reihe von Drogenabhängigen gegenüber einem der Autoren gaben: ‚Mann, hast Du eigentlich keine Hütte zum Pennen? Was sagt denn Deine Frau dazu, daß Du die ganze Zeit hier rumhängst?'" (*Berk/Adams* 1979, S.99).

Gleichgültig, ob die teilnehmende Beobachtung in irgendwelchen Minoritätengruppen oder in formalen Organisationen stattfindet, gelten für den Beobachter wichtige Verhaltensprinzipien. Er muß im Vorfeld beim Zugang zu den jeweiligen Feldern, wie auch in der Beobachtung selbst, *Ernsthaftigkeit und Seriosität* vermitteln. Die entsprechenden Personen, d. h. sowohl evtl. Vorgesetzte als auch die zu Untersuchenden, müssen überzeugt werden, daß dem Forscher wirklich an wissenschaftlichen Erkenntnissen gelegen ist, die letztlich auch den Beobachteten zugute kommen könnten, und es muß der Eindruck entstehen, daß er keinesfalls die Betroffenen in irgendeiner Weise hereinlegen oder hintergehen will. Durch *Achtung*, *Anerkennung*, *Höflichkeit* und das Bemühen, sich in die Situation der zu Beobachtenden hineinzuversetzen, was methodologisch gefordert ist, muß der Forscher versuchen, ein *Vertrauensverhältnis* herzustellen, das die Ernsthaftigkeit und Seriosität seiner Person und seines Forschungsanliegens sichert.

Gerade wenn man in Organisationen und Institutionen untersucht, sind zwar die guten Beziehungen zu den verantwortlichen Vorgesetzten notwendig (vgl. *Schatzmann/Strauss* 1979), doch können diese sehr schnell kontraproduktiv werden, wenn die Beziehungen zwischen Vorgesetzten und Untergebenen problembehaftet sind. Sie können bedeutungslos werden, wenn es dem Forscher nicht gelingt, auch ein gutes Verhältnis zu den auf den niedrigeren Ebenen Interagierenden herzustellen. Der gute Kontakt zu höheren Positionen ist für die Erlangung der Erlaubnis und den formalen Zugang vielleicht notwendige Voraussetzung. Für den eigentlich praktischen Zugang ist es natürlich bedeutend wichtiger, die Kontakte zu den Betroffenen herzustellen, die untersucht werden sollen. Hierbei sind wieder ganz besonders die persönlichen Eigenschaften und Qualitäten des Forschers relevant. Einfühlungsvermögen und Ausstrahlung können, gepaart mit Überzeugungskraft, dazu beitragen, die Akzeptanz des Forschers zu erhöhen.

Eine Studie mit der Methode der teilnehmenden Beobachtung wird letztlich nur glücken, wenn es während ihrer Durchführung zu keinen atmosphärischen Störungen kommt. Auch unter diesem Gesichtspunkt erscheint eine verdeckte Beobachtung nicht unproblematisch. Sie ist u.U. geeignet, die entsprechenden Kontakte und Beziehungen zu gefährden. Daher ist alles daran zu setzen, positive Kontakte zu pflegen. Es erscheint deshalb angebracht, ständig zu kooperieren und zu informieren. Es ist notwendig, den verantwortlichen Personen gegenüber immer wieder zu betonen, wie dankbar man ihnen für ihre Hilfe ist, um permanente Mitarbeit sicherzustellen und an ihre weitere Hilfsbereitschaft zu appellieren. Durch gegenseitige Information sollte eine *Atmosphäre des Vertrauens* und der Aufgeschlossenheit erzeugt werden, die eine wechselseitige Motivation aufrecht erhält.

6.3.5.3. Verhaltensregeln im Überblick

- Oberste Handlungsmaxime für den Beobachter ist, daß er *das untersuchte Feld durch sein Verhalten so wenig wie möglich verändert.*
- Realistisch betrachtet und ehrlich beurteilt gibt es bei teilnehmender Beobachtung eine *„objektive“ Beobachtung im Sinne einer intersubjektiven Nachprüfbarkeit des quantitativen Paradigmas nicht.*

- Dies enthebt den teilnehmenden Beobachter aber nicht der Aufgabe, sich um *korrekte Beobachtung und unverzerrte Wahrnehmung* – trotz eines vorhandenen, gewissen Vorverständnisses – zu bemühen.
- Der Beobachter hat sich immer so zu verhalten, daß *weitergehende und zukünftige Beobachtungen möglich erscheinen* und weder ein direkter noch indirekter (durch Verweigerungsstrategien) Ausschluß aus dem Feld erfolgt.
- Der Beobachter hat sich *flexibel und variabel* an die an ihn herangetragenen *Erwartungen anzupassen*, ohne sich zu devot zu verhalten (was ihn zu einem wenig geschätzten Außenseiter machen würde).
- Alles Verhalten muß zum Ziel haben, die *Akzeptanz des Beobachters im Feld zu erhalten oder zu erhöhen.*
- *„Durchschnittliches" Verhalten* – wie es eben im Alltag üblich ist – als Mischung aus Konformität und Nonkonformität ist zielführend.
- Der Beobachter soll mit seiner *Persönlichkeit* und seinen *Argumenten* von der Wichtigkeit und Notwendigkeit der Studie überzeugen.
- Er soll *Solidarität mit dem untersuchten Feld* üben, soweit er sich damit nicht in ethische oder juristische Probleme begibt.
- Er sollte letztlich auch außerhalb der Untersuchungssituation, die nicht zum Selbstzweck degenerieren darf, als Interaktionspartner mit Rat und Tat zur Verfügung stehen, um nicht den Eindruck zu vermitteln, er würde die Menschen nur als Datenlieferanten betrachten.

6.3.6. Das Beobachtungsschema

„Das Beobachtungsschema ist der Plan, der angibt, was und wie, wo zu beobachten ist. Es definiert die Zahl und Art der Beobachtungseinheiten, deren besonders relevante Dimensionen und gibt Beispiele für die Sprache, in der beobachtet werden soll. Es ist damit die Zusammenfassung der operationalisierten Hypothesen. Die relevanten Aspekte der Beobachtung müssen aus den Hypothesen des Forschers und der soziologischen Theorie abgeleitet werden" (*Friedrichs/Lüdtke* 1971, S.51).

Aus dieser Definition eines Beobachtungsschemas geht mit aller Massivität hervor, daß hier das Modell quantitativer Forschung Pate stand. Weder geht der qualitative Forscher anhand vorab formulierter Hypothesen ins Feld, noch hat er diese operationalisiert, noch standardisiert er (vgl. *Lamnek* 1988). Sein Anliegen ist vielmehr, das soziale Feld zu Wort kommen zu lassen (first order concepts), um daraus dann seine theoretischen Überlegungen (second order concepts) als Hypothesen zu entwickeln. Deshalb wird *bei der qualitativen, teilnehmenden Beobachtung kein Beobachtungsschema im obigen Sinne eingesetzt.* Dies schließt nicht aus, daß gleichwohl gezielt und systematisch nach theoretischen Interessen und Vorstellungen wissenschaftlich beobachtet wird.

6.3.7. Der Feldzugang

Der Phasenverlauf teilnehmender Beobachtung ist durch drei zu bewältigende Schwierigkeiten gekennzeichnet: Die *Zugangs*problematik am Anfang, den prekären *Mitgliedschaftsstatus* des teilnehmenden Beobachters während der Erhebung und das Problem des *Aussteigens* am Ende der Beobachtungsphase. Man kann diesen Phasenverlauf der Beobachtung durch drei Rollenkristallisationen und die damit verbundenen zwei Rollenwechsel kennzeichnen: Der teilnehmende Beobachter wird aus den Augen der Betroffenen während seines Aufenthaltes im Feld „vom Eindringling zum Mitglied und schließlich zum Deserteur“ (*Friedrichs* 1973, S.304).

Der Zugang zum sozialen Feld – insbesondere wenn es sich um soziale Randgruppen, Minoritäten, Subkulturen etc. handelt – ist besonders schwer zu finden. Mit ihm aber steht und fällt eine an qualitativer Methodologie orientierte teilnehmende Beobachtung, durch ihn wird der Erkenntnishorizont limitiert.

Der Erfolg oder Mißerfolg einer Studie hängt maßgeblich davon ab, inwieweit es dem Forscher gelingt, ein gutes entrée zum Feld, d. h. zu der ihn interessierenden Personengruppe zu bekommen. Gerade den Problemen und Schwierigkeiten, die beim „Eindringen“ in Um- und Lebenswelt der zu untersuchenden Population entstehen, wird in der Literatur oft zu wenig Rechnung getragen. Eine wirklich geglückte Annäherung – als Akzeptanz der zu Untersuchenden – ist nämlich mit erheblich mehr Aufwand verbunden, als gemeinhin angenommen wird. Jeder in der Praxis erfahrene Feldforscher weiß, daß sein Erfolg beim Zugang nicht frei von Unwägbarkeiten und Zufällen ist. Gerade das Wissen um solche Zufälligkeiten erfordert ein hohes Maß an gedanklicher Vorüberlegung, zumal der Forscher nicht erwarten darf, mit offenen Armen in der jeweiligen Gruppe empfangen zu werden. Ohne aber das Miterleben des Alltags, das Bekanntwerden mit der Lebenswelt der zu untersuchenden Menschen und ohne akzeptiertes Mitglied der Gemeinschaft, ohne einer von ihnen zu sein, ist der Erfolg einer teilnehmenden Beobachtung zumindest in Frage gestellt, wenn nicht gar der Mißerfolg vorprogrammiert ist. Das Gelingen einer qualitativen Beobachtungsstudie beginnt mit dem schwierigen Feldzugang, weshalb Rosalie *Wax* (1979, S.68ff) diesen ersten Schritt bei teilnehmender Beobachtung als den „unangenehmsten“ bezeichnet.

Der Feldzugang hängt natürlich auch von der Wahl und Eingrenzung des Beobachtungsfeldes ab. Die quantitativ-methodologische Position hat es hier relativ einfach, da sie ein in der Regel geschlossenes, klar abgegrenztes und wenig differenziertes soziales Feld auswählt. In der qualitativen Sozialforschung ist die Wahl einer Teilnehmerrolle aufgrund der natürlichen Feldsituation und der oft relativ differenzierten und nicht immer a priori abgrenzbaren Situation schwieriger. *Girtler* (1984, S.105ff) vertritt hier durch das Programm der *flexiblen Teilnahme* wiederum eine extrem qualitative Position: Ihm stehen durch die fehlende Vorabfixierung von Rollen natürlich die meisten Möglichkeiten offen.

Schon der Feldzugang wird in der Literatur oft als (zweiter) Sozialisationsprozeß des Forschers beschrieben. Voraussetzung für eine erfolgreiche Sozialisation in der

Zugangsphase sind *Offenheit*, *Einfühlungsvermögen* und die *Achtung vor dem zu Untersuchenden*. Andererseits vertritt *Girtler* (1984, S.129f) aber auch die Auffassung, daß sozialarbeiterische Absichten oder *Aktionsforschung* fehl am Platze wären.

Unabhängig von den einzelnen Beobachtungsformen gilt, daß sich der Beobachter als Fremder das *Vertrauen der zu Untersuchenden erwerben* muß. Dazu schlagen z.B. *Bogdan/Taylor* vor: „Probably the easiest way for observers to gain rapport with their subjects is to establish what they have in common with them" (1975, S.46). Eine conditio sine qua non, um das Vertrauen zu gewinnen, ist die *Offenlegung der Forschungsabsicht* gegenüber dem sozialen Feld. Nur wenn der Beobachter selbst offen und auskunftsbereit ist, kann er von den zu Beobachtenden erwarten, daß diese ihn problemlos – wenn auch nur vorübergehend – in das soziale Feld aufnehmen und ihn durch ihr Handeln mit Informationen versorgen, die im sozialen Feld alltäglich und angemessen sind. In diese Richtung tendieren auch *Bogdan/Taylor*: „We do mean that they should identify themselves before their subjects begin to doubt intentions, especially if they are involved in illegal or marginal activities" (1975, S.33).

Diese Aussage muß allerdings dann revidiert werden, wenn die Offenlegung der Forschungsabsicht (und evtl. des Forschungsgegenstandes) kontraproduktiv wäre. Eine teilnehmende Beobachtung anzukündigen, kann nämlich bedeuten, daß die eigentlich interessierenden Verhaltensweisen sich massiv verändern und möglicherweise überhaupt nicht mehr auftreten:

Beispiel:
Die Ankündigung und Offenlegung der Absicht, in einem psychiatrischen Krankenhaus die geschlechtsspezifisch diskriminierenden und vom Pflegepersonal geforderten Verhaltensweisen studieren zu wollen (z.B. daß Schwestern eher Fürsorge- und Versorgungsfunktionen und Pfleger vornehmlich Ordnungshüter- und Autoritätsfunktionen übernehmen), wird vielleicht schon durch die konkrete Ankündigung zunichte gemacht, weil man den Zugang erst gar nicht erhält. Selbst wenn dieser gewährleistet ist, werden sich durch die Ankündigung der Studie die Verhältnisse verändert haben.

Sich mit der Lebenswelt und dem Alltag der zu untersuchenden Personen vertraut zu machen, erfordert nicht nur ein hohes Maß an Fleiß, sondern vor allem Hingabe und Einfühlung. Dabei spielt die Schichtzugehörigkeit eine nicht unwesentliche Rolle: Zum einen dürfte es selten der Fall sein, daß der Forscher derselben sozialen Schicht wie die zu untersuchenden Personen angehört, so daß es für ihn wegen des Milieuhintergrundes besonders schwierig sein kann, die jeweiligen Lebensumstände im sozialen Feld nachzuzeichnen. Zum anderen wird der Forscher nicht sein ganzes Leben lang Untersuchungen an nur einer bestimmten Gruppe, d.h. an in einer ganz bestimmten sozialen Schicht lebenden Personen, durchführen, weshalb die Wahrscheinlichkeit schichtspezifischer Differenzen zwischen Forscher und Untersuchten immer gegeben ist.

Das *Vergessen der eigenen sozialen Stellung*, das Hineinversetzen in ein fremdes Umfeld, erfordert neben *Einfühlungsvermögen und der Respektierung anderer*

Lebensgewohnheiten eine im wissenschaftlichen Lehrbetrieb nicht vermittelte und kaum vermittelbare fundierte Ausbildung, in der dem angehenden Forscher beigebracht wird, daß „Menschen mehr als Lochkarten" (*Girtler* 1984, S.61) sind.

Eine Aufgabe des Forschers besteht auch darin, sich vor Beginn der teilnehmenden Beobachtung intensiv mit der zu untersuchenden Personengruppe auseinanderzusetzen und sich dabei mit verschiedenen Aspekten und Perspektiven vertraut zu machen. Dies ist deshalb notwendig, weil man nie sicher sein kann, daß einen die Gruppe nicht über die wahren, zu erforschenden Tatsachen täuscht. „Daher gehört es zu meinen Strategien, zu den Personen Kontakte aufzunehmen, die meiner Meinung nach kritisch der Institution gegenüberstehen oder die eben unterprivilegiert sind. Tatsächlich fand ich auch einige kritische junge Männer, die als Novizen im Kloster lebten und sich Gedanken über dieses gemacht hatten. Ein beinahe freundschaftlicher Kontakt zu einigen von ihnen verschaffte mir schließlich wichtige Informationen, die ich sonst vielleicht nicht erhalten hätte" (*Girtler* 1984, S.94). Solche „abweichenden Fälle" erweitern die Perspektive und eröffnen erst eine zutreffende Beurteilung des Stellenwertes der sonstigen Beobachtungen.

6.3.7.1. Amtliche Stellen oder Kontaktpersonen

Anders als bei der Untersuchung von Gruppen und Personen, bei denen der Zugang durch Empfehlungen und formale Zugangsvoraussetzungen erleichtert bzw. erst ermöglicht wird, ist das Zugangsproblem bei ethnologischen Gemeinschaften, Subkulturen und Minoritäten nicht mit Berechtigungs- oder Erlaubnisscheinen zu bewältigen. Ganz im Gegenteil: Solche Empfehlungen können das Forschungsvorhaben erheblich erschweren oder gar torpedieren. Zwar sind Erlaubnisschreiben von amtlichen Stellen durchaus von Nutzen, um die allerersten Schwierigkeiten aus dem Weg zu räumen, doch wird man bei den zu Untersuchenden damit kaum den entsprechenden Erfolg haben. Hier kommt es darauf an, durch Einfühlungsvermögen eine Vertrauensbasis herzustellen, die letztlich den Zugang eröffnet. Der Forscher hat jedenfalls abzuwägen, ob es sinnvoll ist, sich über Kontakte mit amtlichen offiziellen Stellen oder eher über informelle Beziehungen in die entsprechende Gruppe einführen zu lassen.

Häufig ist der Forscher in der Tat auf geeignete Kontaktpersonen angewiesen. Ihm bleibt dann nichts anderes übrig, als sich mit einer Vielzahl von Personen bekannt zu machen und über seine Forschungsabsichten zu berichten. Die dabei erhaltenen Informationen sollten so genutzt werden, daß man die wichtigen und richtigen Kontakte knüpft und aufrecht erhält, nämlich Kontakte mit solchen Personen, die in der Lage sind, den Forscher vertrauensvoll in die ihn interessierende Gemeinschaft einzuführen.

Beispiel:
„Ich fand schließlich zufällig eine Kneipe, die als Treffpunkt für eine Gruppe junger Italiener von dem Typ, den *Whyte* ‚Corner Boys' genannt hat, diente. Von da an ging ich nur noch dorthin. Aber so sehr ich auch versuchte, mich an der Unterhaltung zu beteiligen: es ging nicht. Die Bar war zwar der allgemeinen Öffentlichkeit zugänglich, war aber faktisch fast ein

privater Club. Dasselbe Dutzend Männer kam jeden Abend und – da einige von ihnen arbeitslos waren oder nicht tagsüber arbeiteten – auch am Tag dort hin. Außerdem habe ich den Verdacht, daß einige von ihnen krumme Geschäfte machten. Auf jeden Fall waren sie entschieden abgeneigt, mit Fremden zu reden, besonders mit einem wie mir, der nicht eingeführt worden war, der allein und dann noch unregelmäßig ungefähr einmal wöchentlich kam. Zusätzlich konnte ich, so sehr ich mich auch bemühte, bei dem Thema, über das sie sich unterhielten, nicht wirklich mitreden oder in ähnlich reichem Maße dreckige Ausdrücke benutzen. Nach einigen erfolglosen Versuchen gab ich mein Bemühen einzudringen auf und saß von da an einfach als Beobachter dabei" (*Gans* 1962, S.341).

Daß es manchmal gravierende Schwierigkeiten geben kann, entsprechende Kontaktpersonen zu finden bzw. wenn man sie gefunden hat, Kontakte aufzunehmen, wird in der Literatur vielfach berichtet:

Beispiel:
„Ich sah mich noch einmal um, und jetzt fiel mir ein Trio auf: ein Mann und zwei Frauen. Ich dachte mir, hier sei eine Fehlverteilung von Frauen, der ich vielleicht abhelfen könnte. Ich ging zu der Gruppe und sagte ungefähr dies: ‚Entschuldigung. Haben Sie was dagegen, wenn ich mich zu Ihnen setze?' Einen Moment lang war Stille, während der Mann mich anstarrte. Er bot mir dann an, mich die Treppe hinunter zu schmeißen. Ich versicherte ihm, das sei nicht nötig, und bewies es auch gleich, indem ich ohne weitere Hilfe hinaus marschierte" (*Whyte* 1955, S.189).

Nun müssen diese Schwierigkeiten nicht unbedingt mit Beschädigung der körperlichen Unversehrtheit verknüpft sein. Manchmal sind es viel trivialere Dinge, die aber gleichwohl denselben Effekt erzielen: Der Zugang zum zu untersuchenden sozialen Feld bzw. genauer zu den anvisierten Informationen wird verhindert. Hierzu ein Beipiel, das Margret *Mead* erlebte:

Beispiel:
„Da findet man einen Mann, dessen Vater oder Onkel eine Vision hatte. Man fährt viermal hin, um ihn zu treffen, jedesmal acht oder zehn Meilen mit einem Dolmetscher. Das erste Mal ist er nicht zuhause, beim zweiten Mal ist er betrunken, das nächste Mal ist seine Frau krank und beim vierten Mal beginnt man das Interview auf Anraten des Dolmetschers mit einem 5-Dollar-Schein, für den er seinen Dank an Wakanda abstattet und Wakanda bittet, ihm ein langes Leben zu geben und dann fortfährt, indem er vier Stunden nichts als Lügen erzählt" (*Girtler* 1984, S.72).

Die Notwendigkeit einer geeigneten Kontaktperson läßt sich im wesentlichen an zwei Kriterien festmachen:

- Der Forscher stammt in der Regel aus einem anderen kulturellen Umfeld und ist schon deshalb auf jemanden angewiesen, der ihn in sein neues Feld einführt. Dabei kann die soziale Distanz zwischen Wissenschaftler und Untersuchungsbereich sowohl förderlich als auch hinderlich sein.
- Gerade soziale Randgruppen, ethnische Gemeinschaften oder andere Minoritäten begegnen Fremden mit großem Mißtrauen. Die Angst vor Kontrolle, Bespitzelung und Einmischung in die jeweiligen Lebensgewohnheiten erschweren das teilnehmende Beobachten, weshalb der Zugang und der permanente Kontakt im

Rahmen der Beobachtung nur über vertraute Mittelsmänner gelingen kann. Sie können das overte oder latente Mißtrauen gegenüber dem Eindringling evtl. abbauen (vgl. *Berk/Adams* 1979, S.95f).

Der beste Weg, Zugang zu einer zu untersuchenden Gruppe zu finden, führt also über *Schlüsselpersonen*. Sie sind für den Forscher wichtige Repräsentanten der Gruppe, von denen er erste Handlungsmuster erfahren kann. Zum anderen gewinnt der Beobachter die Gruppe, indem er als Vertrauter der Kontaktperson eingeführt wird. Die Gruppe akzeptiert ihn, weil die Schlüsselperson für ihn bürgt. Günstig ist natürlich, wenn die Kontaktperson einen hohen Status im sozialen Feld hat (etwa der Führer der Gruppe ist), dann dürften eventuelle Widerstände seitens des Feldes von vorneherein sehr reduziert sein.

Wie findet man nun die gruppenspezifische Kontaktperson, die für das Gelingen der Studie entscheidend sein kann? Nicht immer jedenfalls sind jene Menschen, zu denen man leicht Zugang findet, die besten Informanten. Es ist nicht auszuschließen, daß es sich dabei um Personen handelt, die sich aufdrängen und interessant machen wollen, um so ihre eigene Bedeutung zu betonen. Vor allem sollte der Forscher versuchen, darüber hinaus noch weitere Kontakte anzuknüpfen, damit nicht evtl. wichtige Schlüsselpersonen vergessen werden. Auch ist darauf zu achten, daß die Kontaktpersonen in dem zu untersuchenden Feld nicht marginale und/oder negativ bewertete Positionen einnehmen. Sie stellen sich nämlich sehr gerne als Kontaktpersonen zur Verfügung, weil sie dadurch möglicherweise auf Prestigegewinn hoffen, sind aber nur wenig geeignet, das soziale Feld zu öffnen.

Beispiel:
„Eine Gefahr liegt darin, daß sich der Forscher allzu sehr durch die von der Gruppe am wenigsten akzeptierten Mitglieder beeinflussen läßt, weil sie für ein soziales Engagement am empfänglichsten sind. Identifikation mit einer Clique muß auf jeden Fall vermieden werden, weil man dann die Situation nur noch aus der Perspektive dieser Clique betrachtet, während einem die anderen Perspektiven verschlossen bleiben. Beispielsweise verbrachte der Autor am ersten Tag der FKK-Studie zu viel Zeit mit einem ledigen Mitglied, das, wie er später erfuhr, einen schlechten Ruf hatte. Ihm wurde, wie anderen Ledigen, unterstellt, nur dabei zu sein, um Frauen anderer Mitglieder anzuschauen. Wenn man sich am Anfang der Arbeit sehr einsam fühlt, ist es am leichtesten, sich mit denen zu verbinden, die in einem schlechten Ruf stehen, denn sie fühlen sich genauso isoliert" (*Weinberg/Williams* 1973, S.91).

„Researchers should not hold back from developing close relationships with individual subjects until they have a good grasp of the nature of relationships in the setting. Where it is essential for them to establish rapport with a selected few subjects initially, they must be willing to withdraw from those relationships as circumstances demand" (*Bogdan/Taylor* 1975, S.50).

Andererseits ist es auch möglich, daß der Forscher gerade durch die erste Kontaktperson zu weitergehenden Informationen oder Informanten kommt bzw. sich hierbei Aspekte des Zugangs auftun, an die er selbst noch nicht gedacht hatte. *Friedrichs/Lüdtke* (1971, S.38) weisen darauf hin, daß der Beobachter durch eine Klassifikation seiner Informanten die Qualität und Verläßlichkeit von deren Informationen genau prüfen sollte. Hat er es dabei nur mit einer spezifischen Gruppe von Personen zu tun, so muß er die daraus resultierende Einseitigkeit der Informationen berücksichtigen.

6.3.7.2. Informantenrollen

Manchmal mag es funktional sein, sich an solche Schlüsselpersonen zu wenden, die einen unsicheren oder niedrigeren Status in der Gruppe haben. Durch die Kontakte zum Forscher erwarten diese sich evtl. eine Statuserhöhung und weitergehende Anerkennung durch die Gruppe. Im Prinzip sind eine Vielzahl von Informantenrollen denkbar. *Friedrichs/Lüdtke* geben eine Klassifikation nach *Dean*:

„a) *problemvertraute Informanten*
- der *Außenseiter*: er betrachtet die Dinge vom Standpunkt einer anderen Kultur, Gruppe oder Sozialschicht;
- der *Neuling*: er registriert die Selbstverständlichkeiten und hat noch keinen Einsatz zu verteidigen;
- der Inhaber eines *neuen Status*: er hat die Rolle gewechselt und reagiert noch unsicher und sensibel auf die neuen Erfahrungen;
- der ‚*Natürliche*': er informiert meist unreflektiert, aber objektiv;

b) *besonders gutwillige Informanten*
- der naive *Informant*: er weiß nicht, wovon er spricht; naiv in bezug auf die Beobachterabsicht oder in bezug auf seine eigene Gruppe;
- der *Frustrierte* (Rebell oder Mißvergnügte): er ist sich besonders stark der Hemmungen seiner Wünsche und Impulse bewußt;
- die ‚*Outs*': jene ohne Einfluß aber mit Kenntnissen der Interna, kritisch gegenüber den ‚Ins';
- der *Routinier*: der geübte und allseits vertraute ohne Bedrohung durch andere;
- der *Anlehnungsbedürftige*: auf der Suche nach Zuwendung und Hilfe durch den Beobachter;
- der *Untergeordnete*: er muß sich Stärkeren fügen und entwickelt Fähigkeiten, dem Autoritätsdruck auszuweichen, und Aggressionen gegen ‚die da oben'" (*Dean* 1954, S.235 f, zitiert nach *Friedrichs/Lüdtke* 1971, S.38).

Die in jeder Gemeinschaft vorhandenen Schlüsselpersonen, also die innerhalb der Gruppe dominanten Mitglieder, die Meinungsführer, die gate-keeper sind zu überzeugen, weil sie einen wichtigen Einfluß auf die Gruppe haben. Dies darf aber nicht dazu verleiten, *die Meinungsführer* als besonders wichtig im Hinblick auf die Informationen zu betrachten, denn *nicht immer sind sie die besten Informanten*. Die Akzeptanz durch das zu untersuchende Feld ist auch deshalb so wichtig, weil *die Gruppenstruktur durch das Eindringen des Forschers evtl. in Mitleidenschaft gezogen werden* kann und das gewohnte soziale Verhalten nur dann so abläuft, wie vor dem Eindringen des Forschers, wenn dieser nicht als störendes Element empfunden wird. Zurückhaltung und Solidarität könnten Handlungsmaxime hierfür sein.

6.3.7.3. Der Zugang zu öffentlichen Institutionen

Spezifischer ist noch die Frage des Feldzuganges bei Behörden, staatlichen Stellen, Betrieben und Unternehmen. Wird von diesen – wenn auch immer weniger – ein Fragebogen noch relativ häufig akzeptiert, zumal wenn der Kreis der zu Befragenden vorher mit den Führungskräften abgestimmt wurde, so stößt man mit dem Wunsch, teilnehmend beobachten zu wollen, oft auf Ablehnung. Neben der übergroßen Skepsis gegenüber dem Sozialwissenschaftler als Forscher wirkt die teilnehmende Beobachtung, die im doppelten Sinne des Wortes als zu penetrant empfunden wird, negativ. Geht man von dieser, in der Praxis oft gemachten Erfahrung aus, so kann diese antizipiert und Fehler können vermieden werden.

Beispiel:
„Eine solche Erfahrung machte ich, als ich den Chefredakteur einer großen österreichischen Tageszeitung anrief und ihn höflich fragte, ob ich in ‚teilnehmender Beobachtung' eine Studie über das Leben in seiner Redaktion durchführen dürfe. Der Chefredakteur hörte mich nicht einmal vollständig an, er erklärte resolut sein ‚Nein' und beendete das Gespräch schnell dadurch, daß er einfach den Telefonhörer aufhängte. Ich hatte zweifellos hiebei einen Fehler gemacht. Es wäre klüger gewesen, informelle Kontakte zum Chefredakteur anzuknüpfen und ihn dann zu fragen, ob er mir einen Zugang zu seiner Redaktion gestatte" (*Girtler* 1984, S.86).

Informelle Kontakte und persönliche Beziehungen und Bekanntschaften sind ohnedies die erfolgreichste Vorgehensweise, da durch Vorabinformationen und Empfehlungen der Gruppenzugang leichter zu bewerkstelligen ist. Natürlich ist das abhängig von Stellung und Prestige, das die Kontaktperson in dem zu untersuchenden Personenkreis genießt, doch es empfiehlt sich generell, in seinem Bekannten- und Freundeskreis über seine Forschungsabsichten und Vorhaben zu sprechen, da hier evtl. Verbindungen oder Beziehungen auftauchen oder entstehen können, die man vorher nicht kannte und die sehr funktional sind. Ein erheblicher Vorteil besteht dabei darin, nicht nur als Wissenschaftler in ein soziales Feld eingeführt zu werden, sondern auch als Bekannter oder Freund der Vermittlungsperson, wodurch Skepsis nicht entsteht oder relativ schnell abgebaut werden kann.

Sollen aber staatliche Institutionen, Behörden und Verwaltungsapparate untersucht werden, so ist es notwendig, die Erlaubnis bei den zuständigen Stellen und Vorgesetzten einzuholen, da die Weitergabe von Informationen von der jeweils übergeordneten Dienststelle genehmigt werden muß. Dies setzt voraus, daß die spezifischen Strukturen und Verhältnisse in Ämtern und Abteilungen vorher erkundet werden, um festzustellen, welche Behörden und welche Personen für die einzuholende Erlaubnis zuständig und verantwortlich sind. Nach einigen persönlich-mündlichen, informellen Kontakten muß ein Anschreiben an die zuständige Person bzw. Institution verfaßt werden. Dieser Brief hat den Zweck, über Anliegen, Vorgehen und Motivation zu informieren, denkbaren Mißverständnissen vorzubeugen, Vertrauen herzustellen und sich im Untersuchungsfeld bekannt zu machen. Dabei sollte man die wissenschaftliche Absicht verdeutlichen, aber den Wissenschaftler nicht besonders herauskehren, um nicht arrogant oder besserwisserisch zu wirken.

Als Regeln für die Formulierung eines solchen Anschreibens mit der Bitte um Genehmigung einer teilnehmenden Beobachtung kann man formulieren (vgl. *Schatzmann/Strauss* 1979, S.84f):

1. Die Formulierungen sollen klar und allgemeinverständlich sein, damit das Anliegen verstanden wird.
2. Der Brief soll nicht zu lang sein und sollte das Forschungsvorhaben umreißen, aber keinesfalls in Details beschreiben, da dies wegen der Offenheit und Flexibilität der Vorgehensweise während des Forschungsprozesses dann möglicherweise revidiert werden muß.
3. Der Forscher soll sich selbst als Person, sein Interesse und seine Motivation kurz skizzieren, wobei der Aspekt des Lernens und Forschens herausgestellt werden sollte.
4. Es ist unabdingbar, Vertraulichkeit und Anonymität zuzusichern sowie Achtung vor der Tätigkeit und den zu untersuchenden Personen zu bekunden, um eventuellen Bedenken zuvorzukommen und eine Atmosphäre des Vertrauens zu schaffen.
5. Das Anschreiben muß auch über Dauer und Zeitpunkt der Untersuchung informieren und sollte so rechtzeitig eingehen, daß die betroffenen Stellen in Ruhe und sachbezogen informieren, diskutieren und entscheiden können.

Beispiel:
„Sehr geehrter Herr Ministerialrat N.!

Im Rahmen meiner Forschungstätigkeit als Soziologe an der Universität Wien bin ich aus mehreren Gründen sehr an einer Untersuchung über die Wiener Polizei interessiert. So beschäftigen mich die oft für den einzelnen Polizisten unbefriedigende Auseinandersetzung mit der Bevölkerung, die Praktiken polizeilichen Handelns u.ä.

Ich denke, mit der Methode der ‚teilnehmenden Beobachtung' bei der Polizei einige wichtige, auch im Interesse der Allgemeinheit liegende Themenkreise bearbeiten zu können.

Es würde mich freuen, wenn auch Ihnen eine solche Thematik wichtig erschiene.

Ich bitte Sie, mir zu gestatten, eine derartige Untersuchung durchführen zu dürfen.

Selbstverständlich bin ich bereit, mit Ihnen meine Ergebnisse zu diskutieren. Ich versichere Ihnen, daß in meinem Untersuchungsbericht die Daten derart verallgemeinert werden, daß die Identität von Personen und Personengruppen nicht aufgedeckt wird.

Ihre Erlaubnis vorausgesetzt, würde ich gerne einige Monate das Handeln von Polizisten studieren, d.h. ich würde mich in Kommissariatszimmern aufhalten, mit Polizisten sprechen und eventuell auch an Streifenfahrten teilnehmen.

Es entspricht meiner Methode der Beobachtung, daß ich niemanden bei seinen Arbeiten stören will und auch nicht werde.

Sie können sicher sein, daß ich den Polizisten die Arbeit nicht erschwere.

Ich bin Dozent am Institut für Soziologie und sowohl in der Lehre als auch in der Forschung tätig. Zu meinen hauptsächlichen Gebieten zählen u. a.: Organisationssoziologie, Rechtssoziologie und die Soziologie ‚abweichenden Verhaltens'.

Mit dieser Forschung über die Wiener Polizei erhoffe ich mir einige interessante Ergebnisse, die auch Sie und Ihre Kollegenschaft ansprechen mögen.

Eine Erlaubnis durch Sie würde mir in meinem Weiterkommen sehr helfen. Ich werde mir gestatten, Sie in den nächsten Tagen anzurufen und bin bis dahin mit den besten Grüßen ..." (*Girtler* 1984, S.89f).

6.3.7.4. Zusammengefaßte Verhaltensregeln zum Zugang

- Der Forscher demonstriere *Respekt vor den zu Beobachtenden*, praktiziere *Einfühlungsvermögen in deren Lebenswelt* und versuche damit, das *Vertrauen zu gewinnen*.
- Soweit es für die Forschungsfrage nicht kontraproduktiv ist, muß die *Forschungsabsicht gegenüber den Beobachteten offengelegt werden*.
- Sich zu Beginn der Beobachtung mit dem *Alltag der zu Beobachtenden vertraut zu machen*, heißt auch, sich von seiner *eigenen Sozialisation und Position tendenziell zu lösen* und offen für eine *zweite Sozialisation* in das Beobachtungsfeld zu sein.
- Oberste Handlungsmaxime muß *Toleranz und Achtung* gegenüber dem Feld sein, auch wenn aus Sicht des Beobachters abweichendes Verhalten praktiziert wird. *Kritik und Sanktionen* sind zu unterlassen.
- Es ist von Fall zu Fall zu entscheiden, ob man *amtliche Stellen und/oder andere Kontaktpersonen* einschalten soll, um den Zugang zu erleichtern.
- *Schlüsselpersonen* aus dem zu untersuchenden Feld sind besonders wichtig, weil dies die Akzeptanz des Beobachters beeinträchtigen könnte.
- Als Informanten sind *je nach Situation Meinungsführer* ebenso hilfreich oder störend wie *Abweichler* aus der Sicht des Feldes.
- Der Forscher soll *für Informationen von allen Seiten offen* sein, was seine Perspektiven und Erkenntnisse erweitert und prinzipiell *jede Informantenrolle zuläßt*.
- Sofern nicht verdeckt-teilnehmend beobachtet wird und dies in öffentlichen Institutionen erfolgt, ist die (schriftliche) *Zustimmung seitens der Organisation* (schriftlich) einzuholen.
- *Informelle Kontakte vor den offiziellen Bemühungen um Zugang* sind sehr nützlich.
- Der Forscher verlasse sich aber nicht nur auf Genehmigungen der übergeordneten Dienststellen; vielmehr muß er sich auch um das *Einverständnis des zu beobachtenden sozialen Feldes bemühen*.

6.3.8. Offene oder verdeckte Beobachtung?

Nur wenn sich der Forscher in der Rolle, die ihm die zu untersuchende Gruppe zuweist, als einer „von ihnen" begreift und dies auch die Beobachteten tendenziell tun, wird es ihm gelingen, die internen Strukturen und verborgenen Gewohnheiten zu ergründen. So jedenfalls die Auffassung eines Teils der qualitativ-teilnehmend beobachtend arbeitenden Sozialforscher. Eng damit verbunden ist dann die Frage, ob verdeckt oder offen untersucht werden soll.

Grundsätzlich kann die teilnehmende Beobachtung verdeckt oder offen durchgeführt werden, wobei auch die *technischen Vor- und Nachteile* berücksichtigt werden müssen: Bei einer offenen teilnehmenden Beobachtung sollte es keine größeren Schwierigkeiten machen, entsprechende Aufzeichnungsgeräte (z.B. Videokameras oder Tonbandgeräte oder eigene Mitschriften) einzusetzen. Nach einer kleinen

Gewöhnungsphase dürfte das soziale Feld sich von der Technik kaum mehr irritieren lassen. Dies hätte den ganz erheblichen Vorteil, daß im Hinblick auf Vollständigkeit der Aufzeichnung und optimale Nachvollziehbarkeit der Interpretation geradezu „quantitative Verhältnisse" vorliegen würden.

Daneben muß die *ethische Komponente* bei der Entscheidung, ob offen oder verdeckt beobachtet wird, berücksichtigt werden. Während *Atteslander* (1975, S.155) der Meinung ist, bei verdeckter Beobachtung seien in bezug auf die Forschungstechnik ethische Vorbehalte ebenso wenig am Platz, wie bei anderen Methoden und ethische Probleme sich nur hinsichtlich des Forschungsziels und der Frage nach der Verwendung der Forschungsergebnisse ergäben, vertritt *Girtler* (1984, S.61) als jemand, der vielfach in den unterschiedlichsten Subkulturen beobachtet hat, eine andere Auffassung und wendet dem Aspekt der Offenheit erheblich mehr Aufmerksamkeit zu.

Zunächst erscheint die verdeckte Beobachtung in bestimmten sozialen Situationen und Gruppierungen, wie z.B. bei der Untersuchung von Subkulturen und Minoritäten, im Vorteil, da hier eine überaus große Skepsis gegenüber dem Wissenschaftler und Forscher zu erwarten ist. Gleiches gilt vermutlich für den Versuch der Aufdeckung bestimmter Strukturen in Institutionen. „So ... mag ein Richter, der an einer soziologischen Studie über das Gerichtswesen arbeitet, und der dies seinen Kollegen nicht erzählt, große Chancen bei der Aufdeckung bestimmter Regeln haben" (*Girtler* 1984, S.62). Generell muß aber konzediert werden, daß die verdeckte Beobachtung aufgrund der ihr immanenten „Täuschungsabsicht" viele Nachteile hat und die Gefahr nicht auszuschließen ist, daß sie längerfristig eher eine Bedrohung für den Erfolg der Beobachtungen darstellt (vgl. *Schumann/Winter* 1973, S.175).

Ausschlaggebend ist die Tatsache, daß es trotz aller Bedenken oft günstiger ist, wenn die zu untersuchenden Personen über die Intention des Forschers bzw. seine Rolle ehrlich und offen in Kenntnis gesetzt werden. Ist diese erste Hürde einmal genommen, dann hat der Forscher kaum mehr Legitimationsprobleme und kommt nicht in Gefahr, als unglaubwürdig zu erscheinen.

Für den Wissenschaftler ist die teilnehmende Beobachtung ohnedies nicht unproblematisch. Schließlich betrachtet er seine Gegenüber nicht nur als Objekte zur Datengewinnung, sondern auch als Partner, zu denen man durch Gespräche Kontakt findet und hält. Die Rolle des Forschers kann dabei mit der Rolle des Mitgliedes im sozialen Feld leicht in Konflikt geraten, da bei aller möglichen und wünschenswerten persönlichen Sympathie die Intention des Beobachters doch ist, einen wissenschaftlich fundierten Einblick in das Umfeld und die sozialen Beziehungen eines bestimmten Personenkreises zu gewinnen. Dieser Rollenkonflikt ist in dem nachfolgenden Beispiel offenkundig:

Beispiel:
„So meinte ein 25jähriger obdachloser Nichtseßhafter zu mir: ‚Ich weiß genau, Du bist nur darum so freundlich zu mir und den anderen Sandlern, weil Du etwas von uns wissen willst'. Ich konnte diesem Manne diese Überlegung nicht verübeln, weil sie irgendwie stimmte" (*Girtler* 1984, S.125).

Dieses Dilemma, das ja schon bei offener teilnehmender Beobachtung auftritt, wird evtl. potenziert, wenn die Beobachtung verheimlicht und dann entdeckt wird. Hier wirkt die „Unehrlichkeit“ des Beobachters doppelt stark und kann zum Ausschluß aus dem Feld führen.

Das Unbehagen, das der Beobachter bei verdeckter Beobachtung vielleicht empfindet, dieses Gefühl einer gewissen Unaufrichtigkeit oder Unfairness, erscheint nicht nur aus ethischen Gründen belastend, sondern auch im Sinne der qualitativen Methode selbst problematisch, denn gerade die qualitativen Verfahren sind es, die den Menschen in seinem sozialen Umfeld erfassen und begreifen können. Das echte partnerschaftliche Moment bietet dem Wissenschaftler nicht nur die Möglichkeit einer Selbstkontrolle, sondern eröffnet ihm auch erst die Chance, jene menschlichen Qualitäten zu entfalten, die ihm die Kontaktaufnahme und den Zugang zu den zu beobachtenden Personen erleichtern bzw. überhaupt erst ermöglichen.

In diesem Kontext verdienen die bei den Formen der Beobachtung behandelten unterschiedlichen Teilnahmegrade, die das Verhältnis des Forschers zur Beobachtungsgruppe prägen können, Aufmerksamkeit. In einfacher Dichotomisierung stellen *Schwartz/Schwartz* (1955, S.347) dem aktiven Beobachter, der weitgehend in die Gruppe, die er untersucht, integriert ist, den passiven Beobachter gegenüber, dessen Interaktionen mit den Beobachteten minimal sind. Unter pragmatischen Aspekten und unter realistischen Forschungsbedingungen wird festzustellen sein, daß im Verlaufe einer längerfristigen Studie der Beobachter alle Teilnahmegrade in den einzelnen Phasen einmal einnimmt. Dabei wird die zeitliche Komponente wichtig: aus dem zu Beginn der Untersuchung vielleicht notgedrungen passiven Beobachter wird mit wachsender Einbindung in das soziale Feld ein immer aktiverer, wofür auch sachliche Gründe maßgeblich sein können. „So wird ein Forscher einerseits in bestimmten Situationen in der Rolle des bloß Beobachtenden sein, der keinen Einfluß auf die soziale Situation nimmt und auf den sich auch niemand bezieht (z.B. bei der Beobachtung von Gerichtsverhandlungen), und andererseits wird der Beobachter in Handlungen einbezogen (z.B. bei der Teilnahme an Gruppenaktivitäten, wie gemeinsamen Diskussionen)“ (*Girtler* 1984, S.48).

Das Problem des Teilnahmegrades verweist letztendlich wieder auf die zentrale Bedeutung, die dem Feldzugang zukommt. Die gelingende bzw. gelungene Einführung in den zu untersuchenden Sozialbereich entscheidet mit darüber, ob und wie sich der Beobachter im weiteren Verlauf seiner Arbeit effektiv in der jeweils typischen Lebenswelt bewegen und betätigen kann.

Für die Entscheidung, ob offen oder verdeckt beobachtet werden soll, kann man folgende Kriterien heranziehen:

- *Offene teilnehmende Beobachtung erleichtert die Aufzeichnung des Beobachteten* und bietet daher etwas größere Sicherheit hinsichtlich der Vollständigkeit und Richtigkeit der Protokolle.
- Offene Beobachtung ist nur dann sinnvoll möglich, wenn sichergestellt ist, daß dadurch *keine Beeinflussung des sozialen Feldes* erfolgt und mithin *keine Methodenartefakte* entstehen.

- Offene Beobachtung ist dann erforderlich, wenn es *ethisch nicht zu verantworten* ist, verdeckt vorzugehen. Gerade die partielle Identifikation mit dem Feld und die Offenheit im Umgang miteinander verlangt ethisch-normativ, die Forschungsabsicht offenzulegen.
- Ob offen oder verdeckt beobachtet wird, ist aber auch eine *Frage der Rolle*, die der Beobachter einnimmt und dabei eine Frage des *Partizipationsgrades* im Feld.
- *Letztlich wird man auf der Basis qualitativer Methodologie eher offen als verdeckt beobachten.*

6.3.9. Die Aufzeichnung der Beobachtungsdaten

Bezüglich des Protokollierens von Beobachtungsergebnissen stellen sich grundsätzlich folgende Fragen:
1. Wann protokollieren?
2. Wie protokollieren?
3. Was protokollieren?

Eine generalistische Beantwortung dieser Fragen erscheint nicht unproblematisch, aber auch nicht unmöglich, wenn man die allgemeineren „Regeln“ dem jeweiligen Gegenstand und den Forschungszielen anpaßt. Insoweit stimmen wir *Jahoda* et al. nicht zu, wenn sie meinen, es gebe „keine einfachen und eindeutigen Regeln“ (1966, S.84). Wir wagen jedenfalls den unvollkommenen Versuch:

6.3.9.1. Wann wird protokolliert?

Die Verläßlichkeit der Methode der Beobachtung, genauer: die Überprüfung der Zuverlässigkeit, hängt ganz entscheidend von der Technik der Aufzeichnung der Beobachtungen ab. „Systematic and analytical participant observation depends upon the recording of complete, accurate, and detailed field notes“ (*Bogdan/Taylor* 1975, S.60).

Greifen wir hier auf sozialpsychologische Erkenntnisse zurück, so bedingt deren Anwendung eine ganze Reihe von Maßnahmen, die eine optimale Verläßlichkeitsüberprüfung zulassen sollen. Muß man schon bestrebt sein, die selektive Wahrnehmung des Beobachters zu reduzieren, so kommt es bei der Aufzeichnung der „Daten“ zu der Schwierigkeit – wenn diese nicht gleichzeitig mit der Beobachtung vorgenommen wird –, daß das Erinnerungsvermögen des Beobachters begrenzt ist und daß in die faktische Erinnerungsleistung wiederum selektive Mechanismen eingehen, die nur schwer kontrolliert werden können.

In mehreren psychologischen Experimenten konnte nachgewiesen werden, daß die behaltenen Inhalte mit zunehmender Zeit geringer werden. Genauer formuliert: *Die behaltenen Beobachtungsinhalte sind dem Logarithmus der verstrichenen Zeit umgekehrt proportional.*

Sind also dem Erinnerungsvermögen Grenzen gesetzt, so kommt ein weiteres problematisierendes Element hinzu: Je vertrauter man mit den Beobachtungsinhalten ist, desto eher erinnert man sich an diese. Die Konsequenz daraus ist eine selektive Verzerrung, die sich als Nichtaufnahme von Unbekanntem in der Aufzeichnung äußert. Es werden also nur Vorgänge behalten, die entweder außergewöhnlich oft auftreten oder gut mit den Vorstellungen des Beobachters übereinstimmen. In Anwendung dieser Erkenntnis auf die Beobachtung lassen sich für diese zwei Forderungen ableiten:

„1. Je komplexer die Beobachtungseinheit und/oder je zahlreicher die Dimensionen der Einheit, die beobachtet werden sollen, desto geringer sollte die Spanne zwischen Beobachtung und deren Niederschrift sein.

2. Der Verlust an Exaktheit des Protokolls ist in der Zeit (z.B. eine oder zwei Stunden) unmittelbar nach der Beobachtung am größten, der Verlust in der darauffolgenden Zeit (z.B. ein oder zwei Tage) quantitativ dann relativ geringer. Wenn möglich, sollte also *direkt nach der Beobachtung* protokolliert werden" (*Friedrichs/Lüdtke* 1971, S.58).

Ratschläge für die Aufzeichnung geben auch *Bogdan/Taylor*: „Leave the setting as soon as you have observed as much as you can accurately remember ... Record your notes as soon after the observations session as possible ... Don't talk to anyone about your observation session until you have recorded the field notes" (1975, S.62f).

Eine direkte Protokollierung läßt sich leider nicht immer vornehmen; dies gilt insbesondere für die teilnehmende Beobachtung, wenn diese dem sozialen Feld nicht bekannt sein soll. Da aber auch dann, wenn die Beobachtung offen durchgeführt wird, die unmittelbare Aufzeichnung den sozialen Alltag im Feld stören wird, ist in der Regel eine unmittelbare Aufzeichnung der Beobachtungen kaum möglich. Protokolliert man also danach, so hat man darauf zu achten, daß die Zeitspanne zwischen Beobachtung und deren Notierung nicht zu groß wird. Nachdem das Vergessen aber eher eine Funktion der zwischenzeitlich neu aufgenommenen Informationen als einer der absoluten Zeitspanne ist, schadet es nichts, wenn man eine Nacht darüber verstreichen läßt, nachdem man im Schlaf keine neuen Erfahrungen aufnimmt (vgl. *Lofland* 1979, S.112). Mit der Distanz der Nacht ist vielleicht sogar gewährleistet, daß die wesentlicheren Tatsachen notiert werden.

6.3.9.2. Wie wird protokolliert?

Selbst bei einer direkten Aufzeichnung während der Beobachtung stellen sich Probleme ein, wenn das Beobachtungsschema nur sehr unspezifisch gehalten ist oder überhaupt fehlt. Je stärker das Beobachtungsschema vorstrukturiert ist, desto genauer werden die Protokolle sein und desto eher kann man sich daran wagen, auch komplexe und schwierige Gegenstände und Felder zu untersuchen. Die Anwendung eines vorstrukturierten Beobachtungsschemas ist dann sogar unerläßlich, wenn man einigermaßen quantifizierbare Daten gewinnen will, die dann auch statistisch absicherbar sein sollen. Strebt man dagegen danach, qualitative methodologische Prinzipien zu realisieren, wie eben in den meisten teilnehmenden Beobachtungen, so ist *ein starres Beobachtungsschema* sogar hinderlich, *weil es bestimmte Erkenntnischancen von vornherein verbaut*. Grundsätzlich gilt jedoch die Regel, daß durch ein straffes Beobachtungsschema die Daten eher auf ihre Zuverlässigkeit hin überprüft werden können. Ob sie dadurch auch gültiger sind, soll dahingestellt bleiben.

Die Vorgabe eines partiell strukturierten Beobachtungsschemas empfiehlt sich evtl., wenn Forscher und Beobachter nicht identisch sind: Ein Schema verhindert dann Unsicherheiten in der Beobachtung und in der Aufzeichnung. Zudem werden dabei die Beobachtungen gleich unter dem Aspekt notiert, der für die Auswertung der Daten und die Überprüfung der Hypothesen relevant ist. Eine Trennung von Forscher und Beobachter dürfte bei qualitativem Forschungsdesign jedoch sehr selten sein.

Für das Protokollieren selbst können – wenn dies nicht als zu störend empfunden wird – *Aufnahmegeräte* benutzt werden. Es scheint jedoch häufig fraglich, inwieweit ein solches Verfahren sinnvoll ist, da das unmittelbare Aufzeichnen oft zu Mißtrauen führt und in den Beobachteten das Gefühl aufkommen könnte, daß das eben registrierte Gespräch nur zum Zwecke des Protokollierens geführt wurde. Bei einem qualitativen Interview ist das Tonbandprotokoll nicht weiter problematisch, weil bei dieser Methode dem Befragten genau dieser Zweck deutlich gemacht wurde. Handelt es sich jedoch um eine teilnehmende Beobachtung, so stellt sich der Sachverhalt doch etwas anders dar.

Die ideale Methode der Aufzeichnung von Beobachtungen wäre natürlich die eines (Video)Filmes, weil man dann in der Lage wäre, die Beobachtung beliebig oft zu reproduzieren und unter den verschiedensten Gesichtspunkten das Material zu sichten und zu analysieren und ex post ein Beobachtungsschema entwickeln zu können. Doch dies verbietet sich in fast allen Fällen qualitativ-teilnehmender Beobachtung wegen des Gegenstandes und des Objektbereichs, weswegen *Girtler* (1984, S.42ff) für ein „*Gedächtnisprotokoll*" plädiert, also die Möglichkeit einer technischen Dokumentation des beobachteten Verhaltens mit Hilfe optischer und akustischer Aufnahmegeräte ungenutzt läßt, um damit die Beobachtungssituation nicht unnötig zu entfremden (*Girtler* 1984, S. 140f). Von Interesse in diesem Zusammenhang sind zwei Hinweise bei *Bogdan/Taylor*: „Look for ‚key words' in your subjects' remarks ... Concentrate on the first and last remarks in each conversation" (1975, S.62). Fertigt man aber ein Gedächtnisprotokoll, dann begibt man sich allerdings der Möglichkeit, eine optimale Dokumentation des Forschungsprozesses und der erhobenen Inhalte für den Leser zu liefern und den kritischen Nachvollzug der Datenerhebung und Interpretation zu ermöglichen. (Daher sind von dieser Auffassung auch im Rahmen des qualitativen Forschungsansatzes Abweichungen und Modifikationen denkbar.)

Generell kann festgestellt werden, daß erfahrene Feldforscher auf die Nützlichkeit eines *Tagebuchs* verweisen, das sie während der ganzen Studie begleitet und in dem Adressen und Telefonnummern, Verweise, Anregungen, aber und gerade auch ganz persönliche Gedanken des Forschers zur Untersuchung stehen sollen. Dies ist freilich noch kein Protokoll im engeren Sinne, zumal weder systematisch vorgegangen wird, noch sich der Inhalt auf das Beobachtete unmittelbar beziehen muß. Der Nutzen solch persönlicher Aufzeichnungen ist eher in Kontrolle und Ergänzung zu sehen: als Gedächtnisstütze und Verständnishilfe.

Bei der teilnehmenden Beobachtung erscheint es sinnvoll, in *wenigen Stichpunkten das Beobachtete festzuhalten* und zwar in den Momenten, in denen man sich unbeobachtet weiß, insbesondere dann, wenn der Forscher sich kurz aus dem Beobachtungsfeld zurückziehen kann, sich z. B. auf den Heimweg macht. Dies gilt im wesentlichen auch dann, wenn die Beobachtung offen erfolgt, um die Natürlichkeit der beobachteten Alltagssituationen möglichst nicht durch „Mitschreiben" zu stören. Es ist auf alle Fälle anzuraten, *unmittelbar nach der Beobachtung die gewonnenen Eindrücke und Ergebnisse aus der sozialen Situation niederzuschreiben*. Schnelles Anfertigen von Protokollen verhindert das Vergessen wichtiger Details (vgl. *Lofland* 1979, S.112).

Um die Zeitspanne zwischen Beobachtung und Aufzeichnung möglichst gering werden zu lassen, empfiehlt es sich, *die Beobachtungen schnell auf Band zu sprechen und später transkribieren zu lassen, was die Authentizität erhöhen dürfte*.

Das Protokollieren ist ein mühsamer und arbeitsintensiver Vorgang und durch schlechtes und ungenaues Protokollieren kann der Aufwand eines ganzen Forschungstages im Feld zunichte gemacht werden. Dies gilt auch für das rein technische Vorgehen bei der Niederschrift. Soweit man einigermaßen mit einer *Schreibmaschine* umgehen kann, sollte man ein handschriftliches Protokoll vermeiden. Da man zumeist in Eile schreibt, ist die Schrift – insbesondere nach längerer Zeit – oft auch für den Schreiber nicht mehr eindeutig lesbar. Im übrigen könnte ein maschinengeschriebenes Protokoll Dritten zur Verfügung gestellt werden, um die eigenen Interpretationen kontrollieren zu lassen.

Der Feldforscher sollte Wert darauf legen, daß er frank und frei all das Erlebte zu Papier bringt. *Semantische Schwächen schaden weniger, als das Weglassen scheinbar unwichtiger Sachverhalte. Lofland* bringt das in die Form: „Schreiben Sie ohne Hemmungen" (1979, S.18). Der qualitativ Forschende würde sich sonst die Möglichkeit nehmen, die komplexe Situation in ihrer ganzen Bandbreite zu erfassen. Diese Protokolle sind natürlich keine öffentlichen Schriftstücke und sollten auch nicht in der erstellten Weise publiziert werden.

Beispiel:
„Die für die Auswertung notwendigen Protokolle verfasse ich der Klarheit und Übersichtlichkeit halber mit der Schreibmaschine. Ich lasse dabei einen zwei bis drei Zentimeter breiten linken Rand, auf dem ich die für mich wichtigen Aspekte festhalte. Damit bietet sich die Möglichkeit, bei der Fertigstellung der Arbeit – ohne lange suchen zu müssen – die relevanten Themen bei der Hand zu haben" (*Girtler* 1984, S.142).

Kopien sind sehr hilfreich – insbesondere bei den ersten Originalprotokollen –, weil man bei der Analyse das Material zumeist doch reduziert und nach theoretischen Gesichtspunkten ordnet, so daß ein gelegentlicher Rekurs auf die ursprünglichen Notizen Selbstkontrolle ermöglicht. Kopien an mehreren Orten bieten auch eine Gewähr, daß die Informationen bis zum Ende der Untersuchung und darüber hinaus vollständig bleiben.

Da jedoch Beobachtungen, Erkenntnisse und Zusammenhänge veröffentlicht werden, hat der Wissenschaftler zu berücksichtigen, daß *die Vertraulichkeit*, die er schließlich zugesichert hat, *nicht gefährdet* wird. Andererseits ist er aber als Forscher daran interessiert, seine Ergebnisse der scientific community mitzuteilen. Deshalb sollte der Forscher, der wissenschaftlich und auch ethisch begründet handelt, folgende Prinzipien beachten (vgl. *Davis* 1961, S.364f):

- Die Intention, niemand zu hintergehen, muß sichtbar werden.
- Die Publikationen sollen beim Leser Verständnis für die Betroffenen erzeugen. Der Leser soll eben deren Lebensumstände sich vorstellen können.
- Der Forscher soll nach Abschluß der Studie sich nicht ein für allemal aus dem untersuchten sozialen Feld absentieren. Er soll auch nach Abschluß der Studie für die Untersuchungspersonen erreichbar bleiben.
- Im Sinne qualitativer Methodologie muß auch darauf geachtet werden, daß bei der Analyse und Interpretation die Menschen nicht zu reinen Daten degenerieren, sondern daß die dahinter stehenden Schicksale als menschliche noch erkennbar bleiben.

6.3.9.3. Was wird protokolliert?

Qualitativer Forschung geht es um die im Feld ablaufenden Interaktionen zwischen den Menschen dieses Feldes, um das die Interaktionen determinierende Alltagswissen; deren Beschreibung ist notwendige Voraussetzung für die weitergehenden Analysen, bei denen aus den beobachteten Handlungs*figuren* die Regelmäßigkeiten herausgefiltert werden, um auf allgemeinere Handlungs*muster* oder *-typen* schließen zu können. Diesem Erkenntnisinteresse ordnet sich der zu protokollierende Inhalt von Beobachtungen unter. Es soll all das protokolliert werden, was diesem Zweck dient. Daß man nicht a priori und immer weiß, was man notieren soll, ist – insbesondere im Anfangsstadium der Feldbeobachtung – verständlich. Deshalb sollte man eigentlich alles festhalten, doch daß nicht alles aufgezeichnet werden kann, braucht nicht besonders betont zu werden.

Obwohl die Situationskomponente in qualitativ-teilnehmender Beobachtung eine ganz entscheidende Rolle spielt, entwickeln *Jahoda* et al. allgemeinere Kriterien für die zu beobachtenden Elemente, die wir hier auf deren Aufzeichnung beziehen wollen:

„a) *Die Teilnehmer*:
Deren mag es viele oder wenige geben; sie mögen aktiv teilnehmen oder bloße Zuschauer sein; sie können auf verschiedene Weise örtlich verteilt sein. Sie mögen verschiedene Rollen in der betreffenden Situation innehaben ... Sie unterscheiden sich vielleicht auch hinsichtlich ihrer sozialen Stellung sowie nach dem Grad der Teilnahme oder Nichtteilnahme am allgemeinen sozialen Verkehr.

b) *Die Folgen der Interaktionen zwischen den Teilnehmern*:
Die Situation mag erweisen, daß die Teilnehmer entweder ein gemeinsames Ziel oder verschiedene Ziele oder überhaupt kein sichtbares Ziel verfolgen.

Diese Ziele können im Rahmen der bestehenden Situation erreicht werden oder auch nicht ...

c) *Die Mittel, die im sozialen Verkehr und bei der zielgerichteten Tätigkeit verwendet werden*:
Die Teilnehmer können sprechen oder kämpfen, arbeiten oder spielen ... Diese Mittel mögen für die Verfolgung ihrer Ziele geeignet sein oder auch nicht ...

d) *Das auslösende Ereignis oder der Stimulus*:
Die Situation kann planmäßig geschaffen worden oder ohne bekannten Urheber eingetreten sein. Sie mag als Folge eines außerordentlichen Ereignisses eintreten oder sich aus dem alltäglichen Lauf der Dinge ergeben.

e) *Der Anreiz oder andere Faktoren, welche die Situation oder die Tätigkeit in Gang halten*:
Den Handlungen der Teilnehmer kann eine große Vielfalt von Motiven zugrundeliegen. Sie werden etwa durch die vorherrschenden gesellschaftlichen Normen beeinflußt. Sie können auch durch die Ansprüche beeinflußt werden, welche die Teilnehmer unmittelbar aneinander stellen. Bestimmte Handlungen werden auf bestimmte Weise belohnt ...

f) *Die den Teilnehmern auferlegten Schranken*:
Gesellschaftliche Normen können sich als Zwang auf die Teilnehmer auswirken. Vielleicht sind die Mittel zum Handeln nicht greifbar; es mag physische Hindernisse geben ...

g) *Der Zusammenhang der Situation*:
Eine bestimmte soziale Situation kann unter verschiedenen Verhältnissen auftreten, zum Beispiel auf der Straße, im Betrieb, zu Hause, an öffentlichen oder privaten Orten, innerhalb der Gemeinde ...

h) *Regelmäßigkeiten und Wiederholungen*:
Eine soziale Situation kann den Charakter eines einmaligen Geschehnisses oder einer regelmäßigen Einrichtung haben. Die Handlungen der Teilnehmer können sich wie beim Ritual wiederholen oder einmalig sein ...

i) *Die Zeitdauer der sozialen Situation*:
Eine soziale Situation kann in einem raschen Austausch oder in einem ausgedehnten Treffen bestehen; sie kann einen deutlich erkennbaren Anfang und ein ebensolches Ende haben oder allmählich in andere Situationen übergehen.

k) *Bedeutsame Unterlassungen*:
Die Teilnehmer mögen aus verschiedenen Gründen jene Tätigkeiten nicht ausüben, die man von ihnen in einer derartigen Situation erwartet. Vielleicht bedienen sie sich bei ihren Handlungen nicht der tatsächlich verfügbaren Mittel. Gelegentlich mögen sie augenfällige Ereignisse unerwähnt lassen.

l) *Abweichungen von dem in der betreffenden Situation üblichen Verhalten*:
Gelegentlich übersehen die Teilnehmer soziale Normen. Sie mögen die bestehenden Schranken durchbrechen. Sie mögen ein ungewöhnliches Maß oder einen außergewöhnlichen Grad von Gefühlsintensität, allgemeiner Aktivität oder von Interaktionen zeigen.

m) *Widersprüchlichkeiten*:

Es kommt vor, daß in der sozialen Situation spätere Ereignisse früheren entgegenwirken. Was gesagt wird, kann in erheblichem Gegensatz zu dem stehen, was getan wird" (*Jahoda* et al. 1966, S.84f).

Selbstverständlich gibt es Beobachtungen und Forschungsabsichten, bei denen der ein oder andere Aspekt von nachgeordneter Bedeutung ist oder sich im Verhalten überhaupt nicht zeigt. Dies ist alles nur Ausdruck der Tatsache, daß gerade in qualitativer Forschung solche „Regelwerke" flexibel und gegenstandsangepaßt angewandt werden müssen. Als Richtschnur kann dieses „Modell" für die Aufzeichnung von Beobachtungen aber allemal dienen.

Weiß man nach Anwendung dieser „Regeln" auf seinen Gegenstand, was zu beobachten und zu notieren ist, so kann letzteres nach zwei verschiedenen Gesichtspunkten erfolgen, die bereits die später folgende Auswertung mitdeterminieren bzw. diese schon zum Teil beinhalten: Man kann die Beobachtungsprotokolle nach *chronologischen* oder nach *systematischen* Aspekten abfassen und diese selbst danach ordnen (vgl. *Jahoda* et al. 1966, S.87). Befolgt man die Regel, wonach Kopien von den Protokollen anzufertigen sind, so lassen sich mit Schere und Kleber beide Systeme gleichzeitig realisieren (was mit einem PC und einem komfortablen Programm noch schöner zu bewerkstelligen ist). Chronologische und systematische Aufzeichnung von Beobachtungen haben unterschiedliche Vorteile, die man bei gemeinsamer Nutzung besonders zur Geltung bringen und deren Nachteile kompensieren kann. Das chronologische „System erhält den Rahmen, in dem die Beobachtung stattgefunden hat. Beim zweiten System ist ein großer Teil der Analyse schon erledigt, wenn die Aufzeichnung abgeschlossen ist. Selbst wenn der Bericht chronologisch geordnet ist, sollten wenigstens am Rande Anmerkungen gemacht werden, die sich auf inhaltliche Kategorien beziehen" (*Jahoda* et al. 1966, S.87). Wählt man das theoretisch-systematische Protokollieren, so muß bedacht werden, daß dabei bereits Interpretationen einfließen, es sich also nicht mehr um reine Beschreibungen handelt. Gerade auch deshalb sollte der Beobachter klar zwischen beobachteten Sachverhalten und Interpretationen in der Aufzeichnung trennen. *Die Interpretationen sollten erst möglichst spät im Forschungsprozeß einsetzen*.

6.3.9.4. Synopse der Regeln für die Aufzeichnung

- *Aufzeichnungen während der Beobachtung im sozialen Feld sind zu vermeiden*, weil sie als störend empfunden werden können.
- *Die Zeitspanne zwischen Beobachtung und Aufzeichnung sollte möglichst kurz sein* und möglichst eine Nacht nicht überschreiten.
- Ideale Aufzeichnungsmethoden wären *Videofilme* und *Tonbandprotokolle*, wenn sie die Feldsituation nicht über Gebühr beeinflussen und/oder störend wirken.
- *Tonbanddiktate* unmittelbar nach der Beobachtung sind besonders hilfreich, durch die danach notwendigen Transkriptionen allerdings auch aufwendig.

- *Maschinenschriftliche Protokolle* sind handschriftlichen vorzuziehen.
- *Je ausführlicher die Protokolle sind, desto besser*, weil zumeist sich erst im Forschungsprozeß herauskristallisiert, welche Beobachtungen besonders bedeutsam waren.
- Inhaltlich können folgende Aspekte für das Protokoll von Wichtigkeit sein (vgl. *Girtler* 1984, S.133f):
  - Die *Teilnehmer* im sozialen Feld, nach den für das Untersuchungsziel relevanten Variablen.
  - Die *Interaktionen der Teilnehmer* und die sich daraus ergebenden Konsequenzen für das soziale Feld.
  - Die Beschreibung der *sozialen Situation* als zentrales Element des Feldes, also z.B. Ort des Geschehens, Zeit, Umstände etc.
  - Die *Regelmäßigkeit des Beobachteten* oder seine *Einmaligkeit*; sind Situationen und Interaktionen typisch?
  - *Reaktionen der Teilnehmer* auf außergewöhnliche oder abweichende Verhaltensweisen im Feld. Werden Erwartungen enttäuscht und erfolgen Sanktionen?
  - Sind *Differenzen zwischen Gesagtem und Getanem* feststellbar. Gibt es Diskrepanzen zwischen Meinungen und Verhalten?
- Die Aufzeichnungen sind die Grundlage für die Analyse und antizipieren diese, weshalb sich daraus schon eine gewisse Struktur für das Protokoll ergeben mag:
  - Ordnet man – bei geringsten theoretischen Voraussetzungen – sein *Beobachtungsmaterial chronologisch*, so ist die zeitliche Dimension bei der Analyse (mindestens implizit) dominant.
  - Gliedert man das *Beobachtungsmaterial systematisch* nach den Inhalten, so stellt ein solches Protokoll schon den ersten Schritt der Analyse dar.

6.4. Zur Auswertung

„Vorrangige Aufgabe des forschenden Soziologen oder Ethnologen ist, ... die sozialen Regeln sowie die hinter den Handlungsprozessen stehenden Alltagswirklichkeiten (oder: Alltagsideologien bzw. Perspektiven), die das soziale Handeln ja einsetzen, zu erfassen" (*Girtler* 1984, S.147). Der Klarheit dieser Aussage steht die relative Regellosigkeit der konkreten Auswertungsarbeit bei der teilnehmenden Beobachtung gegenüber, was ihr allzu oft den Vorwurf des Impressionistischen eingetragen hat. Geregelt ist allenfalls das Prinzip, daß zunächst Regeln und Regelmäßigkeiten zu entdecken und zu beschreiben versucht werden. In einem zweiten Schritt muß die Frage geprüft werden, ob diese für bestimmte Gruppen oder Personen typisch oder außergewöhnlich sind. Letztlich gelangt der Forscher zu Hypothesen und Theorien über den Objektbereich.

Da die teilnehmende Beobachtung sich auf Verhalten bezieht und dieses in der Mehrzahl der Fälle kommunikativ ist, kann man bei dessen Auswertung auf jene Methoden zurückgreifen, die schon an anderer Stelle (z.B. beim Interview in 3.9. oder bei der Inhaltsanalyse in 5.3.3.) behandelt wurden, weshalb auf deren Darstellung hier verzichtet werden kann. Eine besondere Schwierigkeit ergibt sich allerdings daraus, daß die Protokolle bei teilnehmender Beobachtung zumeist keine wörtlichen Mitschriften sind, weshalb die heikle Phase der Interpretation in ihrer Problematik noch gesteigert wird. Deswegen kommt es besonders darauf an, die sukzessiven Auswertungsschritte ausführlich und gemeinsam mit den Protokollen so aufzubereiten und zu präsentieren, daß deren kritischer Nachvollzug durch den Leser möglich ist.

6.5. Spezielle Methoden teilnehmender Beobachtung im Vergleich

Nachdem Beobachtungsmethoden sehr unterschiedliche Formen annehmen können, bietet es sich an, einzelne herauszugreifen und diese vergleichend darzustellen. Hierbei soll eine Autorenorientierung insoweit Grundlage für die weiteren Überlegungen sein, als damit auch bestimmte methodologische Positionen verknüpft werden. Wir stellen gegenüber

- die *kontrollierte, standardisierte teilnehmende Beobachtung*, wie sie bei *Friedrichs/Lüdtke* (1971) entwickelt ist,
- die *systematische, unstandardisierte Teilnahme und Beobachtung* nach *Dechmann* (1978)
- und drittens, *die unstrukturierte teilnehmende Beobachtung* nach *Girtler* (1984).

Die Überlegungen von *Friedrichs/Lüdtke* sind quantifizierend und werden deshalb kürzer und ausschließlich zum Zweck der Kontrastierung dargestellt, während die beiden anderen Ansätze der qualitativen Methodologie zuzurechnen sind. Hierbei nimmt *Dechmann* eine quasi zwischen den beiden Paradigmen vermittelnde Position ein, wobei er aber mit seiner Auffassung der qualitativen Sozialforschung etwas näher stehen dürfte.

6.5.1. Die kontrollierte, standardisierte teilnehmende Beobachtung

Friedrichs/Lüdtke gehen von einer *Trennung von Forscher und Beobachter* aus, die ihnen aus methodologischen Gründen erforderlich erscheint (1971, S.26). Da sie die Standardisierung der Beobachtung zugrundelegen, gilt das Prinzip der Wiederholbarkeit der gleichen Beobachtung durch Simultan- oder Parallelbeobachtungen, was im Prinzip mehrere Beobachter voraussetzt. Da jede Beobachtung subjektiv ist und es darum geht, sie intersubjektiv gültig zu machen, müssen entweder mehrere Beobachter einen Gegenstand beobachten oder aber es werden mehrere Objekte beobachtet. Auch dies führt in der Konsequenz zu einer Trennung von Forscher und Beobachter.

Fehler bei der Beobachtung werden vor allem bei der Auswertung zum Problem. Eine nachträgliche Korrektur ist ja nicht mehr möglich, da der Fehler in einem Sinnzusammenhang steht und durch den auswertenden Forscher evtl. nicht mehr entdeckt werden kann.

Bei der Beobachtung sollen mindestens zwei Forscher eingesetzt werden, um die Subjektivität der Ergebnisse zu verringern. Der Forscher hat in diesem Zusammenhang die Aufgabe, die Beobachter vor der Beobachtung zu schulen, um Beobachtungsfehler zu minimieren. Außerdem sollte die Beobachtung überwacht werden, damit in darauf basierenden Kontrollgesprächen mit den Beobachtern Fehler, wie „going native", Wahrnehmungsverzerrung etc. erkannt und verhindert werden können. Der Forscher ist durch die Trennung von Forscher und Beobachter andererseits zu einer sehr strengen *Formulierung der Beobachtungseinheiten* gezwungen. Genaue *Operationalisierungen seiner Konzepte und Hypothesen* sind notwendig, damit verschiedene Beobachter zu gleichen Ergebnissen kommen können, damit eine hohe Übereinstimmung erzielt wird (gemessen über den *Reliabilitätskoeffizienten*).

Hypothesen und Theorien werden vom Forscher *vor der Untersuchung* aufgrund seines Vorwissens aus Literatur, Primärerfahrung etc. erstellt. Diese Hypothesen werden im *Beobachtungsschema* operationalisiert. Es sollte möglichst konkrete und präzise Anweisungen enthalten, die aber andererseits doch so allgemein gehalten sind, daß sie auf differenzierte Beobachtungssituationen anwendbar erscheinen. Der Untersuchungsbereich muß daher so gewählt werden, daß die entsprechenden Handlungen absehbar und die *Standardisierung* möglich sind.

Als Beobachtungsfeld wählen *Friedrichs/Lüdtke* möglichst einfache und geschlossene Felder. Sie schlagen eine dimensionale Analyse des Feldes vor, d. h. es wird versucht herauszufinden, welche relevanten Dimensionen und Aspekte theoretisch bedeutsam sind. Eine *vollständige Liste von Variablen* wird definiert, woraus dann die relevanten *Beobachtungseinheiten* ausgewählt werden. Über denkbare Zusammenhänge dieser Variablen wird ein *theoretisches Modell* des zu untersuchenden Objektbereiches konstruiert, wobei Hypothesen dieses Modell konstituieren bzw. daraus abgeleitet werden können.

Als Beoachtungseinheiten definieren *Friedrichs/Lüdtke* die Situation: „Situation ist ein Komplex von Personen, anderen Organismen, materiellen Elementen, der zumeist an einen Ort und Zeitraum gebunden ist und als solcher eine sinnlich wahrnehmbare Einheit bildet" (*Friedrichs/Lüdtke* 1971, S.45). Dies ist eine interessante Lösung der Definition von Beobachtungseinheiten, die sich an funktionale Definitionen (etwa *Heyns* 1948) anlehnt. Wurde die Situation als Beobachtungseinheit gewählt, so ist der erste wichtige Schritt für eine *systematische Beobachtung* getan. Die Einheiten sind klar umrissen, ihre *Häufigkeiten* lassen auf ihre Bedeutung schließen, *Hypothesen können geprüft werden* – was besonders wichtig ist – und *stichprobentheoretische* Überlegungen lassen sich zur *Auswahl der Einheiten* anstellen.

Der Beobachtung kann ein Pretest in Form einer nicht standardisierten Beobachtung vorausgehen. Ansonsten dienen, wie bei allen anderen Methoden auch, das

Literaturstudium, Inhaltsanalysen, Interviews etc. zur Hypothesenfindung, zur Definition der Beobachterrolle, zur Formulierung des Beobachtungsschemas und zur Auswahl der Beobachtungseinheiten.

Die kontrollierte und standardisierte teilnehmende Beobachtung kann zusammengefaßt so skizziert werden:

- Hypothesen werden vor Beginn der Untersuchung aufgestellt.
- Daraus werden als Operationalisierungen Beobachtungseinheiten und -kategorien fixiert.
- Da eine technische Kontrolle der Beobachter als notwendig betrachtet wird, erfährt das Prinzip der Wiederholbarkeit erhebliche Relevanz:
- Es werden mehrere Beobachter eingesetzt und/oder mehrere Situationen vergleichbarer Art beobachtet und die Übereinstimmung in Reliabilitätskoeffizienten berechnet.
- Eine Trennung zwischen Forscher und Beobachter ist methodisch – wegen der Kontrolle – notwendig.
- Aus obigen Kriterien leitet sich ab, daß ein solches Vorgehen *eindeutig qualitativer Methodologie widerspricht* und diese Methode der standardisierten, teilnehmenden Beobachtung nur im quantitativen Paradigma praktiziert werden kann.

6.5.2. Die systematische, unstandardisierte Teilnahme und Beobachtung

Bei der Darstellung dieser Methode beziehen wir uns auf *Dechmann* (1978), der einige quantitative Elemente bei seiner Form der Beobachtung gelten läßt, andererseits aber schon sehr stark auf das qualitative Paradigma abstellt.

Forscher und Beobachter sind eine Person. Es sind aber meist mehrere Beobachter bzw. Forscher beteiligt. Grundlage der Systematisierung der Beobachtung sind die verschiedenen Phasen, die der Beobachter während der Beobachtung im Feld durchläuft. Um diese Phasen kontrollieren zu können, findet ein *Teilnahmetraining* statt. Es soll zur Bewußtwerdung von Wahrnehmungskategorien und Wahrnehmungsfähigkeiten führen. Zwar wird auch in der quantitativen Methodologie selbstverständlich ein Beobachtungstraining vorgeschlagen, doch *Dechmann* grenzt sich davon ab. Er kritisiert daran, daß das Training vor der eigentlichen Teilnahme schon abgeschlossen ist und nur eine Beobachtung von außen – vom reinen Beobachterstandpunkt – praktiziert wird. Für problematisch hält er weiterhin, daß ein Feedback zwischen Forscher und Feld nicht besteht, da Beobachter und Forscher in der quantitativen Methodologie getrennt sind.

Da die *Theorieentwicklung* – im Gegensatz zur Theorieprüfung – im Vordergrund steht, werden das Teilnahmetraining und *Feedback-Supervisionssitzungen* während der Beobachtung weitergeführt, um sukzessive methodische Verbesserungen zu erzielen, die externe und eher oberflächliche Kontrollen überflüssig machen. Da kein Hypothesentest im strengen Sinne erfolgt, spielen die sich ändernden Beobachtungsbedingungen keine wichtige Rolle.

Es geht um eine *offene Beobachtung*, worunter auch die Offenlegung der Forschungsabsicht gegenüber den zu Untersuchenden zu verstehen ist.

Die Beobachterrolle ist nicht sehr genau definiert. Es soll aber auf jeden Fall eine *natürliche Teilnehmerrolle* sein, d.h. eine solche, die im zu untersuchenden Feld als „normal" betrachtet wird.

Ein *Beobachtungsschema ist nicht vorgegeben*, der Forschungsinhalt wird erst nach Probebeobachtungen festgelegt, und erst danach werden Kategorien formuliert, die Erhebungstechnik, die Beobachterrollen und die Strategie des Vorgehens fixiert.

Die Beobachtung selbst wird durch einzelne Phasen strukturiert. *Dechmann* unterscheidet acht verschiedene Phasen (1978, S.166 und 177ff):

Phase 1: Fremdheit
Das noch nicht bekannte Untersuchungsthema ist nicht Bestandteil der Welt des Forschers. Zwar existiert das Untersuchungsfeld, aber es ist noch nicht zu einem solchen im Bewußtsein des Forschers geworden. Erst durch äußere Ereignisse wird die Aufmerksamkeit darauf gelenkt.

Phase 2: Interessiertheit
Durch einen Anreiz tritt der Forscher in das Stadium der Interessiertheit. Irgendwelche äußeren Ereignisse, die erlebt, beobachtet, wahrgenommen wurden, lenken das Interesse auf den Untersuchungsgegenstand. Der Forscher stellt erste Vorüberlegungen an, überprüft vorläufige Erwartungen und allgemeines Vorwissen. Der Gegenstandsbereich wird fixiert.

Phase 3: Externe Orientierung
Nachdem in der Phase der Interessiertheit ein erstes Einleben in den Forschungsgegenstand erfolgt, dient die externe Orientierung dem Literaturstudium, der Dokumentenanalyse etc. Es geht also darum, einen Überblick über den Gegenstand zu finden, der etwas breiter abgesichert ist, als die Primärerfahrungen des Forschers es wären. Es werden allerdings noch keine theoretischen Kategorien gebildet.

Phase 4: Interne Orientierung
In dieser Phase wird der Kontakt zu dem zu untersuchenden sozialen Feld hergestellt. Somit ergeben sich erste direkte Informationen. Der Forscher muß offen sein für die verschiedenen Dimensionen des sozialen Feldes, um den Kontakt zu finden und Informationen zu erhalten. Die Beobachterrolle wird eingenommen, um die verschiedenen Dimensionen des sozialen Feldes erstmals in Erfahrung bringen zu können. Der Beobachter spielt die von ihm gewählte Rolle und beobachtet gleichzeitig, wobei aber keine selektive Beobachtung stattfinden soll. Schließlich sind alle Informationen wichtig. Hilfreich wäre es, wenn der Beobachter ein *Tagebuch* führen würde und *Supervisionssitzungen* stattfinden könnten. Die *Dokumentenanalyse* wird laufend fortgesetzt.

Phase 5: „Weiser“
Allmählich entwickelt sich der Beobachter zu einem Weisen. „Ein Weiser ist laut Goffman jemand, der sich unreflektiert positiv mit einer (meist marginalen) Gruppe identifiziert und diese tendentiell patronisiert“ (*Dechmann* 1978, S.177). Diese (Über)Identifikation ergibt sich daraus, daß der Forscher sowohl Teilnehmer als auch Beobachter ist und im konkreten Verhalten nicht jeweils streng zwischen den Rollen differenziert werden kann. Es fehlt das permanente Bewußtsein des Beobachters, beiden Rollen gegenüber eine gewisse Rollendistanz zu üben, ohne daß das Forschungsfeld dadurch unangenehm berührt würde. Die Teilnahme führt dazu, daß sich der Forscher vom methodischen Vorgehen entfremdet, weshalb durch Selbsterfahrung und Supervisionssitzungen die Rollenumarmung und die Patronisation abgebaut werden sollen.

Phase 6: Rollenreflexion
Es folgt das Stadium der Rollenreflexion. Die Forscheridentität wird verstärkt, d.h. Teilnehmer und Beobachter werden tendenziell wieder gleichgewichtig. Die Weisenphase war wichtig für eine angemessene Beobachtung. Die Phase der Rollenreflexion ist methodisch bedeutsam, weshalb die Rollenreflexion praktisch immer einsetzen muß. Allerdings ist die Phase des Weisen nicht in jedem Falle gegeben. Hat der Forscher etwa eine sehr starke berufliche Identität, dann wird er sich nicht sehr mit dem Untersuchungsfeld identifizieren und die Phase des Weisen ist verkürzt oder tritt überhaupt nicht auf. Der Weise wird in der symbolisch interaktionistischen Theorie beschrieben als *role-taking*, d.h. die Rolle wird unreflektiert übernommen. Rollenreflexion entspricht hingegen dem *role-making*, d.h. der Beobachter übernimmt eine Rolle, die er für seine speziellen Absichten modifiziert und gestaltet.

Phase 7: Entwicklung einer kontextuellen Theorie
Rollenreflexion und *Situationsbewußtsein* sind für diesen Schritt Voraussetzung. Im Rahmen der Erhebung ist diese Phase notwendig, um Begriffe und Definitionen zu klären und zu einer sensibilisierenden Begriffsverwendung zu gelangen.

Phase 8: Entwicklung einer formalen Theorie
Diese Phase schließt sich an die Erhebungen an und erfolgt nunmehr am Schreibtisch des Forschers.

Ein bei allen Phasen des Forschungsprozesses bei der teilnehmenden Beobachtung wichtiges Strukturierungsmerkmal ist die *phänomenologische Erkenntnis*. Hierbei stützt sich *Dechmann* (1978, S.185ff) auf die *sieben Stufen der Wissensgewinnung* nach *Spiegelberg* (1965):

1. *Ein spezifisches Phänomen wird untersucht*:
   - *intuitive Erfassung*, d.h. Herangehen an den Gegenstand ohne Bildung von Hypothesen;

- *analytisches Differenzieren*, d.h. den Versuch zu machen, die Sprache des Textes nachzuvollziehen. Erfahrungselemente des Beobachters fließen ein;
- *Beschreibung in möglichst einfachen Kategorien* (z.B. Negation, Analogiebildung etc.).

2. Das *Untersuchen wesentlicher Merkmale*.
3. *Das Wahrnehmen wesentlicher Relationen zwischen Grundelementen*, z.B. Verknüpfungen und Ablaufmuster werden erfaßt, aber es erfolgt keine Zerlegung in Einzelelemente.
4. *Beobachten von Arten der Erscheinung*: Ein Ereignis, bzw. der Teilaspekt eines solchen, wird mit variierender Klarheit und Prägnanz wahrgenommen, je nach zeitlichem Abstand. Die verschiedenen Arten der Erscheinung überlagern sich.
5. *Beobachten der Konstitution von Phänomenen im Bewußtsein des Beobachters*: Eine vollständige Wahrnehmung eines Ereignisses ist nicht möglich. Das beobachtete Ereignis setzt sich im Bewußtsein des Beobachters zusammen, es konstituiert sich. Hier besteht die Gefahr verzerrter Wahrnehmung, die gewonnenen Eindrücke und Interpretationen sollen hinterfragt werden.
6. *Aufgabe des Glaubens an die Existenz der Ereignisse*: Der Beobachter wird sich darüber klar, daß seine Vorstellungen nicht die realen Ereignisse wiedergeben können.
7. *Interpretation der Bedeutung von Phänomenen*: Entwickelte Typisierungen werden im Zusammenhang mit ihrer zeitlichen, semantischen und subjektiven Verknüpfung dargestellt.

Diese phänomenologische Strukturierung schlägt sich in der Beobachterrolle und auf die Beobachtungsphasen vier bis sieben in besonderer Weise nieder.

Das *Beobachtungsfeld* wird nicht näher definiert. Die teilnehmende Beobachtung soll auf jeden Fall Merkmale und Verhaltensweisen in Kollektiven beobachten.

Bei den *Beobachtungseinheiten* bzw. *Beobachtungskategorien* wird eine *sensibilisierende Begriffsverwendung* praktiziert. *Die Begriffe werden nicht operationalisiert*, da sie erst im Feld entstehen. Es muß versucht werden, den Kontext mit den gefundenen Begriffen möglichst adäquat zu erfassen. Die entwickelten Kategorien sollen alle Ebenen des sozialen Feldes – Individuum, Gesellschaft, Umwelt etc. – beinhalten. Erst im Anschluß an diese first order concepts entwickelt der Forscher seine theoretischen Begriffe. Die Sprache und Kultur der Beobachteten wird erst nachträglich in wissenschaftliche Terminologie (second order concepts) übersetzt.

Die systematische, unstandardisierte Teilnahme und Beobachtung ist als qualitative Beobachtungsmethode durch folgende Elemente zu charakterisieren:

- *Forscher und Beobachter sind in Personalunion* vereint, wobei aber mehrere Personen diese Rolle übernehmen.
- Die Beobachtung dient der *Theorienentwicklung*, nicht der Prüfung.
- Weil die Beobachtung systematisch sein soll, ist *Kontrolle* notwendig. Diese erfolgt durch ein *Teilnahmetraining* und auch während der Beobachtungszeit durch *Supervisionssitzungen*.

- Die Beobachtung ist *offen* bei Einnahme von *natürlichen Teilnehmerrollen*.
- Ein *Beobachtungsschema wird nicht vorgegeben*; es entwickelt sich aus den Beobachtungen im Feld und ist eher implizit. Es existiert *keine Operationalisierung*.
- Die Beobachtung ist in *acht Phasen* strukturiert, wobei die Phasen 1 bis 3 noch im Vorfeld der Beobachtung angesiedelt sind, die Phasen 4-7 im Feld ablaufen und die Phase 8 nach der Feldbeobachtung liegt und der eigentlichen Theorieentwicklung dient.
- Bei der Beobachtung wird die *Phänomenologie zur Erkenntnisgewinnung* herangezogen, was ganz besonders für die Phasen 4-7 gilt.

6.5.3. Die unstrukturierte teilnehmende Beobachtung

Bei der Darstellung dieser Beobachtungsform stützen wir uns auf *Girtler* (1984), der in einer Vielzahl empirischer Untersuchungen, insbesondere bei Randgruppen, diese Methode praktiziert hat. Er vertritt einen ausgesprochen qualitativen Ansatz.

Der Beobachter muß zugleich Forscher sein. Diese Personalunion ist wegen der Einmaligkeit der Beobachtungssituationen und wegen des *fehlenden Beobachtungsschemas* zwingend. Nur der Forscher selbst kann zuverlässige Informationen erheben und nur er findet durch sein Vorwissen Zugang zum Feld. Dadurch wird der gewünschte weite Spielraum für den Forscher/Beobachter geschaffen, denn es gibt vorab keine genaueren Angaben über Art, Umfang, Zeit der Beobachtung.

Die *Teilnahme ist flexibel*, d.h. der Forscher/Beobachter muß nicht unbedingt eine spezifische soziale Rolle im Feld einnehmen. Er kann sich auch einfach in seiner Person als Forscher der zu beobachtenden Gruppe anschließen. Dies setzt natürlich voraus, daß er das Vertrauen der zu Untersuchenden gewonnen hat und daß seine Beobachtung als nicht besonders störend empfunden wird. So jedenfalls hat der Forscher eine direkte Beziehung zum Untersuchungsgegenstand, er ist kein Veranda- bzw. Schreibtischsoziologe.

Was in der quantitativen Methodologie eine wichtige Rolle spielt, nämlich die Tatsache der selektiven und subjektiven Wahrnehmung, ist in dieser Position unmaßgeblich. Literaturstudium zum Zwecke eines besseren Vorverständnisses der zu untersuchenden Personen ist nicht notwendig, weil dieses Vorverständnis erst im Feld selbst gebildet wird. Daraus ist abzuleiten, daß das Vorverständnis nicht sehr verzerrend wirken kann, denn die *Theorieentwicklung* und *-überprüfung* geschieht während der eigentlichen Untersuchung im sozialen Feld. Auch „going native" wird nicht als verzerrender Faktor gesehen, denn gerade durch Identifikation mit dem Beobachteten kann ein falsches Vorverständnis evtl. abgebaut werden, deshalb „gelingt es erst auf einem solchen Weg, die Alltagswirklichkeiten der betreffenden Menschen in ihrer ganzen Tiefe zu erfassen. Man nähert sich demnach der sog. Objektivität so viel eher, als wenn man distanziert beobachtet und Aufzeichnungen macht" (*Girtler* 1984, S.64).

Da die soziologisch-theoretische Position eine verstehende ist, kommt es nicht nur darauf an, das Handeln zu beobachten, sondern es durch partielle Identifikation mit den Betroffenen zu verstehen. Deshalb gibt es *kein Beobachtungsschema*. Es fehlt auch jede a priori-Systematisierung. *Girtler* stützt seine Methode auf die phänomenologische Tradition von *Schütz* (1960) und *Goffman*'s „Frame analysis" (1971). Für ihn gilt die Überlegung, „daß das Individuum häufig Handlungen vollzieht, die nur aus der Sicht seiner biographischen Identität verstanden werden können. Dies impliziert auch, daß die jeweilige Bezugsgruppe den Maßstab liefert, mit dessen Hilfe die eigene Stellung in dieser Situation abgeschätzt wird" (*Girtler* 1980, S.6).

Während der Beobachtung wird die soziale Interaktion und zugleich die Interpretation der sozialen Wirklichkeit festgehalten. Im Vordergrund steht die *Definition der sozialen Situation*, was bedeutet, daß eine Handlung nie losgelöst von der jeweiligen Situation betrachtet werden kann. Damit soll eine falsche, verzerrende Deutung vermieden werden.

Die Daten werden unmittelbar nach der Beobachtung protokolliert. Nach Abschluß der Feldphase wird so vorgegangen, daß die Ergebnisse der einzelnen Beobachtungen analysiert, verglichen und anhand der theoretischen Fragestellung zueinander in Beziehung gesetzt werden. Dabei rekurriert *Girtler* auch auf *Interviews, Biographien und Diskussionen, die er als ergänzende Methoden zur Beobachtung eingesetzt hat*.

Zwar gibt es kein explizites Beobachtungsschema, doch existiert natürlich immer ein Forschungsprogramm und eine spezifische Fragestellung. (Bei der Untersuchung der Nichtseßhaften in Wien, den sog. Sandlern (1980a), interessierte beispielsweise die physische und soziale Existenz dieses Personenkreises in besonderer Weise.) Den Vorwurf mangelnder Kontrolle durch das fehlende Beobachtungsschema weist er mit der Feststellung zurück, daß er dadurch erhebliche Vorteile eintauscht (1984, S.49ff): So kann er wegen des offenen, breiten und nicht strukturierten Beobachtungsrahmens neue Bereiche und Erkenntnisse einbeziehen, er kann jederzeit seine Perspektive verändern oder erweitern und dadurch breiteres und profunderes Wissen ansammeln.

Girtler ist besonders am „Exotischen", am Außergewöhnlichen interessiert, weshalb sein Interesse sich vornehmlich auf Randgruppen richtet: So hat er z.B. Nichtseßhafte (1980a), Prostituierte (1985), Kriminelle (1983) und Polizisten (1980) qualitativ, mit Hilfe teilnehmender Beobachtung untersucht. Dabei beobachtet er aber weniger die Gruppen als solche, sondern eher ein *Milieu*, eine Sozialkategorie. Seine *Beobachtungsfelder* sind damit im Gegensatz etwa zur quantitativ-standardisierten Beobachtung *relativ offen und z.T. sehr komplex*.

Die *Beobachtungseinheiten* sind ebenfalls nicht festgelegt, obgleich natürlich in einer spezifischen sozialen Situation folgende Aspekte Berücksichtigung finden (vgl. *Girtler* 1984, S.132ff):

- die Teilnehmer an der Situation,
- der Einfluß der Lokalität auf die einzelnen Interaktionen,
- die Regelmäßigkeit der sozialen Situation,
- Reaktionen auf Fehlverhalten der Teilnehmer und
- der Unterschied zwischen Getanem und Behauptetem.

Die qualitative, unstrukturierte, teilnehmende Beobachtung läßt sich extremtypisch und zusammenfassend so darstellen:

- Die Beobachtung ist *offen*.
- Die *Beobachtungsfelder sind meist relativ komplex und offen*.
- *Die Personalunion von Forscher und Beobachter ist zwingend*.
- Mit ein Grund hierfür ist, daß es *kein ausgearbeitetes Beobachtungsschema* gibt, folglich sind auch keine *Beobachtungseinheiten fixiert*.
- *Die Teilnehmerrollen im sozialen Feld sind flexibel* und können sich in den einzelnen Forschungsphasen ändern.
- *Ein Vorverständnis der Abläufe im sozialen Feld ist nicht notwendig*, vielleicht sogar störend.
- *Die Beobachtung dient zugleich der Theorieentwicklung und -prüfung*.
- *Identifikation mit den Beobachteten ist notwendige Voraussetzung* für das Verstehen; sie liefert erst „Objektivität" – allerdings in einem anderen Sinne als im quantitativen Paradigma.
- Obgleich schon während der Beobachtung und der Teilnahme eine Interpretation der sozialen Realität vorgenommen wird, erfolgt deren *Aufzeichnung erst nach der Beobachtung*.
- Für die Interpretation werden nicht nur die Beobachtungsdaten herangezogen; *ergänzende Informationen und Erkenntnisse werden berücksichtigt*.

6.6. Das Dilemma von Identifikation und Distanz

Abschließend zur teilnehmenden Beobachtung soll nun das wohl bedeutsamste methodologische Problem dieser qualitativen Methode diskutiert werden:

Eine zentrale Prämisse qualitativer Sozialforschung kann so formuliert werden: „Man geht von der Einsicht aus, daß der Forscher und diejenigen, denen seine Arbeit gilt, die soziale Umwelt nicht in der gleichen Weise wahrnehmen ... deshalb darf der Forscher seine eigene Definition sozialer Wirklichkeit nicht naiv zur Ausgangsbasis theoretischer und empirischer Analyse machen" (*Weymann* 1973a, S.384). Hieraus leitet sich unmittelbar das methodologische Programm ab, das *Wilson* so charakterisiert: „Da die Handlung des Handelnden aus seinen Wahrnehmungen, seinen Deutungen und seinen Urteilsbildungen heraus entstehen, muß die sich aufbauende Handlungssituation durch die Augen des Handelnden gesehen werden, – müssen die Objekte dieser Situation wahrgenommen werden, wie der Handelnde sie wahrnimmt, – müssen die Bedeutungen dieser Objekte so ermittelt werden, wie sie sich für den Handelnden darstellen, – müssen die Leitlinien des Handelnden nachvollzogen werden, wie sie der Handelnde entwickelt. Kurz: man muß die Rolle des Handelnden übernehmen und die Welt von seinem Standpunkt aus sehen" (*Wilson* 1970, S.62). Damit sind wir auf das Problem des *Fremdverstehens und seiner Intersubjektivität* verwiesen. Antworten auf dieses Problem können *methodologisch*, *theoretisch* und *methodisch* gegeben werden, bleiben aber immer abstrakt, so lange sie nicht in konkrete Handlungsanweisungen im Forschungsprozeß umgesetzt und letztlich auch realisiert werden können.

Einige Handlungsanweisungen sind als *Programm* formuliert: So wird in aller Deutlichkeit kritisiert, daß in der quantifizierenden Forschung mindestens die Gefahr besteht, daß der Forscher seine eigenen theoretischen Kategorien dem Forschungsobjekt aufoktroyiert, er also mithin nicht in der Lage ist, den Sinn der Handelnden aufzunehmen, eben zu verstehen. Durch Theorie, Methode, Sprache und Erkenntnisabsicht des Forschers (nämlich zu erklären, um die (scheinbare) Polarität zum Verstehen zu gebrauchen), die sich ja von dem Forschungsgegenstand unterscheidet, entsteht eine unüberbrückbare *Distanz* zum Objekt, die letztlich zu falschen Befunden führen muß – mindestens aber zu solchen, die dem Gegenstand nicht gerecht werden.

Vielmehr muß es Aufgabe des Forschers sein, die Alltagswirklichkeit des Forschungsobjekts in dessen eigenen Kategorien zu beschreiben, um sie verstehen zu können. Hierfür ist die gerade angesprochene Distanz hinderlich. Der Forscher muß sich von *seiner Alltagswirklichkeit lösen* und sich in die des Gegenstandes hineinversetzen, sich mit ihr identifizieren. Damit ist eine erste Ebene des Problems ausgemacht: Der Forscher soll sozusagen *Distanz zu sich selbst* und *Identifikation mit dem Forschungsobjekt* entwickeln.

Die teilnehmende Beobachtung scheint nun eine Methode zu sein, die in hervorragender Weise gewährleistet, den Forscher aus seiner Wirklichkeit herauszuheben und seinem Gegenstand besonders nahe zu bringen, weil sich der Forscher in das Untersuchungsfeld begibt und dort an den Alltagshandlungen partizipiert.

Unbestritten ist in qualitativer wie quantitativer Sozialforschung, daß es darum geht, ein Bild der sozialen Wirklichkeit zu zeichnen, das möglichst wenig von der Subjektivität des Betrachters verzerrt ist. Dies zu erreichen, hat man in den Naturwissenschaften Methoden und Instrumente entwickelt, die diesem Ziel sehr nahe kommen. In den Sozialwissenschaften stoßen wir aber wegen unseres Objektbereiches, der sich aus Subjekten konstituiert, auf erhebliche Schwierigkeiten, weil unsere Meßinstrumente im Regelfall unsere Forschungsobjekte selbst, also Subjekte sind, weshalb wir kein „objektives" Bild erhalten. Dieses Problem wird in der qualitativen Sozialforschung nicht in dieser Strenge gesehen, weil wir ja dort gerade die Subjektivität (eben den gemeinten Sinn) erfassen, die Relevanzsysteme entdekken und die Handlungsweisen verstehen wollen. Andererseits ergibt sich aber für das interpretative Paradigma die Schwierigkeit, daß das zwischen Forscher und Objekt zwischengeschaltete Instrument nicht unabhängig ist. Trägt bei quantifizierender Vorgehensweise das Erhebungsinstrument das theoretische Raster des Forschers und ist das Forschungsobjekt quasi der Zeiger auf diesem Instrument, so gilt bei qualitativem Vorgehen – und gerade bei der teilnehmenden Beobachtung –, daß das Erhebungsinstrument der Forscher selbst ist. In beiden Fällen sind gewisse Verzerrungen zu erwarten, die eigentlich vermieden werden sollten.

Teilnehmende Beobachtung als Forschungsmethode ist also deshalb so interessant und zugleich problematisch, weil der *subjektive Betrachter selbst* das Wahrnehmungsinstrument ist und weil man deshalb die Frage nach unverzerrter Wahrnehmung der Wirklichkeit nicht an die Instrumente, sondern an den Forscher stellen kann und muß.

Die beiden zentralen Aufgaben, die der Forscher als teilnehmender Beobachter lösen muß, bestehen also darin, seine Forschungsobjekte „möglichst weitgehend zu verstehen, d.h., von innen kennenzulernen, und das Verstandene anderen mitzuteilen und für sie überprüfbar zu machen“ (*Gerdes/Wolffersdorff-Ehlert* 1974, S.29). Das Dilemma von Identifikation und Distanz ergibt sich somit aus der teilnehmenden Beobachtung, denn Identifikation ist das Element der Teilnahme, des Verstehens, Distanz ist das Element der Beobachtung, der Prüfbarkeit.

Identifikation und Distanz lassen sich bei der teilnehmenden Beobachtung auf allen Stufen des Forschungsprozesses nachweisen. Teilt man mit *Wax* (1979, S.68) die teilnehmende Beobachtung in die Vorbereitungsphase, in die Phase der Feldarbeit und in die Postfeldphase ein, so kann das in Frage stehende Dilemma bei der teilnehmenden Beobachtung unter Bezugnahme auf die Einsatzkriterien dieser Methode beleuchtet werden:

Die teilnehmende Beobachtung wird angewandt, wenn man Aussagen über ein soziales Feld machen will, über das der Forscher weder aus eigener Erfahrung noch aus der Literatur genügend weiß, um inhaltsreiche Hypothesen darüber aufstellen oder gar prüfen zu können (prototypisch hierfür die Ethnologie). Dies aber bedeutet, daß der Forscher in der Vorbereitungsphase zu seinem Objektbereich mehr Distanz als Identifikation aufweist, was gleichermaßen für den Objektbereich gegenüber dem potentiellen Beobachter gilt. Wie aber soll der Forscher unter dieser Voraussetzung überhaupt Zugang finden! Kennt er den Objektbereich nicht zureichend, kann keine Identifikation stattfinden und der Zugang zum Feld ist erschwert oder unmöglich; kennt er ihn und kann er sich identifizieren, so gehört er ihm an und er muß sich nicht als teilnehmender Forscher ins Feld begeben.

Selbst wenn man dieses Grundsatzproblem vernachlässigt, bleibt die Schwierigkeit für den Forscher, bei geforderter Aufgabe der Distanz, sich in und mit dem Feld zu identifizieren. Schließlich muß er im Feld eine dort akzeptierte Rolle übernehmen, die aber möglicherweise mit seiner wissenschaftlichen oder auch Alltagsidentität konfligiert.

Beispiel:
Humphreys, der Homosexuelle untersucht hat, verspürte dieses Dilemma sehr drastisch: „Man gewinnt Einlaß in eine bestimmte Gruppe Abweichender nur, wenn man schon zuvor Verbindungen zu ihr hat, kann diese Verbindungen aber nur herstellen, wenn man sie bereits hat“ (*Humphreys* 1973, S.255).

Und konkret bestand sein Dilemma zwischen Identifikation und Distanz darin, gegenüber dem Untersuchungsfeld zu signalisieren, daß man mit dessen Angehörigen in einem Boot sitzt und gegenüber der Außenwelt – insbesondere der Polizei – zu demonstrieren, daß man nicht zu ihnen gehört. Bei der Auswahl der Rollen, um den Zugang zu finden und aufrecht zu halten, standen ihm die des „Warters“, des „Masturbanten“ und des „Voyeurs“ zur Verfügung. Der sich in diesen Rollen manifestierenden abnehmenden Identifikation mit dem Untersuchungsfeld läuft die zunehmende Identifikation mit der eigenen Alltagswelt parallel, die aber gleichzeitig eine wachsende Distanz zum Objektbereich impliziert. *Humphreys* hat das Dilemma für sich gelöst, aber zu Lasten der Identifikation. Er übernimmt nämlich die Rolle des Aufpasser-Voyeurs.

Alle Vorschläge, die in der Literatur unterbreitet werden, (etwa *Lofland* (1979), *Schatzmann/Strauss* (1979), *Berk/Adams* (1979) usw.) sind sicher geeignet, den Zugang zum Beobachtungsfeld zu erleichtern – auch wenn die jeweils spezifischen Bedingungen des Objektbereiches noch zusätzlich berücksichtigt werden müssen – doch das Grundsatzproblem von Identifikation und Distanz wird damit nicht gelöst.

Verlassen wir die Zugangsphase und setzen voraus, der Zugang wäre geglückt. Unterstellen wir weiter, daß ein Minimalwissen über den Objektbereich existiert, so würde eine zweite Begründung für die Durchführung einer teilnehmenden Beobachtung greifen: sie ist nämlich einzusetzen, wenn der Forscher Aussagen über Vorgänge in einem sozialen Feld machen will, die überhaupt nur für einen Teilnehmer sichtbar werden können, z. B. wenn er Grund zu der Annahme hat, daß z. B. eine Befragung von Insidern falsche Aussagen erbringen würde.

Beispiel:
Will man die Interaktion zwischen Arzt und Patient untersuchen, so würde man durch die Befragung von Ärzten sicherlich ein systematisch geschöntes Bild erhalten. Das Selbstbild des Arztes als „altruistischer Helfer" würde z. B. den Aspekt der Machtausübung gegenüber dem Patienten verdecken. Eine teilnehmende Beobachtung, etwa in einem Krankenhaus, würde sicherlich zu einem gültigeren Bild führen.

Das in der Feldphase auftretende Grundproblem der teilnehmende Beobachtung läßt sich am klassischen Fall der Ethnologie sehr einfach darstellen. (Diese nachfolgenden, ethnologischen, beispielhaften Überlegungen verdanke ich sinngemäß einem Gastvortrag von Klaus *Gerdes*, den er im Rahmen einer Veranstaltung über qualitative Sozialforschung vor einigen Jahren an der Universität München gehalten hat.) So hat ein Ethnologe etwa von einem Stamm gehört, über den man noch sehr wenig weiß. Er fährt hin, um diesen kennenzulernen. Er muß nun die Sprache lernen, er muß erfahren, wie man sich den Frauen, den Kindern, den Ältesten usw. gegenüber verhält. Es setzt eine *„zweite Sozialisation"* ein. Er lernt eine neue Welt kennen, die Welt dieses Stammes. Das Entscheidende daran ist aber nun, daß diese Welt für den Stamm selbst nicht die Welt des Stammes, sondern *die* Welt ist – und wie sie für diesen Stamm wirklich aussieht, bekommt der Forscher ja erst zu spüren, wenn sie für ihn genauso aussieht, wenn sie auch für ihn *die* Welt geworden ist. Das aber heißt, daß der Forscher die Welt, aus der er gerade gekommen ist, vergessen muß. Er muß also mit all seinen Wahrnehmungsfähigkeiten, mit seinem Denken, Fühlen, Handeln und Wollen in die Welt des Stammes eintauchen, bis sie auch für ihn *die* Welt geworden ist; nur so kann er wirklich erfahren, wie diese Welt aussieht.

Dieses Moment von Identifikation ist ohne teilnehmende Beobachtung – insbesondere ohne Teilnahme – nicht möglich. Hat er sich nun quasi voll mit diesem Stamm identifiziert, so hat er sicherlich eine wichtige methodologische Forderung und notwendige Voraussetzung realisiert. Andererseits jedoch muß er als Ethnologe aus dieser neuen Welt, die er durch Identifikation kennengelernt hat, wieder heraus, um sie überhaupt mitteilen zu können. Er muß zurückkehren in die Welt, aus der er kommt. Dies ist aber nur möglich, wenn er zu der Welt des Stammes Distanz halten kann.

Somit ergibt sich das Moment von Distanz, ohne das teilnehmende Beobachtung – insbesondere Beobachtung – nicht möglich ist, weil man sonst nicht berichten kann, was man erfahren hat.

In unseren Überlegungen haben wir bislang so getan, als liefen die beiden Prozesse, das Eintauchen in eine neue Welt und das Zurückkehren in die alte Welt, also Identifikation und Distanz nacheinander ab. In Wirklichkeit ist dies natürlich ein *gleichzeitiger Prozeß*. Würde der Forscher erst einmal distanzlos ein richtiges Stammesmitglied geworden sein, würde er den Rückweg in seine eigene Kultur überhaupt nicht mehr finden und vielleicht auch nicht mehr finden wollen. Dieses Phänomen ist in der Literatur unter „*going native*" oder „*overrapport*" (*Miller* 1952, S.97ff) bekannt geworden. Ein Beispiel hierfür ist der Sozialforscher, der bei Billy *Graham* teilnehmende Beobachtung machen wollte, während dieses Vorgangs jedoch „bekehrt" und dann selbst Prediger wurde.

Letztlich gilt also: teilnehmende Beobachtung geht nur, wenn der Forscher Identifikation mit und Distanz zu der untersuchten sozialen Wirklichkeit gleichzeitig herstellen kann. Dies ist aber, und deshalb ist der Begriff des Dilemmas angebracht, nicht möglich, weil die beiden Momente gegenläufig sind: bei voller Identifikation gibt es keine Distanz und vice versa.

Den Konflikt in der Vermittlung zwischen Identifikation und Distanz bezeichnen *Gerdes/Wolffersdorff-Ehlert*, die die Drogenszene untersucht haben, als „systematisch organisierte Schizophrenie" (1974, S.26). Wie also soll man Identifikation und Distanz gleichzeitig realisieren? Unter Bezugnahme auf die Abbildung könnte man einen simplen Kompromiß eingehen, bei dem sich Identifikation und Distanz irgendwo in der Mitte treffen. Wo allerdings liegt der *Optimierungspunkt*? Muß er eher bei der Identifikation oder stärker auf Seiten der Distanz liegen?

Abbildung 9: Identifikation und Distanz bei teilnehmender Beobachtung

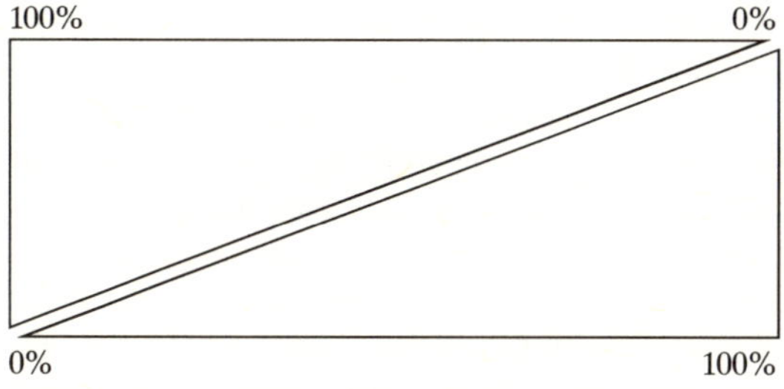

Sicher würde der traditionell-konventionelle Sozialforscher eher das Moment der Distanz und der qualitativ arbeitende Forscher das der Identifikation betonen. Doch wo liegt jeweils für jeden die Grenze, die ja letztlich auch die Erkenntnismöglichkeiten determiniert? Diese Frage ist weder abstrakt und allgemein, noch gegenstandsbezogen zu beantworten. Sie bleibt im Intuitiven, Dezisionistischen, vielleicht auch im Persönlichkeitsspezifischen stecken.

Das fiktive Beispiel des Ethnologen wird im Blick auf Identifikation und Distanz noch komplizierter, wenn wir uns etwa Minoritäten oder Subkulturen zuwenden. Hier tritt das Dilemma innerhalb einer Gesellschaft auf und der Forscher muß sich auf Schritt und Tritt fragen, wo er eigentlich steht. Er wird sich nicht a priori mit der kriminellen Subkultur, der Drogensubkultur etc. identifizieren können, so daß sich automatisch eine gewisse Distanz ergibt, damit auch das Nichtverstehen. Andererseits muß er sich in irgendeiner Weise solidarisch zeigen, um Informationen zu erhalten und verstehen zu können. Dies führt dazu, daß zwischen Identifikation und Distanz immer nur situationsspezifisch eine Balance gesucht werden kann, wobei die Prioritäten zwischen Distanz und Identifikation wechseln.

Wir hatten schon festgestellt, daß mit der teilnehmenden Beobachtung zum Zwecke der Identifizierungschance eine Art zweiter Sozialisation einsetzt: „Man könnte sagen, daß ein Kind, das in eine Gesellschaft geboren wird, den gleichen Sozialisationsprozeß durchmacht, wie ein Fremder, der schließlich in eine neue Gesellschaft aufgenommen wird" (*Park*, zitiert nach *Wax* 1979, S.68). Im Unterschied zu den Kindern hat es der Forscher allerdings schwerer, kommt er doch schon aus einer Welt, in die er hineinsozialisiert wurde und er geht wieder in diese Welt zurück. Schließlich ist er Wissenschaftler und will oder muß „ein abstraktes, aber möglichst zutreffendes Bild von ihr entwickeln und auch seinen Fachkollegen und der weiteren Öffentlichkeit vermitteln. Zusammengefaßt geht es ... um die beiden Fragen, wie gelangt der Forscher aus der soziologischen Welt in eine bestimmte soziale Welt? Und wie kann er aus dieser sozialen Welt in die soziologische zurückkehren? Beide Schritte sind problematisch" (*Gerdes* 1979, S.6). Voll in das soziale Feld, etwa die Drogenszene oder das Kriminellenmilieu auch innerlich einzusteigen, würde bedeuten, sich von der eigenen wissenschaftlichen Arbeit und der Herkunftskultur zu distanzieren, denn es wäre dann nicht einzusehen, weshalb man einen Forschungsbericht schreiben sollte, schließlich gehört man ja der „Szene" an und hat damit andere Interessen entwickelt. Es gilt ja letztlich die normative Regulierung der Szene und die legt bekanntermaßen keinen Wert darauf, daß Insiderinformationen nach außen dringen.

Die unterschiedlichen Sichtweisen von zu untersuchendem sozialem Feld und Forscher symbolisieren das Dilemma von Identifikation und Distanz, das sich für den Forscher noch einmal stellt, wenn er sich entschieden hat, aus der Kultur, die er kennenlernen wollte, in seine wissenschaftliche Subkultur zurückzukehren. Er wird nun über seine Erfahrungen berichten wollen. Dabei muß er einerseits den Standards und Normen der Scientific Community, andererseits aber auch der untersuchten Kultur gerecht werden. Er gerät in einen Rollenkonflikt, in ein neues Dilemma von Identifikation und Distanz. (Man denke hier nur an die teilnehmenden Beobachtungen von *Girtler* bei Sandlern (1980a), Kriminellen (1983), Prostituierten (1985) oder auch der Polizei (1980)).

Die Rolle des Wissenschaftlers bestünde nun darin, der interessierten Öffentlichkeit seine Befunde und Erkenntnisse mitzuteilen, was voraussetzt, daß er in der Feldphase das Dilemma von Identifikation und Distanz lösen konnte. Hat er eher Distanz praktiziert, so hat er geringere Übergangsschwierigkeiten in die Rolle des

Forschers, ist aber seinem Untersuchungsgegenstand nicht voll gerecht geworden; seine Ergebnisse sind „oberflächlich". Hat er sich für Identifikation entschieden, so hat er weniger beobachtet, seine Befunde entsprechen eher der untersuchten Welt, doch die Chance, das Vermögen, das Wollen oder das Können der Mitteilung und Vermittlung werden reduziert sein. „Dem teilnehmenden Beobachter mag ein bestimmter Sachverhalt noch so evident erscheinen – seine Fachkollegen und die Öffentlichkeit, die seine Ergebnisse übernehmen, müssen sicher sein können, daß sie nicht einem Hirngespinst aufsitzen; deshalb müssen die Ergebnisse nachprüfbar sein. Diese Forderung setzt eine prinzipielle Distanz zum Beobachtungsobjekt voraus" (*Gerdes/Wolffersdorff-Ehlert* 1974, S.20).

Auch in der Disseminationsphase setzen sich also die grundsätzlichen Schwierigkeiten fort, einen Weg zwischen Identifikation und Distanz zu finden.

Wir stellen somit fest, daß in den einzelnen Forschungsphasen bei teilnehmender Beobachtung und unter der Voraussetzung qualitativer Methodologie das Dilemma von Identifikation und Distanz auftritt. Einen Ausweg, eine problemimmanente Lösung auf methodologischer und damit generalistischer Ebene halten wir für ausgeschlossen. Mit diesem Dilemma muß der Forscher leben und er muß jeweils für sich eine mehr oder weniger begründete und begründbare Entscheidung treffen.

7. Das qualitative Experiment

Die Methode des qualitativen Experiments wird von *Gerhard Kleining* 1986 in einem Aufsatz in der Kölner Zeitschrift für Soziologie und Sozialpsychologie entwickelt. Unter Rekurs auf seinen früheren methodologischen Beitrag zur qualitativen Sozialforschung in der gleichen Zeitschrift (*Kleining* 1982) stellt er fest, daß seiner Auffassung nach das qualitative Experiment zu unrecht keine Berücksichtigung in der Methodenliteratur gefunden hat. Mag dies teilweise daran liegen, daß die weniger quantitativ orientierten, experimentellen Techniken, wie etwa das Gedankenexperiment oder das Ex-Post-Facto-Experiment als weniger wissenschaftlich galten, so sollte heutzutage das Vorurteil gegenüber den qualitativen Methoden mindestens abgebaut sein. Andererseits ist durchaus zu konzedieren, daß der Terminus Experiment eben doch weitestgehend mit einer naturwissenschaftlichen Methodologie assoziiert ist, auch wenn die echten experimentellen Designs in den Sozialwissenschaften zu deren Modifikation geführt haben.

Kleining wendet sich gegen eine wie auch immer geartete restriktive oder selektive Sichtweise des Experiments: „Tatsächlich ist das Experiment eine Basistechnik für *alle* Forschungen mit einheitlicher, aber für seine verschiedenen Stufen und Arten jeweils differenzierter Methodologie und von umfassender Verwendbarkeit, gerade in den Sozialwissenschaften“ (*Kleining* 1986, S. 724). Man muß diese weitgehende Sichtweise nicht notwendigerweise teilen, um gleichwohl die theoretische, methodologische und empirische Bedeutung des qualitativen Experiments anzuerkennen.

7.1. Ausgangspunkt und Definition

Die methodologischen und technischen Voraussetzungen und Bedingungen des qualitativen Experiments sind leichter nachzuvollziehen, wenn man deren Einbettung in Wissenschaft und Alltag – *Kleining* folgend – als Ausgangspunkt skizziert. Basisüberlegung ist die Tatsache, daß die sozialwissenschaftlich-empirischen Methoden und Techniken, denen der Status der Wissenschaftlichkeit zugeschrieben wird, sich im Grunde genommen aus jenen Methoden entwickelt haben oder herauskristallisiert wurden, die wir auch alltäglich praktizieren. *Kleining* deutet durch eine Pyramide den Zusammenhang zwischen Alltagsmethoden, qualitativen und quantitativen wissenschaftlichen Methoden an.

Die Basis der Pyramide sind die Alltagsmethoden, aus denen durch zunehmende *Abstraktion* zunächst die qualitativen und dann die quantitativen Methoden sich entwickeln. Diese Pyramide wird senkrecht geteilt, indem auf der einen Seite die Methoden der Beobachtung, auf der anderen die des Experimentes stehen. Die

Abbildung 10: Die Einordnung des qualitativen Experiments

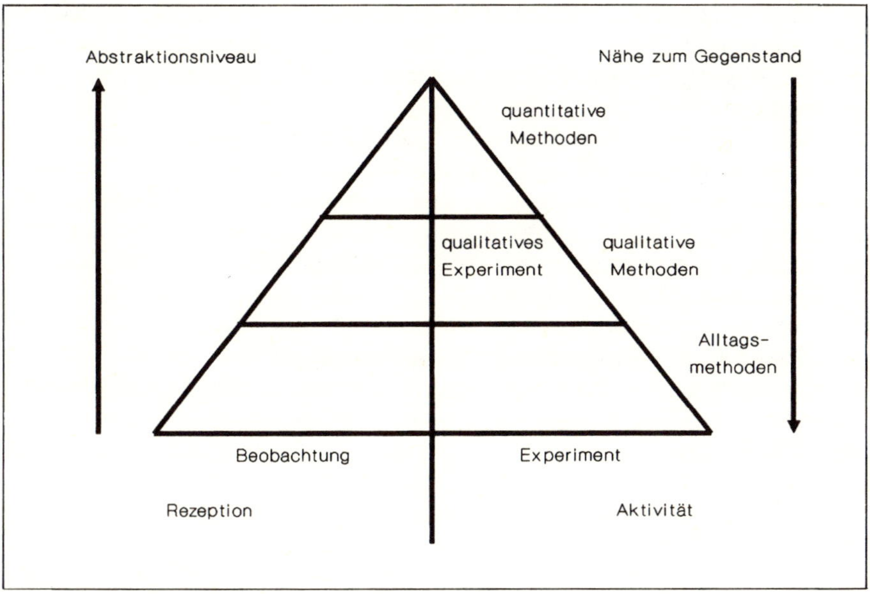

Differenzierung in Beobachtung und Experiment ist ebenfalls aus dem Alltagshandeln abgeleitet: „Das Tun ist die Grundform des *Experiments,* das Rezipieren die Grundform der *Beobachtung*" (*Kleining* 1986, S. 726). Damit wird das Modell der Zuordnung der Methoden durch zwei Variablen konstituiert, nämlich durch die *„Art der Auseinandersetzung"* des Forschers mit seinem Gegenstand und durch das *Abstraktionsniveau* seiner Methoden" (2. Hervorhebung durch S. L.) (*Kleining* 1986, S. 726).

Obgleich sich *Kleining* einleitend dagegen wendet, die wissenschaftlichen Methoden zu kategorisieren oder zu typologisieren, weil dies die Unterschiede zwischen diesen betont und das Gemeinsame vernachlässigt, klassifiziert auch er die Methoden, allerdings auf der Basis von Gemeinsamkeiten.

Beobachtung und Experiment sind nach *Kleining* als Alltagstechniken „Ausdruck beider Seiten der naturwüchsigen Form der Verbindung des Menschen mit seiner Umwelt: Einerseits des Eingriffs in sie, ihrer *Veränderung durch Handeln,* andererseits des *Aufnehmens oder Rezipierens ihrer Wirkung*" (Hervorhebung durch S. L.) (*Kleining* 1986, S. 726). Kann dem bei dieser weiten Definition gefolgt werden, so erscheint die andere Klassifikationsdimension, nämlich das Abstraktionsniveau, etwas problematischer. So läßt sich trefflich darüber streiten, ob die quantitativen Methoden tatsächlich hinsichtlich des Abstraktionsniveaus einen höheren Status haben, als die qualitativen Methoden. Mindestens sind bei diesem Kriterium Mißverständnisse nicht auszuschließen, auf die *Kleining* selbst aufmerksam macht, wenn er zurecht darauf verweist, daß ein hohes Abstraktionsniveau der Methoden allzu oft und unzulässig als Wahrheitskriterium benutzt wurde. Dies muß aber für unseren Kontext nicht weiter thematisiert werden. Aus der Kombination der beiden Kriterien, der Art der Auseinandersetzung mit dem Gegenstand und dem Abstraktionsniveau der Methoden wird die Lücke für das qualitative Experiment ermittelt.

In seinen weiteren Ausführungen erweitert *Kleining* das zweidimensionale Modell der Methoden durch ein weiteres Kriterium: „(1) Das mehr aktive oder mehr rezeptive Handeln des Forschers, (2) drei Ebenen des Abstraktionsniveaus der Methoden und (3) den unmittelbaren oder den vermittelten Kontakt des Forschers mit seinem Gegenstand" (*Kleining* 1986, S. 728). Dies ist die gedankliche Basis, auf der das qualitative Experiment ruht.

Diese Ausgangsüberlegungen münden dann in folgende Definition des qualitativen Experiments: „Das qualitative Experiment ist der nach wissenschaftlichen Regeln vorgenommene Eingriff in einen (sozialen) Gegenstand zur Erforschung seiner Struktur. Es ist die *explorative, heuristische* Form des Experiments" (*Kleining* 1986, S. 724).

7.2. Die Methodologie des qualitativen Experimentes

Das in 4.3.1. abgrenzend behandelte quantitative Experiment zeichnet sich methodologisch durch Reduktion, Standardisierung, Meßbarkeit und Vergleichbarkeit aus. Dabei geht der Forscher von Hypothesen aus, die durch das Experiment kausal-analytisch geprüft werden sollen. Im Gegensatz dazu versucht das qualitative Experiment neue komplexe Strukturen zu finden, d.h. Abhängigkeiten, Beziehungen und Relationen: „Relationen sind qualitativer Art, sie lassen sich zumeist nicht messen, weil sie nicht nur Verläufe, sondern auch Negationen, Widersprüche, unstabile Abhängigkeiten, Umspringbeziehungen und Brüche einbeziehen" (*Kleining* 1986, S. 725).

Standardisierung, Vergleichbarkeit und Wiederholbarkeit können gemäß der Methodologie qualitativer Forschung keine Bedingungen für das qualitative Experiment sein. Während das quantitative Experiment von der Abstraktion lebt, fungiert das qualitative Experiment – mindestens relational zum quantitativen – auf der Ebene des Konkreten und Besonderen. Damit ist jedoch keineswegs (siehe oben) der Charakter der Wissenschaftlichkeit tangiert. Die allgemeinen Abgrenzungskriterien von Alltag und Wissenschaft gelten selbstverständlich auch für das qualitative Experiment: Intersubjektivität, Offenlegung der Methoden und Nachprüfbarkeit der Ergebnisse sind – wie bei allen wissenschaftlichen Methoden auch – Voraussetzung und Bedingung des qualitativen Experiments, das in besonderer Weise auf die Veränderung eines sozialen Sachverhaltes zielt, um Relationen aufzudecken.

Vergegenwärtigt man sich die Definition des qualitativen Experimentes, so erscheinen vier in ihm enthaltene Begriffe für seine Qualität zentral. Es handelt sich beim qualitativen Experiment um einen „*Eingriff*" in einen „*sozialen Gegenstand*" zur Erforschung von dessen „*Struktur*" und zwar nach „*wissenschaftlichen Regeln*". Diese vier Definitionselemente sollen kurz erläutert werden:

Daß im qualitativen Experiment ein Eingriff in den sozialen Gegenstand vorgenommen wird, ist für das qualitative Experiment doppelt konstitutiv: Zum einen ist die Veränderung des sozialen Gegenstandes notwendige Bedingung, denn ohne diese würde es sich um die eher rezeptive, passive Beobachtung handeln. Zum anderen ist das aktive Eingreifen in den zu untersuchenden sozialen Gegenstand durchaus in Analogie zum quantitativen Experiment geboten. Allerdings wird das quantitative Experiment auf der Basis mindestens einer Hypothese so in seinem Design konzipiert, daß eine oder mehrere unabhängige Variablen manipuliert oder variiert und eine oder mehrere abhängige Variablen quantitativ gemessen werden. Die Kontrolle der experimentellen Bedingungen und die prinzipielle Wiederholbarkeit des Experiments gelten als methodologische Bedingungen für seine qualitative Form nicht. Gerade Quantifizierung, Wiederholbarkeit, Laborbedingungen zur besseren Kontrolle und die Intention der Kausalanalyse sind aufgrund der methodologischen Vorstellungen in qualitativer Forschung ausgeschlossen. Das qualitative Experiment „geht nicht von schon Bekanntem, von Hypothesen aus, sondern zielt auf Neues, auf *Entdeckungen.* Es verwendet nicht Variablen, sondern sucht und findet *Strukturen.* Dies sind alle *Arten* von Abhängigkeiten, Beziehungen, Relationen, nicht nur kausale" (*Kleining* 1986, S. 725).

Dieses spezifische Verständnis des qualitativen Experiments reduziert keineswegs seinen wissenschaftlichen Charakter. Es hebt sich nämlich vom Alltagsexperiment dadurch ab, daß es nach einer entwickelten und anerkannten Methodologie qualitativer Forschung abläuft, die nach den Regeln der Wissenschaftlichkeit akzeptiert ist. Die basalen wissenschaftlichen Kriterien, nämlich die Suche nach Wahrheit, die intersubjektive Nachprüfbarkeit des Prozesses der Suche, die nachvollziehbare Darstellung der Entwicklung und des Einsatzes der Methoden in Analyse und Interpretation und mithin die Prüfbarkeit der Befunde unterscheiden das qualitative, wissenschaftliche Experiment vom Alltagsexperiment und weisen ihm denselben wissenschaftlichen Status wie dem quantitativen Experiment zu.

Was ist nun der Gegenstand des qualitativen Experiments, der durch den Eingriff verändert werden soll? Objekt des qualitativen Experiments kann jeder Gegenstand der Sozialwissenschaften sein, also „jedes individuelle und kollektive, soziale Verhältnis ... und alle mit sozialen Verhältnissen im Zusammenhang stehenden Erscheinungen, Objektivationen, Voraussetzungen, Wirkungen, etc." (*Kleining* 1986, S. 724).

Absicht und Ziel des Eingriffs in den Gegenstand ist die Erforschung der sozialen Struktur. Mit Struktur ist gemeint: Jedes für den jeweiligen Gegenstand Typische, Spezifische, Besondere; alles was dem Gegenstand eigen ist. Es geht um „das Finden, das Aufdecken von Verhältnissen, Relationen, Beziehungen, Abhängigkeiten" (*Kleining* 1986, S. 725). Dabei wird in besonderer Weise das explorative und heuristische Ziel apostrophiert. Während die explorative Funktion im Sinne qualitativer Methodologie durchaus als eine Verkürzung der Erkenntnismöglichkeiten aufgefaßt werden könnte, meint die heuristische Intention die durch qualitative Methodologie begründete Absetzung von der Hypothesenprüfung und von kausal-analytischen Erklärungsmustern. Ist die Distanz zur quantitativen Methodologie plausibel und nachvollziehbar, so ist die tendenzielle Absetzung von der Hermeneutik als einer Basis qualitativer Forschung verwunderlich: „Die Methoden der qualitativen Sozialforschung sind Such- und Findeverfahren. Die Grundwissenschaft ist eine noch zu entwickelnde Heuristik, nicht eine Deutungskunst oder Hermeneutik" (*Kleining* 1986, S. 733).

Die methodologischen Elemente qualitativer Sozialforschung, wie sie *Kleining* 1982 entwickelt und dargestellt hat, kommen selbstverständlich auch beim qualitativen Experiment zur Geltung. Die vier Regeln sollen in Anwendung auf das qualitative Experiment kurz skizziert werden:

1. *Die Regel über das Subjekt:*
Es geht nicht um Hypothesenprüfung, sondern eher um Hypothesenentwicklung. Dies setzt voraus, daß der Forscher (= Experimentator) möglichst weitgehend von seinen eigenen Vorstellungen abstrahiert. Daß solche vorhanden sind, ist selbstverständlich, doch muß der Experimentator offen und flexibel genug sein, seine eigenen Auffassungen im Verlaufe des Experimentes zu revidieren.

2. *Regel über das Objekt:*
Offenheit und Flexibilität gelten auch dem Gegenstand des Experimentes gegenüber. Er wird zunächst einmal nur vorläufig definiert und muß sich im Verlaufe der experimentellen Realisation möglicherweise verändern. Erst am Ende des durchgeführten Experiments ist das Objekt als Gegenstand der Forschung letztlich bestimmt.

3. *Regel über das experimentelle Handeln:*
Diese maximale strukturelle Variation der Perspektiven erfordert weitestgehende experimentelle „Manipulationen" oder Eingriffe. „Alle Einflüsse, die möglicherweise das Abschneiden des Gegenstandes im Test beeinflussen, sind zu variieren. In aller Regel gehören Testanordnung, Testpersonen, Versuchsleiter, Rahmenbedingungen, Instruktionen, Abfolgen und Testzeiten dazu" (*Kleining* 1986, S. 734). Gerade beim qualitativen Experiment werden auch auswahltheoretische Überlegungen relevant. Während im quantitativen (Laborexperiment) die Stichprobe (möglicherweise als Zufallsauswahl) über die Durchführung des Experiments erhalten bleibt, ist im Sinne der Offenheit und Flexibilität und eben der maximalen strukturellen Variation auch die Variation der Experimentteilnehmer eventuell erforderlich. Ganz im Sinne von extremtypischer Analyse sind Personen, Situationen, Relationen, etc. so auszuwählen, daß sie für den Gegenstand typische und charakteristische Erkenntnisse ermöglichen.

4. *Regel über die Bewertung von Daten:*
Den Ausgangsüberlegungen folgend geht es im wesentlichen um das Herausfiltern von Gemeinsamkeiten; weniger das Trennende als das Gemeinsame ist für die Beurteilung der Befunde von Bedeutung. Dabei wird das Trennende, das Gegensätzliche, das Widersprüchliche nicht eliminiert, sondern aus ihm heraus ergibt sich möglicherweise erst die Erkenntnis der Ähnlichkeit und Gemeinsamkeit. Das Entdecken der Gemeinsamkeiten und das Finden der typischen und spezifischen Bedingungen erfolgt in einem Analyseprozeß, der durch Offenheit und Flexibilität zu charakterisieren ist. „Der Prozeß ist *zirkulär,* der Forscher kreist um seinen Gegenstand, Anfang und Ende des Experimentierens können einander entsprechen" (*Kleining* 1986, S. 735). Die Zirkularität ergibt sich aus dem Dialogprinzip: „... ein qualitativer Dialog ist nicht autoritär-kritizistisch, sondern egalitär. Eine Antwort erzeugt in der Regel eine neue Frage (und möglicherweise eine neue Versuchsanordnung), diese wieder eine neue Antwort usw., bis die Struktur des Gegenstandes aufgeklärt ist" (*Kleining* 1986, S. 734).

7.3. Techniken des qualitativen Experimentes

Es können sechs verschiedene Techniken verwendet werden, um einen sozialen Gegenstand im Experiment zu verändern, wobei soziale Gegenstände Individuen, Gruppen, Relationen, etc. sowie die davon abhängigen Bedingungen, Erscheinungen und Wirkungen sein können. Von diesen sechs Techniken werden jeweils zwei zu einer Gruppe zusammengefaßt. Diese drei Gruppen sind *Gliederung, Einschränkung* bzw. *Ausdehnung* und letztlich *Umwandlung* des Gegenstandes:

1. Techniken in bezug auf die *Gliederung des Gegenstandes:*

a) *Separation/Segmentation,* d.h. die Teilung/Gliederung eines Gegenstandes in verschiedene Neben- oder Untergruppen. Unterschiedliche Gliederungen können verschiedene Arten von „Sinn" ergeben.

Beispiel:
Ein Betrieb wird in verschiedene Untergruppen, zum Beispiel nach Geschlecht, Alter, Körpergröße geteilt oder eine Bundeswehreinheit in Offiziere, Unteroffiziere und Mannschaftsdienstgrade. Gefragt wird danach, wie sich dann die „neuen" Gruppen organisieren?

b) *Kombination,* d.h. Teile werden auf andere Art zusammengesetzt, als sie im Gegenstand selbst vorgefunden werden.

Beispiel:
Angehörige verschiedener Berufsgruppen werden zusammengeführt; wo ergeben sich Spannungen, Gemeinsamkeiten, Vergnügen, Wettbewerb, etc.?

2. Techniken in bezug auf die *Einschränkung/Ausdehnung des Gegenstandes:*

a) *Reduktion/Abschwächung,* d.h. Teile des Gegenstandes werden entfernt und es wird beobachtet, ob und wie dieser sich verändert.

Beispiel:
Wie funktioniert eine unvollständige Familie? Wie handelt eine Person, der Macht oder Liebe entzogen wird?

b) *Adjektion/Intensivierung,* d.h. Teile werden hinzugefügt oder verstärkt. Welche Teile werden angenommen, wie verändert sich der Gegenstand?

Beispiel:
Wie verhält sich eine Schulklasse, die ihren Lehrplan selbst gestalten darf? Wie reagiert eine Fußballmannschaft, die ihre Aufstellung und Spiel selbst bestimmt?

3. Techniken in bezug auf die *Umwandlung eines Gegenstandes:*

a) *Substitution,* d. h. ein Teil eines Gegenstandes wird durch einen anderen Teil ersetzt.

Beispiel:
Was geschieht, wenn ein Mann im Abendkleid auf die Straße geht oder wenn ein Bankangestellter Jugendsprache verwendet?

b) *Transformation,* d.h. Umwandlung eines Gegenstandes in einen anderen, der aber noch Merkmale des ursprünglichen Gegenstandes besitzt.

Beispiel:
Wie verändert sich die Struktur eines Unternehmens beim Betriebsausflug oder bei der Faschingsfeier, wie verändert sich die Struktur längerfristig?

Der Einsatz dieser Techniken wird von drei möglichen *Handlungsstrategien* geleitet, die sich aus der Methodologie des qualitativen Experimentes ergeben (vgl. *Kleining* 1986, S. 735ff.).

1. Die Strategie der *Maximierung/Minimierung* leitet sich unmittelbar aus der Handlungsanweisung für den Experimentator ab, eine maximale strukturelle Variation der Perspektiven zu praktizieren. Diese Handlungsstrategie impliziert das Suchen und Erforschen von extremen Situationen, Einstellungen und Handlungsweisen. Die Idee der Maximierung/Minimierung kann sich auf die Auswahl der Versuchspersonen ebenso beziehen wie auf die Testbedingungen oder die engeren Untersuchungsverfahren im Kontext des qualitativen Experimentes. „Das Auffinden und Erforschen von Extremen, die mit dem Gegenstand in Verbindung stehen, ist für qualitative Forschung generell konstitutiv – Extreme sind ja Extreme ‚von etwas', strukturell ausgezeichnete Verhältnisse. Deswegen ist das Herstellen von Maxima und Minima strukturell relevant" (*Kleining* 1986, S. 735). In pragmatischer Formulierung geht es darum, mit minimalsten Veränderungen ein Maximum an Wirkung zu erzielen bzw. bei maximalem Aufwand ein Minimum an Effekt festzustellen. Diese Strategie ermöglicht weitestgehende Erkenntnisse.

2. Die zweite Strategie ist das *Testen der Grenzen.* „Qualitative Methoden wollen die Begrenzungen des Gegenstandes bestimmen, die Bereiche, in denen Struktur in Beliebigkeit, Figur in Grund, Gemeintes in Nicht-Gemeintes, Einfluß in Wirkungslosigkeit, Sinn in Unsinn umschlägt" (*Kleining* 1986, S. 735). Das Testen der Grenzen steht natürlich ebenfalls im Kontext des Maximierungs-/Minimierungsprinzpis, wobei letzteres „das Plötzliche, Abrupte, die grundsätzliche Veränderung, das Umschlagen des Prozesses, seine Negation" (*Kleining* 1986, S. 736) betrifft, während ersteres das sukzessive, fortschreitende, eher kontinuierliche Verändern von Strukturmerkmalen meint, ganz im Sinne der Flexibilität im Forschungsprozeß.
3. Dritte Handlungsstrategie ist die *Adaption.* „Darunter ist ein Prozeß zu verstehen, der von drei Aspekten bestimmt wird: 1. Herstellung einer Vielfalt von Techniken gegenstandsspezifisch. 2. Flexibilisierung der Techniken, die nicht starr bleiben dürfen, sondern sich in der Anwendung an den Gegenstand anpassen und 3. Schutz des Gegenstandes, dessen Struktur die Techniken erforschen" (*Kleining* 1986, S. 736). Adaption meint also einerseits, möglichst viele Techniken möglichst flexibel einzusetzen, andererseits dies aber mit größter Vorsicht zu tun und mit dem untersuchten sozialen Gegenstand sehr zurückhaltend umzugehen. Maximale Erkenntnisse sollen mit einem minimalen Eingriff in die soziale Realität erzielt werden. Schließlich soll ja der untersuchte Gegenstand in seiner sozialen Konstitution erhalten bleiben und nicht (etwa im Sinne einer Aktionsforschung) a priori verändert werden. *Kleining* betont hier den diagnostischen Charakter des qualitativen Experiments, im Gegensatz etwa zum therapeutischen Interview.

7.4. Zum Stellenwert des qualitativen Experiments

Schon bei seinen Ausgangsüberlegungen hatte *Kleining* festgestellt, „daß wichtige Methoden in der Forschungspraxis nicht genutzt oder in der einschlägigen Literatur nicht behandelt werden. Hierzu gehört vornehmlich die ‚qualitative' Form des Experiments." (*Kleining* 1986, S. 724). Dieser Diagnose ist ohne jegliche Einschränkung zuzustimmen. In der derzeitigen Forschungspraxis wird das qualitative Experiment in der von *Kleining* entwickelten Form wenig genutzt. Nach wie vor gilt auch, daß die abstrakt-methodologische Auseinandersetzung mit dieser Form qualitativer Sozialforschung nicht geführt wird.

Kleining diskutiert einige Gründe, weshalb die „heuristische, explorative Form des Experiments" (1986, S. 733) heute nicht mehr jene Bedeutung hat, die ihm nach seiner historischen Analyse etwa zu Beginn unseres Jahrhunderts im Bereich der Psychologie den psychologischen, aber auch physiologisch-naturwissenschaftlichen Experimenten zukam. Neben dem wissenschaftstheoretisch determinierten und der qualitativen Sozialforschung zugeschriebenen eher inferioren Status benennt er „*auch* technische Gründe" (S. 733). Es wird beklagt, daß qualitativ arbeitende Sozialwissenschaftler keine eigene Methodologie des qualitativen Experimentes entwickelt hätten. Während im quantiativen Bereich sehr elaborierte experimentelle Forschungsdesigns methodologisch abgesichert erarbeitet wurden, sind qualitative Experimente so sehr gegenstandsbezogen, daß eine generalisierende, methodologische Begründung nicht erfolgte. Als zweiten Grund nennt er das Vorurteil, daß quantitative Methoden wegen ihres höheren Abstraktionsgrades eine weitergehende „Objektivität und Wissenschaftlichkeit" aufweisen würden. Drittens ist der Verzicht der qualitativen Methodologie auf Hypothesenprüfung und die Prioritätensetzung bei der Hypothesengeneration für die Entwicklung und Anwendung qualitativer Experimente hinderlich. Letztlich würde verkannt, daß die relative Nähe des qualitativen Experiments zum Alltag besondere Erkenntnismöglichkeiten insbesondere im Aufdecken von Strukturen durch den heuristischen Charakter eröffnet (vgl. *Kleining* 1986, S. 733).

Diese vorgebrachten Argumente könnten ergänzt und erweitert werden. So haben zum Beispiel die Krisen- beziehungsweise Erschütterungsexperimente (vgl. *Garfinkel* 1967) gezeigt, daß die Veränderung und Manipulierbarkeit sozialer Wirklichkeit, also genau das, was das qualitative Experiment notwendig praktizieren muß, von einem ethischen Standpunkt aus sicher nicht unumstritten ist. Andererseits sind die Hinweise auf das nicht unerhebliche Gewicht des qualitativen Experimentes ebenso begründet: So verweist *Kleining* (1986) auf die Bedeutung des qualitativen Experimentes bei der Textanalyse, wobei ein Text als der zu erforschende soziale Gegenstand nach der experimentellen Methode behandelt wird. Auch auf die Relevanz des Gedankenexperimentes für die Sozialwissenschaften wird mehrfach aufmerksam gemacht. Gerade der Versuch, einem sozialen Gegenstand gegenüber im Denken eine andere Perspektive einzunehmen, unterstützt die Grundregel explorativer, qualitativer Sozialforschung: „Offenheit des Denkenden, Vorläufigkeit des Gegenstandes, maximale strukturelle Variation der Betrachtungsweisen und Analyse der verschiedenen Perspektiven auf Gemeinsamkeiten" (*Kleining* 1986, S. 743). Das Gedankenexperiment kann auch in der Fragetechnik bei Interviews und Gruppendiskussionen verwendet werden:

Beispiel:
„Stellen Sie sich vor, Sie sind Richter in einem Land, in dem es die Todesstrafe gibt. Wie würden Sie damit umgehen?"

Eine weitere Bedeutung erhält das qualitative Experiment im Zusammenhang mit dem *Rollenspielexperiment* (*Sader* 1986, 1991). Hierbei handelt ein Teilnehmer als „als-ob-Charakter", der sich selbst als in einem Rollenspiel befindlich definiert. Das Rollenspielexperiment kann als Einstimmung vor oder als „Verstärker" während einer Befragung, einer Diskussion oder Beobachtung eingesetzt werden. Weiter können Handlungsmuster und Strukturen mit gespielten, konstruierten Situationen erforscht werden. Dabei können mit Hilfe der benannten Techniken und Handlungsstrategien verschiedene Veränderungen der gespielten Situation vorgenommen werden. *Sader* (1991) nennt vier Ziele, bei denen Rollenspielmethoden in Betracht gezogen werden können:

1. Wenn vielschichtige und komplexe Erlebnisse umfassend und sorgfältig beschrieben werden sollen.
2. Wenn der erlebte, räumlich-zeitliche Kontext des Versuchsgeschehens nicht ausgeblendet wird, sondern erhalten und miterfaßt werden soll.
3. Wenn den Teilnehmern ein möglichst breiter Handlungsspielraum gelassen werden soll.
4. Wenn non-verbale Ausdrücke erfaßt werden sollen.

Wie das qualitative Experiment hat auch das Rollenspielexperiment in der gegenwärtigen Methodenlehre keine besonders erhebliche Bedeutung. Andererseits ist mit beiden Ansätzen durchaus eine Anregung für das qualitative Denken gegeben.

Zur Rekapitulation des qualitativen Experiments:

1. Definition:

„Das qualitative Experiment ist der nach wissenschaftlichen Regeln vorgenommene Eingriff in einen (sozialen) Gegenstand zur Erforschung seiner Struktur. Es ist die explorative, heuristische Form des Experiments“ (*Kleining* 1986, S. 724).

2. Zur Methodologie:

Das qualitative Experiment ist bezüglich des *Abstraktionsniveaus* zwischen den Alltagsmethoden und dem quantitativen Experiment angesiedelt. Es nimmt hinsichtlich der *Nähe zum Untersuchungsgegenstand* ebenfalls eine mittlere Position zwischen diesen beiden Extremen ein. Das qualitative Experiment ist eine Methode, in der der Forscher aktiv handelt.

Die methodologischen Prämissen quantitativer Experimente, insbesondere Wiederholbarkeit, Hypothesenprüfung, Quantifizierung und Kausalanalyse sind irrelevant.

3. Handlungsstrategien:

1. *Maximierung/Minimierung,* d.h. das Suchen und Erforschen von extremen Situationen, Einstellungen und Handlungsweisen.

2. *Testen der Grenzen,* d.h. beobachten, wann Bedeutung zu Bedeutungslosigkeit, Struktur in Beliebigkeit umschlägt.

3. *Adaption,* d.h. einerseits viele Techniken möglichst flexibel einsetzen, andererseits zurückhaltender Umgang mit dem zu untersuchenden sozialen Gegenstand, maximale Erkenntnisse bei möglichst minimalem Eingriff.

4. Techniken zur Veränderung des Gegenstandes im qualitativen Experiment:

1. In bezug auf die *Gliederung* des Gegenstandes:
   a) *Separation/Segmentation,* d.h. die Teilung/Gliederung eines Gegenstandes in verschiedene Neben- oder Untergruppen. Unterschiedliche Gliederungen können unterschiedliche Arten von „Sinn" ergeben.
   b) *Kombination,* d.h. Teile werden auf andere Art wieder zusammengesetzt, als sie im Gegenstand vorgefunden wurden.

2. In bezug auf die *Einschränkung bzw. Ausdehnung* des Gegenstandes:
   a) *Reduktion/Abschwächung,* d.h. Teile des Gegenstandes werden entfernt und es wird beobachtet, ob und wie sich der Gegenstand verändert.

   b) *Adjektion/Intensivierung,* d.h. Teile werden hinzugefügt oder verstärkt; welche Teile werden angenommen, wie verändert sich der Gegenstand.

3. In bezug auf die *Umwandlung* eines Gegenstandes:
   a) *Substitution,* d.h. ein Teil eines Gegenstandes wird durch ein anderes Teil ersetzt.
   b) *Transformation,* d.h. Umwandlung eines Gegenstandes in einen anderen, der noch Merkmale des ursprünglichen Gegenstandes besitzt.

5. Die Bedeutung des qualitativen Experiments:

Das qualitative Experiment ist hinsichtlich seiner Methodologie und seiner Anwendung in der Forschungsrealität noch unterentwickelt.

8. Die biographische Methode

Wir haben diese Einführung in die Methoden qualitativer Sozialforschung mit der Fallstudie als qualitativem approach begonnen, um daran die Prinzipien qualitativer Forschung sehr allgemein darzustellen. Wir beenden mit diesem Kapitel die Ausführungen, indem wir auf eine spezifische Methode qualitativer Sozialforschung eingehen, die in prototypischer Weise die qualitative Methodologie verkörpert und sehr häufig auch als Methodentriangulation durchgeführt wird: die biographische Methode.

„Der Übergang in die Moderne wird üblicherweise als Individualisierungsprozeß im Sinne einer Freisetzung der Menschen aus ständischen und lokalen Bindungen, einer Pluralisierung der Lebensverhältnisse und eines Gestaltungsverlusts traditioneller Orientierungen gedeutet" (*Kohli* 1986, S.432). Dieses Thema ist schon seit Beginn unseres Jahrhunderts auch für die ‚Großen' der Soziologie von zentraler Bedeutung gewesen. Sie haben sich mit der Herauslösung des Individuums aus der Gemeinschaft und seiner Entlassung in die Gesellschaft beschäftigt.

Üblicherweise wurde aus dieser Überlegung der Schluß gezogen, daß die Moderne für das Individuum zugleich die Chance und – z. B. in zentralen Bereichen der Subsistenzsicherung – hinsichtlich Generativität oder grundlegender Gesellungsformen (vgl. *Fischer/Kohli* 1987, S.39) den Zwang birgt, sich selbst durch Wahl in der Gesellschaft zu verorten. „Dies ist sicher ein Stück weit zutreffend. Die so freigesetzten Individuen werden aber zugleich in einer neu entstehenden institutionellen Struktur gebunden, nämlich der des Lebenslaufs" (*Kohli* 1986, S.432). Dabei wird der Individualisierungsprozeß als Übergang von äußerer zu innerer, und damit zu schärferer, Kontrolle verstanden.

Die Reinstitutionalisierung des Individuums in den Lebenslauf drückt sich zum einen in einer Verstrickung in lebensgeschichtliche Muster aus, aus denen auszubrechen kaum möglich ist. An dieser Stelle sei auf den Begriff der *Normalbiographie hingewiesen, der den Lebensverlauf um das Erwerbsleben organisiert betrachtet und die erwerbsbezogene Dreiteilung von Vorbereitungs-, Aktivitäts- und Ruhephase auch für den Lebensverlauf vermutet.*

Zum anderen ist der „Übergang zu einer biographischen – d.h. vom Ich aus strukturierten und verzeitlichten – Selbst- und Weltauffassung" (*Kohli* 1986, S.432) bedeutsam. Das soziologisch-theoretische Konzept der ‚Biographie' schließt unmittelbar an das alltagsweltliche, von den Menschen erlebte Phänomen ‚Biographie' an; es beinhaltet Regelhaftigkeit und Emergenz gleichermaßen. „Dem entsprechend kann die soziologische Biographieanalyse sowohl dem Anliegen ‚subjektiver' wie ‚objektiver' Analyse gerecht werden" (*Fischer/Kohli* 1987, S.35).

Die Biographieforschung eröffnet den Sozialwissenschaften einen Zugang zur sozialen Wirklichkeit, bei dem die Individualität des Akteurs berücksichtigt bleibt und diese Individualität sozial verursacht und strukturiert gedacht wird.

8.1. Geschichte der biographischen Methode

Biographische Forschung ist vielen als Chiffre für einen empirischen Forschungsansatz und ein soziologisches Theoriestück weit weniger bekannt, als die großen Konkurrenten wie etwa die Systemtheorie bzw. die Theorie kommunikativen Handelns als theoretische Entwürfe oder z.B. der Kritische Rationalismus als methodologische Position. Daher folgt hier ein kurzer chronologischer Abriß der Entwicklung der biographischen Methode, der sich im wesentlichen auf einen Aufsatz von Martin *Kohli* (1981a), auf die Darstellung der biographischen Methode von *Fuchs* (1984) sowie auf den Artikel zur biographischen Methode von *Szczepanski* (1962) stützt. In allen drei Quellen spielen zwei große Forschungsprojekte bei der Beschreibung der Anfänge der biographischen Forschung eine wichtige Rolle: „The Polish Peasant in Europe und America" von *Thomas* und *Znaniecki* (1958) und die Abhandlung „The Jack-Roller" von *Shaw* (1930).

8.1.1. Ausgangslage zu Beginn des Jahrhunderts

„Die biographische Methode, auch Methode personaler Dokumente ... oder menschlicher Dokumente (heute hat sich die Bezeichnung Biographieforschung oder biographische Methode durchgesetzt; S.L.) genannt, trat in einem sehr bezeichnenden Entwicklungsmoment der Soziologie auf, als nämlich die Soziologen auf die Schaffung großer Synthesen, die das Wesen der menschlichen Gesellschaft und ihre allgemeinen Entwicklungsgesetze im ganzen erklären, verzichteten und zur empirischen Erforschung einzelner Gebiete des sozialen Lebens übergingen" (*Szczepanski* 1962, S.551). Doch wirkten die großen Synthesen und gesellschaftlichen Entwicklungsmodelle nach. Denn nach wie vor sahen die Sozialwissenschaftler „gleichgültig ob durch Marx, Durkheim oder Weber angeregt, ihre Aufgabe darin ..., die gesellschaftliche Produziertheit des gesellschaftlichen Lebens nachzuweisen" (*Fuchs* 1984, S.95). Individuell erlebte und produzierte Lebensgeschichte „bleibt so (mit der Ausnahme des Interaktionismus) aus dem Interessenfeld der großen Theorieentwürfe ausgeschlossen" (*Fuchs* 1984, S.95). Daher bildet die biographische Methode in der Geschichte der Soziologie „keine Hauptströmung, eher ein verzweigtes Nebensystem" (*Fuchs* 1984, S.95), das erst in jüngerer Zeit im Zusammenhang mit dem Erstarken des qualitativen Paradigmas wieder zu Ehren kommt.

Wohl an ihrem Status als unbedeutende Variante soziologischer Theoriebildung und empirischer Forschung mag es liegen, daß sich biographische Forschung zuerst in einer, aus westlicher Sicht so zu bezeichnenden, soziologisch-theoretischen Nische wie Polen entwickelt hat. „Als Beginn betrachten die meisten die Untersuchung von Thomas und Znaniecki (*Thomas/Znaniecki* 1958) über die polnischen Bauern in Polen und in den Vereinigten Staaten" (*Fuchs* 1984, S.98). *Znaniecki* übernahm 1920 in Polen eine Professur und gründete danach das Polnische Soziologische Institut; zu seinen ersten wissenschaftlichen Aktivitäten gehörte die Ausschreibung eines Wettbewerbs zur Sammlung von Autobiographien von Arbeitern

(1921; vgl. *Kohli* 1981a, S.285). Damit führte er die biographische Methode als zentralen Ansatz der empirischen Forschung in die polnische Soziologie ein. Später haben seine biographischen Arbeiten dann auch die theoretische und methodische Soziologie nicht unwesentlich beeinflußt.

Heute wird die methodologische Auseinandersetzung über die biographische Methode vornehmlich auf der Dimension „qualitativ vs. quantitativ" geführt. Die quantitativ orientierten Soziologen haben sich von der biographischen Methode abgewandt und scheinen auf sie auch als Tradition kaum Wert zu legen. Auf der anderen Seite scheinen die Vertreter dieses Ansatzes nur bedingt bereit zu sein, sich mit Kritik auseinanderzusetzen und nach Innovationen zu suchen.

Bevor man dies jedoch beurteilen und bewerten kann, muß man sich mit den Ursprüngen der biographischen Methode beschäftigen:

8.1.2. „The Polish Peasant in Europe and America"

Das – auch in der zweibändigen Ausgabe von 1958 leider vergriffene Werk – umfaßt über 2000 Seiten, auf denen eine fast unüberschaubare Fülle von Materialien – private Briefe, Kirchen- und Gemeindeakten sowie eine umfangreiche Autobiographie eines Polen – gesammelt ist. Doch beleuchten wir die einzelnen Kapitel des Werkes in ihrer Reihenfolge:

Zu Beginn steht eine über achtzig Seiten umfassende „methodological note". Diese Bezeichnung ist ein Understatement, denn in diesem einleitenden Kapitel, werden die methodologischen Neuerungen, die die Autoren einführen, erläutert und begründet: Zum einen (1) die – modern gesagt – idiographische und qualitative Vorgehensweise, bei der Hypothesen, theoretische Konzepte und Theorien erst aufgrund der erhobenen Materialien durch die Auswertung und Interpretation derselben entwickelt werden, und zum anderen (2) der spezifisch biographische Blickwinkel, bei dem der individuelle und subjektive Faktor bei der Betrachtung sozialer Phänomene betont wird.

(1) *Znaniecki*, einer der Autoren, ist ein Vertreter der Koexistenz von quantitativen, statistischen Verfahren der Surveys und der qualitativen Methoden des Einzelfallapproachs. Gegenüber Earl E. *Eubank*, der im Jahr 1934 die bekannten europäischen Soziologen und dabei auch *Znaniecki* besuchte, beschreibt letzterer seine Position unter dem Eindruck des Endes der 30er Jahre in den Vereinigten Staaten weit verbreiteten survey-approachs wie folgt: „In meinen Augen sind alle jenen soziologischen Versuche, alles quantifizieren zu wollen, absurd. Die qualitative Methode muß weiterhin zugelassen sein, gibt es doch so viele Erscheinungsformen, die nicht gemessen werden können" (*Znaniecki* in *Käsler* 1985, S.96).

Thomas und *Znaniecki* gehen in ihrer Einstellung zur biographischen Methode sogar so weit, sie als „Königsweg der Sozialforschung" zu charakterisieren. „We are safe in saying, that personal life-records, as complete as possible, constitute the *perfect* type of sociological material, and that if social science has to use other materials at all it is only because of the practical difficulty of obtaining at the moment a sufficient number of such records to cover the totality of sociological problems, and of the enormous amount of work demanded for an adequate analysis of all personal materials necessary to characterize the life of a social group" (*Thomas/Znaniecki* 1958, S.1832f).

Auch wenn sich im Text der methodologischen Einleitung kein expliziter Hinweis findet, so beanspruchen die Autoren implizit „ihre Theorie auf der Grundlage der Daten formuliert zu haben" (*Kohli* 1981a, S.279). Waren bisher in der empirischen Sozialforschung, wie auch später wieder, qualitative Materialien allenfalls in der explorativen Phase eines Surveys oder zur illustrierenden Ausschmückung der statistisch gewonnenen Befunde verwendet worden, so sollte nun Exploration und Interpretation des Materials die Hypothesen erst hervorbringen. Hypothesengenerierung sollte auf dem Wege des Forschens geschehen (vgl. *Kleining* 1982).

Gerade der Übergang vom methodisch kontrollierten Fremdverstehen des Materials zur Herausarbeitung eines theoretischen Konzepts ist auch in der neueren Diskussion um die qualitative Methodologie kaum ausgearbeitet. Zwar gibt es die Arbeiten *Jüttemanns* zur *komparativen Kasuistik* in der Psychologie (*Jüttemann* 1981; vgl. auch *Jüttemann/Thomae* 1987) und auch in der Soziologie finden sich einige Vorschläge, diesen Übergang genauer zu fassen: etwa durch *Idealtypen* (vgl. *Gerhardt* 1984) oder durch die *strukturale Rekonstruktion* (vgl. *Bude* 1982), doch im ganzen gesehen bleibt der Vorgang, durch den aus einer Handlungsfigur ein Handlungsmuster synthetisiert und herauspräpariert wird, weitgehend im Dunkeln. Auch bei *Thomas* und *Znaniecki* findet sich, obwohl man ihnen das wegen des frühen Erscheinungsdatums ihres Buches und der damals noch im Entstehen begriffenen Methodologie nicht vorwerfen kann, keine genaue Beschreibung dieses Vorgangs. „Völlig im Dunkeln bleibt der Prozeß, in dem aus den Daten theoretische Schlüsse gezogen ... werden" (*Kohli* 1981a, S.278).

(2) Das theoretische Konzept von *Thomas* und *Znaniecki* besteht darin, „daß Handlungen nicht aus dem Zusammentreffen von bedeutungshaltigen Objekten und (überdauernden) individuellen Handlungstendenzen ableitbar sind, sondern daß beides von Individuen in der aktuellen Situation in einem kognitiven Prozeß spezifisch aufeinander bezogen wird" (*Kohli* 1981a, S.277). „Die Autoren wenden sich ... gegen eine psychologische Konzeption, in der Gesellschaft als aus psychischen Eigenschaften abgeleitet gedacht wird. Die eigentliche Stoßrichtung zielt aber wohl gegen eine soziologistische Konzeption, in der das Individuum als Handlungsträger nicht mehr vorkommt" (*Kohli* 1981a, S.275f).

Auf methodologischer Ebene korrespondiert diese Konzeption mit dem Einzelfallapproach, durch den – neben objektiven Determinanten individuellen Lebens – auch die subjektive Seite eines Handlungsvollzugs erfaßt werden kann. Doch darf man nicht dem Trugschluß verfallen, das Ziel der wissenschaftlichen Analyse von authentischen biographischen Dokumenten richte sich auf die Persönlichkeitsorganisation. Ausdrücklich werden Lebensberichte und andere authentische Zeugnisse „als Abbild allgemeiner sozialer Prozesse und Bedingungen aufgefaßt" (*Fuchs* 1984, S.99). So schreiben *Thomas* und *Znaniecki* in der Einleitung der umfangreichen – im zweiten Band dokumentierten – Autobiographie von Wladek: „Wir werden jetzt der Lebensgeschichte eines Menschen folgen, der mitten in (einem) ...

Wandlungsprozeß lebt, der in seiner Umgebung keinen Platz für sich findet, weil seine grundlegenden Einstellungen ganz und gar dem alten Typ der Sozialorganisation entsprechen, während er aufgrund seines Sozialstatus nicht länger dieser Sozialorganisation zugehört und ohne dauerhafte Anleitung in verschiedenartige neue Bedingungen geworfen ist, denen er sich immer nur partiell und unvollständig anpassen kann" (*Thomas/Znaniecki* 1958, S.1117). Individualisierung wird deshalb soziologisch relevant, weil sie regelhaft und sozial verursacht ist. Deutlich ist zu erkennen, daß das Interesse an der Verwendung von Lebensgeschichten ein soziologisches und kein psychologisches ist.

Im Anschluß an die methodologischen Bemerkungen folgt in der Arbeit von *Thomas* und *Znaniecki* die Darstellung der sozialen Organisation und Disorganisation der ländlichen Polen und der polnischen Immigranten in den Vereinigten Staaten. Dies geschieht anhand der Geschichte der bäuerlichen „community" mit einer Familienordnung, die Individualisierung kaum zugelassen und gefordert hat (vgl. *Fuchs* 1984, S.98), bis zur Auflösung dieser Gesellschaft und der daraus folgenden Disorganisation ihrer ehemaligen Mitglieder in den Vereinigten Staaten. In diesem Abschnitt des Buches wird der Leser mit einer Fülle von biographischen Dokumenten konfrontiert: persönliche Briefe, Kirchen- und Gemeindeakten, Leserbriefe, Plakate, Anzeigen usw. Die einzelnen Dokumente werden von den Autoren chronologisch und thematisch geordnet und von Fußnoten begleitet präsentiert. In diesen Fußnoten werden die eigentlichen Interpretationsarbeiten geleistet und gleichzeitig soziologisch-theoretische Aussagen formuliert.

Exemplarisch soll hier ein persönlicher Brief von Elzbieta Markiewicz und die von den Autoren angebrachte Fußnote zitiert werden, um das Vorgehen zu dokumentieren. Das Materialstück stammt aus einer größeren Serie von Briefen der Mitglieder der Familie Markiewicz untereinander aus dem Jahr 1914. In dieser Serie wird zwischen den schon in den Vereinigten Staaten lebenden und den noch in Polen verbliebenen Familienmitgliedern über den Nachzug letzterer und dessen Finanzierung verhandelt. Aus den Dokumenten spricht neben der von den Autoren behandelten Disorganisation der Familienordnung auch die große Armut und das Elend der Polen in dieser Zeit. Hier wird der Brief Nummer 184 von Elzbieta Markiewicz an ihren, in den Vereinigten Staaten lebenden Bruder vom 14. Januar 1914 wiedergegeben:

Beispiel:
„DEAR BROTHER: (Letters and money received; letters sent; farm-work.) We have now grinding enough, because the windmill of Swiecka burned down not long ago. We could have more, but you know how our father grinds, a grain in two parts, and now everybody has a smooth palate. .... We work as much as we can, and for this we have every day fresh 'choleras' and ‚thunders' (swearing from the father), as you know. But what can be done? We must bear it, because it is impossible to shorten one's own life or to go a contrary way (sic?). You ask how much money there is in all. (Enumerates the sums in bank, etc.) Maksym. Przanowski has not yet given the money back; he says that it was to be for (building) the church. Probably we shall be obliged to make a complaint (to the court). Wincenty Przanowski hanged himself. Such is the whole nice species (Przanowski). Wladyslawa Markiewicz got married. Polcia was to marry that ‚cham' (Ham, the biblical person = ruffian), but it goes on lamely. As to me, I have

nothing to write you. The whole road of my life is sown with thorns. .... The man (probably, type of man) whom I could marry and even, if necessary, eat my bread in the sweat of my brow, is not in a hurry to marry me, while the kind not worth looking at obtrudes himself on me. And my character is such that instead of marrying and suffering woe I prefer to remain a maiden further. During my whole life I have been the prey of bad fortune, and so my life is being spent[1].

ELZBIETA MARKIEWICZ“

(*Thomas/Znaniecki* 1958, S.493).

Zu diesem Brief, der von den Autoren verkürzt und teilweise in Klammern kommentierend erklärt wurde, wird eine interpretierende Fußnote gegeben:

„[1] The difference between Elzbieta and Polcia (see the letters immediately following) is largely innate, but it must have been greatly increased by instruction and by the fact that Elzbieta had probably had better company by working outside of her home. The problem is important in a general way. To what extent is instruction alone able to produce class-distinction? And it may be noticed that in Poland it is more effective in this respect than elsewhere, incomparably more than in the United States. Independently of everything else, wherever instruction is appreciated at all, it creates a class-distinction as profound as birth, and more profound than money“ (*Thomas/Znaniecki* 1958, S.493).

An dieser Fußnote wird deutlich, daß die Autoren *Ausformungen allgemeiner sozialer Phänomene oder Probleme am Einzelfall aufzuzeigen versuchen* („The problem is important in a general way.“) *und daraus generalisierend theoretische Aussagen aus den Einzelfallbefunden und deren Interpretation ableiten* („Independently of everything else, wherever instruction is appreciated at all, it creates a class-distinction as profound as birth, and more profound than money.“).

„Um die von den Autoren erstrebten Forschungsziele ganz allgemein zu charakterisieren, könnte man sagen, sie wollten feststellen, wie sich die Formen der Familie, der Nachbarschaftsgruppen, die Eigenarten ihres Verhaltens, die Systeme der Lebensgewohnheiten und Sitten der Bauern, die aus Polen nach den Vereinigten Staaten emigrierten, unter dem Einfluß dieser Wanderung veränderten“ (*Szczepanski* 1962, S.551f). Dabei greifen die Autoren auf zwei große Materialquellen zurück: Zum einen auf die vielen Briefe und anderen Dokumente im ersten Band (nach der Ausgabe von 1958), zum anderen auf die umfangreiche Autobiographie von Wladek, die im zweiten Band auf etwa dreihundert Seiten ausgebreitet ist. Ursprünglich war diese selbstberichtete Lebensgeschichte weitaus umfangreicher (doppelt so lang), sie wurde jedoch von *Thomas* und *Znaniecki* (wer von beiden welchen Teil zu dem 2000 Seiten starken Werk beigetragen hat, ist nicht mehr rekonstruierbar) gekürzt und – ähnlich wie es mit dem Material im ersten Band geschehen ist – mit Fußnoten versehen, „in denen sich die Herausgeber informierend, interpretierend und verallgemeinernd dazu verhalten. Da werden Informationen zu Wladeks Lebensbericht angeführt, die allgemeine Lebensbeschreibungen betreffen; sie werden zum Teil aus den anderen verfügbaren Daten (Briefsammlung in Band I) bezogen“ (*Fuchs* 1984, S.101). In diesen Fußnoten wird, gemäß dem theoretisch-methodologischen Anspruch, der „Versuch zur Integration von ‚subjektiven‘ und ‚objektiven‘ Faktoren“ (*Kohli* 1981a, S.275) unternommen.

Insgesamt ist diese Studie von *Thomas* und *Znaniecki* „ein energischer Schritt hin zur empirischen Orientierung der Soziologie, ein Bruch mit der klassischen Tradition, die auf die Ausbildung von Gesellschaftstheorie als Aussagensystem über den Sozialzusammenhang hinarbeitet" (*Fuchs* 1984, S.104). Auch ihre theoretische Konzeption, die durch den Versuch der Integration der subjektiven Faktoren gekennzeichnet ist, wird weithin aufgenommen und zu einer theoretischen Grundlage für die Arbeiten der Chicagoer Schule und des Interaktionismus.

Doch schon in der zeitgenössischen Rezeption durch das *Social Science Research Council* in den dreißiger und vierziger Jahren dieses Jahrhunderts wird Kritik an der Durchsetzung und Verwirklichung des methodologischen Anspruchs laut. *Blumer* (1939) und im Anschluß an ihn *Allport* (1942) und andere bemerken zu *Thomas* und *Znaniecki*, daß sie ihre konzeptionellen Vorgaben in ihrem Werk nicht im Detail einlösen konnten, wohl aber in der grundlegenden Unterscheidung von objektivem und subjektivem Faktor und ihrer Interaktion erfolgreich waren. Vor allem wurde kritisiert, daß die theoretischen Aussagen nicht erst auf der Grundlage der Daten gewonnen und formuliert, sondern vermutlich schon vorher, aufgrund anderer Informationsquellen aufgestellt wurden. Das in den beiden Bänden gesammelte Material diente nur noch der Illustration und Plausibilisierung dieser a priori generierten Hypothesen.

Insgesamt kann man mit Fug und Recht behaupten, daß es *Znaniecki* war, der „die biographische Methode als zentralen Ansatz der empirischen Forschung in die polnische Soziologie" (*Kohli* 1981a, S.285) einführte. Seitdem wurde sie in Polen kontinuierlich verwendet und ausgearbeitet. „In Polen wurde von *Znaniecki* eine neue methodische Variante initiiert, nämlich die Ausschreibung von autobiographischen Wettbewerben" (*Kohli* 1981a, S.285), deren Popularität diese bald zu einer sozialen Bewegung mit breitem Echo und Interesse in der Bevölkerung werden ließ. Die Bescheinigungen, die die Teilnehmer an einem solchen Wettbewerb erhielten, standen so hoch im Kurs, daß viele im Krieg verlorengegangene Zertifikate nach Ende des Krieges als Zweitschrift angefordert und ausgestellt wurden. Für die Teilnehmer an einem Wettbewerb zeugten sie vom kulturellen Wert des jeweiligen Beitrags. Für Polen kann daher die biographische Methode als weit verbreitet und etabliert angesehen werden. Doch drangen die Befunde der Studien, die sich der biographischen Methode bedienten, erst spät in den deutsch- oder englischsprachigen Raum vor, da die Sprachhemmnisse unüberwindlich schienen.

Bei der Geschichte der biographischen Forschung handelt es „sich um den – in der Geschichte der Sozialforschung einmaligen – Fall, daß eine methodische Tradition sich über einen gewissen Zeitraum fast ausschließlich in einer nationalen Wissenschaftskultur entfaltet hat und diese sich zur Thematisierung ihrer Gesellschaft fast ausschließlich dieser Methode bediente" (*Kohli* 1981a, S.283).

8.1.3. Die Chicagoer Schule

Der *idiographisch-offene und sich auf den Einzelfallapproach stützende methodische Ansatz* von *Thomas* und *Znaniecki* verbreitete sich – trotz der sprachlichen Hemmnisse – über die Grenzen Polens hinaus bis in die Vereinigten Staaten und wurde dort rezipiert. Er „bildet einen wesentlichen Ausgangspunkt der Chicagoer Schule und damit der Theorierichtung, die zwanzig Jahre später als ‚symbolischer Interaktionismus' bezeichnet wurde" (*Kohli* 1981a, S.275, Anm. 7).

„Im Umkreis der Chicago-Schule der Soziologie ... werden die Anregungen von *Thomas* und *Znaniecki* von Kollegen und Studenten aufgenommen, Untersuchungen zur Problematik der Immigranten, zur Lebensweise von Kriminellen und devianten Gruppen, zu anderen Fragen einer urbanisierten, durch Massenelend und kulturelle Differenzen und Kriminalität zu charakterisierenden Gesellschaft entstehen" (*Fuchs* 1984, S.105f.). Das methodische Instrumentarium wird hier erheblich ausgeweitet. Greifen *Thomas* und *Znaniecki* noch auf bereits vorhandene persönliche Dokumente zurück – sie verwandten persönliche Briefe, Akten, Leserbriefe und Plakate – oder vom Autobiographen im Auftrag der Autoren selbst niedergelegte Lebensbeschreibungen (heute vermutet man, daß der große Umfang der Autobiographie von Wladek darauf zurückzuführen ist, daß dieser pro geschriebene Seite bezahlt wurde (vgl. *Fuchs* 1984)), so gehen die Soziologen der biographischen Chicagoer Schule dazu über, persönliche Dokumente und autobiographische Beschreibungen eigens für die soziologische Untersuchung methodisch kontrolliert zu erzeugen. Dazu werden die (teilnehmende oder unentdeckte) Beobachtung sowie das qualitative Interview verwendet.

8.1.4. Das Social Science Research Council

Schon lange bevor die Chicagoer Schule ihren Namen bekommt, erfährt das Werk von *Thomas* und *Znaniecki* in den Vereinigten Staaten eine Rezeption, „die bereits eine institutionelle Organisation aufweist, nämlich die Kommentare und Diskussionen im Rahmen seiner Behandlung durch den Social Science Research Council (SSRC) im Jahr 1939" (*Kohli* 1981a, S.274).

Diese institutionelle Rezeption ist eingebunden in eine breite Diskussion über nicht-quantifizierende Verfahren. Den Anfang macht *Dollard* mit seinen Abhandlungen über die Erhebung von Lebensgeschichten (*Dollard* 1935) und über biographisches Material (*Dollard* 1938) in der Gemeindeforschung. 1939 gibt *Blumer* in einem Tagungsreferat, das später erweitert als Monographie erscheint, einen kritischen Rückblick. „Blumers Hauptargument ist, daß Thomas und Znaniecki entgegen ihren methodologischen Ansprüchen das biographische Material weniger zur Herausarbeitung oder Überprüfung von Theorien der Sozialpersönlichkeit oder des sozialen Wandels benutzt haben, sondern ihre theoretischen Überlegungen offensichtlich weithin unabhängig von der Erhebung und Bearbeitung des Datenmaterials entwickelt haben" (*Fuchs* 1984, S.111).

1942 verfaßt *Allport* im Rahmen des *Social Science Research Councils* ein engagiertes Plädoyer für die Verwendung von ‚personal documents' in der Psychologie. Bei der Bewertung von *Thomas* und *Znanieckis* „The Polish Peasant in Europe and America" schließt sich *Allport* – wie das auch die meisten anderen Rezipienten tun – im Tenor und in der Stoßrichtung seiner Kritik *Blumers* Einschätzung an. Auch *Allport* ist kein strenger Verfechter der biographischen Methode: „Im Streit zwischen nomothetischen und idiographischen Wissenschaftskonzeptionen versucht Allport ... eine vermittelnde Position" (*Fuchs* 1984, S.114), wobei er einerseits sowohl die Brauchbarkeit biographischer Materialien für die Vorbereitung eines quantitativen Projekts in der explorativen Phase, als auch den Wert der biographischen Methode zur Korrektur und Förderung neuer Theorien durch Einzelfallstudien betont, andererseits aber auch nicht die Obsolenz des survey-approachs bestreitet (vgl. *Fuchs* 1984).

1945 folgen dann, wiederum im Rahmen des *Social Science Research Councils*, weitere Gutachten zur Verwendung von ‚personal documents'. *Kluckhohn* (1945) stellt eine ausführliche Einführung in die Feldforschung vor, in der auch das biographische Interview behandelt wird.

Angell (1945) schließlich gibt eine breite Darstellung der ‚personal document method'. Dabei kritisiert er an den bis dato erschienenen qualitativen Studien die Unschärfe der Hypothesen und Theorien, sowie die daraus resultierende geringe Überprüfbarkeit derselben.

Für die weitere Behandlung der biographischen Methode in den Vereinigten Staaten ist zu erwähnen, „daß ein Interesse für die biographische Methode sich nach 1945 im wesentlichen nur noch in der Devianzforschung hielt. Abgesehen davon brach die Entwicklung ab und verschwand damit aus dem Horizont der allgemeinen methodologischen und theoretischen Diskussion" (*Kohli* 1981a, S.287). Vielmehr setzen sich nun im Bereich der Methoden das statistische Kalkül und im Bereich der theoretischen Entwürfe der strukturfunktionale Ansatz durch.

Der Niedergang der biographischen Methode zeichnet sich schon seit 1930 ab, denn „die Debatte im SSRC erfolgt zu einer Zeit, als der Höhepunkt dieses Ansatzes bereits vorüber war; die methodischen Gutachten von *Allport* (1942) und *Gottschalk* et al. (1945) vermochten diese Entwicklung nicht zu stoppen" (*Kohli* 1981a, S.281). Im Gegensatz dazu erfreute sich die biographische Methode in Polen – wohl unter dem persönlichen Einfluß von *Znaniecki* – weiterhin Verbreitung und Beliebtheit.

8.1.5. „The Jack-Roller"

Doch blenden wir noch einmal fünfzehn Jahre zurück. Als erster Höhepunkt der Entwicklung der biographischen Methode wurde das – in der ersten Ausgabe fünfbändige – um 1920 erschienene Werk von *Thomas* und *Znaniecki* referiert. „Als zweiter Höhepunkt der biographischen Forschung jener Jahre können die 1930 und 1931 erschienenen Arbeiten von Cliford R. *Shaw* gelten (*Shaw* 1966; 1968); ihnen gelingt eine methodisch klarere Beziehung zwischen autobiographischem Zeugnis und anderen Forschungsdaten, als dies der Studie über den polnischen Bauern möglich war" (*Fuchs* 1984, S.106). Beide Studien sind in der Devianzforschung angesiedelt und beschäftigen sich mit straffällig gewordenen Jugendlichen. „Die Arbeit über den Jack-Roller (*Shaw* 1966) ist eine Einzelfallstudie über einen jugendlichen Straftäter, der im Buch als Stanley auftritt (ähnlich angelegt die Arbeit über Sydney: *Shaw* 1968). Es handelt sich dabei um einen Fall aus 200 ähnlichen Studien über jugendliche Mehrfachtäter unter siebzehn Jahren, die alle zum Zeitpunkt der Untersuchung unter Bewährungsaufsicht waren" (*Fuchs* 1984, S.106).

Shaw beleuchtet in seinen Studien typisches Verhalten und Verhaltensprobleme sowie den sozialen Hintergrund der auffällig gewordenen Jugendlichen. Doch ist die Arbeit von *Shaw* im Zusammenhang mit der hier behandelten Geschichte der biographischen Methode gar nicht so sehr von inhaltlichem Interesse, sondern vielmehr wegen ihres methodischen Vorgehens von Bedeutung.

Über den Stellenwert des Einzelfalls äußert sich *Shaw*: „The case is published to illustrate the value of the ‚own story' in the study and treatment of the delinquent child" (*Shaw* 1930, S.1). Unter ‚own story' hat man sich den Eigenbericht, die selbsterzählte Geschichte des bisherigen Lebens oder eines Teils davon vorzustellen. Den Wert solcher Eigenberichte schätzt *Shaw* sehr hoch ein, denn sie haben folgende Vorteile und Besonderheiten: „The unique feature of such documents is that they are recorded in the boy's own words, and are not translated into the language of the person investigating the case" (*Shaw* 1930, S.1).

Die Einzelfallstudie besteht nach *Shaw* aber nicht nur aus dem selbsterzählten Eigenbericht der Untersuchungsperson, sondern nach Möglichkeit aus zusätzlichen Angaben über die Familiengeschichte, über psychische und physische, sowie über etwaige soziale Auffälligkeiten (Vorstrafen usw.). Dieses weitergehende Material wird aus folgendem Grund zusätzlich zur selbsterzählten Lebensgeschichte erhoben: „As a safeground against erroreous interpretations of such materials [gemeint sind die selbsterzählten Lebensberichte; S.L.] it is extremly desirable to develop the ‚own story' as an integral part of the total case history" (*Shaw* 1930, S.2). Denn: „in the light of such supplementary material it is possible to evaluate and interpret more accurately the personal document. It is probable that in the absence of such additional case material any interpretation of the life-history is somewhat questionable" (*Shaw* 1930, S.2).

Hier haben wir es mit einem methodologischen Ansatz zu tun, bei dem sich der Forscher schon weitgehend von der quantifizierenden Forschungslogik gelöst hat. Qualitatives Material wird nicht mehr nur zur Illustration oder Exploration verwendet, sondern vielmehr als eigentliche Datenquelle, die durch andere, harte Daten aus anderen Quellen ergänzt werden. Durch diese Methodentriangulation wollte *Shaw* die Wahrhaftigkeit der Aussagen des straffällig gewordenen Jugendlichen überprüfen.

Heute sind die Vertreter der qualitativen Methodologie weitgehend von der Überprüfung der Ehrlichkeit der z. B. in offenen Interviews erzählten Lebensgeschichten abgekommen. Dies geschieht zum einen, weil man annimmt, daß sich

Personen nur unter sehr großen Mühen aus dem, der Textform Erzählung innewohnenden, Zwang zur vollständigen und vor allem authentischen Erzählung befreien können. Nur bei kommunikativ hochgradig kompetenten Erzählern ist zu befürchten, daß sie nicht ehrlich erzählen. Dies geschieht zum anderen, weil man davon ausgehen muß, daß Personen, die rückblickend ihr Leben oder Teile daraus erzählen, retrospektiv deuten und bewerten. D.h., die Wahrhaftigkeit der biographischen Ereignisse wird durch den Erzählzwang (bei *Schütze* 1977) oder durch Rückfragen bei Unklarheiten und Widersprüchen (bei *Witzel* 1982) sichergestellt. Die damalige Deutung und Bewertung der biographischen Ereignisse hingegen ist nicht mehr zugänglich und auch gar nicht von vorrangigem Interesse. Vielmehr sind die Forscher gerade an den retrospektiven Deutungen und Bewertungen interessiert, an denen dann soziale Handlungsmuster herausgearbeitet werden.

8.1.6. Neuere Entwicklungstendenzen

Nachdem das Interesse an der biographischen Methode seit der Behandlung im *Social Science Research Council* in der amerikanischen und auch in der von dieser nach dem Zweiten Weltkrieg stark beeinflußten deutschen Soziologie zurückgegangen ist, stellt sich seit Mitte der siebziger Jahre eine Trendumkehr ein. „Inzwischen ist die Beschäftigung mit der biographischen Methode als Teil derjenigen mit qualitativer Sozialforschung insgesamt wieder stärker geworden" (*Kohli* 1981a, S.287). Besonders seit Beginn der achtziger Jahre sind sowohl eine Reihe von theoretischen, methodologischen Abhandlungen als auch Abschlußberichte mehrerer empirischer Studien, die sich der biographischen Methode bedienen, erschienen.

1981 wird der schon mehrfach genannte Aufsatz von M. *Kohli* publiziert, drei Jahre später dann das Lehrbuch zur Biographieforschung von W. *Fuchs*. In diesem Band wird neben einer Geschichte der Biographieforschung und dem Versuch der Begründung der alltagsweltlichen Verankerung der Biographieforschung eine ausführliche – vor allem wenig normative Darstellung – des Ablaufs des Forschungsprozesses mit all seinen Haken und Ösen aufgezeigt. Der Forschungsprozeß wird nicht als in sich geschlossenes und verregeltes System beschrieben, sondern als Konglomerat von Techniken und Methoden, die nicht immer problemlos anwendbar sind und viele Fragen unbeantwortet lassen.

Daneben gibt es eine Reihe von Readern, in denen methodische Aufsätze und Praxisberichte gleichermaßen vertreten sind. Dazu sei auf *Kohli* (1978a), *Matthes* et al. (1981), *Voges* (1987) und *Kohli* und *Robert* (1984) verwiesen. In jüngster Zeit ist auch eine Zeitschrift gegründet worden, die sich mit *Oral History* und daneben auch mit Biographieforschung beschäftigt (BIOS). All dies deutet darauf hin, daß sich Biographie zu einem reputierlichen Gegenstand soziologischer Forschung gemausert (vgl. *Fischer/Kohli* 1987) hat.

Das Erstarken des Interesses an der biographischen Methode – besonders in den achtziger Jahren in der Bundesrepublik – ist auf das Aufeinandertreffen zweier Entwicklungslinien in der deutschen Soziologie zurückzuführen (vgl. *Kohli* 1981a):

(1) Die marxistisch orientierte Industriesoziologie und Soziologie des Arbeiterbewußtseins. In diesem problemspezialisierten Bereich der soziologischen Forschung geht es um die „Geschichte der Subjekte, womit zugleich ein präziser Bezug auf die massiven historischen Veränderungen der Lebensverhältnisse während der letzten Jahrzehnte erhofft wurde“ (*Kohli* 1981a, S.289). Die historische Veränderung individueller sozialer Bezüge und kognitiver Strukturen kommt, wenn man einmal die Problemorientierung der Industriesoziologie und der Soziologie des Arbeiterbewußtseins außer Acht läßt, dem methodischen Vorgehen der biographischen Forschung sehr nahe.

(2) Die Renaissance interpretativer und phänomenologischer Ansätze führt zu einer differenzierten Ausarbeitung des handlungstheoretischen Paradigmas. Die Umorientierung der theoretischen Soziologie von System und Struktur hin zu Alltag und Individuum bildet mit ihren methodologischen Implikationen die zweite Entwicklungslinie, aus der das Interesse an der biographischen Forschung resultiert.

8.1.7. Stenogramm der geschichtlichen Entwicklung

- „Die biographische Methode, auch Methode personaler Dokumente ... oder menschlicher Dokumente (heute hat sich die Bezeichnung Biographieforschung oder biographische Methode durchgesetzt; S.L.) genannt, trat in einem sehr bezeichnenden Entwicklungsmoment der Soziologie auf, als nämlich die Soziologen auf die Schaffung großer Synthesen, die das Wesen der menschlichen Gesellschaft und ihre allgemeinen Entwicklungsgesetze im ganzen erklären, verzichteten und zur empirischen Erforschung einzelner Gebiete des sozialen Lebens übergingen“ (*Szczepanski* 1962, S. 551).
- Das erste große, biographisch orientierte Forschungsprojekt wurde von *Thomas* und *Znaniecki* Ende der 20er Jahre dieses Jahrhunderts durchgeführt („The Polish Peasant in Europe and America“).
- Dieses Werk wurde dann im Social Science Research Council (SSRC) kritisch rezipiert und beeinflußte von da an die empirisch orientierten Sozialwissenschaftler der Chicagoer Schule.
- Als zweites Initialwerk können die beiden Studien von *Shaw* über straffällige Jugendliche gelten.
- Seit den 40er Jahren ist die biographische Methode ebenso wie andere qualitative Ansätze durch das statistische Kalkül verdrängt worden.
- Erst in jüngerer Zeit tritt die Biographieforschung im Zusammenhang mit dem Erstarken des interpretativen Paradigmas wieder in den Vordergrund.
- Im deutschen Sprachraum sind hier besonders die Autoren *Fuchs* und *Kohli* zu nennen.

8.2. Begriffliche Gegenstandsbestimmung

Die Auswertung von persönlichen Dokumenten (Tagebücher, Briefe, Memoiren, Autobiographien, Zeugenaussagen etc.) oder die Rekonstruktion von Lebensläufen (durch Befragung) wird als biographische Methode bezeichnet. Es bestehen allerdings unterschiedliche Definitionen über den Begriff biographisches oder persönliches Dokument: Nach *Allport* (1942) sind persönliche Dokumente „alle Selbsterzeugnisse, die beabsichtigt oder unbeabsichtigt Aufschlüsse über die Struktur, Dynamik und Funktion des Bewußtseins ihres Verfassers geben" (*Alemann/Ortlieb* 1975, S.170). *Blumer* hingegen definiert: „Rechenschaftsberichte aus der Erfahrung einer Person, die ihre Tätigkeit als Mensch und als Teilnehmer im sozialen Leben darlegt" (1939, S.29) und *Szczepanski* schreibt: „Methode biographischer Dokumente nennen wir eine Forschungsweise, bei der man zur Lösung eines Problems ausschließlich Materialien sammelt, die menschliche Äußerungen über ihre Beteiligung an Ereignissen und prozeßartigen Geschehnissen enthalten; auf der Grundlage solcher Berichte gibt man eine Beschreibung dieser Prozesse und stellt Erklärungshypothesen auf" (1962, S.553).

Diese Definitionen enthalten einen gemeinsamen Kern. So meint *Redfield*, daß „das eigentliche Element in ihnen dasselbe ist: ein menschliches oder persönliches Dokument nennt man ein solches, in dem menschliche oder persönliche Züge des Verfassers derart zum Ausdruck kommen, daß der Leser seine Ansichten bezüglich der Ereignisse, die das Dokument behandelt, erkennt" (1945, S.VII). Gemeinsamkeit besteht bei diesen Definitionen darüber, daß die persönlichen Dokumente für das Erkennen der psychischen Haltungen und der Motivationen der zu erforschenden Person bedeutsam sind, daß sie Einblick in fremde seelische Zustände geben, die das Verhalten des Einzelnen im Gruppenleben bestimmen (vgl. *Szczepanski* 1962, S.556).

In diesem Zusammenhang muß zwischen *Lebensverlauf* und *Biographie* unterschieden werden. Der *Lebensverlauf* dokumentiert die Folge faktischer Lebensereignisse. Die *Biographie* ist die Interpretation beziehungsweise *Rekonstruktion* dieses Lebensverlaufs. Biographische Daten sollten soziale Situationen, an denen der Autor teilgenommen hat, in ihrem Verlauf darlegen, wobei er seine persönliche Auffassung zu ihnen und sein Verhalten in diesen beschreibt.

Zentrales Merkmal der theoretischen Voraussetzungen der biographischen Methode ist der Versuch zur Integration von „subjektiven und objektiven" Faktoren, d.h. es wird davon ausgegangen, daß das „Soziale" nur als Ergebnis einer ständigen Interaktion des individuellen Bewußtseins und der objektiven sozialen Wirklichkeit gesehen werden kann. Dabei läßt sich der biographisch forschende Wissenschaftler von Alltagsmenschen deren Leben oder einen großen Teil davon meist mündlich-persönlich erzählen oder berichten. Dabei ist die Darstellung des Verhältnisses von Individuum und Gesellschaft nicht auf individuelle Prozesse, sondern auf soziale Komplexe gerichtet. Dies gilt auch für die Autobiographie, bei der der Einzelne als Repräsentant einer Gruppe oder Kultur gesehen wird.

Der Zugang über die Sicht des einzelnen Handelnden ist erforderlich, weil soziale Organisation als das Ordnen von Handlungsproblemen zu konzeptualisieren ist. Dabei kommt der subjektive Standpunkt des Handelnden vor allem in Autobiographien in seiner „Totalität" zu Ausdruck. Es wird davon ausgegangen, daß empirische Materialien ihre theoretische Bedeutung nicht in sich selbst enthalten, sondern sie werden erst dadurch sinnvoll interpretiert, daß sie in einen theoretischen Kontext gestellt werden. Dies läßt sich auch am Bestreben erkennen, über Materialien, die die subjektive Perspektive einzelner Individuen wiedergeben, zu einer Gesellschaftsanalyse zu kommen. „Wie verschieden auch immer in den soziologischen Modellen das Verhältnis Individuum – Gesellschaft konzipiert wird, Biographisches ist als soziales Faktum Ausdruck dieser unaufhebbaren, spannungsreichen Relation" (*Fischer-Rosenthal* 1991, S. 253).

Im „Polish Peasant" geht es darum, den Nachweis zu bringen, daß „fremde" Kulturen oder Minoritäten, wenn man sie von ihrer inneren Struktur aus betrachtet, eine eigene sinnvolle Lebensform haben. Es geht um den Nachweis der internen Logik. Ferner wird gezeigt, daß Defizite und Desorganisationsformen der „abweichenden" Kulturen sozial produziert sind. (Von diesen Ergebnissen ausgehend ist es bezeichnend, daß die biographische Methode im Rahmen des Symbolischen Interaktionismus vor allem in der Analyse von Devianz weiterverwendet wurde.)

Mit Hilfe der biographischen Methode „sollen sowohl die Erlebnisse in ihrer chronologischen und konkreten Abfolge deutlich werden, wie der Einfluß der Wirkungsfaktoren der Umwelt ..., so daß man diese Umwelt gleichermaßen durch ein ‚soziales Mikroskop' (E.W. Burgess) in der ganzen Komplexität ihres Einwirkens wahrnimmt" (*Scheuch* 1970, S.218). Hiermit sind bereits die beiden wesentlichen soziologischen Zugänge, die die Biographieforschung zur sozialen Welt eröffnet, benannt: die Untersuchung der *individuellen Lebensgeschichten* und die Auffindung von *Regelmäßigkeiten in diesen Biographien* (1) einerseits, sowie die Identifikation *individuell ausgeformter sozialer Phänomene, die Lebensgeschichten strukturieren*, andererseits (2).

1. Die individuelle Lebensgeschichte und ihre Regelmäßigkeiten

Die eigene Lebensgeschichte ist eine wichtige Orientierungsfolie für die Selbstdefinition und für das weitere Handeln. Die eigene Biographie wird von den Alltagsmenschen aus der Gegenwartsperspektive retrospektiv in lebensgeschichtlichen Schilderungen systematisiert, ohne daß diese Biographie dem Alltagsmenschen deshalb standardisiert oder strukturiert erschiene. „Lebensgeschichten verstehen wir meist als privates Thema, als Gesprächsebene von besonders persönlichem Akzent. Irgendwie ... kommt es uns so vor, als ob es sich um ein ungesellschaftliches Thema handelt, in dem wir so zur Sprache kommen, wie wir eigentlich sind. Es läßt sich jedoch leicht zeigen, daß wir bei der Strukturierung unserer Lebenserfahrungen zu einer Lebensgeschichte, die andere verstehen können, auf gemeinsam geteilte Ordnungsprinzipien zurückgreifen" (*Fuchs* 1984, S.31). Dabei gibt es eine Reihe von sozial vorgeformten biographischen Verläufen, in deren Bahnen sich individuelle Lebensgeschichten abspielen. Individuelle Lebensgeschichte formt diese biographischen Verläufe aus und wird durch diese aber auch in ihrer Kontingenz beschränkt. „Deutlich, um einer wesentlichen Fehlrezeption biographischer Forschung entgegenzutreten: Nicht das Individuum ist Thema soziologischer Biographieforschung, sondern das soziale Konstrukt ‚Biographie'" (*Fischer/Kohli* 1987, S.26).

Dieses soziale Konstrukt legt die Spannweite dessen fest, „was im Leben von Gesellschaftsmitgliedern nacheinander kommen muß oder soll, welche biographischen Bereiche gleichzeitig durchlebt werden können" (*Fischer/Kohli* 1987, S.28) und welches Handeln aufgrund der bisherigen Lebensgeschichte anschlußfähig ist. Diese biographischen Präskripte werden von Menschen aus Fleisch und Blut zu individuellen Leidens- und Lebensgeschichten ausgeformt. Doch – und das macht die subjektive Perspektive des biographischen Ansatzes aus – wird dem Alltagsmenschen ein voluntaristischer Anteil zugestanden, der die Auswahl der auszuformenden Verlaufsmuster mitbestimmt. Wenn wir leben, machen wir „Anleihen an sozial angebotenen Formularen subjektiven Lebens" (*Bude* 1984, S.12). Umgekehrt kann der biographisch forschende Wissenschaftler über die Analyse der Ausformungen individuellen Lebens die sozial vorgeformten Verlaufsmuster erschließen.

2. Die individuelle Ausformung sozialer Tatbestände

Die Analyse der sozial vermittelten Formulare biographischer Verläufe im Alltag bildet nicht den einzigen Zugang zu sozialen Phänomenen. Zwar wird in der Biographie die individuelle Lebensgeschichte thematisiert, in der soziale Faktoren als strukturierende Momente dem ersten Anschein nach keine Rolle spielen. *Individuelle Lebensgeschichte spielt sich situativ aber immer im Spannungsfeld zwischen subjektiver Gestaltungskraft und Handlungsautonomie einerseits und sozialen Determinanten und Einschränkungen der Handlungskontingenz andererseits ab.* Auch wenn also soziale Determinanten in den individuellen Lebensgeschichten nicht explizit benannt werden, so kann man doch an den Reaktionen auf und den Auffassungen von sozialen Determinanten soziale Ausformungen und Muster feststellen, die in alle, in einer Biographie thematisierten, Lebensbereiche strukturierend eingreifen. Soziale Phänomene erscheinen dem Sozialforscher hier durch lebensgeschichtliche Erzählungen des Individuums gebrochen.

Beim Zugang zur sozialen Wirklichkeit macht sich der Forscher den Umstand zunutze, „daß die Kategorien, mittels derer die Handelnden ihre Welt aufordnen, immer schon sozial vermittelte sind; individuelle Narrationen (im biographischen Interview; S.L.) sind daher von vornherein gesellschaftlich strukturiert" (*Hildenbrand* et al. 1984, S.29).

Man erhält also Informationen, welche Aspekte bei der Gestaltung individuellen Lebens besonders wichtig sind, nach welchen Gesichtspunkten biographische Kontinuität hergestellt wird, welche Werthaltungen lebensgeschichtlichen Orientierungen zugrundeliegen. Daran, wie die Menschen ihr vergangenes Leben ordnen, wie sie zukünftiges Handeln perspektivisch anlegen und wie sie bestimmte Ereignisse und Lebensphasen bewerten, kann man feststellen, an welchen sozialen Komponenten sie sich orientieren, die die Fixpunkte individueller lebensgeschichtlicher Variation – die ihrerseits in den Bahnen überindividueller Muster verläuft – definieren. Nicht immer ist klar zu unterscheiden, was auf personale Idiosynkrasie und was auf sozial vermittelte, also auf allgemeine individuelle kognitive Dispositionen zurückzuführen ist. Dieses Problem stellt eine Variante eines allgemeinen Problems der qualitativen Sozialforschung dar: Wie kann der Forscher sicherstellen, daß die durch die Anwendung des Einzelfallapproachs gewonnenen Befunde einen bestimmten Grad an Allgemeinheit (also einen überindividuellen Charakter) aufweisen, um sie entsprechend generalisieren zu können? (Der Repräsentationsschluß im quantitativen Sinne ist ja nicht möglich und auch nicht angestrebt.)

Wenn der Begriff „Biographie“ im Sinne eines theoretischen Konzeptes verwendet wird, geht es um die Einbeziehung von Subjektivität und um die Konstruktion oder Rekonstruktion von Ereigniszusammenhängen in einer faßbaren Form. Zum einen kann das biographische Material als Ergänzungs- und Hilfsmaterial angesehen werden, dem vornehmlich bei der Hypothesenbildung, bestimmte Erhellungsfunktion zukommt (Beispiel: bei allgemeiner Umfrageforschung und bei Felduntersuchungen). Hier ist die Biographie eine ergänzende Methode, ein zusätzliches Instrument für die Gewinnung neuartiger, ergänzender Materialien.

Zum anderen können biographische Dokumente auch als einzige und ausreichende Materialien, die eine Lösung aller soziologischen Probleme erlauben, benützt werden. Persönliche Lebensbeschreibungen stellen die vollkommenste Art soziologischen Arbeitsmaterials dar, wenn sie so vollständig wie nur möglich sind. Der Forschungsprozeß erschöpft sich im Sammeln, Lesen und Aufarbeiten von biographischen Materialien. *Chalasinski* (1938) gibt an, daß er an Problemen menschlicher Einstellungen und am Ablauf der Entwicklung der Persönlichkeit interessiert sei. Zu diesem Zweck verwendet er biographisches Material nicht als die einzige aber als hauptsächliche Erkenntnisquelle, die es verdient, den Erkenntnissen, die mit Hilfe von statistisch orientierten Stichproben gewonnen wurden, gleichgestellt zu werden. In bestimmten Zweigen der Ethnopsychologie und der allgemeinen kulturanthropologischen Sozialpsychologie werden ausschließlich biographische Materialien verwendet.

Die Biographieforschung versucht mit ihrem Ansatz zwischen einer rein voluntaristischen Handlungstheorie und einer ohne Berücksichtigung des Individuums angelegten strukturalistischen Theorie zu vermitteln, indem sie auf die *soziale Verregelung der Individualität* verweist und diese zum Ausgangspunkt ihres Zugangs zur sozialen Wirklichkeit macht.

Neben dieser eher theoretischen Argumentation über den Zugriff der Biographieforschung auf die soziale Wirklichkeit gibt es auch eine Reihe praktischer, im Alltag von Wissenschaft und Wissenschaftlern begründete, Erwägungen, die die Analyse individueller Lebensgeschichten interessant erscheinen lassen:

(1) Für die Forscher eröffnet die Anwendung der Biographieforschung die Möglichkeit, sich „über unterschiedliche Lebens- und Wertauffassungen, über

die kulturelle Vielfalt der Gesellschaft zu unterrichten" (*Fuchs* 1984, S.136). Der Verstehenshorizont, der vorwiegend durch Mittelschichtnormen geprägten Wissenschaftler, wird durch das Studium der Lebensgeschichten anderer Bevölkerungskreise erheblich erweitert. Diese Erweiterung des Horizontes bezieht sich zum einen auf die Lebens- und Wertauffassungen anderer sozialer Schichten, zum anderen aber auch auf Lebens- und Wertauffassungen von Menschen in kritischen „Situationen, wie extremer Armut, Konflikt zwischen verschiedenen Kulturmustern, Konzentrationslager" (*Lazarsfeld* 1975, S.147).

(2) Biographische Forschung ermöglicht durch ihre Orientierung an und Analyse von subjektiven Handlungsorientierungen einen besseren Einblick in „das Handlungsverständnis und das Handeln innerhalb bzw. unterhalb der Regeln institutioneller Strukturen" (*Fuchs* 1984, S.142).

(3) Die Anwendung der biographischen Methode kann das Ziel haben, von der biographischen Erzählung auf grundlegende Persönlichkeitsmerkmale und -strukturen zu schließen. Diesem Forschungsziel liegt die Annahme zugrunde, daß Tiefenstrukturen der Persönlichkeit schon in der frühen Phase der primären Sozialisation vermittelt werden und dann die basalen Orientierungsmuster des Erwachsenen beeinflussen. Biographische Erzählungen sind in diesem Zusammenhang das Material, an dem basale Orientierungsmuster aufgedeckt werden können.

(4) Schließlich gibt es empirische Projekte, die sich mit der sozialen Formtradition ‚biographische Erzählung' beschäftigen. „Wie baut ein Sprecher seine lebensgeschichtliche Erzählung auf? Welche Varianten gibt es? Und in welchen Konstellationen treten sie auf?" (*Fuchs* 1984, S.149). Hier werden Fragen bearbeitet, die die formale Gestalt der biographischen Erzählung und anderer biographischer Formtraditionen (Tagebuch, Beichte) betreffen. Empirische Projekte, die dieses letzte Ziel verfolgen, dienen der methodischen Absicherung des biographischen Vorgehens.

Zwei Techniken können bei der Benutzung von Dokumentationsmaterial angewandt werden. Zum einen die Technik der intuitiv erstellten typologischen Rekonstruktion, zum anderen die Technik der statistischen Rekonstruktion. Letztere erwies sich als recht wirksam bei der Kontrolle der Ernsthaftigkeit der Verarbeitung des Memoirenmaterials und der daraus abgeleiteten Verallgemeinerungen.

Angell (1945, S.180ff) unterscheidet sechs unterschiedliche Arten der methodischen Nutzung:

1) Persönliche Dokumente können die Untersuchung des Forschers in eine bestimmte Richtung lenken.
2) Persönliche Dokumente können Orientierungsmaterial und bei der Formulierung der Forschungsziele und des Problems behilflich sein.
3) Persönliche Dokumente können bestimmte sozialpsychologische Prozesse verstehbar machen. Daher lassen sich eventuell zukünftige Verhaltensweisen voraussehen.
4) Persönliche Dokumente können Hypothesen bezüglich genau bestimmter Prozesse entwickeln helfen und Material zur Hypothesenprüfung sein.

5) Persönliche Dokumente geben Illustrationsstoff zu aufgestellten Hypothesen.
6) Persönliche Dokumente als Kontrollmaterial für Hypothesen, die aus anderen gesammelten Materialien stammen.

Diese sechs Arten werden dem qualitativen Paradigma aber nicht gerecht, weil dabei die biographische Methode nicht zureichend gewürdigt wird.

Soziologen arbeiten bevorzugt mit der Methode der Autobiographie (selbsterzählte Lebensgeschichte oder wichtiger Teilabschnitt des Lebens), da sie, wie *Chalasinski* (1938) angibt, eine Beschreibung der sozialen Situation des Autors sowie seiner Anschauungen und seines Verhaltens in diesen Situationen gibt. Außerdem stellen Autobiographien Sozialverhältnisse in ihrem Nacheinander und Zueinander dar und enden nicht abrupt, wie es oft in Briefen und Tagebüchern geschieht. Daraus läßt sich erkennen, daß für den Soziologen diejenigen persönlichen Dokumente von Bedeutung sind, die „die Teilnahme des Schreibenden an einer bestimmten sozialen Situation darlegen und die persönliche Auffassung des Autors über diese Situation wiedergeben, ferner eine Beschreibung, wie sich der Schreiber dabei verhielt. Erst das gemeinsame Auftreten all dieser Elemente im Dokument macht es für die Durchführung soziologischer Forschung wertvoll" (*Szczepanski* 1962, S.556).

Burgess (1930, S.190) teilt in folgende vier Typen von Autobiographien ein:

- den Typ der Chronik,
- den Typ der Selbstverteidigung,
- den Typ der Bekenntnisse und
- den Typ der Selbstanalyse.

Krügers (1942; zitiert in *Allport* 1942, S.22f) hat eine ähnliche Einteilung von Biographien unternommen, die wir aufgrund der Analogie mit den Typen von *Burgess* (1930) in die gleiche Reihenfolge gebracht haben:

- Das naive Dokument, das von Menschen verfaßt wird, die die bestehenden Konventionen nicht durchbrechen (≙ Typ der Chronik).
- Das autistische Dokument als Rechtfertigung bestimmter Verhaltensweisen (≙ Typ der Selbstverteidigung).
- Das Dokument als Bekenntnis einer Person, die desorganisiert ist oder an Minderwertigkeitsgefühlen leidet (≙ Typ der Bekenntnisse).
- Die wissenschaftliche Autobiographie als Versuch einer objektiven Darstellung und Analyse des Erlebens und der Taten des Verfassers (≙ Typ der Selbstanalyse).

8.2.1. Lebensgeschichten im Alltag

Wichtige Merkmale qualitativer Methodologie sind neben der Offenheit und der Interpretativität, die Naturalistizität und Kommunikativität der Vorgehensweise. Dies trifft für die Biographieforschung sowohl für die Erhebungsmethoden als auch für den spezifischen soziologisch-theoretischen Ansatz zu. Denn biographische Erzählungen werden in der Alltagskommunikation in verschiedenen spezifischen

Kontexten vorgetragen. Dieser Sachverhalt hat für die Biographieforschung zwei Vorteile:

(1) Biographieforschende Wissenschaftler können davon ausgehen, daß die Erhebungsphase ihrer Projekte in weitaus stärkerem Maße dem Kriterium der *Naturalistizität* entsprechen, als das für andere qualitativ orientierte Forschungsansätze zutrifft. Dies ergibt sich aus der Tatsache, daß *das Thema ,Lebensgeschichte' auch in der alltagsweltlichen Kommunikation und im Bewußtsein der Menschen verankert ist* und zwar durchaus mit einer ähnlichen Intention wie im wissenschaftlichen Diskurs.

Beispiel:
Der Opa erzählt dem Enkel aus dem Krieg, und will ihm damit extreme, vom Enkel bisher nicht erlebte, Situationen vor Augen führen. Die Eltern erzählen von ihrer eigenen, viel zu frühen Hochzeit, um die Tochter vor der gleichen „Dummheit" zu bewahren. Im Bekanntenkreis werden biographische Erzählungen zur Selbstinszenierung und Unterhaltung eingesetzt. Philosophisches Räsonieren über das eigene Leben im engsten Freundeskreis oder allein dient der Selbstdefinition bzw. -findung, auch der Bewältigung persönlicher Schicksalsschläge oder anderer Veränderungen in der Lebensgeschichte.

Man kann also festhalten, daß das Thema der eigenen Lebensgeschichte in vielen Kontexten alltagsweltlich kommunikabel ist und daß deshalb in biographischen Interviews mit einem Interviewer und einer Befragungsperson durchaus kein thematisches Neuland betreten wird. Es wird vielmehr ein vielfach erprobter Gegenstand verhandelt.

(2) Der Forscher kann aber nicht nur davon ausgehen, daß das Thema ,Lebensgeschichte' alltagsweltlich verankert ist, sondern auch, daß es *Formtraditionen ,biographischen Erzählens' gibt*. Man hat eine Reihe von festgefügten Vorgehensweisen, sein eigenes Leben zu thematisieren und sprachlich geordnet zu präsentieren. Zu den alltagsweltlichen biographischen Formtraditionen, auf die sich die wissenschaftliche Variante, die Biographieforschung, stützen kann, gehören verschiedene Phänomene (vgl. zu den nachgenannten alltagsweltlichen Formen von biographischen Elementen *Fuchs* 1984):

(A) „Die Ohren-Beichte ist eine der ältesten Formtraditionen, die als Schuldbekenntnis, als Bitte um Verzeihung für begangene Sünden, als Rechtfertigung des Lebens oder großer Lebensabschnitte (General-Beichte) bis heute biographische Kontinuität vorkonstruiert" (*Fuchs 1984*, S.32).

(B) Wenn wir zum Arzt gehen, erzählen wir dort einen Teil unseres Lebens unter dem spezifischen Gesichtspunkt der Krankheitsgeschichte. Wir berichten, wann die Symptome das erste Mal aufgetreten sind, welche Art von Arbeit wir verrichten, ob wir schon einmal Medikamente gegen die Beschwerden eingenommen haben und geben viele andere Informationen, die dem Arzt eine genaue und fundierte Diagnose ermöglichen sollen.

(C) (Auto-)Biographien und Memoiren, meist schriftlich niedergelegte Lebensberichte, tauchen im Alltag in zwei Variationen auf: Zum einen als Lebensgeschichte einer berühmten Persönlichkeit, deren Leben berichtet wird, weil es das soziale Leben als Politiker, Wissenschaftler oder Künstler nachhaltig beeinflußt hat. Zum anderen als Lebensgeschichte einfacher Leute, die berichtet wird, weil sie stellvertretend für eine große Zahl gleicher Schicksale steht. In beiden Fällen wird die Lebensgeschichte nur berichtet, weil sie eine allgemeinere Bedeutung hat.

(D) Tagebücher werden vor allem von jungen Menschen geführt, um sich kommunikativ mit sich selbst – vermittelt durch das schweigende, verschwiegene und geduldige Tagebuch – über den Sinn des Lebens oder die Bedeutung von im ersten Moment undurchsichtigen oder belastenden Ereignissen klar zu werden. Vor allem emotionale und sexuelle Verwirrungen der Pubertierenden werden in Tagebüchern festgehalten. Zudem werden alltäglich Ereignisse aufgezeichnet und über deren Bedeutung und Bewertung nachgedacht.

(E) Lebensgeschichten werden aber auch von Gerichten, Ämtern und anderen öffentlichen Stellen in Form von Akten aufgezeichnet. Die Lebensgeschichten der betreffenden Person wird anhand von wichtigen Ereignissen (Geburt, Heirat, Ortswechsel, Vorstrafen) aufgezeichnet.

(F) Etwas in Vergessenheit geraten ist die Laudatio und der Nachruf auf einen Toten. Dabei wird das Leben einer Person noch einmal kursorisch aufgezeigt. Wichtige Stellen in der Lebensgeschichte werden bewertet und kommentiert, um die besondere Bedeutung dieser Stellen hervorzuheben. Auch hier findet eine retrospektive Deutung und Bewertung statt.

Die Naturalistizität der biographischen Vorgehensweise ist also nicht nur thematisch durch die Anküpfung an alltagsweltliche Praktiken gesichert, sondern auch formal: lebensgeschichtliche Kommunikation, auch in Form längerer Monologe anzutreffen, bildet den Ausgangspunkt für die ‚biographische Erzählung', die vorzugsweise in der Erhebungsphase empirischer Projekte initiiert wird.

8.2.2. Literarische und semi-wissenschaftliche Studien

Im Feld zwischen alltagsweltlichen biographischen Formtraditionen und wissenschaftlicher Biographieforschung gibt es eine Reihe von anderen, nicht wissenschaftlich und nicht alltagsweltlich zu nennende, biographisch orientierte, Vorgehensweisen: das literarische, (auto-)biographische Portrait und eine semi-wissenschaftliche, journalistische lebensgeschichtliche Vorgehensweise.

8.2.2.1. Das literarisch-biographische Portrait

Im Bereich der Literatur sind lebensgeschichtliche Portraits des ‚kleinen Mannes' (1), Biographien berühmter und bekannter Persönlichkeiten (2) und (3) Autobiographien von zeitgeschichtlich wichtigen Personen zu unterscheiden.

1. Lebensgeschichten des ,kleinen Mannes'

In der Literatur gibt es eine Reihe von Werken, in denen sich Literaten der Lebensgeschichte des einfachen Mannes auf der Straße annehmen und diese einem breiten Publikum vorstellen. Dies geschieht in der Absicht, *stellvertretend für unter gleichen Bedingungen lebende Menschen, einen Einzelfall zu beleuchten*. Der jeweilige Autor versucht deutlich zu machen, welche allgemeinen Lebensbedingungen für die Bevölkerungsgruppe, aus der der präsentierte Fall stammt, gelten.

Max *von der Grün* (1980) z.B. hat ein Taschenbuch mit sechs biographischen Portraits von ausländischen Arbeitnehmern in der Bundesrepublik herausgegeben. Es kommen ein Türke, ein Grieche, ein Jugoslawe, eine Französin, ein Italiener und ein Spanier zu Wort. Die Lebensbilder der zu einer gesellschaftlichen Randgruppe gehörenden Personen „erzählen von ihren Heimatländern und von der Bundesrepublik, von ihren Erwartungen und ihren Enttäuschungen, sie berichten von ihren Arbeitsplätzen und ihren deutschen Kollegen" (*von der Grün* 1980, S.122).

Die jeweils etwa 15 Seiten langen Darstellungen sind in der Ich-Form gehalten, aber vom Herausgeber überarbeitet, chronologisch geordnet und vermutlich gekürzt. Diese Portraits werden weder durch eine Einleitung, noch durch kommentierende Fußnoten vom Herausgeber ergänzt, sondern stehen und sprechen für sich selbst. Lediglich an Stellen, an denen die Darstellungen der Interviewten zu langatmig oder zu wenig prägnant formuliert sind, wechselt die Erzählperspektive. Dann schiebt der Herausgeber einen Absatz ein und berichtet wichtige Ereignisse und Veränderungen.

Beispiel:

In dem biographischen Portrait über eine in der Bunderepublik Deutschland arbeitende, und mit einem Deutschen verheiratete Französin findet sich folgende (hier gekürzt wiedergegebene) Passage: „Ich war nach Saarlouis gefahren, ich hatte ein Inserat in der Zeitung gelesen, ein Zahnlabor suchte eine Mitarbeiterin; ich habe mich vorgestellt, sie sagten, man werde mir schreiben ..., ich glaubte nicht daran, ist doch die alte Masche, man sagt, wir werden Ihnen schreiben, weil sie keinen Mumm haben, einem die Ablehnung ins Gesicht zu sagen; ich fiel, als ich den Brief bekam, aus allen Wolken, man bot mir tausend Mark brutto. Ich verdiente damit fast so viel wie Erich; ... damals schon begann die alte Leier, meine Schwiegermutter sagte, eine Frau gehört ins Haus, und sie waren auch nicht froh darüber, daß ich so viel verdiente; sie wollten nicht begreifen, daß ich mich langweilte, daß eine Frau, wenn sie keine Kinder hat, eine Arbeit, eine Aufgabe haben muß; aber was soll's, weder meine Mutter noch meine Schwiegermutter hatten gelernt, über den Kochtopf wegzugucken, sie waren immer nur auf ihren Mann fixiert; ... als Erich einmal nach zehn Tagen Abwesenheit von Montage zurückkam, er wollte nichts von mir im Bett, und als ich Annäherungsversuche machte, was er immer so gern hatte, brummte er nur: laß mich in Ruhe, ich bin müde; ... wenn man im Haus der Schwiegereltern wohnt, da ist immer einer da, da wird das harmloseste Gespräch zwischen Eheleuten immer vor einem Zuhörer ausgetragen, und mein Mann hörte mit der Zeit immer mehr auf seine Mutter, und als ich einmal wütend wurde und seine Mutter aus unserer Wohnung wies, da stand sie an der Tür und fing an zu heulen und sie schrie mir ins Gesicht, was ich verlotterte und verhurte Französin hier eigentlich zu suchen hätte, ich dürfte froh sein, hier überhaupt aufgenommen worden zu sein, und immer wieder keifte sie Franzosenflittchen, Französinnen wären alle so, die gehörten allen Männern und ich wäre der böse Geist in diesem Haus und für ihren Sohn, da bin ich aufgestanden und habe meine Schwiegermutter geohrfeigt; ... da sagte Erich zu mir: geh aus dem Haus! Ich ging auch sofort; das war 1963; ich zog wieder zu meinen Eltern" (*von der Grün* 1980, S.73ff).

Die Zeit nach diesem Ereignis wird vom Herausgeber zusammenfassend präsentiert: „Von diesem Tag an betrieb Dominique die Scheidung. Ihr Mann lehnte ab, vor allem seiner Mutter wegen, für die es unvorstellbar war, daß Verheiratete auch wieder auseinandergehen können ... Ein Jahr nach ihrer Trennung fuhr Dominique zu ihren Schwiegereltern nach Merzig, die glaubten, sie komme zurück, aber Dominique wollte auf ihre Schwiegereltern einwirken, damit ihr Mann in die Scheidung einwilligt, ..." (*von der Grün* 1980, S.76).

In der hier zitierten Passage werden eine Reihe von soziologisch relevanten sozialen Problemen angedeutet und gerade der sozialwissenschaftlich vorbelastete Leser wird kaum Schwierigkeiten haben, das Angedeutete gedanklich zu explizieren. Aber natürlich kann man an eine solche literarische Verarbeitung von Biographien nicht den Anspruch der Wissenschaftlichkeit stellen. Dennoch dokumentieren diese Studien ein wichtiges, auch für die Biographieforschung wesentliches Merkmal des biographischen Ansatzes: die Authentizität der Schilderung und die völlige Konzentration des Forschungsinteresses auf den Einzelfall. Beiden Variationen des biographischen Ansatzes ist gemeinsam, daß sie die soziale Produziertheit des individuellen Lebens unterstellen. Was die Biographieforschung von solchen Studien unterscheidet, ist die Tatsache, daß sie – ausgehend von einem individuellen Schicksal – die zugrundeliegenden Muster sowie die Mechanismen der Generierung und Vermittlung der Muster subjektiven Lebens aufzeigen will.

2. Biographien berühmter Persönlichkeiten

Ein weiteres, lebensgeschichtlich orientiertes, Vorgehen in der Literatur ist in den Biographien berühmter Persönlichkeiten zu sehen. Dabei wird deren Leben geschildert, weil sie irgendeinen bedeutenden (positiven oder negativen) Beitrag zum Gemeinwesen geleistet haben. Sei es als Politiker, Wissenschaftler, Künstler oder – wie bei der im folgenden zitierten Biographie über Franz Kafka – als Literat. Ihr Einzelschicksal steht nur insoweit im Blickwinkel des Interesses, als dieses zur Entwicklung einer Persönlichkeit beigetragen hat, die das öffentliche Leben, die wissenschaftlich-technische Entwicklung, die Kultur oder das Geistesleben nachhaltig beeinflußt hat.

Beispiel:

Über Franz *Kafka*, sicher einer der bedeutenden deutschsprachigen Autoren zu Beginn dieses Jahrhunderts, gibt es eine ganze Reihe von Biographien. Wir beziehen uns hier auf eine in Bildern und Selbstzeugnisse von Klaus *Wagenbach*. „Franz Kafka wurde am 3. Juli 1883 in Prag geboren, verließ seine Heimatstadt selten (auch dann nur für kurze Zeit) und wurde dort nach einem kurzen Leben von einundvierzig Jahren auf dem Straschnitzer Friedhof begraben" (*Wagenbach* 1964, S.9). Diese knappste Beschreibung von Franz *Kafkas* Leben bildet den Ausgangspunkt für eine detaillierte Biographie. In chronologischer Abfolge, jeweils um das Erscheinungsdatum eines seiner Werke geklumpt, wird die Entwicklung der Persönlichkeit *Kafkas* dargestellt. Dabei wird filigran nachgezeichnet, wie es z.B. zur Entstehung eines so bedeutenden – und für ganze Schülergenerationen als Aufsatzthema dienenden – Buches, wie ‚Der Prozeß', kam.

Von einer solchen Arbeit kann man noch weniger, als von der sozialkritischen Studie *von der Grüns*, erwarten, daß sie die Kriterien soziologisch-wissenschaftlichen Arbeitens erfüllt: die prinzipielle Reproduzierbarkeit, die Intersubjektivität der Befunde und der Schluß von der individuellen Lebensgeschichte auf ein soziales Muster, dessen Ausformung das individuelle Leben ist, sind sicher nur bedingt gewährleistet.

3. Autobiographien berühmter Personen
Als dritte Variante biographischen Vorgehens bei der Behandlung von Lebensgeschichten berühmter Persönlichkeiten sind die Autobiographien von diesen Persönlichkeiten selbst zu nennen. Gerade in jüngster Zeit sind z.B. eine Reihe von Autobiographien bundesdeutscher Politiker erschienen, in denen sie ihr Wirken in Partei, Parlament und Regierung darlegen (etwa von Altbundeskanzler Helmut *Schmidt* oder Außenminister Hans-Dietrich *Genscher*).

8.2.2.2. Die journalistische Lebensgeschichte

(Auto-)Biographische Studien berühmter Persönlichkeiten liegen in ihrem Erkenntnisinteresse konträr zu dem der Biographieforschung: *Sie zeigen die Beeinflussung des Gemeinwesens durch das Wirken dieser einzelnen Person auf.* Die sozialkritische Studie von Max *von der Grün* dagegen entspricht der Vorgehensweise der biographischen Forschung schon eher: in dieser wird der Anteil der *sozialen Bedingtheit individuellen Lebens* aufgezeigt. Zur wissenschaftlichen Biographieforschung fehlt aber noch ein wesentlicher Schritt: die Analyse der Muster und Mechanismen der sozialen Bestimmung des Lebens. Zwischen literarischer und wissenschaftlicher Biographie sind semi-wissenschaftliche Studien biographischer Orientierung angesiedelt.

Beispiel:
Im Rahmen einer großen Jugendstudie (vgl. *Fischer* et al. 1981) führen die Autoren neben einer quantitativen Lebenslaufstudie mehrere biographische Portraits von Jugendlichen an. Absicht der Gesamtstudie war die Analyse von Lebensentwürfen, Alltagskulturen und Zukunftsbildern der modernen Jugend. Ziel der biographischen Portraits in diesem Zusammenhang war die „Herstellung eines Textes, der das individuelle Selbstverständnis des Jugendlichen von seiner jetzigen Lebenssituation, seine bisherige Lebensführung und seine bisherigen Lösungsansätze für die Zukunft ausführlich erzählend abbildet" (*Fuchs* 1981c, S.9).

„Anke ist siebzehn Jahre alt. Sie besucht die zehnte Klasse des gymnasialen Zweigs einer Gesamtschule in Offenbach. Ankes Eltern sind beide Gebrauchsgrafiker. Ihre Mutter arbeitet zur Zeit nicht in ihrem Beruf sondern im Haushalt der Familie. Anke hat einen Bruder. Kai ist zwei Jahre älter als sie" (*Weweler* 1981, S.18). Nach diesen einleitenden Angaben folgt der Abdruck des Interviewprotokolls. Präsentiert wird aber nicht ein Transkript der gesprochenen Worte, sondern vielmehr eine mit den Mitteln der dokumentarischen Methode bearbeitete Übersetzung der gesprochenen Sprache. Zudem wird das Material chronologisch und/oder thematisch geordnet. Nur gelegentlich wird der verdichtete Erzählfluß von Kommentaren des Bearbeiters unterbrochen. „Mit Jungens hatte ich ja auch schon vorher zu tun, in die Tanzstunde bin ich nur gegangen, um Tanzen zu lernen, nicht wegen der Kontakte. Die Jungens hatten mich aber zu Anfang immer nur als Kumpel gesehen. Und dann später aber auch als Mädchen. Als ich meinen ersten Freund hatte, war ich 14. Das war aber mehr noch so ein Kumpelfreund. So mit 15 hatte ich einen Freund, da wurde ich auch als Mädchen anerkannt. Auch die in der Clique haben dann gemerkt: Na, ja, die Anke hat jetzt einen Freund, jetzt ist sie auch ein Mädchen. Sonst war sie nur Kumpel" (*Weweler* 1981, S.36).

Die in der Jugendstudie präsentierten biographischen Portraits der Jugendlichen treten ganz explizit mit dem Anspruch an, die oft spröden und abstrakten statistischen Befunde durch authentisches Material ‚mit Leben zu füllen' und aufzuzeigen, was man von Jugendlichen erfahren kann, wenn man ein Stück auf sie zugeht. Die Bearbeiter der einzelnen Portraits – gleichzeitig Interviewer – nehmen keine interpretative Auswertung des Materials vor; die Suche nach Regeln oder Mustern, deren Ausformung das vorliegende Material ist, wird nicht aufgenommen.

An Studien dieser Art vermißt man – trotz ihres authentischen Charakters – die wissenschaftliche Verarbeitung der gefundenen lebensgeschichtlichen Entwicklung. Dem Leser selbst bleibt es überlassen, an dem vorliegenden Material soziologisch relevante Tatbestände zu identifizieren. Die idiographische Darstellung ist zwar ein erster und wichtiger Schritt, doch sollte dieser durch die nachfolgende Analyse ergänzt werden.

Die Vertreter des quantitativen survey-approachs hegen gegen die qualitative Forschung allgemein und gegen biographische Studien dieser Art im besonderen den Vorwurf des quasi-literarischen Charakters. Auf methodisch-theoretischer Ebene zielt dieser Vorwurf u.a. auf den Mangel verschiedener Studien ab, die Interpretation der Daten nicht vollständig vorzunehmen. Die Interpretation besteht, wie schon mehrfach ausgeführt, aus zwei Stufen:

1. *wissenschaftlich kontrollierter Nachvollzug der individuellen Handlungsfigur* und
2. *Konstruktion bzw. Herausarbeitung eines Handlungsmusters*, einer typischen biographischen Verlaufskurve.

Um diesem, sicher nicht unberechtigten, Argument entgegenzutreten, sollten die, sich der biographischen Methode bedienenden, Forscher dieses Ziel nicht aus den Augen verlieren. Oft hat man als Leser der Abschlußberichte solcher Studien den Eindruck, das es das Ziel ist, die individuelle Handlungsfigur, den Lebensverlauf einer einzelnen Person zu beschreiben und nicht soziale Tatbestände herauszuarbeiten. Um einem Mißverständnis vorzubeugen: diese Kritik bezieht sich nicht auf die fehlende Verallgemeinerung (im Sinne des Repräsentationsschlusses), sondern auf das Fehlen elaboriert formulierter Generalisierungen (im Sinne von Existenzaussagen). Nicht Verallgemeinerung sondern Allgemeinheit ist gefragt.

8.2.3. Die sozialwissenschaftliche Biographieforschung

Die biographische Methode dient der detaillierten Erfassung der Zusammenhänge zwischen Einstellungen und sozialer Umwelt und der Erforschung der Persönlichkeitsentwicklung. Sie soll einen methodischen Zusammenhang zum sozialen Leben ermöglichen, der

- möglichst umfassend ist,
- die Eigenperspektive der handelnden Subjekte thematisiert,
- die historische Dimension berücksichtigt.

Von der biographischen Methode wird ferner erwartet, daß mit ihrer Hilfe das Leben (über eine historische Rekonstruktion des individuellen Lebens) besser verstehbar wird. Anliegen ist es, genaue Tatsachenbeschreibungen zu geben, Hypothesen zu bestätigen und möglichst präzise Erkenntnisse zu formulieren (vgl. *Szczepanski* 1962, S.551).

Die wissenschaftliche Biographieforschung kann sich deshalb mit der Darstellung des Einzelfalls, mag er auch noch so ein- und ausdrucksvoll oder ein noch so gutes Exemplar einer ganzen Gattung von Fällen sein, nicht zufrieden geben. Vielmehr muß der Forscher selbst die Herausarbeitung des in ihm enthaltenen typischen sozialen Moments vornehmen. Während die literarische Biographie auf der ersten Stufe der Interpretation, dem Nachvollzug der individuellen Handlungsfigur, stehen bleibt und den zweiten Interpretationsschritt dem Leser überläßt, sollte die wissenschaftliche Interpretation auch die zweite Stufe, die Herausdestillation eines typischen Handlungsmusters, vollziehen.

Die Verarbeitung der Lebensgeschichten durch den Forscher sollte zwei Dimensionen umfassen: (1) *Die adäquate Beschreibung des jeweiligen Lebenslaufs*, und (2) *die Identifikation sozialer Determinanten*, die den Lebenslauf strukturieren.

(1) In der ersten Dimension nimmt der Forscher eine *Längsschnittperspektive* ein. Er arbeitet den Verlauf der Biographie heraus und versucht im Vergleich mit anderen Fällen, Regelmäßigkeiten dieses Verlaufs zu entdecken. Hier steht die Identifikation von sozial determinierten Formen individuellen Lebens im Mittelpunkt des Interesses. Selbst wenn das paradox klingt: *Individualität wird regelhaft vermutet.*
(2) In der zweiten Dimension nimmt der Forscher einen Blickwinkel ein, der *quer zum Verlauf des Lebens liegt*. Er stellt sich die Frage, welche sozialen Einflußgrößen und Determinanten dazu führen, daß an einer bestimmten Stelle im individuellen Leben eine spezifische Veränderung eingetreten ist.

Nachdem der Forscher den Einzelfall mit diesen beiden Schritten aufgearbeitet hat, gilt es, die Einzelfallbefunde verschiedener case-studies zusammenzuführen. Entweder, um sie *kontrastierend nebeneinanderzustellen* oder ein vermutetes *soziales Muster durch die Befunde eines anderen Falls ähnlicher Art zu konsolidieren*. In vielen Studien werden Hypothesen oder theoretische Vermutungen in beiden Dimensionen irgendwie – oft sogar plausibel und einsichtig – formuliert, aber als wissenschaftlich kann dieses Vorgehen noch nicht betrachtet werden. Im folgenden werden daher zwei Verfahren geschildert, die den Anspruch erheben können, den wissenschaftlichen Kriterien der *Wiederholbarkeit* und *Kontrollierbarkeit* gerecht zu werden: (1) die *Konstruktion von Typen* und (2) die *komparative Kasuistik*.

8.2.3.1. Die Konstruktion von Typen

U. Gerhardt (1984) bietet in ihrem Aufsatz in dem Reader von *Kohli* und *Robert* (1984) über die Konstruktion von Typen bei Patientenkarrieren ein Verfahren an, mit dem der Übergang von der individuellen Handlungsfigur der einzelnen Patientenkarriere zu einem sozialen Muster – je nach soziologisch-theoretischer Ausrichtung der Autoren wird dies als das wissenschaftliche Abbild eines wirklichen Phänomens oder aber als rein wissenschaftliches Konstrukt, ohne empirisches Äquivalent angesehen – in eine relativ verregelte und abgesicherte Form gebracht wird.

An den meisten bisherigen Einzelfallstudien, die – sowohl in den dreißiger Jahren als auch in jüngerer Zeit – unternommen worden sind, bemängelt *Gerhardt*, daß das Fallmaterial nur zu illustrativen Zwecken verwendet wird. „Der Leser erfährt vom Fallmaterial nur soviel, wie zur Illustration der Hypothesen des Forschers erforderlich ist, die als subjektiv plausible Theorie dargeboten wird. Abweichendes Fallmaterial wird in der Regel nicht dargeboten“ (*Gerhardt* 1984, S.74).

Sie setzt gegen dieses illustrative Vorgehen, bei dem der Forscher behauptet, die Theorien seien ihm irgendwie aus dem vorliegenden Material entgegengetreten, die *vergleichend-kontrastierende Typenkonstruktion* am Fallmaterial. Dabei stützt sie sich im wesentlichen auf die von Max *Weber* vorgenommene Definition von Typen, deren Gültigkeit von ihrer intersubjektiven Evidenz abhängt. Das größte Maß an Evidenz weist die zweckrationale Deutung von sozialen Vorgängen auf, daher werden Typen auf der Grundlage von zweckrationaler Interpretation sozialer Vorgänge gebildet, unabhängig davon, ob diese Deutung den tatsächlichen Verhältnissen entspricht.

Am Beispiel von Krankheitsverläufen von Patienten mit Nierenleiden führt *Gerhardt* das Verfahren vor. „Die kontrastierende Betrachtung von Fällen ... ermöglicht eine Analyse von Patientenkarrieren, die letztlich auf das Typische wieder zurückführt. Kann die kontrastierende Gegenüberstellung erhärten, was am Individuum jeweils typisch ist, ... so gelingt es, am biographischen Material diejenigen Momente zu isolieren, die das Strukturelle und Gesellschaftliche verdichtet verkörpern“ (*Gerhardt* 1984, S.73).

Beispiel:
Im dem Beispiel geht es um Patienten mit Niereninsuffizienz (P = Patient; PW = Frau des Patienten):
„Aus diesen Alternativfällen einerseits der Rollenumkehrung zwischen Mann und Frau, andererseits der Familienrehabilitation im Sinne einer traditionell mannbezogenen Rollenstruktur können wir zunächst zwei Typen entwickeln. Sie stellen Lösungen des Problems der beruflichen Familiensicherung dar und werden von den Ehepaaren in der Krise nach dem Behandlungsbeginn mehr oder minder bewußt eingeleitet:

(1) *Vom Patienten getragene Familienrehabilitation*
im Sinne der traditionellen Muster einer Trennung von instrumentellen (dem Mann zugewiesenen) und expressiven (der Frau zugewiesenen) Funktionen für das Familienüberleben.

(2) *Vom Partner getragene Familienrehabilitation*
im Sinne einer Rollenumkehrung im instrumentellen Bereich, mit variablen Spielräumen der Veränderung im expressiven und instrumentellen Anteil an den von der Frau und vom Mann übernommenen Familientätigkeiten.

Für die weitere Ausdifferenzierung der Typen genügt es nicht, die verbleibenden Fälle in den genannten und die zwei zusätzlich gebildeten Kategorien einzuordnen (‚dual-career'-Familien mit gleicher beruflicher Belastung beider Partner; gänzliches Ausscheiden beider Partner aus dem Arbeitsprozeß). Denn die Verlaufsbetrachtung soll einen Anhaltspunkt geben über die Umstände einer erfolgreichen oder erfolglosen Familienrehabilitation eines bestimmten Typus. Von den dadurch gewonnenen Einsichten aus soll es möglich sein, Syndrome zusammengehöriger Gegebenheiten und Ereignisse zu ermitteln, die zwei Arten von Aussagen gestatten: zum einen eine Formulierung über optimale Bedingungen einer bestimmten Art der Familienrehabilitation, zum anderen eine Prognose in konkreten Fällen hinsichtlich der Chancen, eine gewählte Familienrehabilitation auf Dauer durchzuhalten. ...

Einen *Optimalfall* zu ermitteln, der in seiner *Vereinzelung* rein oder fast rein verkörpert, was als idealisierter Typus einer bestimmten Rehabilitation gelten kann, ist ein nächster Schritt der Datenauswertung. Dieser vereinzelte Optimalfall kann in seinen verschiedenen Aspekten verstehend nachvollzogen werden, und darauf kann wiederum ein Verstehen anderer, damit kontrastierender, bzw. in angebbaren Punkten von ihm abweichender Fälle aufgebaut werden.

Das folgende beschränkt sich, aus Platzgründen, auf den Typus der vom *Patienten* getragenen Rehabilitationskarriere. Der in dem Projektmaterial enthaltene Optimalfall (Fall 27) einer manngeleiteten Familienrehabilitation müßte an dieser Stelle in allen Facetten seiner Fallgeschichte aufgerollt werden, was durch eine Feinanalyse des Karrieregeschehens geleistet wird (Verlaufsbeschreibung der wichtigen Einzelheiten mit Ausdifferenzierung von unvorhergesehenen Ereignissen (‚Erleiden‘), Stressoren und Risiken, Ressourcen, Coping sowie dem jeweiligen Ergebnis für jede Phase und jeden Wendepunkt im Karriereverlauf). Aus Platzgründen stelle ich lediglich die Kurzbeschreibung der beruflichen Rehabilitation des Ehepaares vor, die jedoch verdeutlicht, wie überzeugend Leistungsbewältigung und Erfolg bei dieser Fallkarriere gelungen sind:

Fall 27: (P bei Dialysebeginn 46 Jahre alt, PW 33 Jahre; Kinder 3 und 6 Jahre. P ist Architekt in einem Großbüro, PW ist Hausfrau.)

Während der 3 Monate zu Dialysebeginn, wo P krankgeschrieben ist (die 5 Monate vorheriger Krankschreibung fortsetzend), erlebt das Ehepaar eine Situation, wo eine Steuerrechnung für ihr neues Eigenheim unbezahlbar ist, und P löst das Problem, indem er erfolgreich (als Architekt) eine ‚Wohltätige Architektengesellschaft‘ um Hilfe bittet. 4 Monate nach Dialysebeginn geht er wieder zur Arbeit, jeweils 4 Tage pro Woche. Nach 11 Monaten kündigt er seine Stellung und nimmt eine volle Stelle als Leitender Architekt in einer anderen Firma an, wodurch das Familieneinkommen beträchtlich aufgebessert wird. Einen Monat später beginnt er mit einem 3jährigen Fernstudienkurs, da er sich beweisen will, daß er dies zusätzlich kann, und auch, weil er mehr körperliche Energie zur Verfügung hat, seit die bleierne Müdigkeit der Vordialyse vorbei ist. 2 Monate später übernimmt er zusätzlich einen privaten Planungsvertrag, der ihn in den Mittagsstunden beschäftigt.

PW ist zunächst Hausfrau und versorgt den Haushalt und die 2 Kinder, und sie dialysiert P. Als P's berufliche Zukunft jedoch gesichert und P zu einem leitenden Posten aufgestiegen ist und die Kinder in der (Vor)schule sind, fängt auch PW einen Halbtagsjob an. Sie sieht ihr Einkommen als Geld an, mit dem sie z.B. ihr eigenes Zweitauto finanziert.

Für die erfolgreiche mannbezogene Lösung des Rehabilitationsproblems bei Fall 27 ist beispielsweise typisch, daß PW erst eine Arbeit sucht, als P wieder zufriedenstellend in seinem Beruf verankert ist. Zur Kontrastierung sei ein Fall manngerichteter Familienrehabilitation dargestellt (Fall 22), in dem die Frau – eher wie bei einer partnergetragenen Familienrehabilitation – berufstätig wird, als dies zum Ausgleich der Schwäche des Mannes notwendig ist:

Fall 22: (P ist bei Dialysebeginn 36 Jahre alt, PW 30 Jahre; Kinder 6 und 10 Jahre. P ist Angestellter einer Schiffsmaklerfirma, hat daneben eine kleine Agentur; PW ist Hausfrau)

Zu Beginn der Behandlung fällt klar eine Entscheidung zugunsten traditioneller Rollenteilung in der Familie; P geht wieder in seinen Beruf zurück, PW betreut das Haus und die 2 Kinder (sowie P's Nebenerwerbsgeschäft, das aber einschläft), und sie dialysiert P.

Nach 36 Monaten hat P ein Leichenspendertransplantat, das alles verändert. Er ist nach wie vor daran interessiert, wieder voll zu arbeiten; aber es geht nicht, da die Wunde nicht heilt. Nach 3 Monaten, als P's Gehalt drastisch gekürzt wird, beginnt PW bei ihrem Bruder im Einzelhandelsgeschäft zu arbeiten, aber sie tut es zunächst nur, bis P wieder arbeitsfähig ist. Bei Interview II währt dieser Zustand allerdings schon 10 Monate, und P fürchtet, daß er nach einjähriger Abwesenheit binnen kurzem seinen Arbeitsplatz verlieren wird.

In diesem Fall hat ein bei anderen Patienten eher positives Ereignis, eine erfolgreiche Nierentransplantation, zum ‚Umkippen' der Patienkarriere in eine Verlaufskurve des Erleidens geführt, und die gewählte mannorientierte Familienrehabilitation konnte nicht aufrechterhalten werden. Der Orientierungsverlust zeigte sich u.a. daran, daß dem Patienten keine eigenständige Sicherung der Familienexistenz mehr gelang, obwohl er ... darin eine unverzichtbare Verpflichtung sieht ...

Durch das Verfahren der Kontrastierung konnten bei der Betrachtung der Fälle mannbezogener Berufsrehabilitation bei drei Familien mit jeweils zwei Kindern folgende Einsichten herausgearbeitet werden:

(1) Eine mannorientierte Berufsrehabilitation schließt ein, daß die Frau nicht zwecks Stützung des Familieneinkommens oder gar zur Erhaltung des familiären Berufstätigkeitsstatus arbeiten geht, sondern aus Gründen, die kaum mit der sozialökonomischen Sicherung der Familie zu tun haben. Bei solchen Ehepaaren nimmt die Frau erst dann eine Stellung an, wenn jene des Mannes voll gesichert ist, und sie hört mit außerhäuslicher Berufstätigkeit auf, wenn jene des Mannes bedroht oder problematisch ist. Die Einsicht erhärtet sich an zahlreichen anderen Fallbeispielen.

(2) Auch eine zunächst erfolgreiche Familienrehabilitation mit traditioneller Rollenstruktur scheint nicht gegen Einbrüche und ein 'Umkippen' in andere Rehabilitationsmuster geschützt. Wenn ein durchschlagendes Ereignis (z. B. eine zur Arbeitsunfähigkeit führende Nierentransplantation) die etablierte Plattform der Familiensicherung nachhaltig erschüttert, kann die familienspezifische Lösung des Rehabilitationsproblems unmerklich und sogar gegen die Absichten der Betroffenen in ein nicht-traditionelles Rollenmuster hinübergleiten" (*Gerhardt* 1984, S.69ff).

Die Interpretation qualitativer Daten im Sinne der Entwicklung eines theoretischen Konzepts erfolgt also in zwei groben Phasen, die je nach soziologisch-theoretischer und methodologischer Ausrichtung des Forschers in eine Fülle von einzelnen Arbeitsgängen zerlegt werden. In der ersten Phase der Auswertung qualitativer Daten wendet sich der Forscher dem methodisch kontrollierten Fremdverstehen der kommunikativ erhobenen Handlungs*figur* zu. Hier bemüht sich der Forscher möglichst authentisch, die in der sozialen Wirklichkeit gefundenen Phänomene (etwa eine retrospektiv erzählte Biographie), sinnhaft nachzuvollziehen ohne sie mit abstrakten, einem theoretischen Konzept entnommenen Kategorien, zu beschreiben. Der zweite Schritt der Interpretation qualitativer Daten besteht in der Systematisierung eines Handlungs*musters*. Dabei versucht der Forscher anhand der gefundenen Handlungsfigur oder im Vergleich zu anderen Figuren ein typisches Handlungsmuster herauszuarbeiten. Von einer *Typisierung* spricht man in der Regel dann, wenn einzelne Aspekte eines gefundenen Phänomens gedanklich gesteigert als wesentliche Merkmale des Phänomens herausgestellt, als überindividuelle angesehen und in ihrer spezifischen Konstellation als typisch bezeichnet werden, ohne daß sie immer in einer reinen Form in der sozialen Wirklichkeit zu finden wären. Die zugrundeliegende Handlungsfigur wird dabei als Prototyp eines strukturellen Phänomens, des Handlungsmusters, aufgefaßt. Bei der Definition eines Typs bedient sich der Forscher des ihm zur Verfügung stehenden Kanons sozialwissenschaftlicher Begriffe, um auf diese Weise Erkenntnisse über die soziale Wirklichkeit in den sozialwissenschaftlichen Wissensstand überzuführen.

Für diese beiden Schritte der Deskription einer Handlungsfigur und der Konstruktion eines typischen Handlungsmusters stehen in der qualitativen Sozialforschung eine Reihe von Techniken zur Verfügung. Eine davon ist die komparative Kasuistik nach *Jüttemann* (1981), die hier etwas ausführlicher referiert werden soll:

8.2.3.2. Die komparative Kasuistik

Die *komparative Kasuistik* ist ein Verfahren, das zur Erfassung und Begründung psychologischer Fehlentwicklungen ausgearbeitet wurde. Es dient der „approximativen Theorievorbereitung" und versteht sich als „eine iterative Such- und Prüfstrategie zur Generierung funktional relevanter Hypothesen" (*Jüttemann* 1981, S.103) zur Erklärung psychologisch beschreibbarer Phänomene. Es wird bei der theoretischen Klassifikation und Erklärung davon ausgegangen, daß diese Phänomene einen überindividuellen Charakter haben, jeder Einzelfall Prototyp eines strukturellen Phänomens ist. Solche Fälle werden nicht nur beschrieben, sondern durch das „Typische" auch ursächlich erklärt. Das Verfahren stützt sich auf retrospektiv, in offenen Interviews gewonnenes Material über biographische Ereignisse. Die Datenaufbereitung und -auswertung gliedern sich in die Einzelfallauswertung und die interindividuelle Komparation (vgl. *Jüttemann* 1981, S.115).

In dieser Methode finden sich die beiden Phasen der Interpretation qualitativer Materialien – der sinnhafte Nachvollzug der Handlungs*figur* und die Konstruktion eines Handlungs*muster* – besonders anschaulich vereint. Die komparative Kasuistik ist eindeutig im Bereich der qualitativen Sozialforschung angesiedelt, denn *Jüttemann* vermerkt, daß „es schließlich wichtiger ist, möglichst ‚gute' Theorien zu entwickeln als ‚schlechte' Theorien immer wieder auf ihre Brauchbarkeit hin zu testen" (1981, S.102). Allerdings hält *Jüttemann* den Versuch der Falsifikation der durch die komparative Kasuistik entwickelten Theorie durchaus für sinnvoll, um Schwachstellen zu erkennen und auszuräumen (vgl. *Jüttemann* 1981, S.102). Jedoch kann dies erst nach Beendigung der Herausarbeitung eines theoretischen Konzeptes im Wege der komparativen Kasuistik geschehen.

Die Datenanalyse soll ein bestimmtes entwicklungspsychologisches Phänomen hinsichtlich seines Entstehungs- und Verursachungszusammenhangs erklären und theoretisch faßbar machen. „Der Begriff ‚entwicklungsspezifisch' soll spezifische Fehlentwicklungen einschließen" (*Jüttemann* 1981, S.103). Der Autor nennt exemplarisch einige konkrete Untersuchungsgegenstände, auf die sich die komparative Kasuistik anwenden läßt: besondere Minder- oder Höchstleistungen auf intellektuellem, sportlichem oder künstlerischem Gebiet, intraindividuelle Diskrepanzen zwischen Erfolgserwartung und tatsächlichem Erfolg, Zwischenstadien oder Gipfelpunkte beruflicher Karrieren, Wahrnehmungsbeschwerden, psychoneurotische oder psychosomatische Beschwerden und abweichendes Verhalten (vgl. *Jüttemann* 1981, S.103).

Der konkrete, zu untersuchende Gegenstand wird vor der eigentlichen komparativ-kasuistischen Analyse anhand der Phänomenanalyse bestimmt. Dabei wird zunächst die psychologische Definierbarkeit des zu studierenden Phänomens betont. Der Gegenstand soll so eng wie möglich gefaßt werden, schon um der

Kontextspezifität psychologischer Phänomene gerecht zu werden. Die Eingrenzung des Phänomens geschieht mit der sinnvollen *Reduzierung von Komplexität*. „Insgesamt müssen die Vorgänge der Gegenstandsbestimmung für eine zu entwikkelnde adäquate Theorie einerseits und der damit einhergehenden sukzessiven Phänomenklassifizierung andererseits in einem engen ‚prozessualen' Zusammenhang gesehen werden" (*Jüttemann* 1981, S.107). Die Phänomenanalyse soll insbesondere auch die Frage nach der Homogenität und damit der Klassifikation und Erklärung der Phänomene beantworten helfen.

Zwischen der Phänomenanalyse und den beiden noch näher zu beschreibenden Interpretationsschritten liegen die in empirischen Projekten üblichen Prozeduren: Zusammenstellung relevanter Hypothesen, Präzisierung des Forschungsdesigns, Datenerhebung und Datenaufbereitung. Dann werden die beiden Interpretationsschritte wie folgt durchgeführt (*Jüttemann* 1981, S.111ff):

(1) Einzelfallauswertung

Ziel dieses Interpretationsschrittes ist die Charakterisierung des jeweiligen Einzelfalls unter den für das untersuchte psychologische Phänomen relevanten Gesichtspunkten. Hier wird die individuelle Ausformung eines vermuteten überindividuellen psychologischen Phänomens erhoben.

Zunächst hören die Forscher (es sollten mindestens zwei sein) die Tonbänder der Interviews ab. Die Erfassung der Einzelfälle geschieht mit einem Kategorienschema. Für jede Kategorie werden die entsprechenden Ausprägungen im Interviewprotokoll herausgesucht. Um die Reliabilität der Zuordnung der einzelnen Textstellen zu den Kategorien des Schemas zu erhöhen, wird jede Einzelfallauswertung von einem Forscherteam durchgeführt. Dies ermöglicht gegenseitige Kontrolle und interindividuelle Diskussion der Zuordnung der Textstellen zu den Kategorien des Schemas. Die Forscher fertigen abschließend für jeden Einzelfall eine kurze Personencharakterisierung an.

(2) Interindividuelle Komparation:

Die in der Einzelfallauswertung erstellten Datentabellen (= die vollständig ausgefüllten Kategorienschemata) werden nun für alle Einzelfälle zusammengetragen und „von jedem Auswerter durchgearbeitet" (*Jüttemann* 1981, S.115). Ziel dieser Bearbeitung durch die einzelnen Forscher ist die Herausarbeitung eines oder mehrerer Muster typischer Einzelfallkonstellationen. Diese zweite Interpretationsphase gliedert sich in vier Teilschritte, als deren Ergebnis folgende Unterlagen angefertigt werden (*Jüttemann* 1981, S.115f):

(a) *Die überindividuelle Komparationstabelle*. Die Tabelle enthält Angaben über gleiche oder zumindest ähnliche Merkmalsausprägungen bei mindestens zwei Datentabellen der Einzelfälle. Dabei werden die Kategorien verwendet, die auch in den Schemata zur Erfassung der Einzelfälle verwendet wurden.

(b) *Vorschlag zur Typendifferenzierung*. In diesem Dokument werden Merkmalskombinationen aufgezeichnet, die bei allen Einzelfallauswertungen oder bei

Abbildung 11: Das Spiralmodell der komparativen Kasuistik; Prozeßschema einer Variante

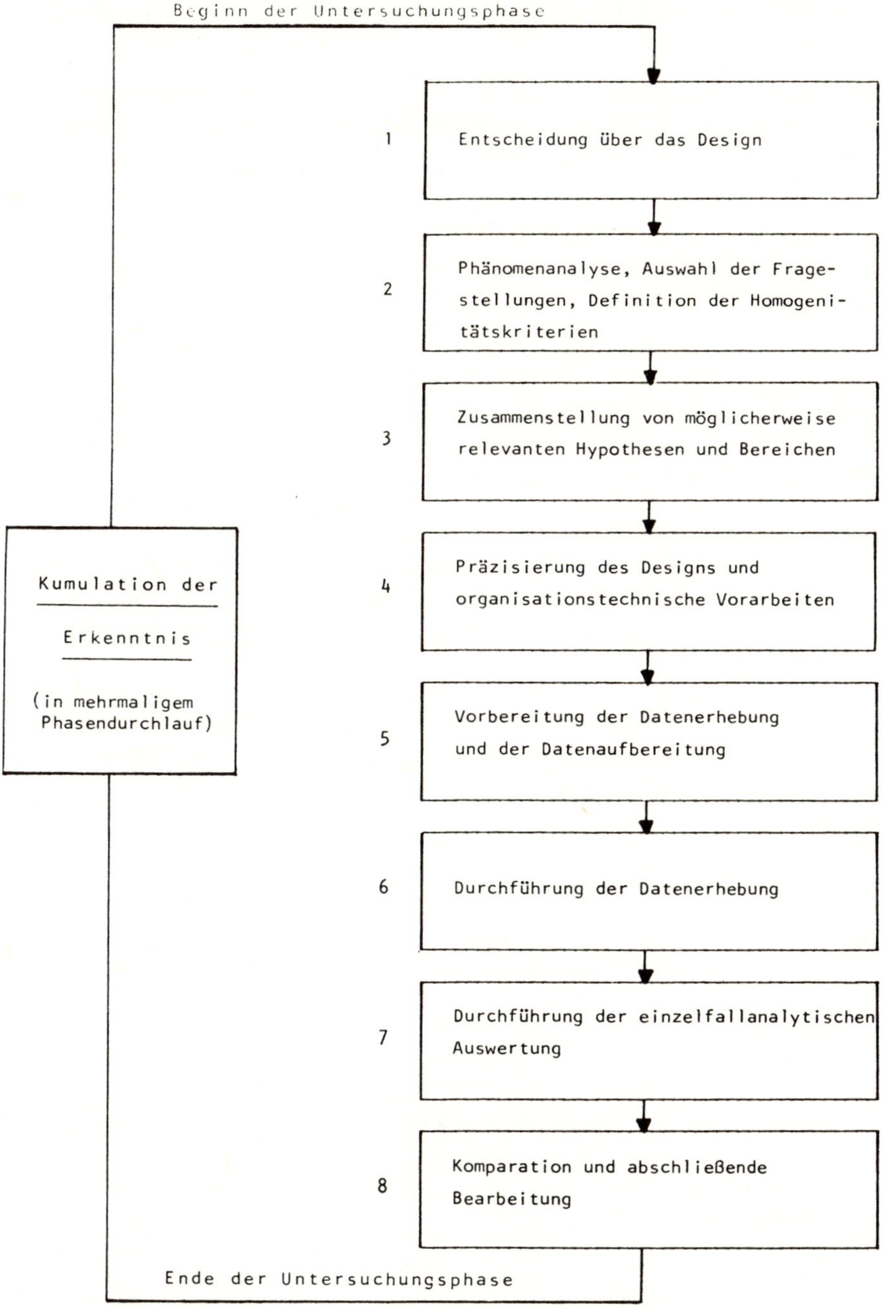

(aus: *Jüttemann* 1981, S. 111)

einer konsistenten Teilgruppe der Population auftreten. Dieser Teilarbeitsschritt läuft auf die Identifikation von konsistenten Typen in Subpopulationen hinaus.

(c) *Überindividuelle Personencharakteristik*. Für jede gefundene Teilgruppe der Population wird eine typische Personencharakteristik angefertig. Dabei wird auf die bereits angefertigten individuellen Personencharakteristika zurückgegriffen.

(d) Schließlich gibt jeder Forscher *Hinweise auf Hypothesen und Relevanzbereiche* und damit neue Anregungen für eine eventuelle Erweiterung des bisher verwendeten Kategorienschemas.

Nachdem jeder Forscher einzeln das gesamte Material durchgerabeitet hat, werden die jeweils vorgenommenen Typisierungen im Plenum aller Forscher diskutiert. Außerdem wird der Verursachungs- und der Entstehungszusammenhang des untersuchten psychologischen Phänomens besprochen. Die vorliegenden Materialien werden auf der Grundlage dieser Diskussion ergänzt und modifiziert und schließlich in Form eines Abschlußberichts vorgelegt. In diesem Abschlußbericht werden die gefundenen Typen präsentiert.

Eine kritische Analyse der komparativen Kasuistik zeigt, daß der Ausgangspunkt und die methodologischen Überlegungen zunächst qualitativ sind, daß aber dann immer mehr quantitative Elemente zur Absicherung mit herangezogen werden.

In der biographischen Forschung hat das Verfahren der komparativen Kasuistik noch keine Anwendung gefunden, denn es ist ursprünglich aufgrund psychologischer Fragestellungen ausgearbeitet worden. Dennoch kann diese Interpretations- und Auswertungstechnik Hinweise auf die Ausarbeitung vergleichbarer Techniken im Rahmen der biographischen Forschung geben. Schließlich geht es ihr genau darum, aus dem geschilderten individuellen Lebenslauf zu allgemeineren Erklärungen für das Auftreten abweichenden Verhaltens zu kommen.

Weitere Auswertungsverfahren, die in der Biographieforschung verwendet werden – z.B. die strukturelle Beschreibung und die strukturale Rekonstruktion – werden im Abschnitt über die Auswertung biographischen Materials (7.4.) beschrieben, während die objektive Hermeneutik in 5.3.3.2. im Kapitel zur Inhaltsanalyse enthalten ist.

8.2.4. Definitorische Elemente im Überblick

- ***Die Biographieforschung eröffnet den Sozialwissenschaften einen Zugang zur sozialen Wirklichkeit, bei dem einerseits die Individualität des Akteurs berücksichtigt bleibt und andererseits diese Individualität sozial verursacht und strukturiert gedacht wird.***
- **Der biographischen Forschung geht es einmal um den *wissenschaftlich kontrollierten Nachvollzug der individuellen Lebensgeschichte als Handlungsfigur*. Sie bleibt aber dabei nicht stehen.**

- Biographische Forschung versucht auf der Basis der individuellen Handlungsfiguren *ein allgemeineres Handlungsmuster herauszudestillieren*: *Individualität wird regelhaft vermutet.*
- Biographische Forschung ist nicht nur *Idiographie einer Lebensgeschichte*, sondern sie versucht deren *soziale Bedingtheit zu erklären.*
- Durch *Typenbildung* aus der Analyse der Lebensläufe werden *soziale Regelmäßigkeiten entdeckt* und als Erklärungen herangezogen.
- *Biographische Erzählungen sind alltagsweltlich sowohl thematisch als auch formtraditional fest verwurzelt.* Daraus ergeben sich für die Biographieforschung zwei Vorteile:
  - 1. *Biographische Forschung schließt thematisch an alltägliche lebensgeschichtliche Erzählungen an.* Eine naturalistische Befragungssituation wird dadurch gewährleistet, daß das Thema für den Interviewten weder neu noch ungewohnt ist.
  - 2. *Erhebungstechnisch schließt die Biographieforschung mit dem ‚biographischen Erzählen' an lebensgeschichtliche Kommunikation im Alltag an.* In der Interviewsituation wird vom Befragten nicht das erste Mal erwartet, sein Leben gedanklich geordnet und sprachlich adäquat zu präsentieren.
- Die Merkmale der *Naturalistizität* und der *Kommunikativität* sind in der Biographieforschung in besonderem Maße verwirklicht.
- In der Belletristik kann man zwei Varianten biographischen Vorgehens finden.
  - 1. Literarische Studien, deren Anliegen es ist, die Lebensgeschichte der „einfachen Leute" und den Anteil der sozialen Produziertheit ihres Schicksals aufzuzeigen.
  - 2. Literarische Studien, deren Absicht es ist, die Beeinflussung des Gemeinwesens durch eine einzelne Person – z. B. einen Politiker – sowie die Entwicklung der Persönlichkeit des Wirkenden darzustellen.
- Auch im Wissenschaftsbereich gibt es biographische Studien, die in ihrem Vorgehen dem ersten, eher sozialkritisch-literarischen, Modell ähneln.
- Diese Studien müssen sich den Vorwurf eines quasi-literarischen Vorgehens gefallen lassen, weil sie zwar das Ausmaß und die Form der *sozialen Produziertheit individuellen Lebens* beschreiben, nicht aber das *allgemeine Handlungsmuster*, die *Regeln der Produziertheit* und *deren Vermittlung an das Individuum.*
- Derzeit sind zwei Regelsysteme ausgearbeitet, mit denen der Forscher auf der Grundlage des Materials eines oder mehrerer Einzelfälle *soziale Typen* herausarbeiten kann: die *komparative Kasuistik* nach *Jüttemann* und die *Typenbildung* nach *Gerhardt.*

8.3. Biographische Forschung als Einzelfallapproach

Für die Biographieforschung bilden das interpretative Paradigma und die qualitative Sozialforschung den theoretischen und methodologischen Rahmen ihres Vorgehens. Biographische Forschung ist einerseits Ausformung des im zweiten Kapitel beschriebenen Einzelfallapproachs mit einem speziellen soziologisch-theoretischen Ansatz und andererseits eine Kombination der in diesem Band beschriebenen qualitativen Erhebungs- und Auswertungsmethoden.

8.3.1. Biographieforschung als Ausformung des Einzelfallapproachs

Wie wir im 2. Kapitel gesehen haben, handelt es sich bei der Einzelfallstudie weder um eine konkrete Erhebungstechnik, weshalb sie in den Methodenbüchern bei der Behandlung der empirischen Techniken nicht erscheint, noch um einen eigenständigen methodologischen Ansatz, weshalb sie bei der Behandlung der methodologischen Paradigmen nicht vorkommt. Vielmehr ist sie ein approach, ein Forschungsansatz, der theoretische Vorgaben der Methodologie des interpretativen Paradigmas in forschungspraktische Anweisungen qualitativer Sozialforschung umsetzt, ohne selbst Erhebungstechnik zu sein. „Bei (Einzel-) Fallstudien werden besonders interessante Fälle hinsichtlich möglichst vieler Dimensionen und zumeist über einen längeren Zeitraum hinweg beobachtet (bzw. befragt), inhaltsanalytisch ausgewertet, beschrieben und analysiert" (*Kromrey* 1986, S.320). Dadurch soll ein genauerer Einblick in das Zusammenwirken einer Vielzahl von Faktoren erhalten werden, wobei das Interesse auf das „Auffinden und Herausarbeiten typischer Vorgänge gerichtet ist" (*Fuchs* et al. 1978, S.181). „Es besteht also das Bestreben, aus jedem Einzelfall eine Untersuchung für sich zu machen" (*Goode/Hatt* 1956, S.312).

Biographieforschung ist nun eng verwoben mit dem interpretativen Paradigma und bedient sich methodologisch eben des Einzelfallapproachs. Ihr Ziel ist es, eine einzelne Lebensgeschichte hinsichtlich möglichst vieler Dimensionen zu erforschen und daran vom Einzelfall abstrahierend typische Vorgänge zu identifizieren. „Statt uns auf immer abstraktere Generalisierungen zu konzentrieren, die wir mit immer größeren Datenerhebungen zu finden hoffen, sollten wir versuchen, in intensiven Fallstudien Material zu sammeln, das Aussagen über konkrete Wirklichkeit und Wahrnehmungen dieser Wirklichkeit durch konkrete Personen zuläßt" (*Abels* 1975, S.230). Der approach der Einzelfallstudie setzt gegen die Erhebung und Auswertung hoch-aggregierter Daten die Analyse eines einzelnen Falls, einer einzelnen Untersuchungseinheit, z. B. in Form der Biographie:

„Lebensgeschichten bestehen aus der Souveränität, mindestens aber aus der zentralen Wichtigkeit des Ich als Leidenszentrum des Geschehens. ... Sie weigern sich, die Lebensführung als bloße Episode im großen Strukturzusammenhang von Gesellschaft und Geschichte zu fassen" (*Fuchs* 1984, S.92). Nur die Einzelfallstudie kann diese extrem subjektive Sichtweise angemessen berücksichtigen und methodologisch in den Forschungsansatz angemessen einbeziehen. Werden in einem größeren qualitativen Projekt mehrere Biographien „erhoben", so werden diese nicht als prinzipiell austauschbarer Teil eines aggregierten Datensatzes betrachtet. Vielmehr besteht die Studie insgesamt aus mehreren Einzelfallstudien. Insofern handelt es sich bei der *biographischen Forschung* also *um eine Anwendung der Einzelfallstudie mit einem speziellen theoretischen Zugang*. Aber natürlich ist Biographieforschung thematisch nicht auf die Analyse lebensgeschichtlicher Verlaufsmuster und deren Wandel gerichtet, sondern trägt mit der methodischen Orientierung an der Biographie der Tatsache Rechnung, daß diese eine *wichtige Orientierungsfolie für alltägliche Handlungen und Entscheidungen ist*. Biographieforschung ist also nicht mit einer Bindestrich-Soziologie zu verwechseln, sondern sie ist ein spezifischer, methodisch-theoretischer Zugang zu allen Bereichen sozialer Wirklichkeit.

Für den Einzelfallapproach wurde im zweiten Kapitel dieses Bandes eine Typologie des Designs herausgearbeitet, die auf zwei Differenzierungskriterien beruht: der Art der Untersuchungseinheit und der Art der Forschungsfrage. *Die Untersuchungseinheit der Biographieforschung ist die einzelne erlebende und erleidende Person*, nicht ein soziales Aggregat. *Die Forschungsfrage der Biographieforschung ist auf den inneren Zusammenhang, auf die Binnenstruktur der Lebensgeschichte der einzelnen Person gerichtet*, nicht auf die Außenkontakte der Untersuchungseinheit.

8.3.2. Biographieforschung als Kombination qualitativer Erhebungsmethoden

Qualitative Forschung, so wurde im zweiten Kapitel ausgeführt, hat vier grundlegenden Merkmalen zu genügen, die aus den methodologischen Implikationen des interpretativen Paradigmas abgeleitet werden: Das Merkmal der *Offenheit* wird von der Biographieforschung insoweit erfüllt, als sie sich am *idiographischen Vorgehen der Einzelfallstudie orientiert*. Die *Kommunikativität* wird durch die Verwendung der *qualitativen Varianten von Interview, Beobachtung und Gruppendiskussion* gewahrt. Das Merkmal der *Naturalistizität* ist für die biographische Forschung erfüllt, da sie prinzipiell an *alltagsweltliche Formtraditionen lebensgeschichtlicher Kommunikation* anschließt. Das Merkmal der *Interpretativität* ist realisiert, soweit in biographisch orientierten Forschungsprojekten tatsächlich eine zweistufige Auswertungstechnik, bestehend aus dem *Nachvollzug der individuellen Lebensgeschichte* und der *Herausarbeitung sozialer Muster*, verwendet wird.

Der Anwendung einer Erhebungstechnik geht die Populationswahl voraus. Im Einzelfallapproach wird der zu untersuchende Fall aus der Grundgesamtheit nicht durch Zufallsauswahl entnommen, sondern durch ein ‚theoretisches sampling'. Die Auswahl erfolgt (so wenigstens die reine Lehre) aufgrund theoretischer Erwägungen, die den Einzelfall als für die Untersuchung besonders geeignet erscheinen lassen (z. B. dadurch, daß die auszuwählende Einheit dem zuletzt untersuchten Fall bezüglich bestimmter Merkmale des Lebensverlaufs diametral entgegensteht; die ausgewählten Untersuchungseinheiten werden dann, jede für sich, als Einzelfall betrachtet und ausgewertet). Nur allzu oft werden allerdings die theoretischen

Überlegungen zur Auswahl der Untersuchungspersonen von Praktikabilitätserwägungen verdrängt:

Persönliche und informelle Kontakte sind häufig für die Auswahl der Befragten wichtiger als theoretische Kriterien. Dies hat vor allem forschungspraktische Gründe. Nachdem die Gruppe der Personen, die untersucht werden soll, grob umrissen ist, stellen sich dem Forscher zwei Fragen: „Wie lerne ich der so umgrenzten Gruppe angehörende Menschen soweit kennen, daß ich sie mit Aussicht auf Erfolg fragen kann, ob sie mir für eine lebensgeschichtliche Befragung zur Verfügung stehen wollen? Zweitens: Welche Personen wähle ich aus der durch die Forschungsfrage umgrenzten Gruppe aus?“ (*Fuchs* 1984, S.225). Beide Aufgaben werden meist nicht nach den Vorgaben des ‚theoretical sampling‘ gelöst, sondern nach praktischen Erwägungen.

Beispiel:
In der schon mehrmals zitierten Jugendstudie (vgl. *Fischer* et al. 1981) findet sich folgendes Auswahlkriterium für die in qualitativen Interviews zu befragenden Jugendlichen: „Wegen der knappen Zeit und der kleinen Anzahl der zu befragenden Jugendlichen soll nur ein Auswahlkriterium gelten: Daß der zu befragende Jugendliche für den Interviewer erreichbar ist. Ein ausreichendes Vertrauensverhältnis und die Bereitschaft zur Mitarbeit müssen möglich sein. Im übrigen wird darauf geachtet, daß unter den 6 bis 10 case studies einige Mädchen sind“ (*Fuchs* 1981c, S.9).

In der Frühzeit der biographischen Forschung, zu Beginn dieses Jahrhunderts, als die Forscher sich der ‚personal documents method‘ bedienten, war es üblich, bereits vorliegendes Material zur Auswertung heranzuziehen, z.B. Tagebücher, Briefe, Akten usw.

Beispiel:
A. V. *Cicourel* (1978) beschreibt in einer Fallstudie die Geschichte eines Jungen, namens Mark. Ziel der Studie war es herauszuarbeiten, wie dem Jungen von offizieller Seite eine kriminelle Karriere aufoktroyiert wurde. „Cicourel beginnt die Geschichte mit der Schilderung einer Vernehmung von Mark durch einen Polizeibeamten anläßlich eines Einbruchs, bei der der Autor (Cicourel; Anm. S.L.) mit anwesend war. Dabei wird deutlich, wie der Beamte verfährt, um aufgrund der Vernehmung einen Polizeibericht und eine Akteneintragung produzieren zu können und wie die bereits vorliegenden Eintragungen für die weitere Behandlung des ‚Falls‘, d. h. für die Konstruktion einer administrativen Biographie herangezogen werden“ (*Kohli* 1978a, S.291). *Cicourel* zeigt dann durch die systematische Aufarbeitung aller vorliegender Polizei- und Sozialarbeiterberichte über Mark und sein soziales Umfeld, daß der kriminelle Grundton der administrativen Biographie – die dem vernehmenden Beamten stichwortartig als Karteikarte vorliegt – vor allem aufgrund vorschneller Schlüsse, verkürzender und verfälschender Interpretationen der vorliegenden Berichte zustande gekommen ist. Der Autor rekonstruiert nach einer erneuten, kritischen Durchsicht der Berichte eine andere authentischere Biographie des Jungen Mark.

In diesem Fall hat der Forscher auf bereits vorliegendes Material zurückgegriffen und dieses nicht eigens für die Untersuchung erhoben. Seit der Rezeption der biographischen Methode im *Social Science Research Council* wurde dazu übergegangen, das Material und die Daten eigens für die jeweilige Untersuchung in einem wissenschaftlich kontrollierten Vorgang zu produzieren und zu erheben.

Das Datenmaterial für eine biographische Studie kann prinzipiell, wie bei der Einzelfallstudie üblich, durch alle Techniken der empirischen Sozialforschung erhoben werden. Doch wird das Spektrum eingeschränkt durch die vier Kriterien der qualitativen Methodologie: Offenheit, Kommunikativität, Naturalistizität und Interpretativität. Die Erhebungsmethoden müssen diesen Merkmalen genügen, weshalb nur jeweils die qualitativen Varianten einer Erhebungstechnik in Frage kommen. Die Biographieforschung bedient sich verschiedener, im Grad der Standardisierung zwar nicht mit den quantitativen Verfahren vergleichbar, aber dennoch wissenschaftlich kontrollierter Interviewmethoden. Ein Verfahren zur Erhebung biographischer Daten hat sich besonders durchgesetzt: das narrative Interview, das in 3.4.1. ausführlich dargestellt wurde.

In neueren Arbeiten wird vorgeschlagen (vgl. *Bude* 1984), die gesamte Interviewsituation auf Video aufzuzeichnen, um auch non-verbale kommunikative Akte der Interviewpartner aufzunehmen und zu interpretieren. Die Reduktion auf die verschriftete Form der gesprochenen Sprache allein verkürzt diese um wichtige Elemente der nonverbalen Kommunikation und damit um wesentliche Bedeutungsgehalte.

Neben dem narrativen Interview wird das *offene Leitfadeninterview* zur Erhebung biographischer Daten verwendet. Hier wird dem Interviewer vom Forscher ein Katalog anzusprechender Fragen und Themen an die Hand gegeben, die von diesem in der Befragungssituation verhandelt werden müssen. Im Zusammenhang mit biographischen Studien bedeutet dies, daß der Interviewer aus der Sicht des Forschers für wichtig erachtete Lebensphasen und Ereignisse dezidiert anspricht. Der Befragte kann dann auf die Fragen des Interviewers ausführlich erzählend oder berichtend antworten, ohne sein ganzes Leben in einem ‚großen Zug' - wie es idealiter im narrativen Interview der Fall wäre – präsentieren zu müssen. Dies hat in der Befragungssituation zwei Vorteile:
(1) Unklarheiten beim Interviewer aufgrund „unglücklicher" Formulierungen des Befragten können unverzüglich ausgeräumt werden und nicht erst nach Beendigung der biographischen Haupterzählung wie im narrativen Interview.
(2) Auch Personen mit geringer kommunikativer Kompetenz können in die Untersuchung einbezogen werden. Zwar unterstellt *Schütze* (1977) eine schichtunabhängige narrative Kompetenz, die es allen Angehörigen jeder sozialen Schicht, auch denen am unteren Ende der Sozialhierarchie, ermöglicht, sich erzählend zu präsentieren, doch ist ein gewisses Maß an intellektueller Leistungsfähigkeit zur gedanklichen Schließung der Erzählung und sprachlichen Formulierung der Ereignisse notwendig, was eben nicht in allen Schichten gleichermaßen vorhanden ist. Hier liegt die Chance des Leitfadeninterviews, auch sprachlich weniger kompetente Menschen befragen und weniger qualifizierte Interviewer einsetzen zu können.

In der Regel werden in biographischen Studien nur Interviewtechniken zur Erhebung eingesetzt. Eine Ausnahme stellen die Studien von *Hildenbrand* (vgl. *Hildenbrand* 1979) dar, in denen zusätzlich zum Interview die teilnehmende Beobachtung zur Untersuchung verwendet wird.

Beispiel:
Ziel der Studie ist die Eruierung vorbewußter biographischer Orientierungen im Familienzusammenhang psychisch Kranker. Zu diesem Zweck hielt sich der Forscher über ein Jahr lang regelmäßig im Haushalt einer Familie auf, in der auch ein schizophrener Junge lebt. Durch die lange Dauer der Beobachtung „wurde es möglich, alltägliche Situationen als alltäglich Handelnder in der Familie zu beobachten" (*Hildenbrand* 1979, S.155). Ergänzt wurde die Beobachtung durch Leitfadeninterviews mit den Angehörigen des Jungen.

Die Verortung der Biographieforschung kann so skizziert werden:

- Biographische Forschung ist die *Anwendung der Fallstudie mit einem speziellen theoretischen Zugang*.
- Die biographische Methode knüpft an *alltagsweltliche Formtraditionen lebensgeschichtlicher Kommunikation* an.
- Es geht ihr um den *Nachvollzug der individuellen Lebensgeschichte bei gleichzeitiger Herausarbeitung der zugrundeliegenden sozialen Muster*.
- Die eingesetzten *Methoden sind qualitativ* und bestehen zumeist aus *Formen des Interviews* (z.B. narratives und/ oder Leitfadeninterview).
- Nicht selten werden in biographischer Forschung auch *mehrere Methoden in Kombination eingesetzt*.

8.4. Die Auswertung biographischen Materials

Biographische Dokumente lassen sich mit unterschiedlichen Zielsetzungen auswerten. Bei der Auswertung von Autobiographien werden folgende Methoden unterschieden, die auch kombinierbar sind:

1) *Die konstruktive Methode*: Hier wird eine möglichst große Anzahl von Autobiographien nach einer klar umrissenen Problemstellung durchgearbeitet. Der Soziologe interpretiert die gelesenen Autobiographien. Die problembetreffenden Beschreibungen in den Autobiographien werden zu Bausteinen, aus denen ein allgemeines Bild der zu erforschenden Phänomene konstruiert wird. Bei dieser Methode ist die Intuition des Forschers von großer Wichtigkeit.

2) *Die Methode der Inhaltsanalyse* wird auf autobiographische Materialien angewandt. Die Inhaltsanalyse könnte beim Studium von Autobiographien eine „strengere" Technik für eine Prüfung der Einstellungen der Verfasser bieten.

3) *Die Methode der Exemplifikation* besteht in der Illustration und Begründung bestimmter Hypothesen durch ausgewählte Beispiele aus der Autobiographie. Da die Hypothesen erst während des Lesens der Autobiographie entstehen können, stellen sie keine kritisch geprüften Aussagen dar. Da der Forscher in den Autobiographien die Bestätigung seiner eigenen Theorien sucht, ist klar, daß der Wert einer solchen Bearbeitung oft nicht besonders groß ist.

4) *Statistische Bearbeitungen* stellen Abhängigkeiten verschiedener Merkmale der Autoren von Autobiographien von ihren Einstellungen und Bestrebungen, sowie Zusammenhänge zwischen verschiedenen Eigenschaften der sozialen Gruppen und den Merkmalen der Autoren fest. Sie bieten die Möglichkeit, bestimmte Abhängigkeiten zu messen, sowie subjektive und intuitive Neigungen des interpretierenden Forschers auszuschließen. Sie erweisen sich als besonders brauchbar bei der Auswertung von Autobiographien als Hilfsmaterial.

5) *Die typologische Analyse*:
- Aufstellung bestimmter Persönlichkeitstypen, Verhaltenstypen, Mustertypen des Zusammenlebens, die in verschiedenen Gruppen auftreten (siehe Prozeßstrukturen);
- Klassifizierung und Kategorisierung des autobiographischen Materials und der Reduzierung auf einige Typen.

  Diese Typenaufstellung bietet nach Meinung einiger Soziologen den größten wissenschaftlichen Nutzen, den die Autobiographien zu liefern in der Lage sind.

Ein wichtiges Anliegen der Biographieforschung ist es, Aussagen zu machen, die über den Einzelfall hinausgehen. Daher wird der Forscher, der sich mit den Lebensschicksalen einzelner Menschen beschäftigt, permanent vor die Frage gestellt, was generalisierbar und für diesen Fall typisch ist. Aufgrund von Gemeinsamkeiten von Einzelschicksalen im Mikrobereich können so allgemeine Aussagen über sozialstrukturelle Erkenntnisse im Makrobereich gemacht werden. In der sozialstrukturell orientierten Biographieforschung steht der Lebenszyklus von Kohorten und sozialen Aggregaten im Mittelpunkt des Interesses. Nicht das, was der einzelne Biographieträger als sein individuelles Lebensschicksal betrachtet, wird hier erfaßt, sondern Prozeßstrukturen des Lebenslaufs (vgl. z. B. *Kudera* et al. (1984)).

Schütze (1984) geht davon aus, daß eine Kombination elementarer Prozeßstrukturen eine Typenbildung von Lebensläufen erlaubt.

Im Einzelfallapproach geschieht die Auswertung des erhobenen Materials im Wege der Interpretation. Die Interpretation hat, wie es vielleicht das Alltagsverständnis des Begriffs nahelegt oder wie von quantitativ-methodologischer Seite manchmal unterstellt wird, nichts mit ‚freischwebender' Spekulation über die Bedeutung von Äußerungen und Handlungen zu tun. Vielmehr handelt es sich – von der Methodologie und den Erkenntnisinteressen her bestimmt – um ein zweistufiges Verfahren:

(1) Nachvollzug der individuellen Lebensgeschichte, d. h. die *Rekonstruktion der Ereignisse und deren Bedeutung* für den Handelnden und

(2) die *Konstruktion von Mustern*, die aus den individuellen Ausformungen der Lebensgeschichten abgeleitet werden.

Dies geschieht z.B. durch die Formulierung elaborierter Existenzaussagen, in denen das Wesentliche oder Typische des Einzelfalls in einer wissenschaftlichen Paraphrase festgehalten wird. Im qualitativen Forschungsprozeß wird die Interpretation von den inhaltsanalytischen Techniken geleistet.

Auf die Auswertung durch Typenkonstruktion nach *Gerhardt* (1984) und die komparative Kasuistik nach *Jüttemann* (1981) wurde schon im Abschnitt 7.2.3. eingegangen. Darüber hinaus gibt es vier relativ verregelte inhaltsanalytische Interpretationstechniken mit denen Protokolle von Interviews ausgewertet werden: die *objektive Hermeneutik* nach *Oevermann* (vgl. *Oevermann* et al. 1979), die *strukturelle Beschreibung* nach *Hermanns* (vgl. *Hermanns* et al. 1984), die *qualitative Inhaltsanalyse* nach *Mayring* (1988) und die *strukturale Rekonstruktion* nach *Bude* (1984). Gemeinsam ist den inhaltsanalytischen Interpretationstechniken, daß sie ein Regelwerk für die beiden Interpretationsschritte angeben. Die objektive Hermeneutik nach *Oevermann* und die qualitative Inhaltsanalyse nach *Mayring* sind im Kapitel zur Inhaltsanalyse vorgestellt worden, weshalb hier nur der Verweis auf Abschnitt 5.3.3.1. für die qualitative Inhaltsanalyse und auf 5.3.3.2. für die objektive Hermeneutik anzubringen ist. Anschließend wird nun das Verfahren der *strukturellen Beschreibung* (*Hermanns* et al. 1984) behandelt. In diesem Verfahren werden in einem *ersten Schritt die manifesten Kommunikationsinhalte analysiert*. In einer *zweiten Stufe* werden dann zusätzlich, aufgrund der Analyse von Textstrukturen, *die latenten Kommunikationsinhalte* untersucht. In 8.4.2. wird die *strukturale Rekonstruktion* nach *Bude* dargestellt.

8.4.1. Strukturelle Beschreibung nach Hermanns

Die strukturelle Beschreibung ist eine von Fritz *Schütze* (1977) entwickelte inhaltsanalytische Technik zur Auswertung von transkribierten Protokollen narrativer Interviews. Ohne hier eine genauere Darstellung des narrativen Interviews geben zu wollen, sollen dennoch die wesentlichen Merkmale sowie die vorkommenden Textsorten kurz rekapituliert werden (zur genaueren Darstellung vgl. den Abschnitt 3.4.1. über das narrative Interview).

Das narrative Interview ist eine Spezialform des qualitativen Interviews, das ebenfalls von Fritz *Schütze* (1977) entwickelt und in den letzten Jahren von ihm propagiert wurde. Es findet vor allem in der Biographieforschung Anwendung. Das narrative Interview gliedert sich in drei Phasen:

(1) Die *Einleitung*, in der zwischen dem Befragten und dem Interviewer
   (a) geklärt wird, welches Thema im folgenden verhandelt werden soll, und
   (b) vereinbart wird, daß der Interviewte von seiner narrativen Kompetenz Gebrauch macht.

   In dieser Phase des narrativen Interviews wird der Befragte aufgefordert zu erzählen. „Die Eingangsfrage als ‚erzählgenerierende' Frage ist wichtig, denn mit ihr kommt der Interviewte in den ‚Zugzwang' der Erzählung" (*Girtler* 1974, S.156). Diese erzählgenerierende Frage des Interviewers bildet die Schnittstelle zur nächsten Phase des Interviews.

(2) An die Einleitung schließt sich die *Erzählphase* des Befragten an. In dieser Phase stellt der Interviewte vergangene Handlungsabläufe erzählend dar und bietet dazu eine retrospektive Deutung des Handlungsverlaufs an. Hier findet sich ein Kriterium qualitativer Methodologie nämlich die Kommunikativität in besonderer Weise verwirklicht. Denn die Darstellung von Handlungsverläufen und die zugehörigen Deutungen (in der Biographieforschung sind das retrospektive Handlungsorientierungen) sind es ja, die in der qualitativen Sozialforschung im Vordergrund des Interesses stehen.
(3) Nachdem der Befragte seine Erzählung für beendet erklärt hat, besteht für den Interviewer die Möglichkeit in einer *Nachfragephase* Unklarheiten durch Rückfragen auszuräumen. Dabei kann er gezielte Fragen nach Fakten stellen oder aber eine weitere erzählgenerierende Frage zu einem in der Haupterzählung im Dunkeln gebliebenen Themenbereich stellen.

Narrative Interviews werden auf Tonband aufgenommen, und nach Ende der Sitzung transkribiert. Die schriftlichen Protokolle werden dann z.B. mit der Technik der strukturellen Beschreibung ausgewertet. Bevor auf diese Analysetechnik näher eingegangen wird, soll kurz und rekapitulierend (vgl. Kapitel 3) ein Überblick über in solchen Protokollen vorfindbare Textsorten gegeben werden.

Unter einem Text versteht man in der Regel zwar eine schriftliche Form sprachlicher Kommunikation, doch kann das Interviewprotokoll in Ausnahmefällen auch als Video- oder Tonbandprotokoll vorliegen. Daher ist ein *Text ganz allgemein jede Form aufgezeichneter sprachlicher Kommunikation*. Man unterscheidet zwischen drei Textsorten: *Argumentations-*, *Beschreibungs-* und *Erzähltexte* (vgl. *Mühlfeld* et al. 1981, S.330). Argumentationstexte liegen auf der Ebene der praktischen Erläuterung; sie sind in keiner Weise indexikalisch oder szenisch. Beschreibungstexte fangen Ereignisabläufe ein, abstrahieren aber von den zugrundeliegenden Szenen. Erzähltexte sind hochgradig indexikalisch und szenisch.

Im narrativen Interview wird der Befragte dazu angehalten, einen Erzähltext über die, für den Forscher interessanten Handlungsabläufe zu produzieren. Die Struktur einer Erzählung besteht aus
(a) *dem Aufbau der Szene* – dies ist sozusagen die Indexikalisierung der Szene – (hier werden Personen eingeführt, der zeitliche Rahmen und der Ort des Geschehens mitgeteilt), aus
(b) *dem sequentiellen Erzählen des Handlungsverlaufs*, das in einer Art Höhepunkt mündet und schließlich aus
(c) einer *retrospektiven Deutung und Bewertung des Handlungsverlaufs*.

Nach dieser erläuternden Rekapitulierung des narrativen Interviews wenden wir uns nun der Technik der strukturellen Beschreibung zu. Das Verfahren selbst besteht aus zwei Phasen, in denen sich der Forscher immer weiter von den manifesten zu den latenten Kommunikationsinhalten in den Text hineinarbeitet: (1) *Die formale Beschreibung* und (2) *die inhaltliche Beschreibung*. In der zweiten Phase werden vier Stufen der Analyse durchlaufen, in der der eigentliche Interpretationsschritt, der wissenschaftlich kontrollierte Nachvollzug der Handlungsfigur und die Konstruktion eines Handlungsmusters vollzogen werden.

Phase 1: Die formale Textanalyse
Die strukturelle Beschreibung beginnt mit der formalen Textanalyse des Interviewmaterials. Der Interviewtext wird formal in die verschiedenen Textteile, in *Einleitung*, *Haupterzählung* und *Nachfrageteil* gegliedert. Außerdem wird in dieser Phase der Text auf die verschiedenen, oben genannten, Textsorten hin untersucht. Anhand dieser beiden Differenzierungskriterien wird der Text in Segmente zergliedert, die im folgenden jeweils einzeln analysiert werden. „Formales Kriterium für den Beginn und das Ende eines Segments sind erstens das vorherrschende kommunikative Schema (Textsorten; Anm. S.L.) und zweitens sogenannte Rahmenschaltelemente, d. h. sprachliche Indikatoren, die anzeigen, daß nunmehr im Erzählablauf ein neuer Abschnitt beginnt (‚Schön. Und eines Tages...')" (*Hermanns* et al. 1984, S.122), oder Perspektiven- und Sprecherwechsel.

Phase 2: Die inhaltliche Analyse
„Die inhaltliche Analyse des Textes erfolgt nun segmentweise, wobei inhaltliche Kriterien, etwa ein thematischer Kreis, weitere Kriterien für die Segmentierung bilden" (*Hermanns* et al. 1984, S.122f). So gliedert sich beispielsweise ein Segment zum Berufsverlauf in Untersegmente zur Entscheidung für einen Beruf, zur Berufsausbildung, zur ersten Anstellung usw. Genaue zeitliche Datierungen einzelner Ereignisse, die Beschreibungen von Wandlungen und Brüchen im Erzählfluß sind weitere Anhaltspunkte für die Segmentierung des Textmaterials.

Innerhalb der einzelnen (Unter-) Segmente paraphrasiert der Forscher zunächst den vorgestellten Ereignisablauf möglichst in den Worten des Interviewpartners. Bis zu diesem Punkt soll die formale und inhaltliche Beschreibung eines Textes an einem Beispiel verdeutlicht werden:

Beispiel:
Hermanns und seine Mitarbeiter (1984) untersuchen Berufsverläufe von Ingenieuren. Es werden im Beruf stehende Ingenieure in narrativen Interviews zu ihrem beruflichen Werdegang befragt. Die transkribierten Interviewprotokolle dienen als Ausgangsmaterial für die weitere strukturelle Beschreibung.

In einem ersten Schritt wird der Text gemäß der formalen Beschreibung in Segmente unterteilt. Die ersten vier Segmente werden eindeutig durch einen Sprecherwechsel voneinander getrennt. „Dem folgenden Textauszug voraus gingen Segmente, in denen (1) der Interviewer die Erzählaufforderung stellt und (2) der Interviewpartner Aufklärung über den Verwendungszusammenhang des Interviews sucht. Der Interviewer gibt daraufhin (3) eine Erklärung über den Datenschutz ab. Er wird aber vom Interviewpartner (4) aufgeklärt, daß das nicht der Sinn der Frage sei, da er gegenüber einer Veröffentlichung des Textes keine Bedenken habe, er will vielmehr den ‚praktischen Nutzen' des Interviews wissen. Er vermutet, daß die Forschungsfrage dazu dienen kann, ‚jungen Menschen zu helfen, Lebensentscheidungen zu treffen'. Der Interviewer erläutert kurz, wie er zu dem Projekt gekommen ist, bestätigt grob die genannten Vermutungen und weist darauf hin, daß der Erzähler sich nicht auf diese Frage hin orientieren soll" (*Hermanns* et al. 1984, S.123). Im folgenden Segment (5) schildert der Interviewpartner die familiale und individuelle Ausgangslage in der Kindheit. Er stellt sowohl seine technische als auch seine musikalische Begabung heraus. Beide Begabungen werden im folgenden immer wieder thematisiert, und erlangen den Rang einer biographischen Entwicklungslinie. Im nächsten Segment (6) werden Ausbildung und Berufswahl thematisiert, wobei ein Konflikt zwischen der musikalischen und technischen Entwicklungslinie dargestellt wird („Und habe mir dann überlegt, ob ich Musik oder Maschinenbau studieren soll"; Interviewpartner zitiert nach *Hermanns* et al. 1984, S.127).

„7. Segment: Studium

E: Jedenfalls bin ich nach B (Universitätsstadt) gegangen, 1954, und habe dort Maschinenbau studiert, gleichzeitig privat weiter Gesang studiert. Und als ich fertig war mit dem Studium, war ich mir wieder nicht sicher, ob ich jetzt Maschinenbau oder Musik betreiben sollte.

Das siebte Segment beginnt mit einem ‚Rahmenschaltelement' (‚Jedenfalls'; Zeile 49), das diffus an das vorige Segment anschließt und deutlich machen soll, daß nun etwa Neues dargestellt werden soll, nämlich die Studienzeit an der Hochschule. In dieser Zeit war eine friedliche Koexistenz der beiden Linien Technik und Musik problemlos möglich. Beide Linien laufen nun parallel, der Erzähler studiert sowohl Technik als auch Musik, jedoch ergibt sich eine leichte Dominanz des technischen Themas daraus, daß er Technik offiziell an einer Universität studiert, Musik dagegen nur ‚privat' (Zeile 50-51). Eine Entscheidungssituation stellt sich für ihn am Ende des Technikstudiums, das hier den zeitlichen Rahmen für die Abfolge der biographischen Ereignisse setzt. Die Entscheidungssituation selbst stellt sich als eine Entweder/Oder-Entscheidung dar. Die Möglichkeit einer Fortsetzung der friedlichen Koexistenz durch zwei parallele Linien ist für den Erzähler nicht mehr gegeben. Die Erzählung der Ereignisse drängt hier auf einen erzählerischen Höhepunkt in der Erzählung hin, nämlich die Situation, in der die biographisch so folgenreiche Entscheidung für die eine oder andere Linie ansteht" (*Hermanns* et al. 1984, S.127).

Die weitere inhaltliche Analyse vollzieht sich in vier Stufen, die nacheinander für jedes Segment durchlaufen werden: (a) Identifikation unterschiedlicher kommunikativer Schemata, (b) Sichtbarmachung von Erzählketten, (c) Rekonstruktion eines Entwicklungspfades und (d) Bildung analytischer Kategorien.

Stufe 1: Die Identifikation unterschiedlicher kommunikativer Schemata.

Dieses Ziel wird vor allem durch die formale Analyse verwirklicht, durch die der vorliegende Text in Segmente untergliedert wird. Neben der Segmentierung des Textes liefert die Identifikation unterschiedlicher kommunikativer Schemata aber auch Informationen über die Konsistenz der biographischen Darstellung im Redefluß. Der plötzliche Übergang von einer Textsorte (das ist ein kommunikatives Schema) zu einer anderen, also etwa von einem Erzähltext zu einem Argumentationstext, deutet auf biographische Ereignisse hin, die sich nicht ohne Inkonsistenz in die retrospektiv dargestellte Lebensgeschichte einfügen lassen.

Beispiel:

Aus dem bereits oben vorgestellten Material der Studie über Berufsverläufe von Ingenieuren sollen hier eine Passage aus dem Interview und die zugehörige inhaltliche Analyse zitiert werden. In diesem Textauszug erzählt der Interviewpartner über seinen ersten Arbeitsplatz und die Tatsache, daß er diese Stelle schon nach kurzer Zeit wieder aufgegeben hat.

„E: Die menschlichen Kontakte waren hervorragend. Aber ich hab da nur an meinem Schreibtisch gesessen, hatte'n paar Leute, äh, Techniker, und *noch* jemand zur *Hilfe*, äh, und habe mich also nur mit technischen Dingen beschäftigt und hatte das Gefühl, um Gottes Willen, Du vertrocknest hier ja restlos, wenn Du Dich nur mit technischen Dingen beschäftigst, wo bist Du hier hingeraten?

Diese Aussage ist als solche glaubwürdig, sie ist plausibel, da es durchaus vorkommen kann, daß auch ein Ingenieur nur technische Arbeit langweilig findet. Man könnte also – wenn man nicht auf erzähltheoretische Betrachtungen zurückgreifen will, diese Darstellung als Indikator für berufliche Ziele bzw. deren Negation oder als Kriterium für Berufs(un)zufriedenheit ansehen, denn die Aussage ist klar, verständlich und eindeutig.

Unter erzähltheoretischen Gesichtspunkten ist es dagegen zunächst verwunderlich, daß in einer Erzählung ein biographischer Kommentar abgegeben wird, zu dem die Geschichte fehlt. Eine solche Darstellungsform ist unserer Erfahrung nach ein Indikator für eine Stelle mangelnder Plausibilität. Die strukturelle Beschreibung, die an dieser Stelle das Auseinanderklaffen von Kommentar und Erzählung konstatiert, weist auf die ‚Lücke' in der Plausibilität dieser Stelle bereits hin" (*Hermanns* et al. 1984, S.142).

Durch die erzähltheoretische formale Analyse des Materials sollen Aufschlüsse über inhaltliche Brüche und Inkonsistenzen in der retrospektiven Darstellung identifiziert werden. Dies ermöglicht es, die Darstellung zumindest teilweise auf Authentizität zu überprüfen und retrospektive Ergänzungen und Umdeutungen zu entdecken.

Stufe 2: Die Sichtbarmachung von Erzählketten.
Unter einer Erzählkette hat man sich thematisch zusammengehörende sprachliche Darstellungen in *verschiedenen* Segmenten vorzustellen. Die Zusammengehörigkeit thematisch ähnlicher Darstellungen in verschiedenen Segmenten begründen die Vertreter der strukturellen Beschreibung mit der These, daß Erzählungen nicht zufällig gemacht werden. Erzählungen zu einem Thema in einem der ersten Segmente einer biographischen Darstellung sind vorbereitende Ausführungen für Erzählungen in späteren Segmenten der gleichen biographischen Darstellung. Daher können sie vom Forscher als zusammengehörend betrachtet werden. Dies wird vor allem mit der spezifischen Eigenheit des kommunikativen Schemas „erzählen" begründet. Eine Erzählung wird dann sozial als vollständig angenommen, wenn sie eine einheitliche Linie, einen „roten Faden" aufweist, die die Einzelerzählungen zusammenhält.

Die Sichtbarmachung von Erzählketten beinhaltet die Identifikation bestimmter thematischer Kreise in verschiedenen Phasen einer biographischen Schilderung. „Die Verfolgung verschiedener Erzählketten gibt so die Möglichkeit zu kontrastierenden Vergleichen" (*Hermanns* et al. 1984, S.144), um biographische Prozeßstrukturen (etwa Wandlungen oder Verlaufskurven) sichtbar zu machen.

Stufe 3: Die Rekonstruktion eines Entwicklungspfades.
In dieser Phase der Interpretation rekonstruiert der Forscher aus den einzelnen Erzählketten und den sie strukturierenden Prozeßstrukturen einen Entwicklungspfad. Unter einem Entwicklungspfad wird die systematisch geschlossene Darstellung einer ganzen biographischen Schilderung, also aller Erzählketten mit allen „Hoch- und Tiefpunkten, Wendungen, Entscheidungen, ausschlaggebenden Ereignissen und so weiter" (*Hermanns* et al. 1984, S.144) verstanden. Idealiter hat der Forscher mit der Herausarbeitung eines Entwicklungspfades die individuelle Hand-

lungsfigur des erzählenden Alltagsmenschen wissenschaftlich kontrolliert nachvollzogen.

Stufe 4: Die Bildung analytischer Kategorien.
Analytische Kategorien sind „Abstraktionen der Darstellung des Geschehens" (*Hermanns* et al. 1984, S.144). Diese analytischen Kategorien erfüllen folgenden Zweck: Bei der Beschreibung der Besonderheiten der qualitativen Sozialforschung wurde für das Merkmal der Interpretativität ein zweistufiger Prozeß geschildert: (1) wissenschaftlich kontrollierter Nachvollzug der kommunikativen Akte und damit der individuellen Handlungsfigur und (2) Systematisierung einer oder mehrerer Handlungsfiguren zu einem Handlungsmuster (durch Typisierung). Die Herausarbeitung aller kontingenten Handlungsmuster innerhalb eines sozialen Feldes wird damit zum Ziel soziologischer Forschung.

In dieser vierten Stufe der strukturellen Beschreibung ist der Forscher angehalten, genau diesen Übergang zwischen der Handlungsfigur, die kommunikativ vermittelt ist, und dem Handlungsmuster, das der Forscher z. B. durch die gedankliche Steigerung einzelner Merkmale bildet, zu vollziehen. Die analytischen Kategorien, die der Forscher bildet, stellen typische Verlaufsmuster in dem Feld, hier die Schilderung der Lebensgeschichte, dar.

Beispiel:
Als Beispiel soll wieder das schon zitierte Interviewprotokoll herangezogen werden, das *Hermanns* und seine Mitarbeiter im Gespräch mit einem im Beruf stehenden Ingenieur erhalten haben.

„Die erste Abstraktion, die in dem obigen Auszug aus einer strukturellen Beschreibung vorkommt, ist die Kategorie der *‚biograpischen Kontinuität‘*, die aus einem theoretischen Kommentar des Informanten mit umgangssprachlicher Formulierung stammt (‚und dabei (Technikinteresse) hat sich eigentlich relativ wenig geändert‘). Diese Äußerung wurde vom Forscher aufgenommen und in eine analytische Formulierung transformiert, ohne wesentlich über die Äußerung des Informanten hinauszugehen. Der Unterschied besteht hauptsächlich darin, daß der Forscher für einen Sachverhalt, den der Informant im Konkreten schildert, eine abstrakte Kategorie geschaffen hat" (*Hermanns* et al. 1984, S.144). Eine weitere analytische Kategorie, die der Forscher aus dem Material gewonnen hat, ist die der „Schaltstelle". Unter einer Schaltstelle versteht man eine biographische Prozeßstruktur, die den Wechsel der dominierenden Erzählkette anzeigt.

Die gewonnenen Kategorien dienen der typisierenden Charakterisierung eines Entwicklungspfades. „Die analytischen Kategorien, die durch strukturelle Beschreibungen gewonnen werden, sind ‚basisnah‘, das heißt, sie sind unmittelbar aus Abstraktionen aus den Daten entstanden und daher nicht ‚feld-fremd'. Sie haben Relevanz – zumindest für den Text, aus dem sie hervorgegangen sind –, und sie haben Feldbezug, d. h. sie sind auch in anderen Fällen durch ‚Ähnlichkeit‘ nachzuweisen" (*Hermanns* et al. 1984, S.146).

Die strukturelle Beschreibung nach *Hermanns* (1984) kann wie folgt zusammengefaßt werden:

- Die strukturelle Beschreibung besteht aus zwei Phasen: der *formalen Beschreibung* und der *inhaltlichen Beschreibung*.

- In der formalen Beschreibung wird der *Text durch eine erzähltheoretische Analyse segmentiert*.
- Die einzelnen Segmente werden durch das Verfahren der inhaltlichen Beschreibung *interpretativ ausgewertet*. Die inhaltliche Beschreibung besteht aus vier Stufen:
  - Stufe 1: Es werden innerhalb der Segmente die *erzähltheoretischen Schemata identifiziert* und zur weiteren Segmentierung verwendet.
  - Stufe 2: Innerhalb der Segmente werden *thematische Kreise herausgearbeitet* und über die Segmente hinweg *zu einer Erzählkette verknüpft*.
  - Stufe 3: Aus den einzelnen Erzählketten wird *ein Entwicklungspfad* mit allen Hoch- und Tiefpunkten, Wandlungen und Brüchen der Erzählketten erarbeitet.
  - Stufe 4: Schließlich werden *analytische Kategorien* gebildet, die den individuellen Entwicklungspfad *interindividuell charakterisieren*.

8.4.2. Die strukturale Sinnrekonstruktion nach Bude

Da gerade im Bereich qualitativer Inhaltsanalyse eine Vielzahl von Methoden, die jeweils an den Gegenstand angepaßt waren, praktiziert, diese aber nur selten aus allgemeineren hergeleitet wurden oder generalistisch kodifizierbar erscheinen, soll vor der Methode der strukturalen Rekonstruktion eine solche, in der Biographieforschung eingesetzte Einzelmethode kurz skizziert werden:

„Lebensweltanalyse von Fernstudenten" hieß ein Forschungsprojekt an der Fernuniversität Hagen, in dessen Verlauf qualitative Interviews zu den Themen „Lebens- und Lernsituation" sowie „Bildungsgeschichte" mit Studierenden durchgeführt und dann qualitativ inhaltsanalysiert wurden. Die Transkriptionen umfaßten nicht nur den Text, sondern weitergehende Kontextinformationen und nonverbale Aspekte (vgl. *Abels* et al. 1977; *Heinze/Klusemann* 1980). Die Auswertung erfolgte in drei Phasen:

„1. Schritt: Die Perspektive des Interviewten zu einem bestimmten Thema soll nachvollziehend, beschreibend rekonstruiert werden, seine Interpretationsmuster festgestellt werden. Diese Interpretationen werden den Befragten und Betroffenen auch rückgemeldet.

2. Schritt: Theorien und Kategorien werden nun an den Text herangetragen, in die Sprache des Textes übersetzt, um textimmanente Theoriemuster, textgebundene Erklärungen herauszufiltern.

3. Schritt: Diese werden nun aus der Perspektive des Interviewten gewichtet und zu einer subjektiv-gültigen Hierarchie systematisiert. Auch diese Interpretationen werden in diskursiver Verständigung mit den Befragten validiert.

Obwohl dieses Verfahren an einem Beispiel demonstriert wird (Gründe für Studienaufnahme einer Fernstudentin; *Heinze/Klusemann* 1980) bleibt es weitgehend abstrakt und in der Ausführung dann relativ beliebig, wenig methodisch kontrolliert" (*Mayring* 1988, S.30).

Etwas elaborierter ist da die strukturale Rekonstruktion schon:

In kritischer Auseinandersetzung mit der objektiven Hermeneutik *Oevermanns* (1979), transferiert *Bude* (1984) einige methodologische und gegenstandsbezogene Annahmen dieser Kunstlehre in die Biographieforschung. Dabei geht er davon aus, daß die Lebensäußerungen der Menschen, also „die Erzeugnisse ihres Handelns, Gewohnheiten, die Einrichtung ihrer Wohnung, das Bild bei Freunden und Kollegen usf." (*Bude* 1984, S.13) in einem inneren, regelhaften Strukturzusammenhang stehen. „Diese verborgenen Regeln subjektiven Lebens haben den Charakter generativer Regeln, die in konkreten Lebenssituationen ausbuchstabiert werden" (*Bude* 1984, S.12). Die Summe der generativen Regeln und ihrer Ausformungen im konkreten Leben werden von *Bude* Lebenskonstruktion genannt. Diese Lebenskonstruktion liegt der Alltagsaktivität der Individuen als Kohärenzregeln zugrunde.

Bude unterscheidet bezüglich dieser Lebenskonstruktionen zwei Realitätsmodi:

(1) „die verborgene, aktuell nicht zur intentionalen Verfügung stehende Erzeugungsweise subjektiven Lebensgeschehens" (*Bude* 1984, S.11) und

(2) „die erfahrungsmäßige Vergewisserung der sinnhaften Relationen der subjektiven Lebensäußerungen" (*Bude* 1984, S.11).

Hiermit kommt er der Konstruktion *Oevermanns* recht nahe: die objektiven Sinnstrukturen sind nicht unbedingt identisch mit der situativen Deutung durch den Handelnden selbst, denn der Handelnde produziert situativ stets mehr und anderen Sinn, als er glaubt.

Ziel der strukturalen Rekonstruktion nach *Bude* ist nun die Identifikation der verborgenen Regeln, der Lebenskonstruktionen. Die Vorgehensweise der strukturalen Rekonstruktion gliedert sich in zwei Schritte:

1. Der Interpret nimmt sich eine Sequenz eines vorliegenden Interviewprotokolls vor und versucht, das für diese Stelle gültige Verweisungssystem der Rede herauszuarbeiten. „Er wird dabei von der Frage geleitet, nach welcher Logik die einzelnen Äußerungen aneinander anschließen, nach welcher inneren Notwendigkeit hier ein Wort das andere gibt" (*Bude* 1984, S.20). Dabei muß sich der Interpret der Intuition des Alltagsverstehens bedienen; nur so kann er feststellen, ob ein erschlossenes Regelsystem greift.
2. Im zweiten Schritt wird nun geprüft, „ob auch andere Sequenzen sich der Sinnregel fügen, oder ob Relationen zwischen einzelnen Stellen, die verstreut im Text liegen, auf ihrer Folie verständlich werden" (*Bude* 1984, S.21).

In der strukturalen Rekonstruktion wird nicht weiter angegeben, wie von dem im Interviewprotokoll gefundenen Regelsystem des Einzelfalls auf ein soziales Muster geschlossen wird. *Bude* stützt sich auf die Schlüssigkeit, auf die Evidenz des Einzelfalls: „Nicht an der Anzahl der untersuchten Fälle bemißt sich, ob eine Strukturaussage als typisch gelten kann, sondern – gerade im Gegenteil –, an der Schlüssigkeit der Rekonstruktion eines einzelnen Falls" (*Bude* 1984, S.22).

Beispiel:

„Vielleicht wird das Verfahren einer strukturalen Sinnrekonstruktion einsichtiger, wenn ich zunächst ein forschungspraktisches Beispiel vorführe, um dann daran anschließend einige methodische Prinzipien verallgemeinernd zu erläutern. Kehren wir zum Gespräch mit Dr. Gärtner zurück. Es beginnt folgendermaßen:

I: . . . keine strikte Fragekatalog oder irgendwie, daß wir ins Gespräch kommen
können. Also vielleicht das erste, können Sie sich noch erinnern, emm, als Sie
erfahren haben, daß Sie Luftwaffenhelfer werden sollten. Wissen Sie noch etwa die
Situation wie das war?
E: Nein.
I: Wissen Sie nicht mehr?
E: Nein.
I: Sie sie
E: Ich weiß nicht auf welche Weise es mitgeteilt wurde per Brief oder mündlich, ich
weiß es nicht.
I: Ja. Also nachdem, wie ich nachgesehen hab und nachgeforscht hab,
wurden ja Luftwaffenhelfer solche, die auf mittel- und weiterführenden Schulen
waren. Das heißt Sie waren auch in der Zeit auf einer weiterführenden
E: auf einer
Oberschule, wie es damals hieß.
I: Ja. Hier in Berlin?
E: Ja.

Sagt diese kurze Passage irgend etwas über die Lebenskonstruktion von Herrn Dr. Gärtner? Sehen wir sie uns genauer an. Um was geht es? Die erste Frage des Interviewers in (1; 2-4) will die Umstände der Einberufung als Flakhelfer in Erinnerung rufen. Die Frage bekommt Sinn aus der Unterstellung, daß das für die subjektive Erfahrung einen markanten Orientierungspunkt darstellt, an dem ein ganzer Komplex von Erfahrungen hängt. Und tatsächlich hat sich diese Frage in anderen Interviewgesprächen als guter Erzählimpetus bewährt. In diesem Gespräch läuft die Frage allerdings ins Leere. Mit dem kommentarlosen ‚Nein' in (1; 5) läßt Dr. Gärtner seinen Gesprächspartner quasi auflaufen. Auch die Nachfrage in (1; 6) bewegt ihn nicht zu einem Kommentar seines ‚Neins'. Er wiederholt: ‚Nein'. Erst die in (1; 8) aufkommende Irritation des Interviewers veranlaßt ihn zu einer Erläuterung.

Auffällig daran nun ist, daß sie sich innerhalb der Koordinaten der physikalischen Ding-Ereignis-Sprache bewegt. Was er nicht mehr weiß, sind die raum-zeitlich identifizierbaren Umstände der Mitteilung: ‚per Brief oder mündlich, ich weiß es nicht' (1; 9-10). Der Interviewer schwenkt daraufhin in (1; 11-13) – in der wortesuchenden Kompliziertheit des sprachlichen Ausdrucks für einen einfachen Sachverhalt klingt noch die Irritation aus (1; 6) an – auf den Modus der Ding-Ereignis-Sprache ein. Er fragt nach dem Typ der Schule, die Dr. Gärtner zu der Zeit besucht hat und in (1; 16) nach dem damaligen Wohnort. Beides im übrigen Informationen, die dem Interviewer schon bekannt sein sollten und tatsächlich auch bekannt waren. Dr. Gärtner antwortet klar und präzise. Diese Umschreibung führt zu einer ersten Charakterisierung der Eröffnungssequenz des Interviewgesprächs: Aus der Sicht des Interviewers blockt Dr. Gärtner ein offenes Gespräch über seine Erfahrung als Flakhelfer ab, was dann eine gewisse Erläuterung dadurch erfährt, daß er bei seinen weiteren Antworten dem physikalischen Schema der Ding-Ereignis-Sprache folgt.

Man könnte nun meinen, daß es sich hier um ein nicht weiter bedeutsames Mißverständnis handelt, was zu Beginn eines Interviewgesprächs durchaus auftreten kann. Der Interviewer will Dr. Gärtner dazu ermuntern zu erzählen, wie er seine Einberufung subjektiv erlebt hat, wohindessen Dr. Gärtner glaubt, der Interviewer wolle herausbekommen, wie die Benachrichtigung über den Einsatz damals organisiert war. Dagegen allerdings spricht, daß in dem Anschreiben, aufgrund dessen sich Dr. Gärtner zu dem Interview bereit erklärt hat, deutlich die Intention des Gesprächs angesprochen war: nämlich den subjektiven Erfahrungskontext der Lebensgeschichte zu erhellen. Außerdem sagt schon der normale Alltagsverstand, daß man ein solches Gespräch nicht deshalb erbittet, weil man herausfinden will, wie der Benachrichtigungsweg für den Flakhelfer-Einsatz geregelt war. Das hätte man einfach feststellen können.

Plausibler schon ist die Deutung, daß Dr. Gärtner das Gespräch als quasi-öffentlich auffaßt, wo Äußerungen über subjektive Erlebnisse und Gefühle keinen Platz haben. Er weiß als Politiker und Journalist, wie schnell Äußerungen, die offen und ungeschützt subjektive Erfahrungen vortragen, für politische Zwecke mißbraucht und gegen einen verwendet werden können. Er will also gleich zu Beginn des Gesprächs eine Diskursform anschlagen, die klarstellt, über was geredet werden kann und über was nicht. Diese Deutung stellt einen freilich nicht zufrieden. Ein deutungsbedürftiges Faktum bleibt: die rhetorische Ungeschicklichkeit, mit der er agiert. Er muß wissen, daß weitere Fragen kommen werden, die auf den subjektiven Erfahrungskontext zielen und er kann sie nicht jedesmal in den Modus der Ding-Ereignis-Sprache umbiegen. Seine Selbstdarstellung würde zur Selbstkarikatur entarten. Rhetorisch weitaus geschickter wäre es gewesen, zu Beginn des Gesprächs nach dem Modell der öffentlichen Talk-Show eine Form der Darstellung subjektiver Erfahrung vorzugeben, die für die persönliche Integrität ungefährlich ist und allseits zitierbare Äußerungen erlaubt. Nein, Dr. Gärtner ist kein Selbstdarstellungsprofi, wie man es von einem ausgebildeten Journalisten und Politiker erwarten könnte. Die abblockende und sich sperrende Art, die in seinen Äußerungen zu Beginn des Interviews zu Tage tritt, scheint einen Zug seiner Persönlichkeit zu charakterisieren.

Aber seien wir nicht zu voreilig. Finden sich nicht noch andere Hinweise im Text, die die Rede von Dr. Gärtner zu Beginn des Gesprächs verständlich machen? ...

Die Analyse des Verweisungszusammenhangs der einzelnen Äußerungen in dieser kurzen Passage führt uns zur Kernstruktur der Lebenskonstruktion von Herrn Dr. Gärtner. Dr. Gärtner ist beherrscht von der ‚Daseinstechnik' (Thomae) der Annulierung und Verdurchschnittlichung der Besonderheiten seines Lebens – seiner einzigartigen Erfahrungen, seiner auffälligen Leistungen, seiner Erfolge und seiner Schmerzen. In einer psychoanalytischen Sprache könnte man sagen: er sperrt sich gegen die narzißtische Besetzung seines Lebens. Es scheint eine tiefe Gefahr darin zu liegen. Er behauptet geradezu unerbittlich gegenüber sich selbst, daß er ein ganz normaler Mensch sei, von dem es nichts besonderes zu berichten gäbe, was ihn gegenüber anderen heraushöbe. Sicher, er hat als Jugendlicher so manches miterleben müssen und, ja, er ist ‚aufgestiegen'. Aber was ist besonderes daran? Das gilt für viele. Zu Beginn des Gesprächs blockt er deshalb auch nicht ab, um etwas zu verbergen oder um den Interviewer herauszufordern. Er weiß wirklich nicht mehr, wie er sich fühlte, als man ihm in der Schule sagte, du mußt jetzt zur Flak. Es käme ihm viel zu aufgebauscht vor, daraus eine lebensgeschichtliche Erzählung zu machen. Die Aufforderung des Interviewers, sich zu erinnern, das eigene Leben zu betrachten, stößt buchstäblich ins Leere.

Wir haben somit eine Antwort gefunden auf die Forschungsfrage, wie einer sein Leben lebt, der als Jugendlicher hat erfahren müssen, daß die gesellschaftliche Welt, in der er aufgewachsen ist, zusammenbricht und sich als falsche, als böse Welt entpuppt und der sich dann nach 1945 in den subjektiven Aufstieg wirft: er entsubjektiviert sein Leben. Er sperrt sich dagegen, sich sein Leben als ein besonderes zuzurechnen. Was bringt es, sich in Erinnerungen zu verfangen, über Lebensprojekte nachzusinnen, Anklagen gegen vermeintliche Schuldige zu führen, sich den Luxus zu leisten, auf sich stolz zu sein, über Wunden, die einem zugefügt worden sind, zu trauern? Das Leben spricht eine andere Sprache. Man muß seine Familie versorgen, den Ehrgeiz haben, seine Berufsaufgaben gut zu erfüllen, Geld verdienen. Man muß tun, was es zu tun gibt" (*Bude* 1984, S.15ff).

Die strukturale Rekonstruktion nach *Bude* läßt sich so skizzieren

- Ziel der strukturalen Rekonstruktion ist die Aufdeckung *der Lebensrekonstruktionen.*

- Die *Lebenskonstruktion* ist die Summe der *generativen Regeln*, die die Alltagsaktivitäten kohärent steuern.
- Dabei unterscheidet er – ähnlich wie *Oevermann* die objektiven Sinnstrukturen und die situativen Deutungen – in zwei Realitätsmodi
  - (1) „die verborgene, aktuell nicht zur intentionalen Verfügung stehende Erzeugungsweise subjektiven Lebensgeschehens" (*Bude* 1984, S.11) und
  - (2) „die erfahrungsmäßige Vergewisserung der sinnhaften Relationen der subjektiven Lebensäußerungen" (*Bude* 1984, S.11).
- Mit Hilfe des Alltagsverstehens wird das, einzelnen Sequenzen des Protokolls zugrundeliegende, Regelsystem erschlossen.
- In einem zweiten Schritt werden die Sequenzen im Hinblick auf *Ähnlichkeiten oder Unterschiede im Regelsystem* miteinander verglichen, um so auf *allgemeinere Strukturen* zu stoßen.

Zusammenfassend muß man festhalten, daß die Lage der interpretativen Auswertungstechniken derzeit noch unbefriedigend ist. Zwar können individuelle Lebensgeschichten wissenschaftlich rekonstruiert werden – etwa in Form eines Entwicklungspfades – aber die Herausarbeitung typischer Vorgänge in diesem Entwicklungspfad wird kaum näher beschrieben.

8.5. Die biographische Methode im Überblick

- „Lebensgeschichten bestehen aus der Souveränität, mindestens aber aus der zentralen Wichtigkeit des Ich als Leidenszentrum des Geschehens. ... Sie weigern sich, die Lebensführung als bloße Episode im großen Strukturzusammenhang von Gesellschaft und Geschichte zu fassen" (*Fuchs* 1984, S.92). Nur die Einzelfallstudie kann diese extrem subjektive Sichtweise zutreffend berücksichtigen und methodologisch in den Forschungsansatz angemessen einbeziehen.
- So handelt es sich bei jedem biographischen Projekt um eine Einzelfallstudie, bei der das Leben einer einzelnen Person und die Binnenstruktur dieser Lebensgeschichte im Mittelpunkt des Forschungsinteresses stehen.
- Seit der Rezeption der biographischen Methode im *Social Science Research Council* wurde dazu übergegangen, das Material und die Daten eigens für die jeweilige Untersuchung in einem wissenschaftlich kontrollierten Vorgang zu produzieren und zu erheben.
- Die Biographieforschung bedient sich verschiedener, im Grad der Standardisierung zwar nicht mit den quantitativen Verfahren vergleichbarer, aber dennoch wissenschaftlich kontrollierter Interviewmethoden.

- Das narrative Interview ist eine Spezialform des qualitativen Interviews, das in der Biographieforschung oft angewandt wird.
- Neben dem narrativen Interview wird das offene Leitfadeninterview zur Erhebung biographischer Daten verwendet. Hier wird dem Interviewer vom Forscher ein Katalog anzusprechender Fragen und Themen an die Hand gegeben, die von diesem in der Befragungssituation verhandelt werden müssen.
- In neueren Arbeiten wird vorgeschlagen (vgl. *Bude* 1984), die gesamte Interviewsituation auf Video aufzuzeichnen, um auch non-verbale kommunikative Akte der Interviewpartner aufzunehmen und zu interpretieren.
- Derzeit gibt es neben der *komparativen Kasuistik* nach *Jüttemann* (1981) und der vergleichend-kontrastierenden *Typenkonstruktion* nach *Gerhardt* (1984) vier weitere, relativ *verregelte,* inhaltsanalytische Interpretationstechniken, mit denen Protokolle von Interviews ausgewertet werden:
  - die *objektive Hermeneutik* nach *Oevermann* (vgl. *Oevermann* et al. 1979),
  - die *strukturelle Beschreibung* nach *Hermanns* (vgl. *Hermanns* et al. 1984)
  - die *qualitative Inhaltsanalyse* nach *Mayring* (1988)
  - und die *strukturale Rekonstruktion* nach *Bude* (vgl. *Bude* 1984).
- Gemeinsam ist allen vier Techniken, daß sie ein Regelwerk für die beiden Interpretationsschritte angeben:
  - Der Nachvollzug der individuellen Lebensgeschichte, also *die Rekonstruktion der Ereignisse und deren Bedeutung* für den Handelnden und
  - die *Konstruktion von allgemeineren Mustern*, die aus den individuellen Ausformungen der Lebensgeschichten abgeleitet werden.

GLOSSAR

Äquivalenz
1) Im logischen Sinne die Verknüpfung von zwei Aussagen, die nur dann wahr ist, wenn beide Einzelaussagen wahr sind (genau dann wenn x, dann auch y)
2) Umgangssprachlich: Sinngleichheit verschiedener sprachlicher Formulierungen für denselben Sachverhalt.

Aggregat, soziales
Bezeichnung für eine Gesamtheit von Mengen von Objekten: z. B. aus der Menge der Arbeiter wird das Aggregat „Arbeiter eines Betriebes" gebildet. Mit Aggregat wird *nicht* eine innerlich verbundene Gesamtheit (z. B. Organismus) bezeichnet.

Aktionsforschung
Die wissenschaftlich-empirische Arbeit ist mit der Absicht verbunden, soziale Veränderungen in dem untersuchten Feld bewußt herbeizuführen. Der Forscher ist dabei zugleich passiver Beobachter und aktiv Handelnder. Die untersuchten Personen sind nicht nur Datenlieferanten, sondern sie werden als „Subjekte" in den Forschungsprozeß einbezogen.

Anomietheorie
Auf *Durkheim* bzw. *Merton* zurückgehender makrosoziologischer Ansatz zur Erklärung abweichenden Verhaltens, das als Anpassungsprozeß an widersprüchliche gesellschaftliche Anforderungen gesehen wird. Prinzipiell kann Anomie auf verschiedene Weise entstehen, doch wird sie bei *Merton* als Auseinanderklaffen von kulturellen Zielen und institutionalisierten (legitimen) Mitteln definiert.
Literatur: *Lamnek* 1983

Approach
Forschungsansatz, der die zu verwendenden Methoden und Techniken auf der Basis der für den jeweiligen Forschungsbereich passenden Begriffssysteme und Hypothesen bestimmt.

Argumentationstext
Ein A. ist ein Produkt von → *Kommunikation*; er liegt auf der Ebene der praktischen Erläuterungen sowie der sekundären Legitimation; ist nicht indexikalisch oder szenisch.
→ *Beschreibungstext*
→ *Erzähltext*
Literatur: *Mühlfeld* u.a. 1981

Angemessenheit
Gütekriterium; wissenschaftliche Begriffe, Theorien und Methoden sind dann angemessen, wenn sie dem Erkenntnisziel des Forschers und den empirischen Gegebenheiten gerecht werden.
Literatur: *Kreckel* 1975

Auswahl, gezielte
Auswahl unter den für die Theoriebildung wichtigen Aspekten, d. h. aus theoretischen Vorüberlegungen heraus.
Gegensatz: → *Zufallsauswahl*

Auswertungsobjektivität
A. ist dann gegeben, wenn verschiedene Forscher bei gleichen Tests und gleichen Probanden zu gleichen Auswertungsergebnissen gelangen.

Authentizität
Unbeeinflußt, natürlich; methodologisches Kriterium der qualitativen Sozialforschung; eng verbunden mit der → *Naturalistizität*.

Autobiographie
Selbsterzählte Lebensgeschichte oder eines wichtigen Teilabschnitts des Lebens.

Bedeutung
Das, was mit einem Wert, einem → *Symbol* oder einer Handlung gemeint ist (Sinn).

Bedeutungsäquivalenz
Annahme, daß bestimmte Stimuli (z. B. Fragen) von verschiedenen Personen (z. B. Befragten) in derselben, vom Forscher unterstellten Bedeutung verstanden werden. Bei standardisierten Befragungen in unter-

schiedlichen sozio-kulturellen Milieus kann die B. mancher Begriffe nicht vorausgesetzt werden.

Bedeutungsfeldanalyse
Fortentwicklung der → *Kontingenzanalyse*; schriftliche → *Texte* (nicht Assoziationsäußerungen zu bestimmten Begriffen) werden daraufhin untersucht, welche Begriffe innerhalb von Textsequenzen festgelegten Umfangs gemeinsam auftreten; zusätzlich wird die Reihenfolge und die Häufigkeit der Begriffe aufgezeichnet.
Literatur: *Weymann* 1973

Begriffe erster Ordnung
Alltagsbegriffe.

Begriffe zweiter Ordnung
Wissenschaftlich-theoretische Begriffe.

Begriffsrealismus
Auffassung, daß Universalien wie Eigenschaften, Farben etc. real existieren, den Wahrnehmungen vorausgehen und unabhängig vom Erkennenden sind.

Begründete Theorie
→ *Theorie, datenbasierte*

Begründungszusammenhang
Nach Auffassung der konventionellen Sozialforschung gilt eine Aussage als wissenschaftlich, wenn sie im Begründungsverfahren standgehalten hat (Hypothesenprüfung) → *Gewinnungs-* und → *Verwendungszusammenhang* sind irrelevant.

Behaviorismus
(Psychologische) Forschungsrichtung, die vornehmlich das Verhalten (Reaktion) von Lebewesen auf Reize der Umwelt untersucht; es werden nur äußere, beobachtbare und meßbare Verhaltensweisen analysiert. Zur Erklärung von Verhalten dient das Reiz-Reaktions-Schema.
→ *Verhaltenstheorie*

Beobachter, aktiv teilnehmender
Bezieht sich auf den Grad der Partizipation des Beobachters im sozialen Feld: der Beobachter ist weitgehend in die Beobachtungsgruppe integriert.
→ *Beobachterrollen*

Beobachter, passiv teilnehmender
Bezieht sich auf den Partizipationsgrad des Beobachters im sozialen Feld: die → *Interaktionen* mit den Beobachteten sind minimal.
→ *Beobachterrollen*

Beobachterrollen
Gestaffelt nach Intensität der Beobachtung bzw. Identifikation mit dem Feld ergeben sich verschiedene Typen:
1. vollständige Teilnahme, → *going native*.
2. Teilnehmer als Beobachter: der Beobachter ist primär Teilnehmer der Feldsituation und sekundär Beobachter.
3. Unvollständige Teilnahme: primär ist die Rolle des Beobachters.
4. Vollständige Beobachtung: es finden keinerlei → *Interaktionen* mit den Informanten statt (→ *Ethnozentrismus*).

Beobachtung
Nur in dieser Methode werden Handlungen und → *Kommunikation* direkt zu dem Zeitpunkt, zu dem diese tatsächlich geschehen, erhoben; → *Fremdverstehen* ist Voraussetzung und Methode der B. Es gibt verschiedene Variationsmöglichkeiten der B. (je nach Partizipationsgrad, Strukturierungsgrad etc.).

Beobachtung, direkte
Bezieht sich auf den Realitätsbezug des Beobachtungsmaterials; d. B. ist die eigentliche Methode der Beobachtung.
→ *Feldbeobachtung*

Beobachtung, indirekte
Bezieht sich auf den Realitätsbezug des Materials; bei i. B. wird das Verhalten nicht in actu beobachtet, sondern es werden nachträglich Dokumente zur Beobachtung analysiert (z. B. → *Inhaltsanalyse*).

Beobachtung, naive
→ *Beobachtung, wissenschaftliche*

Beobachtung, nicht teilnehmende
Der Beobachter ist nicht selbst Element des zu beobachtenden sozialen Feldes; er beobachtet gleichsam von außen das ihn interessierende Verhalten.
→ *Beobachtung, teilnehmende*

Beobachtung, offene
Der Beobachter tritt im sozialen Feld ausdrücklich als Forscher auf, was jedoch nicht heißt, daß die Beobachteten das eigentliche Ziel der Beobachtung kennen.
→ *Beobachtung, verdeckte*

Beobachtung, qualitative
Prototypisch: systematisch, unstrukturiert, offen, teilnehmend, tendenziell aktiv teilnehmend, direkt und findet im sozialen, natürlichen Feld statt; Forscher und Beobachter bilden Personalunion; eher hypothesengenerierendes und theorieentwickelndes Vorgehen.

Beobachtung, quantitative
Prototypisch weist sie die jeweiligen Polaritäten zu den Elementen der → *qualitativen Beobachtung* auf; Forscher und Beobachter können getrennt sein; dient der Hypothesenprüfung.
→ *Beobachtung, standardisierte*

Beobachtungsschema
Basiert auf den operationalisierten Hypothesen des Forschers; Plan, der angibt, was, wie und wo zu beobachten ist; enthält Zahl und Art der Beobachtungseinheiten, deren relevante Dimensionen und Kategorien.

Beobachtung, standardisierte
→ *Beobachtung, strukturierte*

Beobachtung, strukturierte
Zeichnet sich durch ein relativ differenziertes System im voraus festgelegter Beobachtungskategorien (→ *Beobachtungsschema*) aus; dient eher der Hypothesenprüfung.
→ *Beobachtung, unstrukturierte*
→ *Beobachtung, wissenschaftliche*

Beobachtung, systematische
→ *Beobachtung, wissenschaftliche*

Beobachtung, teilnehmende
Methode aus der → *Ethnologie* und → *Kulturanthropologie*. Wird in der natürlichen Lebenswelt der Untersuchungspersonen durchgeführt; der Forscher nimmt am Alltagsleben der ihn interessierenden Personen und Gruppen teil und versucht deren Interaktionsmuster und Wertvorstellungen zu explorieren und für die wissenschaftliche Auswertung zu dokumentieren. Die Übernahme von Rollen im sozialen Feld ist konstitutiv für die Methode.
→ *Beobachtung, nicht teilnehmende*
→ *going native*
Literatur: *Girtler* 1980, 1984

Beobachtung, unstrukturierte
Es werden keine vorab definierten Beobachtungskategorien benutzt. Weil es also kein → *Beobachtungsschema* gibt, ist der Forscher frei und flexibel hinsichtlich des Beobachtungsgegenstandes.
→ *Beobachtung, strukturierte*
→ *Beobachtung, wissenschaftliche*

Beobachtung, verdeckte
Der Beobachter gibt seine Identität als Forscher im sozialen Feld nicht zu erkennen.
→ *Beobachtung, offene*

Beobachtung, wissenschaftliche
Sie ist eher kognitiv-betrachtend im Gegensatz zum eher pragmatisch, emotional-teilnehmenden alltäglichen Verstehen. W. B. unterscheidet sich von der → *naiven Beobachtung* durch den Grad der Wissenschaftlichkeit (Formulierung eines Forschungsziels, systematische Planung und Aufzeichnung, Überprüfbarkeit).
→ *Beobachtung, strukturierte*
→ *Beobachtung, unstrukturierte*

Beschreibung, strukturelle
Inhaltanalytische Technik zur Auswertung von transkribierten Protokollen → *narrativer Interviews*, die auf *Schütze* (1977) zurückgeht.
Literatur: *Hermanns* et al. 1984

Beschreibungstext
Auch Berichtstext; fängt psychische Situationen und ihre Veränderungen ein. Der Befragte abstrahiert von der zugrunde liegenden Szene und gibt einen Bericht.
→ *Argumentationstext*
→ *Erzähltext*
Literatur: *Mühlfeld* u.a. 1981

Beziehung, deterministische
Liegt dann vor, wenn zwischen den Variablen ein unbedingter, perfekter Zusammenhang besteht (wenn A, dann immer B).

Bias
Verzerrender Einfluß (z.B. durch Suggestion bei Fragestellung, Stichprobenauswahl, Interviewer etc.); systematischer Fehler, der die Gültigkeit der Untersuchungsergebnisse beeinträchtigt.
→ *Hawthorne-Effekt*
→ *Meßartefakte*
→ *Versuchsleitereffekt*

Biographie
Gesamtheit sozialwissenschaftlicher Forschungsansätze, deren Datengrundlage Lebensgeschichten, Darstellungen der Lebensführung und der Lebenserfahrung aus der Perspektive desjenigen, der sein Leben lebt, sind.
→ *Methode, biographische*
Literatur: *Fuchs* 1984

Biographieforschung
→ *Methode, biographische*

Case study
Englisch für → *Einzelfallstudie*; es stehen die → *Interaktionen* eines Individuums mit anderen Individuen oder → *Aggregaten* von Personen im Zentrum der Forschungsfrage; manchmal werden Fallstudien, die das Verhältnis des (sozial schwachen) Bürgers zu den Behörden und Ordnungskräften des Staates untersuchen, als case studies bezeichnet.

Chicago Schule
Soziologische Theorieschule, deren Vertreter (z.B. *G.H.Mead*, *R.E.Park*) vor allem an der Universität von Chicago in den 20er und 30er Jahren tätig waren. Ein Hauptschwerpunkt ihrer Arbeit war die Darstellung und Erklärung der Persönlichkeitsentwicklung als Prozeß.
→ *Interaktionismus, symbolischer*
Literatur: *Helle* 1977

Clusteranalyse
Modell zur Ordnung von → *Variablen*; Vorform des Zentroid-Modells der → *Faktorenanalyse*; die Variablen (intervallskaliert) werden zu Gruppen geordnet, so daß die Korrelationen innerhalb der Gruppen im Vergleich zu denen zwischen den Gruppen hoch sind.

Construct validity
→ *Konstruktvalidität*

Content analysis
→ *Inhaltsanalyse*

Criterion validity
Verfahren der Gültigkeitsprüfung durch Heranziehung eines Außenkriteriums, das mit dem zu messenden Merkmal in einer engen Beziehung steht.
Literatur: *Lamnek* 1980

Datenqualitätsindex
Index zur Beurteilung der Zuverlässigkeit qualitativ gewonnener Daten, bestehend aus einer Liste möglicher Störeinflüsse wie → *Ethnozentrismus*, → *Überidentifikation* etc.
Literatur: *McCall* 1979

Deduktion
Ein Verfahren der Schlußfolgerung; von einem allgemeinen Satz ausgehend, werden Einzelaussagen abgeleitet.
Gegensatz: → *Induktion*

Definition der Situation
Um das Handeln von Personen verstehen zu können, kommt es nicht so sehr auf die objektiven Bedingungen an, sondern auf die Bedeutung, die diese objektiven Bedingungen für sie haben. Die Situationsdefinition ist dabei zum großen Teil sozial normiert (z.B. schichtspezifisch oder subkulturell).
→ *Thomas-Theorem*

Differenz, hermeneutische
Differenz zwischen dem Verständnis eines → *Textes* durch dessen Autor und dem eines anderen Verstehenden. Da eine vollständige Kongruenz nicht herstellbar ist, gilt die h. D. als Strukturelement hermeneutischen → *Verstehens*.

Diskurs
Auseinandersetzung, Gespräch.

Dokumente, akzidentale
Nicht zum Zweck der Analyse hervorgebrachte – also nahezu die Gesamtheit aller empirisch vorfindbaren – Aussagen.
Literatur: *Atteslander* 1975

Dokumente, systematische
Zum Zweck der Analyse produzierte Aussagen, z.B. durch → *narrative Interviews*.
Literatur: *Atteslander* 1975

Dokumentenanalyse
Es werden Schriftstücke untersucht, wobei die Ausprägungen dem Dokument direkt entnommen und dann evtl. statistisch ausgewertet werden; oft gleichbedeutend mit → *Inhaltsanalyse.*

Durchführungsobjektivität
Unabhängigkeit der Untersuchungsergebnisse von bewußten oder unbewußten Verhaltensweisen des Durchführenden im Verlauf der Untersuchung.

Dyade
Paar; Gruppe, die aus zwei Mitgliedern besteht. Die Relation zwischen diesen wird als „dyadische Beziehung" bezeichnet.

Einstellung, natürliche
→ *Epoché, erste*

Einstellung, phänomenologische
Die durch die erste → *Epoché* gewonnene natürliche Einstellung wird durch eine zweite Reduktionsstufe (→ *phänomenologische Reduktion*) zur p. E. Die natürliche Einstellung erscheint dabei durch das Prisma des Bewußtseins.
Literatur: *Danner* 1979

Einzelfallanalyse
→ *Approach*, der soziale Einheiten (Personen, Gruppen, Institutionen, Kulturen, Organisationen, Verhaltensmuster etc.; im Extremfall: individualistischer Einzelfall) unter Einsatz verschiedener bzw. mehrerer Techniken untersucht. Ist zumeist auf das Auffinden und Herausarbeiten typischer Vorgänge gerichtet; versucht, die Einzelfälle in ihrer Ganzheitlichkeit realitätsgerecht zu erfassen.

Einzelinterview
Normalerweise richtet sich ein Fragebogen etc. an Individuen; es wird also nur ein Anwesender interviewt im Unterschied zur (Gruppen)Befragung mehrerer Anwesender (z.B. → *Gruppendiskussion*).

Emergentismus
Auffassung, daß es verschiedene Wirklichkeitsebenen gibt (bzw. verschiedene Ebenen eines Systems) und mit dem Übergang von einer Ebene zu anderen neue Erscheinungen auftreten, die nicht auf Eigenschaften der darunterliegenden Ebene zurückführbar sind (Gruppenleistung kann z.B. nicht aus den Eigenschaften der Mitglieder erklärt werden).
Gegenposition: → *Reduktionismus*

Empirismus
Philosophische Richtung, die allein von der Erfahrung (und nicht von der Vernunft) als Quelle des Wissens ausgeht. Im Unterschied zum kritischen → *Rationalismus* soll vom Wahrnehmbaren durch → *Induktion* auf allgemeine Gesetzmäßigkeiten geschlossen werden.
→ *Positivismus*
→ *Sensualismus*

Epoché, erste
Reduktionsstufe von der theoretischen Welt zur Lebenswelt: Erkennen und Einklammerung verfälschenden Vorwissens und Voreingenommenheiten. Ziel ist das Vordringen zu einer vorurteilsfreien, natürlichen Einstellung.
→ *Phänomenologie*
Literatur: *Danner* 1979

Erhebungstechnik
Verfahren zur Sammlung von Daten, z.B. Befragung, → *Beobachtung*, → *Experiment*, → *Inhaltsanalyse*. Die Wahl einer bestimmten E. ist von der Fragestellung abhängig.

Erkenntnistheorie
Die E. beschäftigt sich mit der Frage der (wissenschaftlichen, vorwissenschaftlichen, unwissenschaftlichen) menschlichen Erkenntnis; sie ist der → *Wissenschaftstheorie* vorgelagert.
Literatur: *Lamnek* 1980

Erklären
Suche nach „kausalen" Beziehungen zwischen beobachtbaren Erscheinungen, wobei man sich → *nomothetischer Aussagen* bedient.

Erzähltext
Der E. ist indexikalisch und szenisch; es wird angenommen, daß er in exakter Weise die Struktur der Orientierungen des aktuellen Handelns und der Ereignisabläufe abbildet. In → *narrativen Interviews* werden überwie-

gend E. vom Befragten erwartet.
→ *Argumentationstext*
→ *Beschreibungstext*
Literatur: *Mühlfeld* u.a. 1981

Ethnographie
Beschreibende Völkerkunde; weitgehend ohne theoretische Erkenntnisinteressen erfolgt eine systematische Erfassung von Regelmäßigkeiten im individuellen und sozialen Verhalten (z.B. Sitten) fremder Gesellschaften.

Ethnologie
1) Früher → *Ethnographie*
2) Heute: systematische Wissenschaft, die sich mit der Sozialstruktur und Kultur primitiver Gesellschaften beschäftigt.

Ethnomethodologie
Forschungsrichtung zur Erfassung der alltagsweltlichen Methoden, „... mit denen die Gesellschaftsmitglieder die tagtäglichen Routineangelegenheiten ihrer Handlungs- und Interaktionspraxis, einschließlich der Praxis wissenschaftlichen Handelns, zu bewältigen suchen und diese Bewältigung einander wechselseitig als normal anzusinnen und zu vermitteln trachten ... um (auf) die universellen Weisen, in denen die Gesellschaftsmitglieder auf die soziostrukturell institutionalisierten Wissensbestände ... zurückzugreifen, diese situationsspezifisch anwenden und dabei in Ad-hoc-Strategien reinterpretieren" (*Fuchs* u.a. 1973, S.185).
Literatur: *Garfinkel* 1967

Ethnopsychologie
Psychologische Wissenschaft vom Seelenleben der sog. Naturvölker.

Ethnozentrismus
Tendenz, Eigenschaften (Werte, Normen, Einstellungen) der eigenen (ethnischen) Gruppe gegenüber den Eigenschaften anderer Gruppen besonders hervorzuheben und als Bezugssysteme zur Beurteilung anderer Gruppen heranzuziehen, so daß diese als defizitär erscheinen.

Evaluation
Bewertung; begleitende Forschung und Bewertung von wissenschaftlich-praktischen Projekten (z.B. Schulversuche).

Existenzaussage
Aussage in der Form „Es gibt (mindestens) ein (mehrere) X, für das (die) gilt, daß ...".
E.n können verifiziert, aber nicht falsifiziert werden.

Experiment
Wissenschaftliche Methode, bei der bestimmte Sachverhalte und ihre Veränderungen unter vom Forscher kontrollierten und variierten Bedingungen planmäßig beobachtet werden. Wesentliche Kriterien sind willkürliche Herstellbarkeit der experimentellen Situation, durch Manipulation der unabhängigen Variablen, die Wiederholbarkeit der Durchführung sowie die Variierbarkeit der experimentellen und situativen und die Kontrolle der experimentellen Bedingungen.
→ *Feldexperiment*

Experimentalgruppe
Beim → *Experiment* die eigentliche Zielgruppe, auf die eine unabhängige Variable wirkt, deren Effekte untersucht werden.
→ *Kontrollgruppe*

Expertenvalidität (expert validity)
Verfahren der Gültigkeitsprüfung eines Erhebungsinstruments aufgrund des Urteils von „Experten".
Literatur: *Lamnek* 1980

Explikation
Unbekannte Lebensbereiche und Texte werden durch eine flexible Vorgehensweise erläutert und interpretiert, wobei die Ergebnisse über Daten und Zusammenhänge einschließlich der dazugehörigen methodischen Schritte schon während der Untersuchung ständig reflektiert und korrigiert werden. E. bezieht sich auch darauf, daß der Sozialforscher die einzelnen Schritte im Forschungsprozeß offenlegen soll, damit die erhobenen Informationen und deren Interpretationen nachvollzogen werden können; E. wird auch auf die Präzisierung der Aussagen eines Befragten bezogen.

Exploration
In der empirischen Sozialforschung eine Vorstufe für standardisierte Erhebungen, die dazu dient, den Objektbereich zu erkunden, um sinnvolle Hypothesen formulieren und Erhebungsinstrumente konstruieren zu können.

External coherence
→ *Stimmigkeit, äußere*

Extremtypus
„Auch reiner Typus, Extremwert einer nur unscharf definierten Skala. Die zu ordnenden Sachverhalte (z. B. Charaktere) können danach eingestuft werden, inwieweit sie dem E. entsprechen ... Die Bildung eines E. findet sich häufig dort, wo es nicht möglich scheint, Sachverhalte vollständig zu klassifizieren, quantitative Maße jedoch noch nicht vorhanden sind" (*Fuchs* et al. 1978, S.218).

Face validity
(Subjektives) Verfahren der Gültigkeitsprüfung aufgrund von Plausibilitätserwägungen.
Literatur: *Lamnek* 1980

Faktorenanalyse
Verfahren zur Datenanalyse; Bezeichnung für statistische Modelle und Verfahren, mit denen Variablen und ihre Beziehungen auf eine Reihe ihnen gemeinsamer und spezifischer Faktoren zurückgeführt werden können. Mit möglichst wenigen Faktoren (Reduktion) sollen die Korrelationen der Variablen rekonstruierbar sein.

Falsifikationsprinzip
Prinzip der Forschungslogik im kritischen → *Rationalismus*, wonach Aussagen so formuliert sein müssen, daß sie durch die Erfahrung widerlegt werden können. Das F. besagt weiter, daß Allaussagen nicht empirisch verifiziert, sondern nur falsifiziert werden können. Solange Hypothesen kritischer Prüfung standgehalten haben, gelten sie als bewährt.
Literatur: *Popper* 1984

Feinanalyse
Inhaltanalytisches Verfahren der objektiven → *Hermeneutik*; Ziel ist die Herausarbeitung der hinter Einzelhandlungen liegenden latenten Sinnstrukturen, die auch als objektive Bedeutungsmöglichkeiten bezeichnet werden; es sollen die in der gegebenen Gesellschaft vorhandenen, gängigen und daher objektiven Deutungsmöglichkeiten einer Interaktion analysiert werden.
Literatur: *Oevermann* et al. 1979, 1983

Feldbeobachtung
Die Beobachtung findet in der natürlichen Umgebung der zu Beobachtenden statt; die Vorgänge werden zeitlich und räumlich dort beobachtet, wo sie sich in der Realität abspielen.
→ *Laborbeobachtung*

Feldexperiment
→ *Experiment* in einer natürlichen Situation, in der der Forscher einen oder mehrere Einflußfaktoren unter kontrollierten Bedingungen manipuliert. Die größere Lebensnähe und damit → *Gültigkeit* geht zu Lasten von Präzision und → *Zuverlässigkeit*.
Literatur: *Bungard/Lück* 1974

Feldforschung
Aus der → *Ethnologie* und → *Kulturanthropologie* stammende Methode, Gruppen in ihrer natürlichen Lebenssituation zu untersuchen, wobei der Forscher in der Regel darauf achtet, keine Eingriffe und aktiven Beeinflussungsversuche vorzunehmen.
→ *Beobachtung, teilnehmende*
Literatur: *Fischer* 1985, *Girtler* 1984

Fidelität
Beurteilung der Güte von Daten in Bezug auf das zu lösende Problem.
Literatur: *Bogumil/Immerfall* 1985

First order concepts
→ *Begriffe erster Ordnung*

Flexibilität
Methodologisches Kriterium qualitativer Sozialforschung; eng verknüpft mit der → *Offenheit*.

Forschungsartefakte
→ *Meßartefakte*

Forschungsdesign
Damit werden alle zur Planung und Durchführung einer empirischen Untersuchung gehörenden Schritte bezeichnet: Fragestellungen, evtl. Hypothesen, Wahl der Untersuchungseinheiten, der Erhebungsmethode(n) etc.

Frage, geschlossene
Antwortmöglichkeiten sind implizit in der Frageformulierung selbst oder explizit durch

die Angabe von Kategorien dem Befragten vorgegeben.

Frage, offene
Der Befragte muß seine Antwort selbst formulieren.

Fremddefinition
Zuschreibungen bestimmter Eigenschaften durch andere. F.n können integraler Bestandteil des Selbstbildes einer Person werden.

Fremdverstehen
Nach *Schütze* in der → *Phänomenologie* das → *Verstehen* des Anderen durch das Sich-Hineinversetzen, durch das Einfühlen, was durch vorgängige Gemeinsamkeiten möglich ist. Man tut so, als würde man selbst die Handlung des Anderen vollzogen haben.

Frequenzanalyse
Form der → *Inhaltsanalyse*; bestimmte Elemente des Materials werden ausgezählt und in ihrer Häufigkeit mit dem Auftreten anderer Elemente verglichen; es werden Daten auf Intervall-Niveau gewonnen, unabhängig von ihrem Meßniveau im ursprünglichen Text.

Geist, objektiver
Gemeinsames, verbindendes Drittes, an dem die konkreten Einzelmenschen mehr oder weniger alle Anteil haben. Er ist Voraussetzung dafür, daß Verstehen zwischen Menschen möglich ist.
Literatur: *Danner* 1979

Generalisierbarkeit
1. Kann man von Stichprobenwerten auf die Parameter der Grundgesamtheit schließen?
2. Kann man von Teilen auf das Ganze schließen (etwa von einzelnen Merkmalen auf eine bestimmte Struktur)?
3. Kann man von räumlich und/oder zeitlich eingeschränkten Aussagen auf Allgemeingültigkeit schließen?

Generalisierung
Man schließt von einer begrenzten Zahl empirisch ermittelter Elemente auf die Gesamtheit aller Elemente einer gemeinsamen Klasse. Da es sich hierbei um eine → *Induktion* handelt, ist dieser Schluß ein hypothetischer, da man nie sicher sein kann, daß er gilt.

Gewinnungszusammenhang
Verfahren der Gewinnung wissenschaftlicher Aussagen. Nach konventionellem Wissenschaftsverständnis ist der G. (Hypothesenfindung) für die Geltung irrelevant.

Going native
→ *Überidentifikation*

Grounded theory
→ *Theorie, datenbasierte*

Grundgesamtheit
Gesamte Ziegruppe einer Erhebung, aus der eine → *Stichprobe* gezogen wird.

Grundlagenforschung
Sog. reine, von außerwissenschaftlichen Zwecken freie Forschung; die Forschung dient nicht unmittelbar irgendwelchen Anwendungen.

Gruppe
Bezeichnung für eine Mehrzahl von Individuen; der Begriff kann von → *Dyaden* bis zur Gesamtgesellschaft gefaßt werden.

Gruppe, homogene
Ihre Mitglieder gleichen sich bezüglich eines oder mehrerer relevanter sozialer Merkmale.

Gruppe, künstliche
→ *Homogene Gruppe*, die aber keine → *Realgruppe* bildet.

Gruppe, natürliche
→ *Gruppe, homogene*
→ *Realgruppe*

Gruppendiskussion
Gespräch einer → *Gruppe* zu einem bestimmten Thema unter Laborbedigungen. Es können verschiedene Ziele verfolgt werden: z. B. Erkundung von Meinungen und Einstellungen der einzelnen Teilnehmer, der ganzen Gruppe, gruppenspezifische Verhaltensweisen etc. Wurde in Auseinandersetzung und in Absetzung von der herkömmlichen Umfrageforschung entwickelt, die die öffentliche Meinung als aggregierte Durchschnittsmeinung der separat befragten Mitglieder einer Population errechnet. Die Gruppendiskussion dagegen geht von der

kontextuellen Bedingtheit der Einzelmeinungen aus.
Literatur: *Mangold* 1960, *Pollock* 1955

Gruppendiskussion, ermittelnde
Es steht die Erlangung von Informationen über die inhaltlichen Ergebnisse oder die gruppenprozessuale Generierung dieser Ergebnisse im Vordergrund des Interesses.

Gruppendiskussion, vermittelnde
Dient der Inszenierung von Gruppenprozessen.
→ *Laboratoriumsmethode*

Gruppenexperiment
In der älteren Literatur relativ irreführende Bezeichnung für → *Gruppendiskussion*; es lag die Überlegung zugrunde, daß die Konzeption der Gruppendiskussion als quasi-experimentelles Design verstanden werden könnte. Die methodologischen Bedingungen des → *Experiments* sind in der Gruppendiskussion jedoch nicht realisierbar.

Gruppengespräch
→ *Gruppendiskussion*

Gruppeninterview
1) → *Gruppendiskussion*
2) Spezialform des → *Interviews*, bei dem ein oder mehrere Interviewer mehrere Befragungspersonen gleichzeitig in einem Raum befragen. Ein Spezialfall davon wäre die → *paper&pencil-Methode*.

Gruppenmeinung, informelle
Geht auf *Mangold* (1960) zurück, der als Erkenntnisziel nicht die individuelle Einstellung oder die → *nicht-öffentliche Meinung* der Teilnehmer, sondern die informelle Gruppenmeinung angibt und mit Hilfe der → *Gruppendiskussion* erforscht. Sie ist situationsunabhängig und tritt immer dann auf, wenn eine → *Gruppe* zusammenkommt bzw. über ein Thema diskutiert. Dies bedeutet aber nicht, das Individuum als Meinungsträger aufzugeben: Das einzelne Gruppenmitglied repräsentiert in seiner geäußerten Einstellung die dahinterstehende Gruppenmeinung mindestens teilweise mit, wird möglicherweise sogar zum Träger der → *öffentlichen Meinung*.

Gültigkeit
Maß für die Übereinstimmung des durch ein Meßverfahren Erfaßten mit dem theoretisch gemeinten Objektbereich.
Literatur: *Lamnek* 1980

Gültigkeit, externe
a) In qualitativer Sozialforschung:
Realitätsgehalt der Daten, die unter Anwendung bestimmter Erhebungsmethoden in einer bestimmten Erhebungssituation gewonnen werden.
b) In quantitativer Sozialforschung:
Zusammenhang von → *Operationalisierung* und tatsächlicher Realitätserfassung.

Gültigkeit, interne
a) In qualitativer Sozialforschung:
intersubjektive Überprüfbarkeit (und damit → *Zuverlässigkeit*) der Erhebung
b) In quantitativer Sozialforschung:
Zusammenhang von Theorie (bzw. Begriff) und dazugehöriger → *Operationalisierung*

Gültigkeit, ökologische
Gültigkeit im natürlichen Lebensraum der Untersuchten. Der Datenerhebungsprozeß ist dem jeweiligen Lebensraum möglichst gut anzupassen: bei der Dateninterpretation sind die Lebensbedingungen der Untersuchten weitgehend zu berücksichtigen.

Gütekriterien
→ *Angemessenheit*
→ *Generalisierbarkeit*
→ *Gültigkeit*
→ *Objektivität*
→ *Prognostizierbarkeit*
→ *Repräsentativität*
→ *Steuerbarkeit*
→ *Zuverlässigkeit*

Handeln, soziales
„Handeln, welches seinem von dem oder den Handelnden gemeinten Sinn nach auf das Verhalten anderer bezogen wird und daran in seinem Ablauf orientiert ist" (*Weber* 1976, S.1).

Handlungskompetenz
Fähigkeit, in einer Vielzahl von Situationen angemessen und überlegt zu handeln.

Handlungstheorie
Theoretische Ansätze, die von der Intentionalität (Zielgerichtetheit) menschlichen Handelns ausgehen; die Analyse erfolgt mit Methoden des → *Verstehens* und der → *Interpretation*.

Hawthorne-Effekt
→ *Versuchspersonen-Effekt*

Hempel-Oppenheim-Schema
Deduktiv-nomologische Ableitung eines Satzes aus zwei vorgegebenen Prämissen.
Literatur: *Lamnek* 1980

Hermeneutik
Lehre von der Auslegung von → *Texten* und anderen (nichtsprachlichen) Manifestationen von Kultur.
Literatur: *Danner* 1979

Hermeneutik, dogmatische
Einschränkung der Textauslegung durch außertextliche Instanzen (z.B. Kirche, Partei).

Hermeneutik, objektive
Komplettes → *Forschungsdesign*, das sowohl Anweisungen über die Auswahl der Untersuchungseinheiten, über die Art der Erhebung und die Charakteristika der Interpretation umfaßt. Die von mehreren Interpreten sequentiell durchgeführte → *Feinanalyse* stellt das eigentliche inhaltsanalytische Verfahren der o. H. dar.
Literatur: *Oevermann* et al. 1979, 1983

Heuristik
Verfahren der Erkenntnisgewinnung durch Hypothesen, Gedankenexperimente usw.

Holistisch
Ganzheitlich.

Hypostasieren
Ideen, Begriffe als Wirklichkeiten denken.

Hypothese
„Empirisch gehaltvolle Aussage, die einer Klasse von Einheiten bestimmte Eigenschaften zuschreibt oder gewisse Ereigniszusammenhänge oder -folgen behauptet, d.h. das Vorliegen einer Regelmäßigkeit im untersuchten Bereich konstatiert. Sie gilt stets nur vorläufig und muß so beschaffen sein, daß ihre Überprüfbarkeit durch Beobachtung und Experiment gewährleistet ist“ (*Kern* 1982, S.281).

Idealtypus
Eine vor allem von *M. Weber* entwickelte Form zur begrifflichen Erfassung sozialer Phänomene, indem man durch Absehen von Zufälligkeiten und peripheren Merkmalen und Konzentration und einseitige Übersteigerung als wichtig angesehener Aspekte zu einer Abstraktion gelangt, die als Hilfsmittel zur Theoriebildung dient (selbst aber noch keine Theorie ist).
→ *Verstehen*
→ *Reduktion, eidetische*

Idiographisch
Beschreibung des Individuellen, Singulären.
Gegensatz: → *nomothetisch*

Implikation
1) Die logische Beziehung zwischen Aussagen in dem Sinne, daß, wenn x wahr ist, auch y wahr ist.
2) Alle Folgerungen, die sich aus bestimmten Aussagen oder Sachverhalten ergeben können.

Indexikalität
Jede Bedeutung ist kontextgebunden und jedes Zeichen ist Index eines umfassenderen Regelwerkes. Damit verweist jede Bedeutung reflexiv aufs Ganze und wird nur durch den Rekurs auf den symbolischen oder sozialen Kontext seiner Erscheinung verständlich.

Indikator
Direkt beobachtbare Phänomene, die es gestatten, begründet auf nicht unmittelbar wahrnehmbare Sachverhalte zu schließen. Die Güte eines I. bemißt sich nach dessen → *Gültigkeit*(Validität), d.h., inwieweit er das mißt, was er messen soll. Das Problem besteht darin, daß die Gültigkeit von theoretischen Vorannahmen bestimmt wird, deren Richtigkeit nicht ohne weiteres erwiesen ist und die selektiv und unvollständig sein können.
→ *Operationalisierung*
Literatur: *Prim/Tilmann* 1973

Induktion
Vorgehensweise, aufgrund von Einzelbeob-

achtungen auf eine diese erklärende Regel zu schließen.
Gegensatz: → *Deduktion*

Induktion, analytische
Auswertungsverfahren für qualitative Daten, indem zunächst eine Hypothese formuliert, der Fall im Lichte dieser Hypothese studiert und Hypothese oder Problem umformuliert werden, bis eine universelle Beziehung etabliert wird.
Literatur: *Bühler-Niederberger* 1985

Inhaltsanalyse
Analyse von Material, das eine Form fixierter und reproduzierbarer → *Kommunikation* darstellt, deren Inhalte vom Wissenschaftler erfaßt werden können. Es werden aber auch andere Repräsentationsformen menschlichen Verhaltens oder sozialen Handelns analysiert: Akten, historische Dokumente oder Bilder, auch Gestik, Mimik und Motorik als Inhalte von Filmen.

Inhaltsanalyse, explikative
Bezieht sich sowohl auf manifeste als auch auf latente Kommunikationsinhalte und versucht unter Vermeidung von Reduktion durch → *Explikation* den Sinn von Aussagen wissenschaftlich zu deuten.
→ *Inhaltsanalyse, qualitative*

Inhaltsanalyse, qualitative
Im qualitativen Paradigma dient die Inhaltsanalyse der Auswertung bereits erhobenen Materials (sowohl → *systematische* als auch → *akzidentale Dokumente*); sie dient der → *Interpretation* symbolisch-kommunikativ vermittelter → *Interaktion* in einem wissenschaftlichen Diskurs, um dadurch theoretische Aussagen über die Regelmäßigkeiten des sozialen Lebens, sowie die Entstehung und Vermittlung der Regeln machen zu können. Die Analyse bezieht sich auch auf latente Kommunikationsinhalte und wird ohne a priori formulierte theoretische Analysekriterien durchgeführt.
Literatur: *Ritsert* 1975

Inhaltsanalyse, quantitative
Im quantitativen Paradigma dient die Inhaltsanalyse der Erhebung von Daten. Die Auswertung, als Versuch der → *Falsifikation* einer → *Hypothese*, bleibt statistischen Verfahren vorbehalten. Die Analyse bezieht sich auf manifeste Kommunikationsinhalte in ausschließlich → *akzidentalen Dokumenten*.
Literatur: *Berelson* 1952

Inhaltsanalyse, reduktive
Beschränkt sich auf manifeste Kommunikationsinhalte und versucht durch Reduktion des Datenmaterials zu Informationsgewinn zu gelangen.
→ *Inhaltsanalyse, quantitative*

Innenperspektive
Sichtweise des Handelnden.

Inspektion
„Intensive, konzentrierte Prüfung des empirischen Gehalts aller beliebigen analytischen Elemente, die zum Zwecke der Analyse benutzt werden, wie auch eine entsprechende Prüfung der empirischen Beschaffenheit der Beziehungen zwischen solchen Elementen" (*Blumer* 1973, S.126).

Intensitätsanalyse
Erweiterung der → *Valenzanalyse*; hierbei wird zusätzlich eine Abstufung zwischen den polaren Wertigkeiten vorgenommen (z.B.: volle Zustimmung bis volle Ablehnung).

Intensivinterview
→ *Offenes* oder → *unstrukturiertes Interview.* Die Interaktion zwischen Interviewer und Befragten ist frei von Antwortvorgaben und einer festen Abfolge der Fragen.
→ *Interview, narratives*
→ *Tiefeninterview*

Intentionalität
Gerichtetsein auf etwas.
→ *Phänomenologie*

Interaktiogramm
Eine von *Atteslander* (1975) entwickelte Technik zur standardisierten und quantitativen Erfassung von → *Interaktionen* in betrieblichen Arbeitsgruppen. Im einzelnen werden Inhalt und Dauer, Reihenfolge und Häufigkeit der Interaktionen, die Interaktionspartner, die Zeit und der Ort festgehalten.

Interaktion
Wechselseitiges, aufeinanderbezogenes Ver-

halten von Personen und Gruppen unter Verwendung gemeinsamer → *Symbole*, wobei eine Ausrichtung an den Erwartungen der Handlungspartner aneinander erfolgt.

Interaktionismus, symbolischer
Sozialpsychologisch orientierte Theorierichtung in der Soziologie, die von folgenden drei Prämissen ausgeht:
1.Menschen handeln „Dingen" gegenüber auf der Grundlage der Bedeutungen, die diese Dinge für sie besitzen.
2.Die Bedeutungen dieser Dinge sind aus sozialen Interaktionen ableitbar.
3.Die Bedeutungen werden in einem interpretativen Prozeß, den die Person in ihrer Auseinandersetzung mit den ihr begegnenden Dingen benutzt gehandhabt und abgeändert.
Literatur: *Blumer* 1973, *Helle* 1977, *Rose* 1967

Interaktionsanalyse
Eine standardisierte Technik zur Untersuchung von Interaktionsprozessen in Kleingruppen. Mit Hilfe eines Kategorienschemas wird das Verhalten der Gruppenmitglieder im Moment der Beobachtung protokolliert.
Literatur: *Bales* 1966

Interaktionsmuster
1) Die in einer → *Gruppe* gültigen normativen Maßstäbe des Verhaltens; I. geben an, was Handelnde in bestimmten Situationen voneinander als „normales Handeln" erwarten können.
2) Die wechselseitigen Reaktionen aller Mitglieder einer Gruppe – z.B. in einer bestimmten Situation – als Gesamtheit.

Internal coherence
→ *Stimmigkeit, innere*

Interpretation
Auslegung, Deutung; inhaltliche Zuordnung von wissenschaftlichem Sinn – zumeist auf dem Hintergrund theoretischer Annahmen – zu den in einer Untersuchung gewonnenen Daten; Nachvollzug individueller Bedeutungszuweisungen.

Interpretationsobjektivität
I. ist dann gegeben, wenn bei gleichen Untersuchungsresultaten verschiedene Forscher zu denselben interpretatorischen Aussagen gelangen.

Interpretativität
Zentrales Merkmal des qualitativen Paradigmas; der Forscher, der durch eine offene und naturalistisch-kommunikative Situation → *Interpretationen* und Bedeutungszuweisungen erhalten hat, wendet nun seinerseits eine wissenschaftlich modifizierte Form des alltagsweltlichen → *Fremdverstehens* an, um aus den naturalistischen, alltagsweltlichen Untersuchungssituationen herauszufiltern: 1. Interpretation der alltagsweltlichen Deutungen und Bedeutungszuweisungen, 2. → *Typisierungen*.

Intersubjektivität
Die Forderung nach I. beinhaltet, Einflüsse des Forschers und des Erhebungsinstruments weitestgehend auszuschalten. Qualitative Sozialforscher betonen dagegen, daß die Involviertheit des Forschers eine notwendige Bedingung des Forschungsprozesses sei. In der Hermeneutik:
- notwendige Voraussetzung für Verstehen (gemeinsame Kultur)
- im Wesen der Untersuchungsobjekte liegend.

Interview
Sozialwissenschaftliche Forschungsmethode zur Datenerhebung, bei der ein Interviewer (als Agent des Forschers) in direktem Kontakt mit einem zu Interviewenden (Versuchsperson) Fragen stellt, um unter kontrollierten Bedingungen Informationen zu gewinnen.
Literatur: *Friedrich* 1973

Interview, analytisches
In den Sozialwissenschaften am häufigsten verwendete Form; versucht vor allem soziale Sachverhalte zu erfassen; die Analyse der Äußerungen im Interview erfolgt auf der Basis theoretisch-hypothetischer Gedanken im Sinne von Hypothesenprüfung.

Interview, diagnostisches
Dient vor allem der Ermittlung eines fest definierten Merkmalprofils einer Person; Grundlage für → *vermittelnde Interviews* (z.B. Arztgespräch).

Interview, ermittelndes
Der Befragte wird als Träger abrufbarer Informationen, die den Interviewer interessieren, verstanden.
→ *Interview, analytisches*
→ *Interview, diagnostisches*
→ *Interview, informatorisches*
Literatur: *Koolwijk* 1974

Interview, fokussiertes
Kombination von → *unentdeckter Beobachtung* und → *qualitativem Interview.* Es wird zwar auch im Hinblick auf die Bedeutungsstrukturierung vom Befragten ausgegangen, aber es ist nicht so sehr die Generierung hypothetischer Konzepte beabsichtigt, sondern es geht eher um die → *Falsifikation* von deduktiv gewonnen Hypothesen, die der Forscher vorab entwickelt hat.
→ *Interview zentriertes*
Literatur: *Merton* et al. 1956

Interview, gelenktes
→ *Interview, standardisiertes*

Interview, halb-standardisiertes
→ *Leitfadeninterview*

Interview, hartes
Betrifft das Interviewerverhalten in der Kommunikationssituation: der Interviewer tritt als Autorität auf, verhält sich skeptisch gegenüber den Antworten des Befragten.

Interview, informatorisches
Dient der deskriptiven Erfassung von Tatsachen aus den Wissensbeständen der Befragten (z. B. Experteninterview).

Interview, narratives
Form des Interviews, das darauf abzielt, den Befragten seine selbsterlebten Erfahrungen erzählen zu lassen, wobei es besonders auf die Erfassung seiner Relevanzgesichtspunkte ankommt. Der Interviewer soll dabei möglichst wenig, besonders in der Phase der Haupterzählung, eingreifen. Der Forscher hat kein vorab entwickeltes theoretisches Konzept; dieses wird nachträglich auf den Äußerungen des Befragten aufgebaut.
Literatur: *Schütze* 1977

Interview, neutrales
Betont „den unpersönlichen-sachlichen Charakter der Befragung, die Einmaligkeit der Kommunikation und die soziale Distanz zwischen den Befragungspartnern“ (*Koolwijk* 1974, S. 17). Im qualitativen Paradigma schließt Neutralität Solidarisierungen zwischen Befrager und Befragtem nicht aus, jedoch werden Inhalt und Ablauf des Interviews nicht durch den Interviewer prädeterminiert oder verzerrt.

Interview, nicht-standardisiertes
→ *Interview, qualitatives*

Interview, offenes
→ *Interview, qualitatives*

Interview, problemzentriertes
Auch hier steht das Erzählprinzip im Vordergrund (vgl. → *Interview, narratives*); der Forscher hat aber ein bereits existierendes wissenschaftliches Konzept, das jedoch durch die Äußerungen des Erzählenden evtl. modifiziert wird (Kombination aus → *Induktion* und → *Deduktion*).
Literatur: *Witzel* 1982, 1985

Interview, qualitatives
Es ist lediglich ein Rahmenthema festgelegt, es gibt keinen Fragebogen, kein festes Frageschema; der Interviewer ist in der Formulierung der einzelnen Fragen völlig frei, er stellt lediglich Zwischenfragen zur Präzisierung etc. Es dient insbesondere der → *Exploration* von Sachverhalten und der Ermittlung von Bedeutungssystemen der Befragten. Es ist in den meisten Fällen eine → *Einzelbefragung.*

Interview, quantitatives
Sozialwissenschaftliche Forschungsmethode zur Datenerhebung: „planmäßiges Vorgehen mit wissenschaftlicher Zielsetzung, bei dem die Versuchsperson durch eine Reihe gezielter Fragen oder mitgeteilter Stimuli zu verbalen Informationen veranlaßt werden soll“ (*Scheuch* 1967, S. 70).
→ *Interview, standardisiertes*

Interview, rezeptives
Weitestgehend befragtenzentriert; der Interviewer tritt ausschließlich als Zuhörer auf. Verdecktes Vorgehen reduziert die → *Reaktivität,* die bei allen anderen Interviewarten gegeben ist. Offenste Form der Befragung:

„läßt nicht nur die Antworten, sondern sogar die Fragen offen" (*Kleining* 1988, S. 3).
Literatur: *Kleining* 1988

Interview, standardisiertes
Eine mündliche Befragung, bei der Frageformulierung und die Abfolge der formulierten Fragen genau vorgeschrieben wird. Abweichungen durch den Interviewer sind nicht gestattet, weil mit der Standardisierung gleiche Situationen für alle angestrebt werden, um eine maximale Vergleichbarkeit zu erzielen. Dient der Messung relevanter Merkmale (zumeist im Endstadium einer Untersuchung).

Interview, strukturiertes
→ *Interview, standardisiertes*

Interview, unstrukturiertes
→ *Interview, qualitatives*

Interview, vermittelndes
Der Befragte ist das Ziel einer informatorischen (= zu informierenden) oder zu beeinflussenden Kommunikation; beabsichtigt ist, eine Erkenntnis- oder Bewußtseinsveränderung auf Seiten des Befragten zu provozieren (z. B. psychologisch-therapeutisches Gespräch).

Interview, weiches
Betrifft das Interviewerverhalten in der Kommunikationssituation: der Interviewer versucht ein Vertrauensverhältnis zum Befragten zu entwickeln, um durch eine angenehme Atmosphäre möglichst viel Informationen zu erhalten.

Interview, zentriertes
→ *Halb-standardisiertes Interview*; der Interviewer hat die Anweisung, bestimmte Themen und Gegenstände (in Form von Fragevorschlägen) im Verlauf des Gesprächs zu behandeln.
→ *Interview, fokussiertes*

Invarianz
Unveränderlichkeit.

Kasuistik, komparative
Ein in der Entwicklungspsychologie angesiedeltes Verfahren, das sich als „eine iterative Such- und Prüfstrategie zur Generierung funktional relevanter Hypothesen" (*Jüttemann* 1981, S.103) zur ursächlichen Erklärung psychologisch beschreibbarer Phänomene versteht. Es wird davon ausgegangen, daß die Phänomene einen überindividuellen Charakter haben, jeder Einzelfall also Prototyp eines strukturellen Phänomens ist.
Literatur: *Jüttemann* 1981

Kategorienbildung
Entwicklung eines Systems, nach dem das erhobene Material auf seine Eigenschaften hin untersucht und unter bestimmte Begriffe subsumiert wird.

Known-groups-Validity
Anwendung eines Meßverfahrens auf eine Gruppe, von der man die Verteilung der Ausprägungen des zu messenden Merkmals zu kennen glaubt. Bei Übereinstimmung der Meßergebnisse mit den als bekannt vorausgesetzten Informationen wird → *Gültigkeit* angenommen.
Literatur: *Lamnek* 1980

Kollektivinterview
→ *Gruppendiskussion*

Kommunikation
Bezeichnung für den Prozeß der Informationsübertragung.

Kommunikativität
Zentrales Merkmal des qualitativen Paradigmas; es wird davon ausgegangen, daß soziale Wirklichkeit durch situative → *Interaktionen* oder → *Kommunikation* konstituiert wird. Empirische Sozialforschung muß einen kommunikativen Akt initiieren, damit die in den jeweiligen Situationen entstandene Wirklichkeit erfaßt werden kann. Wird das empirische Material nicht durch Kommunikation gewonnen, werden auch keine Deutungen und → *Interpretationen* der Alltagsmenschen freigesetzt, die die Wirklichkeit konstituieren.

Kompetenz, kommunikative
Beherrschung der Regeln auf denen jede menschliche Verständigung basiert.

Kompetenz, narrative
Allgemeines Vermögen zu erzählen; nach *Schütze* (1977) existiert sie schichtunabhängig.

Konsistenzmethode
Methode zur Beurteilung von → *Zuverlässigkeit*, wobei etwa ein Test in ebensoviele Elemente unterteilt wird, wie Items vorhanden sind.
Literatur: *Lamnek* 1980

Konstruktionen zweiten Grades
(Wissenschaftliche) Konstruktionen, die auf solchen ersten Grades, d.h., auf Konstruktionen aufbauen, mit denen die Handelnden die gesellschaftliche Wirklichkeit schon vor und unabhängig von der wissenschaftlichen Untersuchung vorstrukturiert haben.
Literatur: *Dallmayr* u.a. 1977

Konstruktion von Typen
Inhaltsanalytische Interpretationstechnik bei der bestimmte Handlungsfiguren „generalisiert" und so zu Typen oder Mustern werden.
→ *Typisierung*
Literatur: *Gerhardt* 1984

Konstruktivismus
Wissenschaftstheoretische Richtung, die die vom Forscher ermittelten Daten nicht unabhängig von ihm, sondern durch seine Theorie und seine Meßinstrumente konstruiert betrachtet, d.h., daß die Daten keine unabhängige Prüfinstanz für die Theorie sein können.
→ *Falsifikationsprinzip*

Konstruktvalidität
Verfahren der Gültigkeitsprüfung, indem man Testergebnisse durch die Formulierung neuer oder Heranziehung vorhandener Hypothesen einer Theorie erklärt. Entsprechen die Resultate den theoretischen Überlegungen, so wird auf → *Gültigkeit* geschlossen.
Literatur: *Lamnek* 1980

Kontingenzanalyse
Inhaltsanalytisches Verfahren, das auf *Osgood* et al. (1957) zurückgeht. In einem Text wird geprüft, welche → *Symbole* überdurchschnittlich oft im Zusammenhang mit vorgegebenen Symbolen auftreten. Die festgestellten Assoziationen (Kontingenzen) zwischen den Symbolen werden auf den Autor des Textes bezogen. Theoretische Grundlage der Kontingenzanalyse ist die → *Theorie der assoziativen Nähe*.

Kontrollgruppe
Gruppe im → *Experiment*, die dem Stimulus der → *Experimentalgruppe* nicht ausgesetzt wird, um festzustellen, ob eine unabhängige → *Variable* die ihr zugeschriebene Wirkung auf die abhängige Variable hat. Die Experimentalgruppe muß den Einfluß zeigen, in der K. darf dies nicht eintreten.

Konversationsanalyse
Forschungsschritt bei der Auswertung narrativer → *Interviews*.
Literatur: *Kallmeyer/Schütze* 1976

Konzepte, empfindsam-machende
Bereits vorhandene vorläufige Konzepte, die den Forscher veranlassen, seine Aufmerksamkeit auf bestimmte Phänomene zu richten.
Literatur: *Glaser/Strauss* 1979

Kritischer Rationalismus
→ *Rationalismus, kritischer*

Kulturanthropologie
Vergleichende systematische Wissenschaft der Kulturen von Gesellschaften und Epochen; beschäftigt sich vor allem mit der Aufbereitung und Analyse → *ethnographischen* Materials.

Laboratoriumsmethode
Geht auf *Lewin* (1936) zurück; es werden darunter verschiedene Verfahren des Gruppentrainings zur Lösung von Problemen in Organisationsfamilien verstanden (z.B. das Sensitivity-Training und das T-Gruppen-Training).

Laborbeobachtung
Der Beobachtungsobjektbereich wird aus seiner natürlichen und sehr komplexen Umwelt herausgelöst, um die denkbaren Wirkfaktoren einzuschränken, das Auftreten unerwarteter Nebenwirkungen möglichst zu verhindern bzw. kontrollieren zu können; der Beobachter bleibt stets rezeptiv.
→ *Feldbeobachtung*

Laborexperiment
Bezeichnung für ein → *Experiment*, das unter „künstlichen" Laborbedingungen abläuft. Es werden alle das Ergebnis beeinflussenden Bedingungen durch den Versuchslei-

ter kontrolliert. Die → *interne Validität* ist dadurch relativ gut gesichert, jedoch ist die → *externe Validität* meist problematisch.

Lebenswelt
Erfahrungsraum eines Individuums, konstituiert durch Personen, Objekte und Ereignisse, denen es im Vollzug seines Alltagslebens begegnet.
Literatur: *Schütz* 1960

Leitfaden-Interview
→ *Unstrukturiertes Interview,* bei dem sich der Interviewer eines mehr oder weniger ausgearbeiteten Leitfadens zur Gestaltung des Interviews bedient; ihm bleibt die Reihenfolge und Formulierung der Fragen im wesentlichen selbst überlassen.

Meinung, nicht-öffentliche
Geht auf *Pollock* (1955) zurück, der sie der → *öffentlichen Meinung* gegenüberstellt. In Kommunikationsprozessen (z. B. in der → *Gruppendiskussion*) wird die n. M., die auf tieferliegende Bewußtseinsschichten des Einzelnen zurückgeführt wird, offengelegt und erforscht. Dabei wird davon ausgegangen, daß die Meinung zwar nicht durch Gruppenprozesse generiert, aber ihre Kommunikabilität durch die Gruppe gesteigert wird.
→ *Gruppenmeinung, informelle*

Meinung, öffentliche
Ist etwas objektiv Gegebenes, Ausdruck der gesellschaftlichen Totalität, die von den Individuen in deren Einstellungen und Meinungen modifiziert wird und sich deshalb nicht mit den Bewußtseinsinhalten aller einzelnen Menschen deckt.
→ *Meinung, nicht-öffentliche*
Literatur: *Pollock* 1955

Meßartefakte
Ungeplante und verzerrende Einflußfaktoren (z. B. Versuchspersonen- oder → *Versuchsleitereffekt*); Befunde, die durch die → *Methoden* produziert sind.
→ *Reaktivität*
Literatur: *Kriz* 1981, *Webb* u.a. 1975

Meßniveau (Skalenniveau)
Meßeigenschaft einer Skala, wonach sich die für die Daten zulässigen Rechenoperationen ergeben. Man unterscheidet 4 Arten von Meßniveaus:
- Nominalskalen (z. B. Geschlecht)
- Ordinalskalen (z. B. Zeugnisnoten)
- Intervallskalen (z. B. Temperatur in Celsius)
- Ratioskalen (z. B. Einkommen)

In den Sozialwissenschaften hat man es zumeist nur mit nominal- oder ordinalskalierten Merkmalen zu tun.

Methode
Systematisches Verfahren bei der Entwicklung wissenschaftlicher Probleme, Aussagen etc. sowie deren Überprüfung an der Realität.

Methode, biographische
Es geht zum einen um die Untersuchung der individuellen Lebensgeschichten und die Auffindung von Regelmäßigkeiten in diesen Biographien und zum anderen um die Identifikation individuell ausgeformter sozialer Phänomene, die Lebensgeschichten strukturieren. Durch → *Typenbildung* aus der Analyse der Lebensläufe werden soziale Regelmäßigkeiten entdeckt (Individualität wird regelhaft vermutet) und als Erklärungen herangezogen. Biographische Forschung ist die Anwendung der → *Einzelfallstudie* mit einem speziellen theoretischen Zugang; die Erhebung des Materials wird häufig als Methoden- → *Triangulation* durchgeführt; die Analyse kann anhand verschiedener inhaltsanalytischer Techniken stattfinden.

Methodendualismus
Auseinandersetzung um die für Sozial- und Kulturwissenschaften angemessene Methode.
→ *Erklären*
→ *Idiographisch*
→ *Nomothetisch*
→ *Positivismus*
→ *Rationalismus*
→ *Verstehen*

Methodenfehler
→ *Meßartefakte*

Methodenmix
→ *Triangulation*

Methode personaler Dokumente
→ *Methode, biographische*

Methodologie
Die M. als Anwendungsfall der → *Wissenschaftstheorie* beschäftigt sich mit der Frage, unter welchen Bedingungen wissenschaftliche Erkenntnis auf einem bestimmten Erkenntnis- und Objektbereich (also eine bestimmte Disziplin) bezogen, möglich ist.
Literatur: *Lamnek* 1980

Middle-range theory
→ *Theorien mittlerer Reichweite*

Modell
Mehr oder weniger stark vereinfachte Darstellung von Sachverhalten und Prozessen unter bestimmten, interessierenden Gesichtspunkten. Die anhand des M. gewonnenen Erkenntnisse werden durch Analogieschlüsse auf den entsprechenden Realitätsbereich übertragen und bedürfen einer empirischen Überprüfung.

Motivforschung
Zweig der Markt- und Meinungsforschung, der die Komponenten des Verbraucher- und des politischen Verhaltens untersucht. Im Gegensatz zur quantitativ orientierten Marktforschung begnügt sie sich nicht mit den Äußerungen der Befragten, sondern versucht tieferliegende (bewußte und unbewußte) Motive aufzudecken.

Multimethodisch
→ *Triangulation*

Naturalistizität
Eine wichtige methodologische Prämisse qualitativer Sozialforschung: die → *Kommunikation*, die wissenschaftlich betrachtet wird, sollte möglichst naturalistisch, Alltagssituationen möglichst ähnlich sein.

Natural sociology
Soziologie, die sich „naturalistischer Untersuchungsmethoden" (→ *Feldforschung*) bedient und vor allem in der natürlichen Umwelt von Individuen oder Gruppen und diese selbst untersucht.
Literatur: *Schatzmann/Strauss* 1973

Nominaldefinition
Definition durch die Einführung einer neuen sprachlichen Konvention. N.n können deshalb nie richtig oder falsch, sondern nur mehr oder weniger zweckmäßig sein.
Gegensatz: → *Realdefinition*

Nomologisch
Eine → *Hypothese* wird als n. (d.h. als Gesetzeshypothese) bezeichnet, wenn es sich um eine raum-zeitlich unbeschränkte Aussage handelt (z.B. „Alle Menschen sind sterblich"). Die meisten Hypothesen in den Sozialwissenschaften sind jedoch keine n. Aussagen, sondern nur Quasi-Gesetze, d.h. sie weisen raum-zeitliche Einschränkungen auf.

Nomothetisch
Allgemeingültig(e Gesetzesaussagen).
Gegensatz: → *Idiographisch*

Normalbiographie
Der Lebenslauf wird um das Erwerbsleben organisiert betrachtet und die erwerbsbezogene Dreiteilung von Vorbereitungs-, Aktivitäts- und Ruhephase auch für den Lebensverlauf vermutet.

Objektiv
a) Mit dem Objekt verbunden;
b) Erkenntnismäßig bedeutsam für alle.

Objektivität
Zumeist in der psychologischen Forschung gebrauchter Begriff, der dreifach zu differenzieren ist:
- Durchführungsobjektivität
- Auswertungsobjektivität
- Interpretationsobjektivität

Auf allen drei Ebenen soll Unabhängigkeit von der Subjektivität des Forschers bestehen. O. ist notwendige Vorstufe für → *Zuverlässigkeit* und → *Gültigkeit*.

Offenheit
Zentrales Prinzip der qualitativen Sozialforschung; O. bezüglich des theoretischen Konzepts, gegenüber den untersuchten Personen, in der Erhebungssituation, Flexibilität in der Wahl der Erhebungstechniken, O. in der Entwicklung hypothetischer Aussagen (O. für die Interpretationen und Deutungen der Alltagswelt).
Literatur: *Girtler* 1984

Operationalisierung (operationale Definition)
Definition eines Begriffs durch Angabe von Operationen (oder Techniken), mit deren Hilfe entscheidbar ist, ob das mit dem entsprechenden Begriff bezeichnete Phänomen vorliegt. Dabei stellt sich die Frage nach der → *Gültigkeit* der verwendeten → *Indikatoren* (ist z. B. die Einstellung der Kommunikation mit einem Gruppenmitglied ein gültiger Indikator für die Bereitschaft zum Ausschluß dieses Mitglieds?).

Oral history
Erlebte Geschichte aus der Perspektive des erzählenden Subjekts.

Overrapport
→ *going native*

Paper&pencil-Methode
Klassenzimmerinterview; eine Mischung aus schriftlicher und mündlicher Befragung. In einer → *Gruppe* werden die Fragebogen ausgeteilt; die zu Befragenden füllen diesen in der Gruppe aber gleichwohl individuell aus. Der Forscher steht jedoch für Fragen der zu Befragenden zur Verfügung und darf Erläuterungen und Erklärungen geben.

Paradigma
a) Allgemein: Beispiel
b) Von *Kuhn* (1967) eingeführter wissenschaftshistorischer Begriff für eine klassische wissenschaftliche und von den Mitgliedern einer Disziplin als vorbildlich anerkannten Leistung, durch die eine wissenschaftliche Tradition begründet wurde (Beispiel: Kopernikanisches Weltbild). Häufen sich die Probleme („Anomalien"), die sich innerhalb des P. nicht lösen lassen, so kann es zu einer „Krise" und zum Auffinden eines neuen P. kommen („wissenschaftliche Revolution").
c) Methodologisch: beispielhafte Handlungsanweisung zur Durchführung eines bestimmten Forschungsansatzes, für den Einsatz einer bestimmten Methode, Anleitung für eine Analyse.
Literatur: *Kuhn* 1967

Paradigma, interpretatives
→ *Ethnomethodologie*
→ *Interaktionismus, symbolischer*
→ *Phänomenologie*

Paralleltest
Methode zur Beurteilung der → *Zuverlässigkeit*, indem man für die zu messende Variable zwei unabhängig voneinander konstruierte Erhebungsinstrumente verwendet.
Literatur: *Lamnek* 1980

Paraphrasierung
Erweiternde Umschreibung eines anders formulierten aber gleichen Sachverhalts.

Participant observation
→ *Beobachtung, teilnehmende*

Phänomenologie
Lehre von den Erscheinungen. Im engeren Sinn versteht man darunter das durch keine ontologische Voraussetzungen eingeschränkte Aufweisen von Gegebenheiten. Für die Sozialwissenschaften bedeutet dies das Bemühen um eine möglichst vorurteilslose Erfassung der sozialen Wirklichkeit.

Postulat
Das Geforderte; eine zunächst als richtig angenommene oder heuristisch brauchbare Voraussetzung, die noch nicht bewiesen werden kann oder soll.

Präzision
Beurteilungskriterium für wissenschaftliche Theorien und Hypothesen bzw. die darin verwendeten Begriffe. P. bedeutet, daß intersubjektive Klarheit darüber besteht, welche Tatbestände unter den jeweiligen Begriff fallen.

Predictive validity
→ *Vorhersagegültigkeit*

Pretest
Vortest, Probemessung, z. B. zur Überprüfung der Gültigkeit und Verständlichkeit eines Untersuchungsinstruments oder um z. B. den Zugang zum Feld zu testen.

Primärerfahrung
Wissenschaftlich nicht reflektierte, direkte Sozialerfahrung des Alltags.

Probabilistisch
Eine Aussage ist p., wenn ihre Richtigkeit nicht als sicher, sondern nur als (mehr oder weniger) wahrscheinlich angenommen wird.

In den Sozialwissenschaften hat man es fast ausschließlich mit p. Aussagen zu tun.

Prognostizierbarkeit
Kann man aufgrund erhobener Informationen zukünftiges Verhalten vorhersagen? Trotz gültiger Daten kann die Vorhersage gefährdet sein: durch die Zeitspanne zwischen Datenerhebung, durch Veränderungen im sozialen Feld aber insbesondere auch durch Bekanntwerden der Prognose („self-destroying prophecy").
→ *Prophezeihung, sich selbst erfüllende*
→ *Prophezeihung, sich selbst zerstörende*

Prophezeihung, sich selbst erfüllende
Eine im nachhinein als falsch erkannte Prognose bzw. eine Theorie ruft durch ihr Bekanntwerden solche Reaktionen hervor, die die falschen Voraussetzungen zu bestätigen scheinen (self-fulfilling prophecy). Beispiel: Das Gerücht, daß eine Bank zahlungsunfähig sei, kann die Anleger veranlassen, ihre Guthaben abzuziehen, womit die ursprünglich solvente Bank tatsächlich zahlungsunfähig wird.
→ *Prognostizierbarkeit*

Prophezeihung, sich selbst zerstörende
Die Veröffentlichung von Prognosen kann dazu führen, daß die – obgleich richtige – Prognose nicht eintrifft („self-destroying prophecy").
→ *Prognostizierbarkeit*

Rationalismus, kritischer
Wissenschaftstheoretische Position, die von einer grundsätzlichen Skepsis gegenüber als absolut behaupteten Wahrheiten (wie z.B. religiösen Heilslehren oder politischen Doktrinen) ausgeht, und Aussagen über die Realität nur dann als sinnvoll anerkennt, wenn sie so formuliert sind, daß sie prinzipiell durch die Erfahrung widerlegt werden können (→ *Falsifikationsprinzip*), was auch die Forderung nach intersubjektiver Überprüfbarkeit und Wertfreiheit einschließt.
Literatur: *Prim/Tilmann* 1973

Reaktivität
Modifikation des Untersuchungsphänomens durch den Meßvorgang. Während die R. im quantitativen Paradigma als auszuschaltende Störquelle erscheint, ist sie für den qualitativ orientierten Forscher konstitutiver Bestandteil des Forschungsprozesses.
Literatur: *Webb* u.a. 1975

Realdefinition
Definition eines Begriffs durch Aussagen über die Beschaffenheit des damit bezeichneten Gegenstands oder die Art seines Gebrauchs. Damit unterliegen R. dem → *Falsifikationsprinzip*.
Gegensatz: → *Nominaldefinition*

Realgruppe
Existiert bei der Methode der → *Gruppendiskussion* schon vor der Erhebungssituation bereits als → *Gruppe* und ist unabhängig von der Diskussion vom Diskussionsgegenstand betroffen.

Reduktion
1) Im Unterschied zur → *Deduktion* hypothetischer Schluß, bei dem vom Nachsatz auf den Vorsatz geschlossen wird: wenn x, dann y; wenn y, also auch x.
2) → *Reduktionismus*

Reduktion, eidetische
Rückführung von der phänomenologischen → *Einstellung* zum → *Wesen* einer Sache durch Reflexion, indem das jeweils vorgegebene Phänomen frei variiert wird, um so das „Invariante" herauszufiltern.
→ *Phänomenologie*

Reduktion, phänomenologische
Von der natürlichen → *Einstellung* gelangt man durch eine weitere Reduktion, die p. R. zur p. Einstellung. Bei der p. R. erfolgt eine Distanzierung von der natürlichen Einstellung und das reflektierende Subjekt wird zum unbeteiligten Zuschauer seiner Denkerlebnisse.
Literatur: *Danner* 1979

Reduktionismus
Versuch, ein Phänomen durch den Rückgriff auf Annahmen zu erklären, die einen angeblich grundlegenderen Zusammenhang zwischen Merkmalen begründen, welche für den Untersuchungsgegenstand ursprünglich nicht als grundlegend angesehen wurden (z.B. der Versuch, soziale Prozesse durch psychologische Theorien zu erklären).
Gegenposition: → *Emergentismus*

Rekonstruktion, strukturale
Inhaltsanalytische Interpretationstechnik, die auf die Aufdeckung von Lebenskonstruktionen abzielt.
Literatur: *Bude* 1984

Relevanz
Bedeutsamkeit.

Reliabilität
→ *Zuverlässigkeit*

Redundanz
Überfluß (z.B. an Information).

Repräsentanz
Im Unterschied zur → *Repräsentativität* im statistischen Sinn kommt es bei der R. darauf an, daß typische Fälle erfaßt werden.

Repräsentativität
Eigenschaft von Zufallsstichproben, die die Struktur der Gesamtheit, aus der sie entnommen wurden, widerspiegeln. Schlüsse von einer → *Stichprobe* auf die Gesamtheit erfordern eine Zufallsauswahl, bei der sich der Stichprobenfehler berechnen läßt und bei der jedes Element die gleiche Chance hat, in die Auswahl zu gelangen.

Reziprozität (der Perspektiven)
Annahme, daß die Interaktionspartner in der Lage sind, sich gedanklich in die Positionen der jeweils anderen hineinzuversetzen.

Role-making
Rollenreflexion; der Beobachter übernimmt eine Rolle, die er für seine speziellen Absichten modifiziert und gestaltet.

Role-taking
Der Beobachter übernimmt unreflektiert eine Rolle.

Rollenübernahme
Grundlage wissenschaftlicher Deutung;Prozeß, bei dem ein Interaktionspartner das Verhalten des anderen vorherzusehen sucht, indem er dessen Reaktionen im Rahmen einer Rolle beurteilt. Sie liegt jeder sozialen Interaktion zugrunde, also auch dem Forschungshandeln.

Rosenthal-Effekt
→ *Versuchsleiter-Effekt*

Sample
→ *Auswahl*
→ *Stichprobe*

Sampling, statistical
Stichprobenverfahren mit dem Einheiten einer → *Grundgesamtheit* ausgewählt werden, die möglichst genaue Rückschlüsse auf die Grundgesamtheit zulassen.
→ *Repräsentativität*

Sampling, theoretical
Systematische Auswahl der Untersuchungseinheiten danach, einen Fall zu finden, der die theoretischen Konzepte des Forschers komplexer, differenzierter und profunder gestalten kann. Vorgehen: die Untersuchungseinheit wird z.B. aufgrund ihrer Eignung als → *extremer* oder → *idealer Typ* ausgewählt.
→ *Auswahl, gezielte*

Second order concepts
→ *Begriffe zweiter Ordnung*

Self-destroying prophecy
→ *Prophezeihung, sich selbst zerstörende*

Self-fulfilling prophecy
→ *Prophezeihung, sich selbst erfüllende*

Sensitizing concepts
→ *Konzepte, empfindsam-machende*

Sensualismus
Form des → *Empirismus*, die als Erkenntnisquelle letztlich nur die Sinneswahrnehmungen anerkennt.

Sinnstrukturen, latente
Ergebnis des Wirkens des sozialen Unbewußten.
Literatur: *Oevermann* u.a. 1979

Sinnverstehen, objektives
Verstehen eines Sachverhalts durch die Erfassung des Sinnzusammenhangs, in dem er steht (im Unterschied zum psychologischen → *Verstehen*). Es kommt also nicht darauf an zu versuchen, die Situation des Autors nachzuerleben, um zu verstehen, sondern den

übergeordneten Sinnzusammenhang zu begreifen (z. B. die geistesgeschichtliche Situation eines literarischen Werkes).

Sozialforschung, qualitative
Sammelbezeichnung für Verfahren, die sich am interpretativen → *Paradigma* orientieren.
Literatur: *Girtler* 1984

Sozialforschung, quantitative
Sammelbezeichnung für Verfahren, die durch eine Orientierung am naturwissenschaftlichen → *Paradigma* charakterisiert sind.
Literatur: *Lamnek* 1980

Sozialisation, zweite
Prozeß, in dem der (Feld-)Forscher Werte, Normen und Rollen in der von ihm untersuchten Gruppe lernt.
→ *Beobachtung, teilnehmende*
→ *Feldforschung*
Literatur: *Girtler* 1984

Soziologie, interpretative
Grundannahme ist, daß es keine vorgegebenen Handlungs- und Deutungsmuster der Gesellschaftsmitglieder gibt, sondern daß diese stets von Neuem durch Handeln und Deuten reproduziert und modifiziert werden müssen. Ziel einer interpretativen Soziologie ist die Dokumentation und Rekonstruktion sowie das → *verstehen*de Nachvollziehen des Konstitutionsprozesses der sozialen Wirklichkeit.
→ *Ethnomethodologie*
→ *Interaktionismus, symbolischer*
Literatur: *Berger/Luckmann* 1974

Soziologie, verstehende
Theorieansatz in der Soziologie, der von der Deutung des von den Handelnden selbst gemeinten subjektiven Sinnes sozialen Verhaltens ausgeht.

Soziometrie
Eine von *Moreno* (1967) entwickelte Methode zur Messung und Darstellung der sozialen Beziehungen in einer → *Gruppe* (ursprünglich für Zwecke der Gruppentherapie). Die Ergebnisse des sog. soziometrischen Tests (positive und negative Wahlen der Gruppenmitglieder) werden graphisch durch das Soziogramm oder durch die Soziomatrix dargestellt.

Spirale, hermeneutische
Genau genommen erfolgt hermeneutisches → *Verstehen* nicht nach Art einer Zirkelbewegung, sondern spiralförmig, denn die Momente, zwischen denen Verstehen hin- und herläuft, erfahren eine ständige Korrektur und Verbesserung. Die zutreffendere Bezeichnung der Spirale hat sich bislang jedoch nicht durchgesetzt.
→ *Zirkel, hermeneutischer*

Sprachanalyse, semantische
Versuch, das Wesentliche eines Phänomens durch Untersuchung der Wortbedeutungen sichtbar zu machen.

Standardisierung
In der empirischen Sozialforschung die (graduell unterschiedlich mögliche) Festlegung eines Meß- oder Untersuchungsverfahrens, z. B. im → *Interview*, der → *Beobachtung* etc., zur Erhöhung der Vergleichbarkeit.

Stereotyp
„Feststehendes"; auf relativ wenige oberflächliche Merkmale reduzierte, festgefügte, längerfristig gleichbleibende, kaum veränderbare (trotz gegenteiliger Erfahrung) Vorstellung über Personen, Gruppen, Ereignisse etc.

Stichprobe
Herausgegriffene Teilmenge, von der man auf die Gesamtmenge bzw. die darin herrschende Merkmalsverteilung schließen kann.
→ *Repräsentativität*

Stimmigkeit
Vereinbarkeit von Zielen und Methoden der Forschungsarbeit.

Stimmigkeit, äußere
Übereinstimmung des Untersuchungsergebnisses mit dem bereits darüber vorliegenden Wissen.

Stimmigkeit, innere
Konsistenz der Daten und der Methoden zu ihrer Gewinnung mit der Dateninterpretation (wurde das Geschehen richtig beobachtet, sind die logischen Schlüsse korrekt etc.).

Strukturale Hermeneutik
→ *Hermeneutik, objektive*

Strukturfunktionalismus
Eine besonders in den 50er und 60er Jahren vor allem in den USA dominante Hauptrichtung der soziologischen Theorie, deren Grundgedanke darin besteht, daß das Auftreten eines bestimmten Verhaltens oder einer bestimmten Institution in einer Gesellschaft aus deren Funktionalität, d.h. aus dem Beitrag für die Gesellschaft (Strukturerhaltung, Integration, Wachstum) erklärt wird.

Subjektiv
a) Abwertend, im Sinne von unwissenschaftlich, voreingenommen usw.;
b) Vom Subjekt ausgehende Betrachtungsweise.

Subkultur
Teilsystem einer übergreifenden kulturellen Einheit, dessen Werte und Normen denjenigen des Gesamtsystems teilweise widersprechen, wobei jedoch den Konfliktelementen zumindest manifest keine zentrale Bedeutung zukommt, weil die wesentlichen Normen und Werte der Gesamtkultur geteilt werden.

Subkulturtheorie
Erklärt abweichendes bzw. kriminelles Verhalten aus der Orientierung an subkulturellen Normen. Sie fragt u.a. nach den Entstehungsbedingungen delinquenter → *Subkulturen* und nach den Funktionen, die sie für ihre Mitglieder erfüllen.
Literatur: *Lamnek* 1983

Substantive Theorien
→ *Theorien, gegenstandsbezogene*

Survey
Umfrageforschung, Demoskopie (Meinungsforschung)
Gegensatz: → *Einzelfallapproach*

Symbol
Gegenstand (z.B. Fahne) oder Vorgang (z.B. Geste), der als Sinnbild auf etwas anderes (z.B. Verein bzw. Mißachtung) verweist. Symbole sind Kommunikationsmedien; die Sprache stellt das wichtigste Symbolsystem dar.
→ *Interaktionismus, symbolischer*

Synonyme
Sinngleiche oder sinnähnliche Wörter (z.B. Gesicht, Antlitz, Fratze).

Systeme, deskriptive
Organisation der gesammelten (qualitativen) Einzelbeobachtungen.
Literatur: *Barton/Lazarsfeld* 1979

Systemtheorie
Theoretische Auffassung, wonach alles als System betrachtet wird, d.h. unter dem Aspekt seiner inneren Organisation und der Austauschbeziehungen mit der Umwelt.
→ *Strukturfunktionalismus*

Taxonomie
Begriffsschema, System aufeinander bezogener Definitionen.

Telefoninterview
Spezielle Interviewtechnik, die durch die Zwischenschaltung des „Instruments Telefon" Einflüsse auf den Befragten zu vermeiden und Kosten zu reduzieren sucht.

Texte
Protokolle irreversibler Interaktions- und Interpretationssequenzen, die einen Handlungszusammenhang repräsentieren, in dem die Einzeläußerungen grundsätzlich über sich selbst hinausweisen.
Literatur: *Soeffner* 1982

Theorie
System von Begriffen, Definitionen und Aussagen, um Erkenntnisse über einen Bereich von Sachverhalten zu ordnen, Tatbestände zu erklären und wissenschaftlich begründete Prognosen zu treffen.

Theorie, begründete
→ *Theorie, datenbasierte*

Theorie, datenbasierte
Methode nach *Glaser/Strauss* („grounded theory"), um aus empirischen Daten induktiv eine Theorie zu entwickeln. Die Theorie entsteht („emerge") aus der sozialen Realität.
Literatur: *Glaser/Strauss* 1979

Theorie der assoziativen Nähe
Macht Aussagen über die experimentell ermittelten durchschnittlichen Assoziationen als Responses von Menschen auf bestimmte Stimuli. Als Assoziationen werden dabei diejenigen Begriffe angesehen, die den Versuchspersonen auf einen Stimulusbegriff hin spontan einfallen. Stimmen die Verteilungen der assoziativen Begriffe nach Umfang und Häufigkeit annähernd überein, spricht man von Bedeutungsgleichheit.

Theorie der differentiellen Assoziation
Von *Sutherland* erstmals formulierte Theorie, die das Erlernen kriminellen Verhaltens aus Kontakten mit differentiellen (d.h. abweichenden und nicht-abweichenden) Verhaltensmustern erklärt. Ein Übergewicht der Kontakte (nach Häufigkeit, Priorität, Intensität und Dauer) mit abweichenden Verhaltensmustern führt zu delinquentem Verhalten.
Literatur: *Lamnek* 1983

Theorie, formale
Endziel der Theoriebildung nach *Glaser/ Strauss*, die auf → *gegenstandsbezogenen Theorien* aufbaut und durch einen hohen Allgemeinheitsgrad charakterisiert ist. F. T. sollen möglichst keine raum-zeitliche Beschränkungen enthalten, Hypothesen sollen den Charakter von Gesetzeshypothesen besitzen und ohne gesellschaftstheoretische Ansprüche sein.
Literatur: *Glaser/Strauss* 1979

Theorie, gegenstandsbezogene
Theorien (Konzepte) und deren Beziehungen zu einem Satz von Hypothesen für einen bestimmten Gegenstandsbereich (z.B. Erziehung, Kriminalität usw.).
Literatur: *Glaser/Strauss* 1979

Theorien mittlerer Reichweite
Theorien, die sich im Unterschied zu umfassenderen Ansätzen wie etwa dem → *Strukturfunktionalismus* auf begrenzte Verhaltensbereiche und Strukturen mit beschränkter raum-zeitlicher Gültigkeit beziehen und zwischen empirischen Verallgemeinerungen und allgemeinen soziologischen Theorien einzuordnen sind.

Thomas-Theorem
Von *W.I. Thomas* (1937) formulierte Aussage, wonach für das Handeln von Menschen deren Definition der Situation und nicht die „objektive" Situation entscheidend sei. Die auch noch so wenig realitätsgerechte Situationsdefinition hat dabei durchaus reale Konsequenzen.

Tiefeninterview
Der Forscher ist auf der Suche nach solchen Bedeutungsstrukturierungen, die dem Befragten möglicherweise nicht bewußt sind. Die Äußerungen des Befragten werden vor dem Hintergrund einer bestimmten theoretischen Vorstellung – etwa der Psychoanalyse – betrachtet.

Transparenz
Offenheit des Forschungsprozesses (in Abhebung von der → *Objektivität* als unerreichbarer Idealvorstellung der meßtechnischen Neutralisierung der Interaktion zwischen Forscher und Untersuchten).

Trend-Theorie
Theorien, „die die Aufmerksamkeit auf eine besondere Entwicklungsrichtung innerhalb einer Gesellschaft lenken, die sich gewöhnlich auf einen zugrundeliegenden Wandel in der ökonomischen oder demographischen Struktur herleiten läßt".
Literatur: *Barton/Lazarsfeld* 1979, S.83

Trennschärfe
In bezug auf Kategorien wird darunter „die Genauigkeit verstanden, mit der die Untersuchten auf Grund ihrer Reaktionen den ihnen entsprechenden Kategorien der zu messenden Variable zugeordnet werden können" (*Fuchs* et al. 1978, S.793).

Triangulation
a)Verfahren der Positionsbestimmung durch multiple Bezugspunkte;
b)Kombination von Methodologien zur Untersuchung eines Phänomens.
Literatur: *Denzin* 1970, *Köckeis- Stangl* 1980

Typenbildung
Klassifikation des Materials; die Generalisierung der Ergebnisse in der qualitativen Sozialforschung erfolgt über Repräsentanz, nicht über → *Repräsentativität*! Anstatt ein-

zelne → *Variablen* herauszugreifen, kommt es darauf an, ganzheitliche, realitätsgerechte Darstellungen anzustreben. Zum Zweck der Typenbildung teilt man das Material in Gruppen ein, die sich bezüglich des zu untersuchenden Gegenstandes gleichen bzw. unterscheiden.

Typisierung
1) In der empirischen Sozialwissenschaft häufig → *Kategorienbildung*.
2) Zuordnung zu einem → *Typus*.
Von einer T. spricht man in der Regel dann, wenn einzelne Aspekte eines gefundenen Phänomens gedanklich gesteigert als wesentliche Merkmale des Phänomens herausgestellt, als überindividuell angesehen und in ihrer spezifischen Konstellation als typisch bezeichnet werden, ohne daß sie immer in reiner Form in der sozialen Wirklichkeit zu finden wären. Die zugrundeliegende Handlungsfigur wird dabei als Prototyp eines strukturellen Phänomens, des Handlungsmusters aufgefaßt.
→ *Typologie*

Typologie
„Eine Menge von Objekten wird mit Hilfe von Merkmalen definiert, von denen man weder weiß, ob sie hinreichend sind, noch, ob man eine vollständige Klassifikation vornehmen kann ... Typologien sind ein Vorgriff auf explizite Theoriebildung; sie haben zunächst heuristischen Wert, d.h. sie stimulieren Erkenntnisse und Forschungsprobleme" (*Friedrichs* 1973, S.89). Die Logik der Konstruktion von T. bezeichnet man als → *Taxonomie*.
Literatur: *Merton* 1957

Typus
Teil einer → *Typologie*.

Überidentifikation (going native)
Gefahr, sich bei der → *teilnehmenden Beobachtung* zu sehr mit der betreffenden Gruppe zu identifizieren, so daß es unmöglich ist, die notwendige Distanz zur Erfüllung der Beobachtungsaufgabe zu wahren.

Untersuchungseinheit
Bezeichnung für Einheiten oder Elemente einer Gesamtheit von Objekten oder Individuen, die im Hinblick auf bestimmte Erkenntnisziele untersucht werden.

Valenzanalyse
Inhaltsanalytisches Verfahren, bei dem Bewertungskriterien angegeben werden, unter denen das Textmaterial gesichtet und bestimmte Textbestandteile nach einer zweistufigen Bewertung skaliert werden; dabei erfolgt eine Reduzierung auf einfache Kategorienpaare polarer Wertigkeit (z.B. pro – contra).

Validierung, argumentative
Offenlegung der Vorannahmen des Interpreten und Verankerung im gemeinsamen (Vor-)Wissen von Interpret und Leser der Interpretation.

Validierung, kommunikative
Versuch, durch wiederholtes Befragen des Interviewten sich seiner Interpretationsergebnisse zu vergewissern.

Validität
→ *Gültigkeit*

Validität, externe
→ *criterion validity*
→ *Gültigkeit, externe*

Validität, interne
→ *Gültigkeit, interne*

Variable
Veränderliche Größe, die verschiedene Werte annehmen kann (z.B. Körpergröße, Testergebnisse, Einkommen, soziale Schicht). Je nach der zwischen V.n bestehenden Einflußrichtungen wird zwischen unabhängigen und abhängigen V.n unterschieden.

Variable, intervenierende
V., die in einem vermittelnden, indirekten Zusammenhang zwischen zwei V.n steht. Im folgenden „Modell" ist V2 die intervenierende V.:
V1→V2→ V3

Verhaltenstheorie (Lerntheorie)
Aus dem → *Behaviorismus* hervorgegangene Richtung in der Psychologie, die auch zur Erklärung soziologischer Sachverhalte herangezogen werden kann. Ausgehend vom Modell der klassischen Konditionierung und des instrumentellen Lernens wird versucht,

elementares soziales Verhalten zu beschreiben, zu erklären und zu komplexeren Zusammenhängen vorzustoßen.

Verstehen
Erklären eines Handlungsablaufs durch deutendes Erfassen des Sinnzusammenhangs, in den, seinem subjektiven Sinn nach, ein aktuell verständliches Handeln hineingehört.
Literatur: *Weber* 1976

Verstehen, elementares
Verstehen im alltäglichen Umgang, ohne bewußtes Bemühen um Verstehen (z.B. Verstehen von Verkehrszeichen).

Verstehen, grammatisches
Unmittelbare sprachliche Interpretation.

Verstehen, hermeneutisches
Erfassung menschlicher Verhaltensäußerungen und Produkte.

Verstehen, höheres
Im Unterschied zum → *elementaren Verstehen* oft mühsamer Prozeß, das zu Verstehende (z.B. eine Wissenschaft) zu einem größeren, übergeordneten Zusammenhang in Beziehung zu setzen bzw. daraus herzuleiten.

Verstehen, psychologisches
Verstehen durch den Versuch der Identifikation mit dem Anderen (z.B. mit dem Verfasser eines Textes).

Verstehende Soziologie
→ *Soziologie, verstehende*

Versuchsleiter-Effekt
Verzerrungen im Sinne der Untersuchungshypothesen aufgrund unbewußter Einflüsse des Versuchsleiters auf die Versuchspersonen.
→ *Meßartefakte*
→ *Prophezeihung, sich selbst erfüllende*
→ *Reaktivität*

Versuchspersonen-Effekt
Zum ersten Mal Ende der 20er Jahre in einer amerikanischen Elektrofirma (Hawthorne) bei einer betriebspsychologischen Studie festgestellter reaktiver Effekt, wonach die ermittelte Steigerung der Arbeitsproduktion nicht von den planmäßig veranlaßten Variationen der Arbeitsbedingungen (Beleuchtung etc.) abhing, sondern vom Wissen der Arbeiterinnen, für einen wissenschaftlichen Versuch ausgewählt worden zu sein.
→ *Meßartefakte*
→ *Reaktivität*

Verwendungszusammenhang
Zusammenhang, in dem Forschungsergebnisse angewendet und verwertet werden. Nach konventioneller Wissenschaftsauffassung ist der V. nur eine Frage des Berufsethos des Sozialforschers und nicht wissenschaftstheoretisch begründbar.

Vorhersagegültigkeit
Methode der Gültigkeitsprüfung, wobei aufgrund des verwendeten Meßverfahrens eine Prognose erstellt wird. Erweist sich die Prognose als richtig, gilt das Meßverfahren als gültig.
Literatur: *Lamnek* 1980

Vorverständnis
→ *Zirkel, hermeneutischer*

Wesen
Allgemeines, Invariantes einer Sache.
→ *Phänomenologie*
→ *Reduktion, eidetische*

Wesensschau
→ *Reduktion, eidetische*

Wirkungsforschung
In Publizistik und Kommunikationsforschung gebräuchliche Bezeichnung für Untersuchungsansätze, die die Auswirkungen massenmedialer Informationen auf das Wissen, die Einstellungen und das Verhalten des Publikums ermitteln.

Wissenschaftstheorie
Metawissenschaftliche Erörterung über Wissenschaft. Die W. legt fest, was als wissenschaftliche Erkenntnis gelten kann, indem sie Vorschriften über den Weg der Erkenntnisgewinnung formuliert.
Literatur: *Lamnek* 1980

Zirkel, hermeneutischer
Man unterscheidet zwei h. Z.:
I. Ein zunächst rudimentäres Vorverständnis ist zum Verstehen eines Textes und dessen

Auslegung notwendig. Das durch das Textverstehen angeeignete Wissen trägt zur Erweiterung und Korrektur des Vorverständnisses bei, womit sich der Text wiederum besser verstehen läßt usw.
II. Die Einzelelemente eines Textes sind nur aus dem Gesamtzusammenhang verständlich, der sich wiederum nur aus den Einzelteilen ergibt.

Zufallsauswahl
→ *Zufallsstichprobe*
→ *sampling, statistical*
→ *sampling, theoretical*

Zufallsstichprobe
Auswahl einer Teilmenge aus einer → *Grundgesamtheit* derart, daß jedes ihrer Elemente die gleiche Chance hat, in die Auswahl zu gelangen.

Zuverlässigkeit
Ausmaß, in dem die wiederholte Anwendung eines Meßinstruments (innerhalb bestimmter Schwankungsbreiten) gleiche Ergebnisse liefert.
Literatur: *Lamnek* 1980

Literaturverzeichnis

Abel, Th. (1953): The Operation Called ‚Verstehen', in: *Feigl, H./Blalock, H.* (Hg.) (1953), S. 677-688; original (1948) in: American Journal of Sociology

Abels, H. (1975): Alltagswirklichkeit und Situation, in: Soziale Welt 26.Jg., S. 227-249

Abels, H. (1975): Lebensweltanalyse von Fernstudenten. Qualitative Inhaltsanalyse – theoretische und methodische Überlegungen, Werkstattbericht, Hagen

Abrams, M. (1949): Possibilities and Problems of Group Interviewing, in: Public Opinion Quarterly, XIII, S. 502-506

Abschlußbericht (1986): Arbeitsbiographie – erzählte Lebensgeschichten, MS, Bielefeld

Acham, K. (1978): Methodologische Probleme der Sozialwissenschaften, Darmstadt

Adorno, Th. W. (1957): Replik, in: KZfSS, 9, S. 105-117

Adorno, Th. W. (1957): Soziologie und empirische Forschung, in: *Adorno, Th. W.* u.a. (1969), S. 81-101

Adorno, Th. W. u.a. (1969, 1980): Der Positivismusstreit in der deutschen Soziologie, Darmstadt und Neuwied

Adorno, Th. W. (1972): Soziologie und empirische Forschung, in: *Topitsch, E.* (Hg.) (1972), S. 511-525

Albrecht, H./Kehlert, H.-U./Schlegelmilch, C. (1979): Ergebnisbericht über Gruppendiskussionen mit arbeitslosen Hochschulabsolventen, Wissenschaftszentrum Berlin

Alemann v., H./Ortlieb, P. (1975): Die Einzelfallstudie, in: *Koolwijk, J. van/Wieken-Mayser, M.* (Hg.) (1975), S. 157-177

Allison, G. T. (1971): Essence of Decisionmaking: Explaining the Cuban Crisis, Boston

Allport, G.W. (1942): The Use of Personal Documents in Psychological Science, New York

Angell, R. (1945): A Critical Review of the Development of the Personal Document Method in Sociology 1920-1940, in: *Gottschalk, L.* et al. (1945), S. 177-232

Apel, K.O. (1971): Szientistik, Hermeneutik, Ideologiekritik. Entwurf einer Wissenschaftslehre in erkenntnisanthropologischer Sicht, in: *Hermeneutik und Ideologiekritik*, (1971), S. 7-44

Apel, K.O. u.a. (Hg.) (1978): Neue Versuche über Erklären und Verstehen, Frankfurt am Main

Arbeitsgruppe Bielefelder Soziologen (Hg.) (1973, 1976): Alltagswissen, Interaktion und gesellschaftliche Wirklichkeit, Bd.1: Symbolischer Interaktionismus und Ethnomethodologie, Reinbek bei Hamburg; Bd.2: Ethnotheorie und Ethnographie des Sprechens

Arbeitsgruppe Bielefelder Soziologen (1976): Kommunikative Sozialforschung, München

Arbeitsgruppe Bielefelder Soziologen (1976): Das Gruppendiskussionsverfahren, in: *Arbeitsgruppe Bielefelder Soziologen* (1976), S. 130-140

Arbeitsgruppe Bielefelder Soziologen (Hg.) (1981): Alltagswissen, Interaktion und gesellschaftliche Wirklichkeit, 1 + 2, Opladen

Atteslander, P. (1969, 1971, 1975): Methoden der empirischen Sozialforschung, Berlin, New York

Attewell, P. (1974): Ethnomethodology since Garfinkel, in: Theory and Society, Vol. 1, 1974, S. 179-210

Aufenanger, S./Lenssen, M. (Hg.) (1986): Handlung & Sinnstruktur. Bedeutung und Anwendung der objektiven Hermeneutik, München

Auwärter, M./Kirsch, E./Schröter, K. (1977): Seminar: Kommunikation, Interaktion, Identität, Frankfurt

Baacke, D./Schulze, T. (Hg.) (1979): Aus Geschichten lernen. Zur Einübung pädagogischen Verstehens, München

Bain, R. K. (1956): Die Rolle des Forschers: Eine Einzelfallstudie, in: *König, R.* (1956) (Hg.), S. 115-128

Bales, R.F. (1966): Die Interaktionsanalyse: Ein Beobachtungsverfahren zur Untersuchung kleiner Gruppen, in: *König, R.* (Hg.) (1966), S. 148-167

Bammé, A./Martens, B. (1985): Methodenvielfalt und Forschungspragmatik. Zur wissenschaftstheoretischen Situation der empirischen Sozialforschung, in: Soziologie 1/ 1985, S. 5-35

Banks, J. A. (1957): The Group Discussion as an Interview Technique, in: Sociological Review, 5, S. 75-84

Bargatzky, Th. (1985): Einführung in die Ethnologie, Hamburg

Barton, A.H./Lazarsfeld, P.F. (1979): Einige Funktionen von qualitativer Analyse in der Sozialforschung, in: *Hopf, C./Weingarten, E.* (Hg.) (1979), S. 41-89

Beck, U. (1982): Jenseits von Stand und Klasse, in: *Kreckel, R.* (Hg.) (1982), S. 35-74

Beck, U. (1984): Perspektiven einer kulturellen Evolution der Arbeit, in: Mitteilungen des Arbeitsamtes, I, S. 52-62

Becker, H.S. (1958): Problems of Interference and Proof in Participant Observation, in: American Sociological Review, S. 652-660

Becker, H. S. (1963): The Outsiders. Studies in the Sociology of Deviance, New York

Becker, H.S./Geer, B. (1979): Teilnehmende Beobachtung: Die Analyse qualitativer Forschungsergebnisse, in: *Hopf, C./ Weingarten, E.* (Hg.) (1979), S. 139-166

Becker, H.S./Geer, B. (1979a): Teilnehmende Beobachtung. Analyse qualitativer Felddaten, in: *Gerdes, K.* (Hg.) (1979), S. 158-183

Becker, H.S./Geer, B./Hughes, E.C./Strauss, A.L. (1961): Boys in White. Student Culture in Medical School, Chicago

Beck-Gernsheim, E. (1983): Vom ‚Dasein-für-andere' zum Anspruch auf ein Stück ‚eigenes Leben', in: Soziale Welt, Heft 3, S. 307-340

Berelson, B. (1952): Content Analysis in Communication Research, Glencoe Ill.

Berelson, B. (1954): Content Analysis, in: *Lindzey, G.* (Hg.) (1954), Vol. 1, S. 488-522

Berelson, B./Salter, P. v. (1949): Majority and Minority Americans: An Analysis of Magazine Fiction, in: Public Opinion Quarterly, No. 10, S. 169-190

Berger, H. (1972): Erfahrung und Gesellschaftsform, Stuttgart

Berger, H. (1974): Untersuchungsmethode und soziale Wirklichkeit. Eine Kritik an Interview und Einstellungsmessung, Frankfurt am Main, Reprise 1980

Berger, P.L./Luckmann, T. (1969, 1974): Die gesellschaftliche Konstruktion der Wirklichkeit. Eine Theorie der Wissenssoziologie, Frankfurt am Main

Berghaus, M./Kob, J./Marencic, H./Vowinckel, G. (1978): Vorschule im Fernsehen. Ergebnisse einer wissenschaftlichen Begleituntersuchung zur Vorschulserie Sesamstraße, Weinheim, Basel

Berk, R./Adams, J. (1979) : Kontaktaufnahme mit devianten Gruppen, in: *Gerdes, K.* (Hg.) (1979), S. 94-109

Betti, E. (1972): Die Hermeneutik als allgemeine Methodik der Geisteswissenschaften, Tübingen

Bisler, W. (1973): Interaktionismus, symbolischer, in: *Fuchs, W.* et al. (1973), S. 310

Blankenburg, W./Hildenbrand, B./Beyer, B./Klein, D./Müller, H. (1983): Abschlußbericht zum Forschungsprojekt „Familiensituation und alltagsweltliche Orientierung Schizophrener", Marburg

Blum, F.H. (1970): Getting Individuals to Give Information to the Outsider, in: *Filstead, W.J.* (1970), S. 83-90

Blumer, H. (1939): An Appraisal of Thomas' and Znaniecki's „The Polish Peasant in Europe and America", New York

Blumer, H. (1954): What is Wrong with Social Theory, in: American Sociological Review, Vol. 19, 1954, S. 3-10

Blumer, H. (1969): Symbolic Interactionism. Perspective and Method, Englewood Cliffs

Blumer, H. (1973): Der methodologische Standort des Symbolischen Interaktionismus, in: *Arbeitsgruppe Bielefelder Soziologen* (Hg.) (1973), S. 80-146

Blumer, H. (1979): Methodologische Prinzipien empirischer Wissenschaft, in: *Gerdes, K.* (Hg.) (1979), S. 41-62

Bochensky, J.M. (1973): Die zeitgenössischen Denkmethoden, Bern und München

Bogdan, R./Biklen, S. K. (1982): Qualitative Research for Education: An Introduction to Theory and Methods, Boston

Bogdan, R./Taylor, St.J. (1975): Introduction to Qualitative Research Methods. A Phenomenological Approach to the Social Sciences, New York

Bogumil, J./Immerfall, St. (1985): Wahrnehmungsweisen empirischer Sozialforschung. Zum Selbstverständnis des sozialwissenschaftlichen Forschungsprozesses, Frankfurt am Main

Bohnsack, R. (1983): Alltagsinterpretation und soziologische Rekonstruktion, Opladen

Bollnow, O.F. (1966): Zur Frage nach der Objektivität der Geisteswissenschaften, in: *Oppholzer, S.* (Hg.) (1966)

Bonß, W. (1982): Die Einübung des Tatsachenblicks. Zur Struktur und Veränderung empirischer Sozialforschung, Frankfurt am Main

Bonß, W./Hartmann, H. (Hg.) (1985): Entzauberte Wissenschaft. Zur Relativität und Geltung soziologischer Wissenschaft. Sonderband 3 der Sozialen Welt, Göttingen

Braun, K.-H./Holzkamp, H. (Hg.) (1985): Subjektivität als Problem psychologischer Methodik, Frankfurt

Bruyn, S. T. (1963): The Methodology of Participant Observation, in: Human Organization, 22

Bruyn, S. T. (1966): The Human Perspective in Sociology: The Methodology of Participant Observation, Englewood Cliffs, New York

Bryman, A. (1984): The Debate about Quantitative and Qualitative Research: A Question of Method or Epistemology?, in: British Journal of Sociology, Vol. 35, 1984, S. 75-92

Buchmann, M./Gurny, R. (1984): Methodische Probleme der neueren soziologischen Biographieforschung, in: KZfSS, 36. Jg., 1984, S. 773-782

Bude, H. (1982): Text und soziale Realität. Zu der von Oevermann formulierten Konzeption einer „objektiven Hermeneutik“, in: Zeitschrift für Sozialisationsforschung und Erziehungssoziologie, Jg.2, Heft 1, 1982, S. 134-143

Bude, H. (1984): Rekonstruktion von Lebenskonstruktionen – eine Antwort auf die Frage, was die Biographieforschung bringt, in: *Kohli, M./Robert, G.* (Hg.) (1984), S. 7-28

Bude, H. (1985): Der Sozialforscher als Narrationsanimateur. Kritische Anmerkungen zu einer erzähltheoretischen Fundierung der interpretativen Sozialforschung, in: KZfSS, Jg. 37, 1985, S. 327-336

Bühler-Niederberger, D. (1985): Analytische Induktion als Verfahren der qualitativen Methodologie, in: Zeitschrift für Soziologie 6/1985, S. 475-485

Bungard, W./Lück, H.E. (1974): Forschungsartefakte und nicht-reaktive Meßverfahren, Stuttgart

Burgess, E. (1930): Discussion, in: *Shaw, C.* (1930), S. 185-197

Campbell, D.T./Fiske, D.W. (1959): Convergent and Discriminant Validation by the Multitrait-Multimethod Matrix, in: Psychological Bulletin, 56, S. 81-105

Cartwright, D./Zander, A. (Hg.) (1953): Group Dynamics: Research and Theory, Evanston, Ill. and White Plains, New York

Chalasinski, J. (1938): Mlode Pokolonie Chlopow. Z przedmowa F. Znanieckiego, 4 Bände, Warszawa

Cicourel, A. (1970): Methode und Messung in der Soziologie, Frankfurt am Main

Cicourel, A. (1978): Mark, in: *Kohli, M.* (1978a), S. 291-310

Cook, Th.D./Reichardt, C.S. (Hg.) (1979): Qualitative and Quantitative Methods in Evaluation Research, Beverly Hills, London

Dallmayr, F.R./Thomas, A./McCarthy (Hg.) (1977): Understanding and Social Inquiry, University of Notre Dame Press: London

Danner, H. (1979): Methoden geisteswissenschaftlicher Pädagogik, München, Basel

Davis, F. (1961): Comment on Initial Interactions of Newcomers in Alcoholics Anonymous, in: Social Problems 8

Dean, J.P. (1954): Participant Observation and Interviewing, in: *Doby, J.T.* (Hg.) (1954), S. 229-239

Dechmann, M. (1978): Teilnahme und Beobachtung als soziologisches Basisverhalten, Bern, Stuttgart

Deese, J. (1970): Psycholinguistics, Boston

Denzin, N.K. (1970, 1978): The Research Act. A Theoretical Introduction to Sociological Methods, McGraw Hill

Deutscher, I. (1966): Words and Deeds: Social Science and Social Policy, in: Social Problems 13/1966, S. 233-254

Dewe, B./Ferchoff, W./Sünker, H. (1984): Alltagstheorien, in: *Eyfert, H./Thiersch, O.H.* (Hg.) (1984), S. 56-72

Diemer, A. (1956): Edmund Husserl, Meisenheim

Diemer, A. (1959): Die Phänomenologie und die Idee der Philosophie als strenge Wissenschaft, in: Zeitschrift für philosophische Forschung

Diemer, A. (Hg.) (1971): Der Methoden- und Theorienpluralismus in den Wissenschaften, Meisenheim

Dietrich, R./Klein, W. (1974): Computerlinguistik. Eine Einführung, Stuttgart

Dilthey, W. (1957): Die Entstehung der Hermeneutik, in: Gesammelte Schriften V, Stuttgart, Göttingen, 2. Aufl., 1957, S. 317-338

Dilthey, W. (1961): Gesammelte Schriften Bd. V: Die geistige Welt I, Stuttgart

Dilthey, W. (1961): Gesammelte Schriften Bd. VII: Der Aufbau der geschichtlichen Welt in den Geisteswissenschaften, hg. und eingeleitet von *M. Riedel*, Stuttgart

Doby, J.T. (Hg.) (1954): Introduction to Social Research, Harrisburg/Penn.

Dollard, J. (1935): Criteria for the Life History. With Analysis of Six Notable Documents, New York

Dollard, J. (1938): The Life History in Community Studies, in: *Kluckhohn, C./Murray, H.* (Hg.) (1938), S. 424-436

Douglas, J.D. (1976): Investigative Social Research, Beverly Hills, London

Ebeling, G. (1959): Hermeneutik, in: Die Religion in Geschichte und Gegenwart, Bd. 3, Tübingen

Edmiston, V. (1944): The Group Interview, in: Journal of Educational Research

Eickelpasch, R. (1983): Das Ethnomethodologische Programm einer „radikalen" Soziologie, in: *Eickelpasch, R./Lehmann, B.* (1983), S. 63-103

Eickelpasch, R./Lehmann, B. (1983): Soziologie ohne Gesellschaft? Probleme einer phänomenologischen Grundlegung der Soziologie, München

Ellgring, H., (1991): Audiovisuell unterstützte Beobachtung, in: *Flick, O./Kardorff, E. von/Keupp, H./Rosenstiel, L. von/Wolff, St.* (Hrsg.): Handbuch Qualitative Sozialforschung, München, S. 203-208

Esser, H. (1986): Können Befragte lügen? in: KZfSS, 38. Jg., Heft 2, S. 314-336

Esser, H./Klenovits, K./Zehnpfennig, H. (1977a): Wissenschaftstheorie 1. Grundlagen und Analytische Wissenschaftstheorie, Stuttgart

Esser, H./Klenovits, K./Zehnpfennig, H. (1977): Wissenschaftstheorie 2. Funktionsanalyse und hermeneutisch-dialektische Ansätze, Stuttgart

Essler, W.K. (1971): Wissenschaftstheorie II. Theorie und Erfahrung, Freiburg, München

Eyfert, H./Thiersch, O.H. (Hg.) (1984): Handbuch der Sozialarbeit/Sozialpädagogik, Neuwied, Darmstadt

Feigl, H./Blalock, H. (Hg.) (1953): Readings in the Philosophy of Science, New York
Feuchtwang, S. (1968): Field Report, MS, London
Feyerabend, P. (1975): Against Method, London
Filstead, W.J. (1970): Qualitative Methodology. First Hand Involvement with the Social World, Chicago
Filstead, W.J. (1979): Soziale Welten aus erster Hand, in: *Gerdes, K.* (Hg.) (1979), S. 29-40
Filstead, W.J. (1979): Qualitative Methods: A Needed Perspective in Evaluation Research, in: *Cook, Th.D./Reichardt, C.S.* (Hg.) (1979)
Fink, E. (1938): Die phänomenologische Philosophie Edmund Husserls in der gegenwärtigen Kritik, in: Kant-Studien, Bd. 38, Berlin
Fischer, A. et al. (1981): Jugend 81, 3 Bände, Hamburg
Fischer, H. (Hg.) (1985): Feldforschungen. Berichte zur Einführung in Probleme und Methoden, Berlin
Fischer, W./Kohli, M. (1987): Biographieforschung, in: *Voges, W.* (Hg.) (1987), S. 23-50
Fischer-Rosenthal, W. (1991): Biographische Methoden in der Soziologie, in: *Flick, O./Kardorff, E. von/Keupp, H./Rosenstiel, L. von/Wolff, St.* (Hrsg.): Handbuch Qualitative Sozialforschung, München, S. 253-256
Flick, O./Kardorff, E. von/Keupp, H./Rosenstiel, L. von/Wolff, St. (Hrsg.) (1991): Handbuch Qualitative Sozialforschung, München
Friedeburg v., L./Habermas, J. (Hg.) (1983): Adorno-Konferenz
Friedrichs, J. (1973, 1984): Methoden empirischer Sozialforschung, Reinbek bei Hamburg
Friedrichs, J. (Hg.) (1973): Teilnehmende Beobachtung abweichenden Verhaltens, Stuttgart
Friedrichs, J. (Hg.) (1986): 23. Deutscher Soziologentag 1986. Sektions- und Ad-hoc-Gruppen, Opladen
Friedrichs, J./Lüdtke, H. (1971, 1973): Teilnehmende Beobachtung. Einführung in die sozialwissenschaftliche Feldforschung, Weinheim, Basel
Friedrichs, J. et al. (1973): Resozialisierungsziele und Organisationsstruktur. Teilnehmende Beobachtung in einer Strafanstalt, in: *Friedrichs, J.* (Hg.) (1973), S. 213-241
Fuchs, W. (1970): Empirische Sozialforschung als politische Aktion, in: *Ritsert, J.* (1970), S. 147-176
Fuchs, W. (1980): Möglichkeiten der biographischen Methode, in: *Niethammer, L.* (Hg.) (1980), S. 323-348
Fuchs, W. (1981a): Geschichte der Studie, in: *Fischer, A.* et al. (1981), Bd.2, S. 272-330
Fuchs, W. (1981b): Horst, in: *Fischer, A.* et al. (1981),Bd.2, S. 133-159
Fuchs, W. (1981c): Biographische Portraits: Einführung, in: *Fischer, A.* et al. (1981), Bd. 2, S. 6-17
Fuchs, W. (1984): Biographische Forschung. Eine Einführung in Praxis und Methoden, Opladen
Fuchs, W. et al. (1973, 1978): Lexikon zur Soziologie, Reinbek

Gadamer, H.-G. (1960, 1975): Wahrheit und Methode, Tübingen
Gärtner, A./Hering, S. (Hg.) (1978): Modellversuch „Soziale Studiengänge" an der GH Kassel, Materialien 12: Regionale Sozialforschung, Kassel: Gesamthochschulbibliothek, Juli 1978
Gans, H. (1962): The Urban Villagers, New York
Garfinkel, H. (1967): Studies of the Routine Grounds of Everyday Activities, in: *Garfinkel, H.* (1967), S. 35-75
Garfinkel, H. (1967): Studies in Ethnomethodology, Englewood Cliffs
Garz, D./Kraimer, L. (Hg.) (1983): Brauchen wir andere Forschungsmethoden? Beiträge zur Diskussion interpretativer Verfahren, Frankfurt am Main
Gerdes, K. (1979): Einführung, in: *Gerdes, K.* (Hg.) (1979), S. 1-8
Gerdes, K. (1979): Erläuterungen zu den einzelnen Beiträgen, in: *Gerdes, K.* (Hg.) (1979), S. 9-15

Gerdes, K. (Hg.) (1979): Explorative Sozialforschung. Einführende Beiträge aus „Natural Sociology" und Feldforschung in den USA, Stuttgart
Gerdes, K./Wolffersdorff-Ehlert, C. v. (1974): Drogenszene: Suche nach Gegenwart, Ergebnisse teilnehmender Beobachtung in der jugendlichen Drogenkultur, Stuttgart
Gerhardt, U. (1984): Typenkonstruktion bei Patientenkarrieren, in: *Kohli, M./Robert, G.* (Hg.) (1984), S. 53-77
Giddens, A. (1984): Interpretative Soziologie. Eine kritische Einführung, Frankfurt am Main
Giesen, B./Schmid, M. (1976): Basale Soziologie: Wissenschaftstheorie, München
Girtler, R. (1974, 1984): Methoden der qualitativen Sozialforschung. Anleitung zur Feldarbeit, Wien, Köln, Graz
Girtler, R. (1980): Polizei-Alltag, Opladen
Girtler, R. (1980a): Vagabunden in der Großstadt, Stuttgart
Girtler, R. (1983): Der Adler und die drei Punkte, Wien
Girtler, R. (1985): Der Strich. Erkundungen in Wien, Wien
Girtler, R. (1995): Randkulturen. Theorie der Unanständigkeit, Wien, Köln, Weimar
Glaser, B.G./Strauss, A.L. (1965): Discovery of Substantive Theory: A Basic Strategy Underlying Qualitative Research, in: American Behavioral Scientist 8, S. 5-12
Glaser, B.G./Strauss, A.L. (1967, 1979): The Discovery of Grounded Theory: Strategies for Qualitative Research, Chicago
Glaser, B.G./Strauss, A.L. (1979): Die Entdeckung gegenstandsbezogener Theorie: Eine Grundstrategie qualitativer Sozialforschung, in: *Hopf, C./Weingarten, E.* (Hg.) (1979), S. 91-111
Glaser, B.G./Strauss, A.L. (1979): Die Entdeckung begründeter Theorie, in: *Gerdes, K.* (Hg.) (1979), S. 63-67
Goffman, E. (1971): Verhalten in sozialen Situationen, Strukturen und Regeln der Kommunikation im öffentlichen Raum, Gütersloh
Gold, R.L. (1958): Roles in Sociological Field Observations, in: Social Forces, 36
Goode, W. J./Hatt, P. K. (1956): Die Einzelfallstudie, in: *König, R.* (Hg.) (1956), S. 299-313
Gottschalk, L. et al. (1945): The Use of Personal Documents in History, Anthropology, and Sociology, New York
Gottschalk, L./Gleser, G. C. (1969): The Measurement of Psychological States through the Content Analysis of Verbal Behavior, Los Angeles
Graumann, C.F. (1985): Phänomenologische Analytik und experimentelle Methodik in der Psychologie – das Problem der Vermittlung, in: *Braun, K.-H./Holzkamp, K.* (Hg.) (1985), S. 38-59
Gross, P. (1981): Ist die Sozialwissenschaft eine Textwissenschaft? Zum Problem der Datenkonstitution in der Soziologie, in: *Winkler, P.* (Hg.) (1981), S. 143-167
Grümer, K.-W. (1974): Techniken der Datensammlung, 2. Beobachtung, Stuttgart
Grün, M. von der (1980): Leben im gelobten Land. Gastarbeiterporträts, Darmstadt und Neuwied
Grunow, D. (1978): Stichworte, in: *Fuchs, W.* et al. (1978)

Haag, F. u.a. (Hg.) (1972): Aktionsforschung. Forschungsstrategien, Forschungsfelder und Forschungspläne, München
Habermas, J. (1967): Ein Literaturbericht: Zur Logik der Sozialwissenschaften. Beiheft 5 der Philosophischen Rundschau; wiederabgedruckt in: *Habermas, J.* (1970), S. 71-310
Habermas, J. (1969): Analytische Wissenschaftstheorie und Dialektik. Ein Nachtrag zur Kontroverse zwischen Popper und Adorno, in: *Adorno, Th.W.* u.a. (1969), S. 155-191
Habermas, J. (1970, 1977): Zur Logik der Sozialwissenschaften. Materialien, Frankfurt am Main
Habermas, J. (1981): Theorie des kommunikativen Handelns, 2 Bde., Frankfurt am Main
Hagen, V. v. (1954): Integrationsprobleme in Diskussionsgruppen, Dissertation, Frankfurt
Harder, J.J./Lindemann, E.C. (1933): Dynamic Social Research, London
Hartfiel, G. (1982): Wörterbuch der Soziologie, Stuttgart

Hartmann, H. (Hg.) (1967, 1973): Moderne amerikanische Soziologie, Stuttgart
Hartmann, H. (1970): Empirische Sozialforschung, München
Hasemann, K. (1964): Verhaltensbeobachtung, in: *Heiss, R. von* (Hg.) (1964)
Hauff, J./Heller, A./Hüppauf, B./Köhn, L./Philippi, K.P. (1971): Methodendiskussion. Arbeitsbuch zur Literaturwissenschaft, Bd.I, Frankfurt
Hedges, A. (1985): Group Interviewing, in: *Walker, R.* (Hg.) (1985), S. 71-91
Heinze, T. (1987): Qualitative Sozialforschung. Erfahrungen, Probleme und Perspektiven, Opladen
Heinze, T./Klusemann, H.-W. (1980): Versuch einer sozialwissenschaftlichen Paraphrasierung am Beispiel des Ausschnittes einer Bildungsgeschichte, in: *Heinze, T./Klusemann, H.-W./Soeffner, H.G.* (Hg.) (1980), S. 97-152
Heinze, T./Klusemann, H.-W./Soeffner, H.G. (Hg.) (1980): Interpretation einer Bildungsgeschichte. Überlegungen zur sozialwissenschaftlichen Hermeneutik, Bensheim
Heiss, R. von (Hg.) (1964): Handbuch der Psychologie, Bd. 6: Psychologische Diagnostik, Göttingen
Helle, H.J. (1977): Verstehende Soziologie und Theorie der symbolischen Interaktion, Stuttgart
Helling, J. (1984): Biographical Research in Germany, in: *Hoerning, E.M.* (Hg.) (1984), S. 12-20
Herberger, L. (1953): Das Problem der ‚Nicht-Beteiligung' bei der Anwendung der Gruppendiskussionsmethode, Diplomarbeit, Frankfurt
Herkommer, S. (1979): Gesellschaftsbewußtsein und Gewerkschaften, Hamburg
Hermanns, H./Tkocz, Ch./Winkler, H. (1984): Berufsverlauf von Ingenieuren: Biografieanalytische Auswertung narrativer Interviews, Frankfurt, New York
Hermanns, H., (1991): Narratives Interview, in: *Flick, O./Kardorff, E. von/Keupp, H./Rosenstiel, L. von/Wolff, St.* (Hrsg.): Handbuch Qualitative Sozialforschung, München, S. 182-185
Hermeneutik und Ideologiekritik (1971) (mit Beiträgen von *Apel*, *Bormann*, *Bubner*, *Gadamer*, *Giegel* und *Habermas*), Frankfurt am Main
Heyns, R.W. (1948): Functional Analysis of Group Problem Solving Behavior, Ann Arbor
Heyns, R.W./Lippitt, R. (1954): Systematic Observational Techniques, in: *Lindzey, G.* (Hg.) (1954), Vol. 1, S. 370-404
Hildenbrand, B. (1979): „Wenn ich zu hause bin will ich weg, und wenn ich weg bin, will ich nach hause", in: *Soeffner, H.-G.* (Hg.) (1979), S. 153-170
Hildenbrand, B. (1983): Alltag und Krankheit. Ethnographie einer Familie, Stuttgart
Hildenbrand, B. (1984): Prozesse der Wirklichkeitskonstruktion im gemeinsamen familiengeschichtlichen Erzählen (MS zum gleichnamigen DFG-Projekt), Frankfurt am Main
Hildenbrand, B. (1985): Familiensituation und Ablöseprozesse Schizophrener, in: Soziale Welt, Jg. 36, Heft 3, 1985, S. 336-348
Hildenbrand, B./Müller, H./Beyer, B./Klein, D. (1984): Biographiestudien im Rahmen von Milieustudien, in: *Kohli, M./Robert, G.* (Hg.) (1984), S. 29-52
Hoerning, E.M. (1980): Biographische Methode in der Sozialforschung, in: Das Argument, Nr. 123, 22.Jg., 1980, S. 677-687
Hoerning, E.M. (Hg.) (1984): Biography and Society, Newsletter 3, Nov. 1984
Hoffmann, W. G. (Hg.) (1952): Beiträge zur Soziologie der industriellen Gesellschaft, Dortmund
Hoffmann-Nowotny, H.-J./Höpflinger, F./Kühne, F./Ryffel, C./Erni, D. (Hg.) (1984): Planspiel Familie – Familie, Kinderwunsch und Familienplanung in der Schweiz, Diessenhofen
Hoffmann-Riem, C. (1980): Die Sozialforschung einer interpretativen Soziologie, in: KZfSS, Jg.32, S. 339-372
Hofstätter, P.R. (1957): Gruppendynamik, Reinbek
Hofstätter, P.R. (1957): Zum „Gruppenexperiment" von F. Pollock, in: KZfSS, 9, S. 97-105
Holsti, O.R. (1969): Content Analysis for the Social Sciences and Humanities, London

Holzer, H. (1967): Illustrierte und Gesellschaft, Freiburg

Holzkamp, K. (1972): Kritische Psychologie, Frankfurt

Holzkamp, K. (1985): Selbsterfahrung und wissenschaftliche Objektivität: Unaufhebbarer Widerspruch?, in: *Braun, K.-H./Holzkamp, K.* (Hg.) (1985), S. 17-37

Honig, M.-S. (1986): Zum Entwicklungsstand qualitativer Forschungsmethoden – ein Plädoyer für eine wissenschaftssoziologische Debatte, MS

Hopf, C. (1978): Die Pseudo-Exploration – Überlegungen zur Technik qualifizierter Interviews in der Sozialforschung, in: Zeitschrift für Soziologie, 7.Jg., S. 97-115

Hopf, C. (1979): Soziologie und qualitative Sozialforschung, in: *Hopf, C./Weingarten, E.* (Hg.) (1979), S. 11-37

Hopf, C. (1982): Norm und Interpretation. Einige methodische und theoretische Probleme der Erhebung und Analyse subjektiver Interpretationen in qualitativen Untersuchungen, in: Zeitschrift für Soziologie, Jg.11, Heft 3, Juli 1982, S. 307-329

Hopf, C./Weingarten, E. (Hg.) (1979, 1984): Qualitative Sozialforschung, Stuttgart

Horkheimer, M./Adorno, Th. W. (1960): Vorwort, in: *Mangold, W.* (1960), S. 5-8

Huber, G. L./Mandl, H. (1982): Verbale Daten. Eine Einführung in die Grundlagen und Methoden der Erhebung und Auswertung, Weinheim, Basel

Humphreys, L. (1973): Toiletten-Geschäfte. Teilnehmende Beobachtung homosexueller Akte, in: *Friedrichs, J.* (Hg.) (1973), S. 254-287

Husserl, E. (1950): Husserliana – Edmund Husserls Gesammelte Werke, Den Haag

Jaeggi, U./Honneth, A. (Hg.) (1977): Theorien des Historischen Materialismus, Frankfurt am Main

Janssen, P. (1976): Edmund Husserl, Freiburg, München

Jarvie, I.C. (1972): Concepts and Society, London, Boston

Jarvie, I.C. (1978): Verstehen und Erklären in Soziologie und Sozialanthropologie, in: *Acham, K.* (1978), S. 224-252

Jahoda, M./Deutsch, M./Cook, St.W. (1966): Beobachtungsverfahren, in: *König, R.* (Hg.) (1966), S. 77-96

Jüttemann, G. (1981): Komparative Kasuistik als Strategie psychologischer Forschung, in: Zeitschrift für klinische Psychologie und Psychotherapie, Jg. 29, Heft 2, S. 101-118

Jüttemann, G. (Hg.) (1985): Qualitative Forschung in der Psychologie. Grundfragen, Verfahrensweisen, Anwendungsfelder, Weinheim

Jüttemann, G./Thomae, H. (Hg.) (1987): Biographie und Psychologie, Berlin

Jungbauer-Gans, M. (1988): Gestaltungschancen und -leistungen der Beschäftigten am Bankschalter – eine Balance zwischen der Geldwelt und der Welt der Kunden?, Diplomarbeit, München

Kaase, M./Küchler, M. (Hg.) (1985): Herausforderung der empirischen Sozialforschung. Beiträge aus Anlaß des zehnjährigen Bestehens des Zentrums für Umfragen, Methoden und Analysen, Mannheim

Kadane, J. B./Lewis, H. (1969): The Distribution of Participation in Group Discussions, in: American Sociological Review, 34, S. 710-723

Käsler, D. (1985): Soziologische Abenteuer, Earl Edward Eubank besucht europäische Soziologen im Sommer 1934, Opladen

Kallmeyer, W./Schütze, F. (1976): Konversationsanalyse, in: Studium Linguistik, Heft 1, 1976, S. 1-28

Kantowsky, D. (1969): Möglichkeiten und Grenzen der teilnehmenden Beobachtung als Methode der empirischen Sozialforschung, in: Soziale Welt, 20.Jg., 1969, S. 428-434

Kern, H. (1982): Empirische Sozialforschung. Ursprünge, Ansätze, Entwicklungslinien, München

Kiefl, W./Lamnek, S. (1984): Qualitative Methoden in der Marktforschung, in: Planung und Analyse 11/12 1984, S. 474-480

Kleining, G. (1982): Umriß zu einer Methodologie qualitativer Sozialforschung, in: KZfSS, Jg.34, 1982, S. 224-253

Kleining, G. (1986): Das qualitative Experiment, in: Kölner Zeitschrift für Soziologie und Sozialpsychologie 4/1986, S. 724-750
Kleining, G. (1988): Das rezeptive Interview, MS
Kleining, G. (1991): Das qualitative Experiment, in: *Flick, O./Kardorff, E. von/Keupp, H./ Rosenstiel, L. von/Wolff, St.* (Hrsg.): Handbuch Qualitative Sozialforschung, München, S. 263-266
Kluckhohn, C. (1945): The Personal Document in Anthropological Science, in: *Gottschalk, L.* et al. (1945), S. 79-173
Kluckhohn, C./Murray, H. (Hg.) (1938): Personality in Nature, Society and Culture, New York
Köckeis-Stangl, E. (1980): Methoden der Sozialisationsforschung, in: *Ulich, D./Hurrelmann, K.* (Hg.) (1980), S. 321-370
König, R. (1956, 1966): Beobachtung und Experiment in der Sozialforschung, in: *König, R.* (Hg.) (1956, 1966), S. 17-47
König, R. (Hg.) (1956, 1966): Beobachtung und Experiment in der Sozialforschung, Köln-Berlin
König, R. (Hg.) (1962, 1967): Handbuch der empirischen Sozialforschung, Band 1, Stuttgart
König, R. (1967): Die Beobachtung, in: *König, R.* (Hg.) (1967), S. 107-135
König, R. (1970): Das Fischer Lexikon Soziologie, Frankfurt
König, R. (1973): Die Beobachtung, in: *König, R.* (Hg.) (1973), S. 1-65
König, R. (Hg.) (1973): Handbuch der empirischen Sozialforschung, Band 2: Grundlegende Methoden und Techniken der empirischen Sozialforschung, Erster Teil, Stuttgart
König, R. (Hg.) (1974): Handbuch der empirischen Sozialforschung, Band 4: Komplexe Forschungsansätze, Stuttgart
König, R. (Hg.) (1978): Handbuch der empirischen Sozialforschung, Bd. 12: Wahlverhalten Vorurteile Kriminalität, Stuttgart
Kohl, E. (1955): Zum Problem der Mortalität bei der Verwendung von Zufallsstichproben für die Auswahl von Diskussionsgruppen, MS, Frankfurt
Kohli, M. (1978): „Offenes" und „geschlossenes" Interview: Neue Argumente zu einer alten Kontroverse, in: Soziale Welt, 1978, S. 1-25
Kohli, M. (1978a): Soziologie des Lebenslaufs, Darmstadt
Kohli, M. (1981a): Wie es zur „biographischen Methode" kam und was daraus geworden ist. Ein Kapitel aus der Geschichte der Sozialforschung, in: Zeitschrift für Soziologie, Jg.10, 1981, S. 273-293
Kohli, M. (1981b): Zur Theorie der biographischen Selbst- und Fremdthematisierung, in: *Matthes, J.* (1981), S. 502-520
Kohli, M./Robert, G. (Hg.) (1984): Biographie und soziale Wirklichkeit. Neue Beiträge und Forschungsperspektiven, Stuttgart
Kohli, M. (1986): Normalbiographie und Individualität. Zur institutionellen Dynamik des gegenwärtigen Lebenslaufregimes, in: *Friedrichs, J.* (Hg.) (1986), S. 432-435
Konegen, N./Sondergeld, K. (1985): Wissenschaftstheorie für Sozialwissenschaftler, Opladen
Koolwijk v., J. (1974): Die Befragungsmethode, in: *Koolwijk v., J./Wieken-Mayser, M.* (Hg.) (1974), S. 9-23
Koolwijk v., J./Wieken-Mayser, M. (Hg.) (1974): Techniken der empirischen Sozialforschung, Bd. 4, Erhebungsmethoden: Die Befragung, München, Wien
Koolwijk v., J./Wieken-Mayser, M. (Hg.) (1975): Techniken der empirischen Sozialforschung, Bd. 2: Untersuchungsformen, München
Kreckel, R. (1975): Soziologisches Denken, Opladen
Kreckel, R. (Hg.) (1982): Soziale Ungleichheiten, Göttingen
Kreutz, H. (1972): Soziologie der empirischen Sozialforschung – Theoretische Analysen von Befragungstechniken und Ansätze zur Entwicklung neuer Verfahren, Stuttgart
Kriz, J. (1981): Methodenkritik empirischer Sozialforschung, Stuttgart
Kromrey, H. (1986): Empirische Sozialforschung, Opladen

Krüger, H. (1983): Gruppendiskussionen. Überlegungen zur Rekonstruktion sozialer Wirklichkeit aus der Sicht der Betroffenen, in: Soziale Welt, 34.Jg., 1983, S. 90-109

Kudera, S. et al. (1984): Kohortendifferenzierte Lebensverläufe und Arbeits-, Lebens- und Politische Orientierungen. Am Beispiel von Postbeamten des mittleren Dienstes, München

Küchler, M. (1980): Qualitative Sozialforschung. Modetrend oder Neuanfang?, in: KZfSS, Jg.32, 1980, S. 373-386

Küchler, M. (1983): „Qualitative" Sozialforschung – ein neuer Königsweg?, in: *Garz, D./ Kraimer, L.* (Hg.) (1983), S. 9-30

Küchler, M./Wilson, Th.P./Zimmerman, D.H. (1981): Integration von qualitativen und quantitativen Forschungsansätzen, ZUMA-Arbeitsbericht 81/19, Mannheim

Kuhn, T. (1967): Die Struktur wissenschaftlicher Revolutionen, Frankfurt am Main

Lämmert, E. (Hg.) (1982): Erzählforschung: Ein Symposium, Stuttgart

Lamnek, S. (1978): Zugang zu und Ausschöpfung von Umfragepopulationen, in: Interview und Analyse, 10/11/12/1978, S. 510-515 und S. 566-570

Lamnek, S. (1980): Sozialwissenschaftliche Arbeitsmethoden, Weinheim

Lamnek, S. (1981): Formale Logik, sozialwissenschaftliche Hypothesen und statistische Korrelation, in: Interview und Analyse 9/1981, S. 369-376

Lamnek, S. (1983): Theorien abweichenden Verhaltens, München

Lamnek, S. (1988): Qualitative Sozialforschung, Band 1: Methodologie, München, Weinheim

Lasswell, H.D. (1927): Propaganda-Technique in the World War, New York

Lasswell, H.D. (1941): The Garrison State, in: American Journal of Sociology, S. 455-468

Lasswell, H.D. et al. (1949): Language of Politics. Studies in Qualitative Semantics, Cambridge

Lau, Ch. (1977): Zugänge zur Wirklichkeit: Methodeninnovation des DFG-Forschungsschwerpunkts Industrie- und Betriebssoziologie, in: Soziale Welt, 28, S. 144-166

Lazarsfeld, P.F. (1972): Qualitative Analysis, Boston

Lazarsfeld, P.F. (1973): Methodische Probleme der empirischen Sozialforschung, in: *Hartmann, H.* (Hg.) (1973), S. 136-168

Lazarsfeld, P.F. (1975): Eine Episode in der Geschichte der empirischen Sozialforschung, in: *Parsons, T.* et al. (1975), S. 147-225

Lehmann, A. (1977): Autobiographische Erhebungen in den sozialen Unterschichten. Gedanken zu einer Methode der empirischen Forschung, in: Zeitschrift für Volkskunde, 73.Jg., II. Halbjahresband, S. 161-180

Leik, R. K. (1969): Comment on Kadane and Lewis, in: American Sociological Review, 34, S. 723-724

Leithäuser, T. u.a. (1977, 1981): Entwurf zu einer Empirie des Alltagsbewußtseins, Frankfurt

Leithäuser, T./Volmerg, B. (1981): Die Entwicklung einer empirischen Forschungsperspektive aus der Theorie des Alltagsbewußtseins, in: *Leithäuser, T.* u.a. (1981), S. 11-162

Leitner, H. (1980): Biographieforschung, in: Literatur Rundschau, Heft 4, 1980, S. 37-45

Lenssen, M./Aufenanger, S. (1986): Zur Rekonstruktion von Interaktionsstrukturen. Neue Wege zur Fernsehanalyse, in: *Aufenanger, S./Lenssen, M.* (Hg.) (1986), S. 123-204

Lewin, K. (1936): Principles of Topological Psychology, New York

Lewin, K. (1963): Feldtheorie in den Sozialwissenschaften, Bern, Stuttgart

Lewin, K./Lippitt, R. (1938): An Experimental Approach to the Study of Autocracy and Democracy – A preliminary Note, in: Soziometrie I

Lindzey, G. (Hg.) (1954): Handbook of Social Psychology, Vol. 1: Theory and Method, Vol. 2: Special Fields and Applications, London

Lisch, R./Kriz, J. (1978): Grundlagen und Modelle der Inhaltsanalyse, Reinbek

Lofland, J. (1971): Analyzing Social Settings, Belmont California

Lofland, J. (1979): Feldnotizen, in: *Gerdes, K.* (Hg.) (1979), S. 110-120

Lüders, C. (1981): Teilnehmende Beobachtung: Zur Situation des teilnehmenden Beobachters, unveröffentl. Diplomarbeit, München

Lüders, C./Reichertz, J. (1986): Wissenschaftliche Praxis ist, wenn alles funktioniert und keiner weiß warum – Bemerkungen zur Entwicklung qualitativer Sozialforschung, in: Sozialwissenschaftliche Literatur Rundschau, 12/ 1986, S. 90-102

Lüschen, G. (Hg.) (1979): Deutsche Soziologie seit 1945, Sonderband der KZfSS, Opladen

Lutz, V. B. (1956): Möglichkeiten und Grenzen der Gruppendiskussion in der soziologischen Forschung, in: Soziale Welt, S. 73-75

Maanen v., J. (1983): Reclaiming Qualitative Methods for Organizational Research: A Preface, in: *Maanen v., J.* (Hg.) (1983), S. 9-18

Maanen v., J. (Hg.) (1983): Qualitative Methodology, Beverly Hills

Mackenroth, G. (1952): Sinn und Ausdruck in der sozialen Formenwelt, Meisenheim

Magnus, U. (1966): Aussagenanalyse. Eine Untersuchung des 1. Fernsehprogramms, Hamburg

Mahl, G. F. (1959): Exploring Emotional States by Content Analysis, in: *Pool, I. de S.* (1959), S. 89-130

Mangold, W. (1960): Gegenstand und Methode des Gruppendiskussionsverfahrens. Aus der Arbeit des Instituts für Sozialforschung, Frankfurt am Main

Mangold, W. (1962, 1967): Gruppendiskussion, in: *König, R.* (Hg.) (1962, 1967), S. 209-225

Masters, W.H./Johnson, V.E. (1967): Die sexuelle Reaktion, Frankfurt

Mathes, R. (1988): „Quantitative" Analysen „qualitativ" erhobener Daten? Die hermeneutisch-klassifikatorische Inhaltsanalyse von Leitfadengesprächen, in: ZUMA Nachrichten, 23, S. 60-78

Matthes, J. (1973, 1976): Einführung in das Studium der Soziologie, Reinbek bei Hamburg

Matthes, J. (1981): Lebenswelt und soziale Probleme. Verhandlungen des 20. Deutschen Soziologentages zu Bremen 1980

Matthes, J. (1985): Zur transkulturellen Relativität erzählanalytischer Verfahren in der empirischen Sozialforschung, in: KZfSS, Jg.37, 1985, S. 310-326

Matthes, J./Pfeifenberger, A./Stosberg, M. (Hg.) (1981): Biographie in handlungswissenschaftlicher Perspektive. Kolloquium am Sozialwissenschaftlichen Forschungszentrum der Universität Erlangen-Nürnberg, Nürnberg

Mayntz, R./Holm, K./Hübner, P. (1968, 1974): Einführung in die Methoden der empirischen Soziologie, Köln, Opladen

Mayring, P. (1983): Grundlagen und Techniken qualitativer Inhaltsanalyse, Dissertation, München

Mayring, P. (1985): Qualitative Inhaltsanalyse, in: *Jüttemann, G.* (Hg.) (1985), S. 187-211

Mayring, P. (1988): Qualitative Inhaltsanalyse. Grundlagen und Techniken, Weinheim

McCall, G.J. (1979): Qualitätskontrolle der Daten bei teilnehmender Beobachtung, in: *Gerdes, K.* (Hg.) (1979), S. 141-157

McCall, G.J./Simmons, J.L. (Hg.) (1969): Issues in Participant Observation: A Text and Reader, Reading Mass.

Mead, G.H. (1973): Geist, Identität und Gesellschaft, Frankfurt

Merten, K. (1983): Inhaltsanalyse. Einführung in Theorie, Methode und Praxis, Opladen

Mertens, H. (1984): Teilnehmende Betrachtung und Inhaltsanalyse in der erziehungswissenschaftlichen Forschung, Weinheim

Merton, R.K. (1949, 1957, 1969): Social Theory and Social Structure, Glencoe, New York, Glencoe

Merton, R.K./Kendall, P. (1956): The focussed interview, Glencoe, Ill.

Merton, R.K./Kendall, P. (1984): Das fokussierte Interview, in: *Hopf, C./Weingarten, E.* (Hg.) (1984), S. 171-204

Miles, M.B. (1983): Qualitative Data as an Attractive Nuisance: The Problem of Analysis, in: *Maanen v., J.* (Hg.) (1983), S. 117-134

Milgram, S. (1982): Das Milgram-Experiment. Zur Gehorsamsbereitschaft gegenüber Autorität, Reinbek

Miller, S. (1952): The Participant Observer and „Over-Rapport“, in: American Sociological Review, S. 97ff
Mills, C.W. (1951): White Collar, New York
Mittenecker, E. (1987): Video in der Psychologie, Bern.
Mohler, P. (1981): Zur Pragmatik qualitativer und quantitativer Sozialforschung, in: KZfSS, Jg.33, 1981, S. 716-734
Moreno, J. (1967): Die Grundlagen der Soziometrie, Opladen
Morgan, D. L. (1988): Focus Groups as Qualitative Research. Qualitative Research Methods, Volume 16, Newbury Park
Moser, H. (1975): Aktionsforschung als kritische Theorie der Sozialwissenschaft, München
Mucchielli, R. (1973): Das Gruppeninterview. I. Theoretische Einführung, Salzburg
Mühlfeld, C. et al. (1981): Auswertungsprobleme offener Interviews, in: Soziale Welt, Jg.32, 1981, S. 325-352
Müller, U. (1979): Reflexive Soziologie und empirische Sozialforschung, Frankfurt am Main
Nagler, K./Reichertz, J. (1986): Kontaktanzeigen – Auf der Suche nach dem anderen, den man nicht kennen will, in: *Aufenanger, S./Lenssen, M.* (Hg.) (1986), S. 84-122
Nießen, M. (1977): Gruppendiskussion: Interpretative Methodologie. Methodenbegründung. Anwendung, München
Niethammer, L. (Hg.) (1980): Lebenserfahrung und kollektives Gedächtnis. Die Praxis der „Oral History“, Frankfurt am Main
Niethammer, L. (1988): Annäherung an den Wandel. Auf der Suche nach der volkseigenen Erfahrung in der Industrieprovinz der DDR, in: BIOS, Heft 1, S. 19-66

Oevermann, U. (1973): Zur Analyse der Struktur von sozialen Deutungsmustern (MS), Max-Planck-Institut für Bildungsforschung, Berlin
Oevermann, U. (1974): Beobachtungen zur Struktur der sozialisatorischen Interaktion, in: *Auwärter, M./Kirsch, E. /Schröter, K.* (1977), S. 371-403
Oevermann, U. (1979b): Sozialisationstheorie. Ansätze zu einer soziologischen Sozialisationstheorie und ihre Konsequenzen für die allgemeine soziologische Analyse, in: *Lüschen, G.* (Hg.) (1979), S. 143-168
Oevermann, U. (1983): Zur Sache: Die Bedeutung von Adornos methodologischem Selbstverständnis für die Begründung einer materialen soziologischen Strukturanalyse, in: *Friedeburg v., L./Habermas, J.* (Hg.) (1983), S. 234-292
Oevermann, U. (1983a): Versozialwissenschaftlichung von Identitätsformation und Verweigerung von Lebenspraxis: Eine aktuelle Variante der Dialektik der Aufklärung, MS, Frankfurt
Oevermann, U. et al. (1979): Die Methodologie einer „objektiven Hermeneutik“ und ihre allgemeine forschungslogische Bedeutung in den Sozialwissenschaften, in: *Soeffner, H.-G.* (Hg.) (1979), S. 352-434
Oevermann, U./Allert, T./Konau, E./Krambeck, J. (1983): Die Methodologie einer „objektiven Hermeneutik“, in: *Zedler, P./Moser, H.* (Hg.) (1983), S. 95-123
Opp, K.D. (1970): Methodologie der Sozialwissenschaften. Einführung in Probleme ihrer Theoriebildung, Reinbek
Oppholzer, S. (Hg.) (1966): Denkformen und Forschungsmethoden in der Erziehungswissenschaft, Bd. 1, München
Osgood, C. E./Anderson, L. (1957): Certain Relations Among Experienced Contingencies, Associative Structures and Contingencies in Encoded Messages, in: American Journal of Psychology 70, S. 411-420
Ostner, I. (1982): Zur Vergleichbarkeit von Aussagen in lebensgeschichtlichen Interviews, in: Weibliche Biographie (= Beiträge zur feministischen Theorie und Praxis), S. 61-75
Otto, F. (1983): Teilnehmende Beobachtung aus qualitativer Sicht. Elemente einer theoretischen Begründung, unveröffentlichte Seminararbeit, München

Pappi, F.U./Pappi, I. (1978): Sozialer Status und Konsumstil. Eine Fallstudie zur Wohnzimmereinrichtung, in: KZfSS, Jg. 30, S. 87-115
Parsons, T. (1951): The Social System, New York
Parsons, T. et al. (1975): Soziologie – autobiographisch, Stuttgart
Patton, M.Q. (1980): Qualitative Evaluation Methods, Beverly Hills, London
Patzig, G. (1973): Erklären und Verstehen. Bemerkungen zum Verhältnis von Natur- und Geisteswissenschaften, in: Neue Rundschau 1973, S. 393-413
Paul, H. (1952): Das Gruppengespräch als Methode der Sozialforschung, in: *Hoffmann, W. G.* (Hg.) (1952), S. 108-117
Paul, H. (1953): Die Gruppendiskussion als betriebssoziologische Forschungsmethode, in: *Paul, H./Steinmetz, P. H.* (1953), S. 103-107
Paul, H./Steinmetz, P. H. (1953): Die Gruppe im Betrieb, Dortmund
Petermann, P./Hehl, F.J. (Hg.) (1979): Einzelfallanalyse, München
Pollock, F. (1955): Gruppenexperiment, Frankfurt am Main
Polsky, N. (1973): Forschungsmethode, Moral und Kriminologie, in: *Friedrichs, J.* (Hg.) (1973), S. 51-82
Pool, I. de S. (1959): Trends in Content Analysis, Urbana
Popper, K.R. (1964): The Poverty of Historicism, New York, Evanston
Popper, K.R. (1968): The Logic of Scientific Discovery, New York
Popper, K.R. (1984): Logik der Forschung, 8.Aufl., Tübingen
Prim, R./Tilmann, H. (1973): Grundlagen einer kritisch-rationalen Sozialwissenschaft, Heidelberg
Pross, H. (1975): Die Wirklichkeit der Hausfrau, Reinbek bei Hamburg

Rabinow, P./Sullivan, W.M. (Hg.) (1979): Interpretative Social Science. A Reader, University of California Press: Berkeley, Los Angeles, London
Radtke, F.-O. (1984): Hermeneutik und soziologische Forschung, in: *Bonß, W./Hartmann, H.* (Hg.) (1985), S. 321-349
Redfield, R. (1945): Forword, in: *Gottschalk, L.* et al. (1945)
Reichertz, J. (1985): Probleme qualitativer Sozialforschung. Die Entwicklungsgeschichte der Objektiven Hermeneutik, Frankfurt am Main
Reichertz, J. (1991): Objektive Hermeneutik, in: *Flick, O./Kardorff, E. von/Keupp, H./Rosenstiel, L. von/Wolff, St.* (Hrsg.) (1991): Handbuch Qualitative Sozialforschung, München, S. 223-228
Reinecker, H. (1987): Einzelfallanalyse, in: *Roth, E.* (Hg.) (1987), S. 277-291.
Riemann, G. (1983): Biographieverläufe psychiatrischer Patienten aus soziologischer Sicht: Eine empirische Untersuchung (MS), Kassel
Ritsert, J. (1970, 1976): Zur Wissenschaftslogik einer kritischen Sozialwissenschaft, Frankfurt
Ritsert, J. (1971): Einleitende Thesen zum Verhältnis von kritischer Theorie und empirischer Sozialforschung, in: *Ritsert, J./Becker, E.* (1971), S. 11-67
Ritsert, J. (1975): Inhaltsanalyse und Ideologiekritik. Ein Versuch über kritische Sozialforschung, Frankfurt
Ritsert, J./Becker, E. (1971): Grundzüge sozialwissenschaftlich-statistischer Argumentation, Opladen
Rose, A.M. (1967): Systematische Zusammenfassung der Theorie des symbolischen Interaktionismus, in: *Hartmann, H.* (Hg.) (1967), S. 219-231
Roth, E. (Hg.) (1987): Sozialwissenschaftliche Methoden, München
Rust, H. (1980a): Qualitative Inhaltsanalyse – begriffslose Willkür oder wissenschaftliche Methode? Ein theoretischer Entwurf, in: Publizistik, 25, S. 5-23
Rust, H. (1980b): Struktur und Bedeutung. Studien zur qualitativen Inhaltsanalyse, Berlin
Rust, H. (1981): Methoden und Probleme der Inhaltsanalyse. Eine Einführung, Tübingen

Sader, M. (1986): Rollenspiele als Forschungsmethode, Opladen
Sader, M. (1991): Rollenspiel, in: *Flick, O./Kardorff, E. von/Keupp, H./Rosenstiel, L. von/Wolff, St.* (Hrsg.): Handbuch Qualitative Sozialforschung, München, S. 263-266
Schatz, H. (1981): Fernsehen und Demokratie, Opladen
Schatzmann, L./Strauss, A. (1973): Field Research – Strategies for a Natural Sociology, Englewood Cliffs, New Jersey
Schatzmann, L./Strauss, A. (1979): Strategien des Eintritts, in: *Gerdes, K.* (Hg.) (1979), S. 77-93
Scheuch, E.K. (1967): Das Interview in der Sozialforschung, in: *König, R.* (Hg.) (1967), S. 136-196
Scheuch, E. K. (1970): Methoden, in: *König, R.* (1970), S. 194-224
Schmid, T. (1981): „Oral History" und Kultur der Unterschichten, in: Merkur, Juni 1981, S. 613-620
Schneider, G. (1985): Strukturkonzept und Interpretationspraxis der objektiven Hermeneutik, in: *Jüttemann, G.* (Hg.) (1985), S. 71-91
Schneider, G. (1988): Hermeneutische Strukturanalyse von qualitativen Interviews, in: Kölner Zeitschrift für Soziologie und Sozialpsychologie 2/1988, S. 223-244
Schneider, H. (1983): Chancen und Risiken berufsfeldorientierter Soziologenausbildung. Eine Evaluation des Bielefelder Reformmodells und eine vergleichende Analyse der Berufschancen seiner Absolventen mit Soziologen anderer Studienorte, Bielefeld
Schönert, J. (1981): Darstellung von Kriminalität und Strafrechtspflege in der Erzählprosa 1848-1880, Vortragsmanuskript
Schütz, A. (1960, 1974): Der sinnhafte Aufbau der sozialenWelt, Wien, Frankfurt
Schütze, F. (1976): Zur Hervorlockung und Analyse von Erzählungen thematisch relevanter Geschichten im Rahmen soziologischer Feldforschung – dargestellt an einem Projekt zur Erforschung von kommunalen Machtstrukturen, in: *Arbeitsgruppe Bielefelder Soziologen* (1976), S. 159-260
Schütze, F. (1977): Die Technik des narrativen Interviews in Interaktionsfeldstudien – dargestellt an einem Projekt zur Erforschung von kommunalen Machtstrukturen (MS), Universität Bielefeld, Fakultät für Soziologie, Arbeitsberichte und Forschungsmaterialien Nr.1
Schütze, F. (1978): Was ist „kommunikative Sozialforschung"?, in: *Gärtner, A./Hering, S.* (Hg.) (1978), S. 117-131
Schütze, F. (1979): Möglichkeiten und Probleme der Anwendung qualitativer Forschungsverfahren in der Sozialarbeit (MS), Kassel
Schütze, F. (1981): Prozeßstrukturen des Lebenslaufs, in: *Matthes, J./Pfeifenberger, A./Stosberg, M.* (Hg.) (1981), S. 55-156
Schütze, F. (1982): Narrative Repräsentation kollektiver Schicksalsbetroffenheit, in: Erzählforschung (1982), S. 568-590
Schütze, F. (1983): Biographieforschung und narratives Interview, in: Neue Praxis, 13.Jg., 1983, S. 283-293
Schütze, F. (1984): Kognitive Figuren des autobiographischen Stegreiferzählens, in: *Kohli, M./Robert, G.* (Hg.) (1984), S. 78-117
Schütze, F./Meinefeld, W./Springer, W./Weymann, A. (1973, 1981): Grundlagentheoretische Voraussetzungen methodisch kontrollierten Fremdverstehens, in: *Arbeitsgruppe Bielefelder Soziologen* (Hg.) (1973, 1981), S. 433-495
Schumann, K./Winter, G. (1973): Zur Analyse der Hauptverhandlung im Strafprozeß, in: *Friedrichs, J.* (Hg.) (1973), S. 174-212
Schwartz, H./Jacobs, J. (1979): Qualitative Sociology. A Method to the Madness, New York
Schwartz, M.S. /Schwartz, Ch.G. (1955): Problems in Participant Observation, in: American Journal of Sociology, S. 343-353

Schwediauer, K. (1984): Alltag in Steinhof. Leben in einer psychiatrischen Großanstalt, Wien, Köln, Graz

Selltiz, C./Jahoda, M./Deutsch, M./Cook, S. W. (1966): Research Methods in Social Relations, New York, Chicago, San Francisco, Toronto

Sennett, R. (1983): Verfall und Ende des öffentlichen Lebens, Frankfurt

Shaw, C. (1930, 1966): The Jack Roller. A Delinquent Boy's Own Story, Chicago, London

Shaw, C. (1931, 1968): The Natural History of a Delinquent Career, New York

Smith, H.W. (1975): Strategies of Social Research: The Methodological Imagination, Englewood Cliffs

Soeffner, H.-G. (Hg.) (1979): Interpretative Verfahren in den Sozial- und Textwissenschaften, Stuttgart

Soeffner, H.-G. (1982): Statt einer Einleitung: Prämissen einer sozialwissenschaftlichen Hermeneutik, in: *Soeffner, H.-G.* (Hg.) (1982), S. 9-48

Soeffner, H.-G. (Hg.) (1982): Beiträge zu einer empirischen Sprachsoziologie, Tübingen

Soeffner, H.-G. (1983): Alltagsverstand und Wissenschaft, in: *Zedler, P./Moser, H.* (Hg.) (1983), S. 13-50

Soeffner, H.-G. (1985): Anmerkungen zu gemeinsamen Standards standardisierter und nichtstandardisierter Verfahren in der Sozialforschung, in: *Kaase, M./Küchler, M.* (Hg.) (1985), S. 109-126

Soeffner, H.-G. (1985a): Emblematische und symbolische Formen der Orientierung, Hagen (MS)

Spiegelberg, H. (1965): The Essentials of the Phenomenological Method, in: *Spiegelberg, H.* (1965), S. 655-701

Spiegelberg, H. (1965): The Phenomenological Movement: A Historical Introduction, Den Haag

Stagl, J. (1985): Feldforschung als Ideologie, in: *Fischer, H.* (Hg.) (1985)

Strasser, S. (1965): Erziehungswissenschaft – Erziehungsweisheit, München

Südmersen, I.M. (1983): Hilfe, ich ersticke in Texten! – Eine Anleitung zur Aufarbeitung narrativer Interviews, in: Neue Praxis, 13.Jg., 1983, S. 294-306

Swoboda, H. (1979): Propheten und Prognosen. Hellseher und Schwarzseher von Delphi bis zum Club of Rome. München, Zürich

Szczepanski, J. (1962): Die biographische Methode, in: *König, R.* (Hg.) (1962), S. 551-569

Tannenbaum, A. S./Bachmann, J. G. (1963): Structural versus Individual Effects, in: American Journal of Sociology, 69, S. 585-595

Terhart, E. (1981): Intuition – Interpretation – Argumentation. Zum Problem der Geltungsbegründung von Interpretationen, in: Zeitschrift für Pädagogik, 27.Jg., 1981, Nr.5, S. 769-793

Ter-Nedden, G. (1979): Über die Wiederkehr poetischer Fiktionen in Interpretationen. Eine Fallstudie zur literaturwissenschaftlichen Rezeptionsforschung, in: *Soeffner, H.-G.* (Hg.) (1979), S. 288-299

Thomas, W.I. (1937): Primitive Behaviour: An Introduction to the Social Sciences, New York

Thomas, W.I. (1965): Person und Sozialverhalten, Neuwied

Thomas, W.I./Znaniecki, F. (1958): The Polish Peasant in Europe and America, New York (Orig. 1918-20)

Thompson, J. D./Demerath, N. J. (1952): Some Experience with the Group Interview, in: Social Forces, 31, S. 148-154.

Topitsch, E. (Hg.) (1972): Logik der Sozialwissenschaften, Köln

Tukey, J. W. (1975): Exploratory Data Analysis, London

Ulich, D./Hauser, K. (1978): Kognitive Kontrolle in Krisensituationen: Arbeitslosigkeit bei Lehrern, Antrag an die DFG, München

Ulich, D./Hurrelmann, K. (Hg.) (1980): Handbuch der Sozialisationsforschung, Weinheim

Ulich, D. u.a. (1981): Kognitive Kontrolle in Krisensituationen: Arbeitslosigkeit bei Lehrern, Fortsetzungsantrag an die DFG, München
Ulich, D. u.a. (1982): Kognitive Kontrolle in Krisensituationen: Arbeitslosigkeit bei Lehrern, Arbeitsbericht III, München

Vierkandt, A. (Hg.) (1959): Handwörterbuch der Soziologie, Stuttgart
Vogel, H.P./Verhallen, T.M.M. (1983): Qualitative Forschungsmethoden, in: Interview und Analyse, S. 146-148 und S. 224-227
Voges, W. (Hg.) (1987): Methoden der Biographie- und Lebenslaufforschung, Opladen
Volmerg, U. (1977, 1981): Kritik und Perspektiven des Gruppendiskussionsverfahrens in der Forschungspraxis, in: *Leithäuser, T.* u.a. (1977), S. 184-217
Volmerg, U. (1983): Validität im interpretativen Paradigma. Dargestellt an der Konstruktion qualitativer Erhebungsverfahren, in: *Zedler, P./Moser, H.* (Hg.) (1983), S. 124-143

Wagenbach, K. (1964): Franz Kafka in Selbstzeugnissen und Dokumenten, Reinbek
Wagner, J.-J. (1984): Wissenschaft und Lebenspraxis. Das Projekt der „objektiven Hermeneutik", Frankfurt
Wahl, K./Honig, M.S. /Gravenhorst, L. (1982): Wissenschaftlichkeit und Interessen. Zur Herstellung subjektivitätsorientierter Sozialforschung, Frankfurt am Main
Walker, R. (Hg.) (1985): Applied Qualitative Research, Vermount
Wax, R.H. (1979): Das erste und unangenehmste Stadium der Feldforschung, in: *Gerdes, K.* (Hg.) (1979), S. 68-74
Webb, E.J. u.a. (1975): Nichtreaktive Meßverfahren, Weinheim, Basel
Weber, M. (1922): Gesammelte Aufsätze zur Wissenschaftslehre, Tübingen
Weber, M. (1964, 1968): Wirtschaft und Gesellschaft. Grundriß der verstehenden Soziologie, Köln, Berlin
Weinberg, M./Williams, C. (1973): Soziale Beziehungen zu devianten Personen bei der Feldforschung, in: *Friedrichs, J.* (Hg.) (1973), S. 83-108
Wellmer, A. (1974): Kommunikation und Emanzipation. Überlegungen zur „Sprachanalytischen Wende" der kritischen Theorie, in: *Jaeggi, U./Honneth, A.* (Hg.) (1977), S. 465-500
Wember, B. (1972): Objektiver Dokumentarfilm, Berlin
Wember, B. (1976): Wie informiert das Fernsehen, München
Wersig, G. (1968): Inhaltsanalyse. Einführung in ihre Systematik und Literatur, Berlin
Westmeyer, H. (1979): Wissenschaftstheoretische Grundlagen der Einzelfallanalyse, in: *Petermann, P./Hehl, F.J.* (Hg.) (1979)
Weweler, A. (1981): Anke, in: *Fischer, A.* et al. (1981), Band 2, S. 18-46
Weymann, A. (1973): Bedeutungsfeldanalyse. Versuch eines neuen Verfahrens der Inhaltsanalyse am Beispiel Didaktik der Erwachsenenbildung, in: KZfSS 25. Jg., S. 761-776
Weymann, A. (1973a): Empirische Analyse komplexer kognitiver Strukturen. Sind die Ansätze von Ethnotheorie und experimenteller Sprachpsychologie integrierbar? in: Zeitschrift für Soziologie, S. 384-396
Whyte, W.F. (1955, 1961, 1967, 1986): Street Corner Society. The Social Structure of an Italian Slum, Chicago
Willems, H./Eckert, R./Goldbach, R./Loosen, T. (1988): Demonstranten und Polizisten, Weinheim und München
Wilson, T.P. (1970): Theorien der Interaktion und Modelle soziologischer Erklärung, in: *Arbeitsgruppe Bielefelder Soziologen* (Hg.) (1973), Bd.1., S. 54-79
Wilson, T.P. (1981): Qualitative „versus" Quantitative Methods in Social Research, in: *Küchler, M./Wilson, Th.P./ Zimmerman, D.H.* (1981), S. 37 ff
Wilson, T.P. (1982): Qualitative „oder" quantitative Methoden in der Sozialforschung, in: KZfSS, Jg.34, 1982, S. 487-508
Winkler, P. (Hg.) (1981): Methoden der Analyse von Face-to-face-Situationen, Stuttgart

Witzel, A. (1982): Verfahren der qualitativen Sozialforschung. Überblick und Alternativen, Frankfurt

Witzel, A. (1985): Das problemzentrierte Interview, in: *Jüttemann, G.* (Hg.) (1985), S. 227ff

Wodak, R. (1988): Textlinguistische Analysen öffentlichen Sprachgebrauchs in den Medien im Österreich des Jahres 1986, in: Journal für Sozialforschung, 28. Jg., Heft 1, S. 117-137

Wörterbuch der Publizistik (1969), München

Wolff, S. (1986): Gespräch als Handlungsinstrument, in: KZfSS, 38. Jg., S. 53-84

Wright v., G.H. (1974): Erklären und Verstehen, Frankfurt am Main

Wuchtler, K. (1977): Methoden der Gegenwartsphilosophie, Bern

Yin, R. K. (1984): Case Study Research, Design and Methods, Beverly Hills, London, New Delhi

Zedler, P. (1983): Empirische Hermeneutik. Eine Problemskizze, in: *Zedler, P./Moser, H.* (Hg.) (1983), S. 144-162

Zedler, P./Moser H. (Hg.) (1983): Aspekte qualitativer Sozialforschung. Studien zu Aktionsforschung, empirischer Hermeneutik und reflexiver Sozialtechnologie, Opladen

Zelditch, M. (1979): Methodologische Probleme in der Feldforschung, in: *Hopf, C./Weingarten, E.* (Hg.) (1979), S. 115-137

Znaniecki, F. (1934): The Method of Sociology, New York

Verzeichnis der Abbildungen

Verzeichnis der Tabellen

Personenregister

Sachregister